Haug

ullstein

Das Buch

Der Maler Paul Handewitt verliert in Nepal auf tragische Weise seine große Liebe, die Italienerin Giulia. Er kann ihren Tod nicht verwinden und flüchtet sich in ein Leben ohne Bindungen und Verantwortung. Jahre später lernt der inzwischen international erfolgreiche Paul in Malaysia die Galeristin Julie kennen. Ihre Liebesbeziehung ist stürmisch, dennoch kann Paul die Verstorbene nicht vergessen. Als Julie erkennt, dass Giulia immer zwischen ihnen stehen wird, trennt sie sich schweren Herzens von ihm.
Auf einer ebenso abenteuerlichen wie emotionalen Reise stellt Paul sich schließlich der Vergangenheit. Er begreift, dass er seinen Gefühlen vertrauen kann – und dass er der Liebe noch einmal begegnet ist. Eine wunderschöne Geschichte von der Liebe und von der Hoffnung, die uns am Leben hält.

Der Autor

Jan Winter, 1961 in Hamburg geboren, entdeckte früh das Unterwegssein als seine Berufung. Nach ausführlicher Erkundung Europas und Nordafrikas verbrachte er insgesamt über fünf Jahre in Asien und bereiste dabei vor allem Indonesien, Thailand, Burma, China und Nepal. Seinen Roman schrieb er auf Bali und in Malaysia, wo er sich fast zwei Jahre lang das Haus mit einer chinesischen Familie teilte. Wenn er nicht gerade reist, lebt Jan Winter mit seiner Frau in Hamburg. Mehr über den Autor erfahren Sie auf: www.jan-winter-romane.de

Jan Winter

Erzähl mir von den weißen Blüten

Roman

Ullstein

Besuchen Sie uns im Internet:
www.ullstein-taschenbuch.de

Ungekürzte Ausgabe im Ullstein Taschenbuch
1. Auflage Juli 2010

Umschlaggestaltung: HildenDesign, München
(nach einer Vorlage von bürosüd°, München)
Titelabbildung: Frank Krahmer/Corbis
Satz: hanseatenSatz-bremen, Bremen
Gesetzt aus der Adobe Garamond
Papier: Holmen Book Cream von Holmen Paper Central Europe
Druck und Bindearbeiten: CPI – Ebner & Spiegel, Ulm
Printed in Germany
ISBN 978-3-548-28193-3

Für Steffi, meine geliebte Frau

Für meine Mutter, die immer an mich geglaubt hat

Und für die wunderbaren Menschen Asiens,
die mein Leben unendlich bereichert haben

TEIL 1

GIULIA

Mai 1981

1

Das Ende einer Reise

Giulia hatte nur ihr Ziel vor Augen, als sie sich mühsam die endlose Treppe hinaufkämpfte. Noch fünfzig Meter, schätzte sie. Keuchend vor Anstrengung blieb sie stehen, um Kraft für das letzte Stück zu sammeln. Sie legte den Kopf in den Nacken und beobachtete einen Raubvogel, der hoch über ihr seine Kreise zog, unberührt von der drückenden Hitze, während ihr selbst der Schweiß aus allen Poren rann. Sie beneidete ihn um die Leichtigkeit, mit der er am Himmel schwebte, bevor er ohne Abschied zu den kühleren Hängen des Himalaja davonflog.

Sie holte die Wasserflasche aus ihrer Umhängetasche hervor und schüttete sich die kühlende Flüssigkeit über Haare und Nacken; einen kleinen Rest sparte sie auf, mit dem sie ihr Gesicht befeuchtete. Nachdem sie die leere Flasche zurück in ihre gewebte Umhängetasche gestopft hatte, nahm sie das letzte Stück der Treppe in Angriff, zwei Stufen auf einmal, mit der für sie typischen Verbissenheit. Es dauerte nicht lange, bis sie den großen Stupa von Swayambhunath auf der Kuppe des Hügels erreicht hatte. Auf den oberen Teil des glockenförmigen Stupa waren die geschwungenen Augen des Buddha gemalt; schöne Augen, aber die Gleichgültigkeit, mit der sie in die Ferne blickten, enttäuschte Giulia. Nachdem sie sich bei brütender Hitze mehr als vierhundert Stufen heraufgequält hatte, stand ihr, so fand sie, mehr Aufmerksamkeit zu.

Sie wandte sich ab und setzte sich auf eine Mauer, unter ihr das weite Tal von Kathmandu. Die Luft war so diesig, dass sie die Stadt kaum sehen konnte. Von den schneebedeckten Siebentausendern im Norden waren nicht einmal die Umrisse auszumachen. Obwohl Giulia angesichts der herrschenden Wetterverhältnisse wenig Hoffnung gehabt hatte, den Hauptkamm des Himalaja zu sehen, war dies eine weitere Enttäuschung.

Es war kein guter Tag, und sie befürchtete, dass er noch richtig schlimm werden würde. Giulia Morosini fürchtete sich nicht vor Auseinandersetzungen, aber ihr graute davor, den Menschen zu verletzen, den sie am meisten liebte. Manchmal kam es ihr vor, als ob sie dazu bestimmt sei, auf ihrem Weg durchs Leben nichts als Trümmer zu hinterlassen.

Sie stöberte erneut in ihrer Tasche, bis sie die currygelbe Pappschachtel fand: einheimische Zigaretten der Marke Yak. Es war ihr egal, dass sie scheußlich schmeckten und der Rauch im Hals kratzte, solange sie damit ihre Nervosität bekämpfen konnte. Sie war nach Swayambhunath gekommen, um in der Abgeschiedenheit des Tempels nachzudenken und endlich die Entscheidung zu fällen, vor der sie sich seit Wochen drückte. Die lange Aschespitze ihrer Zigarette fiel herab und landete auf ihrer abgetragenen Baumwollbluse und dem dünnen Sarong. Sie war zu tief in ihre Gedanken versunken, um es zu bemerken.

Giulias Dickköpfigkeit und ihr überschäumendes Temperament hatten sie in der Vergangenheit regelmäßig in Schwierigkeiten gebracht und letzten Endes sogar dazu geführt, dass sie sich mit ihrer Familie überworfen und ihr Heimatland verlassen hatte. Doch achtzehn Monate in Asien hatten sie weicher und ruhiger gemacht. Ihre Sicht auf die Welt und ihre Rolle darin hatte sich verändert, sie war bereit, aus den Fehlern der Vergangenheit zu lernen und wiedergutzumachen, was nach all der Zeit noch zu retten war. Leider musste sie, um ihren Frieden zu finden, zuerst einen Krieg anzetteln. Es war pure Ironie, dass ausgerechnet Paul, der einzige Unschuldige, das erste Opfer ihres persönlichen Kreuzzugs werden musste. Alle anderen hatten es nicht besser verdient.

Sie schnippte achtlos den glühenden Zigarettenstummel fort und tastete nach dem kleinen, mit ungeübter Hand aus einem Stück Knochen geschnitzten Walfisch, der an einem Lederband um ihren Hals hing. Ich liebe dich, Paolo, dachte sie. Hoffentlich kannst du mir vergeben, was ich dir antun werde.

Fast zwei Stunden saß Giulia reglos auf der Mauer und suchte verzweifelt nach einem Ausweg aus ihrem Dilemma, bis sie sich eingestehen musste, dass es keinen gab. Nach einer letzten Zigarette stand sie auf und ging zum Stupa hinüber. Buddhas Augen starrten noch immer unverwandt ins Leere. Giulia streckte die Hand nach einer der zahllosen Gebetsmühlen aus und setzte die zylinderförmige Bronzetrommel mit aller Kraft in Bewegung. Mit unbewegter Miene sah sie zu, wie die Rolle langsamer wurde und wieder zum Stillstand kam.

Giulia hatte keine Wahl, sie konnte nicht länger davonlaufen. Nachdem sie einmal um den Stupa herumgegangen war, setzte sie sich auf die Stufen eines Nebentempels und stützte ihr Gesicht in die Handflächen. Aus dem Gebäude hinter ihr drang leise eine seltsam schrille Musik: dumpfe Hörner, Schellen und klagende Streichinstrumente. Giulia überlegte, ob sie einen Blick in den Tempel werfen solle, ließ es dann aber bleiben; stattdessen fischte sie einen zerkratzten Federhalter und ein Blatt Papier aus ihrer Tasche. Sie dachte nur kurz nach, bevor sie stockend zu schreiben begann. Die Musik im Tempel schwoll an, und je lauter sie wurde, desto schneller und entschlossener schrieb Giulia. Gerade als sie den Brief beendete, brach auch die Musik ab. Giulia lächelte in die Stille hinein und fragte sich, ob Buddha sie vielleicht doch zur Kenntnis genommen hatte und ihre Sorgen verstand. Wenn nicht, so war es zumindest ein schöner Zufall. Sie faltete das Papier sorgfältig zusammen und steckte es in einen Briefumschlag. Der erste Schritt war getan.

Sie schlüpfte in ihre billigen Plastiksandalen und machte sich an den Abstieg, vorbei an kleinen Schreinen und Dämonenfiguren, die sie auf dem Hinweg gar nicht bemerkt hatte. Vor einer verwitterten Buddhastatue blieb sie stehen und nickte ihr zu: Ein wenig Dankbarkeit konnte nicht schaden.

Die Straße nach Kathmandu war staubig und führte durch brachliegende Felder, deren von der Trockenheit aufgerissene Erde sehnsüchtig auf Regen wartete. Ende Mai war das ländliche Nepal in eine Starre verfallen, aus der es nur die Ankunft des Monsuns erlösen konnte. Sie war froh, als ihr eine Nepalesin in einem grünen Sari entgegenkam, und winkte ihr überschwänglich zu. Die Frau sah sie verständnislos an, grüßte aber zurück.

Erst als Giulia die Altstadt erreichte und in den Schatten der festungsartigen Häuser eintauchte, kam sie wieder unter Menschen. Mit jedem Schritt wurde die buntgekleidete Menge in den engen Gassen dichter. An einer Straßenecke geriet sie in einen Verkehrsstau, weil eine Kuh mitten auf der Straße stehen geblieben war, um, unbeeindruckt vom Hupen eines Lastwagenfahrers, einen monumentalen Fladen zu hinterlassen. Als Ihre Heiligkeit schließlich den Weg freigab und gemächlich in eine Seitengasse trottete, fuhr der klapprige Lastwagen an und hüllte Giulia in eine schwarze Abgaswolke. Hustend wich sie ein paar Schritte zurück und trat dabei aus Versehen einen blinden Bettler, der an eine Hauswand gelehnt im Dreck saß und seine Hand ausstreckte. Kaum hatte sie dem alten Mann zur Wiedergutmachung einen kleinen Geldschein zugesteckt, musste sie erneut zur Seite springen, weil ein barfüßiger, unterernährter Lastenträger, der unter dem zentnerschweren Gewicht seines Bündels fast zusammenbrach, sich mit lauten Warnrufen einen Weg durchs Gedränge bahnte. Aus der Ferne drang die schrille Blasmusik einer Hochzeitskapelle herüber.

Madonna mia, dachte Giulia: was für eine Stadt, was für ein erfrischendes Chaos. Sie überquerte einen namenlosen Platz mit einem Tempel, auf dessen Treppen Händler Teppiche und

Lederwaren ausgebreitet hatten. Während sie sich vergeblich nach einem Geschäft umsah, das Briefmarken verkaufte, trat sie in die Überreste einer überfahrenen Ratte. In den Straßen von Kathmandu wurde die kleinste Unachtsamkeit unverzüglich bestraft. Gleich neben dem Kadaver kauerten einige Bäuerinnen am Boden und boten auf groben Tüchern Äpfel und Orangen an. Giulia rieb die Sohle ihrer Sandale beiläufig auf dem Pflaster sauber und beugte sich zu einer der Frauen hinunter, um ihr einen Apfel abzukaufen. Sie wischte ihn nur flüchtig an ihrem Sarong ab und biss mit Appetit hinein. Das Leben in Asien hatte sie unempfindlich gegen Schmutz und mangelnde Hygiene gemacht.

Die Gasse mündete auf den Asan Tole, einen zentralen Platz mit zwei hinduistischen Tempeln, dem elefantenköpfigen Ganesha und Annapurna, der Göttin des Überflusses, geweiht. Giulia lehnte sich mit dem Rücken an eine Hauswand, um für eine Weile dem Treiben zuzusehen, die Farben und Gerüche in sich aufzunehmen. Es war ein weiter Weg, der sie aus dem venezianischen Palazzo ihrer Kindheit in diesen Teil der Welt geführt hatte. Asien war ihre zweite Heimat geworden und würde ihr sehr fehlen, aber ihre Zeit im Osten war um.

Sie stieß sich von der Wand ab und tauchte wieder ins Getümmel der Straßen ein. Zehn Minuten später trat sie durch einen niedrigen Durchgang in einen großen sonnenüberfluteten Innenhof, wo Frauen ihre Wäsche trockneten, Gemüse putzten oder in Ruhe beisammensaßen, um ein Schwätzchen zu halten. Die Intimität und Gelassenheit der Szenerie erinnerten Giulia an die Piazza eines italienischen Dorfes, und der Gedanke an ihr Heimatland schnürte ihr die Kehle zu.

Am anderen Ende des Hofs saß Paul im Schatten eines Baums, in der rechten Hand eine Tuschefeder, auf seinen Knien ein Zeichenblock. Er war so in seine Arbeit vertieft, dass er Giulia nicht wahrnahm, bis sie vor ihm stand und ihn ansprach.

»*Ciao*, Paolo.«

»*Ciao*, Giulia«, grüßte er zurück und sah sie mit seinen strahlend blauen Augen an.

Sie kniete sich neben ihn hin und küsste ihn leicht auf den Mund. Wie dünn er geworden ist, seit wir Rom verlassen haben, dachte sie. Pauls Gesicht, in dem das Leben bisher kaum Spuren hinterlassen hatte, wirkte weich und jungenhaft, seine schulterlangen gewellten Haare verstärkten diesen Eindruck noch. Der äußere Schein täuschte nicht: Ihr Geliebter war schwärmerisch, sensibel und oft zu schwach, um sich den Härten des Lebens zu stellen. Wie sollte er verkraften, was sie ihm zu sagen hatte?

»Ich habe den Tempel im Hof hinter mir gezeichnet und bin schon beim zweiten Bild«, sagte er. »Dazwischen habe ich noch eine Skizze von einer Mutter mit ihrem Kind gemacht. Nicht schlecht, oder?«

Sie betrachtete die Bilder. Auch nach all den Jahren staunte sie immer noch über Pauls Talent. Sie kannte einige vielversprechende Künstler, allen voran Luca Manzoni, einer ihrer alten Freunde aus Rom, aber keiner von ihnen konnte sich mit Paul messen. Wenn Begabung sich tatsächlich durchsetzte, stand ihm eine große Karriere bevor.

»Gefallen sie dir?«

»Sie sind gut.«

»Ja, sie sind gut«, stimmte er zu. »Was hast du den Vormittag über gemacht?«

»Ich war in Swayambhunath und wollte die Aussicht auf die Berge genießen, aber es ist viel zu dunstig. Wusstest du, dass man an klaren Tagen von Venedig aus die Alpen sehen kann?«

»Nein, das wusste ich nicht.«

Paul sah auf das Blatt Papier und entfernte mit dem kleinen Finger vorsichtig ein Haar von der Zeichnung.

»In letzter Zeit sprichst du häufig von Italien. Hast du Heimweh?«

»Heimweh? Nein, ganz bestimmt nicht.«

Sie setzte sich neben ihn auf den Boden. Ein alter Mückenstich in ihrem Nacken juckte, und sie kratzte die Stelle ausgiebig.

»Ich habe lange nachgedacht. Über unser Leben hier in Asien.«

»Hast du keine Lust mehr zu reisen?«, fragte er alarmiert.

Er hatte Angst, sein Leben ändern zu müssen, sie konnte es in seinen Augen sehen. Wenn du wüsstest, was auf dich zukommt, dachte sie niedergeschlagen. Wie soll ich es dir beibringen, ohne alles kaputtzumachen? Es war nicht fair, dass er für ihre Lügen leiden musste, doch es ließ sich nicht vermeiden.

»Gefällt Asien dir nicht mehr?«, hakte er nach.

»O doch. Wie könnte es mir nicht gefallen? Ich bin glücklich hier, unter richtigen Menschen mit echten Gefühlen. Nicht wie meine Familie.«

Ihr Blick folgte einer vom Alter gebeugten Frau, die quer über den Platz ging, ein totes Huhn unter dem Arm. Giulia dachte an den Morgen, an dem sie in einem Dim-Sum-Restaurant in Penang aus Versehen Hühnerfüße bestellt hatten. Paul hatte sich geschüttelt, als er viel zu spät begriff, worauf er herumkaute. Inzwischen würde es ihm nichts mehr ausmachen.

»Ich werde nie vergessen, was für wunderbare Dinge wir gemeinsam erlebt haben«, sagte sie.

»Warum sprichst du in der Vergangenheit? Ist es denn schon vorbei?«

»Wir sind doch hier in Nepal. Wie könnte es vorbei sein?«

Paul lächelte. Typisch für ihn, dass er sich mit einer derart ausweichenden Antwort zufriedengibt, dachte sie. Er war erwachsener geworden in Asien, neigte aber immer noch dazu, Probleme einfach zu ignorieren. Sie legte sich auf den Rücken und schloss die Augen. Das Pflaster war angenehm warm, doch Giulia fröstelte, als sie an den Brief in ihrer Tasche dachte. Sie öffnete ihre Augen wieder und sah traurig zum Himmel. Er war grau und leer.

Der Nepali brachte zwei Teller mit dampfenden Momos, tibetischen Teigtaschen, die Paul so liebte, und stellte sie auf den wackligen Holztisch, an dem sie Platz genommen hatten. Paul machte sich über seine Portion her, als hätte er seit Tagen nichts zu essen bekommen. Giulia hingegen schob ihren Teller beiseite und sah zu, wie die Sonne hinter dem Rand des Tals unterging. Nicht mehr lange, und es würde dunkel sein. Als sie daran dachte, wie bald auch ihr freies, unbeschwertes Leben ein Ende finden würde, verlor sie den Appetit.

»Willst du meine Momos haben?«

»Ich dachte, du hast Hunger?«

»Dachte ich auch.«

»Was ist los mit dir?«

»Mir geht so vieles durch den Kopf.«

»Was denn zum Beispiel?«

Sie zuckte mit den Schultern. Wo sollte sie beginnen?

»Erinnerst du dich an Varanasi?«, fragte sie schließlich.

Bevor sie nach Kathmandu gekommen waren, hatten Giulia und Paul zwei Wochen in der heiligen Stadt am Ganges verbracht. Sie hatten in der Nähe des Ghats gewohnt, auf dessen breiten Treppen hinunter in den Fluss bei Tag und Nacht Leichen verbrannt wurden. Ständig hatte ein schwerer, süßlicher Geruch in der Luft gehangen, und manchmal hatte der Südwind klebrige Ascheflocken durch das geöffnete Fenster in ihr Zimmer getragen. Paul hatte den Anblick der Kranken und Sterbenden kaum ertragen und war erleichtert gewesen, als sie die Stadt endlich verließen. Auf Giulia hatte Varanasi eine ganz andere Wirkung gehabt. Obwohl sie zuvor noch nie einen Toten gesehen hatte, wohnte sie sogar freiwillig einer Einäscherung bei. Es hatte sie große Überwindung gekostet zuzuschauen, wie der Leichnam des Mannes über Stunden hinweg vom Feuer verschlungen wurde, wie seine Knochen in der Hitze ächzten und knackten und schließlich der Schädel aufplatzte, aber gleichzeitig war das Erlebnis für sie eine Offenbarung gewesen.

»Wenn ich sterbe, möchte ich auch verbrannt werden«, sagte sie. »Es ist wie eine Reinigung, die einen von allen Sünden und Lügen befreit.«

»Ich dachte, du möchtest in Lamalera begraben sein?«

Paul nutzte die Gelegenheit, um das Gespräch in eine andere Richtung zu lenken. Am liebsten hätte er Varanasi aus seinem Gedächtnis verbannt, das Elend, die Flammen und den Tod.

»Stimmt. Ich bin nie so glücklich gewesen wie in Lamalera. Dort würde ich meine Ruhe finden.«

»Wir können jederzeit wieder hinfahren, wenn du es möchtest.«

»Nein. Irgendwann werde ich dorthin zurückkehren, aber nicht jetzt«, sagte sie und verfiel in nachdenkliches Schweigen.

Nachdem Paul auch die zweite Portion aufgegessen hatte, wischte er sich mit dem Ärmel seines Hemdes den Mund ab.

»So, und was machen wir jetzt? Wollen wir nach Hause gehen?«

»Ja. Aber lass uns auf dem Weg noch ein paar Briefmarken kaufen.«

»Wem hast du geschrieben? Veronika?«

»Nein, Vincenzo. Ich möchte den Brief unbedingt heute noch einwerfen.«

Sie wohnten in der Annapurna Lodge, einer der besseren Unterkünfte in der Freak Street, Kathmandus alter Hippiehochburg. Die Decke ihres spartanisch eingerichteten Zimmers war so niedrig, dass Paul sich regelmäßig den Kopf am Türrahmen anschlug, dafür war es billig und hatte dicke Wände, die im Winter die Kälte und im Sommer die Hitze fernhielten.

Draußen in den Straßen war es still. Die Nacht war längst hereingebrochen, und Kathmandu ging früh schlafen. Giulia lag neben Paul auf dem Bett und rauchte bereits ihre zweite Zigarette.

»Was ist los? Macht Sex dich neuerdings nervös?«, scherzte er.

Sie drehte den Kopf zu ihm, ohne etwas zu sagen. Dann blickte sie wieder zur Decke.

»Bist du sauer? Hat es dir nicht gefallen?«

»Was soll der Blödsinn? Natürlich hat es mir gefallen«, sagte sie gereizt.

Als Paul betroffen schwieg, bereute sie ihren Ausbruch sofort.

»Ich bin traurig«, murmelte sie.

»Warum? Stimmt etwas nicht mit uns?«

»Nein, das ist es nicht. Zwischen uns ist alles in Ordnung, aber wir sind nicht allein auf der Welt. Es wird Zeit, dass wir erwachsen werden und die Verantwortung für unser Leben übernehmen.«

»Was meinst du damit?«

Giulia seufzte leise. Er hatte nicht die leiseste Ahnung, wovon sie sprach. Wie sollte sie anfangen? Sie setzte sich im Bett auf.

»Lass uns spazieren gehen«, bat sie. »Ich habe dir einiges zu sagen.«

Der Durbar-Platz war still und menschenleer. Über dem alten Königspalast hing ein großer ausgeblichener Mond und tauchte die mittelalterlichen Gebäude in weiches Licht. Giulia allerdings nahm die Romantik des Orts nur gedämpft, wie aus weiter Ferne wahr. Sie ergriff Pauls Hand und zog ihn hinter sich her, auf die unterste Stufe des zentralen Tempels.

»Habe ich mich sehr verändert, seit wir Rom verlassen haben?«, fragte sie.

»Und ob. In Rom hast du allein für den Friseur mehr Geld ausgegeben, als du jetzt zum Leben brauchst.«

Seine oberflächliche Antwort enttäuschte sie. Merkte er denn nicht, wie wichtig es ihr war? Manchmal hatte sie den frustrierenden Eindruck, dass seine Ernsthaftigkeit allein der Malerei vorbehalten war.

»Ich meine innerlich, Paolo. Als Mensch.«

Er schwieg lange, bis er die richtigen Worte gefunden hatte.

»Du bist viel ruhiger geworden, und toleranter. Du freust

dich über Dinge, die dir früher nichts bedeutet haben. Du hast gelernt, Unannehmlichkeiten hinzunehmen, ohne dich zu beschweren. Und du bist anderen Menschen gegenüber freundlicher geworden.«

Giulia verzog den Mund und studierte gedankenverloren die Hornhaut an ihren Füßen. Seit sie nach Asien gekommen war, ging sie viel barfuß.

»Stimmt das wirklich? Dann muss ich früher abscheulich gewesen sein«, sagte sie tonlos.

»So habe ich es nicht gemeint.«

»Entschuldige dich nicht für die Wahrheit. Ich bin heilfroh, dass du nicht so verlogen bist wie meine Familie.«

Sie trat nach einem Kieselstein. Er sprang davon und scheuchte eine Ratte auf, die in wilder Flucht quer über den Platz davonhuschte.

»Oder wie ich«, fügte sie hinzu und stand auf. »Komm, gehen wir weiter.«

Er folgte ihr schweigend durch die nächtliche Stadt, bis sie in ein ärmliches, ihnen unbekanntes Viertel kamen. Vor ihnen öffnete sich ein Platz mit einem hohen Tempel in der Mitte, dessen Umrisse sich scharf im hellen Mondlicht abzeichneten. Am Rand des Platzes entdeckte Giulia einen Briefkasten. Kurz entschlossen nahm sie den Brief aus ihrer Tasche und warf ihn ein, dann lehnte sie sich mit dem Rücken an die Hauswand daneben, verschränkte die Arme vor der Brust und holte tief Luft.

»Ich muss zurück nach Italien«, sagte sie.

»Nach Italien?«, fragte Paul ungläubig. »Was willst du denn da? Hast du kein Geld mehr?«

»Das ist es nicht.«

»Dann sag mir endlich, was es ist«, drängte er gereizt. »Den ganzen Tag schon redest du um den heißen Brei herum, während ich wie ein Trottel hinter dir herlaufe.«

Giulia nickte stumm. Paul hatte recht: Es war an der Zeit, ihm endlich die Wahrheit zu sagen.

»Ich habe einen Scherbenhaufen hinterlassen, als wir aus Italien weggegangen sind. Damals war es mir gleichgültig, aber jetzt ist es nicht mehr so. Auf unserer Reise habe ich eingesehen, wie wichtig Ehrlichkeit ist. Ich will endlich ein aufrichtiges Leben führen.«

»Ich verstehe immer noch nicht, worauf du hinauswillst.«

Natürlich nicht, dachte sie und brach in Tränen aus. Wie solltest du auch, nachdem ich dich die ganze Zeit belogen habe?

»Ich habe mich gedrückt, Paolo«, schluchzte sie. »Vor der Wahrheit und ihren Konsequenzen.«

»Ich kann nicht zurück nach Italien! Hast du das vergessen?«

»Nein, ich habe es nicht vergessen«, flüsterte sie, am ganzen Körper zitternd. Wenn es möglich gewesen wäre, hätte sie alles bereits Gesagte zurückgenommen, doch das Messer war angesetzt, es gab kein Zurück.

»Verlass mich nicht. Das würde ich nicht aushalten.«

Paul war kreidebleich, als er ihre Hand nahm und drückte. Angst überzog ihn wie eine zweite Haut.

»Ich will dich nicht verlassen«, versicherte sie. »Im Gegenteil: Ich brauche deine Hilfe. Falls du mir verzeihen kannst.«

»Was soll ich dir verzeihen?«

»Lass uns dort hinaufgehen«, bat sie mit einem Blick auf den Tempel. »Ich muss mich setzen.«

Paul ging voran, Giulia folgte ihm mit unsicheren Schritten die steilen Stufen hinauf. Wie üblich gab es kein Geländer. Kurz bevor sie die obere Plattform erreicht hatten, wurde die Tür des Tempels von innen aufgestoßen und ein schmächtiger Mann trat heraus. Mit gesenktem Kopf hastete er zur Treppe, schnurstracks auf Paul zu, der abwehrend die Hände ausstreckte.

»Immer schön langsam«, rief Paul, »sonst fallen wir am Ende noch die Treppe hinunter.«

Der Mann, ein Europäer um die vierzig, fuhr erschrocken zusammen, als er die beiden erblickte. Wie ertappt stolperte er einen Schritt zurück, und Giulia sah, dass er ein in Stoff gewickeltes Bündel an die Brust gepresst hielt. Auch sein Gesicht war im Schein des Mondes gut zu erkennen: der schmale Oberlippenbart, eine scharf geschnittene Nase und wässrige, nervös flackernde Augen.

»Was wollen Sie von mir?«, rief er auf Englisch. Er hatte einen ausgeprägten britischen Akzent.

»Gar nichts«, sagte Paul und hob beschwichtigend die Hände. »Wir machen nur einen Spaziergang.«

»Dann sehen Sie zu, dass Sie sofort hier verschwinden und mich in Ruhe lassen«, zischte er mit der Verzweiflung eines in die Ecke gedrängten Nagetieres.

»Sie haben mir gar nichts zu sagen«, fauchte Paul zurück. »Was haben Sie da eigentlich im Arm? Geraubte Tempelschätze?«

Giulia wusste, dass Paul den Mann nur provozieren wollte und es nicht ernst meinte, doch der Engländer schnappte hörbar nach Luft und erbleichte. Im nächsten Moment machte er einen Satz nach vorn und versetzte Paul, der noch immer auf der vorletzten Stufe stand, einen heftigen Stoß vor die Brust. Der Angriff kam so überraschend, dass Paul das Gleichgewicht verlor und wild mit den Armen rudernd nach hinten fiel. Giulia versuchte ihn aufzufangen, aber er riss sie mit sich, und sie stürzten rückwärts die steile Treppe hinunter.

Der kurzen Schwerelosigkeit des Falls folgte eine harte Landung. Giulia schrie gellend auf, als die Wucht des Aufpralls ihre rechte Schulter zerschmetterte. Bruchteile einer Sekunde später landete Paul auf ihr. Sie spürte noch, wie das Gewicht seines Körpers ihren Hals über die Kante einer Treppenstufe zurückbog, dann waren die Schmerzen vorüber.

Es dauerte mehrere Minuten, bis Paul wieder zu sich kam. Er war beim Sturz mit dem Kopf aufgeschlagen und hatte das Bewusstsein verloren. Sein gesamter Körper schmerzte, und als er vorsichtig seinen Hinterkopf betastete, fasste er in warmes Blut. Die Erinnerung kehrte nur langsam zurück. Warum hatte der

Mann ihn gestoßen? Und wo war Giulia? Mühsam richtete Paul sich auf und sah sich um. Sie lag etwas über ihm, regungslos, und ihr Kopf hing in einem unnatürlichen Winkel über eine Stufe hinab. Ein heftiges Stechen fuhr durch seine Hüfte, als er aufstand und mühsam zu ihr hinaufhumpelte. Giulias Augen waren offen, im hellen Mondlicht konnte er sogar die goldenen Sprenkel darin erkennen, die sie so einzigartig gemacht hatten. Paul berührte erst sacht ihre Schulter, dann rüttelte er sie, aber sie rührte sich nicht, sondern starrte ausdruckslos durch ihn hindurch.

»Giulia!«, flüsterte er. »Hörst du mich? Hörst du mich?«

Sie hörte ihn nicht. Vorsichtig nahm Paul ihren Kopf zwischen seine Hände. Ihr Gesicht war warm und noch feucht von den vor kurzem vergossenen Tränen, doch sie zeigte kein Lebenszeichen. Als er sie anhob, hing ihr Körper schwer und schlaff in seinen Armen.

Giulia war tot. Gestorben in einem fremden Land, in das ihre Liebe zu ihm sie verschlagen hatte. Er heulte auf wie ein gequältes Tier, das nicht begreifen konnte, warum es Schmerzen leiden muss.

Später hatten zwei Polizisten ihm Giulias Leiche entrissen und sie in ein Auto geladen. Er hatte wie von Sinnen geschrien, als der Wagen abfuhr, danach verlor sich seine Erinnerung in unbestimmter Dunkelheit. Nun saß er seit Stunden im Polizeipräsidium von Kathmandu und beantwortete die Fragen des kleinen gedrungenen Inspektors mit den schweren Augenlidern. Sein Englisch war gut, und er strahlte die Ruhe langjähriger Erfahrung aus. Er hatte sich den Täter von Paul beschreiben lassen und umgehend eine Großfahndung nach ihm eingeleitet. Wie sich herausstellte, hatte der Mann nicht nur eine Ausländerin getötet, was dem Fall allemal genug Brisanz verlieh, sondern auch noch eine vom Volk verehrte Statue aus dem Tempel gestohlen.

Paul hatte grauenhafte Kopfschmerzen. Er konnte kaum einen klaren Gedanken fassen, als der Inspektor ihn aufforderte, alles noch einmal von vorn zu erzählen und an jedes kleinste Detail zu denken. Wie oft hatte er seine Aussage bereits wiederholt? Fünfmal? Achtmal? Zwölfmal? Am liebsten wäre er aufgesprungen und hätte den Inspektor angebrüllt, dass er ihn in Ruhe lassen solle, aber ihm fehlte die Kraft zu einer Auseinandersetzung, also fügte er sich und erzählte alles noch einmal von vorn. Es kam ihm vor, als würde er eine vor langer Zeit in einem Buch gelesene Geschichte nacherzählen, ohne jeden Bezug zu ihm selbst.

Der Morgen dämmerte bereits, als der Inspektor endlich sein Notizbuch zuklappte und ihn mit einem aufmunternden Schulterklopfen entließ. Ein junger Polizist fuhr ihn mit dem Auto zur Annapurna Lodge und ließ sich dort seinen Reisepass aushändigen. Paul beschwerte sich nicht. Es wäre ihm auch egal gewesen, wenn sie ihn eingesperrt hätten. Giulia war tot, und was mit ihm und dem Rest der Welt geschah, war jetzt gleichgültig.

Wider Erwarten gelang es Paul, in den Schutz des Schlafs zu entkommen, aber als er am frühen Nachmittag die Augen aufschlug, holte die Realität ihn sofort wieder ein. Giulia war eine Treppe hinabgestürzt und hatte sich das Genick gebrochen. Es war kein Traum gewesen, aus dem er erwachen konnte, und alles war wieder gut. Nichts würde jemals wieder gut sein.

Als er sich aufrichtete, spürte er jeden Knochen in seinem Leib. Er ignorierte die Schmerzen und zog sich an. Giulias Eltern mussten erfahren, dass sie tot war. Auch wenn sie kein gutes Verhältnis zueinander gehabt hatten, blieb sie doch ihre Tochter.

Auf der Treppe merkte er, wie schwach seine Beine waren. Seit den Momos am Nachmittag zuvor hatte er nichts mehr gegessen, und allein der Gedanke an ein Frühstück verursachte ihm Übelkeit. Später, sagte er sich, irgendwann.

Im Postamt herrschte Hochbetrieb, und er reihte sich in die

lange Schlange der Wartenden ein, um das Gespräch nach Italien anzumelden. Während er auf einer Holzbank saß und darauf wartete, dass es durchgestellt wurde, kehrten die Kopfschmerzen zurück. Paul fand es angemessen, dass er Schmerzen hatte. Es war gerecht und erfüllte ihn sogar mit einer gewissen Befriedigung. Nach zwanzig Minuten rief ein Schalterbeamter seinen Namen und wies ihm eine der engen Telefonzellen zu.

»Pronto?«

»Signor Morosini, hier spricht Paul Handewitt.«

»Was wollen Sie?«, fragte eine abweisende Stimme.

»Etwas Schreckliches ist passiert.« Paul stockte. »Giulia ist gestorben.«

Lange Zeit herrschte Stille. Paul fürchtete, dass die Verbindung unterbrochen war, doch dann sprach Giulias Vater wieder.

»Deshalb hätten Sie nicht anrufen müssen. Für mich ist sie schon lange tot.«

Nach einem kurzen eisigen Schweigen klickte es, und die Leitung war still. Paul war fassungslos. Wie konnte Giulias Vater mit derart kalter Gleichgültigkeit reagieren? Seine Tochter war gestorben! Musste nicht die ganze Welt um ihren Verlust trauern? Stumm hielt er den Telefonhörer umklammert und war unendlich einsam.

An die nächste Zeit hatte Paul nur vage Erinnerungen, als hätte er sie im Fieber oder unter schweren Drogen verbracht. Er sehnte sich nach Ruhe und wollte unbedingt allein sein, aber vorher hatte er noch eine Aufgabe zu erfüllen, der er sich weder entziehen konnte noch wollte: Giulia einen würdigen Abschied von dieser Welt zu schenken. Es war das Mindeste, was er ihr schuldete.

Obwohl Giulias Familie keinen Anspruch erhob, gab es bürokratische Verwicklungen um die Freigabe der Leiche, weil Paul mit Giulia weder verwandt noch verheiratet war. So verbrachte er einen vollen Tag damit, zwischen dem Polizeipräsidium, der italienischen Botschaft und dem Leichenschauhaus zu pendeln, doch wie sehr er auch um Hilfe bat, drohte, fluchte oder flehte, er kam keinen Schritt voran. Abends setzte er sich in ein billiges Restaurant und trank ein Bier nach dem anderen. Er wollte vergessen, aber es gelang ihm nicht. Später wurde ihm von dem Alkohol so schlecht, dass er sich in seinem Zimmer übergeben musste und noch elender fühlte.

Am nächsten Morgen saß er beim Frühstück und überlegte, was er tun konnte, als ein Signor Bignami, Angehöriger der italienischen Botschaft, in der Annapurna Lodge anrief und nach ihm fragte. Nach internem Hin und Her sei Giulias Akte auf seinem Schreibtisch gelandet, und er versprach, sich für eine schnelle Lösung des Problems einzusetzen. Bignami stamme wie Giulia aus Venedig und nähme die Sache daher persönlich.

Am späten Nachmittag des gleichen Tages stand Paul samt Totenschein und der Genehmigung zur Kremation in einem kleinen Saal mit weiß gefliesten Wänden. Vor ihm auf einer Bahre lag Giulias Leichnam. Sie sah fremd aus. Kleiner und schmaler, als er sie im Leben gekannt hatte, und sehr blass. Vorsichtig berührte er ihr Gesicht und schrak zurück. Kalt und leblos wie Stein. Er ließ sich gegen die Wand sinken und schloss die Augen; in seinen Ohren rauschte das Blut. Dies ist nicht Giulia, dachte er und versuchte ihre Wärme und Lebendigkeit heraufzubeschwören: die goldenen Sprenkel in den hellbraunen Augen und die gekräuselten Linien auf dem Ansatz ihrer schmalen Nase, wenn sie lachte. Der widerspenstige Mund, der ihre Neigung zum Rebellieren verriet, ihr stets etwas zu lautes Lachen – alles war verloren. Wo immer Giulia sein mochte, in diesem trostlosen Raum war sie nicht.

Trotzdem hatte er eine Pflicht zu erfüllen. Er gab sich einen Ruck und nahm das weiße Kleid aus seiner Tasche, das er am Nachmittag gekauft hatte. Die Tote anzukleiden war eine traurige und schwere Arbeit, und obwohl der Raum kühl war, stand ihm der Schweiß im Gesicht. Als er fertig war, legte er Giulia einen Kranz aus weißen Blüten um den Kopf und trat zurück.

Kann ich es tun?, fragte er sich. Oder ist es geschmacklos? Paul dachte an die lange Tradition der Totenmasken in Europa und sagte sich, dass er im Grunde nichts anderes vorhatte. Nachdem er sich versichert hatte, dass niemand in der Nähe war, holte er Zeichenpapier und Bleistift hervor und begann die Tote zu skizzieren. Er arbeitete konzentrierter und sorgfältiger als je zuvor. Die erste Zeichnung war naturalistisch, akkurat wie ein Foto, aber Paul war nicht zufrieden damit. Er wollte etwas anderes darstellen.

Beim zweiten Bild versuchte er über das Sichtbare hinauszugehen, die Oberfläche mit seiner Liebe, Trauer und Sehnsucht zu durchdringen, bis sie die Zeichnung ganz ausfüllten und ihr die Bedeutung und den Ausdruck gaben, die er sich wünschte. Paul zeichnete mit dem Herzen, unter Tränen, bis er den düsteren Boden seiner Seele erreicht hatte. Völlig erschöpft zog er den letzten Strich. Als er das fertige Bild in den Händen hielt, wusste er, dass er nichts Besseres hätte schaffen können. Mehr hatte er Giulia nicht zu geben. Zum Abschied drückte er seine Lippen leicht auf ihre eiskalte Stirn.

»Ich liebe dich, Giulia. Morgen früh komme ich wieder und bringe dich an einen besseren Ort«, versprach er.

Als Paul gehen wollte, wurde er in ein kleines Büro gebeten, wo ihm ein Paket mit Giulias Kleidung und den Dingen, die sie zum Zeitpunkt ihres Todes bei sich getragen hatte, ausgehändigt wurde. Nachdem er den Erhalt auf einem Formular mit ihm unverständlichen Schriftzeichen quittiert hatte, nahm Paul das Paket unter den Arm und verließ das Leichenschauhaus. Auf dem Weg in die Freak Street dachte er daran, dass der Mörder immer noch frei herumlief. Trotz intensiver Nachforschungen und verstärkter Grenzkontrollen gab es keine Spur von dem Engländer. Nicht einmal dieser Trost blieb ihm.

In seinem Zimmer angekommen, öffnete er das Paket und

breitete den Inhalt auf dem Bett aus: die Überbleibsel eines verloschenen Lebens. Spontan griff er nach dem Lederband mit dem Walfisch und legte es sich um den Hals, dann kauerte er sich in einer Ecke des Zimmers auf den Boden und wartete, dass die Zeit verging.

Es war noch dunkel, als Paul aus einem kurzen unruhigen Schlaf erwachte. Er blieb im Bett liegen und rauchte eine Zigarette, während draußen die Hähne krähten. Sobald das erste Licht der Dämmerung am Himmel erschien, stand er auf und putzte sich die Zähne. Sein Spiegelbild zeigte einen unrasierten jungen Mann mit hohlen Wangen und schwarzen Schatten unter den Augen. Er sah furchtbar aus, aber was machte es schon? Das Leben war furchtbar.

Signor Bignami hatte auf Kosten der Botschaft zwei Helfer für den Transport der Leiche angeheuert. Als Paul zur Leichenhalle kam, hockten die beiden Nepalis bereits neben dem Eingang auf dem Boden und erwarteten ihn. Wenige Meter weiter stand ein hochrädriger Karren, vor den ein müde wiederkäuender Ochse gespannt war. Die Männer erhoben sich, um ihn mit ernsten Gesichtern zu begrüßen.

Sie klingelten, und ein alter Mann öffnete die Tür. Er ließ sich den Empfang der Leiche schriftlich bestätigen und humpelte dann voran zu dem gefliesten Raum. Paul schnürte es die Luft ab, als er ihm durch die dunklen klaustrophobischen Gänge folgte. Ein ganzer Felsen lag auf seiner Brust und erstickte ihn. Das ist mehr, als ich ertragen kann, dachte er. Warum durfte ich nicht mit dir sterben? Sein Blick verschwamm, und die Wände begannen zu schwanken, aber er ging verbissen weiter. Ich muss, dachte er, ich muss es durchstehen. Als er stolperte, fing der Alte ihn auf und stützte ihn.

»*You okay?*«, fragte er besorgt.

»*Okay*«, antwortete Paul, obwohl sich alles um ihn herum drehte. »*I am okay, no problem.*«

Er lehnte sich an die Wand, um Kraft zu sammeln, als seine Beine plötzlich nachgaben und er zu Boden sackte. Der Alte ging neben ihm in die Hocke, was ihm mit seinem steifen Bein nicht leichtfiel, und legte fürsorglich seine Hand auf Pauls Schulter. Er schien beruhigt, als er sah, dass der junge Mann bleich, aber bei Bewusstsein war.

»People die, always sad«, sagte er. *»But young lady die, very much sad. My job, I know.«*

Paul blickte in die trüben, weisen Augen des alten Nepali, die vermutlich mehr Elend gesehen hatten, als er sich vorstellen konnte. Ohne darüber nachzudenken, schlang er seine Arme um den Alten, zog ihn fest an sich, als würde er ihm den Halt geben können, nach dem Paul sich sehnte, und fing an zu schluchzen. Der Nepali ließ ihn weinen.

Nach einigen Minuten hatte Paul sich so weit gefangen, dass er weitergehen konnte. Er stand auf und half auch dem Alten wieder auf die Beine.

»I'm sorry«, sagte er und wischte sich die letzten Tränen aus dem Gesicht. *»I'm so sorry.«*

»No problem. You okay now?«

»Yes, I'm okay now.«

Als sie den gekachelten Saal erreichten, öffnete der Alte das Fach, in dem Giulia lag. Die beiden Helfer legten sie vorsichtig auf die Holztrage; dabei rutschte ihr der Blütenkranz vom Kopf und fiel zu Boden. Paul bückte sich, um ihn aufzuheben, aber die weißen Blüten waren über Nacht welk geworden, und er ließ sie liegen. Draußen hoben seine Helfer die Trage mit dem Leichnam auf den Karren und warteten auf Pauls Zeichen. Giulia war bereit für ihre letzte Reise.

Die Nepalis führten den Ochsen schweigend durch die erwachende Stadt in Richtung Osten, während Paul verloren hinter dem Karren hertrottete. Kaum jemand beachtete die armselige Prozession. In Nepal war der Tod keine große Sache.

Pashupathinath war die wichtigste hinduistische Kultstätte des Landes und lag ein Stück außerhalb der Stadt am heiligen Fluss Bagmati. Auch Nepals Könige wurden nach ihrem Tod an seinem Ufer verbrannt, natürlich auf eigens dafür vorgesehenen Ghats. Manche Privilegien überdauern selbst den Tod.

Giulia hingegen wurde von den nepalesischen Helfern zu den Plattformen für das einfache Volk südlich der Brücke getragen. In einer schäbigen Halle kaufte Paul das Holz für die Einäscherung, danach hockte er sich auf den nackten Steinboden und beobachtete, wie die Nepalis den Scheiterhaufen aufschichteten und Giulias Leiche darauf betteten.

Als sie fertig waren, zündete der Ältere der beiden eine Fackel an und überreichte sie Paul. Dann verabschiedeten sie sich mit einem Kopfnicken und gingen. Er war allein. Niemand war da, um ihm Trost zu spenden oder bei seiner schwierigen Aufgabe beizustehen.

So fühlt sich also wahre Einsamkeit an, dachte er. Ohne Giulia war sein Leben sinnlos. Was sollte er mit den vielen, sich feindlich und leer vor ihm dehnenden Jahren anfangen? Er stand auf und trat mit der Fackel zum Scheiterhaufen. Alles um ihn herum verschwamm, bis nur noch Giulias Gesicht unruhig vor ihm tanzte. Vergib mir, dachte er und schloss die Augen. Dann streckte er seinen Arm aus, um Feuer an das trockene Holz zu legen. Das gierige Knistern des brennenden Strohs verriet ihm, dass es getan war. Etwas in Paul zerriss, und er wusste, dass diese Wunde niemals heilen würde.

Ein Windstoß fuhr durch das enge Tal des Bagmati und ließ die Flammen auflodern. Paul sah zu, wie die Haut in Giulias Gesicht sich schwarz verfärbte und zersprang. Der Anblick war unerträglich, und doch konnte er den Blick nicht abwenden. Er wollte sehen und sich für immer einprägen, wie seine große Liebe vor seinen Augen zu Asche verbrannte. Seine einzige Liebe.

»Ich schwöre, dass ich dich niemals vergessen werde«, flüsterte er. »Du wirst immer bei mir sein.«

Dichter schwarzer Rauch stieg vom Scheiterhaufen in den Himmel auf und verbreitete einen beißenden Geruch. Paul wurde übel, und als der Leichnam sich unter der Macht der Hitze zu winden begann, packte ihn das Grauen. Giulia hatte von Reinigung und Befreiung gesprochen, aber er spürte nichts dergleichen. Nur Elend, Verzweiflung und Hoffnungslosigkeit.

Es dauerte Stunden, bis der Scheiterhaufen vollständig niedergebrannt war. Die Nepalis streuten die Überreste ihrer Toten in den Bagmati, damit sein Wasser sie weiter in den Ganges trug, aber Paul hatte andere Pläne. Er kniete sich auf den harten Stein und füllte Giulias Asche sorgfältig in eine mitgebrachte Urne.

TEIL 2

XUE LIAN

Januar bis Juli 1999

1
Weiße Blüten

Leise chinesische Musik drang in den Garten, als Julie die Tür öffnete und auf die Veranda trat. Sie sog den süßlichen Duft von Jasmin und Frangipani ein, der aus dem Dunkel herüberwehte, und blickte zum Himmel. Eine Nacht voller Sterne dehnte sich über dem von alten Bäumen umstandenen Bungalow, den ein englischer Kolonialbeamter in den dreißiger Jahren am Fuß des Penang Hill hatte bauen lassen, um dort Zuflucht vor der Hitze und dem Schmutz der Stadt zu finden. Er hätte sich nicht träumen lassen, dass wenige Generationen später eine junge Chinesin sein Haus bewohnen würde.

Sie trug einen dunkelblauen *Qipao*, ihr Lieblingsstück, von einem Spezialisten für traditionelle chinesische Gewänder in Georgetown maßgefertigt. Sein Schnitt betonte ihre schmale Taille, und sie liebte das leise Rascheln der Seide, wenn sie sich bewegte.

Julie ging zurück ins Haus und setzte sich vor den Schlafzimmerspiegel, um ihr pechschwarzes, bis zu den Hüften reichendes Haar zu bürsten. Als sie mit seinem Glanz zufrieden war, legte sie die Bürste beiseite und steckte die Haare zu einer komplizierten Frisur auf, in der sie zum Abschluss einen Kamm aus Elfenbein befestigte. Bevor sie sich schminkte, betrachtete sie ihr Spiegelbild und fragte sich wieder einmal, woher wohl die für ihre Familie untypisch ausgeprägten Wangenknochen stammen mochten. Die ausdrucksstarken Augen jedenfalls hatte sie eindeutig von ihrer Mutter, ebenso die feinen halbmondförmigen Brauen.

Ein Blick auf die Uhr erinnerte sie daran, dass sie sich beeilen musste. Routiniert trug sie Wimperntusche und einen dezenten Lidschatten auf. Nur mit der Wahl des Lippenstifts hatte sie wie üblich ein Problem. War das Rot zu stark, zu auffällig? Sie starrte in den Spiegel und zögerte. Mit ihren vollen Lippen und makellosen Zähnen konnte sie sich die kräftige Farbe leisten, andererseits scheute sie sich, die natürliche Sinnlichkeit ihres Mundes noch zu betonen und damit eventuell einen falschen Eindruck zu erwecken.

Nur wenige Menschen konnten sich Julie Lins Schönheit entziehen, was sie nicht selten als Fluch empfand, denn ihr selbstsicheres Auftreten täuschte darüber hinweg, dass sie im Umgang mit Männern schüchtern und unerfahren war. Sie stellte hohe Ansprüche, und bis auf einen einzigen, vor langer Zeit, hatte bisher kein Mann ihren Vorstellungen entsprochen. Seitdem hatte sie gelernt, das Alleinsein jedem faulen Kompromiss vorzuziehen.

Es klingelte an der Tür. Harry war da. Ohne Eile steckte Julie ihre Perlenohrringe an, bevor sie zum Abschluss in ein Paar High Heels schlüpfte. Die Absätze waren zu hoch, um perfekt zum Qipao zu passen, aber sie brachten ihre langen Beine zur Geltung. Diese kleine Eitelkeit gönnte sie sich.

Vor der Tür stand ein untersetzter, etwa dreißig Jahre alter Chinese mit fast kahl rasiertem Schädel. Aus seinem runden Gesicht blickten wache Augen.

»Himmel, du siehst umwerfend aus. Wie lange hast du dafür gebraucht?«

»Ziemlich lange«, gestand sie lächelnd.

Julie schloss die Tür ab und folgte ihm zu seinem Wagen. In ihren Schuhen überragte sie ihn um ein gutes Stück, doch damit musste Harry leben.

»Ich habe nicht die geringste Lust, auf diese Party zu gehen«, klagte er, als sie an der Pferderennbahn vorbei nach Norden fuhren. »Was sollen wir da?«

»Tan Chee Wah hat viel für mich getan. Wir brauchen nicht lange zu bleiben, aber ich kann seinen Geburtstag unmöglich ignorieren.«

»Du weißt, dass meine Mutter auf uns wartet.«

Harrys Drängeln missfiel Julie, aber da er nur ihretwegen mitkam, beschwerte sie sich nicht. Später waren sie noch bei seinen Eltern eingeladen, und sie hoffte, dass er ihre Zustimmung zu diesem gemeinsamen Essen nicht zum Anlass für Erwartungen nahm, die sie weder erfüllen konnte noch wollte.

Sie ging seit einem halben Jahr mit Harry aus, weil er aufmerksam, amüsant und ein intelligenter Gesprächspartner war. Das Problem bestand darin, dass er sich in sie verliebt hatte, sie seine Gefühle aber nicht erwiderte. Trotzdem suchte sie weiterhin seine Gesellschaft, solange er akzeptierte, dass sie alle körperlichen Annäherungsversuche zurückwies. Sie mochte ihn, und außerdem hatte sie nicht viele Freunde in Malaysia.

Der blaue Toyota rollte langsam durch den vornehmen Villenvorort Taman Jesselton westlich der Inselhauptstadt Georgetown, bis sie das hell erleuchtete Haus gefunden hatten. Hinter dem gepflegten Garten zog sich tropisches Grün den Berg hinauf: die beste Lage im teuersten Wohngebiet der Insel.

Tan Chee Wah war ein unscheinbarer, schmächtiger Chinese mit schütterem Haar. Man hätte ihn für einen Rentner halten können, der seine Tage damit verbrachte, im Garten zu sitzen und die Goldfische im Teich zu füttern; stattdessen leitete er ein Familienimperium, mit Umsicht und, falls nötig, gnadenloser Härte. Sein Erfolg beruhte auf der Fähigkeit, Tradition mit moderner Geschäftsführung zu verbinden.

Julie sorgte für Aufsehen, als sie, ihren schwindelerregenden Absätzen zum Trotz, mit elegantem und sicherem Gang den Salon betrat. Der hautenge, beidseitig hoch geschlitzte Qipao schmiegte sich an ihren Körper und enthüllte bei jedem Schritt ihre schlanken Beine; dennoch war es das kühle Weiß ihres Gesichts und der nackten Arme, das unter den anwesenden Chinesinnen den größten Neid erregte.

»Guten Abend, Mr Tan«, grüßte sie den Gastgeber.

»Julie! Schön, dass Sie gekommen sind.«

»Das hätte ich mir nicht nehmen lassen. Entschuldigen Sie, dass wir so spät dran sind. Es ist meine Schuld, fürchte ich.«

»Sie hat stundenlang gebraucht, um sich herauszuputzen«, ergänzte Harry.

»Und es hat sich gelohnt«, stellte Chee Wah fest. »Wie geht das Geschäft?«

»Ich kann nicht klagen, wenn ich bedenke, wie hart es am Anfang war. Sie haben mir sehr geholfen, mich trotz der Wirtschaftskrise zu etablieren.«

»Sie haben hart gearbeitet, und wenn harte Arbeit sich mit Verstand paart, zahlt sich das immer aus. Ich freue mich, wenn ich Ihnen hin und wieder helfen kann. Möchten Sie etwas trinken?«

»Sehr gern«, meinte Harry. »Ein Scotch auf Eis wäre schön.«

»Für mich bitte auch«, sagte Julie.

Chee Wah winkte einen der für den Abend angeheuerten Kellner heran und gab ihre Wünsche weiter. Als die Drinks kamen, sah der Chinese Julie wohlwollend an. Seine große Leidenschaft war die Kunst, und er gefiel sich in der Rolle ihres Förderers. Er hatte nicht nur als Erster in ihrer Galerie Bilder gekauft, sondern auch ihren Namen weitergetragen und andere bedeutende Klienten an sie vermittelt. Julie verdankte dem alten Mann viel und machte kein Geheimnis daraus.

»Mir imponieren die Zielstrebigkeit und Energie, mit der Sie Ihre Galerie aufgebaut haben. Leider vermisse ich diese Eigenschaften heutzutage bei den meisten jungen Leuten«, seufzte er und stieß mit ihr an. »Auf gute Geschäfte und ein langes Leben.«

»Und die Freundschaft«, fügte sie hinzu.

Chee Wahs Schwester bat ihn zu sich, und er ließ die beiden allein. Julie nippte an ihrem Whisky und blickte aus einem Fenster in den dunklen Garten, wo an einem Tisch zwei Personen ins Gespräch vertieft dasaßen.

»Wie sieht es aus? Können wir jetzt verschwinden?«, fragte Harry.

»Schon? Wir sind doch gerade erst gekommen.«

»Meine Eltern warten.«

»Ich muss noch mit einigen Leuten reden, bevor ich gehe. Es sind Kunden von mir da, und ich darf niemanden verprellen. Kontaktpflege. Das hast du vorher gewusst.«

»Na gut, auf eine Viertelstunde kommt es nicht an«, sagte Harry und ließ sich mit säuerlicher Miene in einen Sessel fallen, während Julie so gelassen auf die Gruppe um Chee Wah zusteuerte, als hätte sie sich ihr ganzes Leben inmitten der gesellschaftlichen Elite Penangs bewegt.

Zwanzig Minuten später, nachdem sie alle Bekannten begrüßt und mit jedem einige Worte gewechselt hatte, wurde Julie von einer ihr unbekannten Frau abgefangen und in ein belangloses Gespräch verwickelt. Sie fragte sich, was die grässlich überschminkte Chinesin von ihr wollte, als ein sonnengebräunter Mann zu ihnen trat und sich als Neffe der Unbekannten vorstellte.

»Ich bin Ronnie«, sagte er und schüttelte Julie mit einem für ihren Geschmack zu glatt geratenen Lächeln die Hand.

»Na, dann will ich euch beide mal allein lassen«, meinte die Chinesin mit bemühter Vertraulichkeit. »Mein Mann wartet am Buffet auf mich.«

Endlich begriff Julie, was gespielt wurde, und fast hätte sie laut losgelacht: Dass ein erwachsener, gutaussehender Mann seine Tante vorschickte, um mit ihr ins Gespräch zu kommen, war erbärmlich. Ronnie missdeutete ihre spöttisch heruntergezogenen Mundwinkel und schenkte ihr ein weiteres unerbetenes Lächeln

»Das Kleid steht Ihnen. Sie sehen sensationell aus«, sagte er.

»Tatsächlich?«

»Ja. Ich kann mich nicht entsinnen, jemals eine schönere Frau gesehen zu haben.«

Julie zog die Augenbrauen hoch. Sie verachtete seine durchsichtigen Komplimente ebenso wie die arrogante Routine, mit der er an ihr heruntersah, und seine Siegesgewissheit machte sie wütend. Viele Frauen mochten sich von ihm um den Finger wickeln lassen, aber mit Sicherheit nicht sie.

»Haben Sie Lust und Zeit, nächste Woche mit mir auszugehen? Sie werden es nicht bereuen.«

Seine Finger strichen anzüglich über ihren nackten Oberarm. Sie zeigte ein bezauberndes Lächeln.

»Zeit hätte ich, aber keine Lust. Ich mache mir nämlich nichts aus unreifen Wichtigtuern.«

Ronnies Gesicht versteinerte, und sie gab ihm mit diebischer Freude einen Klaps auf die Wange, bevor sie ihn stehenließ. Im Vorbeigehen streifte ihr Blick Harry. Er hatte die Szene beobachtet und gab sich nicht die geringste Mühe, seine idiotische Eifersucht zu verbergen. Julie war sich nicht sicher, über welchen der beiden Männer sie sich mehr ärgerte. Um sich zu beruhigen, ließ sie sich einen zweiten Whisky geben und trank ihn in Ruhe aus, bevor sie an Harrys Seite zurückkehrte.

Er hatte die Szene mit Ronnie noch nicht vergessen und sah sie vorwurfsvoll an. Julie seufzte innerlich und fragte sich, wann Harry sie das letzte Mal zum Lachen gebracht hatte. Es war lange her.

»Das war der geschäftliche Teil des Abends. Jetzt muss ich nur noch Chee Wahs Frau finden. Ich glaube, sie ist im Garten. Kommst du mit?«, fragte sie.

Er stand auf und folgte ihr durch die geöffnete Schiebetür. Julie atmete tief ein und schloss für einige Sekunden die Augen.

Die Wärme und Weichheit der tropischen Nächte hatten auch nach Jahren ihren Reiz nicht verloren. Schon wenige Schritte vom Haus entfernt ließ der Lärm der Party nach und wich dem Zirpen der Insekten, den Rufen streitender Eidechsen und anderer Kleintiere, die in der Dunkelheit des Gartens unterwegs waren.

Unter einem knorrigen Frangipanibaum saß Chee Wahs Frau mit einem Mann an einem Tisch, auf dem drei Kerzen standen; um sie herum lag alles in tiefer Dunkelheit. Der Anblick erinnerte Julie an zwei glückliche Menschen auf einer winzigen Insel mitten im Ozean. Als die alte Frau ihnen zuwinkte, drehte auch der Mann seinen Kopf in ihre Richtung und erhob sich zur Begrüßung. Der große, sehr schlanke Europäer trug einen Leinenanzug und hielt eine weiße Blüte in der linken Hand.

»Das ist Paul, ein alter Freund unserer Familie. Harry und Julie«, stellte Chee Wahs Frau sie einander vor.

Julie ergriff die Hand des Mannes.

»Schön, Sie kennenzulernen«, sagte sie.

»Die Freude ist auf meiner Seite.«

Er sah sie an, und mehrere Sekunden vergingen, ohne dass sie sich rühren oder etwas sagen konnte. Obwohl die beinahe unverschämte Intensität seines Blicks Julie einschüchterte, fiel es ihr schwer, sich von seinen strahlend blauen Augen loszureißen und ihre Aufmerksamkeit dem Rest seines Gesichts zuzuwenden. Paul war älter als sie, bestimmt über vierzig. Um seine ungewöhnlichen Augen herum hatten sich zahllose kleine Fältchen eingenistet, und von der Nase liefen zwei scharfe Furchen schräg an den Mundwinkeln vorbei. Mitten in der Betrachtung seines Mundes bemerkte Julie erschrocken, dass sie immer noch seine Hand hielt, und ließ sie hastig los.

»Habt ihr schon gegessen, Kinder?«, fragte Chee Wahs Frau in die Stille.

»Meine Eltern erwarten uns zum Abendessen«, sagte Harry.

»Wenn das so ist, könntest du ein paar Bücher mitnehmen? Deine Mutter hatte sie mir geliehen.«

»Selbstverständlich, kein Problem.«

»Dann lass uns ins Haus gehen, damit ich sie dir geben kann. Leistest du Paul solange Gesellschaft, Julie?«

»Sehr gern.«

»Setzen Sie sich doch«, sagte Paul, als die beiden gegangen waren, und wies auf den frei gewordenen Stuhl. Julie strich ihren Qipao glatt und folgte seiner Aufforderung. Seine Stimme war tief und beruhigend.

»Mögen Sie Frangipani?«, fragte sie mit einem Blick auf die Blüte in seiner Hand.

»Es ist meine Lieblingsblüte.«

»Was ist so besonders daran?«

»Das Weiß der Frangipani ist rein und kühl. Alles Hässliche gleitet daran ab«, sagte er bedächtig, jedes Wort genau abwägend. »Außerdem liebe ich den verführerischen Duft: intensiv, zugleich durchdringend und zart.«

»Haben Sie schon einmal Schneelotus gesehen?«

»Ich glaube nicht. Wie sieht er aus?«

»Ein Kranz aus weißen Blättern um ein tiefrotes Herz.«

Er betrachtete ihr Gesicht, und Julie erinnerte sich an ihren Anblick im Spiegel: ihre weiße Haut und der auffallend rot geschminkte Mund. Sie war Paul dankbar, als er das Thema wechselte.

»Wie nennt man diese Art von Kleid? Ich wusste es, habe es aber vergessen.«

»Auf Chinesisch heißt es *Qipao* oder *Cheongsam*.«

»Richtig. Es steht Ihnen ganz ausgezeichnet, auch die Farbe. Ein Blau für die Nacht.«

Obwohl der Mann Julie verunsicherte, gefiel ihr die Art, wie er sie ansah. Auf einmal kam es ihr so vor, als hätte sie diesen Fremden schon einmal gesehen.

»Leben Sie in Penang?«, wollte sie wissen.

»Nein. Ich komme gelegentlich hierher, weil Penang eine meiner Lieblingsstädte ist und ich einige Bekannte hier habe. Natürlich auch wegen des guten Essens«, fügte er hinzu.

»Und wo leben Sie?«

»Überall und nirgends. Ich habe ein kleines Haus in Indonesien, aber die meiste Zeit bin ich beruflich unterwegs. Es macht mir nichts aus, weil ich gern reise und zu den Menschen gehöre, die sich in Hotels wohl fühlen. Hier in Penang wohne ich immer im Cathay. Kennen Sie es?«

»Der alte weiße Bau in der Lebuh Leith?«

»Genau. Ich mag die Atmosphäre und den abgewohnten Charme.«

Wieder entstand eine Pause im Gespräch. Julie legte den Kopf zurück und lauschte dem Quaken der Frösche. Sie war sich bewusst, dass Paul sie beobachtete, aber es war ihr nicht unangenehm. Als sie wieder zu ihm sah, trafen sich ihre Augen. Sie hielt seinem Blick stand, bis es ihr zu viel wurde und sie sich mit einem leichten Schwindelgefühl abwandte.

»Wie lange bleiben Sie in Penang?«, fragte sie.

»Noch drei oder vier Tage, denke ich.«

»Sind Sie allein hier?«

Sobald sie die Zweideutigkeit ihrer Frage erkannte, schoss Julie das Blut in die Wangen. Sie war ihr einfach so herausgerutscht. Paul blinzelte.

»Ja, ich bin allein.«

Er strich mit der Hand über seine kurzgeschnittenen, zum großen Teil bereits ergrauten Haare und kratzte sich am Ohr, was Julie als ersten Anflug von Nervosität wertete. Bisher hatte er einen ausgesprochen selbstsicheren Eindruck gemacht.

»Darf ich Sie etwas fragen?«

»Ja.«

»Ist Julie Ihr richtiger Name?«

»Alle nennen mich so, also ist es wohl mein richtiger Name.«

Sie griff in ihre Handtasche und zog ein Paket Filterzigaretten heraus. Paul riss ein Streichholz an, um ihr Feuer zu geben. Er schützte die Flamme mit beiden Händen und berührte dabei ihre Finger. Als der Tabak aufglühte, blies er das Streichholz aus und warf es in den Aschenbecher.

»Ihre Hände …«, begann er, brach dann aber ab.

»Was ist mit meinen Händen?«

»Ach, nichts. Ich bin ein bisschen durcheinander.«

Er zündete sich ebenfalls eine Zigarette an. Die Kretek, eine indonesische Nelkenzigarette, verströmte ein schweres, süßliches Aroma. Julie hatte den Eindruck, dass Paul einiges von seiner Gelassenheit verloren hatte, und das schmeichelte ihr.

Sie hörte Stimmen hinter sich: Madame Tan kehrte mit Harry aus dem Haus zurück. Er hielt zwei Bücher in der Hand und war sichtlich schlecht gelaunt.

»Können wir endlich los? Wir werden erwartet«, sagte er.

»Ich würde gern noch zu Ende rauchen«, entgegnete sie kühl.

Chee Wahs Frau blickte zu Paul, und ihre Mundwinkel zuckten amüsiert, als sie bemerkte, dass er seine Augen nicht von Julie lassen konnte.

»Ich gehe wieder ins Haus, man vermisst mich sicher schon. Paul, wir sehen uns später.«

Er nickte ihr zu und wandte sich dann an Harry.

»Setzen Sie sich doch, da steht noch ein Stuhl.«

»Danke, ich stehe lieber.«

»Na gut, gehen wir also«, sagte Julie und warf die halbgerauchte Zigarette verärgert auf den Rasen. Harry wartete. Als sie trotz ihrer Ankündigung keine Anstalten machte, sich zu erheben, verschwand er wortlos in der Dunkelheit.

»Es tut mir leid, Paul.«

»Mir auch.«

Wieder sah er sie aufmerksam an, als wollte er sich jede Einzelheit ihres Gesichts einprägen. Julie erwiderte seinen Blick, bis sie sich schließlich einen Ruck gab und aufstand.

»Es war schön, Sie kennenzulernen.«

»Passen Sie gut auf sich auf.«

Julie ging in Richtung des Hauses davon. Sie war erst wenige Schritte weit gekommen, als er ihren Namen rief. Gespannt drehte sie sich um. Würde er sie um ein Wiedersehen bitten?

»Was ich vorhin sagen wollte …«, begann er zögerlich. »Ich habe in meinem ganzen Leben keine so schönen Hände gesehen wie Ihre.«

Wie er so allein im Licht der Kerzen stand, glich er einem Jungen, den man bei einem Streich ertappt hatte. Sein Kompliment war ehrlich gemeint, ohne jede Berechnung. Julie lächelte.

»Wirklich?«

»Ja. Sie sind wie weiße Blüten. Wie Frangipani.«

»Danke.«

Als sie weiterging, stieß sie fast mit Harry zusammen. Er hatte im Dunkeln auf sie gewartet und jedes Wort gehört.

Er schwieg, bis sie sein Auto erreichten, dann platzte sein Ärger aus ihm heraus.

»Was sollte das?«

»Wovon sprichst du?«

»Stell dich nicht dumm. *Die schönsten Hände der Welt. Wie weiße Blüten*«, äffte er Paul nach. »Was für ein Schwachsinn.«

Unwillkürlich betrachtete sie ihre Hände: schlank und glatt, mit langen Fingern und schmalen Knöcheln. Die Nägel waren kurz geschnitten und gepflegt. Sie hatte nie darüber nachgedacht, aber es waren tatsächlich schöne Hände. Als Julie aufsah, stellte sie fest, dass Harry sie ungeduldig musterte.

»Was willst du hören?«

»Warum du dich so aufführst. Hast du nicht gemerkt, wie er dich angeglotzt hat? Wie ein halbverhungerter Tiger, der seine Beute vor Augen hat.«

»Eben nicht. Genau so hat er mich nicht angesehen.«

»Ich bin doch nicht blind!«

»Denkst du, ich wüsste nicht, wie es ist, wenn man angegafft wird? Wenn mir Männer auf die Brüste starren und ich in ihren Augen lesen kann, welche schmierigen Gedanken ihnen durch den Kopf gehen? Wenn irgendwelche Jugendlichen im Vorbeigehen meinen Hintern kommentieren? Ich kann es nicht ausstehen, doch das eben war anders, voller Respekt.«

Sie brach ab, weil sie begriff, dass der Eifer, mit dem sie Paul verteidigte, die Situation nicht entspannen würde.

»Respektiere ich dich etwa nicht?«, fragte er, offenbar um Ruhe bemüht, aber die fahrigen Bewegungen seiner Hände verrieten seine Anspannung.

»Doch, das tust du«, räumte sie ein.

»Warum bist du dann so abweisend zu mir? Erst flirtest du mit diesem braungebrannten Lackaffen, und dem *Mat Salleh* hättest du dich am liebsten gleich auf den Schoß gesetzt.«

»Bitte, Harry. Was soll das?«

»Ich fand ihn unsympathisch, das ist alles. Was hat er, das mir fehlt?«

»Warum bist du eifersüchtig? Wir sind kein Liebespaar. Du bist mein Freund, und ich war immer offen und fair zu dir. Du hast kein Recht, mir Vorwürfe zu machen.«

»Habe ich nicht alles für dich getan? Wie eine Prinzessin habe ich dich behandelt. Was verlangst du noch?«, brach es aus ihm heraus.

»Hör bitte auf. Es reicht.«

»Wenn ich dich nur küssen will, drehst du den Kopf weg. Bin ich nicht gut genug für dich? Für wen hältst du dich eigentlich, Julie Lin?«

»Halt endlich den Mund. Das ist jämmerlich.«

»Klar, das willst du natürlich nicht hören. Bei mir spielst du die Unberührbare, aber für diesen Kerl würdest du wie eine billige Schlampe sofort die Beine breit machen.«

Julie schlug ihm mit aller Kraft ins Gesicht.

»So spricht niemand mit mir! Verstehst du? Niemand!«

Ihre Stimme zitterte vor Wut. Harry sah sie betroffen an und hielt sich die Wange.

»Verzeih mir, ich habe es nicht so gemeint.«

Als sie nichts erwiderte, sondern ihn nur kalt anfunkelte, drehte er sich hastig um und stieg ins Auto. Sekunden später fuhr er mit quietschenden Reifen davon. Es machte Julie nichts aus, dass er sie allein auf der menschenleeren Straße stehenließ. Nach diesem Streit hätte sie sich ohnehin nicht von ihm nach Hause fahren lassen. Dennoch fühlte sie sich elend: Es schmerzte Julie, dass sie einen Freund verloren hatte, und noch schlimmer war die Konfusion, in die ihre Begegnung mit Paul sie gestürzt hatte. Sie merkte, wie ihr die Tränen kamen.

Nach einigen Minuten zog sie ein Taschentuch aus ihrer Handtasche und trocknete sich die Augen. Ihre Absätze klackten scharf auf dem Pflaster, als sie entschlossenen Schrittes zu Chee Wahs Villa zurückging.

Paul saß allein am Tisch und starrte in die Kerzen. Sie nahm ihren Mut zusammen und trat aus dem Schutz der Dunkelheit auf ihn zu. Die anfängliche Überraschung in seinem Gesicht verwandelte sich in Sorge, als er ihr Gesicht sah. Erschrocken fragte sie sich, ob sie durch ihr Weinen das Make-up ruiniert hatte. Selbst wenn das nicht der Fall war, mussten ihre geröteten Augen sie verraten. Ihre Courage verließ sie, und erneut kamen ihr die Tränen. Als Paul aufsprang und ihr die Hände auf die Schultern legte, hätte sie sich am liebsten in seine Arme fallen lassen.

»Was ist passiert?«

»Ich möchte nicht darüber sprechen.«

Sie trat einen halben Schritt zurück und hielt Paul, ohne ihm ins Gesicht zu sehen, eine Visitenkarte entgegen.

»Wenn Sie Lust haben, können Sie mich morgen gegen Mittag anrufen. Da Sie Penang bald verlassen, bleibt uns nicht viel Zeit.«

Er rührte sich nicht. Julie hoffte, er würde etwas sagen, das die bedrückende Stille zerbrach. Fast bereute sie, dass sie in den Garten zurückgekehrt war.

»Ich freue mich sehr«, sagte er endlich, und seine unüberhörbare Nervosität beruhigte sie.

»Dann verabschiede ich mich jetzt. Werden Sie anrufen?«

»Ja. Ganz bestimmt.«

Der Wecker klingelte und riss Julie aus einem Traum, den sie gern zu Ende geträumt hätte. Nur ihr Pflichtbewusstsein hinderte sie daran, sich im Bett umzudrehen, weiterzuschlafen und auf die Fortsetzung zu hoffen. Sie war die Inhaberin einer Galerie und konnte sich derartige Launen nicht leisten.

Während sie in der Küche auf einem Stuhl saß und darauf wartete, dass das Teewasser kochte, kam in ungeordneten Bildern die Erinnerung an den vergangenen Abend zurück: Harrys hässliche Worte, ihre wütenden Tränen, Pauls blaue Augen und schließlich der lange Fußmarsch zur Hauptstraße, bis sie endlich ein Taxi gefunden hatte. Julie rieb ihre schmerzenden Füße und beschloss, zur nächsten Verabredung mit einem Mann entweder Turnschuhe zu tragen oder mit dem eigenen Auto zu fahren.

Unter der Dusche fiel ihr der seltsame Traum wieder ein, den sie direkt vor dem Aufwachen gehabt hatte: Li Jun stand am anderen Ufer eines Bachs und winkte ihr fröhlich zu; nicht weit entfernt, doch unerreichbar. Im Gegensatz zu den Träumen, die sie sonst von ihm hatte, war nirgendwo Blut zu sehen und es herrschte eine friedvolle Stimmung. Die Sonne schien, in den Bäumen zwitscherten Vögel und im Hintergrund erhoben sich die schneebedeckten Berge Westsichuans. Allein, dass es keine Brücke gab, auf der sie den Bach überqueren und zu Li Jun hätte gelangen können, ärgerte sie. Als er den Mund öffnete, wusste sie, dass er ihr etwas Wichtiges zurufen wollte, doch dann klingelte der Wecker, und seine Worte blieben ungehört. Julie gab nicht viel auf Traumdeutung, aber sie hätte gern gewusst, was Li Jun ihr hatte sagen wollen.

Während sie sich abtrocknete, nahm sie die Blasen an ihren Füßen in Augenschein. Sie erinnerten Julie daran, dass sie Paul ihre Telefonnummer gegeben hatte und er sie in wenigen Stunden anrufen würde. In ihrem Hals formte sich ein weicher Kloß, den sie mit Macht herunterschluckte. Du hast es getan, und nun musst du zusehen, wie du damit umgehst, sagte sie sich. Wo war überhaupt das Problem? Sie war kein kleines Mädchen mehr und zu nichts verpflichtet. Außerdem wollte sie ihn gern wiedersehen und herausfinden, ob er es wert war, dass sie für ihn ihre übliche Zurückhaltung aufgegeben hatte. Falls es tatsächlich so sein sollte, blieb ihr immer noch genug Zeit, sich darüber den Kopf zu zerbrechen.

Der Vormittag verging quälend langsam. Julie saß in der Galerie, trank einen Tee nach dem anderen und war jedem Menschen dankbar, der hereinkam und sich von ihr in ein Gespräch verwickeln ließ. Immer wieder schlich Paul sich in ihre Gedanken, und sie hoffte, dass er endlich anrufen würde, damit die Warterei ein Ende hatte. Warum machte er sie so nervös? *Tian na*, was sollte schon passieren? Sie hatte ihr Leben im Griff, und daran würde kein Mann etwas ändern, auch er nicht. Dann klingelte ihr Handy.

Julie räusperte sich und wartete einen Moment, bevor sie das Gespräch annahm.

»Julie Lin, hallo?«

»Hallo, Julie, hier ist Harry. Ich wollte mich für gestern entschuldigen. Es tut mir leid, was ich gesagt habe.«

Eine Sekunde lang war sie enttäuscht, dann stellte sie fest, dass Harry ihr gerade recht kam. Der Klang seiner Stimme reichte aus, um ihre Wut neu zu entfachen, und sie witterte die Chance, ihre aufgestauten Emotionen an jemandem auszulassen, der es nicht besser verdient hatte.

»Was tut dir denn leid? Dass du mich eine Schlampe genannt hast?«

»Ja, das auch«, sagte er. »Ich habe eine Menge dummes Zeug gesagt, weil ich wütend auf dich war.«

»Und warum warst du wütend auf mich? Weil du mich für eine Frau hältst, die mit jedem ins Bett geht, nur nicht mit dir?«

»Das ist doch Unsinn.«

»Ganz genau, aber dieser Unsinn hat mich sehr verletzt. Du solltest eine Freundin nicht als Schlampe bezeichnen, es sei denn, du meinst es ernst, was ebenso unverzeihlich ist.«

»Schon gut, schon gut, ich habe mich doch entschuldigt. Lass uns die Sache vergessen und nicht mehr darüber reden.«

»So einfach ist das nicht, Harry. Du hast alles kaputtgemacht, was zwischen uns war. Vielleicht ist es auch besser so. Wir hatten von Anfang an zu unterschiedliche Erwartungen.«

»Du willst mich nicht mehr sehen?«, fragte er erstaunt.

Julie atmete tief durch. Ihr Zorn war verraucht und hatte eine kühle Leere hinterlassen, die sich auch mit der Erinnerung an viele nette Abende nicht füllen ließ.

»Nein. Du hast mich enttäuscht, und ich kann Enttäuschungen nicht ertragen. Ich wünsche dir alles Gute, aber ruf mich bitte nicht mehr an.«

»Worauf du dich verlassen kannst, du arrogantes Miststück! Stirb doch als alte Jungfer. Von mir aus …«

Julie klappte ihr Handy zu und zündete sich mit ruhiger Hand eine Zigarette an. Ihre Entscheidung, die Freundschaft mit Harry zu beenden, war also richtig gewesen. Warum glaubten Männer eigentlich, dass ihnen jede Unverschämtheit vergeben würde, sobald sie nur halbherzig darum baten? Zumindest bei chinesischen Männern musste es daran liegen, dass sie von ihren Müttern als kleine Prinzen verhätschelt wurden, bis sie sich für den Mittelpunkt der Welt hielten. Bevor sie den Gedanken weiterführen konnte, klingelte erneut das Telefon.

»Wer ist da?«, fragte sie so kühl wie möglich, für den Fall, dass es noch einmal Harry war.

»Hier ist Paul. Hallo.«

Julie schluckte trocken, und es dauerte einige Sekunden, bevor sie antworten konnte.

»Hallo. Schön, dass Sie anrufen«, sagte sie, aber ihre Stimme klang distanzierter, als sie beabsichtigt hatte.

»Wie geht es Ihnen?«

»Einigermaßen. Jedenfalls besser als gestern.«

Paul schwieg. Julie konnte nicht fassen, wie spröde sie sich ihm gegenüber verhielt. Wieso?

»Sehen wir uns heute Abend?«, platzte es unvermittelt aus ihr heraus.

»Sehr gern«, sagte er, und sein Tonfall verriet Erleichterung. »Wo und wann?«

»Kennen Sie das Leith Street Café, gleich neben Ihrem Hotel?«

»Ist das die Bar mit dem Biergarten davor?«

»Genau die. Um elf hinten im Saal?«

»Ich werde da sein.«

»Sehr gut, dann bis später.«

»Bis dann. Ich freue mich«, fügte er noch hinzu.

Julie wartete einen Augenblick. Als er nicht auflegte, tat sie es.

Zum Mittagessen ließ sie sich von einem Straßenstand eine Portion *Wan Tan Mee*, chinesische Nudelsuppe mit Teigtaschen, ins Geschäft bringen. Als sie aufgegessen hatte, sah sie auf die Uhr: kurz vor drei. Normalerweise hatte sie sonnabends bis fünf geöffnet, aber sie beschloss, ausnahmsweise vorzeitig Feierabend zu machen. Es würde ihr guttun, eine Weile am Meer zu sitzen und Ordnung in ihre Gedanken zu bringen. Ohne schlechtes Gewissen nahm sie ihren Sonnenschirm, schloss die Galerie ab und machte sich auf zur Esplanade.

Die Luft stand heiß und unbewegt in den Straßen, und obwohl Julie sich im Schatten der alten chinesischen Häuserzeilen hielt, brach ihr der Schweiß aus. Als sie ihren Lieblingsplatz unter einem Baum direkt an der Promenade fast erreicht hatte, entdeckte sie einen Ausländer zwischen den alten Männern, die täglich zum Angeln herkamen. Er saß auf der Kaimauer, und obwohl sie ihn nur schräg von hinten sah, erkannte sie Paul sofort. Mit einer glimmenden Kretek im Mund starrte er unbeweglich auf das Wasser, ohne sie zu bemerken.

Julie zögerte. Natürlich wäre es vernünftig, hinüberzugehen und ihn anzusprechen, aber das Aufeinandertreffen kam zu überraschend, sie war noch nicht bereit dazu. Einfach wegzulaufen war kindisch, also setzte sie sich auf eine knapp zwanzig Meter entfernte Bank und beobachtete ihn. Ob er an sie dachte? War sie vielleicht der Grund, dass er den Rest der Welt nicht wahrzunehmen schien?

Nach einigen Minuten schnippte Paul die verloschene Zigarette ins Meer und schwang sich mit einer leichten Bewegung von der Mauer. Damit er ihr Gesicht nicht sah, beugte Julie sich vornüber, als wollte sie etwas vom Boden aufheben, aber Paul ging in die andere Richtung davon, ohne Notiz von ihr zu nehmen. Spontan setzte sie ihre Sonnenbrille auf, spannte den Schirm und folgte ihm in sicherem Abstand.

Paul durchquerte Little India mit der Selbstverständlichkeit eines Einheimischen, unbeeindruckt vom Lärm, den Gerüchen und vielfältigen Farben; selbst als er beim Überqueren der Pitt Street beinahe von einem Minibus überfahren wurde, zuckte er nicht mit der Wimper. Wenig später sah Julie aus dem Schatten einer Arkade heraus zu, wie Paul sich in ein Restaurant setzte und *Curry Mee* bestellte. Die Wände und der Boden des Lokals waren verdreckt, und auf den Tischen standen Pfützen von Brühe und Sojasoße. Am Tisch neben Paul lärmte und schmatzte eine chinesische Familie, als feierte sie die erste warme Mahlzeit nach einer Hungersnot, aber Paul wirkte mit sich und der Welt zufrieden, als würde er die Lebendigkeit dieser Atmosphäre allen feinen Tischmanieren vorziehen.

Plötzlich schlugen Regentropfen auf das Pflaster und lenkten Julies Aufmerksamkeit zum Himmel. Vom Festland waren schwarze Wolken herübergezogen und entluden sich in einem heftigen Guss. Da sie weder Paul ansprechen noch allein auf das Ende des Schauers warten wollte, fügte sie sich ins Unvermeidliche und machte sich durch den strömenden Regen auf den Weg zurück zur Galerie. Wer zu feige zum Handeln ist, muss eben die Folgen tragen, sagte sie sich, nur um kurz darauf über ihre philosophische Anwandlung herzlich zu lachen.

2

Butterfly Lovers

Es war kurz vor elf, als Julie ihren Wagen auf dem bewachten Parkplatz in der Penang Road abstellte. Sie stieg aus und sah zweifelnd an sich herab: War das Kleid doch zu eng und zu kurz? Sie wollte sexy aussehen, aber keinesfalls ordinär. Lassen wir es darauf ankommen, dachte sie und warf sich entschlossen den langen Zopf über die Schulter. Zum hundertsten Mal fragte sie sich, was sie eigentlich von Paul wollte. Obwohl es höchste Zeit dafür wurde, hatte sie immer noch keine Antwort darauf. Vor der Tür des Leith Street Café angekommen, atmete sie tief durch, dann legte sie ein Lächeln auf und trat ein.

Das Café befand sich in einem liebevoll restaurierten Gebäude, das früher als Gesindehaus einer chinesischen Villa gedient hatte. Am Kopfende des durch Säulen und halbhohe Zwischenwände unterteilten Raums spielte eine Band, davor feierten mindestens zweihundert chinesische Malaysier ausgelassen durch die Samstagnacht. Ausländer kamen selten in diese Bar, was auch ein Grund war, weshalb Julie sie als Treffpunkt gewählt hatte: Sie gab ihr einen Heimvorteil.

Paul lehnte an einer Wand, den Blick zur Bühne gerichtet. Als Julie sich zu ihm durchgedrängelt hatte und seinen Arm berührte, zuckte er zusammen.

»Guten Abend.«

Statt zu antworten, starrte er sie bloß an, als hätte er eine Erscheinung.

»Alles in Ordnung?«, fragte sie.

»Entschuldigung. Es verschlägt mir nur selten die Sprache, aber Sie schaffen es mühelos«, gestand er. »Möchten Sie etwas trinken?«

»Ja gern, ein Bier.«

»Carlsberg oder Tiger?«

»Tiger, vom Fass.«

Paul winkte eine der uniformierten Bedienungen heran und bestellte gleich einen ganzen Krug. Während sie schweigend darauf warteten, dass ihr Getränk gebracht wurde, starrte Julie ihn unverwandt an. Plötzlich wusste sie, was sie von diesem Mann wollte. Seine blauen Augen berührten etwas lange Verschüttetes in ihr, einen Teil ihres Wesens, den außer Li Jun niemand je erreicht hatte; nur war diesmal nicht Liebe der Schlüssel. Ihre Knie wurden weich, und sie war froh, als das Mädchen mit dem Bier kam und ihre Gedanken unterbrach. Paul zahlte und schenkte ein.

»*Ganbei*«, sagte sie und stieß mit ihm an. Als sie das Glas absetzte, blieb auf ihrer Oberlippe ein Rest Schaum zurück, den sie mit dem Mittelfinger abwischte, ohne ihren Blick von Paul zu nehmen. Die Sängerin begann ein langsames Stück.

»Kennen Sie das Lied?«

Er hörte kurz zu, dann schüttelte er den Kopf.

»*Smoke Gets In Your Eyes*«, sagte sie. »Ich liebe es.«

»Möchtest du tanzen?«

Julie nickte unmerklich und legte die Arme um seinen Hals. Ihre Fingerspitzen strichen sanft seinen Nacken entlang. Weich wie die Flügel eines Schmetterlings, dachte sie und lächelte in sich hinein. Sie hatte ihren Entschluss gefasst und war bereit, sich fallenzulassen.

»Du duftest nach Frangipani«, sagte er.

»Ich habe das Parfum am Nachmittag gekauft. Gefällt es dir?«

»Sehr. Und noch mehr gefällt mir, dass du dir die Mühe gemacht hast.«

»Gern geschehen.«

Als das Lied zu Ende ging, hielt Paul sie weiter in seinen Armen. Julie neigte den Kopf zurück, um ihn anzusehen.

»Geht es dir gut?«, fragte sie.

»Soll ich ehrlich sein? Normalerweise bin ich recht entspannt im Umgang mit Frauen, aber du hast etwas an dir, das mich ernsthaft nervös macht.«

»Dann küss mich doch endlich«, flüsterte sie.

Er küsste sie, aufreizend und vielversprechend. Als seine Hand von ihrer Hüfte tiefer rutschte, löste sie sich von ihm und legte ihren Zeigefinger an seine Unterlippe.

»Ich muss dir auch etwas gestehen«, sagte sie. »Ich habe ziemliche Angst.«

»Wovor?«

Vor dem, was du in mir auslöst, dachte sie. Aber wie sollte sie erklären, was sie selbst nicht verstand?

»Ich weiß es nicht.«

»Es gibt keinen Grund, Angst zu haben«, sagte er und küsste ihre Fingerspitzen.

Sie schüttelte den Kopf und sah ihm ernst in die Augen.

»Es gibt immer einen Grund, Angst zu haben. Man darf sich nur nicht davon beherrschen lassen.«

Julie erinnerte sich an Situationen, in denen sie wahre, existentielle Angst erlebt hatte: um ihr Leben, um das Leben der Menschen, die sie liebte, um ihren Verstand. Sie hatte sich niemals unterkriegen lassen. Es war albern, dass die Sehnsucht nach einem Mann sie dermaßen einschüchterte, egal wie stark und ungewohnt sie war.

Sie entzog ihm ihre Hand und schenkte das restliche Bier ein. Paul nahm sein Glas und stieß erneut mit ihr an.

»Auf dich«, sagte er.

»Auf uns.«

Paul zögerte und stellte das Glas wieder ab. Er zog Julie an sich und streichelte ihr nachdenklich über die Haare.

»Was machst du mit mir?«, fragte er. »Seit ich dich gestern gesehen habe, kann ich nicht aufhören, an dich zu denken. Du hast etwas ganz Besonderes an dir. Du bist anders, so intensiv.«

»Ist das wahr?«

»Ich schwöre es.«

»Das ist schön«, sagte sie. »Küss mich noch einmal.«

Es war ein anderer Kuss, wild und verräterisch. Besser als der erste. Julie hielt den Atem an, als Paul ihr Gesicht in seine Hände nahm.

»Ich möchte diese Nacht mit dir verbringen.«

Es interessierte sie nicht, ob er schon Dutzenden von anderen Frauen dasselbe gesagt hatte. Seine brüchige Stimme und die Zärtlichkeit seiner Finger verrieten, dass in diesem Augenblick nur sie allein zählte, und mehr verlangte sie nicht. Das volle Bierglas glitt ihr aus der Hand und zersprang auf dem Boden. Sie beachtete es nicht.

»Deshalb bin ich hier«, sagte sie.

Ein Gewitter unzusammenhängender Gedanken schoss Julie durch den Kopf, als sie Paul um das Haus zur Veranda führte. Im Auto hatten ihre Nerven so blank gelegen, dass sie Mühe gehabt hatte, sich auf das Fahren zu konzentrieren. Zum ersten Mal verfluchte sie ihre mangelnde Erfahrung. Paul war entspannt, und sie hasste es, unterlegen zu sein.

Als sie neben dem mannshohen Hibiskus vorbeikamen, der an einer Seite des Bungalows wuchs, blieb Paul stehen, um das vom Schein des Mondes gedämpfte Rot der Blüten zu bewundern.

»Was für eine wundervolle Farbe«, sagte er.

Es waren die ersten Worte zwischen ihnen, seit sie die Bar verlassen hatten. Julie antwortete nicht. Sie stieg die Treppen zur Veranda hinauf, schloss die Tür auf und schaltete eine Lampe ein, die warmes Licht verbreitete. Als sie wieder hinaustrat, zog sie die Tür hinter sich zu, damit sich keine Moskitos ins Zimmer verirrten.

»Sollen wir hier draußen bleiben? Die Nacht ist so schön«, sagte sie.

»Gern.«

Julie spürte ihren Herzschlag, als sie zu ihm hinüberging und ihm fragend in die Augen sah. Wie sollte es weitergehen? Glücklicherweise schwieg Paul, bis sie genug Mut und die richtigen Worte gefunden hatte.

»Du musst mich für schamlos halten, aber das Gegenteil ist der Fall. Ich bin völlig verunsichert«, begann sie. »Du hast mir gestern auf Anhieb gefallen, und ich fand es aufregend, wie du mich angesehen hast. Mein Gefühl hat mir gesagt, dass dieser *Laowai* mit den unglaublich blauen Augen gut für mich wäre, aber ohne den Streit mit Harry hätte ich mich niemals darauf eingelassen. Danach war mir alles egal, und ich habe mir erlaubt, ein einziges Mal meine Selbstbeherrschung aufzugeben. Trotzdem ist es mir sehr schwergefallen, dir mein Interesse zu zeigen.«

»Warum?«

»*Warum*? Weil es nicht meine Art ist. Weil ich so etwas noch nie gemacht habe. Weil ich entsetzlich stolz bin und es nicht verwinden könnte, wenn du mich zurückweist.«

Julie lachte leise auf, aber es war kein glückliches Lachen. Sie senkte ihren Kopf, um Paul nicht ansehen zu müssen.

»Jetzt stehe ich hier und will dich so sehr, dass ich mich dafür schäme.«

»Das solltest du nicht«, sagte er und streckte seine Hand nach ihr aus, aber Julie wich zurück.

»Alles in Ordnung?«, fragte er.

»*Wo xi wang ni neng hao hao dai wo.*«

»Wie bitte?« Er lächelte.

Sie drehte ihm den Rücken zu und starrte in die Dunkelheit des Gartens hinaus. Paul legte seine Arme von hinten um ihre Taille.

»Was hast du gesagt?«, fragte er sanft.

»Morgen früh kannst du gehen, wann immer du willst. Du bist zu nichts verpflichtet. Aber heute Nacht …«

»Was?«

»Versprich, dass du gut zu mir sein wirst.«

»Ich verspreche es.«

Er schob den Zopf beiseite, um ihren Nacken zu küssen. Seine Zunge streifte ihr Ohrläppchen. Julie bekam eine Gänsehaut,

»Ich muss dir etwas beichten«, sagte er. »Als wir uns gestern bei Chee Wah begegnet sind, hat sich in meinem Bauch alles zusammengezogen, und ich konnte nicht aufhören, dich anzusehen. Ich wusste nicht, dass einem die Sehnsucht nach einer Frau körperliche Schmerzen bereiten kann, aber bei dir war es so.«

Er klang aufrichtig, beinahe ein wenig verzweifelt. Julie glaubte ihm. Zögernd nahm sie seine linke Hand und schob sie unter das kurze Kleid, die Innenseite ihres Schenkels hinauf. Er folgte ihrer Einladung und ließ gleichzeitig seine andere Hand auf ihre Brust gleiten.

»Später im Hotel habe ich mir vorgestellt, wie es ist, wenn wir miteinander schlafen. Nein, das stimmt nicht ganz: Ich habe mir deine Augen dabei vorgestellt.«

»Meine Augen? Warum?«

»Weil hinter ihnen etwas lauert, wie ein an die Kette gelegtes Raubtier. Sinnlichkeit, Begierde. Hast du jemals versucht, sie zu entfesseln?«

Sie schüttelte zaghaft den Kopf. Hatte er etwas in ihr entdeckt, von dem sie nichts wusste, oder waren es nur leere Worte, mit denen er sie verführen wollte? Egal, es spielt keine Rolle. Was zählte, waren Pauls Atem an ihrem Ohr und seine geschickten Finger zwischen ihren Beinen, die ihr Denken vernebelten und ihren Körper wie ein steuerloses Schiff im Sturm auf eine Klippe zutrieben. Gegen ihren Willen stöhnte sie leise auf.

Tian na, was machst du mit mir? Wozu treibst du mich? Es

geht so schnell, viel zu schnell, aber es ist genau, was ich will. *Jetzt.* Sie riss die Augen auf und krallte sich in Pauls Oberschenkel. Wenn er sie nicht gehalten hätte, wäre sie hingefallen.

»Sieh mich bitte an, Julie«, bat er sanft.

Sie wandte ihr Gesicht zu ihm, den Mund halb geöffnet, die Augen voller Erstaunen. Dann machte das Raubtier einen Satz. Die Kette zerriss. Julie explodierte mit einem lang anhaltenden Schrei, dabei hielt sie Pauls Blick fest und ließ zu, dass er tief in sie hineinsah. Noch nie in ihrem Leben war sie so wehrlos und glücklich gewesen.

Er hielt sie im Arm, bis sie sich beruhigt hatte. Ihr Atem ging noch immer unregelmäßig, als sie sich von ihm löste und ihn kopfschüttelnd ansah.

»Was ist bloß los mit mir? Ich erkenne mich nicht wieder.«

»Julie ...«

»Nein«, unterbrach sie ihn. »Nicht Julie. Mein Name ist Lin Xue Lian. Ich möchte, dass du mich Xue Lian nennst.«

»Xue Lian?«

Sie nickte und sah ihn offen an, ohne jede Absicherung.

»Lass uns ins Schlafzimmer gehen«, bat sie. »Zieh mich aus. Zeig mir den Himmel.«

Paul öffnete die Augen und sah Xue Lian neben sich liegen. Die Bambusmatte vor dem Fenster filterte das Morgenlicht zu dünnen Strahlen, die weiche Muster auf ihren Körper zeichneten. Während des Schlafs war ihr eine Haarsträhne ins Gesicht gefallen.

Er stieg aus dem breiten Bett und setzte sich auf den einzigen Stuhl im Raum. Über der Lehne hing das schwarze Kleid, der Rest ihrer Kleidung lag über den Fußboden des Zimmers verstreut. Seine Augen glitten über die schlafende Gestalt. Zum ersten Mal sah er einen makellosen Körper: ohne ein einziges Muttermal, einen Leberfleck oder eine Narbe.

Die Bodendielen knarrten, als er in die Küche ging und auf einem Gaskocher Wasser aufsetzte. In einer Blechdose fand er grünen Tee. Er warf einige Fingerspitzen davon in eine Kanne und übergoss die Blätter mit dem kochenden Wasser. Während der Tee zog, machte er sich auf die Suche nach Zeichenpapier und einem Bleistift. Da Xue Lian Galeristin war, vermutete er, dass sie beides im Haus hatte.

Im Wohnzimmer hing ein riesiges Foto, mindestens einen Quadratmeter groß. Es zeigte einen Mann auf einem breiten, menschenleeren Boulevard, der direkt vor einer Panzerkolonne stand. Mit herabhängenden Armen hielt er nur durch seine Anwesenheit die stählernen Kolosse auf. Paul kannte das Foto, aber ihm war entfallen, in welchem Zusammenhang es aufgenommen worden war.

Die Größe des Bildes und sein prominenter Platz im Wohnzimmer ließen darauf schließen, dass es für Xue Lian eine besondere Bedeutung hatte. Als Paul davorstand, regte sich sein schlechtes Gewissen, weil er ohne Erlaubnis in ihre Privatsphäre eindrang, aber er wischte den Gedanken beiseite. Zwischen ihnen war in wenigen Stunden eine größere Nähe entstanden, als er seit vielen Jahren zugelassen hatte. Normalerweise achtete er darauf, Distanz zu anderen Menschen zu wahren, aber Xue Lian hatte den Graben überwunden und ihn tief in seinem Innersten berührt. Sein sorgsam errichtetes Bollwerk war mit der gleichen Leichtigkeit eingestürzt wie die Mauern von Jericho beim Klang der Posaunen. Obwohl er nichts über sie wusste, war sie keine Fremde für ihn. So setzte er seine Suche ohne weitere Bedenken fort; schließlich wollte er weder ihren Schmuck stehlen noch ihr Tagebuch lesen.

Im letzten und kleinsten Raum wurde er fündig. Es war Xue Lians Arbeitszimmer, und wie erhofft entdeckte er eine kleine Truhe voller Stifte, Pinsel und Papier. Er wählte einen Zeichenblock und drei verschiedene Bleistifte aus, mit denen er zurück in die Küche ging, um sich einen Becher Tee einzuschenken.

Xue Lian hatte das Gefühl, beobachtet zu werden. Als sie träge die Augen öffnete, sah sie Paul auf dem Stuhl neben dem Bett sitzen: nackt, mit einem Block Papier auf dem Schoß. Es war ungewohnt für Xue Lian, beim Erwachen nicht allein zu sein, und sie empfand eine Spur von Scham angesichts ihrer Blöße.

»Guten Morgen«, begrüßte er sie.

Sie ließ ihren Kopf zurück auf das Kissen sinken und kniff die Lider zusammen.

»Was machst du da?«

»Ich zeichne dich.«

»Das kannst du also auch? Darf ich die Zeichnung sehen?«, fragte sie.

»Bleib noch ein paar Minuten liegen. Wenn ich fertig bin, bekommst du sie, und dazu bringe ich dir einen Tee ans Bett.«

»Hört sich gut an.«

Sie schloss die Augen und fiel zurück in einen angenehmen Halbschlaf. Wenig später wurde sie von Paul geweckt, der ihre Augenlider küsste.

»Das Bild ist fertig, und der Tee auch.«

Sie legte ihren Arm um seinen Hals und zog ihn zu sich herab. Die Nacht war vorbei, aber er war noch da. Xue Lian hatte nicht geträumt.

»Zeig es mir«, bat sie.

Er löste sich von ihr und reichte ihr das Blatt. Xue Lian setzte sich auf und betrachtete die Zeichnung. Sie war hervorragend. Paul war es gelungen, sie mit wenigen Bleistiftstrichen lebendig abzubilden, aber das Bild drückte mehr aus: Es zeigte eine schlafende Frau, die sich von den Freuden einer Liebesnacht erholte.

»Hat dir schon jemand gesagt, wie gut du zeichnest?«, fragte sie. »Du könntest Geld damit verdienen.«

Paul nickte gleichgültig. Ihre Begeisterung erreichte ihn nicht. Xue Lian legte das Bild neben sich und versuchte, Ordnung in ihre Gedanken zu bringen. Paul hatte ein wunderschönes Bild von ihr gezeichnet, aber hatte es auch eine Bedeutung?

Sie stand auf und nahm ihren roten Morgenmantel aus dem Schrank. Er war aus Seide, mit einem goldenen Drachen bestickt. Sie spürte Pauls Blicke auf sich, als sie hineinschlüpfte und sich mit verschränkten Armen an die Wand lehnte.

»Es war eine wundervolle Nacht«, sagte sie bemüht sachlich. »Du warst sehr gut zu mir, und dafür danke ich dir. Wenn du gehen willst, ist jetzt ein guter Zeitpunkt dafür.«

Er saß auf dem Stuhl, die Unterarme auf die Schenkel gestützt, und sah sie an. Xue Lian konnte nicht erraten, was in ihm vorging, und zog den dünnen Morgenmantel enger um sich.

»Falls jemand auf dich wartet«, erklärte sie. »Ich werde dir nicht böse sein.«

»Schickst du mich fort?«

»Nein!«, antwortete sie verdutzt.

Ihn fortschicken? Sie hatte ihm lediglich einen einfachen Ausweg angeboten, um ihr Gesicht zu wahren und nicht mehr als nötig verletzt zu werden, wenn er verschwinden wollte. Er sollte die Erinnerung an ihre gemeinsame Nacht nicht mit Lügen und Ausreden beschmutzen. Paul erhob sich vom Stuhl und kam zu ihr herüber. Sie leistete keinen Widerstand, als er ihre Hand nahm.

»Ich bin nicht verheiratet, und niemand wartet auf mich. Wenn du willst, würde ich gern bleiben. Lass mich herausfinden, wer du bist, Lin Xue Lian.«

Sie zuckte zusammen, als er sie mit ihrem chinesischen Namen ansprach, den sie ihm in einem Moment entwaffnender Nähe verraten hatte. In Malaysia war sie Julie, selbst für ihre engsten Freunde. Der englische Name war ein Symbol für ihr neues, vor Jahren in Hongkong begonnenes Leben, und er gab ihr Schutz vor den Gespenstern der Vergangenheit.

Er hielt noch immer ihre Hand und wartete auf eine Antwort. Seine Nacktheit hatte etwas Lächerliches, doch sie rührte Xue Lian.

»Du willst bleiben?«, fragte sie.

»Ja.«

Sie dachte an Li Jun, und die Erinnerung machte ihr Mut. Die Enttäuschungen nach ihm zählten nicht. Paul konnte sie glücklich machen, und Glück war etwas, was sie zu lange vermisst hatte. Ohne ihre Entscheidung zu überdenken, zog sie Paul aus dem Schlafzimmer.

»Dann komm. Wir gehen zusammen duschen, und danach mache ich uns Frühstück.«

Obwohl es bereits später Nachmittag war, drückte die Hitze noch schwer auf die Insel. Paul lehnte mit freiem Oberkörper an einem Baum im Garten, und Xue Lian lag ausgestreckt neben ihm auf dem schattigen Rasen. Sie trug ein verwaschenes T-Shirt und hatte ihre Haare zu einem Pferdeschwanz zusammengebunden.

»Wie lange kannst du noch bleiben?«, fragte sie.

»Ich habe keine Eile. Mein Beruf lässt mir viele Freiheiten.«

»Was ist dein Beruf?«

»Ich male.«

»Tatsächlich? Na ja, nachdem ich die Zeichnung gesehen habe, hätte ich damit rechnen müssen. Habe ich schon von dir gehört?«

»Gut möglich. Ich bin Paul Handewitt.«

»*Tian na*«, entfuhr es ihr.

Sie sah ihn entgeistert an. Dann schlug sie die Hände vors Gesicht und schüttelte belustigt den Kopf.

»Was bin ich nur für eine erbärmliche Galeristin? Ich erkenne den berühmtesten Maler Asiens nicht, wenn er neben mir im Bett liegt. Deshalb kamst du mir so bekannt vor!«

Sie fasste Pauls Kinn und drehte seinen Kopf zur Seite.

»Du siehst anders aus als auf den Fotos. Besser. Jünger.«

»Das muss an dir liegen. Du machst mich sehr glücklich.«

»Sag nichts, was du nicht meinst«, bat sie. »Ich hasse falsche Komplimente.«

»Komplimente? Willst du die Wahrheit hören?«

Sie nickte und sah ihn erwartungsvoll an, während er nach den richtigen Worten suchte.

»Gestern wollte ich unbedingt mit dir ins Bett gehen. Ich habe dich mehr begehrt als jede Frau zuvor. Aber dann ist etwas passiert, was die meisten Leute vermutlich normal finden, für mich aber unvorstellbar war: Ich habe mich in dich verliebt.«

»Du hast dich in mich verliebt?«

»Ja. Und wie.«

»Und das passiert dir nicht oft?«

»Nicht oft? Nie! Du hast ein Wunder vollbracht.«

Xue Lian fuhr mit dem Zeigefinger über Pauls nackte Brust. Sie zwang sich zum Schweigen, weil sie befürchtete, dass sie ihre Worte später bereuen könnte. Was er in ihr weckte, war beängstigend.

»Nimm es einfach hin. Du musst nichts sagen.«

Sie nickte und zupfte einen Grashalm ab, mit dem sie seine Brustwarze kitzelte.

»Was geschieht gerade mit uns?«

Bevor er antworten konnte, ließ sie den Grashalm fallen und küsste ihn.

»Ich weiß so wenig über die Liebe«, flüsterte sie und berührte gedankenverloren den kleinen Anhänger an seinem Hals.

Der scharfe Geruch angebratener Chilis zog durch die Küche. Paul sah zu, wie Xue Lian die Zutaten nacheinander in den heißen Wok warf und mit einem Holzlöffel umrührte. Als das Essen fertig war, füllte sie es auf einen großen Teller und trat damit zum Tisch.

»*Mapo Doufu:* Tofu nach Art des Pockennarbigen«, übersetzte sie. »Typisch für meine Heimat Sichuan.«

»Du bist nicht aus Malaysia?«, fragte er erstaunt.

»Nein. Ich bin in China geboren.«

Bevor er weitere Fragen stellen konnte, klingelte es an der

Haustür. Als Xue Lian öffnete, stand ihre beste Freundin Soo San vor ihr.

»Überraschung!«, rief sie. »Zieh dich um, wir gehen tanzen.«

»Daraus wird leider nichts. Ich bin nicht allein.«

»Ist Harry da, der alte Langweiler?«, flüsterte Soo San und verdrehte die Augen.

»Nein, nicht Harry. Wir hatten vorgestern einen furchtbaren Streit.«

»Wer dann? Du siehst so glücklich aus, das ist verdächtig. Sag nicht, du hast dir einen Liebhaber angelacht.«

Sie stutzte, als sie Xue Lians Gesichtsausdruck sah.

»Ist nicht dein Ernst, oder?«

»Doch«, lächelte Xue Lian, halb verschämt, halb triumphierend.

»Na endlich! Wurde auch Zeit, dass Dornröschen wachgeküsst wird. Kenne ich ihn?«

»Nein, er ist Deutscher.«

»Wer sagt es denn? Gleich ein *Mat Salleh*, nicht schlecht für den Anfang.«

»Jetzt komm endlich herein. Das Essen steht auf dem Tisch und wird kalt.«

Soo San zog die Schuhe aus und folgte ihr in die Küche.

»Das ist Paul«, stellte Xue Lian ihn vor, »und das ist Soo San.«

Während Xue Lian ein weiteres Schüsselchen und Essstäbchen aus dem Schrank nahm, musterte Soo San den Geliebten ihrer Freundin mit kaum verhohlenem Interesse. Xue Lian füllte ihnen Reis in die Schüsseln und stellte sie auf den Tisch, bevor sie sich selbst setzte.

»Langt zu«, sagte sie und ging mit gutem Beispiel voran.

»Da ist ein eigenartiges Gewürz im Essen«, sagte Paul nach den ersten Bissen. »Meine Lippen und die Zunge sind ganz taub.«

»Blumenpfeffer«, erklärte Xue Lian. »Er gibt vielen Gerichten aus Sichuan einen unverwechselbaren Geschmack.«

»Daran wirst du dich gewöhnen müssen«, sagte Soo San fröhlich.

Xue Lian warf ihrer Freundin einen Seitenblick zu, aber Soo San ignorierte den stillen Vorwurf.

»Wie kommt es, dass du so gut mit Stäbchen essen kannst?«, fragte sie Paul.

»Ich habe die letzten zwanzig Jahre fast ausschließlich in Asien verbracht.«

»Dann arbeitest du hier?«

»Das kann man so sagen.«

»Paul ist Maler. Paul Handewitt, wenn der Name dir etwas sagt«, warf Xue Lian ein.

Soo San ließ ihre Stäbchen auf die Schüssel sinken und sah ihn mit großen Augen an.

»Ich verstehe nicht viel von Kunst, aber der Name sagt sogar mir etwas.«

Es war weit nach Mitternacht, als Xue Lian ihre Freundin zum Auto hinausbegleitete.

»Und? Was denkst du?«, fragte sie.

»Über ihn? Er gefällt mir. Ein richtiger Mann, kein dummer Junge. Ich wundere mich nur über dich.«

»Warum? Weil ich einen Liebhaber habe?«

»Unsinn. Das war längst überfällig. Aber du bist verändert, eine ganz neue Julie.«

»Ich bin glücklich.«

»Das sehe ich. Und ich frage mich, wie er es geschafft hat. Was willst du von ihm?«

»Keine Ahnung. Alles?«

Xue Lian sah sie ratlos an. Es war die Wahrheit. Soo San schüttelte ungläubig den Kopf.

»Diese Worte aus deinem Mund. Es ist nicht zu fassen!«

»Es macht mir Angst, aber ich bin bereit, das Risiko auf mich zu nehmen.«

»Dann lass dich fallen. Es wird schon gutgehen.«

Xue Lian zog ihre Freundin dankbar an sich.

»Ich möchte wetten, dass er dich im Bett sehr glücklich macht«, flüsterte Soo San in ihr Ohr und kicherte.

»Ich habe fast den Verstand verloren«, grinste Xue Lian.

»Das dachte ich mir. Dann geh jetzt schnell zu ihm und umarme die Nacht. Bis bald.«

Auf dem Penang Hill war es deutlich kühler als unten in der Stadt. Xue Lian sah auf das labyrinthische Straßengewirr von Georgetown hinunter, während hinter ihrem Rücken die Sonne über der Straße von Malakka versank und das letzte Tageslicht mit sich nahm.

»Ich bin gern zur Dämmerung hier. Es ist schön zuzusehen, wie überall die Lichter angehen und die Stadt sich für die Nacht bereitmacht«, sagte sie.

Paul trat zu ihr und legte seinen Arm um sie. Xue Lian hob den Kopf und sah ihn an.

»Wo bist du geboren? Wie sieht es dort aus?«

»Ich komme aus Husum, einer kleinen Stadt in Norddeutschland. Einer unserer Dichter hat sie die ›Graue Stadt am Meer‹ genannt. Die See ist nicht wie hier, sondern abweisend und rau. Das Land ist flach, es ist fast immer windig, und an guten Tagen ziehen weiße Wolken landeinwärts.«

»Und welche Farbe hat der Himmel an solchen Tagen? Ist er so blau wie deine Augen?«

»Manchmal ist er sehr blau.«

»Wann warst du das letzte Mal dort?«

»Vor drei Jahren, zur Beerdigung meiner Tante. Ich habe sie sehr gemocht, als Einzige in meiner Familie. Ihr verdanke ich alles. Sie hat mich für das Malen begeistert und mir den ersten Unterricht bezahlt, als ich zwölf war. Meine Eltern hielten es für Zeitverschwendung.«

Seine Bitterkeit betrübte Xue Lian, und sie ergriff seine Hand.

Schweigend standen sie zusammen, während es um sie herum dunkel wurde.

»Und du? Wie bist du von China nach Penang geraten?«

Statt eine Antwort zu geben, fischte sie ihre Zigaretten aus der Hosentasche und wartete, dass Paul ihr Feuer gab. Geistesabwesend nahm sie mehrere tiefe Züge.

»Du hast schon viele Frauen gehabt, nehme ich an?«

Er versuchte vergeblich, ihrem Gedankensprung zu folgen.

»Ja, das kann man sagen«, gab er zu.

Xue Lian ließ die kaum angerauchte Zigarette auf den Boden fallen.

»*Ni shi zhen xin dui wo ma?*«

»Wie bitte?«

»Ich habe dich gefragt, ob du es ernst mit mir meinst. Was bedeutet es für dich, wenn du verliebt bist? Was willst du von mir?«

»Ich möchte dich festhalten und nie wieder loslassen. Wenn du mich lässt.«

»Kannst du das nach zwei Wochen bereits sagen?«

»Ich wünsche mir noch viele von diesen Wochen. Sehr viele.«

Sie nahm sein Gesicht in ihre Hände und küsste ihn.

»Du wolltest herausfinden, wer ich bin. Gut, ich werde dir von mir erzählen. Manches wird mir schwerfallen, weil ich sonst nie darüber spreche.«

Xue Lian machte eine Pause und sah auf die Stadt zu ihren Füßen.

»Lass uns zu mir fahren. Ich möchte mit dir schlafen, danach fällt es mir vielleicht nicht ganz so schwer.«

Xue Lian hatte die *Butterfly Lovers* aufgelegt. Sie lag mit geschlossenen Augen auf dem Rücken und lauschte dem berühmten chinesischen Violinkonzert, während Paul ihre Brüste streichelte. Er setzte sich auf, um Xue Lian und den Schwall schwarzer Haare auf dem Kopfkissen zu betrachten. Eigentlich war es unmöglich, dass ihre Haut in den Tropen so weiß blieb.

»Möchtest du einfach nur daliegen? Soll ich dich verwöhnen?«

Xue Lian nickte. Paul beugte sich hinab, fuhr mit der Zunge um ihren Bauchnabel und wanderte von dort tiefer, bis zu ihrer Scham. Gemächlich öffnete sie ihre Beine für seine Liebkosungen. Paul ließ sich Zeit. Selbst als sie begann, ihren Unterleib lustvoll zu bewegen, behielt er sein sachtes Tempo bei, bis sie seinen Kopf von ihrem Schoß zog. Lächelnd drehte sie ihn auf den Rücken, dann setzte sie sich rittlings über ihn, nahm ihn langsam in sich auf. Der Druck seiner Hände auf ihren Hüften wurde stärker, als sie ihr Becken kreisen ließ. Nach einer Weile hielt sie inne.

»Ich habe einen Wunsch.«

»Was immer du willst.«

Paul atmete schwer, seine blauen Augen waren glasig. Sie erhob sich und ließ ihn langsam aus sich herausgleiten. Fragend sah er ihr dabei zu, wie sie ihren großen Umkleidespiegel vor das Bett zerrte.

»Ich möchte mir ins Gesicht sehen. Sehen, was du in mir siehst. Diese Lust in mir, von der ich bisher nichts wusste.«

Wortlos zog er sie wieder aufs Bett und ließ sie auf allen vieren vor ihm niederknien.

»Komm zu mir«, forderte sie. »Ich warte auf dich.«

Was folgte, brachte sie fast um den Verstand. Atemlos beobachtete sie Paul und sich im Spiegel dicht vor ihrem Gesicht. Sie spürte den Schweiß auf ihrem Körper und den kühlenden Luftzug des Ventilators. Seine Bewegungen wurden schneller, er trieb sie vorwärts, immer weiter, direkt vor sich ihre eigenen Augen, dunkle Spiegel ihrer Lust. Eine sengende Hitze durchströmte ihren Körper bis in die überreizten Nervenspitzen, der pure Rausch. Sie gab jeden Halt auf und ließ sich fallen, in eine zügellose Raserei, die über ihr zusammenschlug und sie verschlang.

Xue Lian fürchtete, das Bewusstsein zu verlieren. Das Spiegelbild verschwamm vor ihren Augen, und sie nahm Pauls Orgasmus nur entfernt wahr. Ein starkes Schwindelgefühl überkam sie, und ihr Kopf sank auf das Laken. Ohne sich dagegen wehren zu können, brach sie fassungslos in Tränen aus. Sie hatte gefunden, was er in ihr gesehen hatte: einen verborgenen Teil ihres Wesens, an den niemals zuvor jemand gerührt hatte.

Paul kam, die Schachtel Zigaretten in der Hand, aus dem Wohnzimmer zurück. Sein Körper erschien Xue Lian jünger als sein Gesicht. Er war groß und sehnig, und obwohl er nicht sehr muskulös war, strahlte er Härte aus. Umso schöner, dass dieser Körper auch weich und einfühlsam sein konnte. Ihr Blick fiel auf den kleinen geschnitzten Wal um seinen Hals, ohne den sie ihn noch nie gesehen hatte.

»Was ist das eigentlich für ein Anhänger?«

»Ein altes Andenken. Ein Glücksbringer, der versagt hat. Ich gebe ihm eine zweite Chance.«

Xue Lian lag auf dem Bett, ihr Haar verschwitzt und strähnig.

»Gib mir eine Kretek«, bat sie.

Paul zündete eine der Nelkenzigaretten an. Er setzte sich zu Xue Lian auf die Bettkante und hielt sie ihr hin. Sie roch daran, bevor sie einen Zug nahm. Früher hätte sie nicht im Traum daran gedacht, dieses Zeug zu rauchen. Seit sie Paul kannte, hatte sich vieles verändert.

»In meinem Leben hat Sex nie eine Rolle gespielt, und jetzt entdecke ich eine neue Welt. Ich habe einen beunruhigenden Spaß dabei, und es tut mir gut, von dir bewundert und begehrt zu werden. Du befriedigst nicht nur mich, sondern auch meine Eitelkeit«, lächelte sie.

»Ich habe noch nie eine Frau wie dich erlebt.«

»Vielleicht ist es dumm von mir, aber ich glaube dir.«

Sie erhob sich und ging in die Küche, um ein Bier aus dem

Kühlschrank zu holen. Das Glas der Flasche war von der Kälte beschlagen. Sie setzte sich wieder neben Paul aufs Bett und sah ihn lange schweigend an. Sie hatte versprochen, ihm von sich zu erzählen, und er schien darauf zu warten. Xue Lian atmete tief durch, bevor sie mit ihrer Geschichte begann.

»Wenn du verstehen willst, wer ich bin, muss ich fünfzig Jahre zurückgehen.«

3
Der Tod in China

Zhang Guo Fen stammte aus einer der reichsten Familien Sichuans und war das siebte von elf Kindern. Sie hatte die Mittelschule besucht, was für Mädchen ihrer Generation selten war, und ihre Schönheit wurde in ganz Chengdu gepriesen. Es gab viele Gründe, warum sie als eine der besten Partien der Stadt gehandelt wurde.

Im Sommer 1937, eine Woche vor dem Angriff der Japaner auf China, verheiratete ihr Vater sie mit Wang Zhi, dem politisch ambitionierten Sohn einer Kaufmannsfamilie. Obwohl die Ehe arrangiert war, verlief sie glücklich. Wang Zhi, der westlich orientiert war und sich ausnahmslos im Anzug und mit seiner legendären Melone auf dem Kopf in der Öffentlichkeit sehen ließ, liebte seine Frau aufrichtig. Sie lebten in einer großen Villa im Westen der Stadt und bekamen drei Kinder, alles Mädchen. Die Jüngste nannten sie Xiu Zhen. Sie war der Liebling ihres Vaters und durfte als Einzige manchmal seinen Hut aufsetzen. Xiu Zhen war ein fröhliches Kind mit schneeweißer Haut, das seine Eltern fast vergessen ließ, dass sie keinen Sohn hatten.

Nach dem Ende des Zweiten Weltkriegs brach in China der offene Bürgerkrieg aus, und Zhi nutzte die turbulenten Zeiten, um eine rasante Karriere innerhalb der Chinesischen Nationalpartei Guomindang zu machen. Der schlanke Mann mit dem absonderlichen Hut war bald eine bekannte Persönlichkeit in der Provinzhauptstadt.

Nach mehreren Jahren erbitterten Kampfs war die Niederlage der Guomindang unabwendbar. Guo Fen schlug vor, mit den abziehenden Truppen nach Taiwan zu fliehen, doch ihr Mann weigerte sich, den Besitz der Familie zurückzulassen. Er rechnete zwar mit Repressalien, vertraute aber darauf, dass er sich mit den siegreichen Kommunisten würde arrangieren können. Ein fataler Irrtum.

Am frühen Morgen des Weihnachtstages 1949 besetzten Maos Truppen Chengdu. Zhi zog einen grauen Anzug an, nahm seinen Hut und setzte sich ins Wohnzimmer, um sein Schicksal zu erwarten. Es war bedrückend still im Haus. Die Dienerschaft hatte sich im Laufe der Nacht in alle Winde zerstreut, nachdem das Gerücht vom bevorstehenden Einmarsch der Kommunisten die Runde gemacht hatte.

Guo Fen kam und servierte ihm Tee. Eine nach der anderen folgten ihre Töchter und setzten sich zu ihnen an den Tisch. Xiu Zhen war noch zu jung, um die Hintergründe zu begreifen, dennoch spürte sie das Bedrohliche der Situation. Sie war ängstlich und still. Als ihr Vater sie auf seinen Schoß zog, weinte sie leise in sich hinein und war nicht zu trösten.

Kurz vor Mittag kamen die Soldaten ins Haus. Ihr Anführer war ein junger Mann mit kaum verständlichem Shanghaier Akzent. Er strahlte die Selbstgerechtigkeit eines Fanatikers aus, und Guo Fen ahnte Böses, als er sich zu Zhis Familie setzte. Während der Mann aus Shanghai schweigend mit Zhis Melone spielte, durchsuchten seine Leute das Haus. Sie waren diszipliniert und rührten weder Geld noch Schmuck an. Als sie dem Anführer meldeten, dass sich keine weiteren Personen im Haus befänden, befahl er seinen Männern, Guo Fen und die Kinder in einem Raum im Obergeschoss einzusperren.

Danach befragte er Zhi ausführlich zu seiner Person und seiner Tätigkeit für die Guomindang. Als Letztes wollte er wissen, ob Zhi seine Mithilfe bei der Unterdrückung und Ausbeutung des chinesischen Volkes bereue. Zhi antwortete, dass es nichts zu bereuen gäbe, weil seine Arbeit stets dem Wohl des Volkes gewidmet gewesen sei. Der Shanghaier lief vor Wut rot an und verkündete, dass Zhi im Namen des chinesischen Volkes zum Tode verurteilt sei.

Zhi bereute zutiefst, dass er nicht auf Guo Fen gehört hatte und mit seiner Familie nach Taiwan geflohen war, doch für Reue war es zu spät. Mit bleichem Gesicht fragte er, was mit seiner Frau und den Kindern geschehen werde. Der Mann teilte ihm mit, dass sein Haus und Vermögen beschlagnahmt seien, seiner Familie jedoch keine weiteren Konsequenzen drohten.

Ein Soldat fesselte Zhi die Hände auf dem Rücken und führte ihn in den Hof. Ihm wurde nicht erlaubt, sich von seinen Angehörigen zu verabschieden. Als das Erschießungskommando sich bereitmachte, trat der Mann aus Shanghai zu Zhi und setzte ihm die Melone auf den Kopf. Über das höhnische Gelächter der Soldaten hinweg hörte Zhi eine hohe Kinderstimme. Auf dem Balkon des Hauses stand ein kleines Mädchen in einem bunten Kleid, die Haare zu zwei seitlich vom Kopf abstehenden Zöpfen geflochten. Das Letzte, was Wang Zhi in seinem Leben sah, waren die angstvoll aufgerissenen Augen seiner Lieblingstochter. Dann trafen ihn die Schüsse, einer davon mitten ins Gesicht. Der Hut wurde ihm vom Kopf gerissen, und sein lebloser Körper schlug auf das graue Pflaster des Hofs.

Die folgenden Jahre brachten große Armut. Guo Fen unterrichtete Chinesisch an einer Grundschule, aber das geringe Gehalt reichte kaum aus, sie alle am Leben zu halten. Erst als die älteste Tochter nach Beijing ging, um dort zu arbeiten, entspannte sich die Lage der Familie ein wenig.

Dann kam die große Hungersnot, die mehr als dreißig Millionen Menschen das Leben kostete. Im Winter des Jahres 1961 erkrankte Guo Fens mittlere Tochter an einer Lungenentzündung. Ihr vom Hunger geschwächter Körper hatte keine Widerstandskraft, sie starb innerhalb weniger Tage.

Von da an konzentrierte Guo Fen ihre Liebe auf Xiu Zhen, die ihr Sorgen bereitete, auch als die Zeiten endlich besser wurden. Aus dem vergnügten Mädchen war eine verschlossene, melancholische Jugendliche geworden, Nacht für Nacht von Alpträumen geplagt, in denen ihr Vater sie mit seinem zertrümmerten Gesicht anstarrte. Sie wünschte sich, dass er mit ihr sprechen würde, doch er blieb stumm.

Mit zwanzig teilte Xiu Zhen sich ein winziges Zimmer mit ihrer Mutter und studierte an der Sichuan-Universität Literatur, mit wenig Begeisterung und gemieden von ihren Mitstudenten, die ihre kühle Ernsthaftigkeit für Hochmut hielten. Sie litt nicht darunter, denn sie blieb gern für sich allein und hatte kein Bedürfnis nach Freundschaften, bis ein folgenschweres Ereignis sie aus ihrer Isolation riss: An einem sonnigen Tag im Frühherbst rempelte sie auf dem Campus versehentlich einen Studenten an, der sich an Ort und Stelle in ihre traurigen Augen verliebte.

Lin Zhi Yuan war einige Jahre älter als sie, extrem schüchtern und dennoch wild entschlossen, sie für sich zu gewinnen. Zwei Wochen lang folgte der schlanke Mann mit der runden Brille ihr wie ein stummer Schatten, bis er sich endlich traute, Xiu Zhen anzusprechen. Sein scheues Lächeln gefiel ihr, die klugen Worte und seine angenehme Stimme machten sie neugierig genug, um ihn vorsichtig zu ermutigen, und so begann Zhi Yuan auf eine altmodische, unbeholfene Weise um sie zu werben. Er brauchte Hartnäckigkeit und viel Wärme, bis das Eis um ihr Herz endlich schmolz, doch zum Frühlingsbeginn hatte er sein Ziel erreicht und Xiu Zhen war zum ersten Mal verliebt.

Mit der Liebe schwappte das Glück wie eine mächtige Woge in Xiu Zhens Leben und spülte ihre Sorgen fort. Sogar die Träume von ihrem Vater wurden selten, wenn sie auch niemals ganz aufhörten. Als Zhi Yuan im Herbst fragte, ob sie ihn heiraten wollte, zögerte sie keine Sekunde, denn sie wusste, dass sie den Mann fürs Leben gefunden hatte. Es kam sogar noch besser: Zhi Yuans älterer Bruder hatte sich illegal nach Hongkong abgesetzt, und sie konnten mit viel Glück seine Wohnung übernehmen – ein unerhörter Luxus für ein junges Paar. Xiu Zhen war bodenlos glücklich. Dann begann die Kulturrevolution.

Nach Abschluss seines Studiums bekam Zhi Yuan eine Stelle als Geschichtslehrer an der Universität; eine schwierige Position in diesen wirren Zeiten, denn was er in der einen Woche lehren musste, konnte in der nächsten bereits als Verbreitung reaktionären Gedankenguts ausgelegt werden.

Eines Tages stürmte ein aufgeheizter Mob ihre Wohnung und zwang Zhi Yuan mit Schlägen und Misshandlungen zu unsinnigen Geständnissen. Xiu Zhen flehte ihn an, die Demütigungen um ihretwillen hinzunehmen, denn sie konnte die Vorstellung nicht ertragen, nach ihrem Vater auch den Ehemann wegen seiner Unbeugsamkeit zu verlieren.

Im Dezember 1969 verschärfte sich die Lage noch: Es sprach sich herum, dass Zhi Yuans Bruder nach Hongkong geflohen war, und nun befürchtete er, dass dieses schwere Verbrechen auch einen Schatten auf ihn werfen könnte. Im gleichen Monat stellte Xiu Zhen fest, dass sie schwanger war. Obwohl sie ihre Freude gern mit ihrem Mann geteilt hätte, beschloss sie, die Neuigkeit vorerst für sich zu behalten, bis die Situation sich beruhigt hatte.

Wenige Wochen später wurde Zhi Yuan in die Universität vorgeladen. Xiu Zhen wartete bis zum Abend auf seine Rückkehr, dann hielt sie die Ungewissheit nicht länger aus und machte sich bei strömendem Regen auf den Weg. Als sie den vertrauten Campus erreichte, blieb sie ratlos stehen. Wieder und wieder rief sie Zhi Yuans Namen, bis schließlich ein Kollege ihres Mannes aus einem der Gebäude auf sie zukam. Er flüsterte ihr etwas zu, dann drehte er sich um und ging mit schnellen Schritten davon.

Ihre Beine versagten, sie sackte zu Boden. Der kalte Regen durchtränkte Xiu Zhen, während sie zusammengekrümmt in einer Pfütze lag und alle verbliebenen Tränen unaufhaltsam aus ihr herausflossen. Zhi Yuan war tot.

Nach offizieller Version hatte er einen Herzinfarkt erlitten;

trotzdem verweigerten die Behörden Xiu Zhen die Erlaubnis, den Leichnam zu sehen. Da sie den eigensinnigen Charakter ihres Mannes kannte, blieb sie den Rest ihres Lebens davon überzeugt, dass man ihn während des Verhörs totgeschlagen hatte.

Xiu Zhen zog zurück in das kleine feuchte Zimmer ihrer Mutter. Ihre Schwangerschaft verheimlichte sie so lange wie möglich, weil sie befürchtete, dass man sie zu einer Abtreibung zwingen könnte. Im Juli brachte sie ein Mädchen zur Welt, das sie Xue Lian nannte.

»In China haben Vornamen eine Bedeutung. Oft verraten sie, was Eltern sich für ihre Kinder wünschen.«

Xue Lian hob ihren Kopf von Pauls Brust und sah ihn an.

»Erinnerst du dich noch an unser Gespräch über die Schönheit weißer Blüten? Ich habe damals eine Blume erwähnt.«

»Schneelotus.«

»Genau. Er hat eine besondere Bedeutung für mich, weil es mein Name ist: Xue Lian bedeutet übersetzt Schneelotus. Es ist eine einsame Pflanze, die unter härtesten Bedingungen erblüht, weit oben in den Bergen von Tibet, inmitten von Eis und Schnee. Sie ist sehr selten und schwer zu finden. Schneelotus ist stark, zäh und schön. Im alten China glaubte man, dass man damit Vergiftungen heilen konnte.«

Ab 1976 wurde das Leben in China erträglicher. Xiu Zhen setzte die Rehabilitation ihres Mannes durch und begann, als Mittelschullehrerin zu arbeiten. Die »Zehn Schlimmen Jahre« lagen hinter den Chinesen wie ein Alptraum, aus dem sie endlich erwacht waren, dennoch wurde Xiu Zhen nicht glücklich. Sie litt unter Depressionen, und nur die Liebe zu ihrer Tochter hielt sie aufrecht.

Als Xue Lian älter wurde, stellte sie Fragen über ihren Vater und Großvater, aber sie erhielt nur ausweichende Antworten. Ihre Mutter weigerte sich, jemals mit ihr über Politik zu sprechen. An ihrem fünfzehnten Geburtstag schenkte Xiu Zhen ihrer Tochter ein altes Foto, und ihr geheimnisvoller Vater bekam endlich ein Gesicht.

Xue Lian beendete die Schule mit hervorragenden Noten und nahm im Herbst 1988 ein Englischstudium an der Beijing-Universität auf. In der Hauptstadt begann für sie ein neues, aufregendes Leben. Sie freundete sich mit einem Mädchen namens Liu Chen an, das auch aus Sichuan stammte und mit ihr und vier anderen ein Zimmer im Wohnheim teilte. Über Chen lernte sie eine Gruppe älterer Studenten kennen, deren Wortführer ein intelligenter junger Mann mit breitem Kreuz und neugierigen Augen war. Viele der Studentinnen himmelten Li Jun an, aber Chen verriet Xue Lian, dass er keine Freundin hatte und sein Ruf als Frauenheld unbegründet war.

An einem klaren Herbsttag radelte sie mit einer Gruppe Studenten zum Sommerpalast, um ein letztes Picknick zu veranstalten, bevor der Winter hereinbrach. Sie setzten sich ans Ufer des Sees, tranken Tee, aßen kalte Nudeln und genossen die Aussicht, bis von Nordwesten ein eisiger Wind aufkam, der das Laub von den Bäumen fegte und in Böen durch den Park trieb.

Als Xue Lian ihre Decke einrollte, um wie alle anderen aufzubrechen, kam Li Jun zu ihr herüber und fragte, ob sie noch einen Spaziergang mit ihm machen wollte. Sie bekam vor Aufregung kein Wort heraus, denn Li Jun hatte sie bisher nie beachtet. Sie konnte nicht ahnen, dass er nachts nicht mehr schlief, seit er sie das erste Mal gesehen hatte. In seinem Mundwinkel hing ein Zahnstocher, was Xue Lian ausgesprochen lässig fand, obwohl er nur darauf herumkaute, um seine Nervosität zu überspielen. Es hatte Wochen gedauert, bis er endlich den Mut fand, das schöne Mädchen aus Chengdu anzusprechen.

Xue Lian war noch nie mit einem Mann allein gewesen und wusste nicht, wie sie sich verhalten sollte. Li Jun ging es nicht anders, und um seine Verlegenheit zu verbergen, sprach er von Politik, während sie am Seeufer entlanggingen. Xue Lian begriff nicht viel von seiner Analyse der chinesischen Gesellschaft, aber sie hörte ihm interessiert zu. Als sie eine kleine bucklige Brücke überquerten, zerwühlte ein starker Windstoß ihre Haare, und Li Jun brach seinen Vortrag mitten im Satz ab. Er nahm den Zahnstocher aus dem Mund und ließ ihn fallen, bevor er ihr zaghaft eine Strähne aus dem Gesicht strich. Xue Lian stand unbeweglich da, und es gefiel ihr, wie seine Fingerspitzen ihre Wange berührten. Es hätte ihr auch gefallen, wenn er sie geküsst hätte, aber das tat er nicht.

Nach dem Picknick im Sommerpalast sahen sie sich fast jeden Tag. Li Jun war so aufmerksam und sensibel, wie sie es sich von einem Mann nur wünschen konnte: Er nahm sie ernst und gab ihr das Gefühl, der Mittelpunkt der Welt zu sein.

In ihren Schlafräumen oder auf dem belebten Campus hatten sie nicht die Möglichkeit, ungestört zusammen zu sein. Ihr einziger Ausweg waren lange Spaziergänge im eiskalten nordchinesischen Winter. An einem verschneiten Abend im Dezember legte Li Jun im Schatten eines Baums endlich seine Arme um sie. Obwohl sein Kuss unbeholfen war, genoss sie ihn.

Von nun an waren Li Jun und sie eines der Paare, die sich heimlich in einsamen Parks und an dunklen Straßenecken küssten und sich ewige Liebe schworen. Eines Tages legte Li Jun dabei seine Hand auf ihre Brust, und ein warmes Ziehen ging durch ihren Unterleib. Er nahm seinen Mut zusammen und gestand ihr, dass er mit ihr schlafen wolle.

»Das war eine unerhörte Sache«, erklärte Xue Lian. »Ich war achtzehn Jahre alt und kannte ihn gerade ein paar Monate. Völlig undenkbar.«

Sie schüttelte den Kopf bei dem Gedanken an diesen längst vergangenen Tag im weit entfernten China. Ein Lächeln huschte über ihr Gesicht.

»Natürlich habe ich die Empörte gespielt. Li Jun konnte mir

nicht mehr in die Augen sehen, und wir sprachen kein einziges Wort, als wir zur Uni zurückfuhren.«

»Hat er dich später noch einmal darauf angesprochen?«, fragte Paul.

»Nein. Er hat sich nicht einmal mehr getraut, mich anzufassen. Es lag bei mir.«

Paul sah sie an und versuchte sich Xue Lian als achtzehnjähriges Mädchen vorzustellen. Es war nicht einfach.

»Selbst wenn wir gewollt hätten, wo hätten wir es machen sollen? In unseren Zimmern schliefen wir zu sechst, und einfach in ein Hotelzimmer zu gehen war damals nicht möglich.«

»Ihr habt es trotzdem getan?«

»Es reizte mich. Ich war schrecklich verliebt und wollte es ausprobieren. Kurz vor dem Ende des Semesters habe ich Li Jun gefragt, ob er die ersten Tage der Neujahrsferien noch mit mir in der Uni bleiben wolle, statt sofort nach Hause zu fahren. Dann seien die Zimmer leer und wir hätten unsere Ruhe. Er fiel aus allen Wolken, aber überreden musste ich ihn nicht. Ich schrieb meiner Mutter, dass ich zwei Tage später kommen würde, und dachte mir eine absurde Geschichte als Begründung aus.

Als es so weit war und die Studenten in Scharen die Uni verließen, sind Li Jun und ich wie Diebe durch die stillen Gänge geschlichen und haben versucht, nicht aufzufallen. Ich kann nicht sagen, ob ich mehr Angst vor dem ersten Mal hatte oder vor der Gefahr, dabei erwischt zu werden und von der Uni zu fliegen.

Dann war es so weit: Li Jun und ich standen uns in meinem Zimmer gegenüber und waren vor Aufregung wie gelähmt. Ich schloss die Tür ab, und wir zogen uns aus. Statt uns anzusehen, als wir zum ersten Mal nackt voreinanderstanden, schlüpften wir unverzüglich unter die Decke. Wir waren beide nervös und wussten nicht genau, was wir tun sollten. Ich fand es schön, in seinen Armen zu liegen und mich an ihn zu schmiegen, aber als es richtig losging, war es auch schon vorbei. Er kam schneller, als ich den Schreck überwinden konnte, dass es weh tat. Am nächsten Tag haben wir es noch zweimal gemacht, doch es war nicht wesentlich besser. Trotzdem war ich nicht enttäuscht. Li Jun gab sich Mühe und war sehr lieb zu mir. Außerdem habe ich mich danach wie eine richtige Frau gefühlt.«

Nach dem Ende der Semesterferien und ihrer Rückkehr aus Chengdu entwickelten sich die Dinge in rasender Geschwindigkeit. Die Beijing-Universität war immer eine Brutstätte politischer Ideen gewesen, und auch in diesem Frühling stellten sich ihre Studenten an die Spitze der Bewegung, die das Land verändern wollte.

Mitte April begannen die Demonstrationen auf dem Platz des Himmlischen Friedens. Xue Lian war vom ersten Tag an dabei und verbrachte mehr Zeit auf dem Tiananmen als in der Universität. Wenn sie später an diese Wochen zurückdachte, kamen sie ihr unwirklich vor wie ein Fiebertraum.

Die Zahl der Menschen auf dem Platz schwoll mit jedem Tag an, Arbeiter und Angestellte kamen hinzu. Als der anfängliche Schwung verlorenging, begannen mehrere hundert Studenten einen Hungerstreik, und Li Jun war einer von ihnen. Für Xue Lian war er ein Held, sie liebte ihn mehr als je zuvor.

Gorbatschow kam auf Staatsbesuch, und mit einem Mal waren überall Kameras, die den Demonstranten Gelegenheit zur Selbstdarstellung boten. Eine Aufnahme ging um die Welt, auf der einer der Hungerstreikenden und seine ausnehmend schöne Freundin zwei Finger zum Siegeszeichen erhoben hatten.

»Willst du das Foto sehen?«, fragte Xue Lian.

»Hast du es hier?«

»Selbstverständlich.«

Sie ging ins Wohnzimmer und kramte in einer Kommode. Als sie wiederkam, hielt sie einen gerahmten Zeitungsausschnitt in der Hand, den sie Paul reichte. Das Mädchen auf dem Bild hatte halblange Haare, war sehr jung und tatsächlich ausnehmend schön.

»Das bist du!«

»Ja.«

»Dann ist der junge Mann neben dir Li Jun?«

Sie nickte, und Paul musterte ihn genauer. Er trug ein weißes Band mit roten Zeichen um die Stirn und wirkte müde. Sein Gesicht war eckig, mit kräftigem Kiefer und einer breiten Nase, die Augen strahlten grenzenlosen Optimismus aus.

»Er sieht gut aus.«

»Ja«, bestätigte sie. »Er sah sehr gut aus.«

»Warum hängst du es nicht auf?«

»Weil es Dinge gibt, die man nicht konservieren kann. Ich habe dieses Foto seit Ewigkeiten nicht angesehen.«

»Es würde dich täglich an ihn erinnern«, beharrte er.

»Eben. Li Jun hat seinen Platz in meinem Herzen, und damit ist es genug. Mit manchen Dingen muss man abschließen, damit das Leben weitergehen kann.«

Als die Regierung das Kriegsrecht ausrief, wuchs die Anspannung unter den Studenten. In der Nacht des vorletzten Maitags errichteten sie eine zehn Meter hohe Skulptur auf dem Platz des Himmlischen Friedens. Sie nannten sie die »Göttin der Demokratie«, tatsächlich war es eine chinesische Version der Freiheitsstatue. Xue Lian hatte eine beklemmende Vorahnung, als sie beim Aufbau zusah: Sie fürchtete, dass die Studenten für diese Provokation teuer würden bezahlen müssen, aber als die nächsten Tage ruhig blieben, verlor sich ihre Angst in der allgemeinen Euphorie.

»Dann kam der 4. Juni. Wir hatten bereits den ganzen Tag auf dem Platz verbracht. Als es hieß, dass die Armee von Westen in die Stadt einmarschierte, gingen wir ihr entgegen, um beim Bau von Barrikaden zu helfen. Als wir auf Soldaten trafen, wollten wir mit ihnen reden, aber sie schossen Tränengas und Gummigeschosse, bis wir uns zurückzogen. Wir sammelten uns ein Stück weiter hinten und bildeten eine Menschenmauer. Diesmal schossen sie scharf auf uns. Auf ihr eigenes Volk.«

Xue Lian unterbrach ihre Erzählung und schloss die Augen. Paul streichelte über ihr Haar und bat sie, sich Zeit zu lassen.

»Neben mir brachen Menschen zusammen. Alle schrien durcheinander, es gab Tote und Verletzte. Wir rannten zur Muxudibrücke, um uns neu zu formieren. Ich hatte schreckliche Angst und weinte, aber es waren Tränen der Wut. Sie schossen auf mich, meine Freunde und alles, woran wir glaubten.

Viele Menschen starben, als sie die Brücke räumten. Ich wollte nur noch weg, ganz weit weg. Dann stand plötzlich Li Jun neben mir und nahm meine Hand. Er hatte mich in dem Chaos wiedergefunden und ließ meine Hand nicht mehr los, bis zum Ende.«

Xue Lian starrte an die Decke. Die Erinnerung war auch nach zehn Jahren so deutlich, dass sie alles vor sich sah.

»Neben uns wurde ein Soldat von einem Ziegelstein getroffen. Er dachte, dass Li Jun den Stein geworfen hatte, legte sein Gewehr an und schoss auf ihn.«

»Er hat auf ihn geschossen?«, fragte Paul entsetzt.

»Ja. Li Jun ließ meine Hand los und stürzte auf die Straße. Ich warf mich neben ihn und sah die Angst in seinen Augen: Angst um mich und Angst vor dem Sterben. Lauf weg, sagte er, und aus seinem Mund lief Blut. Dann war er tot.«

Xue Lians Selbstbeherrschung war erschreckend. Ihre Stimme war leise und angespannt, doch sie weinte keine Träne.

»Jemand schrie mich an. Als ich hochsah, stand der Soldat über mir. Er hielt mir den Gewehrlauf vor das Gesicht. Ich verfluchte ihn und hoffte, er würde abdrücken. Stattdessen trat er mich mit seinen Stiefeln. Als ich mich erheben wollte, trat er noch einmal zu. Ich kroch auf allen vieren davon. In einem Hauseingang stand eine Frau, sie nahm mich mit in ihre Wohnung. Sie dachte, ich sei verletzt, weil ich über und über mit Li Juns Blut beschmiert war.

Die Frau versteckte mich, weil es hieß, dass die Soldaten flüchtende Demonstranten erschossen. Li Juns Leiche habe ich nicht mehr gesehen.«

Xue Lian erwachte am späten Vormittag des 4. Juni, und sofort kamen die Bilder der vergangenen Nacht zurück, die Schreie der Verletzten und Sterbenden. Sie musste wissen, wie es in der Stadt aussah, und verabschiedete sich voller Dankbarkeit von ihrer Retterin.

Obwohl viele Menschen auf den Straßen waren, lag eine gespenstische Stille über der Stadt. Die Stille eines Friedhofs, dachte Xue Lian. Niemand in Beijing schien zu sprechen, weil es nichts mehr zu sagen gab. Der Traum von Demokratie und einem Neuen China war ausgeträumt.

Xue Lian irrte wie in Trance durch die Stadt, eine dämpfende Watteschicht hatte sich zwischen sie und die Realität geschoben. Erst als es am späten Nachmittag zu regnen anfing, machte sie sich müde und abgestumpft auf den langen Weg zum Campus der Beijing-Universität.

Keiner ihrer Freunde war dort, als sie in den Schlafraum kam. Xue Lian legte sich auf ihr Bett und wartete apathisch darauf, dass jemand erschien und sie verhaftete. Sie fürchtete sich nicht. Ihre Gedanken waren bei Li Jun, und Li Jun war tot.

Niemand kam, um sie zu verhaften. Sie war eine Mitläuferin gewesen, und da Millionen an den Protesten teilgenommen hatten, konnte die Regierung nicht alle inhaftieren. Xue Lian musste selbst entscheiden, was als Nächstes geschehen sollte. Als die Enge des Raumes sie am nächsten Morgen zu ersticken drohte, stieg sie auf ihr Fahrrad und fuhr zum Sommerpalast.

Gegen Mittag zerriss endlich der Schleier, der sich nach Li Juns Tod über sie gelegt hatte. Sie war auf dem Weg zum Tiananmen, als ihr auf der Straße des Ewigen Friedens eine Kolonne schwerer Kampfpanzer entgegenkam, deren Rumpeln den Boden unter ihren Füßen vibrieren ließ. Plötzlich sprang ein junger Mann auf die Fahrbahn und blockierte den Weg. Der Unbekannte wirkte winzig vor den riesigen Kampfmaschinen. Der Kommandant des ersten Panzers versuchte ihn zu umfahren, aber der Mann folgte den Bewegungen des Fahrzeugs mit entschlossenen Schritten. Die Motoren der Panzer erstarben, und eine bedrohliche Stille senkte sich über die breite Straße.

Xue Lian blieb fast das Herz stehen, als der Mann über die Kette auf den ersten Panzer kletterte. Ein Schuss krachte, aber er rührte sich nicht, bis er nach einer Weile wieder herunterstieg. Der Panzerkommandant ließ den Motor wieder an, doch als der Mann sein lebensgefährliches Spiel fortsetzen wollte, liefen einige Männer auf die Straße und zerrten den Unbekannten beiseite. Dann erst setzten die Panzer ihren Weg fort.

Xue Lian war unbändig stolz: Die heldenhafte, wenn auch sinnlose Tat eines namenlosen Mannes hatte dem Widerstand ihres Volkes ein Gesicht gegeben. Seine Kühnheit würde sich als Symbol für den Mut und die Unbeugsamkeit der Chinesen in die Erinnerung der Welt eingraben. Vielleicht waren die Opfer und das vergossene Blut nicht umsonst gewesen.

Nach einigen Tagen gelang es Xue Lian, auf dem Schwarzmarkt eine Bahnfahrkarte nach Chengdu zu ergattern, und sie verließ Beijing für immer. Am Abend des nächsten Tages war sie zu Hause. Als sie die Wohnungstür öffnete, saßen ihre Mutter und Großmutter beim Abendessen. Xiu Zhen erschrak, als ihre Tochter so unerwartet erschien.

»Was ist passiert?«, rief sie.

»Wisst ihr es denn nicht?«

Die Frauen hörten entgeistert zu, als Xue Lian in stockenden Worten von den Ereignissen in Beijing berichtete. Sie hatten keine Vorstellung vom Ausmaß der Tragödie gehabt. Im Fernsehen und in den Zeitungen war von einer gewaltlosen Räumung des Tiananmen die Rede gewesen.

In der Nacht lag Xue Lian neben ihrer Mutter im Bett und erzählte von ihrer Liebe zu Li Jun und seinem Tod. Sie erwartete Vorwürfe, aber Xiu Zhen nahm ihre weinende Tochter bloß fest in die Arme, als wäre sie wieder ihr kleines Mädchen.

Am nächsten Morgen saßen sie zusammen am Frühstückstisch und tranken Tee. Xue Lians Großmutter war zum Einkaufen auf den Markt gegangen. Xiu Zhen strich ihrer Tochter über das Haar und sah sie ernsthaft an.

»Ich habe dir vieles zu erzählen«, sagte sie. »Von deinem Vater, und auch von meinem. Davon, was dieses Land unserer Familie angetan hat.«

Dann erzählte sie ihrer Tochter die Geschichte ihres Lebens. Sie ließ nichts aus.

»Warum hast du nicht früher mit mir darüber gesprochen?«, fragte Xue Lian, als ihre Mutter geendet hatte.

»Weil ich dich nicht damit belasten wollte. Ich hatte gehofft, dass die bösen Zeiten hinter uns liegen und du eine bessere Zukunft haben wirst. Aber jetzt wiederholt sich alles, und das Unheil kommt auch über meine Lian Lian.«

Sie trank einen Schluck Tee, bevor sie weitersprach.

»Solange diese Verbrecher unser Land regieren, wird es für unsere Familie kein Glück und keinen Frieden geben. Du wirst China verlassen.«

»Was?«, rief Xue Lian.

»Du musst aus diesem Land fortgehen, in dem du niemals sicher sein wirst.«

»Nein, Mama«, protestierte sie. »Ich kann dich nicht allein lassen!«

»Sie haben mein Leben zerstört und auch das deiner Großmutter. Ich werde nicht zulassen, dass mit dir das Gleiche geschieht. Du wirst tun, was ich sage.«

Sie nahm Xue Lians Hände und sah ihr in die Augen.

»Versprich mir, dass du China verlassen und niemals zurückkehren wirst.«

Xue Lian fügte sich. Die Trauer um Li Jun hatte sie ausgehöhlt. Sie besaß keine Kraft mehr, sich den Plänen ihrer Mutter zu widersetzen.

Es war zu dieser Zeit fast unmöglich, aus China auszureisen, aber Xiu Zhen verfügte über eine Trumpfkarte: den Bruder ihres Manns in Hongkong. Lin Jian Guo war leitender Angestellter einer Im- und Exportfirma mit ausgezeichneten Kontakten nach Beijing. Sie schrieb ihrem Schwager einen Brief und flehte ihn im Namen seines toten Bruders an, Xue Lian zu helfen. Jian Guo war überrascht von ihrer Bitte, versprach jedoch, sein Bestes zu tun. Er kontaktierte seine Geschäftspartner in Beijing und gab ihnen zu verstehen, dass er kinderlos sei und deshalb die Tochter seines verstorbenen Bruders zu sich nehmen wolle. Zwei Monate später erhielt Jian Guo Bescheid, dass man Xue Lian überprüft habe und eine Ausreise möglich sei. An einem verregneten Tag im Frühwinter erhielt Xue Lian ihre Papiere und die Genehmigung, nach Hongkong auszureisen.

Am Abend vor ihrer Abreise wusste Xue Lian nicht, ob sie sich freuen oder fürchten sollte. Ihre Großmutter hatte zur Feier des Tages ihr Lieblingsgericht Jiaozi zubereitet, aber sie hatte keinen Appetit und bekam kaum eine der leckeren Teigtaschen hinunter. Später, als ihre Großmutter längst im Bett lag und sie den Abwasch erledigt hatte, setzte ihre Mutter sich zu ihr an den Küchentisch.

»Es gibt ein paar Dinge, die ich dir sagen möchte. Hör mir bitte gut zu«, begann Xiu Zhen und legte eine Pause ein, bevor sie eindringlich weitersprach. »Ehre mich und deine Großmutter, indem du ein gutes und glückliches Leben führst. Beweise, dass ich den richtigen Namen für dich gewählt habe. Sei hart und stark, lass dich niemals unterkriegen. Es ist richtig, dass du um Li Jun trauerst, aber irgendwann musst du ihn loslassen. Du musst stärker sein als jeder Verlust. Du bist jung, und dein Leben liegt noch vor dir. Für mich war es anders, weil ich Zhi Yuans Kind in mir trug. Kinder sind das Wichtigste im Leben.«

Xue Lian dachte lange über die Worte ihrer Mutter nach, als sie ein letztes Mal im Bett neben ihr lag und keinen Schlaf fand.

Als sie sich am nächsten Tag auf dem weiten Bahnhofsvorplatz gegenüberstanden, war Xue Lians Kehle so eng, dass sie kaum Luft bekam.

»Ab jetzt musst du deinen Weg allein gehen«, sagte Xiu Zhen. »Du bist der Sonnenschein in meinem Leben und wirst es immer sein. Ganz gleich, wo du bist und was du tust: Ich werde dich lieben und bei dir sein. Denk daran, wenn du dich einsam fühlst. Du wirst niemals allein sein.«

Zwei winzige Tränen liefen ihr über die Wangen, als sie sich von ihrer Tochter verabschiedete. Es war das erste Mal, dass Xue Lian ihre Mutter weinen sah. Xiu Zhen drehte sich um und ging mit hängenden Schultern davon, ohne sich noch einmal umzudrehen. Xue Lian ahnte, dass sie ihre Mutter nicht wiedersehen würde.

Der Zug fuhr in die Hunghom-Station in Kowloon ein. Xue Lian ergriff die beiden Taschen mit ihrer gesamten Habe und stieg hinab auf den Bahnsteig, an dessen Ende ein chinesisches Paar stand und eine Tafel mit ihrem Namen in die Höhe hielt. Xue Lian nahm ihren Mut zusammen und trat auf sie zu. Beide umarmten sie zur Begrüßung, und die Herzlichkeit ihrer Verwandten nahm eine schwere Last von ihr.

Sie fuhren mit dem Auto hinüber nach Hongkong Island und parkten vor einem der vielen Wolkenkratzer. Die hochmodern eingerichtete Wohnung, in der Xue Lian in Zukunft mit ihrem Onkel und ihrer Tante leben würde, befand sich im sechsundzwanzigsten Stock und bot eine weite Aussicht über den Hafen. Sie bekam ein Zimmer für sich allein, das erste Mal in ihrem Leben, noch dazu mit eigenem Fernseher und einer Stereoanlage. Es war Xue Lians Ankunft im Wunderland.

4
Zu neuen Ufern

Mit Jian Guos Hilfe fand Xue Lian schnell Arbeit bei einem international operierenden Kunst- und Antiquitätenhändler. Benny Cheung war ein Freund ihres Onkels und bereit, sie als Mädchen für alles einzustellen. Sie lernte viel, und die Arbeit machte ihr Spaß.

Knapp zwei Monate nach ihrer Ankunft in Hongkong erreichte sie ein Brief ihrer Großmutter aus Chengdu: Ihre Mutter war tot. Nach Xue Lians Abreise hatten ihre Depressionen sie wieder eingeholt. Als sie sicher sein konnte, dass es ihrer Tochter gutging, war Xiu Zhen in einer sternenklaren Nacht auf das Gelände der Sichuan-Universität geschlichen und hatte sich am Ast eines alten Baums erhängt, nicht weit von der Stelle entfernt, an der sie fast zwanzig Jahre zuvor vom Tod ihres Manns erfahren hatte.

Obwohl sie vor Trauer wie gelähmt war, erschien Xue Lian am nächsten Tag pünktlich zur Arbeit. Es war ihre Pflicht, Xiu Zhens Traum zu erfüllen.

Bald darauf erfuhr sie, dass auch ihre Großmutter gestorben war. Der Tod ihrer Tochter hatte ihr jeden Lebenswillen geraubt. Nachdem sie den Brief an ihre Enkelin geschrieben hatte, legte sie sich ins Bett und stand nicht wieder auf.

Xue Lian war am Boden zerstört. Sie hatte alle Menschen verloren, die sie in China geliebt hatte: erst Li Jun, dann ihre Mutter und nun auch ihre Großmutter. Verzweiflung senkte sich wie ein schwarzes Tuch über sie und drohte sie zu ersticken. Ihre Tante kümmerte sich rührend um sie und bemühte sich, Xue Lians Lebensmut zu stärken. Sie half ihr zu erkennen, dass sie nicht für den Tod ihrer Mutter verantwortlich war, sondern im Gegenteil Xiu Zhens Dasein zwanzig Jahre lang einen Sinn gegeben hatte. Und wie schon nach Li Juns Tod gelang es Xue Lian, die Trauer in ihrem Inneren zu verschließen.

Sie stürzte sich in die Arbeit und begann in ihrer Freizeit Bücher über Kunst und Kunstgeschichte zu lesen, um ihre Kenntnisse zu verbessern. Ihr Eifer entging Benny nicht, und er sorgte dafür, dass sie mehr Verantwortung übernahm und Einblicke in die Geschäftsführung nehmen konnte. Wenn die Einsamkeit doch einmal über Xue Lian hereinbrach, dachte sie an die Worte ihrer Mutter und vertraute darauf, dass sie ihr beistand.

Langsam kehrte die Freude in ihr Leben zurück, und sie fand Freunde, mit denen sie sich in Hongkongs Nachtleben stürzte. Dabei lernte sie Ricky Woo kennen, mit dem sie sich auf ein flüchtiges Abenteuer einließ. Die Beziehung währte nicht einmal zwei Monate, dann trennte Xue Lian sich leichten Herzens wieder von ihm. Im Laufe der nächsten fünf Jahre gewöhnte sie sich daran, dass es keinen Mann in ihrem Leben gab. Unglücklich war sie deshalb nicht.

Im Sommer 1995 lud Benny Cheung sie eines Abends überraschend zum Essen ein. Ihr war nicht entgangen, dass ihr Boss sie auf der Arbeit genau im Auge behielt, und sie fragte sich, ob er Pläne für sie hatte. Sie kannte inzwischen das Geschäft und war längst nicht mehr das unbedarfte Mädchen, das er vor Jahren eingestellt hatte. Benny hatte sie häufig vor heikle Aufgaben gestellt, und Xue Lian hatte ihn nie enttäuscht. Er traute ihr viel zu, und was noch wichtiger war: Er vertraute ihr.

In einem französischen Restaurant hoch über dem nächtlichen Hafen aßen sie Hummer und tranken Champagner. Nach dem Essen zündete Benny sich eine Zigarre an und fragte unumwunden, ob sie Interesse habe, in Malaysia eine Dependance seines Hauses aufzubauen.

Xue Lian war sprachlos. Bennys Vorschlag übertraf ihre Erwartungen bei weitem. Sie war gerade erst fünfundzwanzig geworden und außerdem eine Frau, was in der chinesischen Gesellschaft nicht die beste Voraussetzung für eine steile Karriere war. Ohne lange zu überlegen, sagte sie zu.

Bennys Angebot war ein Geschenk des Himmels. Xue Lian wollte nicht mehr in der Stadt sein, wenn die Engländer Hongkong in zwei Jahren an die Volksrepublik zurückgaben; ihr Hass auf Li Juns Mörder und ihre Angst vor ihnen waren zu groß.

Als der Herbst kam und die ersten Taifune über Hongkong hinwegfegten, brachten ihr Onkel und ihre Tante sie zum Flughafen. Es war nicht leicht für Xue Lian, ihre einzigen noch lebenden Verwandten zu verlassen, aber hinter ihr lagen schmerzlichere Abschiede. Diesmal war es keine endgültige Trennung, denn Jian Guo und seine Frau konnten sie jederzeit in Malaysia besuchen kommen.

Xue Lian lebte sich schnell in Kuala Lumpur ein. Sowohl mit dem feuchtheißen Tropenklima als auch den Menschen, von denen neben Malaien und Indern viele chinesischer Abstammung waren, kam sie gut zurecht. Das Leben in Malaysia war bunter und vielfältiger, als sie es sich in China jemals hatte träumen lassen.

Die von Benny Cheung angemieteten Räume befanden sich im sogenannten Goldenen Dreieck, dem modernen Geschäftszentrum der malaysischen Hauptstadt. Aus dem Fenster ihres Büros konnte Xue Lian die Baustelle sehen, auf der die Malaysier die Petronas Towers errichteten, das höchste Gebäude der Welt. Mit dem gleichen Ehrgeiz wie deren Erbauer stürzte sie sich in ihre Aufgabe und störte sich nicht daran, jeden Tag bis zu achtzehn Stunden in ihrem Büro zu verbringen. Innerhalb eines Jahres war das Geschäft etabliert, und Benny geizte weder mit Lob noch mit finanzieller Anerkennung. Xue Lian war erfolgreich, aber ihre Mutter hatte sie gelehrt, dem Glück zu misstrauen.

Xue Lian machte eine Pause, und Paul nutzte ihr Schweigen, um in die Küche zu gehen und den Aschenbecher auszuleeren. Als er an der offenen Wohnzimmertür vorbeikam, fiel sein Blick auf das große Foto an der Wand: der Mann vor den Panzern. Nun wusste Paul wieder, wo es aufgenommen worden war, und er verstand auch, warum Xue Lian es aufgehängt hatte.

»Willst du den Rest der Geschichte auch noch hören, oder bist du zu müde?«, fragte sie, als er zurück ins Schlafzimmer kam.

»Ich bin nicht müde.«

Sie war ruhiger, seit sie nicht mehr von China erzählte, anscheinend lag der fürchterlichste Teil der Geschichte hinter ihr. Paul bewunderte die Würde und Fassung, mit denen sie von den Härten ihres Lebens erzählte.

»Obwohl die Arbeit mir wenig Zeit ließ, lernte ich einen Mann kennen, einen chinesischen Malaysier. Es war keine Liebe, aber ich war allein in Kuala Lumpur, und wir verstanden uns gut. Nach einigen Wochen sind wir miteinander ins Bett gegangen. Es war nicht berauschend, aber er war der erste Mann, bei dem ich wenigstens gelegentlich einen Orgasmus hatte.«

Sie lächelte schief.

»Nach ein paar Monaten veränderte sich unsere Beziehung. Er bemühte sich weniger um mich, stattdessen führte er sich extrem eifersüchtig auf. Er wollte mir vorschreiben, was ich zu tun und zu lassen hatte, als wäre ich sein Eigentum. Das war das Ende, ich verließ ihn. Er rief mich noch oft an, häufig mitten in der Nacht, doch es war sinnlos. Eines Abends war ich mit einer Bekannten essen, als er im Restaurant auftauchte. Er kniete sich vor unserem Tisch auf den Boden und versprach, er wolle sich bessern, wenn ich ihm nur verzieh. Es war würdelos, und ich verachtete ihn dafür.«

Xue Lian schüttelte den Kopf bei dem Gedanken daran.

»Dann kam die Asienkrise. Natürlich traf sie auch Malaysias Wirtschaft. Für unsere Branche war es ein Desaster, denn wer kauft schon Kunst, wenn das Geld knapp ist? Benny beschloss, die Filiale in Kuala Lumpur zu schließen, und bat mich, nach Hongkong zurückzukehren. Das war genau das Letzte, was ich wollte. Ich rief ihn an, um ihm zu erklären, warum mich keine zehn Pferde zurückbringen würden. Er hatte Verständnis für mich, und am Ende blieb ihm nichts anderes übrig, als meine Kündigung zu akzeptieren.

Finanziell ging es mir zu diesem Zeitpunkt nicht schlecht, weil ich einiges gespart hatte. Ich spielte mit dem Gedanken, mich mit einer kleinen Kunstgalerie selbständig zu machen. Obwohl ein solches Unterfangen nicht viel Kapital erfordern würde, war es mitten in einer Wirtschaftskrise ein Risiko. Ich beschloss, es dennoch zu versuchen, und machte mich auf die Suche nach geeigneten Räumen in einer guten Lage. In Penang wurde ich fündig. Du hast die Galerie gesehen: Sie ist zentral gelegen, groß genug, und die Miete ist akzeptabel. Um Geld zu sparen, habe ich alles eigenhändig renoviert und eingerichtet.

Der Anfang war schwer, nur mein Erspartes hat mich über Wasser gehalten. Dann lernte ich Tan Chee Wah kennen, der mir Mut machte und mich tatkräftig unterstützte. Dieser Bungalow zum Beispiel gehört ihm. Er hat ihn mir für eine lächerliche Miete überlassen. Er kaufte einige Bilder bei mir und vermittelte mir weitere Kunden, wodurch sich das Geschäft entwickelte. Es ist keine Goldgrube, aber ich komme durch.«

»Die Galerie ist schön, und du arbeitest hart.«

»Es fällt nichts vom Himmel. Jedenfalls kein Geld.«

»Ich hätte eine Idee, wie du deinen Bekanntheitsgrad und deine Einnahmen deutlich erhöhen könntest«, meinte Paul.

»Und die wäre?«

»Du könntest Paul Handewitt ausstellen.«

Sie sprang aus dem Bett und sah ihn entgeistert an.

»Machst du Witze?«

»Nein. Ich zeige dir, was ich an Bildern habe, und wenn du ein überzeugendes Konzept entwickelst, machen wir es. Beweise mir, dass du eine gute Galeristin bist.«

Pauls Ausstellung in Penang war eine Sensation. Als ihr Nachbeben in der Kunstwelt nach Wochen verebbte, beschloss Xue Lian, die Galerie für zehn Tage zu schließen und mit Paul an die Ostküste zu fahren. Sie sehnte sich nach Ruhe, außerdem fiel ihr Geburtstag in diese Zeit.

Am ersten Tag fuhren sie mit ihrem alten Proton Saga von Penang quer über die Malaiische Halbinsel nach Kota Bahru, wo sie sich auf dem Nachtmarkt die Mägen vollschlugen und früh schlafen gingen. Gleich nach dem Frühstück am nächsten Morgen setzten sie sich wieder ins Auto und fuhren auf der gut ausgebauten Küstenstraße Richtung Süden, durch eine der beschaulichsten Regionen Malaysias, fernab vom Trubel Kuala Lumpurs oder Penangs. Sie durchquerten verschlafene Dörfer, kamen an windschiefen, in Palmenhainen versteckten Holzhäusern vorbei und genossen die gelegentlichen Ausblicke auf das Südchinesische Meer. Paul war oft hier gewesen und mochte die Gegend.

»Wann hast du das letzte Mal Urlaub gemacht?«, wollte er wissen.

»Ich? Noch nie.«

»Noch nie?«, fragte er ungläubig.

»Nein, ehrlich nicht. Entweder hatte ich kein Geld oder keine Zeit dafür.«

Xue Lian trat aufs Gaspedal, um einen Lastwagen zu überholen. Der Fahrtwind blies durch das heruntergekurbelte Fenster und zerrte an ihren Haaren. Wie meistens saß sie am Steuer, denn Paul war ein miserabler Autofahrer, und sie starb fast vor Angst, wenn er fuhr. Aus dem Radio klang chinesische Popmusik, und als Xue Lian eines ihrer Lieblingslieder erkannte, drehte sie die Musik lauter und sang ausgelassen mit.

»Bist du glücklich?«, fragte Paul.

»Ja«, sagte sie und sah ihn an. »Das Leben war nie so schön wie in den letzten sechs Monaten.«

»Sind wir erst ein halbes Jahr zusammen? Es kommt mir viel länger vor.«

»Und das war erst der Anfang«, lachte Xue Lian.

Als sie Cherating erreichten, bogen sie von der Hauptstraße ab und durchquerten den größten Teil des Dorfs, bis Paul auf ein paar einfache Hütten wies, die unter Palmen standen.

»Das ist es«, sagte er.

Xue Lian stieg aus dem Wagen und sah sich skeptisch um.

»Ziemlich heruntergekommen, wenn du mich fragst«, stellte sie fest. »Weiter vorn habe ich bessere Unterkünfte gesehen.«

»Wart's ab. Du wirst dich wundern, wie schön es hier ist.«

Sie war nicht überzeugt, als er das Gepäck aus dem Kofferraum nahm und sie ihm zu dem termitenzerfressenen, als Rezeption dienenden Verschlag folgte. Hinter dem Tresen stand ein etwa vierzigjähriger Malaie mit einem beeindruckenden Schnurrbart und addierte Rechnungen. Als er Paul kommen sah, breitete sich ein schiefes Lächeln in seinem Gesicht aus.

»*Selamat Datang*, Paul. Gut siehst du aus.«

»Der Schein trügt dich nicht, Mohd«, erwiderte er. »Das ist Julie.«

»Herzlich willkommen in Cherating«, sagte Mohd und schüttelte ihre Hand. »Ich gehe davon aus, dass ihr einen Bungalow mit Klimaanlage wollt? Keine der preisgünstigen Hütten wie sonst?«

Das übereifrige Nicken seiner Freundin amüsierte Paul. Er hatte vorher angerufen, um eine Unterkunft zu reservieren, weil im Juli Hochsaison an der Ostküste war. Xue Lians Laune verbesserte sich schlagartig, als sie Mohd in einen gepflegten Garten mit zwei künstlich angelegten Teichen folgten, denn die dort stehenden Bungalows sahen anständig aus. Vor dem letzten, nicht weit vom Meer entfernt, setzte Mohd das Gepäck ab, dann schloss er die Tür auf. Das Zimmer war groß und sauber, in der Mitte stand ein breites Bett; außerdem gab es ein mit Marmor verkleidetes Badezimmer und eine überdachte Veranda mit Blick auf den Garten.

»Und? Ist diese bescheidene Unterkunft der Kaiserin von China genehm?«, fragte Paul.

»Es ist nicht gerade der Sommerpalast, aber die Kaiserin ist zufrieden«, antwortete sie würdevoll.

Xue Lian sah Mohd grinsen und wies mit dem Daumen auf Paul.

»Er hat sich auf eine Frau mit Ansprüchen eingelassen. Das hat er nun davon.«

»Du hörst es, Mohd«, sagte Paul. »Die Zeiten ändern sich.«

Xue Lian zog ihren roten Bikini an und cremte sich mit Sonnenschutz ein. Früher hätte sie sich niemals getraut, einen winzigen Fetzen wie diesen zu tragen, doch sie war im Umgang mit ihrem Körper entspannter geworden. Paul stand noch unter der Dusche, als sie auf die Veranda ging und es sich im Schatten auf einer Liege bequem machte. Xue Lian schloss die Augen und genoss die Ruhe um sie herum.

»Darf ich dich so malen?«

Sie schlug die Augen auf und sah Paul nur mit einem Sarong bekleidet auf dem Geländer der Veranda sitzen.

»Wie? Im Bikini?«

»Nein, nackt. In deiner Ruhe und Gelassenheit«, erklärte er. »Durch dich möchte ich die Weiblichkeit an sich darstellen, in all ihrer Stärke.«

Xue Lian dachte über seine Worte nach.

»Habe ich das in mir? Und hast du so viel Liebe für mich, dass du es sehen und festhalten kannst?«

»Ich denke schon.«

Sie war sich nicht sicher, ob sie von ihm gemalt werden wollte, noch dazu nackt. Die ganze Welt kannte die Bilder von Paul Handewitt; andererseits war sie neugierig, was er in ihr sah und wie er es ausdrücken würde.

»Versuche es«, entschied sie. »Aber nur unter einer Bedingung.«

»Welche?«

»Du darfst das Bild nicht verkaufen.«

»Ich werde es dir schenken.«

Sie schloss ihre Augen wieder, während Paul sie weiterhin betrachtete. Vor einem halben Jahr hätte seine Bewunderung sie verunsichert, aber davon war nichts geblieben.

»Wie sollen wir den ersten Urlaubstag deines Lebens ausklingen lassen?«, fragte er kurze Zeit später.

»Am Strand, mit einem kühlen Bier.«

Nach dem Sonnenuntergang kam eine Brise vom Meer und ließ das Laub der Kasuarinen hinter dem Strand rascheln. Xue Lian und Paul saßen in der Beach Bar, die Füße auf dem Tisch, und tranken eisgekühltes Tiger-Bier.

»Du hattest recht, es ist wie im Paradies hier«, sagte Xue Lian und sah den kilometerlangen, menschenleeren Strand hinunter. »Als ich noch in China war, hätte ich nie damit gerechnet, dass ich so einen Ort jemals mit meinen eigenen Augen sehen würde.«

»Hast du manchmal Heimweh?«

Sie trank einen Schluck Bier und nickte.

»Ich hasse vieles an China, aber gleichzeitig werde ich es immer lieben. Es ist das Land, in dem meine Eltern begraben liegen, in dem ich geboren bin und dessen Kultur mich geprägt hat. Es ist meine Heimat. Ich werde niemals eine andere haben.«

»Wirst du jemals zurückkehren? Zumindest für einen Besuch?«

»Niemals. Das habe ich meiner Mutter versprochen.«

Über dem Horizont blitzte es, das erste Zeichen eines aufkommenden Gewitters. Paul warf Xue Lian einen Blick zu. Er war froh, dass sie so klare Vorstellungen vom Leben hatte. Ganz im Gegensatz zu ihm.

»Sie wäre sehr zufrieden, wenn sie uns zusammen sehen könnte. Ihr war es wichtig, dass ich einen guten Mann finde.«

»Ich habe viele Fehler«, gab er zu bedenken.

Xue Lian lachte leise auf.

»Ich bin nicht blind und kenne deine Schwächen, aber du machst mich glücklich. Du bist ein Mann mit Humor und Gefühlen, mit dir kann ich offen und über alles reden. Vermutlich ahnst du überhaupt nicht, wie ignorant und langweilig die meisten Männer sind. Und trotzdem fühlen sie sich jeder Frau überlegen.«

Ein weiterer Blitz erleuchtete die Dunkelheit, und diesmal hörten sie auch ein weit entferntes Donnergrollen. Paul freute sich, denn er liebte Tropengewitter.

»Ich bin sehr zufrieden damit, wie die Ausstellung gelaufen ist«, meinte Xue Lian unvermittelt.

Paul nickte. »Sogar mein Agent Percy war zufrieden, obwohl er sich für meine Rückkehr in die Szene etwas Größeres, vorzugsweise in Europa, gewünscht hätte. Aber er hat deine Arbeit gelobt, und das will etwas heißen.«

»Die Ausstellung war fantastisch, aber das meinte ich nicht. Mir gefiel die Art, wie wir zusammengearbeitet haben. Du hast mich als gleichwertig akzeptiert und nie bevormundet, obwohl ich eine völlig unbekannte Galeristin abseits der Kunstzentren bin. Ich brauche diesen Respekt.«

Xue Lian trank einen Schluck aus ihrer Flasche und kniff die Augen zusammen.

»Ich bin so verdammt stolz«, gestand sie. »Das ist meine größte Schwäche. Im Schatten eines berühmten Malers zu leben ist nicht einfach für mich.«

Paul zuckte mit den Schultern.

»Mir ist vor allem wichtig, dass ich gut male. Anerkennung und Geld sind angenehm, aber sie sind nicht meine Motivation. Ruhm ist eine zweifelhafte Sache und erhebt mich nicht über andere Menschen. Schon gar nicht über dich. Du bist eine wundervolle Frau und eine erstklassige Galeristin.«

Sie lehnte sich zu ihm hinüber und bedankte sich für sein Kompliment mit einem langen Kuss. Mittendrin hörte sie ein Räuspern.

»Ich störe nur ungern, aber darf ich den Herrschaften noch ein Getränk bringen?«

Vor ihnen stand ein malaysischer Inder mit dunkler Haut und blitzenden Augen.

»McCoy!«, rief Paul. »Seit wann arbeitest du hier in der Beach Bar?«

»Seit zwei Monaten. Ich bin eben flexibel, *Mat Salleh.*«

Paul wandte sich an Xue Lian.

»Darf ich dir das größte Lästermaul der Ostküste vorstellen? McCoy ist eine meiner wenigen Bekanntschaften, für die ich mich aufrichtig schäme.«

»Glaub ihm kein Wort, er kennt keine Scham.«

McCoy schüttelte Pauls Hand, dann gab er Xue Lian einen formvollendeten Handkuss.

»Ich verehre deine Schönheit und bemitleide dich für deinen schlechten Geschmack. Bisher hat Paul nur hässliche Engländerinnen abbekommen. Wie bist du bloß an ihn geraten?«

»Ich trage eine extrem starke Brille, aber er hat sie mir weggenommen. Ob es wohl daran liegt?«

»Dann müsste er dir auch das Hörgerät gestohlen haben, oder wie erträgst du sonst sein Geschwafel? Wollt ihr noch Bier?«

»Zwei Tiger, aber hurtig«, sagte Paul.

»Zu Ihren Diensten, Sahib.«

Der Inder brachte das Bier, ließ sie aber gleich wieder allein, weil sich eine alleinstehende Touristin an den Tresen gesetzt hatte. Angeblich brauchte sie seinen Trost.

»Was für ein Typ«, sagte Xue Lian. »Er ist zum Totlachen.«

»Ein echtes Original«, bestätigte Paul.

Die Luft kühlte sich schlagartig ab, als die ersten Tropfen auf das aus Palmwedeln geflochtene Dach fielen. Bald ging das Geräusch in ein heftiges Prasseln über. Zwei der am Strand lebenden Hunde kamen angelaufen und verkrochen sich in eine Ecke der Bar.

»Warst du schon mit anderen Frauen in Cherating?«, wollte Xue Lian wissen.

»Nein. Warum fragst du?«

»Aus purer Neugier. Ich bin nicht eifersüchtig auf das, was vorbei ist. Höchstens auf Giulia, aber das ist ein anderes Thema.«

Paul nahm einen Schluck von seinem Bier und sah geradeaus auf die über dem Meer niedergehenden Blitze. Er hatte Xue Lian gleich am Anfang von Giulia erzählt, die ganze Geschichte. Xue Lian wusste von Rom und der langen Reise durch Asien. Sie wusste auch von Giulias Tod und seiner Verantwortung dafür. Sie wusste alles, aber Paul sprach nicht gern über Giulia, nicht einmal mit Xue Lian.

»Denkst du noch oft an sie?«

»Ja«, gestand er. »Häufiger, als mir lieb ist.«

»Lass sie los. Ich will nicht schlecht über sie reden, aber sie ist tot. Ich weiß, wovon ich spreche. Ich habe Li Jun verloren.«

Im nächsten Moment schlug ein Blitz mit abscheulichem Krachen in die Kasuarinen hinter ihnen und hinterließ ein heftiges Klingeln in ihren Ohren. Erschrocken klammerte sich Xue Lian an Paul, dem sich alle Nackenhaare aufgestellt hatten.

»Alles in Ordnung?«, fragte er heiser.

Sie nickte und tastete nach ihrer Bierflasche. Erst als ihr Herzschlag sich ein wenig beruhigt hatte, kehrten ihre Gedanken zu der toten Italienerin zurück.

»Du musst dich endlich mit Giulias Tod auseinandersetzen und versuchen ihn zu bewältigen.«

Er nickte verzagt. Trotz aller Nähe zu Xue Lian war Giulia

immer noch da, der einzige Schatten auf ihrer Liebe. Xue Lian bot ihm alles, doch Giulias Geist hielt ihn davon ab, sich bedingungslos in sein Glück fallen zu lassen.

»Ich will dir keine Vorwürfe machen, aber du solltest sie endlich loslassen«, beharrte Xue Lian. »Es ist deine eigene Schuld, dass Giulia dich verfolgt. Gib ihr Frieden, oder keiner von euch beiden wird jemals Ruhe finden.«

»Du hast bestimmt recht, aber es ist nicht so einfach.«

»Natürlich nicht, aber du musst es wenigstens versuchen. Wenn du meine Hilfe brauchst, bin ich immer für dich da. Du bist nicht mehr allein.«

Paul seufzte. Wenn es um Giulia ging, verzweifelte Xue Lian an ihm. Sie hatte ihm mehrfach ihre Unterstützung angeboten, aber er war einfach nicht in der Lage, sie anzunehmen. Xue Lian wiederum konnte nicht begreifen, dass er sich an Erinnerungen klammerte, die ihm nichts als Unglück und Kummer brachten. Ihr war anzusehen, wie sehr es sie schmerzte, ihn so hilflos und schwermütig zu erleben.

Xue Lians neunundzwanzigster Geburtstag war der letzte Tag vor ihrer Rückkehr nach Penang. Die Sonne stand schon tief, als sie an den Strand gingen und sich mit Blick aufs Meer im Schatten einer Kasuarine niederließen. Xue Lian band ihre Haare mit einem Gummi zusammen und setzte ihre Sonnenbrille auf.

»Mit Pferdeschwanz siehst du noch jünger aus«, bemerkte Paul. »Nicht annähernd wie neunundzwanzig.«

»Dann hast du wohl Glück gehabt«, erwiderte sie augenzwinkernd.

»Manchmal frage ich mich, ob ich nicht zu alt für dich bin. Fünfzehn Jahre sind ein großer Unterschied.«

»Welche Rolle spielt der Altersunterschied, wenn man so gut zusammenpasst wie wir? Obwohl wir sehr verschieden sind, ergänzen wir uns gut. Jeder Tag mit dir ist eine Freude für mich, und ich habe keine Angst vor der Zukunft. Außerdem bist du kein Mann, der schnell altern wird.«

»Kannst du dir vorstellen, dass wir in zwanzig Jahren immer noch zusammen sind und uns lieben?«

»Du etwa nicht?«, fragte sie.

»Doch«, sagte er und schaute auf das stille Meer. »Möchtest du Kinder haben?«

Was für eine überflüssige Frage, dachte Xue Lian leicht verstimmt, doch sie ließ sich nichts anmerken. Natürlich wollte sie Kinder, und das hätte er wissen sollen, denn sie hatte ihm erzählt, was ihre Mutter ihr zum Abschied mit auf den Weg gegeben hatte: Kinder sind das Wichtigste im Leben.

Obwohl ihr die Zeit davonlief, drängte sie Paul nicht. Xue Lian wollte gebeten werden, und wenn er sie heiraten oder mit ihr Kinder haben wollte, musste er den ersten Schritt machen.

»Ich habe nicht den Eindruck, dass du so weit bist«, stellte sie trocken fest.

Er schwieg, und Xue Lian fragte sich, warum er das Thema anschnitt, wenn er nichts weiter dazu sagen wollte. Immerhin bedeutete es, dass er darüber nachdachte. Manchmal war Paul schwer zu durchschauen.

»Soll ich deine Füße massieren?«, fragte er.

»Warum nicht?«, meinte sie und nahm damit sein Angebot zur Versöhnung an.

Er legte ihren rechten Fuß auf seinen Oberschenkel und massierte ihn kräftig und geschickt.

»Du bist immer für eine Überraschung gut. Wo hast du gelernt zu massieren?«

»Eine thailändische Bekannte hat es mir beigebracht.«

»Eine Bekannte?«, lachte Xue Lian. »Sie wird wohl eher eine Geliebte gewesen sein.«

Er setzte ihren Fuß ab und nahm sich den zweiten vor.

»So kann man es auch nennen. Ich habe jedenfalls sehr von ihren geschickten Händen profitiert.«

»Schön ausgedrückt. Und ein Glück für mich, dass du eine gute Lehrerin hattest.«

Paul war froh über ihre Unbefangenheit in Bezug auf die vielen Frauen in seiner Vergangenheit.

»Ich habe noch einmal über das Bild nachgedacht, das ich von dir malen möchte.«

»Und?«

»Am besten wäre es in unserem Schlafzimmer, wegen der vertrauten Atmosphäre. Du legst dich nackt aufs Bett und suchst dir eine Position, in der du dich wohl fühlst. Dann werde ich Dutzende von Frangipaniblüten um dich herumstreuen.«

»Wozu die Blüten?«

»Weil sie zu dir gehören. Sie sind das Symbol deiner Reinheit.«

»Meiner Reinheit? Seit ich das Bett mit dir teile, ist davon nicht viel geblieben.«

»Ich meine die Reinheit deiner Seele.«

Xue Lian entzog ihm ihren Fuß und kniete sich vor ihm hin, die Hände auf seinen Oberschenkeln.

»Du musst mich sehr lieben. Mehr, als dir bewusst ist.«

»Schon möglich«, sagte er.

TEIL 3

GIOVANNA

März bis Juni 2000

1
Kuppeln

Die Boing 747 der Malaysian Airlines wurde von starken Turbulenzen geschüttelt, doch nicht das Buckeln der Maschine hielt Paul wach, als sie mitten in der Nacht über Indien hinwegflog. Nach über zwanzig Jahren kehrte er nach Rom zurück – dorthin, wo alles begonnen hatte. Die Reise führte direkt in das Herz seiner Vergangenheit: nach Trastevere, zu seinem besten Freund Luca und zur legendären Contessa. Und natürlich zu Giulia.

Er hatte lange gezögert, einer Ausstellung in Rom zuzustimmen; Xue Lian dagegen hatte die Idee sofort begrüßt. Sie hoffte, dass seine Rückkehr ihn zwingen würde, sich endlich mit Giulia und ihrem Tod auseinanderzusetzen. Paul wusste, wie Xue Lian mit ihren Toten umging und was sie von ihm erwartete, aber er war nicht wie sie.

Zu seinem Bedauern hatte sie ihn nicht nach Europa begleiten wollen, und nun fühlte er sich verloren ohne sie. Am liebsten wäre es ihm gewesen, wenn das Flugzeug kehrtgemacht und ihn zurück nach Malaysia gebracht hätte.

Die Maschine landete mit geringer Verspätung in Rom, und wenige Minuten später stand Paul auf italienischem Boden. Wie bereits beim Umsteigen in Zürich fühlte er sich fremd zwischen den vielen europäischen Gesichtern. Die Passkontrolle fiel oberflächlich aus, und auch der Zoll ließ ihn unbehelligt durch. Italien hatte sich verändert, seit er weggegangen war. In der Ankunftshalle war von Luca nichts zu sehen, was Paul allerdings nicht wunderte, da sein Freund sich ständig verspätete.

»*Mamma mia*, es fehlen nur noch die Jesuslatschen. Hast du kein Geld für einen Koffer, oder warum reist du immer noch mit diesem schäbigen Rucksack herum?«

Paul drehte sich um. Vor ihm stand ein mittelgroßer Italiener in einem teuren Designeranzug: Luca. Er breitete die Arme aus und zog seinen Freund mit einem dröhnenden Lachen an seine breite Brust.

»*Ciao*, Paolo. Willkommen zu Hause.«

Als Luca ihm schmatzende Küsse auf beide Wangen gab, kam Paul sich vor wie ein Ertrinkender, dem ein Rettungsring zugeworfen wird. Freudestrahlend erwiderte er die mediterrane Begrüßung.

»*Ciao*, Luca. Schön, dich zu sehen.«

Die Männer standen auf Armlänge voneinander entfernt und schauten sich an. Lucas ausgeprägte Nase und die lebhaften Augen waren die gleichen wie früher, aber sein Gesicht zeigte erste Spuren eines sinnesfreudigen Lebens. Seine ehemals schwarzen Haare waren leicht ergraut und sorgfältig geschnitten.

»Du bekommst einen Bauch«, stellte Paul fest. »Das gute Leben lässt dich fett werden.«

»Willst du mich in den Selbstmord treiben?«, fragte Luca empört. »Sieh lieber mal in den Spiegel! Du siehst aus wie einer der Typen, die Julius Cäsar ermordet haben. Ihr asketischen Gestalten seid einfach zum Fürchten, dagegen sehe ich aus wie Apollo.«

Paul grinste. Zur Zeit ihrer Wohngemeinschaft war Luca ein legendärer Frauenheld gewesen, und noch immer liebte er die Pose des unwiderstehlichen Latin Lovers.

»Ich bin dein schlechtes Gewissen. Damit du niemals vergisst, dass du dein Glück nicht verdient hast«, sagte Paul.

»Ich liebe dich, *ragazzo*. Du ahnst nicht, wie sehr du mir gefehlt hast. Komm, lass uns fahren.«

Draußen schlug Paul die ungewohnte Kälte eines römischen Märztages entgegen. Er folgte Luca ins Parkhaus, wo der Italiener vor einem schwarzen Mercedes Cabriolet stehen blieb.

»Na, wie findest du ihn?«

Seine Augen strahlten mit der Begeisterung eines kleinen Jungen, der sein neuestes Spielzeug herumzeigte. Paul fand es schön, dass Luca auf seine Art immer ein Kind geblieben war.

»Überflüssig«, antwortete Paul todernst.

»Was!?«

»Ich finde ihn überflüssig. Dein alter Cinquecento hat es doch auch getan.«

»Meinen alten Cinquecento habe ich vor achtzehn Jahren bei Nacht und Nebel in den Tiber geschoben, wo er hingehörte«, brauste Luca auf. »Kauf dir doch selber einen, du lustfeindlicher Kaktus. Am besten holst du ihn vom Schrottplatz, da sind sie billiger.«

»Beruhige dich. Ich gebe zu, dass es ein schönes Auto ist.«

»Na also! Was hältst du davon, mit offenem Verdeck zu fahren?«

»Bist du wahnsinnig geworden? Ich erfriere so schon fast.«

»Memme«, brummelte Luca. »Wozu habe ich denn ein Cabriolet gekauft? Dann hätte ich tatsächlich meinen Cinquecento behalten können.«

Luca raste, als wollte er ein Rennen gewinnen. Er fuhr dicht auf, bremste scharf und wechselte bei hohem Tempo die Spuren, um abwechselnd links und rechts andere Autos zu überholen.

»Hast du es eilig?«

»Nein, wieso?«, fragte Luca erstaunt zurück. »Du etwa?«

»Warum sollte ich es eilig haben?«

»Keine Ahnung. Aber wer kapiert schon, was in einem Deutschen vorgeht?«

Der Verkehr wurde dichter, als sie sich der Innenstadt näherten, und Luca fuhr langsamer. Paul sah aus dem Fenster und entdeckte die ersten ihm bekannten Straßenzüge.

»Du hast es also nicht eilig?«, fragte Luca noch einmal.

»Nein, das sagte ich doch.«

»Gut, dann werden wir einen kleinen Umweg machen, damit die Ewige Stadt ihren verlorenen Sohn angemessen empfangen kann.«

Luca bog von der Hauptstraße ab und lenkte den Wagen durch ein Gewirr von kleinen Gassen, bis sie auf der Höhe des Gianicolo ankamen; dort parkte er am Straßenrand und stellte den Motor ab.

»Komm, Paolo. Schau dir an, was du all die Jahre verpasst hast.«

Es waren nur wenige Schritte bis zu einem Geländer, hinter dem der Hügel steil abfiel. Obwohl Paul innerlich vorbereitet war, blieb ihm die Luft weg, als er Rom unter sich liegen sah. Direkt zu seinen Füßen drängte sich Trastevere zwischen Tiber und dem Hügel. Er musste sich am Geländer festhalten, als er auf den kleinen Stadtteil hinabsah, in dem er mit Luca und den anderen gewohnt hatte. Jede Gasse und jede Piazza war voller Erinnerungen an eine Zeit, in der Glück eine Selbstverständlichkeit gewesen war. Dahinter, auf der anderen Seite des Flusses, schmiegte sich die Altstadt mit ihren zahllosen Kirchenkuppeln in die Tiberschleife. Auf Anhieb erkannte Paul die größte und älteste aller Kuppeln: das antike Pantheon. Ein Stück davor lag die Piazza Navona. Luca und er hatten sie ihr »Wohnzimmer« genannt, weil sie im Sommer fast jeden Abend dort verbracht hatten.

Mitten durch die Altstadt lief die Via Giulia, eine Anfang des sechzehnten Jahrhunderts schnurgerade durch das Häusergewirr geschlagene Schneise. Sie war eine der schönsten Straßen Roms, doch in Anbetracht ihres Namens fand Paul es makaber, dass Luca ausgerechnet dort wohnte.

Er hielt nach anderen Landmarken Ausschau und entdeckte

die Spanische Treppe, Santa Maria Maggiore und das Kolosseum. Ganz weit links schaute zwischen kahlen Bäumen die Kuppel des Petersdoms hindurch. Alles war genauso wie vor zwanzig Jahren. Rom veränderte sich langsamer als andere Städte, denn Rom hatte Zeit. Viel Zeit.

»Na, ist es schön, wieder hier zu sein?«, fragte Luca und legte einen Arm um seinen Freund.

Es war schön, trotz allem. Als Jugendlicher war es Pauls größter Wunsch gewesen, einmal diese Stadt zu sehen, und als er später in ihr lebte, übertraf sie alle Erwartungen. Es lag nicht an Rom, dass er eine Rückkehr so lange vermieden hatte. Paul hatte nie aufgehört, die Stadt zu lieben: ihre Plätze, Brunnen und alten Palazzi, ihre weise Gelassenheit und schönen Frauen. Es war die Verbindung zu Giulia, die ihn ferngehalten hatte.

»Es ist eine wundervolle Stadt«, flüsterte er.

»Wundervoll? Es ist die schönste und großartigste Stadt der Welt, *amico mio*«, belehrte ihn der geborene Römer.

»Du hast recht«, stimmte Paul zu, »aber nur weil Venedig nicht von dieser Welt ist.«

»Venedig?«, schnaubte Luca. »Dieses nach Fisch stinkende, bis zu den Knien im fauligen Morast versunkene Kuhdorf? Du bist ein ehrloser Verräter und hast Rom nicht verdient! Kauf dir doch einen Cinquecento und zisch ab nach Venedig. Vergiss die Schwimmflossen nicht.«

Paul prustete los. Luca mochte Venedig, aber wenn es um die Ehre seiner Heimatstadt ging, kannte er kein Pardon.

Luca bremste den Mercedes vor einem massigen grau verputzten Haus mit vergitterten Fenstern ab und bog in eine schmale Toreinfahrt, die sich zwanzig Meter weiter zu einem Innenhof öffnete. Paul folgte Luca zu einer Tür, und sie stiegen über eine breite Treppe in den zweiten Stock hinauf, wo eine schlanke blonde Frau sie erwartete. Sie war Ende dreißig und hatte ein sympathisches Gesicht mit sehr feinen Zügen.

»Willkommen in Rom, Paolo.«

»*Ciao*, Monica. Ich freue mich, dich endlich kennenzulernen. Ich darf doch du sagen?«

»Aber natürlich. Komm herein.«

Monica hakte sich bei ihm unter und begleitete ihn in die Wohnung.

»Sei bloß vorsichtig«, ermahnte Luca sie. »Paolo ist ein Wolf im Schafspelz. Bevor du dichs versiehst, hat er dein Herz gebrochen.«

»*Amore mio.* Seit ich dich kenne, braucht mir niemand mehr etwas über Wölfe zu erzählen.«

Sie führte Paul durch einen langen Flur in ein sparsam möbliertes Zimmer mit einer hohen, von mächtigen Balken getragenen Holzdecke. An den Wänden hingen Bilder, die Luca gemalt hatte.

»*Ecco*, dein Refugium«, verkündete sie. »Fühl dich wie zu Hause.«

Nachdem Paul sich geduscht und umgezogen hatte, rief er Xue Lian an, um ihr mitzuteilen, dass er gut angekommen war. Danach ging er ins Esszimmer, wo Luca und Monica mit dem Espresso auf ihn warteten. Er hielt seine Nase über die kleine Tasse und sog den Duft ein, bevor er den ersten Schluck nahm.

»So einen guten Kaffee hatte ich seit Ewigkeiten nicht mehr.«

»Weil du nie nach Rom kommst. Wenn ich nicht regelmäßig nach Bali geflogen wäre, hätten wir längst keinen Kontakt mehr«, behauptete Luca.

»Regelmäßig? In den letzten zehn Jahren hast mich ein einziges Mal besucht.«

»Sag ich doch.«

»Dann warst du lange nicht in Europa?«, fragte Monica.

»Das letzte Mal zur Beerdigung meiner Tante. Es geht mir gut in Asien.«

»Was hast du in den letzten Jahren gemacht? Es gab keine Ausstellungen, keine neuen Bilder. Als wärst du vom Erdboden verschwunden«, sagte sie.

»Es ist dir aufgefallen?«

»Es ist der halben Welt aufgefallen. Ich dachte, Luca würde mich aufklären, aber wenn es um dich geht, schweigt er sich aus.«

»Weil du gar nicht hören willst, was Paolo treibt. Es würde deinen Anstand beleidigen und dich um deine Nachtruhe bringen.«

»So schlimm?«

»Schlimmer.«

»Jetzt reicht es aber«, protestierte Paul. »Die Wahrheit ist, dass ich vor fünf Jahren zwei große Ausstellungen in London und Lissabon hatte. Danach habe ich mir eine Auszeit genommen und war ein Jahr in Japan, um mich mit Tuschezeichnungen zu beschäftigen. Als ich zurück nach Südostasien kam, bin ich viel herumgereist und habe dabei wieder angefangen zu malen. Vor etwas über einem Jahr habe ich dann Julie getroffen, und seitdem lebe ich in Penang. So einfach ist das.«

Er nahm den letzten Schluck seines Espressos.

»Und was gibt es bei euch Neues?«

Monica zwinkerte Luca zu und verschwand in der Küche. Kurz darauf kehrte sie mit einer Flasche Champagner zurück. Sie bat Luca, die Flasche zu öffnen, und holte drei Gläser aus einem Schrank.

»Wir wollten dich um etwas bitten: Komm im August noch einmal nach Rom.«

»Warum?«

»Luca möchte, dass du sein Trauzeuge bist.«

Paul fiel aus allen Wolken: Luca wollte heiraten? Er war der Letzte, von dem Paul so etwas erwartet hätte. Der Vorletzte, wenn er sich selbst mitrechnete.

»Wunderbar«, rief er. »Selbstverständlich komme ich. Diese Ehre lasse ich mir auf keinen Fall entgehen.«

Paul benetzte seinen Finger mit Champagner und ließ ein wenig Flüssigkeit auf den Boden tropfen, bevor er mit seinen Freunden anstieß.

»*Cent'anni*«, sagte er. »Mögen wir hundert Jahre leben!«

»Warum ist deine Freundin nicht mitgekommen?«, fragte Monica.

Sie saßen noch immer im Esszimmer zusammen und unterhielten sich angeregt.

»Sie hat viel zu tun mit ihrer Galerie, aber der wahre Grund ist wohl ein anderer: Die Ausstellung heißt *Frauen Asiens*, und Julie ist das Motiv eines der Bilder. Sie würde sich auf der Vernissage wie ein Demonstrationsobjekt vorkommen, und sie kann es nicht leiden, wenn man sie darauf reduziert, die Geliebte des Künstlers zu sein.«

»Das kann ich gut nachvollziehen. Mir geht es genauso. Sag mal, wie spät ist es jetzt in Malaysia?«

»Sieben Stunden später, also ungefähr zehn Uhr abends.«

»Glaubst du, sie ist noch wach?«

»Ganz sicher.«

»Und sie spricht Englisch?«

»Perfekt.«

»Dann gib mir bitte ihre Nummer. Jetzt gleich! Ich möchte sie zu unserer Hochzeit einladen.«

Paul schrieb die Nummer samt Vorwahl auf ein Stück Papier und reichte es Monica. Sie ging damit ins Nebenzimmer.

»Und? Wie findest du Monica?«, fragte Luca.

»Viel zu gut für dich. Woher kennst du sie?«

»Ich habe sie auf der Geburtstagsfeier eines Bekannten kennengelernt, der zusammen mit Monica im Politikressort bei *La Repubblica* arbeitet. Es war Liebe auf den ersten Blick. Bei ihr habe ich endlich Ruhe gefunden.«

»Es geschehen eben doch noch Zeichen und Wunder.«

»Wir sind schließlich in Rom«, sagte Luca. »Und wie steht es zwischen dir und deiner Chinesin?«

Paul stand auf und trat ans Fenster. Draußen ging ein feiner Nieselregen nieder. Eine Frau mit einem roten Schirm führte ihren kleinen Hund aus.

»Du kennst mich: Zwanzig Jahre war nur die Malerei wichtig. Natürlich gab es Frauen, aber dabei ging es hauptsächlich um Sex. Auch bei Julie hat es so angefangen, aber ich habe schnell erkannt, was für eine außergewöhnliche Frau sie ist. Gleich am ersten Abend habe ich mich rasend in sie verliebt, was mir noch nie passiert war, und dann kam eins zum anderen. Bei ihr fühle ich mich geborgen. Zum ersten Mal kann ich mir vorstellen, mich niederzulassen.«

Er kam zurück zum Tisch und nahm sich eine von Lucas Zigaretten. Seine mitgebrachten Kretek waren noch in den Tiefen seines Rucksacks vergraben.

»Hast du außer Champagner noch etwas anderes zu trinken da?«

»Ich habe einen guten Grappa.«

Luca schenkte ihnen zwei Gläser voll, und Paul genoss das milde Brennen des Alkohols in seinem Rachen. In Asien war es schwierig, einen guten Grappa zu bekommen.

»Julie würde mich niemals drängen, aber ich weiß, dass sie Kinder will«, sagte er. »Dafür müssten wir allerdings erst heiraten. Ein uneheliches Kind wäre undenkbar für sie.«

Paul stand noch einmal auf und sah aus dem Fenster. Die Frau mit dem Hund war verschwunden, die Straße lag verlassen da. Das Regenwasser bildete auf dem Kopfsteinpflaster kleine Pfützen: ein ungemütlicher Anblick.

»Was ist Julie für ein Mensch?«, fragte Luca.

»Sie ist eine starke Persönlichkeit. Unendlich weich und zart, aber hart wie Stein, wenn nötig. Sie ist klüger als ich, ehrgeizig, zielstrebig und konsequent bis zur Sturheit. Eine moderne Frau, aber durch und durch Chinesin, völlig anders als Frauen aus dem Westen. Und sie ist wunderschön.«

»Dann solltest du sie heiraten.«

Paul nickte und schenkte noch zwei Gläser Grappa ein.

»Vor meiner Abreise habe ich ihr einen Heiratsantrag gemacht. Sie hat ihn angenommen.«

Luca starrte Paul mit aufgerissenen Augen an und brachte kein Wort heraus, was äußerst selten vorkam. Dann sprang er von seinem Stuhl auf und packte ihn an den Oberarmen.

»*Madonna mia*, du heiratest?«, kreischte er. »Gib das Glas her, darauf müssen wir sofort noch einen trinken.«

Monica blieb verwundert in der Tür stehen, als sie ihren zukünftigen Ehemann mit einem Schnapsglas in der Hand wie einen Derwisch durchs Zimmer tanzen sah. Seit sie ihn kannte, trank er tagsüber nie und führte sich auch sonst halbwegs normal auf.

»Was ist denn hier los?«, fragte sie kopfschüttelnd.

»Wir feiern«, flötete Luca.

»Hast du Julie erreicht?«, fragte Paul.

»Ja. Ich soll euch schön von ihr grüßen. Sie hat versprochen, zu unserer Hochzeit zu kommen.«

»Die beiden heiraten auch!«, rief Luca dazwischen.

»Was? Ist das wahr?«

Als Paul nickte, holte sie ein drittes Schnapsglas und schenkte sich ebenfalls einen Grappa ein.

»Auf unser Glück«, sagte sie. »Möge es uns nie verlassen.«

Als Paul sich am frühen Abend in sein Zimmer zurückzog, war er müde und benommen. Er zog seine Sachen aus und kroch ins Bett. Die ungewohnte Daunendecke war warm und gemütlich, und er fiel unverzüglich in einen tiefen Schlaf.

Viele Stunden später weckte ihn eine Kirchenglocke, ein fast vergessener Klang. Es schlug sechs Uhr. Paul überlegte, zu welcher Kirche die Glocke wohl gehörte. Vermutlich zur Nationalkirche der Spanier in Rom, die nicht weit entfernt in der Via Monserrato stand. Da es draußen noch dunkel war und sich in der Wohnung nichts regte, blieb er im Bett liegen und ergab sich seinen Erinnerungen. Paul war zurück in Rom.

Der wolkenlose Himmel war tiefblau, als Paul und Luca am folgenden Morgen auf die Straße traten. Um sich gegen die eisige Luft zu schützen, trugen sie dicke Hosen und Wollpullover. Monica hatte das Haus lange vor ihnen verlassen und war in die Redaktion gefahren.

Die beiden Männer folgten der Via Giulia bis zur Rückseite des Palazzo Farnese, überquerten die Piazza mit ihren beiden Brunnen und erreichten den Campo de' Fiori. Zwischen den hölzernen Marktständen herrschte lebhaftes Gedränge. Paul schloss die Augen und ließ die Geräuschkulisse auf sich wirken: das Stimmengewirr, die italienischen Sprachfetzen, das Knattern eines Motorrollers.

Luca holte ihn in die Gegenwart zurück, indem er seinen Arm ergriff und ihn hinter sich her in eine der überfüllten Bars zerrte. Sie erkämpften sich einen Platz am Tresen und nahmen ihren Espresso und ein Stück Kuchen im Stehen zu sich, wie es in Italien üblich war. Nach dem Frühstück drängelten sie sich zum Denkmal Giordano Brunos durch, das in der Mitte des Campo de' Fiori stand und daran erinnerte, dass die Inquisition den religiösen Querdenker im Jahre 1600 an ebendieser Stelle verbrannt hatte. Seinem alten Ritual folgend, salutierte Paul vor der Statue. Er war niemals an ihr vorbeigegangen, ohne sie zu grüßen, was jedes Mal dazu führte, dass ein Schwarm erschrockener Tauben aufflog und über den Platz segelte. Auch daran hatte sich nichts geändert. Am Campo de' Fiori war die Zeit stehengeblieben.

Sie ließen den belebten Platz hinter sich und schlenderten durch die engen Gassen des Viertels. An der Fontana delle Tartarughe, dem Schildkrötenbrunnen, setzen sie sich auf die Stufen eines Hauses, um eine Zigarette zu rauchen. Als Paul sich auf der kleinen Piazza umsah, wurde ihm klar, was Rom von den Städten Südostasiens unterschied: die vielen alten Häuser, die in Stein gehauene Vergangenheit. Dort, wo er lebte, war die Zeit fließender. Die Holzhäuser alterten und starben mit ihren

Bewohnern, um von ihren Enkeln wieder aufgebaut zu werden. Selbst die modernen Betonbauten verfielen im Klima der Tropen zu schnell, um bleibende Spuren zu hinterlassen. Rom dagegen war von zwei Jahrtausenden urbanen Lebens gezeichnet. Eine endlose Kette von Generationen hatte die Stadt geformt; dabei hatten sie nicht nur Bauten hinterlassen, sondern auch ihre Geschichten, deren Geist weiterlebte und jeden Winkel Roms prägte. Pauls Geschichte war eine davon.

Nachdem sie zu Ende geraucht hatten, schlug Paul vor, nach Trastevere zu gehen. Sie überquerten den Tiber auf dem Ponte Sisto, und er hatte keine Schwierigkeiten, die Vicolo del Leopardo zu finden. Quer über die schmale, mit Kopfsteinen gepflasterte Gasse waren Leinen gespannt, auf denen Wäsche zum Trocknen hing. Ein Stück weiter saß eine Frau in einem Restaurant und trank einen Cappuccino. Paul sah zu einer Reihe Fenster im dritten Stock hinauf, direkt unter einer Dachterrasse.

»Du kennst dich immer noch gut aus in Rom«, sagte Luca.

»Vergiss nicht, dass ich fast zwei Jahre in dieser Gasse gewohnt habe. Gehört ihr das Haus noch?«

»Es heißt, ein Amerikaner habe es gekauft. Seit der Alte tot ist, wohnen hier sicher keine Künstler mehr.«

»Hast du etwas von ihr gehört?«

»Von der Contessa? Es ist unmöglich, in Rom zu leben und nichts von ihr zu hören, du brauchst nur die Zeitung zu lesen. Sie lässt keine Feier aus und hat jeden Monat einen anderen Adonis im Bett. Smart wie sie ist, hat sie nach Montellos Tod nicht wieder geheiratet, sondern bringt die Kohle allein durch. Für ihr Alter sieht sie übrigens sehr gut aus.«

»Ich kann es immer noch nicht fassen, dass eine halbe Stunde Dummheit mein ganzes Leben bestimmt hat.«

Sie standen blinzelnd im hellen Sonnenlicht und schauten auf das Haus, in dem sie einmal zusammen gewohnt hatten. Luca setzte seine Sonnenbrille auf.

»Stell dich besser darauf ein, dass sie bei der Vernissage aufkreuzt«, empfahl er. »Die ganze Stadt spricht von der Ausstellung. Einen solchen Auftritt wird sie sich nicht entgehen lassen.«

»Wissen viele von der alten Geschichte?«

»Nur die *re di Roma*, sonst niemand.«

Paul lachte leise in sich hinein, als Luca die »Könige von Rom« erwähnte. Was für ein großspuriger Name für eine Gruppe von hoffnungsvollen jungen Männern, angehenden Künstlern, die sich in ihrer kühnen und zugleich naiven Selbstgewissheit für den Mittelpunkt der Welt gehalten hatten.

Sie drehten sich um und folgten der Vicolo del Cedre in Richtung der Piazza San Egidio. Paul fragte sich, wie oft er diesen Weg mit Giulia gegangen war. Ganz Rom war voller Erinnerungen an sie, die ihn an jeder Straßenecke ansprangen. Plötzlich blieb er wie vom Blitz getroffen stehen und zeigte mit dem Finger auf einen Spalt im Pflaster.

»Sieh mal, Luca.«

»Was?«

»Hier hat Giulia sich damals einen Absatz abgebrochen.«

»Na und? Was musste sie auch immer auf hohen Hacken herumrennen.«

»Das meine ich nicht.«

»Sondern?«, fragte Luca ratlos.

»Ihr faulen Römer habt es in zwanzig Jahren nicht hinbekommen, die Straße zu reparieren!«

»Fahr doch nach Venedig, wenn es dir hier nicht passt«, maulte sein Freund.

Sie bummelten über den Fluss und die Südseite des Aventin hinauf. Als sie zur altehrwürdigen Kirche Santa Sabina kamen, stieß Luca seinem Freund den Ellenbogen in die Rippen.

»Weißt du noch?«, fragte er.

Paul konnte sich sehr gut entsinnen. An einem heißen Sommerabend hatten sie mit ein paar Freunden im Giardino Wein getrunken und an ihren Skizzen gearbeitet. Luca hatte vorgeschlagen, eine Münze zu werfen. Der Verlierer solle nackt in den Brunnen vor Santa Sabina steigen und sich vom Gewinner zeichnen lassen. Giulia warf, die Münze landete auf dem Kopf, und Luca musste in den Brunnen. Damit hatte er sein Pech allerdings noch nicht ausgeschöpft: Gerade hatte er sich ausgezogen und im Wasser seine Pose eingenommen, als die Messe zu Ende war und die Gläubigen aus der Kirche strömten. Nur mit knapper Not hatte Luca sich vor der aufgebrachten Menge in Sicherheit bringen können.

»Es war zum Brüllen, wie du mit nacktem Arsch die Straße hinuntergerannt bist.«

»Ich mag nicht darüber nachdenken, was passiert wäre, wenn sie mich in die Finger bekommen hätten«, sagte Luca. »Ach Paolo, was hatten wir für eine grandiose Zeit damals.«

»Du hast recht, es waren gute Tage. So viele gute Tage.«

Schließlich erreichten sie den Giardino degli Aranci, eine nicht allzu große Rasenfläche mit breiten, von Pinien beschatteten Kieswegen. Dazwischen standen einige Orangenbäume, nach denen der Garten benannt war. Außer Paul und Luca war niemand dort. Sie setzten sich auf eine Mauer, von der sie einen weiten Ausblick hatten. Paul ließ die Beine über die Kante baumeln und sah auf Rom hinab.

Giulia hatte ihm diesen Platz gezeigt. Am gleichen Tag hatte er sie zum ersten Mal geküsst, hier oben, auf derselben Mauer. Er konnte sich noch genau an ihr Lächeln erinnern und an die goldenen Sprenkel in ihren Augen, bevor sie die Lider für den Kuss schloss. Sie waren oft an diesen Ort zurückgekehrt, weil sie seine Ruhe liebten. Manchmal hatten sie Orangen von den Bäumen gepflückt. Sie hatten nicht besonders gut geschmeckt, ein wenig zu sauer, aber das hatte keine Rolle gespielt, wenn sie sich gegenseitig damit gefüttert hatten. Im März gab es keine Orangen, die Bäume trugen nicht einmal Blätter.

»Was machst du für ein Gesicht?«, fragte Luca.

»Habe ich dir je erzählt, was der Giardino für Giulia und mich bedeutet hat?«

Luca schüttelte den Kopf. Pauls Sentimentalität gefiel ihm nicht.

»Hier im Giardino habe ich ihr gesagt, dass ich Italien verlassen muss. Dass sie mitging, war der erste Schritt auf dem Weg, der zu ihrem Tod führte.«

»Das war doch nicht deine Schuld. Wann wirst du das endlich begreifen?«

»Ich habe ihren Scheiterhaufen angezündet.«

»Sie ist freiwillig mit dir gegangen. Es ist furchtbar, dass sie gestorben ist, aber es war Pech. Einfach nur beschissenes Pech.«

Luca legte seinen Arm um ihn.

»Giulia hat ihr Schicksal ganz allein bestimmt. Sie hat nie auf jemanden gehört, auch nicht auf dich«, fuhr er fort. »Sie hätte jeden von uns haben können, aber sie musste ja unbedingt den verklemmten Deutschen verführen!«

Paul schüttelte den Kopf, als er daran dachte, wie schüchtern er damals gewesen war. Es war ihm immer unbegreiflich geblieben, warum Giulia sich ausgerechnet in ihn verliebt hatte. Rom war wirklich die Stadt der Wunder.

»Und was hat sie getan, als du Italien verlassen hast?«, rief Luca. »Statt ein paar Wochen zu heulen und dich dann abzuhaken, schmeißt sie ihr Studium hin, tauscht ihre Stöckelschuhe gegen Sandalen ein und geht mit dir. Dass sie sich deshalb mit ihrer gesamten Familie verkracht hat, war ihr schnurzegal. Wenn dieses Mädchen keinen eigenen Willen hatte, wer dann?«

»Du redest genau wie Xue Lian. Sie predigt mir auch immer, dass jeder ganz allein für sein Leben verantwortlich ist.«

»Wer ist Xue Lian?«

»Julie. Viele Chinesen nehmen einen westlichen Vornamen an. Meistens ähnelt er in seinem Klang ihrem chinesischen Namen.«

Luca nickte.

»Manchmal hätte ich auch gern einen neuen Namen«, sagte Paul.

»Einen neuen Namen? Warum?«

»Als Symbol für den Neuanfang. Es wäre befreiend, wenn ich mich wie eine Schlange häuten könnte, um alles Schmutzige und Abgenutzte hinter mir zu lassen. Ich würde gern rein und unbelastet sein für Julie, aber die Vergangenheit sitzt zu tief unter meiner Haut. Ich kann sie nicht einfach abstreifen.«

»Immer noch Giulia?«

Paul beobachtete eine Möwe, die vom Fluss zu ihnen heraufgeflogen kam. Sie kreiste kurz über ihnen und segelte wieder zum Tiber hinab.

»Ja, vor allem Giulia«, gab er zu. »Ich habe mich nie von ihr verabschieden können. Auch nach dieser langen Zeit ist sie immer noch da. Ich habe Angst, dass ich Julie nicht gerecht werde. Kann ich überhaupt die Verantwortung für sie und eine Familie übernehmen? Werde ich jemals zur Ruhe kommen?«

»Gestern hast du gesagt, dass Julie dir Geborgenheit gibt, dass du bei ihr nicht mehr einsam bist.«

»Das stimmt auch. Nach Giulias Tod habe ich nicht geglaubt, dass ich noch einmal so lieben könnte. Ich zweifle nicht an meiner Liebe zu Julie, ich zweifle an mir.«

»Wenn du sie liebst, verdammt noch mal, dann heirate sie«, rief Luca. »Setzt ein Dutzend Kinder in die Welt, baut euch ein Traumhaus in den Tropen und seid glücklich. Vergiss deine Ängste, deine Kunst, deine Unabhängigkeit. Tu es einfach. Und nimm endlich hin, dass Giulia tot ist. Sie ist tot, Paolo, und sie wird nie wiederkommen!«

Paul zuckte unter den Worten zusammen, als hätte Luca ihn geschlagen. Niemand wusste besser als er, dass Giulia tot war, aber warum verlangten alle von ihm, dass er sie vergessen sollte? Wie sollte ihm das jemals gelingen, nach allem, was geschehen war?

Percy schob zufrieden den leeren Teller von sich und zog eine kubanische Zigarre aus der Innentasche seines grauen Maßanzugs.

»Die Saltimbocca waren vorzüglich, meine Liebe«, verkündete er. »Darf ich rauchen?«

»Nur zu«, sagte Luca.

Monica räumte den Tisch ab, und Paul stand auf, um ihr zu helfen. Er nahm einen Stapel Teller und folgte ihr in die Küche.

»Soll ich abwaschen?«, fragte er.

»Nicht nötig, das erledigt die Maschine. Sag mal, wie lange kennst du Percy eigentlich schon?«

»Seit vierzehn Jahren. Luca kam mich damals in Asien besuchen und hat ihn mitgebracht. Percy sah meine Bilder, stellte mir stundenlang Fragen, und unversehens hatte ich einen Agenten. Meinen kommerziellen Erfolg habe ich allein ihm zu verdanken.«

»Er ist gelegentlich hier, um mit Luca zu sprechen. Ich finde ihn nett, aber er ist ein eigenartiger Mensch.«

»Percy ist durch und durch ein Engländer der alten Schule. Seine Ausdrucksweise, seine Gelassenheit und seine teuren Anzüge aus der Savile Row sind keine Pose. Er ist wirklich so: ein knallharter Geschäftsmann, doch dabei immer ein wahrer Gentleman.«

Paul kehrte ins Esszimmer zurück, wo Percy und Luca in eine Diskussion über edle Weine vertieft waren. Monica folgte mit einer Schüssel selbstgemachten Tiramisus.

»Sie verwöhnen uns über die Maßen. Ich bin entzückt«, rief Percy aus.

Er nahm die noch nicht angezündete Zigarre aus dem Mund und legte sie auf einem kleinen Beistelltisch ab, während er mit der anderen Hand durch sein dichtes schlohweißes Haar fuhr. Mit fast siebzig Jahren war Percys Haltung tadellos. Seine blassblauen Augen und die ausgeprägte Unterlippe verliehen ihm eine gewisse Weichheit, aber in seinem Kopf arbeitete ein messerscharfer Verstand.

Nach dem Dessert zündete sich Percy endlich seine Zigarre an und bedachte dabei Pauls Kretek mit einem missbilligenden Blick.

»Ich weiß, wie viel Sie verdienen. Es kann unmöglich sein, dass Sie kein Geld für anständige Zigaretten haben«, sagte er.

»Es sind nicht immer die teuren Dinge, die am meisten Freude machen«, antwortete Paul.

»Stimmt«, sagte Luca. »Ein Cinquecento kostet nicht die Welt.«

Percy sah ihn verständnislos an, stellte aber keine Fragen. Es war nicht das erste Mal, dass Luca ihn irritierte, aber was sollte er von einem Italiener schon erwarten? Er zog an seiner Zigarre und stieß eine dichte Rauchwolke aus.

»Die *Frauen Asiens* sind eine bedeutende Angelegenheit«, kam er auf den Anlass ihres Treffens zu sprechen. »Zur Eröffnung morgen wird die Presse aus Europa, den USA und Japan da sein. Die ganze Welt ist gespannt auf Ihre erste große Ausstellung nach fast sechs Jahren. Haben Sie die Vorberichte in den letzten Tagen gelesen?«

»Nein«, sagte Paul.

»Der Mythos ist zurück!«, zitierte Luca. »Paul Handewitt, der Gauguin unserer Zeit. Der geheimnisumwitterte Handewitt. Der Meister der exotischen Verführung. Und so weiter.«

Paul schauderte beim Gedanken an den kommenden Abend. Es widerstrebte ihm, im Mittelpunkt eines hysterischen Medieninteresses zu stehen, nichtssagende Interviews zu geben und sich haarsträubenden Unsinn anhören zu müssen. Percy sah sein verzagtes Gesicht.

»Diese Ausstellungen sind unverzichtbarer Teil Ihres Berufs, und niemand kann behaupten, dass Sie sich dem häufiger als unbedingt erforderlich aussetzen. Ich persönlich habe es für einen Fehler gehalten, sich so lange von der Öffentlichkeit fernzuhalten und dann ausgerechnet mit dieser kleinen Ausstellung in Penang zurückzumelden, aber erstaunlicherweise hat diese Taktik das Interesse an Ihrer Malerei noch gesteigert. Vermutlich, weil die Aura des Geheimnisvollen für Ihre Popularität fast so wichtig ist wie die Qualität Ihrer Bilder. Außerdem will ich zugeben, dass Ihre Bekannte in Penang sehr gut gearbeitet hat. Die Beschränkung auf elf Objekte, gut ausgewählt und mit Fingerspitzengefühl präsentiert. Die junge Dame hat sich meinen Respekt verdient.«

»Wie hat Julie Ihnen gefallen? Als Person, meine ich?«, fragte Monica.

»Diese Art von Frage kann sehr unerfreulich sein, meine Liebe. Wenn nämlich die Angesprochene einen weniger positiven Eindruck gemacht hätte, brächten Sie mich in die missliche Lage, die Unwahrheit sagen zu müssen.«

Percy tätschelte Monica wohlwollend die Hand, als er ihren verblüfften Gesichtsausdruck sah.

»Keine Bange, in diesem Fall kann ich Ihnen versichern, dass dem nicht so ist. Fräulein Lin ist intelligent, charmant und von äußerst vorteilhaftem Aussehen. Und, was ich als besonderes Lob verstanden wissen möchte, sehr professionell.«

Amüsiert dachte Paul an ein Gespräch mit Xue Lian zurück, in dem sie über Percy fast haargenau dasselbe gesagt hatte.

»Wie schätzen Sie die neuen Bilder ein?«, fragte Luca.

»Sie haben sie noch nicht gesehen? Dann werden Sie überrascht sein. Die Bilder sind eindrücklich und bewegend, wie wir es gewohnt sind, gemalt mit einer starken emotionalen Verbundenheit zum Thema, den asiatischen Frauen. Ihr Leid, ihr Glück und die Mühen ihres Alltags werden dem Betrachter sehr nah gebracht. Im Vergleich zu früher sind diese Bilder positiver und entbehren jeglicher Sentimentalität. Das Dunkle, Bedrückende ist verschwunden, insbesondere seit Paul mit Fräulein Lin bekannt ist, wenn ich mir diese Bemerkung erlauben darf.«

»Gibt es für Sie ein herausragendes Bild?«, fragte Monica.

»Zwei Werke sprechen mich besonders an. Zum einen der liegende Akt.«

»Ein Bild von Julie«, warf Paul ein.

»Paul will es nicht verkaufen, was ich respektiere, aber dieses Bild der Welt vorzuenthalten wäre eine Sünde gewesen. Ich musste mit Engelszungen auf ihn einreden, bis er die Zustimmung gab, es als Druck in limitierter Auflage zu veröffentlichen.«

»Es war Julies Entscheidung«, erklärte Paul.

»Das andere Bild zeigt zwei junge Burmesinnen, dem Aussehen nach Schwestern, die vor einer Tempelmauer stehen und sich an den Händen halten. Ein Meisterwerk. Ich wette fünfhundert Pfund, dass es bis Ende der Woche verkauft sein wird.«

»Wie viel soll es denn kosten?«, fragte Monica.

»Dreihunderttausend US-Dollar«, sagte Percy, ohne mit der Wimper zu zucken.

2
Déjà-vu

Paul schwitzte und litt unter einem Anflug von Klaustrophobie. Obwohl zwei junge Männer vor der Tür dafür sorgten, dass nur geladene Gäste und Presseleute Zutritt erhielten, war das Gedränge in der Galleria Buonconventi enorm. Pausenlos musste er Erklärungen zu den Bildern und den Hintergründen ihrer Entstehung abgeben. Als endlich eine Lücke im Strom seiner Gesprächspartner entstand, nutze er sie, um mit Monica ein kaltes Bier zu trinken.

»Deine Bilder sind sehr schön«, sagte sie. »Ich bin beeindruckt.«

»Das freut mich.«

»Am besten gefällt mir die Chinesin mit den weißen Blüten«, sagte sie. »Ist das Julie?«

Er nickte und stellte das leere Glas ab.

»Du Glückspilz. Das Bild ist erotischer als alle Werke von Modigliani zusammen.«

Luca kam quer durch den Raum zu ihnen.

»Wie geht es dir?«

»Frag lieber nicht«, stöhnte Paul. »Ich bin heilfroh, wenn alles vorbei ist. Ohne euch würde ich das ganze Theater nicht durchstehen.«

Luca sah sich um. Da er selbst Maler war, kannte er viele der Anwesenden. Im Gegensatz zu Paul bewegte er sich in diesem Umfeld wie ein Fisch im Wasser.

»Sieh es positiv: Die Bilder kommen gut an, und es ist eine nette Party.«

»Für dich vielleicht. Ich finde sie eher bedrohlich.«

»Komm, wir trinken uns einen an, dann entspannst du dich«, schlug Luca vor.

»Ich weiß nicht, ob das eine gute Idee ist.«

»Meine Ideen sind immer gut.«

Er klopfte Paul aufmunternd auf den Rücken und verschwand wieder in der Menge. Kurz darauf kehrte er mit drei Gläsern Bier zurück, von denen er Monica und Paul je eins in die Hand drückte. Als er mit ihnen anstoßen wollte, erstarrte er und wurde leichenblass.

»Heilige Scheiße«, murmelte er. »Das kann nicht wahr sein.«

»Was ist denn los?«, fragte Monica besorgt.

Am anderen Ende des Raums stand Giulia.

Paul hatte es gewusst. Seit er in Rom angekommen war, hatte er Giulias Nähe gespürt, und nun war sie tatsächlich zu ihm gekommen. Sie war jung, wie bei ihrer ersten Begegnung vor über zwanzig Jahren. Seine Kehle war zugeschnürt, und er schloss hilflos die Augen. Unmöglich, dachte er, das kann nicht sein.

»Finde heraus, wer das ist«, bat er Luca aufgewühlt. »Ich verschwinde kurz.«

Auf dem Weg zur Toilette wurde Paul von einem Mann angesprochen, den er grob beiseiteschob. Seine Hände zitterten, als er vor dem Waschbecken stand und sich kaltes Wasser ins Gesicht spritzte. Er sah in den Spiegel und entdeckte Panik in seinen Augen. Mehrere Minuten vergingen, bis er wieder in der Lage war, einigermaßen frei zu atmen und zurück in die Galerie zu gehen.

Die junge Frau stand inzwischen bei Luca und Monica. Natürlich war es nicht Giulia, aber sie besaß eine erschreckende Ähnlichkeit mit ihr: das gleiche ovale Gesicht, der rebellische

Mund, nur etwas größer und schmaler gebaut. Als Luca ihn heranwinkte, ging er mit schweren Schritten hinüber.

»Darf ich dir Giovanna Morosini vorstellen?«

»Morosini?«

»Sie ist Giulias Nichte«, erklärte Luca.

»Es ist mir eine große Ehre, Ihre Bekanntschaft zu machen«, sagte Giovanna und reichte ihm die Hand. Ihre Haare waren kurz geschnitten und hatten einen rötlichen Schimmer. Paul fiel ein kleines Mädchen ein, das er vor zwanzig Jahren in Venedig gesehen hatte.

»Wir kennen uns bereits. Allerdings hattest du lange Zöpfe und gingst noch nicht einmal zur Schule, als wir uns das letzte Mal getroffen haben«, erklärte er.

»Daran kann ich mich leider nicht mehr erinnern.«

»Ich war auch nur ein einziges Mal bei euch zu Hause im Palazzo«, sagte er.

Ihre Augen wirkten ein wenig scheu, nicht so lebhaft wie Giulias, aber sie hatten die gleichen goldenen Sprenkel.

Monica bemerkte, dass Paul immer noch um seine Fassung rang, und zog das Gespräch an sich.

»Wie hat es Sie hierher verschlagen?«, fragte sie.

»Ich bin freie Mitarbeiterin bei einer venezianischen Zeitung. Man hat mich geschickt, um über die Ausstellung zu berichten. Es ist mein erster Auftrag, ich habe gerade erst mein Kunstgeschichtsstudium abgeschlossen.«

Da Monica selbst bei einer Zeitung arbeitete und das Geschäft kannte, wunderte sie sich, dass die Redaktion diese bedeutende Ausstellung einer Anfängerin überlassen hatte. Bevor sie jedoch Giovanna nach den Gründen fragen konnte, trat Percy in Begleitung eines wichtigen New Yorker Kunstkritikers zu ihnen.

»Mr Handewitt, können wir uns unterhalten?«, fragte er auf Englisch mit starkem amerikanischem Akzent.

»Selbstverständlich.«

Paul bedeutete Giovanna mit einer Geste, dass sie ihre Unterhaltung später fortsetzen würden. Sie nickte ihm zu und ging sich die Bilder ansehen. Monica schloss sich ihr an, während Luca allein zurückblieb und tief in Gedanken versunken sein Bier austrank.

In der folgenden Stunde fand Luca keine Gelegenheit, mit Paul zu sprechen. Dann musste er mit ansehen, wie das Schicksal zum nächsten Schlag gegen seinen Freund ausholte: Eine Frau hatte die Galerie betreten und sah sich im Raum um, als würde ihr Beifall zustehen. Ihr rotes Abendkleid war eng geschnitten und stellte eine gute Figur zur Schau, mit einem Busen, den Luca aus früheren Zeiten kleiner in Erinnerung hatte. Obwohl die elegante Frau Mitte fünfzig war, sah sie bedeutend jünger aus. Ihr langes Haar war tiefschwarz, und selbst an ihrem Hals zeigten sich nur wenige Fältchen. Die Contessa war gekommen.

Die Menge teilte sich vor ihr wie das Rote Meer vor Moses, als sie mit selbstbewusster Haltung auf Paul zuging. Luca drängelte ein paar Leute beiseite, um vor ihr bei seinem Freund anzukommen, aber es gelang ihm nicht. Als er ihn erreichte, hatte die Contessa bereits ihre Hand auf Pauls Schulter gelegt. Dieser drehte sich ahnungslos um und geriet kurzfristig aus dem Gleichgewicht, als er erkannte, wer vor ihm stand.

»*Ciao*, Paolo«, raunte sie. »Es ist lange her. Gut siehst du aus.«

Um die beiden herum verstummten alle Gespräche, und einige der Anwesenden reckten die Hälse, um die Szene besser verfolgen zu können.

»*Buena sera.* Das Kompliment gebe ich gern zurück.«

»Es ist schön, dich wiederzusehen«, flüsterte sie und küsste ihn zu seiner Überraschung und der aller Umstehenden auf den Mund.

»Hätte jemand die Güte, mir ein Glas Champagner zu bringen?«, fragte sie in die Runde.

Ihr Blick blieb an Luca hängen, der sie ungerührt ansah.

»Du bist auch hier? Fast wie in alten Zeiten.«

»Du sagst es, Maria: die guten alten Zeiten«, sagte er, wobei er jedes einzelne Wort süffisant dehnte.

Die Contessa wandte sich gleichgültig von ihm ab und nahm mit würdevoller Selbstverständlichkeit ein Glas entgegen, das ihr jemand reichte.

»Du hast es weit gebracht, Paolo. Aber das war vorauszusehen. Du warst schon immer etwas Besonderes.«

Sie trat so dicht an ihn heran, dass ihre Brüste seinen Arm berührten. Er kannte die Contessa und wusste, dass es kein Zufall war.

»Ich bin froh, dass du es geschafft hast. Wenn Montello damals dein Leben ruiniert hätte, müsste ich mir ewig Vorwürfe machen.«

Sie sprach leise, damit nur er sie verstand, und die in ihren Augen aufblitzende Zärtlichkeit bewies, dass sie es ehrlich meinte. Luca hatte recht gehabt: Die Contessa war immer noch eine schöne Frau. Ihr Parfum stieg Paul in die Nase, und ein warmes Erinnern durchzog seinen Körper, während sie sich an ihn schmiegte.

»Du hast damals Klasse bewiesen«, flüsterte er, ebenfalls kaum hörbar, zurück. »Deine Hilfe habe ich dir nie vergessen.«

»Männer wie du sind selten heutzutage.«

Als die Contessa von ihm zurücktrat, sah er Giovannas Augen auf sich gerichtet. Alles wiederholt sich, dachte er mutlos und sah hilfesuchend zu Luca.

Die vielen Gespräche erschöpften Paul, und Giovannas Anwesenheit machte ihn nervös. Bei jeder Gelegenheit sah er verstohlen zu ihr hinüber, um sich an den Anblick der wiedergeborenen Giulia zu gewöhnen, doch es gelang ihm nicht.

Giovanna betrachtete derweil die letzten Bilder und machte sich zu jedem ausführliche Notizen, bevor sie sich in einer Ecke der Galerie auf einem Stuhl niederließ, um dort geduldig auf Paul zu warten. Es dauerte lange, bis er endlich Zeit fand und zu ihr kam. Die Contessa war längst gegangen.

»Ihre Bilder sind großartig. Ich bin begeistert, Signor Handewitt«, sagte Giovanna.

»Lass die Förmlichkeiten, du kannst mich duzen. Ich bin Paolo, das reicht.«

»Vielen Dank«, sagte sie errötend.

»Welches der Bilder gefällt dir am besten?«

»Schwer zu sagen. Ich glaube, der Akt mit den Blüten. Die Frau wirkt so natürlich, als würde sie gar nicht für ein Bild posieren. Ich finde sie auf eine eigenwillige Art anziehend. Sie ist so schön.«

Paul ließ ihre Worte im Raum stehen. Er hatte keine Lust, mit ihr über Xue Lian zu sprechen. Der durch Giovannas Erscheinen ausgelöste Schock saß ihm noch in den Knochen.

»Ich habe eine Bitte«, riss sie ihn aus seinen Gedanken.

»Ja?«

»Eine ziemlich unverschämte Bitte, um ehrlich zu sein.«

»Was kann ich für dich tun?«

»Ich weiß nicht, wie lange du in Rom bleibst, aber falls du Zeit hättest ...« Sie stockte, aber als er nicht darauf einging, fuhr sie fort: »Ich würde mich sehr gern noch einmal mit dir treffen. Ich hätte viele Fragen wegen meines Artikels. Na ja, und auch zu meiner Tante Giulia.«

Paul war nicht sicher, was er antworten sollte. Xue Lian hatte ihn aufgefordert, den Aufenthalt in Rom zu einer Auseinandersetzung mit der Vergangenheit zu nutzen, aber wer konnte ahnen, dass sie leibhaftig vor ihm stehen würde? Angst und Neugier kämpften in ihm, bis die Neugier siegte.

»Wollen wir uns morgen Abend um acht Uhr auf der Piazza Navona treffen, beim Vierströmebrunnen?«

»Gern«, sagte sie und strahlte ihn an. »Vielen Dank.«

Luca räusperte sich und trat zu ihnen.

»Du hast es überstanden, *amico*. Percy hat grünes Licht für den Abflug gegeben, aber er fährt direkt ins Hotel. Was ist mit dir, Giovanna? Willst du auf einen Drink mit zu uns kommen?«

»Danke für Ihr Angebot, aber ich bin todmüde und sollte besser ins Bett gehen. Vielleicht sehen wir uns auf Ihrer nächsten Ausstellung wieder? Falls ich auf die Gästeliste komme«, lächelte sie schelmisch.

»Das lässt sich einrichten.«

»Vielen Dank. Ich bin sehr froh, dass ich Sie kennengelernt habe. *Arrivederci*, Luca. *A domani*, Paolo.«

»Bis morgen«, sagte Paul.

Luca sah ihn von der Seite an und zog eine Grimasse.

Es waren nur noch zehn Tage bis Karfreitag, und Pilger aus aller Welt strömten nach Rom, um das Osterfest des Heiligen Jahres zu feiern. Bald würde es in und um die Stadt kein einziges freies Zimmer mehr geben. Die vielen Fremden sorgten dafür, dass die Piazza Navona trotz der Kälte belebt war, als Paul zur verabredeten Zeit eintraf.

Früher hatte er mit seinen Freunden, den *re di Roma*, zahllose Sommerabende auf dem Platz verbracht. Sie waren umhergeschlendert, hatten sich ein Eis gekauft und den Mädchen nachgesehen. Obwohl die Piazza noch aussah wie früher, konnte Paul das damalige Lebensgefühl nicht mehr heraufbeschwören; die Unbeschwertheit jener Tage war für immer verloren.

Er rieb sich die kalten Hände, während er auf das Zentrum der Piazza zusteuerte, wo Giovanna unter der Statue des Flusses Ganges am Vierströmebrunnen stand und wartete. Ihr schwarzer Rock war zu kurz und zu dünn für den kühlen Abend, dafür stellte er ihre langen Beine zur Schau. Paul fragte sich, was sie wohl unter der kurzen Pelzjacke trug, die sie mit den Händen vor der Brust geschlossen hielt. Sie hatte ihn noch nicht bemerkt, und er nutzte die Gelegenheit, um ihr Profil zu studieren. Der auffälligste Unterschied zu Giulia war die kleinere Nase. Auch ihr Hals war schlanker, fast zerbrechlich. Insgesamt hatte Giulia robuster gewirkt, aber er war sich nicht sicher, ob dies schon vor Beginn ihrer Reise so gewesen war. Giovannas Gesicht war angespannt. Sie erschrak, als Paul seine Hand auf ihren Arm legte und über den weichen Pelz strich.

»Ist der echt?«

»Um Himmels willen, nein. Ich könnte nie wieder ruhig schlafen.«

Sie reichte ihm befangen die Hand, ebenso kalt wie seine. Giovanna war wesentlich größer, als er es von den Frauen in Asien gewohnt war.

»Hast du Hunger?«, fragte er.

»Und wie.«

»Was möchtest du essen?«

»Schlag du etwas vor, ich kenne mich in Rom nicht aus.«

»Hast du Lust auf etwas Einfaches, in rustikaler Atmosphäre?«

»Ich verlasse mich ganz auf dich.«

»Dann lass uns gehen. Nicht weit von hier gibt es eine kleine Trattoria, in der ich früher oft gegessen habe. Luca hat mir gesagt, dass sie immer noch existiert.«

Sie verließen den Platz über die Südseite, überquerten eine kleine Piazza und folgten der Via del Governo Vecchio.

»Hast du schon von den ersten Reaktionen auf die Ausstellung gehört?«, fragte Giovanna.

»Monica sagte mir, dass sie gelobt wurde.«

»Gelobt? Sie wurde begeistert gefeiert.«

»Und was wirst du schreiben?«

Sie sah ihn an, als ob sie hinter seiner Frage eine Falle vermutete.

»Dass sie fabelhaft ist. Es ist meine ehrliche Meinung.«

Sie folgten der schmalen, von alten Häusern gesäumten Straße, bis Paul vor einem der Gebäude stehen blieb. Obwohl nichts darauf hinwies, dass sich darin ein Lokal befand, öffnete er die Tür und ließ Giovanna vor sich eintreten. Der Raum war klein, mit wenigen eng zusammenstehenden Holztischen, auf denen dünne Papierbogen als Tischdecken lagen. Alle Plätze waren besetzt, und eine gebeugte alte Dame bat sie im Vorbeihuschen, einen Augenblick zu warten. Sobald sie ihre Gäste bedient hatte, kehrte sie zurück. Ihr Gesicht war voller Falten, umrahmt von einem Kranz wirrer grauer Haare.

»Es wird bald ein Tisch frei. In der Zwischenzeit sollten Sie einen Wein trinken. Unser eigener Anbau. Schmeckt köstlich und macht angenehm betrunken. Vor allem, wenn man ihn im Stehen trinkt«, kicherte sie.

Sie wollte sich bereits abwenden, als sie stutzte und Giovanna mit ihren kurzsichtigen Augen fixierte. Dabei zogen sich ihre buschigen Brauen zu einer einzigen geraden Linie zusammen, was ihr das Aussehen eines Satyrs gab.

»Ich kenne Sie doch, oder? Nein, das kann nicht sein«, murmelte sie.

»Ich komme aus Venedig und bin zum ersten Mal hier«, antwortete Giovanna höflich.

»Aus Venedig?«

»Manchmal sieht man Dinge, die es nicht geben kann. Nicht wahr, Anna?«, mischte Paul sich ein.

Er griff nach ihren Händen, aber die Frau entwand sich seinem Griff, um in der Tasche ihrer mit Fettflecken übersäten Schürze nach einer Brille zu suchen. Nachdem Anna sie umständlich aufgesetzt hatte, spiegelte sich einen Moment lang Unverständnis in ihren Zügen, dann schlug sie ungläubig die Hand vor den Mund.

»Alle Heiligen im Himmel«, rief sie. »Paolo!«

»Ja, Anna. Ich bin es.«

Ihre Augen füllten sich mit Tränen, als sie Paul um den Hals fiel und seinen Kopf zu sich herunterzog. Anna war so klein, dass sie ihm nicht einmal bis zu den Schultern reichte.

»Mein Junge, mein lieber Junge. Wie lange ist es her? Zwanzig Jahre? Dreißig Jahre?«

»Zwanzig Jahre und ein paar Monate«, antwortete er.

»Wie die Zeit vergeht! Du bist immer noch so dünn, schrecklich ist das. Wo warst du bloß so lange?«

»Ich lebe in Asien.«

»Hat Luca mir doch alles erzählt. Er sagt, du bist noch viel berühmter als er. Komm, schau dir das mal an.«

Sie zerrte ihn hinter sich her zu einer Wand, an der ein alter Zeitungsausschnitt hing, ein Bericht über Pauls Ausstellung in London vor einigen Jahren, mit einem Foto von ihm.

»Hat Luca mir gegeben«, sagte sie. »Wenn sich hier jemand aufspielt und große Reden schwingt, zeige ich ihm den Bericht und sage, dass du mein Sohn bist. Das bringt sie alle zum Schweigen.«

»Und die Leute glauben dir?«

Anna stemmte die Hände in die Hüften und sah ihn vorwurfsvoll an.

»Keine Ahnung. Aber es soll sich nur einer trauen, mich als Lügnerin zu bezeichnen. Der hat das letzte Mal bei mir gegessen, darauf kannst du dich verlassen.«

Er nahm sie lachend in den Arm. Auch mit fast achtzig Jahren hatte Anna nichts von ihrer resoluten Kraft eingebüßt.

»Sag mal, was ist mit dem Mädchen?«, fragte sie flüsternd.

»Was soll mit ihr sein?«

»Sie sieht aus wie Giulia, dabei hat Luca mir erzählt, dass sie tot ist. Gott sei ihrer Seele gnädig«, fügte sie schnell hinzu.

»Giovanna ist Giulias Nichte, die Tochter ihrer älteren Schwester.«

»Deshalb.«

Sie fasste Paul am Ellenbogen und ging mit ihm zurück zu Giovanna, die immer noch in der Nähe des Eingangs stand.

»Herzlich willkommen, Giovanna«, sagte sie. »Deine Tante war ein wunderbares Mädchen. So schön, genau wie du. Pass mir gut auf Paolo auf. Er hat ein Herz aus Gold, du Glückskind.«

Die Alte strich ihr mit schwieliger Hand über die Wange. Als Giovanna den Irrtum aufklären wollte, zwinkerte Paul ihr zu, und sie blieb stumm. An einem Tisch wurden zwei Plätze frei, und Anna hatte keine Bedenken, sie zu einem jungen Pärchen zu setzen. Giovanna zog ihre Jacke aus, unter der sie einen tief ausgeschnittenen roten Kaschmirpullover trug.

»Was möchtet ihr essen? Ich empfehle euch den Eintopf mit Kalbfleisch, Erbsen und selbstgemachter Wurst. Alles andere ist nämlich aus.«

Paul sah Giovanna fragend an. Als sie nickte, bestellte er zwei Portionen, und Anna verschwand in der Küche im hinteren Teil des Restaurants.

»Es gibt immer nur zwei oder drei Gerichte. Die Küche ist sehr klein, deshalb kocht sie alles vor und hält es auf einem Gaskocher warm.«

»Was für eine entzückende alte Dame. Sie ist so herzlich.«

»Ich wäre sowieso hergekommen, aber es ist etwas Besonderes, mit dir hier zu sein.«

Eine verlegene Pause entstand, und Paul zündete sich eine Zigarette an. Als er Giovanna die Schachtel hinhielt, schüttelte sie wortlos den Kopf. Sie schwiegen immer noch, als Anna eine Karaffe Weißwein und die Vorspeise brachte. Paul schenkte ein, und sie tranken von dem einfachen trockenen Landwein. Nachdem sie ihre Nudeln gegessen hatten, räumte Anna die Teller ab und trug den Eintopf auf.

»Schmeckt es dir?«, fragte Paul nach dem ersten Löffel.

»Sehr gut. Ich bekomme selten deftiges Essen.«

Er schenkte nach, und sie widmeten sich ihrer Mahlzeit. Als ihre Tischnachbarn zahlten und gingen, wurden die Plätze von zwei Männern eingenommen. Paul war vor Giovanna mit dem Essen fertig und sah zu, wie sie sich die letzten Bissen in den Mund schob. Ihr Gesicht hatte nicht Giulias Ausdruckskraft und Energie, dafür waren ihre Züge gleichmäßiger und von größerer Schönheit. Die Augen waren fast identisch. Paul bemerkte, dass sein Tischnachbar ihr verstohlene Blicke zuwarf. Sie war eine Frau, die Männern auffiel, genau wie Giulia.

»Dein Erscheinen gestern hat mich fast aus der Bahn geworfen.«

Giovanna sah ihn erstaunt an.

»Warum?«

»Du siehst Giulia so ähnlich. Hast du Fotos von ihr gesehen?«

»Nur wenige, und die waren nicht besonders gut. Aber ich besitze ein Porträt von ihr, das du gemacht hast, mit einer Blume im Haar. Sie sieht glücklich aus.«

»Ich habe es in Lamalera gezeichnet. Es stimmt, dort war sie sehr glücklich.«

Er goss den restlichen Wein ein und machte Anna ein Zeichen, noch einen *Mezzo* zu bringen.

»Wo hast du studiert?«, fragte er.

»Erst in Venedig, dann in London. Die Zeit im Ausland hat mir gutgetan, um aus dem Trott herauszukommen und selbständig zu werden. Momentan lebe ich allerdings wieder bei meinen Eltern.«

»Wie hast du es hinbekommen, dass man ausgerechnet dich als Anfängerin zur Vernissage geschickt hat?«

Sie errötete und biss sich auf die Unterlippe.

»Ich muss dir etwas gestehen: Den Job habe ich nur bekommen, weil ich dem Chefredakteur erzählt habe, dass du mit meiner Tante zusammengelebt hast und ich deshalb mehr aus dir herausbekommen würde als jeder andere. Da deine Scheu vor der Presse bekannt ist, hat er angebissen. Es schien mir eine gute Idee, aber jetzt, wo ich dich kennengelernt habe, schäme ich mich dafür«, erklärte sie mit entwaffnender Offenheit. »Es war egoistisch und unfair.«

Paul sah sie lange an, bevor er antwortete.

»Schon in Ordnung. Auf diese Weise habe ich dich wenigstens kennengelernt. Ich beantworte gern deine Fragen.«

»Wirklich? Du bist mir nicht böse?«

»Nein.«

Sie lächelte befreit, als wäre ihr ein Stein vom Herzen gefallen.

»Danke, Paolo. Ich wäre sehr traurig, wenn du deshalb schlecht von mir denken würdest. Normalerweise ist so etwas nicht meine Art.«

Sie ergriff seine Hand, und das Echo lang vergangener Berührungen hallte durch Pauls Nervenbahnen.

»Reden wir nicht mehr darüber«, schlug er vor. »Also, was möchtest du wissen?«

Weit über eine Stunde später klappte Giovanna ihren Notizblock zu und lehnte sich zurück.

»Das war mehr, als ich mir jemals erträumt hatte. Ich bin dir unendlich dankbar.«

»Keine Ursache. Trinken wir noch etwas?«

»Unbedingt.«

Sobald Anna das nächste Mal zu ihnen herübersah, winkte Paul ihr, und eine Minute später brachte sie einen weiteren *Mezzo*. Es musste der vierte oder fünfte sein.

»Ich hatte Angst vor heute Abend«, sagte Giovanna, als sie wieder allein waren. »Ich bin neu im Beruf, und du hast einen großen Namen. Und auch wegen der Geschichte mit Tante Giulia.«

»Und jetzt?«

»Jetzt ist alles gut.«

Wieder nahm sie seine Hand. Ihre Finger waren weich und warm.

»Was hat man dir über deine Tante erzählt?«

»So gut wie nichts. Mamma will nicht darüber reden, und Papà schweigt ihr zuliebe.«

»Deine Mutter mag mich nicht. Als ich nach Giulias Tod Kontakt mit ihr aufnehmen wollte, hat sie es glatt abgelehnt.«

»Mamma kann dir nicht verzeihen, dass Tante Giulia deinetwegen nach Asien gegangen ist. Sie wollte mich sogar davon abhalten, zu deiner Ausstellung nach Rom zu fahren.«

»Was hat Vincenzo dazu gesagt?«

»Papà hat mich ermutigt zu fahren. Sie haben sich deshalb gestritten.«

»Weißt du, warum wir damals nach Asien gegangen sind?«

»Nein.«

Sie sah ihn an und erwartete eine Erklärung, die Paul jedoch nicht gab. Stattdessen trank er einen Schluck Wein und wechselte das Thema.

»Wie geht es deinen Eltern?«

»Sie sind sehr unterschiedlich und eigentlich führt jeder sein eigenes Leben. Mamma ist nicht glücklich, auch wenn sie es nie zugeben würde.«

»Verstehst du dich gut mit ihr?«

»Manchmal ist es schwierig. Mein Vater und ich waren uns schon immer sehr nah. Es ist wohl kaum der Normalfall, dass ein Mädchen mit ihren Pubertätsproblemen zu ihrem Vater geht, oder? Heute begreife ich, wie sehr es Mamma weh getan hat, dass ich nicht genug Vertrauen zu ihr hatte.«

Mit ihrer freien Hand griff sie nach dem Glas und leerte es in einem Zug.

»Die beiden haben sich auseinandergelebt. Papà kommt jeden Abend spät aus der Kanzlei, und ich habe den Verdacht, dass er eine Geliebte hat«, sagte sie und zuckte mit den Schultern. »Mamma hält die Fassade aufrecht.«

Paul erinnerte sich an den jungen, lebenslustigen Anwalt, der in der steifen Aristokratenfamilie seiner Frau so deplatziert gewirkt hatte. Carla war borniert und von Neid auf ihre jüngere Schwester erfüllt gewesen; sie litt darunter, dass Giulia alle Herzen zuflogen, während sie selbst im Schatten blieb.

Giovannas Hand lag noch immer auf seiner. Der Alkohol hatte sie lockerer gemacht, und in ihren Augen blitzte Neugier auf.

»Darf ich dich noch etwas fragen, etwas ganz Privates?«

Er nickte ihr aufmunternd zu. Sie war Giulia so ähnlich, dass er die Vertrautheit zwischen ihnen ganz natürlich fand.

»Wer war die Frau, die dich gestern geküsst hat? Die in dem roten Kleid.«

»Die Contessa? Eine feste Größe der römischen Gesellschaft. Ich kenne sie von früher.«

»Ja, das machte durchaus den Eindruck«, meinte Giovanna süffisant. »Wie alt ist sie?«

»Sie müsste fünfundfünfzig oder sechsundfünfzig sein.«

»Wirklich? In dem Alter möchte ich auch noch so gut aussehen.«

»Das wirst du.«

Paul sah ihr in die Augen. Die gleichen Augen, in die er schon tausendmal geblickt hatte, auch wenn es lange her war.

Wenig später kam Anna herüber und setzte sich zu ihnen. Ungefragt hatte sie noch Wein mitgebracht.

»Trinkt und seid glücklich, das Leben ist kurz«, befahl sie.

»Bald bin ich betrunken«, verkündete Giovanna.

»Das macht nichts, du bist in guten Händen.«

»Meinen Sie?«

»In den besten, meine Liebe. Damals waren sie alle hinter deiner Tante her. Luca, der sehr gut aussah und immer das Wort führte, und noch ein paar andere hübsche Bengels, aber wen hat sie genommen? Paolo.«

»Wie hast du Tante Giulia überhaupt kennengelernt?«

»Luca hat sie eines Tages mitgebracht«, antwortete er. »Fast alle waren sofort verliebt in sie.«

»Du auch?«

»Nein, ich nicht. Sie hat mich eingeschüchtert. Giulia war so kraftvoll und dominant. Alles drehte sich um sie. Dabei war sie erst neunzehn.«

»Und dann?«

»Da wir die gleichen Freunde hatten und sie oft bei uns im Haus war, sind wir uns häufig begegnet. Wir haben uns unterhalten und gut verstanden. Unter ihrer glitzernden Oberfläche entdeckte ich einen sensiblen Menschen, und wir verbrachten immer mehr Zeit allein, bis wir uns ineinander verliebten. Giulia war so selbstsicher und abenteuerlustig, dass ich dachte, sie hätte mit vielen der Jungs geschlafen. Dabei stellte sich heraus, dass ich ihr erster Mann war.«

Er ließ Giovannas Hand los.

»Entschuldigt bitte, das hätte ich nicht sagen sollen.«

»Ach Paolo. Ich bin eine alte Römerin, die in ihrem langen Leben alles gesehen und alles gehört hat. Glaubst du, dass ich wegen so einer Kleinigkeit erröte? Mach dich nicht lächerlich«, sagte Anna.

Sie erhob sich, als ein Mann an einem der anderen Tische um die Rechnung bat. Giovanna beugte sich vor, und Paul konnte sehen, dass sie einen roten, farblich zu ihrem Pullover passenden BH trug. Falls sie seinen Blick bemerkte, ließ sie sich nichts anmerken und veränderte auch ihre Position nicht.

»Du kannst ruhig offen reden. Ich würde gern mehr über meine Tante hören«, sagte sie. »Wart ihr so glücklich, wie Anna gesagt hat?«

»Ja. Das waren wir. Möchtest du noch Wein?«

»Wenn du auf mich aufpasst?«

Paul schenkte nach und schielte gegen seinen Willen noch einmal in ihren Ausschnitt.

»Wir waren ununterbrochen zusammen. Manchmal mit den anderen, oft allein. Es war, als würden wir auf Wolken schweben, wenn wir gemeinsam durch die Stadt gingen. Wir waren uns sehr nah.«

Inzwischen waren sie die letzten Gäste in der Trattoria. Anna kam herüber und unterbrach ihr Gespräch.

»Wie lange bleibst du in Rom?«, fragte sie.

»Noch drei Tage.«

»Nur drei? Und danach?«

»Zurück nach Malaysia.«

»Was willst du bloß bei den Chinesen, wo es hier doch so schön ist?«, fragte sie vorwurfsvoll. »Ich verstehe dich nicht.«

»Malaysia ist nicht China.«

»Für mich ist es alles das Gleiche. Rom ist Rom, und der Rest interessiert mich nicht. So einfach ist das.«

»Ich habe dich so vermisst«, sagte er und legte seinen Arm um sie.

Es stimmte. Er hatte sie tatsächlich vermisst: Anna und Luca, laue Sommernächte in Trastevere, den Blick vom Giardino auf die Stadt, das Läuten der Glocken, das über die Dächer hallte, und am meisten Giulia.

»Es ist nur richtig, dass du deine alte Anna vermisst hast. Wäre ja noch schöner, wenn du mich einfach vergessen hättest«, sagte sie liebevoll. »Kommst du denn noch einmal vorbei, bevor du abreist?«

»Natürlich. Mit Luca.«

»Und du?«, fragte sie Giovanna.

»Leider nicht. Ich fahre morgen zurück nach Venedig.«

»Wie schade. So, meine Kinder, ich muss jetzt schließen. Die Knochen tun mir weh, und ich bin todmüde. Ihr braucht nichts zu bezahlen, ich lade euch ein.«

»Kommt nicht in Frage. Ich verdiene hier in Rom sehr viel Geld, und du arbeitest so hart.«

»Keine Widerrede. Es ist mir eine Freude, und wenn du nur alle zwanzig Jahre zum Essen vorbeikommst, kann ich es mir leisten. Und jetzt raus mit euch, ich brauche meinen Schönheitsschlaf.«

Nachdem sie sich herzlich von Anna verabschiedet hatten, zogen sie ihre Jacken über und traten auf die Straße hinaus. Draußen war es beißend kalt. Giovanna schmiegte sich eng an Paul, als sie durch einsame Gassen zur Hauptstraße gingen.

»Ich würde gern noch mehr über Tante Giulia erfahren.«

»Sollen wir noch irgendwo hingehen?«

»Lieber nicht. Ich bin angetrunken und müde, dazu kommt, dass ich morgen zeitig aufstehen muss. Sosehr ich es auch bedauere.«

»Es war ein schöner Abend.«

»Das finde ich auch. Obwohl du mich zuerst ein bisschen eingeschüchtert hast.«

»Warum? Ich bin doch bloß ein Mensch wie alle anderen.«

Sie blieb stehen, ihr Gesicht dicht vor seinem.

»Das würde ich nicht sagen.«

Plötzlich hatte Paul das Bedürfnis, sie zu küssen, aber er nahm sich zusammen.

»Paolo?«

»Ja?«

»Ich hätte noch eine Frage. Oder besser gesagt: eine Bitte.«

»Und die wäre?«

»Es ist so dreist, dass ich mich kaum traue, es auszusprechen.«

»Nun sag schon!«

»Hältst du es für denkbar, dass ich dich in Asien besuchen komme? Dass wir ein bisschen herumreisen und ich dir bei der Arbeit zusehe?«

Paul schluckte trocken. Als er Giovanna ansah, drehte sie ihr Gesicht zur Seite.

»Vergiss es. Es war nur eine Schnapsidee«, murmelte sie kleinlaut.

»Was versprichst du dir davon?«

»Egal, lass uns bitte nicht mehr darüber reden.«

»Warum? Warum willst du nach Asien?«

Sie sah ihn an, in ihr kämpften Trotz und die Hoffnung auf Verständnis.

»Aus zwei Gründen: Zum einen bin ich neugierig geworden, was meine Tante betrifft. Ich möchte endlich herausfinden, wer sie war und was sie in Asien gesucht und gefunden hat. Sie hat doch etwas gefunden?«

»Ja. Das hat sie ganz bestimmt.«

»Du bist der einzige Mensch, der mir Antworten geben kann. Der zweite Grund bist du. Wenn ich mehr über den geheimnisumwitterten Paul Handewitt und die Hintergründe seiner Malerei erfahren könnte, wäre das eine große Chance für mich. Ich würde mir auch jedes Wort von dir genehmigen lassen«, sagte sie hastig. »Wenn es dir nicht passt, sag einfach nein.«

»Du bist ehrlich, das gefällt mir.«

Paul suchte seine Zigaretten und zündete sich eine an. Er stieß den schweren Rauch aus und musterte sie nachdenklich. Giovanna wagte kaum zu atmen, während er schweigend seine Kretek aufrauchte.

Es war gefährlich, aber verlockend. Mit ihr durch Asien zu reisen wäre wie die Rückkehr in eine verlorene Zeit. Vielleicht konnte er an Giovanna wiedergutmachen, was er Giulia angetan hatte. Vielleicht sogar seinen Frieden finden, wie Xue Lian es sich wünschte. Paul konnte nur hoffen und beten, dass sie ihn verstehen würde. Obwohl er sich der Brisanz durchaus bewusst war, brachte er es nicht fertig, diese unerwartete Chance verstreichen zu lassen. Er hatte keine Wahl, er musste sie einfach ergreifen.

»Ist gut, wir machen es«, sagte er schließlich.

»Wirklich?«

»Es gibt ein paar Bedingungen: Ich lege die Reiseroute fest, und wir reisen auf meine Art. Das kann ungewohnt und hart für dich werden. Wenn es aus irgendwelchen Gründen zu viel für mich wird, reist du ab. Und du schreibst nichts, was mir nicht passt.«

»Versprochen. Was immer du verlangst, ich werde mich daran halten.«

Sie gab ihm einen schnellen Kuss auf die Wange. Paul erschrak. Er hatte sich auf sehr dünnes Eis begeben.

»Gib mir deine Handynummer. Ich rufe dich in den nächsten Tagen an, und wir besprechen alles.«

Giovanna schrieb die Nummer in ihren Notizblock und riss die Seite heraus. Arm in Arm gingen sie die letzten Schritte zum Corso Vittorio Emanuele, wo sie nicht lange warten mussten, bis ein freies Taxi anhielt. Bevor sie die Tür hinter sich zuzog, steckte Giovanna noch einmal den Kopf aus dem Wagen.

»Paolo?«

»Was?«

»Es gibt noch einen dritten Grund, weshalb ich nach Asien will.«

»Welcher ist das?«

»Ich möchte dich wiedersehen.«

3
Unkenrufe

Es war längst dunkel, als Paul und Luca auf der Terrasse oberhalb der Piazza del Popolo standen. Sie hatten in einem Restaurant außerhalb der Stadt hervorragend gegessen und teuren Wein getrunken, bevor sie auf den Pincio gefahren waren, um den Blick über die beleuchtete Altstadt Roms zu genießen. Luca hatte vergeblich darauf gewartet, dass Paul von sich aus reden würde, und war mittlerweile mit seiner Geduld am Ende.

»Nun erzähl endlich, wie es war«, drängte er.

»Wie was war?«

»Die letzte Mondfinsternis auf Hawaii«, sagte Luca. »Ich meine natürlich dein Treffen mit Giovanna.«

»Es war nett.«

»So, es war also *nett*?«

Paul gab sich geschlagen. Er setzte sich auf die steinerne Balustrade und erzählte seinem Freund von dem Abend mit Giovanna. Als er erwähnte, mit welchen Mitteln sie erreicht hatte, dass die Redaktion sie zu seiner Ausstellung schickte, schüttelte Luca den Kopf.

»Ganz schön abgezockt, die Kleine. Die kriegt, was sie will.«

Ohne auf seine Bemerkung einzugehen, schilderte Paul, was sich bis zum Verlassen der Osteria ereignet hatte. Als er geendet hatte, zündete Luca sich eine Zigarette an und schnippte das brennende Streichholz weg.

»Ich bin jedenfalls froh, dass sie wieder aus deinem Leben verschwunden ist.«

»Na ja …«

»Was?«, fragte Luca misstrauisch.

»Sie wird mich in Asien besuchen kommen.«

Luca machte ein Gesicht, als hätte er in eine Zitrone gebissen. Es war noch schlimmer gekommen als befürchtet. Viel schlimmer.

»Was soll der Blödsinn? Du bist ein Idiot. Ein absoluter Vollidiot«, brauste er auf

»Es ist die Chance, endlich mit meiner Vergangenheit ins Reine zu kommen.«

»Unsinn«, rief Luca. »Statt mit Giulia abzuschließen, willst du die Zeit mit ihr noch einmal aufleben lassen. Du willst etwas heraufbeschwören, das längst vorbei ist. Deine Chinesin wird dir den Kopf abreißen, und meinen Segen dafür hat sie.«

»Julie hat selbst gesagt, dass ich mich mit Giulias Tod auseinandersetzen soll.«

Luca warf seine Zigarette auf den Boden und trat sie mit einer wütenden Fußbewegung aus. Wie konnte Paul so dumm sein?

»Das ist doch Schwachsinn. Erst machst du ihr einen Heiratsantrag, und dann schleppst du Giovanna an. Beschwer dich bloß nicht, wenn du Julie am Ende verlierst.«

* * *

Giovanna fror. Seit dem Sonnenuntergang saß sie in eine Wolldecke gehüllt auf ihrem Balkon und hörte zu, wie unter ihr das Wasser des Kanals in flachen Wellen leise an die Mauern ihres Elternhauses schlug. An Prunk oder Bedeutung war es nicht mit den berühmten Palazzi am Canal Grande zu vergleichen, aber sie war glücklich, in diesem alten Bau mit seinen hohen Decken und zahllosen Zimmern leben zu dürfen. Außerdem liebte sie den Stadtteil Dorsoduro, der, etwas abseits gelegen, noch vom venezianischen Alltag geprägt war und nicht von den allgegenwärtigen Touristen.

Der Mond war aufgegangen, verbarg sich aber noch hinter den Häusern auf der anderen Seite des Kanals, deren Umrisse sich scharf wie Scherenschnitte abzeichneten. Die Luft war klar, und Giovanna sah hinauf in einen kalten, fernen Sternenhimmel.

»Hier versteckst du dich also, mein Liebling.«

Ihr Vater trat aus ihrem Zimmer auf den Balkon hinaus und fuhr ihr mit seiner Hand durchs Haar. Sie roch den vertrauten Duft seines Rasierwassers.

»Warum sitzt du hier allein im Dunkeln? Es ist kalt.«

»Ich denke nach.«

»So ernst? Was ist los mit dir?«

Er zog einen Stuhl heran und setzte sich zu ihr. Geduldig wartete er darauf, dass sie sprechen würde. Eine kleine Barke tuckerte unter ihnen vorbei und ließ das Echo ihres Dieselmotors zwischen den Häuserfronten zurück, danach kehrte wieder Stille ein.

»Ich kann mir keine schönere Stadt als Venedig vorstellen«, sagte sie.

Vincenzo nickte zustimmend, sagte aber nichts.

»Rom war ziemlich verwirrend.«

»Rom? Oder Paolo?«

»Er und seine Bilder haben mir etwas Neues gezeigt. Eine andere Welt, bunt und geheimnisvoll.«

»Du hast mit ihm gesprochen?«

»Wir haben einen ganzen Abend zusammen verbracht. Er hat geduldig alle Fragen beantwortet. Wenn mein Artikel morgen in der Zeitung erscheint, wirst du dich wundern, wie viel Platz sie meinem Beitrag eingeräumt haben.«

»Wie war er?«

»Beeindruckend. Paolo ist ein ungewöhnlicher Mensch. Einen Mann wie ihn habe ich noch nie getroffen.«

Vincenzo lief ein Schauer über den Rücken. Er konnte nicht sagen, ob wegen der Kälte des Abends oder der Worte seiner Tochter. Beides war möglich. Er strich sich mit dem Daumen und Zeigefinger der rechten Hand über den Schnurrbart.

»Lass uns reingehen«, schlug er vor.

Während sie die Tür hinter ihnen schloss, blickte Vincenzo auf die gerahmte Zeichnung an der Wand. Giulia hatte sie wenige Wochen vor ihrem Tod aus Indien geschickt, für Giovanna, ohne ein Wort der Erklärung. Seine Tochter trat neben ihn, und sie betrachteten das Bild gemeinsam.

»Warum sind die beiden damals aus Italien weggegangen?«, fragte sie.

»Hat er es dir nicht gesagt?«

Sie schüttelte den Kopf.

»Dann sollte ich es auch nicht tun. Es wäre nicht richtig.«

»Du hast recht. Ich werde Paolo selbst fragen.«

Vincenzo warf ihr einen erstaunten Blick zu.

»Wirst du ihn denn wiedersehen?«

»Ich werde ihn bald besuchen.«

»In Rom?«

Sie straffte die Schultern. Früher oder später musste es ohnehin heraus: »Nein, in Asien.«

Vincenzos Gesicht zeigte keine Regung. Ohne ein Wort stand er auf und verließ das Zimmer. Nach kurzer Zeit kam er mit einem glimmenden Zigarillo zurück. Er setzte sich auf das Sofa und nahm einen tiefen Zug.

»Mamma wird böse sein, wenn du im Haus rauchst.«

»Gut möglich«, räumte er ein. »Und sie wird außer sich sein, wenn sie von deinen Plänen erfährt.«

»Warum hasst Mamma ihn so?«

Vincenzo sah sich suchend um. In einem Regal fand er einen Aschenbecher aus Messing und stellte ihn vor sich auf den Tisch. Seine Finger strichen über das blanke Metall.

»Paolo steht für das Fremde, Unberechenbare, das deine

Mutter fürchtet. Indem sie ihn für Giulias Tod verantwortlich macht, nimmt sie die Schuld von ihrer Familie.«

»Welche Schuld? Wovon sprichst du?«

Wie immer, wenn es um Giulia ging, wartete Giovanna vergebens auf eine Antwort ihres Vaters.

»Du wirst auf keinen Fall fahren«, schrie Carla, und ihre Augen funkelten vor Wut. Giovanna war schockiert. Sie hatte noch nie erlebt, dass ihre Mutter die Beherrschung verlor. Carla Morosini war das Musterbeispiel einer venezianischen Dame, die sich jederzeit unter Kontrolle hatte. Bis jetzt zumindest. Giulia war der eine wunde Punkt in ihrem Leben. Obwohl Carla sieben Jahre älter war, hatte sie ihrer Schwester einmal sehr ähnlich gesehen, doch die Zeit hatte eine hagere Kälte über ihre Schönheit gelegt. Ihr Mund zeigte tiefe Spuren von Trauer und Enttäuschung.

»Es ist wichtig für mich«, beharrte Giovanna.

»Ich verbiete es dir!«

»Mamma, bitte. Ich bin fünfundzwanzig Jahre alt und brauche deine Erlaubnis nicht.«

»Er wird dich ins Unglück stürzen, genau wie meine Schwester! Dieser Mann ist ein Herumtreiber und Taugenichts. Einer, der Probleme schafft, vor denen er dann davonläuft. Der denkbar schlechteste Einfluss für dich.«

»Übertreib nicht, Carla. Giulia hat ihn bestimmt mehr beeinflusst als er sie«, sagte Vincenzo.

»Giulia bedurfte auch keines schlechten Einflusses mehr.«

»Wie war sie?«, fragte Giovanna, eine Chance witternd.

»Giulia? Sie war verantwortungslos, geltungssüchtig, launisch, verwöhnt und immer auf Streit aus. Reicht dir das fürs Erste?«, schnaubte Carla.

Giovanna war entsetzt, wie bitter die Stimme ihrer Mutter klang. Sie begann zu ahnen, wie schlecht das Verhältnis der beiden Schwestern gewesen sein musste.

»In Rom haben viele Leute sie geliebt und geschätzt.«

»Alle liebten Giulia. Sie wusste, wie man sich einschmeichelt. Die Rebellen werden immer mehr geliebt als die Vernünftigen, das habe ich gelernt.«

Ihr Mund wurde zu einem schmalen Strich, und sie wich Giovannas überraschtem Blick aus. Schon bereute Carla, dass sie vor ihrer Tochter aus der Haut gefahren war.

»Entschuldigt mich bitte.«

Sie stand auf und ließ Vater und Tochter verstört in dem großen, an die Kulisse für ein Theaterstück des achtzehnten Jahrhunderts erinnernden Saal zurück. Vincenzo schüttelte resigniert den Kopf.

»Deine Mutter hat immer im Schatten ihrer Schwester gestanden. Sie hat sich bemüht, den Erwartungen ihrer Eltern gerecht zu werden und ihre Liebe zu gewinnen, aber gegen Giulia hatte sie nie eine Chance. Es war schwer für sie.«

Giovanna sah auf ihre Hände.

»Ich werde trotzdem fahren.«

* * *

Die Maschine befand sich im Sinkflug. Das blaue Meer wich dem endlosen Grün der Ölpalmen, und bald darauf waren sie in Sepang gelandet, dem größten und modernsten Flughafen Südostasiens, eine Busstunde von Kuala Lumpur entfernt. Paul verließ die futuristische Ankunftshalle und sog genüsslich die weiche Luft des frühen tropischen Morgens ein. Er war wieder zu Hause.

Ein Taxi brachte ihn zum Pudu Raya, dem Busbahnhof im Zentrum der malaysischen Hauptstadt. Paul hatte das Ticket für den Inlandsflug nach Penang in der Tasche, beschloss aber, es verfallen zu lassen. Er fand die Vorstellung reizvoller, den letzten Abschnitt seiner Heimreise auf dem Landweg zurückzulegen, um langsamer von einer Welt in die andere hinüberzugleiten.

Wenig später saß er bequem in einem klimatisierten Bus und fuhr auf einer mehrspurigen Autobahn die Westküste hinauf. Entlang der Straße wechselten sich Städte und Dörfer ab, aber geprägt war die Szenerie vom überbordenden Grün der Natur. Die unbändige, sinnliche Fruchtbarkeit des Landes weckte ein tiefes Glücksgefühl in Paul. Vom Stadtstaat Singapur abgesehen war Malaysia das am weitesten entwickelte Land der Region, und in der Ebene war jeder Fußbreit Boden von Menschenhand kultiviert. Gleich hinter den Bergen am östlichen Horizont aber dehnte sich der älteste Urwald der Welt, wo noch Tiger und wilde Elefanten durch den Dschungel streiften.

In Butterworth stieg er aus und setzte mit einer der vielen in kurzem Abstand pendelnden Fähren nach Penang über. Eine halbe Stunde später stand er schwitzend vor Xue Lians Haus. Nachdem er kalt geduscht hatte, beschloss er, sich etwas auszuruhen, bis sie aus der Galerie kam. Er legte sich aufs Bett und genoss den kühlenden Luftzug des Ventilators.

Paul war schon fast am Einschlafen, als seine Gedanken noch einmal nach Rom zurückkehrten, zu Giovanna. Es war das Schicksal gewesen, ein Wink des Himmels, der sie zusammengeführt hatte, und nun lag es an ihm, das Beste daraus zu machen. Sie wollte mehr über Giulia erfahren, und dabei würde er ihr gern behilflich sein. Er konnte nicht begreifen, warum Vincenzo und Carla eisern zu allem schwiegen, was damals passiert war. Es war schlimm gewesen, aber keine Schande.

Am besten nahm er Giovanna mit nach Burma, wo es heute noch aussah wie in Thailand vor zwanzig Jahren, entschied er. Dort würde sie nachvollziehen können, auf welche Art Giulia und er gereist waren und welche Eindrücke ihre Tante geformt hatten. Vielleicht würde es auch ihm helfen, noch einmal in die Vergangenheit einzutauchen, oder war es doch ein Fehler? Xue Lian würde es nicht gefallen, so viel war klar, doch sie brauchte sich keine Sorgen zu machen. Giovanna war eine attraktive junge Frau, konnte sich aber keinesfalls mit ihr messen. Außerdem würde er Abstand halten, sich im Zweifelsfall kühl und distanziert geben, nahm er sich vor.

Sein letzter Gedanke galt Giovannas Absicht, später über seine Arbeit zu schreiben. Eigentlich hasste er jede Form von Rummel um seine Person, doch wenn es ihrer Karriere half, würde er ihr den Gefallen tun und für sie eine Ausnahme machen. Das und viel mehr war er ihrer Tante schuldig.

Es war schon dunkel, als Xue Lian nach Hause kam. Da im Bungalow kein Licht brannte, nahm sie an, dass Paul schlief, und schlich ins Schlafzimmer, wo sie ihn gleichmäßig atmend auf dem Bett vorfand. Leise zog sie Pumps, Bluse und Hose aus. Sobald ihre Augen sich an die Dunkelheit gewöhnt hatten, legte sie sich vorsichtig neben ihn.

Xue Lian liebte es, über Pauls Schlaf zu wachen. Sie empfand es als Symbol des Vertrauens und ihrer tiefer Verbundenheit. Ein Lächeln huschte über ihr Gesicht, als sie darüber nachdachte, wie sich aus blinder Verliebtheit und sexueller Anziehung eine verlässliche Liebesbeziehung entwickelt hatte. Paul war ein interessanter Mann, der vieles gesehen und zu den meisten Dingen eine Meinung hatte, trotzdem nahm er sie ernst und ließ sich von ihr überzeugen, wenn sie die besseren Argumente hatte. Außerdem hatte er Humor. Er brachte sie oft zum Lachen, vor allem, wenn er mit Joe zusammen war. Soo Sans Mann und Paul hatten sich vom ersten Moment an blendend verstanden und waren enge Freunde geworden, auch wenn Joe berufsbedingt nur selten in Penang war.

Paul stöhnte unruhig im Schlaf und drehte sich auf die Seite. Xue Lian fand, dass es Zeit war, ihn zu wecken, und schmiegte sich an ihn. Als sie ihn unterhalb des Ohrs küsste, zuckte er zusammen und blinzelte. Noch im Halbschlaf legte er seine Arme um sie.

»Wie schön, wieder zu Hause zu sein«, murmelte er.

»Ich gehe schnell duschen«, flüsterte sie in sein Ohr.

»Bleib hier. Ich habe so lange gewartet. Duschen kannst du später noch.«

Xue Lian wollte protestieren, aber als er sie fest an sich zog, gab sie ohne weiteren Widerstand nach.

Nachdem Paul das Geschirr abgewaschen hatte, nahm er zwei Flaschen Bier aus dem Kühlschrank und setzte sich zu Xue Lian auf die Veranda. Er streckte seine Beine aus und sah zu, wie die Geckos um die Lampe herum an der Hauswand lauerten und winzige Insekten jagten.

»Erzähl mir, wie es in Rom war.«

»Seltsam. Schön und voller Erinnerungen, und trotzdem habe ich mich fremd gefühlt. Rom ist unendlich weit von meinem jetzigen Leben entfernt.«

»Und Luca?«

»Mit Luca habe ich mich prima verstanden, wie früher. Auch Monica hat mir gefallen. Sie passt gut zu ihm.«

»Ich freue mich darauf, die beiden kennenzulernen.«

Paul trank von seinem Bier.

»Die Ausstellung war ein voller Erfolg. Die Presse hat meine Bilder gefeiert.«

»Selbst hier haben die Zeitungen darüber geschrieben.«

Er schlug mit lautem Klatschen eine Mücke tot, die ihn in den Arm gestochen hatte. »Scheißviecher«, fluchte er.

Xue Lian vermisste seine übliche Gelassenheit und fragte sich nach dem Grund seiner Unruhe. Paul war verstört; in Rom musste etwas passiert sein. Sie ging ins Haus, um noch eine zweite Räucherspirale gegen die Moskitos zu holen.

»Hast du Bilder verkauft?«, fragte sie, als sie zurück auf der Veranda war.

»O ja. Erinnerst du dich an das gelbe Bild?«

»Die *Mädchen aus Mandalay*?«

»Genau. Vor der Ausstellung hat Percy gewettet, dass es bis

Ende der Woche verkauft sein würde. Am zweiten Tag war es weg.«

»Wer hat es gekauft?«

»Ein Japaner, von dem ich noch nie gehört hatte.«

»Zum vollen Preis?«

»Dreihunderttausend«, bestätigte er.

Sie nickte anerkennend.

»Dann ist noch etwas Merkwürdiges passiert. Ich habe Giulias Nichte getroffen. Sie kam zur Vernissage.«

Xue Lian war überrascht, da er nie erwähnt hatte, dass Giulia eine Nichte hatte.

»Ihr Name ist Giovanna, und ihre Ähnlichkeit mit Giulia ist verblüffend.«

Mit leiser Besorgnis hörte sie zu, als er von der Begegnung in der Galerie und dem Abend bei Anna erzählte. War diese Giovanna der Grund für Pauls merkwürdige Unruhe?

»Du musst sehr überrascht gewesen sein.«

»Es hat mich ziemlich mitgenommen. Auf einmal kam alles wieder hoch.«

Sie leerte ihr Bier und sah in die Dunkelheit.

»Du kannst nicht ewig davonlaufen. Mir wäre es jedenfalls lieber, wenn im Kopf meines Ehemanns nicht ständig eine andere Frau herumspuken würde. Selbst wenn sie seit zwanzig Jahren tot ist.«

Ihre Augen spiegelten Unverständnis. Sie hatte nicht den Eindruck, dass Pauls Aufenthalt in Rom ihnen weitergeholfen hatte.

»Da ist noch etwas«, sagte er.

Sein Zögern verriet ihr, dass er etwas Wichtiges zu sagen hatte. Bevor er weitersprach, stand er auf und ging in die Küche, um noch zwei Flaschen Bier zu holen.

»Also?«, fragte sie, als er sich wieder gesetzt hatte.

»Ich werde mit Giovanna nach Burma fahren«, sagte er, ohne sie dabei anzusehen.

Obwohl Xue Lian am liebsten laut aufgeschrien hätte, zeigte sie nicht die leiseste Regung. Betont gleichgültig griff sie nach der Flasche auf dem Tisch. Ihre Würde forderte, dass sie ihre Enttäuschung vor Paul verbarg. Er konnte auch allein darauf kommen, was er ihr damit antat.

»Wann?«, fragte sie.

»Anfang Mai.«

»Wie lange?«

»Vier Wochen.«

Sie nahm einen Schluck und stellte die Flasche zurück. Paul wartete beklommen auf eine Reaktion, während sie zwei um ihre winzige Beute streitende Geckos beobachtete. Einer verlor den Halt und stürzte zu Boden. Nach kurzer Benommenheit lief er die Wand hinauf, um zurück zur Lampe zu gelangen. Paul ertrug ihr Schweigen nicht länger.

»Bist du sauer?«

»Dumme Frage. Natürlich bin ich sauer.«

Ihre Stimme war leise, und sie mied seinen Blick. Mit einer ungeduldigen Bewegung strich sie sich eine Haarsträhne aus dem Gesicht.

»Vor zehn Tagen machst du mir einen Heiratsantrag, und jetzt willst du mit der Doppelgängerin deiner großen Liebe einen Monat lang durch die Weltgeschichte reisen«, brach es gegen ihren Willen aus ihr heraus. »Was erwartest du von mir? Freude? Verständnis?«

»Verständnis, ja. Du wolltest doch immer, dass ich die Sache abschließe.«

»Ist dir klar, was du mir antust? Warum lässt du mich vor unserer Hochzeit für eine andere Frau allein?«

Xue Lian musste alle Kraft aufbieten, um nicht die Beherrschung zu verlieren. Sie verspürte den unbändigen Drang, Paul ins Gesicht zu schlagen, aber diesen Gefallen würde sie ihm niemals tun. Hinter ihrer rotglühenden Wut verbarg sich eine noch viel stärkere Bitterkeit.

»Ich glaube, dass es für uns beide und unsere Beziehung gut ist.«

Aus seiner Unsicherheit klang Trotz heraus. Xue Lian schüttelte den Kopf.

»Du spielst mit dem Feuer. Sie ist nicht irgendeine Frau.«

»Ich werde Abstand zu ihr halten. Vertrau mir.«

»Findest du sie schön?«

»Du brauchst nicht eifersüchtig zu sein.«

»Findest du sie schön?«, beharrte sie.

Als Paul sich eine Zigarette anzünden wollte, zerbrach das Streichholz. Verärgert warf er es auf den Tisch und nahm ein neues aus der Schachtel.

»Was spielt es für eine Rolle, ob Giovanna schön ist oder nicht?«

»Tu mir einen Gefallen: Du kannst Geheimnisse vor mir haben, das macht mir nichts aus. Aber lüg mich bitte niemals an.«

»Ja, ich finde sie schön«, gab er widerwillig zu.

Er pustete das Hölzchen aus und zog an der Zigarette. Die Glut leuchtete im Dunkeln auf.

»Du wirst mit ihr schlafen.«

»Warum sollte ich mit ihr schlafen, wenn ich dich habe? Keine andere Frau kann mir geben, was du mir gibst.«

»Sie hat zwei Dinge, die ich nicht habe. Erstens ist sie Europäerin und zweitens ein Teil deiner Vergangenheit.«

»Eine Europäerin ist doch nichts Besseres.«

»Das habe ich auch nicht gesagt. Nur dass sie anders ist als ich, und das ist eine Tatsache.«

Nervös spielte Paul mit der Streichholzschachtel in seiner Hand. Er war bedrückt und fragte sich erneut, ob er einen großen Fehler machte.

»Ich hasse es, mit dir zu streiten.«

»Das ist nichts Neues. Leider lässt es sich diesmal nicht vermeiden«, sagte sie kühl.

Xue Lian stand auf und ging ins Badezimmer. Als sie zurückkam, saß Paul in unveränderter Haltung am Tisch. Sie blieb hinter ihm stehen und legte ihre Hände auf seine Schultern. Ihr Ärger war tiefer Ratlosigkeit gewichen.

»Glaubst du noch an uns?«, fragte sie leise.

»Ich liebe dich, und daran wird sich nichts ändern. Du bist mein Leben.«

Sie ließ ihn los und setzte sich auf ihren Stuhl. Dann griff sie über den Tisch und nahm eine von seinen Kretek, die sie sich selbst anzündete. Xue Lian zog an der Zigarette, legte den Kopf in den Nacken und blies den Rauch in die Dunkelheit.

»Du musst tun, was du tun musst. Ich kann es dir nicht verbieten. Versprich mir aber, dass du sie zum Abschluss der Reise hierher bringst. Ich will sie sehen, das ist meine Bedingung.«

Paul war erstaunt, sah aber keinen Grund, ihre Forderung abzulehnen.

»Gut. Wenn du willst, komme ich mit ihr nach Penang.«

»Abgemacht. Trotzdem habe ich ein schlechtes Gefühl bei der Sache.«

»Das brauchst du nicht. Alles wird gut.«

Xue Lian beugte sich vor und sah ihm forschend in die Augen. In der Dunkelheit gelang es ihr nicht, darin zu lesen.

»Eins darfst du nicht vergessen: Ich bin kein Opferlämmchen, das alles mit sich machen lässt.«

Ihr Tonfall zeigte, wie ernst ihre Drohung gemeint war. Ihr Stolz hatte die Oberhand gewonnen.

»Wirst du noch hier sein, wenn ich zurückkomme?«, fragte Paul kleinlaut.

»Wo soll ich sonst sein?«, fragte sie und schnippte ihre Zigarette in den Garten. »Die Frage ist doch, ob du dann noch hier sein wirst.«

* * *

Der Himmel in Venedig war von traurigem Grau, und es fiel ein feiner Nieselregen. Giovanna ging an Bord eines Vaporetto der Linie 1 und setzte sich trotz des ungemütlichen Wetters auf einen der ungeschützten Plätze am Bug des Linienboots. In der Seitentasche ihres Regenmantels hielt sie das Flugticket nach Bangkok in ihrer Hand. Sie versuchte vergeblich, sich tropische Hitze, Palmen und die Gerüche Thailands vorzustellen.

An der Haltestelle Accademia stieg sie aus. Zügig ging sie durch verwinkelte Gassen und über mehrere bucklige Brücken zum Palazzo. Ein Tourist würde sich im Gewirr der Gassen unweigerlich verlaufen, aber Giovanna hätte den Weg mit verbundenen Augen gefunden. Zu Hause angekommen, hängte sie den Mantel an die Garderobe, zog ihre Stiefel aus und ging ins Badezimmer, um heißes Wasser in die Wanne einzulassen.

In ihrem Zimmer sah sie sich noch einmal das Ticket an und kontrollierte zum fünften Mal die Flugdaten, bevor sie es in eine Schublade ihres Schreibtisches legte: nur ein bedrucktes Stück Papier, aber gleichzeitig das Versprechen des ersten Abenteuers in ihrem bisher so geordneten Leben.

Sie zog sich aus und schlüpfte in einen Bademantel. Mit dem am Vortag gekauften Reiseführer in der Hand ging sie zurück ins Bad und ließ sich in das warme schaumige Wasser gleiten. Als sie zwanzig Seiten gelesen hatte, rief eine Stimme ihren Namen.

»Ich bin in der Badewanne, Mamma«, antwortete sie.

»Wir wollen in einer halben Stunde essen. Bist du dann fertig?«, rief Carla aus dem Erdgeschoss hoch.

»Ja. Ich wasche mir nur schnell noch die Haare.«

Sie legte das Buch beiseite und ließ sich ins Wasser sinken, bis nur noch Mund, Nase und Augen daraus hervorschauten.

Auf dem Tisch standen eine Schüssel mit gemischtem Salat, eine Platte mit Involtini und gedünstetes Gemüse. Ihre Eltern saßen bereits, als Giovanna ins Esszimmer kam. Carla füllte ihnen auf, nahm für sich selbst aber nur Salat, den sie mit Essig und einem Spritzer Olivenöl anmachte.

»Du erinnerst dich sicher noch an unser Gespräch über deine Asienpläne?«, fragte sie.

Giovanna nickte, während sie ein Stück Roulade auf die Gabel spießte.

»Hast du immer noch vor zu fahren?«

»Ja. Ich habe heute das Flugticket abgeholt.«

»Woher hast du das Geld?«, fragte Carla und warf ihrem Mann einen misstrauischen Blick zu.

»Ich habe es von dem Geld bezahlt, das Nonno mir vererbt hat.«

Carla sah ihre Tochter ungläubig an.

»Du hast Nerven.«

»Warum?«

»Weil mein armer Vater Paul Handewitt noch an seinem Todestag verflucht hat. Er würde sich im Grab umdrehen, wenn er wüsste, dass du sein Geld ausgibst, um diesen Mann zu treffen.«

»Woher hätte ich das wissen sollen?«, fragte Giovanna und sah ihre Mutter betroffen an. »Ihr habt schließlich nie mit mir darüber gesprochen.«

»Es waren schwierige Zeiten, und wir sollten diese alten Geschichten ruhen lassen. Glaub mir, es ist besser, wenn du nicht fliegst.«

Carla war um einen sachlichen Ton bemüht, auch wenn es ihr offensichtlich nicht leichtfiel. Giovanna sah zu ihrem scheinbar in seine Mahlzeit vertieften Vater.

»Wie denkst du darüber, Papà?«

Vincenzo legte Messer und Gabel bedächtig auf den Teller und wischte seinen Mund mit einer Stoffserviette ab. Er studierte aufmerksam das Wappen auf dem Tuch, bevor er erst seine Frau und dann seine Tochter ansah.

»Weshalb willst du nach Asien? Was steckt dahinter? Geht es um deine Karriere, um Giulia oder um Paolo?«, fragte er.

Carla sah gespannt zwischen den beiden hin und her. Sie musste anerkennen, dass Vincenzo die richtigen Fragen stellte, wie es sich für einen Anwalt gehörte.

»Nach jahrelangem Studium habe ich die Möglichkeit, vier Wochen mit einem der berühmtesten Künstler unserer Zeit zu verbringen und ihm bei der Arbeit zuzusehen. Und dann ausgerechnet Paul Handewitt, dem großen Unbekannten. Was für eine einmalige Chance! Versteht ihr nicht, welche Möglichkeiten sich daraus ergeben könnten?«

»Es geht dir also ausschließlich um die Kunst?«, fragte Carla zweifelnd.

»Nein, durchaus nicht.« Sie wollte ehrlich sein mit ihren Eltern. »Zufällig war dieser Mann auch noch der Freund meiner Tante Giulia, über die ich endlich mehr erfahren möchte. Was ich über sie gehört habe, passt nicht in dieses Haus und zu dieser Familie. Könnt ihr nicht nachvollziehen, dass ich neugierig bin? Seit ich aus Rom zurück bin, schaue ich jeden Tag auf das Bild in meinem Zimmer und frage mich, wem dieses Gesicht gehörte. Ich möchte sehen, was sie gesehen hat. Ich möchte sie verstehen.«

Carla schob den Teller von sich, um zu zeigen, dass ihr der Appetit vergangen war. Vincenzo stand auf und ging zu einem Schränkchen, aus dem er einen Zigarillo nahm.

»Stört es dich, wenn ich rauche, Carla?«

Seine Frau schüttelte ungehalten den Kopf, ganz auf Giovanna und ihren Ärger konzentriert.

»Warum tust du uns das an? Fahr nicht. Ich bitte dich darum«, sagte sie.

»Es ist zu spät. Ich habe mich entschieden.«

Tränen schossen in Carlas Augen, und sie zerknüllte ihre Serviette, mehr als enttäuscht von ihrer Tochter.

»Du bist genau wie Giulia!«, spuckte sie. »Rücksichtslos und egoistisch.«

»Es reicht, Carla. Lass uns bitte sachlich bleiben«, sagte Vincenzo.

Giovanna war blass geworden.

»Hat es auch mit Paolo als Person zu tun?«, fragte ihr Vater.

»Ja, auch. Ich finde ihn interessant.«

»Er ist ein Rattenfänger!«, warf Carla ein. »Du hast dich doch nicht etwa in ihn verliebt?«

»Natürlich nicht. Ich kenne ihn doch kaum«, sagte Giovanna und wurde gegen ihren Willen rot.

Vincenzo drückte ihre Schulter und stand auf, um eine Flasche Brunello und drei Gläser zu holen. Fachmännisch entkorkte er die Flasche und schenkte den edlen Rotwein ein. Nun zündete er auch den Zigarillo an und blies einen weißen Ring aus Rauch in die Luft. Giovanna entspannte sich ein wenig.

»Ihr müsst zugeben, dass mein Leben bisher äußerst geradlinig verlaufen ist: Schule, Studium, Diplom mit Auszeichnung. Keine besonderen Vorkommnisse. Immer war ich brav und habe meine Pflicht getan, ohne aus der Reihe zu tanzen. Das ist mir zu langweilig. Ich will mehr.«

»Ach ja? Und ein Jahr in London zu studieren ist wohl gar nichts?«, fragte Carla aufgebracht.

»Doch, London war schön, aber darum geht es mir nicht. Ich rede von etwas anderem: Bangkok, Rangun, Mandalay, Penang. Allein der exotische Klang dieser Namen macht mir eine Gänsehaut, und nun darf ich sie bald mit eigenen Augen sehen. Paolo bietet mir die Möglichkeit, einmal auszubrechen und ein Abenteuer zu erleben.«

»Denk daran, wie dieses Abenteuer für Giulia verlaufen ist«, sagte Carla. »Der Mensch sollte bleiben, wo er hingehört.«

»Ich habe keine Wahl, ich muss fahren. Nicht alle Menschen sind so engstirnig wie du und glauben, dass die Welt am Lido endet«, sagte sie trotzig.

»Dann kann ich nur hoffen, dass es mit dir ein besseres Ende nehmen wird.«

Carla ließ ihr Weinglas unberührt und stand auf. Mit gepresster Stimme wünschte sie eine gute Nacht und verließ das Zimmer, ohne sich umzusehen.

»War das nötig?«, fragte ihr Vater.

»Eigentlich nicht, es ist mir so herausgerutscht.«

Vincenzo nickte und stieß mit ihr an.

»Wohin fahrt ihr überhaupt?«

»Ich fliege nach Bangkok. Von dort wollen wir nach Burma und zum Abschluss nach Malaysia, wo Paolo lebt. Von da aus fliege ich dann zurück nach Italien. Klingt doch spannend, oder?«

4

Ankunft im Orient

Giovanna sah aus dem Fenster, als sie die burmesisch-thailändische Grenze überflogen. Aus dem Dunst des frühen Morgens ragten die Gipfel einer dichtbewaldeten Bergkette, doch schon wenig später dehnte sich eine endlose Ebene grüner Reisfelder unter ihr. Die Maschine verlor an Höhe, und sie erkannte eine große, von einem Fluss in zwei ungleiche Hälften geteilte Stadt. Kurz darauf landete das Flugzeug, und eine der zierlichen Stewardessen schenkte ihr zum Abschied ein Lächeln und eine Orchidee. Willkommen in Asien, dachte Giovanna.

Ein Beamter prüfte ihren Reisepass, stempelte das Visum hinein und winkte sie weiter. Der ungewohnte Rucksack hing schwer an ihrem Rücken, als sie in die Ankunftshalle trat. Sie sah Paul sofort, da er die meisten Asiaten um ein gutes Stück überragte. Er legte die Handflächen aneinander und beugte seinen Kopf.

»*Sawatdee khrap.* Willkommen in der Stadt der Engel.«

Er trug Sandalen, eine helle Baumwollhose und ein blaues Hemd aus grobem Leinen, von seiner Schulter hing eine gewebte Stofftasche mit bunten Mustern. Giovanna fiel ihm spontan um den Hals.

»Es ist nicht zu fassen: Ich bin in Thailand.«

»Freust du dich?«

»Und wie! Du glaubst nicht, wie aufgeregt ich in den letzten Tagen war.«

»Komm, wir fahren ins Guesthouse.«

Sie verließen die klimatisierte Halle, und Giovanna schlug eine feuchte, für die frühe Stunde unerwartet warme Luft entgegen. Paul nahm ihr den Rucksack ab, um ihn in den Kofferraum des gelb und blau lackierten Taxis zu heben. Er war schwer.

»Meine Güte! Was ist denn da alles drin?«

»Nur das Nötigste«, lächelte Giovanna.

»Das werden wir noch sehen«, sagte er skeptisch.

Sie stieg in das Taxi, ohne auf seine Bemerkung einzugehen. Zwanzig Minuten später verließen sie die Schnellstraße und fädelten sich in den dichten Verkehr einer breiten, von nüchternen Betonbauten gesäumten Straße ein. Giovanna klammerte sich am Vordersitz fest, als der Fahrer wild die Spuren wechselte, ohne vom Gas zu gehen. Mehrmals verfehlten sie andere Fahrzeuge nur um Haaresbreite, und als der Wagen in einer engen Seitenstraße hielt, dankte Giovanna Gott, dass sie heil angekommen war. Sie war aus Italien einiges gewohnt, aber der Verkehr in Bangkok war der reine Irrsinn. Paul bezahlte den Fahrer, und sie betraten ein unscheinbares fünfstöckiges Haus.

Giovanna sah sich verwundert um. Die Rezeption war ein schlauchförmiger, mit allerlei Gerümpel zugestellter Raum, an dessen Wänden Poster des thailändischen Königs hingen. Auf einer Holzbank saß eine Frau mit ihrer kleinen Tochter und starrte gebannt auf einen Fernseher, im Hintergrund lag eine weitere Frau auf einer Pritsche und schlief leise schnarchend. Trotz der Hitze war sie voll bekleidet. Als die Frau auf der Bank Giovanna und Paul bemerkte, erhob sie sich mit einem Gruß und schlurfte hinter den Empfangstresen. Sie zerrte an einer Schublade, bis sie sich mit einem widerspenstigen Knarren öffnete, und nahm ein riesiges Gästebuch heraus. Nachdem Giovanna ihren Namen und ihre Passnummer eingetragen hatte, reichte die Frau ihr einen Schlüssel und kehrte zurück in die

Fernsehwelt der Schönen und Reichen. Paul hatte offenbar im Voraus bezahlt.

»Unsere Zimmer sind im fünften Stock«, sagte er. »Einen Fahrstuhl gibt es leider nicht.«

»Damit habe ich irgendwie gerechnet.«

Als sie ihre Handtasche nahm und die Treppe hochsteigen wollte, hielt Paul sie zurück.

»Du musst die Schuhe ausziehen«, sagte er und zeigte auf ein Regal am Treppenansatz. »Da drüben kannst du sie abstellen.«

Giovanna fand die Vorstellung unappetitlich, in einem fremden Haus barfuß herumzulaufen, aber sie war erst eine Stunde im Land und nicht in der Position, seine Sitten und Gebräuche zu hinterfragen. Als sie die teuren Schuhe ins Regal stellte, wirkten sie zwischen den Sandalen und abgewetzten Wanderstiefeln der anderen Gäste verloren wie Rosen in einem Beet voller Stiefmütterchen.

Paul nahm ihren Rucksack und ging voran. Die Steinstufen waren glatt, und Giovanna kam auf ihren Strümpfen mehrfach ins Rutschen. Im fünften Stock bogen sie in einen Gang mit schmuddeligen, ehemals weißen Wänden. Paul schloss ihr Zimmer auf und ließ sie eintreten. Der Raum war so klein, dass er von dem breiten Bett fast ausgefüllt wurde. Die einzigen Möbelstücke waren zwei niedrige Hocker und eine Holzplatte, unter die jemand vier Beine geschraubt hatte; den Schrank ersetzten zwei Haken an der Wand, von denen einer abgebrochen war. Bezaubernd, dachte Giovanna missmutig.

Als Paul die Balkontür öffnete, wurde das Zimmer von hellem Sonnenschein durchflutet, was aber nicht ausreichte, um ihren Eindruck entscheidend zu verbessern. Sie legte ihre Handtasche auf das Holzbrett und sah ins Bad, einer winzigen, vom Raum abgeteilten Ecke mit einer Hocktoilette. Der Duschkopf befand sich genau darüber. Giovanna setzte sich auf das Bett und schüttelte ungläubig den Kopf.

»Das ist doch nicht dein Ernst, oder?«

»Was?«

»Dieses Loch hier. Es ist klaustrophobisch eng, dreckig und brütend heiß.«

»Es ist klein und ein bisschen abgewohnt, aber nicht dreckig. Und gegen die Hitze gibt es den Deckenventilator.«

»Warum müssen wir ausgerechnet hier wohnen? Sind die anständigen Hotels zu teuer?«

»Ich habe dich gewarnt«, sagte er mitleidslos. »Schließlich sollst du Asien erleben und dich nicht in Luxushotels mit Klimaanlage, Perserteppichen und Zimmerservice vor der Realität verstecken. Wenn du mit mir reisen willst, wirst du für eine Weile auf Bequemlichkeiten verzichten müssen.«

»Den Eindruck habe ich auch langsam«, meinte sie resigniert. »Geh jetzt bitte, damit ich duschen kann.«

Giovanna konnte die Hitze kaum aushalten, obwohl es noch früh am Vormittag war, als sie eine Stunde später die Dachterrasse betrat. Die hohe Luftfeuchtigkeit machte ihr zu schaffen, und es beruhigte sie, dass Paul auch schwitzte. Er saß im Schatten und las den Sportteil der *Bangkok Post.*

»Wie warm wird es noch werden?«, fragte sie.

»An die vierzig Grad. Es ist die heißeste Jahreszeit, direkt vor dem Monsun.«

Sie lehnte sich ans Geländer und sah auf die Glasfassaden der Hochhäuser. Bangkok war wesentlich moderner, als sie es sich vorgestellt hatte. Selbst an diesem vergleichsweise ruhigen Ort erreichte sie der Lärm von Sirenen, Mopeds und Autohupen. Darunter lag ein nie nachlassendes Grundrauschen: die Schritte und das Wispern von Millionen Menschen. Bangkoks vibrierende Energie war ansteckend. Giovanna spürte ein Kribbeln in ihren Nervenenden und konnte es nicht abwarten, sich kopfüber in die orientalische Metropole zu stürzen. In ihrem Kopf drehte sich ein Wirbel von Bildern, die sie im Fernsehen und in Zeitschriften gesehen hatte: Tempel, bunte Märkte und zarte mandeläugige Frauen. Sie setzte sich zu Paul und nahm einen Schluck aus seiner Wasserflasche.

»Was haben wir heute vor?«

»Wir müssen das Visum für Burma beantragen. Danach kannst du schlafen. Neue Kleider für dich kaufen wir morgen.«

Giovanna sah an sich herab und fragte sich, was an der kurzärmeligen weißen Bluse und dem hellblauen Minirock falsch war. Um keinen neuen Streit zu provozieren, hielt sie den Mund. Schließlich war sie mit dem festen Entschluss nach Asien gekommen, sich mit Haut und Haaren auf Paul einzulassen. Sie wollte nicht nur den berühmten Maler kennenlernen und bei seiner Arbeit beobachten, sondern auch den Menschen entdecken, der sich dahinter verbarg.

Nachdem sie die Anträge für ihre Visa abgegeben hatten, verließen sie das Gebäude der burmesischen Botschaft und standen an der abgasverpesteten Thanon Sathorn, einer von Bangkoks Hauptverkehrsadern.

»Möchtest du dich jetzt ausruhen?«, fragte Paul.

»Dazu bin ich viel zu aufgeregt«, gestand Giovanna. »Können wir eine Bootsfahrt auf dem Fluss machen? Ich habe einmal im Fernsehen gesehen, dass es eine Art Wasserbus gibt, wie die Vaporetti in Venedig.«

»Die gibt es, allerdings ist es noch ein ganzes Stück bis zum Chao Phraya. Wollen wir ein Taxi nehmen, oder traust du dich, mit einem Tuk-Tuk zu fahren?«

»Natürlich traue ich mich.«

Sie bereute ihre Worte jedoch schnell, als Paul ein dreirädriges offenes Gefährt anhielt, in dem der Fahrer wie auf einem Motorrad saß. Sie quetschten sich hinter ihm auf eine Holzbank und hielten sich so gut es ging fest, während der Thai seinen ohrenbetäubend knatternden Zweitakter mit Todesverachtung durch den dichten Verkehr steuerte. Beim viel zu schnellen Abbiegen in die Thanon Charoen Krung fürchtete Giovanna mitsamt dem Vehikel umzukippen, worauf Paul ihr treuherzig versicherte, dass solche Unfälle durchaus vorkämen.

Sie stiegen in der Nähe des Oriental aus, und Giovanna warf einen sehnsüchtigen Blick zu dem berühmten Luxushotel hinüber. Die Luft roch nach Fisch, Gewürzen, Frittierfett und faulenden Gemüseabfällen, als sie zwischen grob gezimmerten Marktständen hindurch zum Anleger gingen.

Der Ponton unter ihren Füßen schwankte sanft auf dem braunen Fluss, während sie mit einer Handvoll anderer Touristen und einer Gruppe kahlgeschorener Mönche in leuchtend orangefarbenen Gewändern auf das Boot warteten. Zwei Minuten später gesellte sich eine junge Thailänderin mit ihrer etwa achtjährigen Tochter in weiß-blauer Schuluniform zu ihnen auf den Anleger. Das Kind war ausgesprochen hübsch, und Giovanna konnte sich an dem weichen runden Gesicht und den großen Augen der Kleinen kaum sattsehen. Das Mädchen erwiderte den Blick, ohne zu blinzeln, dann stieß es seine Mutter an und wies mit dem Finger auf Giovanna.

»*Farang suay mak*«, sagte sie, woraufhin ihre Mutter und Paul lachen mussten.

»Was hat sie gesagt?«

»Sehr schöne Ausländerin«, übersetzte Paul.

»Oh! Wie kann ich mich bei ihr bedanken?«

»Du sagst: *Khawp khun kha.*«

Giovanna wiederholte die Worte in Richtung des Mädchens, das daraufhin seine Hände zu einem *Wai*, dem thailändischen Gruß, zusammenlegte.

»Da kommt das Boot«, sagte Paul.

Giovanna sah zu, wie es mit laut dröhnendem Motor auf den Wellen des breiten Flusses herantanzte: Auf dem schmalen, über zwanzig Meter langen Boot drängten sich mindestens hundertfünfzig Passagiere. Ein Helfer gab dem Steuermann mit einer Trillerpfeife Kommandos, und das Heck des Bootes schwang heran. Eine Traube Menschen strömte von Bord, die Wartenden sprangen auf, und schon hatte es wieder abgelegt. Während Paul die Fahrkarten bezahlte, versuchte Giovanna sich auf das Schaukeln des durch die Wellen pflügenden Bootes einzustellen. Diese wilde Jagd war etwas anderes als eine beschauliche Fahrt auf dem Canal Grande.

Zuerst säumten riesige Betontürme das Flussufer, weiter flussaufwärts wurden die Bauten flacher. Sie fuhren unter mehreren Brücken durch und kamen an windschiefen, auf Stelzen im Fluss stehenden Holzbaracken vorbei. Vor einer verfallenen Markthalle schwammen kleine Jungen im Wasser. Paul machte sie auf die Sehenswürdigkeiten entlang des Flusses aufmerksam, und Giovanna hoffte, dass ihnen genug Zeit blieb, die vielen Tempel zu besichtigen, bevor sie Bangkok verließen. Sie wollte so wenig wie möglich verpassen. Ausruhen konnte sie sich später, wenn sie wieder zu Hause war. Ohne nachzudenken, ergriff sie Pauls Hand und drückte sie fest.

»Ich danke dir«, sagte sie.

»Wofür?«

»Für das alles. Dafür, dass ich mit dir hier sein darf.«

An der Station Banglamphu verließen sie das Boot und setzten sich in ein Restaurant in der Nähe des Anlegers, mit Blick über den Fluss. Giovanna schlug die Speisekarte auf, konnte sich aber trotz der englischen Übersetzung nur wenig unter den Gerichten vorstellen.

»Es wird das Beste sein, wenn du für uns beide bestellst«, schlug sie vor.

»Verträgst du scharfes Essen?«

»Klar.«

Paul bestellte Rindfleischsalat, Kokosmilchsuppe mit Huhn, rotes Garnelencurry und Reis. Als die Teller und Schüsseln mit dem Essen auf den Tisch kamen, lief Giovanna das Wasser im Mund zusammen. Zu ihrer Erleichterung gab es keine Stäbchen, sondern Löffel. Sie hatte nie gelernt, mit Stäbchen zu essen, und wollte sich nicht vor Paul blamieren. Sie fühlte sich ohnehin schon unterlegen genug in diesem Land, dessen Kultur ihr fremd war und in dem er sich mit der Sicherheit eines Einheimischen bewegte.

»Was davon ist für mich?«, fragte sie.

»Wir essen beide von allem. Zuerst einen Löffel mit Reis, um die darin steckende Arbeit zu ehren.«

Das Ritual gefiel Giovanna, sie fand es poetisch. Nach dem Reis nahm sie einen Löffel von dem appetitlich aussehenden Rindfleisch. Die Schärfe trieb ihr Tränen in die Augen.

»*Madonna*, mein Mund brennt wie Feuer.«

»Iss Reis, dann wird es besser. Ich dachte, du verträgst scharfes Essen?«, lachte Paul.

»Scharf schon, aber dies tut weh.«

Schnell stopfte sie sich mehrere Löffel Reis in den Mund, während Paul das Rindfleisch aß, ohne mit der Wimper zu zucken. Giovanna fand sein Verhalten kindisch. Wenn er ihr damit imponieren wollte, hatte er sich geschnitten.

»Angeber«, murmelte sie.

»Manche Erfahrungen sind schmerzhaft.«

Sie ignorierte seine Worte.

»Das kannst du allein essen. Sind die anderen Sachen auch so scharf?«

»Nein. Versuche es einfach.«

Misstrauisch probierte sie von dem Curry. Es schmeckte ihr, obwohl auch seine Schärfe am Rande des Verträglichen war. Paul überließ ihr die *Tom Kha Gai*, eine halbwegs milde Suppe, die Giovanna ohne Schwierigkeiten essen konnte.

Nach dem Essen nahmen sie ein Taxi, um quer durch die Stadt zu ihrem Guesthouse zurückzukehren. Giovanna bestaunte ehrfürchtig den monumentalen Stau, der ganz Bangkok im Würgegriff hielt. Auf den Bürgersteigen herrschte der gleiche Betrieb wie auf den Straßen; sie fühlte sich in das Innere eines Ameisenhaufens versetzt, dessen Organisation und Regeln ihr unbekannt waren. Die Geschäftigkeit und das hohe Tempo dieser Stadt stellten alles in den Schatten, was sie jemals gesehen hatte.

»Wie hältst du es hier bloß aus?«, fragte sie.

»Mit asiatischem Gleichmut«, lachte er. »In zwanzig Jahren habe ich gelernt, die Dinge zu nehmen, wie sie sind.«

»In der Beziehung habe ich wohl noch einiges zu lernen«, seufzte Giovanna und schloss die Augen. Sie war erschöpft und freute sich über den klimatisierten Wagen, in dem sie der Hitze für eine Weile entrinnen konnte.

»Wach auf, wir sind da.«

Die Worte kamen von weit her. Giovanna war eingenickt und brauchte etwas Zeit, um zu begreifen, wo sie war. Wie betäubt stieg sie aus dem Auto.

»Ich muss mich jetzt hinlegen«, sagte sie.

»Ich klopfe um acht Uhr an deine Tür. Sonst wachst du mitten in der Nacht auf und bist hellwach.«

»In Ordnung. Bis nachher.«

Sobald sie in ihrem Zimmer war, zog Giovanna sich aus und ließ ihre durchgeschwitzte Kleidung auf den Boden fallen. Sie stellte den Ventilator an, legte sich aufs Bett und fiel umgehend in einen traumlosen Schlaf.

Das kalte Wasser erfrischte Giovanna und spülte das Gefühl von Schmutz und Klebrigkeit den Abfluss hinunter. Nach dem Duschen suchte sie nach einer Steckdose und fand sogar eine. Immerhin. Während sie auf dem Bett saß und ihre Haare föhnte, ging sie in Gedanken ihre mitgebrachte Kleidung durch und fragte sich, was Paul gefallen würde. Eigentlich hätte es ihr egal sein sollen, war es aber nicht. In Rom hatte er einen starken Eindruck auf sie gemacht, und obwohl er fast zwanzig Jahre älter war als sie, fand sie ihn anziehend. Tatsächlich war das Interesse an seiner Malerei nur einer von mehreren Gründen gewesen, warum sie ihn hatte wiedersehen wollen.

Giovanna entschied sich für Schwarz. Als sie die Unterwäsche angezogen hatte, begutachtete sie sich kritisch im Spiegel, dann schlüpfte sie in das extra für die Reise gekaufte Kleid. Es war kurz und hatte einen vorteilhaften Ausschnitt, wie sie fand. Sie sah in den Spiegel und zog eine Grimasse. Es gab niemanden, dem sie Rechenschaft schuldig war, und sie brauchte sich für ihre Eitelkeit nicht zu schämen. Unter vorsätzlicher Missachtung der Hausordnung zog sie ihre Pumps bereits im Zimmer an, damit ihre Füße auf der Treppe nicht dreckig wurden. Zum Abschluss sprühte sie etwas Parfum hinter die Ohren und auf die Handgelenke, bevor sie sich zufrieden von ihrem Spiegelbild verabschiedete.

Die Terrasse lag im Halbdunkel vor der Kulisse der in künstlichem Licht erstrahlenden Hochhäuser. Die Luft war deutlich abgekühlt.

»Was für ein schöner Abend«, sagte sie.

Paul fuhr zusammen, als sie ihn ansprach. Er saß mit dem Rücken zur Tür und hatte sie nicht kommen hören.

»Und? Bin ich diesmal richtig angezogen?«

Er musterte sie von oben bis unten. Seine Miene blieb unbewegt, doch seine Augen verrieten ihr, dass er sie attraktiv fand.

»Hier in Bangkok ist es in Ordnung, aber für Burma wäre es viel zu freizügig.«

Sie stutzte. Warum war er so abweisend? In Rom war er so charmant gewesen.

Paul und Giovanna schlenderten die Soi Si Bamphen entlang, eine schmale, vielbefahrene Straße, vorbei an Ständen mit Süßigkeiten, gebratenen Hühnerkeulen, Fleischspießen und Suppen. In einem offenen Lokal saß ein blasser, ungesund aussehender Europäer mit drei einheimischen Frauen an einem Tisch, vor sich eine Batterie leerer Bierflaschen; etwas abseits tanzte eine Thailänderin vor einer Musikbox, aus der westliche Popmusik plärrte. Giovanna hatte selten so viel konzentrierte Trostlosigkeit gesehen wie in dieser Kneipe.

Wenige Minuten später betraten sie ein Restaurant mit einem großen, von hohen Apartmenthäusern umstandenen Garten, eine unerwartete Oase der Ruhe. Paul wählte einen Tisch unter den weit ausladenden Ästen eines alten Baums, und sofort kam ein Kellner in schwarzer Jacke herbeigeeilt, um ihnen die Speisekarte zu bringen.

»Was möchtest du trinken?«, fragte Paul.

»Etwas Erfrischendes, vielleicht einen Limonensaft.«

Er bestellte ein *Nam Manao* und für sich eine Flasche Singha, eines der lokalen Biere.

»Sprichst du Thailändisch?«, fragte Giovanna.

»Nur wenig. Es reicht gerade zum Bestellen.«

»Welche Sprachen beherrschst du noch?«

»Englisch, Italienisch, Indonesisch und selbstverständlich Deutsch. Dazu miserabel Japanisch und jeweils einige Brocken Chinesisch, Thai, Lao und so weiter.«

»Meine Güte!«, sagte sie. »Und ich bin schon stolz, dass ich außer Italienisch noch Englisch beherrsche.«

»Du darfst nicht vergessen, dass ich in Asien lebe und darauf angewiesen bin, mit den Leuten zu sprechen. Ich bin kein Tourist.«

Der Kellner brachte die Getränke. Während Paul sein Bier einschenkte, untersuchte Giovanna die als Dekoration auf dem Rand ihres Glases steckende Blüte.

»Schau dir das an«, sagte sie. »Was für eine Liebe zum Detail.«

Er nickte und stieß mit ihr an. Nachdem er einen Schluck getrunken hatte, nahm er die umfangreiche Speisekarte in die Hand.

»Soll ich wieder bestellen?«, fragte er.

»Ja, nur bitte nicht so scharf wie beim letzten Mal.«

»In Ordnung.«

Während er in der Karte blätterte, beobachtete Giovanna unauffällig ein Pärchen am Nachbartisch. Der Mann war Europäer,

Mitte dreißig, schlank und seriös angezogen; sie brauchte nur einen einzigen Blick, um ihn als entsetzlichen Langweiler einzustufen. Die Frau dagegen, eine Thailänderin gleichen Alters, hatte Klasse und Ausstrahlung. Die randlose Brille verlieh ihr etwas Weltläufiges, und Giovanna bewunderte nicht nur ihr ebenmäßiges Gesicht, sondern auch wie sie kerzengerade auf dem Stuhl saß, ohne die Rückenlehne zu berühren.

Giovanna hatte selten eine so elegante Frau gesehen, und in ihren Augen kam es einer Entweihung gleich, als der Langweiler seine Hand unter den Rock der Schönen schob und ihr über den Oberschenkel strich.

»Wie kann dieser Kerl zu so einer Traumfrau kommen?«, fragte sie Paul flüsternd.

»Wer?«

»Der da drüben.«

Sie lenkte seine Aufmerksamkeit unauffällig in Richtung des Nachbartischs und war peinlich berührt, als Paul sich umdrehte und ungeniert zu den beiden hinüberstarrte.

»Mit Geld«, sagte er.

»Wie bitte?«

»Er bezahlt sie.«

»Das ist nicht möglich!«, sagte Giovanna.

»In Bangkok ist alles möglich.«

Als der Ober kam und die Bestellung aufnahm, spähte Giovanna noch einmal zu der Frau am Nachbartisch hinüber. Stimmte es, was Paul behauptete? Wenn Giovanna an Prostituierte dachte, stellte sie sich andere Frauen vor. Ihr kam eine Zeichnung von Paul in den Sinn, die sie einmal in einem Bildband gesehen hatte.

»Erinnerst du dich an dein Porträt eines Thaimädchens auf einem Barhocker? Sie ist ziemlich knapp bekleidet.«

»Sehr gut sogar. Ihr Name ist Noi.«

Giovanna zögerte einen Moment, bevor sie die nächste Frage stellte.

»War sie eine Prostituierte?«

»Als ich das Bild vor sechs oder sieben Jahren gemalt habe, arbeitete sie als Barmädchen, was zweifellos eine Form der Prostitution ist.«

»Deine Bilder sind so unverfälscht und lebensnah. Ich habe mich oft gefragt, wo du deine Modelle findest. Wie kam zum Beispiel dieses Mädchen dazu, für dich Modell zu sitzen? Ich meine, du bist schließlich nicht Toulouse-Lautrec, der in solchen Kreisen lebte.«

Paul lehnte sich zurück und sah sie abwartend an. Als sich das Schweigen hinzog, dämmerte Giovanna, dass sie die einfachste Antwort auf ihre Frage nicht in Betracht gezogen hatte und möglicherweise mit beiden Füßen zugleich in einen riesigen Fettnapf gesprungen war.

»Ich habe Noi in einer Bar kennengelernt, und dann sind wir auf mein Hotelzimmer gegangen. Wir hatten sofort einen guten Draht und haben stundenlang geredet: über ihr Leben, über meines, was auch immer. Noi war klug und erfrischend, eine äußerst angenehme Person.«

»Dann hast du sie also mitgenommen, um sie auf deinem Zimmer zu malen?«, fragte sie hoffnungsvoll.

»O nein«, lachte Paul. »Ich habe sie mitgenommen, um mit ihr zu schlafen. Das schließt jedoch nicht aus, dass ich sie respektiere und mich mit ihr unterhalte, oder?«

»Nein, natürlich nicht.«

Madonna, dachte Giovanna, er bezahlt für Sex und leugnete es nicht einmal. Insgeheim fragte sie sich, ob sie Paul für seine Offenheit verurteilen oder bewundern sollte. Sie versuchte sich vorzustellen, wie es war, wenn Paul die Nacht mit so einem Mädchen verbrachte, aber natürlich fragte sie ihn nicht; stattdessen wechselte sie das Thema.

»Ich wollte dich noch etwas fragen.«

»Was denn?«

»Am Flughafen hast du Bangkok die ›Stadt der Engel‹ genannt«, sagte sie. »Ich dachte immer, damit sei Los Angeles gemeint.«

»Das stimmt auch. Allerdings ist der offizielle Name Bangkoks Krung Thep, was ebenfalls ›Stadt der Engel‹ bedeutet«, klärte er sie auf. »Anscheinend gibt es genügend Engel, um zwei Millionenstädte zu bevölkern.«

»Erinnerst du dich an das kleine Mädchen auf dem Bootsanleger?«, fragte Giovanna. »So wie sie aussah, gehörte sie bestimmt zu den Engeln.«

»Möchtest du jetzt schlafen gehen, oder hast du noch Lust auf einen Drink?«, fragte Paul, nachdem er die Rechnung bezahlt hatte.

»Lass uns noch ein Bier trinken. Am besten in der Nähe. Ich weiß nicht, wie lange ich durchhalte.«

Sie schlugen den Weg zurück in Richtung ihrer Unterkunft ein. Vor einem Supermarkt standen drei junge Frauen in kurzen Röcken und rauchten. Eine von ihnen hatte sich die Haare blond gefärbt und sah ihnen interessiert hinterher, als sie vorbeigingen.

»Waren das auch …?«

»Vermutlich. In dieser Gegend arbeiten viele Mädchen«, bestätigte Paul.

»Kann ich mich bei dir einhaken?«, fragte Giovanna.

»Natürlich. Bist du verunsichert?«

»Nein, nur etwas einsam.«

Als sie weitergingen, ertappte Giovanna sich dabei, wie sie jede Frau auf der Straße argwöhnisch musterte. Es war albern, und sie wusste es. Natürlich gab es auch in Venedig Prostitution, aber sie war nicht sichtbar; jedenfalls nicht für ein wohlbehütetes Mädchen wie Giovanna.

Nach einigen Minuten bog Paul in eine noch schmalere Seitengasse ein und blieb vor einem Lokal mit schwarz abgeklebten Fenstern stehen.

»Da wären wir.«

»Was ist das für ein Laden?«, fragte Giovanna misstrauisch.

»Etwas sehr Typisches für Südostasien: eine Karaokebar.«

»O nein!«, stöhnte sie.

»O doch!«, antwortete Paul und zog sie an der Hand hinter sich her in die schummrige Bar. Der Raum war nicht allzu groß, und nur etwa die Hälfte der Tische war besetzt, ausschließlich von Thais. Wie aus dem Nichts tauchte ein junger Mann auf und fragte nach ihren Wünschen. Paul bestellte zwei Flaschen Singha, die weniger als dreißig Sekunden später auf ihrem Tisch standen, zusammen mit zwei Gläsern und einem abgewetzten Plastikordner, der eine umfangreiche Liste mit Liedern enthielt.

»*Chowk dee!*«, rief Paul und hob sein Glas. »Zeit für *sanuk*.«

»Was ist *sanuk*?«

»*Sanuk* bedeutet Spaß und ist sehr wichtig in Thailand. Es kann bedeuten, dass man trinkt, tanzt, singt oder Liebe macht, aber eigentlich gilt es für alles, was Thais unternehmen. Sogar für die Arbeit. Wenn etwas *mai sanuk* – kein Spaß – ist, sollte man es unbedingt vermeiden.«

»Das klingt nach einer fröhlichen Einstellung, aber ich bezweifle, dass man damit im Leben viel erreichen kann.«

»Es hängt davon ab, welche Ziele man hat«, sagte Paul und hielt ihr den Ordner unter die Nase. »Na los, such dir ein Lied aus.«

»Auf keinen Fall. Ich singe niemals.«

»Dann bleibt es wohl an mir hängen«, grinste er. »Du wirst sehen, was du davon hast.«

Was Giovanna gesagt hatte, war eine glatte Lüge gewesen, denn sie sang gern und gut; als Jugendliche hatte sie sogar einige Jahre in einem Kirchenchor gesungen. Der Grund für ihre Weigerung war ihr dringender Wunsch, bloß nicht aufzufallen, sofern dies als einzige westliche Frau im Raum überhaupt möglich war. Sie beobachtete einen dicken Thailänder, der mit hoher Stimme ein thailändisches Lied sang. Giovanna fand die Musik befremdlich und nicht sehr ansprechend, aber den anwesenden Thais gefiel sie.

»Giovanna, was sagt eigentlich dein Freund dazu, dass du mit mir durch Asien reist?«

»Warum fragst du nach einem Freund und nicht nach meinem Ehemann?«

»Eine Frau wie du würde ihren Ehering tragen, und ich sehe keinen an deiner Hand.«

»Stimmt«, räumte sie ein. »Die Wahrheit ist, dass ich nicht einmal einen festen Freund habe.«

»Erstaunlich«, sagte Paul und erhob sich, um den Zettel mit seinem Musikwunsch abzugeben.

Es war dunkel, als Giovanna erwachte, und bis auf das gleichmäßige Surren des Ventilators war es still im Haus. Unten auf der Straße knatterte ein Tuk-Tuk vorbei, ein Auto hupte. Giovanna war hellwach. Sie knipste das Licht an und sah auf ihren Wecker: kurz vor vier Uhr morgens, und sie war in Bangkok. Das Leben ist großartig, dachte sie, und es wird immer besser. Sie zog sich ein T-Shirt über und öffnete die Balkontür. Die Luft war kühler als in ihrem Zimmer. Auf der Straße waren mehr Menschen unterwegs, als Giovanna um diese Uhrzeit vermutet hatte, und sie fragte sich, ob Bangkok jemals schlief.

Von irgendwoher kam leise Musik und erinnerte sie an Pauls Auftritt in der Karaokebar. Er hatte aus vollem Hals gesungen, ohne einen einzigen Ton zu treffen. Die anderen Gäste hatten sich nicht daran gestört, sondern kräftig applaudiert, und zu guter Letzt hatte Paul im Duett mit dem dicken Thai noch eine haarsträubende Version von *Hotel California* geschmettert. Giovanna hatte größte Mühe gehabt, nicht schallend loszulachen, aber sie musste anerkennen, dass Paul beim Singen ungetrübten Spaß hatte. Sanuk eben, wie er es nannte.

Giovanna bewunderte, wie wenig Paul sich um gängige Konventionen scherte. Er nahm sich Freiheiten, von denen die meisten Menschen nur träumten, und führte sein Leben nach eigenem Gutdünken, ganz wie es ihm gefiel. Was für ein Privileg, diesen Mann kennenlernen zu dürfen, dachte Giovanna. Selten hatte sie sich so auf etwas gefreut wie auf diese Reise nach Burma.

Sie blieb noch eine Viertelstunde auf dem Balkon und ging in Gedanken die Eindrücke ihres ersten Tages in Asien durch, dann legte sie sich wieder ins Bett, um noch ein paar Stunden zu schlafen.

5
Stadt der Engel

Nach dem Frühstück bestand Paul darauf, sich den Inhalt ihres Rucksacks anzusehen, obwohl Giovanna nicht einsah, wozu es gut sein sollte. Als er ihre Kleidung auf dem Bett ausbreitete, fühlte sie sich wie ein dummes Schulmädchen, das sich vor seinem Lehrer rechtfertigen musste, weil es die Hausaufgaben nicht gemacht hatte. Er fasste jedes einzelne Stück mit unverfrorener Selbstverständlichkeit an und sortierte sie in zwei Haufen. Besondere Aufmerksamkeit widmete er ihrer Unterwäsche.

»Du hast wohl überhaupt kein Schamgefühl?«

Paul sah auf, als er ihren gereizten Tonfall wahrnahm. Ihre Empörung war nicht gespielt.

»Weniger, als du es in deinen Kreisen gewohnt bist, nehme ich an«, erwiderte er gelassen.

Sie war sprachlos angesichts seiner Frechheit und riss ihm einen BH aus der Hand, worauf er ungerührt nach dem nächsten griff, um den Stoff mit den Fingern zu prüfen.

»Ich glaube es nicht«, fauchte sie. »Hör endlich auf, in meiner Unterwäsche zu wühlen.«

»Die Sachen sind für unsere Reise ungeeignet. In Burma wird es sehr heiß sein, und durch Schweiß und Dreck wären sie schnell hin. Du brauchst praktische, keine elegante Kleidung.«

Mit spitzen Fingern hielt er den hellblauen Minirock hoch, den sie am Vortag getragen hatte.

»Der ist hübsch, aber in Burma verlierst du darin jeden Respekt. Es ist ein Land mit strikten Moralvorstellungen. Wie Thailand übrigens auch, was im Westen nur niemand wahrhaben will.«

»Ausgerechnet du kommst mit Moral.«

»Allerdings. Wer sind wir, dass wir unseren Gastgebern eine Freizügigkeit aufdrängen, die im völligen Gegensatz zu ihrer Kultur steht?«

»Und was ist mit den Mädchen auf der Straße?«

»Gefällt dir die Prostitution jetzt doch, dass du sie als leuchtendes Beispiel hinstellst?«

Giovanna ließ ihn stehen und flüchtete, vor Wut kochend, auf den Balkon. Wie schaffte Paul es nur so spielend, sie dermaßen aus der Fassung zu bringen? Er konnte nett und charmant sein, wenn er wollte, doch manchmal war er ein richtiges Ekel. Als sie sich etwas beruhigt hatte und wieder hereinkam, saß er auf ihrem Bett und zeigte auf den weitaus größeren der beiden Stapel.

»Diese Sachen bleiben hier. Wir kaufen eine Tasche und stellen sie hier im Guesthouse unter, solange wir in Burma sind.«

»Du entscheidest also, was ich mitnehme?«

Sie stemmte die Hände in die Hüften. Ihre Mutter konnte ein Lied davon singen, wie sehr sie es hasste, bevormundet zu werden. Paul sah sie lange an, bevor er sich mit aufreizender Gemächlichkeit eine Zigarette anzündete.

»Verlass dich bitte auf mich. Ich will dich nicht herumkommandieren, aber ich habe nun mal einen gewaltigen Erfahrungsvorsprung, wenn es um Asien geht.«

Seine Worte und der versöhnliche Tonfall kühlten ihren Zorn ab. Sie verzichtete sogar darauf, ihm das Rauchen in ihrem Zimmer zu verbieten.

»Es tut mir leid, Giovanna.«

»Schon gut.«

Sie setzte sich neben ihn auf das Bett und zog die Beine an ihren Körper.

»Und wo bekomme ich die richtigen Sachen?«

»Wahrscheinlich auf dem Siam Square, wo die Thais einkaufen. Du bist zwar groß, aber schlank. Zur Not müssen wir in die Khao San. Dort gibt es alle Größen.«

Er zog an seiner Kretek, deren Rauch vom Deckenventilator im Raum verteilt wurde. Seine Stimme war weich, als er weitersprach.

»Den Rest besorgen wir in Burma. Du wirst hinreißend aussehen in traditioneller Kleidung.«

Giovanna sah ihn verwundert an und ließ sich dann mit ausgebreiteten Armen rückwärts auf das Bett sinken.

»Aus dir soll einer schlau werden«, seufzte sie.

Giovanna hatte Kopfschmerzen. Sie saß in einem Straßencafé an der Khao San Road, dem Viertel der Rucksacktouristen, und wartete auf Paul. Er war losgezogen, um in einer Apotheke eine Packung Aspirin für sie zu besorgen. Auf dem Stuhl neben ihr standen Tüten mit Hosen, Blusen, T-Shirts und Schuhen, die sie aus freien Stücken niemals gekauft hätte. Nach ihrer Ansicht war es billiger Plunder, aber wenn Paul endlich Ruhe gab, sollte es ihr recht sein. Sie war durchgeschwitzt und vom Lärm, der Hitze und den höllischen Abgasen des Straßenverkehrs benebelt.

»Kann ich mich zu dir setzen? Alle anderen Tische sind voll.«

Giovanna sah auf. Vor ihr stand ein junger Mann mit Kinnbärtchen und einem Piercing in der rechten Augenbraue. Seinem Akzent nach war er Engländer.

»Sicher, warum nicht?«, antwortete sie.

Er stellte seinen Daypack auf den Boden und setzte sich.

»Ich bin Mike«, stellte er sich vor. »Aus Liverpool.«

»Giovanna. Aus Venedig.«

»Echt?«

»Ja. Es gibt Leute, die dort leben.«

»Muss cool sein.«

»Ist es auch. Meistens.«

»Wie kommt es, dass du so gut Englisch sprichst? Ich meine, du weißt schon: Italiener und Franzosen können doch sonst ums Verrecken keine Fremdsprachen.«

»Während ihr Engländer alle fließend Italienisch und Französisch sprecht, oder wie?«, fragte Giovanna und hob die Brauen.

»Na ja, vielleicht nicht alle«, grinste er.

Mike gefiel ihr. Er war locker und sah gut aus, wenn sie von dem scheußlichen Piercing absah; ein Ring in der Braue war für Giovanna eine unentschuldbare Geschmacksentgleisung.

»Ich habe in London studiert.«

»Cool. Eine Venezianerin in London.«

»Klingt wie der Name eines Musicals, oder?«

»Hast recht. Auf jeden Fall romantischer als *Ein Liverpudlian in Venedig*.«

»Dabei ist Venedig viel romantischer als London«, sagte sie. »Warst du schon einmal in Venedig?«

»Noch nicht. Dabei habe ich immer davon geträumt, einmal auf dem Petersplatz zu stehen und über die Lagune zu schauen.«

»Dafür brauchst du aber ausgesprochen gute Augen.«

»Wieso?«

»Der Petersplatz befindet sich in Rom. Du meinst den Markusplatz.«

»Ach ja. Hab ich verwechselt. Wir sollten mehr Zeit miteinander verbringen, da kann ich viel lernen.«

»Aber daraus wird leider nichts, weil du morgen weiter nach Ko Phangan fährst. Richtig?«

Giovanna hatte Paul nicht bemerkt. Auf einmal stand er neben ihnen und warf eine Schachtel Aspirin auf den Tisch.

»Nee, da bin ich gestern gerade hergekommen«, antwortete Mike.

Paul setzte sich und wiegte nachdenklich den Kopf.

»Full Moon Party?«, fragte er.

Mike nickte.

»Wie war's?«

»Cool.«

»Und jetzt? Weiter nach Laos?«

Mike starrte ihn mit offenem Mund an. Giovanna fand, dass er dabei nicht sonderlich intelligent aussah.

»Woher weißt du das?«

»In meinem letzten Leben war ich Hellseher, und manchmal schlägt es noch durch«, behauptete Paul todernst. »Ich weiß zum Beispiel auch, dass du vorhast, drei Monate in Südostasien herumzureisen.«

»Cool«, sagte Mike, tief beeindruckt. »Du hast recht.«

»Willst du noch eine Prophezeiung hören? Du kannst dir so viel Mühe geben, wie du willst, sie wird niemals mit dir ins Bett gehen«, sagte er und wies mit dem Daumen auf Giovanna. »Sie findet dein Piercing abstoßend.«

Giovanna hatte der Unterhaltung belustigt zugehört, aber bei seinem letzten Satz versteinerte ihre Miene. Sie konnte nicht fassen, was er gesagt hatte. Es war respektlos ihr gegenüber, und noch viel mehr ärgerte sie die Arroganz, mit der er Mike beleidigte. Wenn Paul ihn nicht mochte, warum hielt er dann nicht einfach den Mund?

Bevor sie etwas sagen konnte, sprang Mike auf.

»Was bist du denn für ein blödes Arschloch?«, rief er.

»Auch ein Erbe meiner letzten Inkarnation. Ich kann nichts dagegen tun.«

Paul wandte sich Giovanna zu, als würde Mike nicht mehr existieren. Sie sah betreten zu, wie er sich seinen Rucksack schnappte und ging, ohne sie noch eines Blickes zu würdigen.

»Na toll! Du hast dich benommen wie, wie …«

»Wie ein blödes Arschloch?«, soufflierte er.

»Genau«, schnaubte sie. »Was sollte das?«

»Diese Typen hängen mir zum Hals raus.«

»Er war freundlich, und wir haben uns gut unterhalten. Was gibt dir das Recht, ihn so gemein zu behandeln, nur weil dir seine Nase nicht passt? Konntest du ihn nicht leiden, weil er jung ist und noch nicht so zynisch wie du? Hältst du dich für was Besseres?«, schrie sie ihn an.

Es war ihr egal, dass fünfzig Leute zu ihnen herübersahen; Paul hatte es nicht anders verdient. Allerdings schien ihm die allgemeine Aufmerksamkeit gleichgültig zu sein.

»Du warst doch auch einmal jung und bist durch Asien gereist, genau wie er. Hast du es vergessen?«

»Nein, ich habe es nicht vergessen. Ich denke jeden Tag daran.«

Seine überhebliche Haltung schlug in eine unerwartete Verletzlichkeit um. Er ließ seinen Blick durch das Café gleiten. Die Gäste waren ausnahmslos ausländische Touristen, die meisten von ihnen nicht viel älter als zwanzig. Paul schüttelte kaum merklich den Kopf.

»Es war blöd, dass ich den Jungen vergrault habe. Diese ganze Szene hier geht mir auf die Nerven, da reagiere ich schnell allergisch.«

»Was ist das Problem?«, fragte Giovanna. »Mir gefällt die Khao San.«

»Es ist eine künstliche Welt, sie hat nichts mit Asien zu tun. Eine Tourismusindustrie für alle, die um jeden Preis anders sein wollen und sich dadurch gleichen wie ein Ei dem anderen: oberflächlich, langweilig und berechenbar.«

Giovanna rümpfte die Nase.

»Das klingt ziemlich selbstgefällig«, sagte sie.

»Ist es auch«, gab er zu. »Vermutlich schütze ich mich so vor der Einsicht, dass ich im Grunde meines Herzens neidisch auf sie bin.«

Er lachte leise auf und kratzte sich am Ohr. Sein Geständnis verwirrte Giovanna. Es passte nicht zu dem Paul, den sie bisher erlebt hatte.

»Worauf solltest du neidisch sein?«, fragte sie. »Auf ihre Jugend?«

»Auf ihre Unschuld, und dass sie noch voller Hoffnungen sind.«

»Hast du etwa keine Hoffnungen mehr?«

»Nein. Ich bin ein hoffnungsloser Fall.«

»Sei nicht so ironisch.«

»Ich bin nicht ironisch«, sagte er, und Giovanna begriff, dass er es ernst meinte.

»Das ist traurig«, sagte sie.

Paul nickte und rief dann eine der Kellnerinnen, um zu zahlen.

»Lass uns gehen«, sagte er. »Es wird Zeit, das Visum abzuholen.«

Giovanna nickte und stand auf. Als sie auf der Straße standen, tippte sie Paul an.

»Woher wusstest du, dass Mike drei Monate unterwegs ist und nach Laos wollte?«

»Ich wusste es nicht, ich habe es bloß geraten. Viele dieser jungen Leute haben drei Monate Zeit, und momentan fahren fast alle nach Laos. Es ist gerade Mode, wenn man anders sein will.«

»Und woher hast du gewusst, dass ich das Piercing nicht ausstehen kann?«

»Die meisten Menschen sind leicht zu durchschauen«, sagte er. »Auch du.«

Den nächsten Tag widmeten sie ganz dem Sightseeing, wie Giovanna es sich gewünscht hatte. Sie besuchten den mit Porzellanscherben geschmückten Tempel der Morgenröte, bewunderten den Liegenden Buddha im Wat Pho und aßen in einer Garküche am Straßenrand eine Nudelsuppe, bevor sie sich den Königspalast mit dem Wat Phra Kaew, dem Tempel des Smaragdbuddhas ansahen. Beim Betreten des ummauerten Areals erwartete Giovanna eine Überraschung: Sie traf auf alte Bekannte.

»Was ist los?«, fragte Paul, als sie wie angewurzelt vor einem der grimmigen Dämonen stehen blieb, die den Eingang vor bösen Geistern bewachten. Er war mehrere Meter hoch und blau angemalt. Aus seinem Gebiss ragten riesige gebogene Hauer.

»Ich habe immer davon geträumt, diese Figuren einmal in echt zu sehen. Mir war nicht klar, dass sie in Bangkok stehen.«

»Du kennst sie?«

»Als ich ein Kind war, habe ich in unserer Bibliothek einen Bildband über die Wunder der Welt gefunden. Es war mein absolutes Lieblingsbuch, und am besten haben mir diese Wächter gefallen. Ich habe sogar nachts von ihnen geträumt.«

»Das waren aber keine schönen Träume für ein Kind.«

»Du irrst dich, denn ich habe mich nie vor ihnen gefürchtet. Im Gegenteil, sie kamen mir zu Hilfe, wenn ich in Gefahr war. Sie waren meine ganz persönlichen Beschützer. Ich habe sie geliebt.«

»Es kann nie schaden, die richtigen Freunde zu haben.«

»Das Buch gehörte übrigens Tante Giulia«, sagte sie. »Wart ihr damals auch in diesem Tempel?«

»Ja, gleich am zweiten Tag unserer Reise.«

»Und? Wie war es für euch?«

»Es war, als würden wir eine neue Welt entdecken: fremd, spannend und voller Möglichkeiten.«

»Dann kannst du bestimmt nachvollziehen, wie ich mich in Bangkok fühle«, sagte sie.

»Sehr gut sogar. Es ist, als könnte ich die Stadt durch deine Augen sehen.«

»Das muss eigenartig für dich sein.«

»Nein, es ist wundervoll.«

Paul sah sie mit einem merkwürdigen Ausdruck in den Augen an, dann gab er sich einen Ruck und ließ sie ohne ein weiteres Wort stehen. Giovanna sah ihm kopfschüttelnd nach. Würde sie diesen Mann jemals begreifen? Sie dachte an seinen unschönen Auftritt Mike gegenüber und fragte sich, wie Paul in seinem Alter gewesen sein mochte, vor fast zwanzig Jahren.

Giovanna setzte sich auf eine Bank im Schatten und beschloss, auf ihn zu warten. Bald darauf bog er mit zwei Dosen Cola in den Händen um die Ecke. Als er sie entdeckte, kam er zu ihr und setzte sich neben sie. Ohne ein Wort darüber zu verlieren, warum er so fluchtartig das Weite gesucht hatte, hielt er ihr eine der eiskalten Dosen hin. Sie bedankte sich und sog kräftig an dem dünnen Strohhalm. Das kühle Getränk lief erfrischend ihre Kehle hinunter.

»Warum benimmst du dich mir gegenüber so seltsam?«

»Was meinst du?«, fragte er.

»Na ja, in einem Moment bist du freundlich und aufmerksam, im nächsten herablassend und distanziert. Langsam weiß ich nicht mehr, wie ich damit umgehen soll.«

»Es tut mir leid, Giovanna. Ich bin ziemlich verwirrt im Moment. Vermutlich benehme ich mich deshalb so scheußlich.«

»Hat es etwas mit mir zu tun?«

Paul nahm einen letzten Schluck und stellte die leere Dose zwischen seine Füße auf den Boden, dann sah er Giovanna ernst an.

»Ich muss mich erst daran gewöhnen, dass Giulia zu mir zurückgekehrt ist.«

»Giulia? Wie meinst du das?«

»Du bist ihr wie aus dem Gesicht geschnitten, du bist ihr vom Wesen ähnlich, und wir sind zusammen in Bangkok. Es ist, als wäre ich in meine Vergangenheit zurückgekehrt.«

Giovanna wusste nicht, was sie von diesem sonderbaren Bekenntnis halten sollte, und ihr wurde flau im Magen. Sie konnte nur hoffen, dass er es im übertragenen Sinne gemeint hatte, sonst würden sie beide ein ernsthaftes Problem bekommen. Plötzlich schoss ihr noch ein anderer Gedanke durch den Kopf: Nahm er sie vielleicht nur Giulias wegen mit nach Burma?

»Schau mich an, Paolo. Ich mag aussehen wie Giulia, aber ich bin ihre Nichte Giovanna. Vergiss das bitte nie«, sagte sie eindringlich.

»Keine Sorge. Mir ist sehr bewusst, dass Giulia vor neunzehn Jahren gestorben ist und nicht in diese Welt zurückkehren wird.«

»Gut«, sagte sie erleichtert. »Dann zeig mir jetzt endlich, wo wir den Smaragdbuddha finden.«

»In dem großen *Bot* dort drüben«, sagte er und wies auf eine große, mit glänzenden Glasscherben verzierte Halle. »Lass uns hinübergehen.«

Vor dem Eingang zogen sie ihre Schuhe aus und stellten sie in das dafür vorgesehene Holzregal. Das Innere der Weihehalle war so reich geschmückt, dass Giovanna nicht wusste, wohin sie zuerst sehen sollte. Sie knieten sich zwischen betende Gläubige und Touristen auf den mit Teppich ausgelegten Boden.

»Pass auf, dass deine Fußsohlen niemals in Richtung des Buddhas zeigen. Es wäre eine grobe Respektlosigkeit«, flüsterte Paul.

»In Ordnung«, flüsterte sie zurück. »Wo ist der Smaragdbuddha? Ich sehe ihn nicht.«

»Dort oben.«

Er wies auf einen Glaskasten, hoch genug aufgestellt, dass niemand ihn erreichen konnte. Darin befand sich eine nicht viel mehr als einen halben Meter große Figur aus leicht durchscheinendem Material. Giovanna war enttäuscht.

»Der ist aber klein«, sagte sie.

»Größe ist nicht alles. Dieser Buddha ist die Seele Thailands. Schau dir an, wie er verehrt wird.«

Es stimmte: Die Ernsthaftigkeit und Andacht, mit der die Thais vor der Statue niederknieten, waren beeindruckend. Selbst die Kinder verhielten sich still. Giovanna schloss die Augen, um das leise Gemurmel der Betenden und die feierliche Atmosphäre auf sich wirken zu lassen.

Als sie die Augen nach einigen Minuten wieder öffnete, sah sie, wie Paul neben ihr gerade nach Art der Thais mit der Stirn den Boden berührte. Eine Sekunde später richtete er sich auf und griff flüchtig nach etwas, das an einem Lederband um seinen Hals hing. Da sein Hemd es verdeckte, konnte sie nicht erkennen, was es war.

Nach einer Viertelstunde, in der keiner von ihnen ein Wort sagte, verließen sie das *Bot* und zogen sich draußen wieder ihre Schuhe an.

»Paolo?«

»Ja?«

»Bist du Buddhist?«

»Nein«, lachte er. »Ich bin Maler.«

»Warum hast du dann gebetet wie die Thais?«

»Es war kein Gebet. Ich habe nur meinen Respekt bezeugt und für den Fall der Fälle eine Bitte angehängt. Man kann nie wissen, wer zuhört.«

Sie hätte gern gewusst, worum er gebeten hatte, aber es stand ihr nicht zu, danach zu fragen. Ihre Mutter hatte Giovanna beigebracht, ihre Neugier zu zügeln, auch wenn es manchmal schwerfiel. Es widersprach ihrem Charakter.

6

Armes, reiches Mandalay

Burmas Hauptstadt Yangon war eine einzige Enttäuschung für Giovanna. Sie hatte den Charme des alten Rangun erwartet, das in seiner Blütezeit eine der größten und reichsten Städte des Britischen Empires gewesen war, doch die prächtigen Kolonialbauten waren zerbröckelt, das weltläufige Flair der breiten Boulevards unwiderruflich dahin. Auf den von Schlaglöchern zerfressenen Straßen verkehrten statt eleganter Pferdedroschken jetzt Busse und Taxen, die entweder ins Museum oder auf den Schrott gehörten. Doch das Schockierende für Giovanna war nicht der Zerfall der Stadt, sondern die Armut ihrer Einwohner. Sie war entsetzt, wie viele Menschen auf überfüllten Bürgersteigen gebrauchte Einwegfeuerzeuge verkauften oder zerrissene Regenschirme reparierten, um ihr Überleben zu sichern. Das Elend zog Giovanna das Herz zusammen. Es war ihr nur recht, dass sie am nächsten Tag vor dem Morgengrauen aufstanden und sich in den Zug nach Mandalay setzten. Sie hatte bereits genug von Yangon.

Der Zug war alt, und trotz der niedrigen Geschwindigkeit rumpelten die Wagen unruhig auf den Schienen dahin. Die Sitzbezüge starrten vor Dreck, und durch die offenen Fenster wehte heiße, staubige Luft herein; trotzdem beschwerte Giovanna sich nicht. Sie hatte ein Abenteuer gewollt, und nun bekam sie es, mit aller Exotik und allen Unannehmlichkeiten. Paul saß neben ihr und sah gelangweilt auf die eintönige, von der Hitze ausgedörrte Landschaft.

»Warst du mit Tante Giulia auch hier?«

»Nein, in Burma waren wir nicht.«

Er sah weiter aus dem Fenster, wortkarg wie schon die ganze Fahrt über. Sie fand es anstrengend, jedes einzelne Wort aus ihm herauszuquetschen, aber sie hatte lang genug geschwiegen.

»Und in welchen Ländern wart ihr?«

»In Thailand, Malaysia und Indonesien. Später in Indien. Zuletzt in Nepal.«

»Hat euch Asien von Anfang an gefallen?«, bohrte sie nach. »Fandet ihr es nicht gewöhnungsbedürftig?«

»Es hat uns völlig verunsichert«, lachte Paul und sah sie endlich an. »Wir waren jung und unerfahren, zum ersten Mal aus Europa heraus. Hinter jeder Ecke lauerten neue Schwierigkeiten und Missverständnisse, und dennoch fühlten wir uns pudelwohl in Asien. Wir sind herumgereist, sind zwei Tage an einem Ort geblieben und zwei Wochen am nächsten, gerade so, wie wir Lust hatten. Wir waren frei, und wir liebten diese Freiheit.«

Seine Augen verschleierten sich, als zögen Bilder einer lang vergangenen Zeit an ihm vorüber. Giovanna hätte viel gegeben, um daran teilhaben zu können.

»Um meine Eindrücke zu verarbeiten, habe ich gemalt, viele Stunden am Tag.«

»Und Tante Giulia? Was hat sie in dieser Zeit gemacht? Dir zugesehen?«

»Nein, dafür war sie zu neugierig. Sie hatte ein unstillbares Interesse an den Menschen, ihren Kulturen und Religionen. Sie hat sich unter die Leute gemischt, mit ihnen gesprochen und sogar versucht, ihre Sprachen zu lernen. Giulia hat sich mit Haut und Haaren auf Asien eingelassen, auch wenn manche ihrer Ansichten sehr naiv waren.«

»Zum Beispiel?«

»Zum Beispiel war sie überzeugt, dass die Asiaten freier von Zwängen seien als wir. Dabei ist das Gegenteil der Fall, was Giulia nicht wahrhaben wollte.«

»Siehst du heute viele Dinge anders als damals?«

»Ja, weniger verklärt, was aber nichts an meiner Liebe zu Asien geändert hat.«

Der Zug wurde langsamer und hielt für einige Minuten an einer armseligen, nur aus einer Handvoll vernachlässigter Hütten bestehenden Station. Im Schatten eines Baums saß eine spindeldürre Frau, die sich ein verschlissenes Handtuch um den Kopf gewickelt hatte und Betelnuss kaute. Giovanna hatte noch niemals einen so alt aussehenden Menschen gesehen. Frauen mit geflochtenen Körben liefen am Zug entlang und boten Essen an. Paul kaufte einer von ihnen zwei gebratene Hühnerkeulen ab. Giovanna versuchte, nicht an die vielen Fliegen zu denken, die schon auf dem Fleisch herumgekrabbelt waren, als sie hineinbiss. Nachdem Paul seine Keule abgenagt hatte, warf er die Knochen einfach aus dem Fenster und wischte sich die fettigen Finger an seinem Longyi ab. Wie die meisten Männer in Burma trug auch er den bodenlangen, an der Hüfte mit einem Knoten zusammengebundenen Wickelrock. Giovanna fand den Anblick ungewohnt, obwohl Paul darin nicht schlecht aussah. Sein Longyi war blau kariert und passte genau zu der Farbe seiner Augen, doch sie bezweifelte, dass er sich dessen bewusst war.

»Wie lange seid ihr umhergereist?«, fragte sie, als der Zug sich wieder in Bewegung setzte und die Station hinter sich ließ.

»Achtzehn Monate.«

»Das ist eine lange Zeit.«

»Sie ist trotzdem viel zu schnell vergangen.«

Er drehte den Kopf zur Seite. Ohne darüber nachzudenken, nahm sie seine Hand, und er ließ es zu.

»Weinst du noch manchmal um Giulia?«, fragte sie zögernd.

»Ich habe seit zwanzig Jahren nicht mehr geweint.«

Der Zug hatte mehrere Stunden Verspätung, und sie erreichten Mandalay in tiefer Nacht. Da es keine Straßenbeleuchtung gab, war es stockfinster, als sie sich in einer Rikscha auf breiten, um diese Zeit verlassenen Straßen quer durch die Stadt fahren ließen. Giovanna war erstaunt, wie still eine so große Stadt sein konnte.

Später im Bett dachte sie über Paul und ihre Tante nach. Sie hätte Giulia gern kennengelernt. Als ihr endlich die Augen zufielen, war ihr Schlaf unruhig und voller wirrer Träume.

Am nächsten Morgen stellte Giovanna fest, dass ihr Hotel sich inmitten eines lebendigen Marktviertels befand, wo an hölzernen Ständen und in kleinen Läden alles angeboten wurde, was ein burmesischer Haushalt benötigte. Angenehmerweise waren in diesem bunten Treiben nicht viele motorisierte Fahrzeuge unterwegs. Für sie als Venezianerin war Autoverkehr eine ungewohnte Belästigung.

Da sich nur wenige Touristen in diesen Teil der Stadt verirrten, fielen Giovanna und Paul sofort auf und konnten kaum an einem Stand vorbeigehen, ohne von den Marktfrauen angesprochen zu werden. Giovanna verstand kein Burmesisch, aber an den gutmütigen Gesichtern konnte sie ablesen, dass es freundliche Worte waren.

Gegen Mittag wurde die Hitze unerträglich, und sie zogen sich in den Schutz eines Tempels zurück. Paul reichte ihr eine Flasche Wasser, und sie trank einen Schluck.

»Was unternehmen wir jetzt?«, fragte Giovanna.

»Nichts. Wir bleiben hier und warten, bis es kühler wird. Wenn du Lust hast, mache ich in der Zwischenzeit eine Zeichnung von dir.«

»Du willst mich zeichnen?«, rief sie aufgeregt. »Wie denn?«

»Hier im Tempel. An die Wand gelehnt oder auf dem Boden, wie du möchtest. Mach es dir einfach bequem.«

»Dann setze ich mich vor dem Buddha auf den Boden. Geht das?«

»Bestens«, sagte Paul und holte einen Zeichenblock aus seiner Umhängetasche. Giovanna zog ihre Bluse glatt und richtete nervös ihre Haare, während er mit einem kleinen Messer seinen Bleistift anspitzte.

»Entspann dich«, forderte er sie mit einem Lächeln auf, als er ihre Aufregung bemerkte. »Es wird nicht weh tun.«

Du hast gut reden, dachte Giovanna. Jahrelang hatte sie sich im Studium mit den großen zeitgenössischen Malern auseinandergesetzt, und nun saß sie für Paul Handewitt höchstpersönlich Modell! Ihre Professoren an der Uni würden vor Neid platzen, wenn sie davon wüssten.

Sie sah auf, als drei Frauen leise den Tempel betraten und sich vor der Buddhastatue verneigten. Ihre Gesichter waren mit einer weißgelben Farbe verziert, wie Giovanna es bei vielen Burmesinnen gesehen hatte. Nach einem kurzen innigen Gebet standen die drei auf und tuschelten miteinander. Es dauerte einen Moment, bis die Neugier über ihre Schüchternheit siegte, dann gingen sie zu Paul hinüber, um zu sehen, was er machte.

»*Mingalabar*«, grüßte er sie.

»*Mingalabar*«, grüßten sie im Chor zurück.

Paul hielt ihnen das Blatt hin, damit sie einen Blick darauf werfen konnten. Die Frauen sahen zwischen Giovanna und der Zeichnung hin und her, dann nickten sie anerkennend und zogen sich mit einem freundschaftlichen Winken zurück.

»Was ist das für eine Farbe in ihrem Gesicht?«, fragte Giovanna.

»Sie heißt *Thanakha* und wird aus der Rinde eines Baumes gewonnen. Man vermischt das Pulver mit Wasser zu einer Paste, die mit einem Kämmchen auf Wangen und Stirn aufgetragen wird. Nach allgemeiner Ansicht ist es gut für die Haut, schützt vor der Sonne und macht die Frauen schöner«, schloss er.

»Na ja, wenn ich mir ansehe, wie hübsch die Burmesinnen sind, scheint es zu wirken.«

»Du brauchst nur in den Spiegel zu schauen, um zu erkennen, dass Schönheit keiner Hilfsmittel bedarf.«

Giovanna sah verlegen auf ihre Hände. Seine netten Worte

überraschten sie. Nach ihrer Unterhaltung im Tempel des Smaragdbuddhas war Paul zwar freundlicher geworden, aber er hatte ihr noch nie ein Kompliment gemacht. Bis jetzt.

Am Nachmittag ging Paul mit ihr zum *Zeigyo*, der dreistöckigen Markthalle im Stadtzentrum. Giovanna blinzelte, als sie den Teil des Markts betraten, in dem Kleidung verkauft wurde: An Hunderten von Ständen leuchteten, schimmerten und glänzten Stoffe in den prächtigsten Farben. Die große Auswahl machte es Giovanna schwer, sich zu entscheiden. Über eine halbe Stunde strich sie durch das Gewirr der Gänge, um sich einen Überblick über das Angebot zu verschaffen.

»Gefallen dir die Sachen?«, fragte Paul.

»Und wie. Schau mal die hier«, sagte sie und hielt eine altrosa Bluse mit fein gearbeiteten chinesischen Verschlüssen hoch. »Leichter Stoff, schöne Farbe und ein Schnitt, in dem eine Frau aussieht wie eine Frau und nicht wie ein wandelnder Kartoffelsack. Sobald wir wieder im Hotel sind, wandert der billige Ramsch aus Bangkok in die Altkleidersammlung.«

»Wie seltsam«, sagte Paul. »Ich dachte, die *Haute Couture du Khao San* träfe genau deinen Geschmack. Karl Lagerfeld persönlich hat mir versichert, dass manche Damen darin schon zur Oscarverleihung erschienen sind.«

Giovanna sah ihn verblüfft an. Sie hatte erwartet, dass er beleidigt auf ihre Bemerkung reagieren würde, stattdessen bewies er Größe und nahm sich selbst auf den Arm. Sie schätzte Selbstironie, besonders bei Männern, aber Paul hätte sie diese Fähigkeit beim besten Willen nicht zugetraut. Immer schön vorsichtig, sagte sie sich; wer weiß, was noch in diesem Mann steckt?

Sie vertiefte sich wieder in die Auswahl ihrer neuen Garderobe, bis sie sechs Blusen und drei Longyis beisammenhatte. Paul zeigte bereits deutliche Anzeichen von Ermüdung.

»Bist du zufrieden?«, fragte er hoffnungsvoll.

»Fast. Ich möchte mir noch einen Longyi aus Seide gönnen.«

Sie nahm sich Zeit, bis sie sicher war, dass sie den schönsten Longyi des gesamten Markts gefunden hatte. Er war aus dunkelroter glänzender Seide gewebt und mit hauchdünnen schwarzen Ornamenten geschmückt. Giovanna fand ihn elegant genug, um damit auf der Piazza San Marco zu flanieren, was für sie die höchste Messlatte war. Paul war so angetan von ihrer Wahl, dass er darauf bestand, den Longyi zu bezahlen.

Auf dem Weg zum Ausgang stach ihr ein edles Hemd mit chinesischem Stehkragen ins Auge, dunkelblau und aus der gleichen glänzenden Seide genäht wie ihr Longyi.

»Das nenne ich ein geschmackvolles Hemd. Ich werde es kaufen.«

»Das ist ein *Eingyi*, für Männer«, warnte er.

»Eben. Das Hemd soll für dich sein.«

»Ich habe genug Sachen.«

»Mag sein, aber was für welche sind das? Du vergibst dir nichts, wenn du dich etwas ansprechender anziehst. Oder läufst du in Penang etwa auch so herum?«

»Nicht unbedingt«, musste er zugeben.

Die Wahrheit war, dass Xue Lian Lachanfälle bekam und ihn als hoffnungslosen Althippie verspottete, wenn er seine Flatterhosen oder formlosen buntbedruckten Hemden anzog. Sie konnte seine Sentimentalität nicht verstehen, und er trug die Sachen nur noch hinter ihrem Rücken, wenn er allein reiste.

»Schon gut, ich kaufe das Hemd«, gab er nach.

»Nein«, sagte Giovanna bestimmt. »Jetzt bin ich an der Reihe, ein Geschenk zu machen.«

Die folgenden Tage verbrachte Paul mit Zeichnen. Giovanna stellte ihm Hunderte von Fragen und machte sich Notizen zu seiner Arbeitsweise, während er Porträts von Kindern, Marktfrauen und Mönchen anfertigte. Ihr fiel auf, wie viel er mit seinen Modellen sprach, und fragte ihn nach dem Grund.

»Wenn ich nicht verstehe, wen ich male, bleiben die Bilder

flach. Ich bemühe mich, so weit wie möglich unter die Oberfläche zu gelangen«, erklärte er.

»Malst du nur Menschen?«

»Manchmal mache ich Skizzen von Landschaften oder Gebäuden, aber nur als Andenken. Was mich wirklich interessiert, sind die Menschen. Mit meiner Malerei versuche ich, ihnen ein bescheidenes Denkmal zu setzen und mich für alles zu bedanken, was Asien mir gegeben hat.«

Giovanna fragte sich, was die Chinesin mit den Frangipaniblüten ihm gegeben hatte. Er musste ihr sehr nah gewesen sein, als er sie gemalt hatte, denn das Bild war zu emotional, zu intensiv für eine flüchtige Bekanntschaft. Natürlich gingen Pauls Affären sie nichts an, trotzdem hätte sie gern mehr über diese Frau gewusst. Mit etwas Glück würde sich eine Gelegenheit ergeben, bei der Giovanna ihre gute Kinderstube vergessen und ihn nach ihr fragen konnte.

Sie gewöhnten sich an, nach dem Abendessen in die Eindawya Paya zu gehen, einen großen Tempel in der Nachbarschaft ihres Hotels. Viele Burmesen kamen nach Sonnenuntergang dorthin, um sich mit Freunden zu treffen. Junge Paare drehten auf dem zentralen Platz ihre Runden um ein hohes, mit bunten Glasplättchen überzogenes *Zedi*, während Kinder herumtobten und die Alten im Schatten der Arkaden rauchend beisammensaßen und sich Geschichten aus der Vergangenheit erzählten.

»Es ist wunderschön hier«, stellte Giovanna fest. »Die Nächte sind wie Seide und voller Magie. So eine Stimmung habe ich noch nie erlebt.«

»Das ist der wahre Zauber Asiens. Für mich gibt es nichts Schöneres als diese tropischen Abende, wenn alles zur Ruhe kommt und mich ein Frieden erfüllt, den ich in Europa nie erlebt habe«, sagte Paul. »Wenn ich im Dunkeln die Eidechsen rufen höre und mir der Duft von Hibiskus und Frangipani in die Nase zieht, dann weiß ich, dass ich zu Hause bin.«

»Könntest du dir vorstellen, den Rest deines Lebens in Asien zu verbringen?«

»Ich kann mir nichts anderes vorstellen«, sagte er.

Eine Horde kleiner Jungen tobte spielend vor ihnen herum. Als einer von ihnen winkte und Paul den Gruß erwiderte, liefen sie kreischend davon. Der Kleinste fiel dabei hin, rappelte sich aber sofort auf und folgte seinen Freunden. Giovanna sah ihm nachdenklich hinterher.

»Magst du Kinder?«

»O ja. Besonders ein fünfjähriges Mädchen namens Shannon. Ich liebe sie über alles.«

»Du hast eine Tochter?«, fragte Giovanna erstaunt.

»Nein, nein, sie ist das Kind meines Freundes Joe in Penang. Eigene Kinder habe ich nicht.«

Giovanna zögerte kurz, bevor sie nachfragte.

»Warum nicht?«

»Tja, ich hatte wohl nie die richtige Beziehung dafür. Um ehrlich zu sein: Eigentlich hatte ich überhaupt keine Beziehungen.«

»Soll das heißen, dass du seit Giulias Tod allein warst?«, fragte sie erstaunt.

»Die ersten Jahre schon. Aber auf Dauer bleibt ein Mann in Asien nicht allein. Die Frauen haben zu viel Anziehungskraft. Zumindest auf mich.«

»Hast du viele Asiatinnen gekannt?«

»Gekannt?«, fragte er spöttisch. »Was für ein entzückendes Wort. Ich habe einige sehr gerngehabt und mit vielen geschlafen, falls du das meinst.«

Meine Güte, dachte sie, warum musste er so schrecklich direkt sein? Dafür hielt er sie sicherlich für verklemmt. Obwohl seine Offenheit sie verunsicherte, war sie nicht bereit, das Thema fallenzulassen.

»Dann hast du nach meiner Tante nie wieder eine Frau geliebt? In all den Jahren nicht?«

»Nur eine einzige. Wir leben zusammen in Penang.«

Giovannas Magen zog sich zusammen.

»Mein Mund ist so trocken«, behauptete sie und stand auf. »Ich besorge schnell eine Flasche Wasser. Wartest du auf mich?«

»Klar. Ich bleibe hier sitzen.«

Giovanna ging zum Haupteingang des Tempels, wo an einem Stand Getränke und Zigaretten verkauft wurden. Er hatte also eine Freundin, oder war sie sogar seine Frau? Ein Gedanke keimte in ihr auf und verließ sie nicht, bis sie mit dem Wasser in der Hand zu Paul zurückkam.

»Sag mal, Malaien sind doch Muslime, oder?«

»Ja, warum?«

»Weil es bedeutet, dass einer von euch beiden konvertieren musste, als ihr geheiratet habt, oder täusche ich mich?«

»Wir sind nicht verheiratet, und außerdem ist Julie Chinesin, da gibt es kein Problem.«

Chinesin? Plötzlich liefen die Fäden in Giovannas Kopf zusammen, und alles ergab einen Sinn: Sie hätte es wissen müssen, als sie das Bild zum ersten Mal sah.

»Deine Freundin ist die Frau mit den Blüten?«

»Ja.«

Während Giovanna noch über Pauls Enthüllung nachdachte, kam ein junger Mann in einem rot-gelb karierten Longyi direkt auf sie zu.

»Paul?«, rief er. »Bist du es?«

»Yang Min Set!«

Paul sprang auf und lief dem Burmesen entgegen. Sie begrüßten sich überschwänglich, bevor er ihn am Arm nahm und zu Giovanna brachte.

»Das ist Yang Min Set. Wir haben uns vor zwei Jahren kennengelernt.«

Der Burmese reichte ihr die Hand. Er hatte große schwarze Augen, hohe Wangenknochen und eine fein geschnittene Nase. Giovanna fand ihn äußerst attraktiv.

»Was machst du jetzt?«, fragte Paul. »Du müsstest längst mit der Schule fertig sein.«

»Ich arbeite im Schneiderladen meiner Eltern und warte darauf, dass die Universitäten wieder geöffnet werden. Ich würde gern studieren«, sagte er in gutem Englisch.

»Die Unis sind geschlossen?«, fragte Giovanna.

Bevor er antwortete, vergewisserte sich Yang Min Set, dass ihnen niemand zuhörte.

»Die Generäle haben sie schließen lassen, nachdem es zu Protesten gekommen war«, flüsterte er. »Ein paar Militärs sind mit Steinen beworfen worden.«

»Es ist kein Geheimnis, aber man spricht hier besser nicht in der Öffentlichkeit über diese Dinge«, sagte Paul, ebenfalls sehr leise.

Instinktiv sah Giovanna sich um, konnte aber niemand Verdächtiges entdecken. In ihrem Reiseführer hatte sie von Polizeiterror, Zensur und Menschenrechtsverletzungen in Burma gelesen, aber es war etwas anderes, persönlich damit konfrontiert zu werden. Allein die Möglichkeit war beklemmend.

»Gibt es das Komitee noch?«, fragte Paul.

»Ja«, sagte Yang Min Set und riss wie ertappt seine Augen von Giovanna los.

»Dann würde ich gern mit Moe Thu sprechen.«

»Kein Problem. Seid ihr morgen Abend hier?«

»Ich denke schon.«

»Gut. Ich werde wiederkommen und ihn mitbringen. Jetzt muss ich leider los, ich habe noch eine Verabredung«, sagte er mit ehrlichem Bedauern.

Giovanna entging nicht, wie scheu er sie ansah. Als er den halben Platz überquert hatte, drehte er sich noch einmal um.

»Einen schönen Abend noch!«, rief er.

»Bis morgen!«, rief sie zurück.

Paul setzte sich zurück auf die Stufen und zündete sich eine Kretek an.

»Du gefällst ihm«, sagte er.

»Er mir auch. Was für ein außergewöhnliches Gesicht.«

»Na, dann schnapp ihn dir.«

»Paolo!«, sagte sie empört. »Er ist viel zu jung für mich.«

»Er ist neunzehn, also volljährig.«

»Was denkst du von mir? Außerdem ist er zu klein. Er ist hübsch, aber als Mann nicht mein Typ. Zu ätherisch.«

»Du sagtest, dass du keinen festen Freund hast, richtig?«, fragte er unvermittelt.

»Nicht dass ich wüsste.«

»Aber du hattest welche?«

»Wird das ein Verhör?«

»Du löcherst mich den ganzen Tag und willst, dass ich dir mein Leben erzähle. Da ist es nur fair, wenn ich auch ein paar Fragen stelle.«

»Stimmt«, gab sie zu und dachte einen Moment nach, bevor sie antwortete. »Meinen ersten Freund hatte ich mit sechzehn. Eine typisch pubertäre Schwärmerei, mit heimlichen Liebesbriefen und allem, was dazugehört. Nach acht Monaten war es vorbei. Beim zweiten war ich achtzehn, und die Beziehung war schon wesentlich ernsthafter. Sie hielt drei Jahre. Carlo war fünf Jahre älter als ich und sehr, sehr nett. Vielleicht etwas zu nett, um auf Dauer interessant zu sein.«

»Du hast ihn betrogen«, grinste Paul. »Gib zu, dass du neben ihm einen anderen hattest.«

»Nein! Wie kommst du auf solche Gedanken? Unser Verhältnis kühlte ab, das war alles.«

»Wenn du es sagst, wird es wohl so gewesen sein.«

Sein Tonfall und das Zucken seiner Mundwinkel verrieten Giovanna, dass er ihr nicht glaubte. Normalerweise wäre sie bei einer derartigen Unverschämtheit explodiert, nur hatte er mit seiner Vermutung leider genau ins Schwarze getroffen. Um nicht weiter auf dieses unangenehme Thema eingehen zu müssen, ignorierte sie seine Bemerkung.

»Der dritte war Ryan, ein Engländer, während meiner Zeit in London. Er war ein echter Gentleman, und wir hatten viele gemeinsame Interessen, vor allem Kunst und klassische Musik. Leider fand ich ihn auf Dauer zu förmlich, und er kam mit meinem Temperament nicht klar. Wir mussten uns trennen.«

»Wie schön du es ausdrückst«, sagte Paul amüsiert. »Im Klartext bedeutet es wohl, dass er ein Langweiler und obendrein ein lausiger Liebhaber war.«

Giovanna lachte laut auf. »Du bist unmöglich.«

Sie sah Paul an und erkannte, dass es kein Scherz war. Was sollte sie ihm sagen? Giovanna war es nicht gewohnt, über Sex zu sprechen. Ihre Mutter hatte ihr beigebracht, diese Dinge für sich zu behalten, wie es die meisten Menschen taten. Nur Paul nicht.

»Vielleicht war er wirklich nicht so toll, aber anders als du habe ich nicht viele Vergleichsmöglichkeiten.«

Sie stand auf und klopfte den Staub von ihrer Hose.

»Und jetzt gehe ich ins Bett, bevor dir noch detailliertere Fragen einfallen. Schlaf gut.«

»Schlaf gut. Bis morgen.«

Als Giovanna im Bett lag, dachte sie an Fabio, den einen Liebhaber, den sie Paul verschwiegen hatte. Sie war zwanzig gewesen und er zwölf Jahre älter, als sie ihn auf der Hochzeit einer Freundin kennenlernte. Fabio arbeitete für eine Investmentbank in New York und war als Cousin der Braut extra eingeflogen; seine Frau ließ er zu Hause, weil sie im neunten Monat schwanger war. Giovanna fand ihn weder freundlich noch sympathisch, trotzdem brach ihre Abwehr unter seiner brachialen Anziehungskraft zusammen, und sie folgte ihm wie eine willenlose Puppe in sein Hotelzimmer. Vierunddreißig Stunden lang verließen sie den Raum nicht; vierunddreißig Stunden, in denen er Dinge mit ihr anstellte, die sie sich in ihren kühnsten Phantasien nicht ausgemalt hatte; vierunddreißig Stunden, bis er sich anzog und sie ohne einen Abschiedskuss im Bett liegen ließ, um zurück zu seiner Frau nach Amerika zu fliegen.

Fabio war ein gefühlloser, egoistischer Mistkerl gewesen, doch mit ihm hatte sie erlebt, wie phantastisch Sex sein konnte. Im Vergleich zu ihm war Ryan tatsächlich ein lausiger Liebhaber gewesen, wie Paul es vermutet hatte. Unruhig drehte Giovanna sich auf die andere Seite. Was in ihrem Leben noch fehlte, war nicht die sexuelle Offenbarung, sondern die große Liebe. Aber sie hatte genug Zeit. Sie konnte warten.

Nachdem sie auf der Dachterrasse gefrühstückt hatten, packte Paul sein Malzeug zusammen. Er wollte auf den Markt gehen, um das Bild einer Blumenverkäuferin auf einem Holzkarren voller gelber Chrysanthemen fertigzustellen. Giovanna hatte ihm am Vortag bei der Arbeit daran zugeschaut, aber an diesem Morgen hatte sie keine Lust dazu. Obwohl sie vor allem wegen Paul in Burma war, wollte sie auch etwas von Mandalay sehen und nicht nur den ganzen Tag untätig neben ihm sitzen.

»Ist es dir recht, wenn ich dich allein lasse und mir etwas von der Stadt ansehe?«

»Ich halte es sogar für eine ausgesprochen gute Idee.«

»Kannst du mir ein paar Sehenswürdigkeiten empfehlen? Das Fort vielleicht, oder Mandalay Hill?«

»Du solltest dir den Mahamuni ansehen«, schlug er nach kurzem Überlegen vor.

»Was ist das?«, fragte Giovanna.

»Die höchstverehrte Buddhastatue des Landes.«

»Und wo finde ich die?«

»In der Mahamuni Paya, einem großen Tempel südlich von hier. Frag dich einfach durch.«

Giovanna hatte den Verdacht, dass er sie herausfordern wollte, aber seine aufmunternde Miene sprach dagegen. Ihr gefiel die Vorstellung, etwas unabhängiger von ihm zu sein, und

Mandalay war ein guter Einstieg. Die Stadt war lange nicht so einschüchternd wie Bangkok.

»Dann bis später. Wir treffen uns im Hotel.«

Den Mahamuni zu finden war einfach, wie Paul gesagt hatte, denn die Burmesen waren hilfsbereit und wiesen ihr gern die Richtung, wenn sie danach fragte. Giovanna betrat das Tempelgelände und folgte einem belebten Arkadengang, in dem Blumen und Blattgold als Opfergaben verkauft wurden. Der Gang endete in einer Halle, in der die über vier Meter hohe Buddhastatue stand. Als sie hineingehen wollte, wies ein Mönch sie in radebrechendem Englisch darauf hin, dass der Zutritt nur Männern erlaubt war, und zeigte ihr einen angrenzenden für Frauen bestimmten Raum, in dem Dutzende von Burmesinnen mit seitlich unter den Körper geschlagenen Beinen auf dem Boden saßen und leise Gebete murmelten. Giovanna setzte sich dazu und versuchte ihre Haltung nachzuahmen, aber nach wenigen Minuten schlief ihr linkes Bein ein. Sie hatte diese Form der Verehrung auch vor dem Smaragdbuddha gesehen, aber durch die traditionelle Kleidung der Frauen und die Abwesenheit anderer Touristen wirkte ihre Anmut noch stärker. Die tiefe Religiosität der Burmesen imponierte Giovanna. Sie kniete zwischen den betenden Frauen und genoss die Schönheit und Harmonie des Augenblicks. In ihr breitete sich eine ungewohnte Ruhe aus: Sie war glücklich.

Erst kurz vor Einbruch der Dunkelheit kehrte Giovanna ins Hotel zurück, wo Paul auf der Terrasse wartete. Ihre Kleidung war durchgeschwitzt, ihr Gesicht dreckig und sie selbst war müde. Sie ließ sich auf einen Stuhl fallen und langte über den Tisch, um einen Schluck von seinem Saft zu trinken. Er war kalt und erfrischend.

»Hattest du einen schönen Tag?«, fragte er.

»Und wie! Ich liebe diese Stadt«, sagte sie. »Sie ist so bunt und lebendig, voller freundlicher Menschen.«

Paul nickte zustimmend, erfreut über ihre Begeisterung für Mandalay.

»Sag mal, brauchst du lange, um dich fertigzumachen?«, wechselte er das Thema. »Ich würde sonst schon vorgehen, damit ich nicht zu spät zum Treffen komme.«

»Ich brauche eine Viertelstunde«, sagte sie und sprang auf. »Ich möchte nur kurz duschen und mich umziehen, dann bin ich wieder da.«

Paul lehnte sich in seinem Stuhl zurück und beobachtete entspannt, wie der Tag sich von Mandalay verabschiedete. Der Himmel verfärbte sich rot und violett, dann verblassten die Farben plötzlich zu einem bleiernen Grau, und mit einem Mal war es dunkel.

Pünktlich nach fünfzehn Minuten kam Giovanna zurück, und sie machten sich auf den Weg zur Eindawya Paya. Kaum hatten sie sich unter die Arkaden gesetzt, tauchte Yang Min Set auch schon auf der anderen Seite des Platzes auf. Neben ihm ging ein dunkelhäutiger, breit gebauter Mann von knapp dreißig Jahren. Giovanna fand seine groben Gesichtszüge wenig vertraueneinflößend, aber Paul erhob sich und umarmte den Mann herzlich.

»Das ist Moe Thu«, stellte er ihn vor.

»Ich freue mich, Sie kennenzulernen.«

Der Dunkle beugte leicht den Kopf und schüttelte ihre Hand. Wie so viele Burmesen sprach er passables Englisch.

»Ich freue mich auch«, log Giovanna.

Paul und Moe Thu zogen sich tiefer in den Schatten der Arkaden zurück, um sich ungestört zu unterhalten. Yang Min Set nutzte die Gelegenheit und verwickelte Giovanna in ein Gespräch. Sie hörte ihm jedoch kaum zu, stattdessen beobachtete sie aus dem Augenwinkel, wie Paul seinen Arm um Moe Thu legte und ihm einige Fragen stellte, auf die der Burmese mit mehrfachem Kopfnicken antwortete. Dann sah sie, wie Paul ihm ein dickes Bündel Geldscheine übergab.

»Sind Sie schon lange mit Paul zusammen?«

Yang Min Sets Frage riss sie aus ihren Gedanken. Sie sah ihm an, wie viel Überwindung ihn diese Frage gekostet hatte.

»Wir sind kein Paar«, antwortete sie schnell, um über ihre Unaufmerksamkeit hinwegzutäuschen. »Nur Freunde. Ich hoffe wenigstens, dass wir es sind.«

Das Lächeln des Burmesen wurde noch breiter, was sie nicht für möglich gehalten hatte. Es stand ihm gut. Er wollte etwas sagen, aber dann kamen Paul und Moe Thu zurück, und er schwieg.

»Paul sagte mir, dass Sie an der Arbeit unseres Komitees interessiert sind. Wenn Sie möchten, hole ich Sie morgen um acht im Hotel ab und zeige Ihnen, was wir tun«, sagte Moe Thu zu Giovanna.

Sie wusste von keinem Komitee, aber Paul nickte ihr verschwörerisch zu, also ließ sie sich darauf ein.

»Sehr gern«, sagte sie.

»Dann bis morgen.«

Er nickte Paul kurz zu und verschwand ohne ein weiteres Wort. Yang Min Set schlug vor, gemeinsam zu Abend zu essen, und führte sie durch ein Gewirr dunkler Gassen zum Nachtmarkt in der Nähe des Zeigyo, wo Giovanna sich eingekleidet hatte.

Es wurde ein schöner Abend. Paul spendierte eine Runde Bier nach der anderen und hielt sich im Gespräch stark zurück, damit der junge Burmese Giovanna von sich und seinem Land erzählen konnte. Giovanna fand es ausgesprochen feinfühlig von Paul, dass er Yang Min Set das Feld überließ, damit er vor ihr glänzen konnte. Eine weitere gute und bei Männern seltene Eigenschaft, die sie an ihm entdeckt hatte.

Auf dem Heimweg, nachdem Yang Min Set sich von ihnen verabschiedet hatte und in eine andere Richtung davongegangen war, kehrten Giovannas Gedanken zu Moe Thu zurück.

»Was war das für ein Treffen vorhin im Tempel? Hast du ihm Geld gegeben?«

»Ja.«

»Viel Geld?«

»Dreißigtausend US-Dollar.«

»So viel! Warum?«

Paul blieb stehen und holte seine Zigaretten aus der Umhängetasche. Als er feststellte, dass die Schachtel leer war, stieß er einen leisen Fluch aus.

»Ich verdiene sehr viel Geld, indem ich Leute male, und ich finde es angemessen, einen Teil davon zurückzugeben. Erinnerst du dich an das Bild mit den beiden Mädchen vor der gelben Tempelmauer?«

»Ja, natürlich.«

»Es ist hier im Viertel entstanden und hat mir ein Vermögen eingebracht. Ich habe zehn Prozent davon mit nach Burma genommen.«

»Ist das nicht Devisenschmuggel?«

»Selbstverständlich«, grinste er. »Natürlich kann ich das Geld nicht einfach der Familie geben. Sie wären plötzlich die reichsten Menschen weit und breit, wodurch ich das soziale Gefüge sprengen würde. Also stifte ich es dem Stadtteilkomitee, damit viele davon profitieren. Außerdem wird Moe Thu dafür sorgen, dass die beiden Mädchen regelmäßig Geld erhalten, um ihnen eine Schulausbildung und einen guten Lebensstandard zu garantieren.«

Giovanna war überwältigt von seiner Großherzigkeit. Wie viele Menschen würden dies tun? Paul war in jeder Hinsicht ein ungewöhnlicher Mann.

»Das ist wundervoll«, sagte sie und lehnte ihren Kopf an seine Schulter. »Hast du dem Barmädchen aus Bangkok auch zehn Prozent vom Verkaufspreis gegeben?«

»Noi? Natürlich hat sie ihren Anteil bekommen, genau wie die Marktfrau mit den Chrysanthemen ihn eines Tages erhalten wird. Es ist nicht viel, verglichen mit dem, was Asien mir gegeben hat.«

Giovanna versuchte sich auszumalen, was der Mann neben ihr alles erlebt und gesehen hatte. Vermutlich mehr, als sie sich vorstellen konnte.

»Wo bist du mit Tante Giulia am glücklichsten gewesen?«

»In Lamalera.«

»Wo liegt das?«

»Weit im Südosten Indonesiens, auf einer Insel namens Lembata. Es ist ein Dorf, dessen Bewohner ausschließlich vom Walfang leben. Dorthin zu gelangen war ein echtes Abenteuer. Nachdem Giulia auf Bali davon gehört hatte, wurde es zu ihrer fixen Idee, von der ich sie nicht abbringen konnte. Ich selbst wäre nie darauf gekommen.«

»Was meinst du mit Abenteuer? War es gefährlich, dorthin zu fahren?«

»Das kann man wohl sagen. Fähren gingen unter und Busse stürzten in Schluchten, es gab Malaria und andere Krankheiten, aber weit und breit keinen Arzt. Nach Lamalera zu fahren erforderte Mut.«

Giulia muss eine bemerkenswerte Persönlichkeit gewesen sein, dachte sie. Ganz anders als die anderen Morosinis, sie selbst eingeschlossen.

»Mamma hat gesagt, dass meine Tante immer im Mittelpunkt stehen wollte. Dass sie verwöhnt und verantwortungslos war. Und dass sie immer Streit gesucht hat. Ist das wahr?«

»Das kommt auf den Standpunkt an. Als ich Giulia zum ersten Mal traf, war sie noch sehr jung. Ich weiß nicht, ob es ihr wichtig war, im Mittelpunkt zu stehen, oder ob sie es als selbstverständlich hinnahm. Dass sie mit ihrer Lebendigkeit Menschen angezogen hat, ist jedenfalls eine Tatsache. Ein Dickkopf war Giulia mit Sicherheit, und sie hat sich wenig darum geschert, was andere Leute von ihr dachten. Verwöhnt war sie nicht, ganz im Gegenteil: Nichts war Giulia zu mühsam, zu dreckig oder zu unbequem. Sie konnte alles ertragen.«

Während sie weitergingen, legte er seinen Arm um Giovanna

und strich ihr sanft über das Haar. Sie fragte sich, wie oft er ihre Tante so im Arm gehalten hatte. Es war eine seltsame Vorstellung, trotzdem gefiel es ihr. Seine Nähe tat ihr gut.

»Unsere Reise hat sie geformt, sie ruhiger, ernsthafter und bescheidener gemacht. Sie hat ein aufrichtiges Interesse an anderen Menschen entwickelt. Giulia ist einen langen Weg gegangen.«

»Ihr müsst ein tolles Paar gewesen sein.«

Der Tag begann nicht gut: Damit sie bei der Hitze schlafen konnte, hatte Giovanna den Ventilator die ganze Nacht mit voller Drehzahl laufen lassen, und als sie erwachte, war ihr Nacken steif. Als Paul beim Frühstück bemerkte, dass sie ihren Kopf kaum drehen konnte, bot er ihr eine Massage an. Es tat gut, und nach zehn Minuten entspannte sich ihre Muskulatur deutlich.

»Vielen Dank. Es ist jetzt besser.«

»Gern geschehen.«

Giovanna lächelte. Seit sie in Mandalay waren, hatte sich ihr Verhältnis geändert. Sie hatte das Gefühl, dass er sie endlich respektierte und sich über ihre Anwesenheit freute.

Pünktlich um acht Uhr stand Moe Thu vor der Tür, um sie abzuholen. Nachdem sie sich von Paul verabschiedet hatten, erzählte der Burmese ihr, dass vor Jahren ein Komitee gegründet worden sei, um das gröbste Elend im Viertel durch Nachbarschaftshilfe zu bekämpfen. Während ihres Gesprächs begriff Giovanna, wie grundfalsch ihr erster Eindruck dieses roh wirkenden Manns gewesen war. In Wirklichkeit erwies er sich als tief religiös, verantwortungsvoll und voller Liebe zu seinen Mitmenschen. Moe Thu genoss großen Respekt, und Giovanna schämte sich, dass sie so leichtfertig von seinem Äußeren auf seinen Charakter geschlossen hatte.

Zuerst besuchten sie eine durch Spenden finanzierte Suppenküche für die Alten und Kranken, danach eine Unterkunft für Straßenkinder und Waisen. Giovanna war entsetzt, wie viele es waren. Zum Abschluss nahm Moe Thu sie mit in den Hof eines Tempels, wo Freiwillige Kindern, die keine Schule besuchen konnten, die nötigsten Kenntnisse beibrachten. Es zog ihr das Herz zusammen, als sie die Jungen und Mädchen auf dem nackten Steinfußboden sitzen sah, während sie Unterricht von Erwachsenen bekamen, die selbst kaum lesen oder rechnen konnten.

Als Moe Thu ihr vorschlug, den Kindern eine Englischstunde zu geben, zögerte sie nicht eine Sekunde. Im Nachhinein bezweifelte sie, ihnen etwas beigebracht zu haben, aber es war für alle Beteiligten ein unvergessliches Erlebnis. Giovanna kamen die Tränen, als sie sich von ihren verdreckten und unterernährten Schützlingen verabschiedete, so sehr schmerzte sie der Anblick der schweigend winkenden Kinder.

Bevor sie sich trennten, lud sie Moe Thu zum Essen ein. Er bestand darauf, an einem Stand auf dem Markt zu essen, wo sie auf wackeligen Hockern saßen und gekochtes Schweinefleisch mit Kartoffeln und wässrigem Gemüse aßen. Das Schwein war so grob zerteilt worden, dass Giovanna Stücke mit Haut und Borsten in ihrem Mund wiederfand. Trotz ihres Ekels schluckte sie alles hinunter, um sich vor Moe Thu nicht zu blamieren. Sie fragte sich, wie oft die Kinder von fettigem Schweinefleisch träumten, wenn sie abends hungrig schlafen gingen, als ihr ein Gedanke durch den Kopf schoss.

»Was würde es kosten, der ganzen Schulklasse so ein Essen zu bezahlen?«, fragte sie.

Moe Thu nannte einen lächerlichen Betrag, und sie drückte ihm ein Vielfaches in die Hand.

»Warum lädst du sie nicht selber ein?«, schlug er vor. »Die Kinder würden sich freuen.«

»Das schaffe ich nicht. Es ist mir zu viel auf einmal. Ich bin traurig, dass ich nicht mehr tun kann.«

»Es ist besser, ein kleines Licht anzuzünden, als über die Dunkelheit zu klagen.«

»Danke. Vielen Dank für alles.«

Sie küsste ihn spontan auf die Wange, ohne daran zu denken, wie unangemessen eine solche Vertraulichkeit in der Öffentlichkeit war. Falls Moe Thu sich daran störte, ließ er es sich nicht anmerken.

»Ich habe dir zu danken«, sagte er. »Du bist ein guter Mensch.«

Paul saß mit einer gekühlten Pepsi in der Hand vor dem Eingang des Hotels und wartete auf sie. Als Giovanna auf ihn zugelaufen kam, stand er auf und ging ihr entgegen, bis sie sich mit einem lauten Aufschluchzen in seine Arme fallen ließ.

»War es so schlimm?«

Giovanna klammerte sich noch fester an ihn, und es verging eine Weile, bis sie verständlich sprechen konnte.

»Heute Morgen habe ich mehr gelernt als in allen Semestern an der Uni zusammen.«

Aus ihren Augen flossen immer noch Tränen, als sie Paul ins Gesicht sah.

»Diese Kinder, diese armen, hoffnungslosen Wesen.«

»Sie sind nicht hoffnungslos, solange es Menschen wie Moe Thu gibt«, sagte er ruhig.

»Du hast recht. Und ich habe gedacht … Mein Gott, ich bin so eine blöde Gans. Gestern Abend habe ich mich gefragt, wie du einem so verschlagen aussehenden Menschen dein Geld anvertrauen kannst.«

»Moe Thu würde sich im Fluss ertränken, bevor er auch nur einen Kyat veruntreut.«

»Ich weiß, und genau deshalb schäme ich mich so. Ich bin dumm und oberflächlich«, flüsterte sie.

»Du bist weder das eine noch das andere. Du hast eine erschütternde Erfahrung gemacht, und es nimmt dich stark mit. Das zeigt doch, dass du eine gute Seele hast.«

»O nein. Fang du nicht auch noch damit an.«

Stunden später saßen Giovanna und Paul auf der Hotelterrasse, tranken Saft und aßen Wassermelone. Giovanna lehnte sich zurück und streckte ihre Füße unter dem Tisch aus.

»Das war einer der aufregendsten und interessantesten Tage meines Lebens«, erklärte sie.

»Ein guter Tag?«

»Ein sehr, sehr guter Tag. Vielen Dank für alles.«

»Wofür? Ich habe nichts getan.«

»Du hast mich mit Moe Thu bekannt gemacht. Ohne dich wäre ich jetzt nicht in Burma, sondern in Italien.«

»Gefällt es dir hier?«

»Sehr. Langsam beginne ich zu begreifen, warum du in Asien lebst und was dich hier hält.«

»Gut. Das ist wichtig, wenn du meine Malerei verstehen willst.«

Sie nahm ein Stück der aufgeschnittenen Melone. Das rote Fruchtfleisch war saftig und aromatisch.

»Es geht mir nicht um die Malerei«, sagte sie kauend. »Es geht mir um dich.«

7
Die Frau mit dem Sonnenschirm

Giovanna und Paul saßen auf der obersten Terrasse der Shwesandaw Paya, eines neunhundert Jahre alten Tempels, und warteten auf den Sonnenaufgang. Ganz langsam krochen die ersten Strahlen über den Horizont und berührten die Spitzen der höchsten Bauwerke. Giovanna stand auf und beobachtete gebannt, wie das Tempelfeld von Bagan sich aus dem Morgennebel schälte.

»Mein Gott«, flüsterte sie. »So etwas Schönes habe ich noch nie gesehen.«

Die Sonne stieg über den Horizont und enthüllte die wahre Größe des Ruinenfeldes, das sich bis zu den fernen Hügeln im Osten erstreckte. Obwohl die ehemalige Hauptstadt des burmesischen Reiches zum Weltkulturerbe gehörte und eine der großen Sehenswürdigkeiten Asiens war, hatte Giovanna nie von ihr gehört, bevor sie im Reiseführer nachgelesen hatte, dass schon Marco Polo dort gewesen war. Selbst nach dem schweren Erdbeben von 1975 standen noch weit über zweitausend Tempel, manche von ihnen gigantische, in den Himmel ragende Monumente, andere bloß namenlose, kaum mannshohe Schreine. Giovanna setzte sich neben Paul und lehnte sich an seine Schulter.

»In was für ein unglaubliches Land hast du mich entführt? Ich bin so glücklich, dass du mir dies alles zeigst.«

»Das freut mich. Ich hatte nämlich den leisen Verdacht, dass du nur nach Asien gekommen bist, um Kapital aus deiner Bekanntschaft mit dem Maler Paul Handewitt zu schlagen.«

Giovanna erblasste. Sein Vorwurf traf sie schwer, aber sie bemühte sich, keine Miene zu verziehen.

»Warum hast du dann zugestimmt, mit mir zu reisen?«

»Aus Sentimentalität. Weil du Giulia so ähnlich bist, schätze ich«, gab er zu. »Hatte ich denn recht mit meiner Vermutung?«

»Nein. Aber nachdem du herausgefunden hast, wie ich mir den Zutritt zur Vernissage erschlichen habe, brauche ich mich über deinen Argwohn wohl kaum zu wundern«, sagte sie traurig. »Deine Malerei ist von Anfang an nur ein Grund von mehreren gewesen, genau wie ich es dir gesagt hatte. Und mittlerweile ist sie mir fast egal.«

»Was ist dir dann wichtig?«

»Meine Tante. Ich selbst. Und du.«

Plötzlich verspürte Giovanna das befremdliche, aber äußerst klare Bedürfnis, ihn zu küssen. Bevor er reagieren konnte, drückte sie ihm hastig die Lippen auf den Mund, dann lief sie fluchtartig auf die andere Seite der Terrasse. Ich muss verrückt geworden sein, dachte sie. Um ihren Hals baumelte an einer silbernen Kette ein kleines Jadekreuz, das Yang Min Set ihr zum Abschied aus Mandalay geschenkt hatte. Seine entzückende Geste hatte sie gerührt, und sie hielt das Andenken in Ehren. Wer weiß, vielleicht würde es ihr Glück bringen?

Mit der aufkommenden Hitze schwangen sie sich auf ihre gemieteten Fahrräder und machten sich auf den Rückweg nach Nyaung Oo, dem kleinen Ort einige Kilometer nördlich von Bagan, in dem die meisten Besucher übernachteten. In einem billigen Restaurant in der Nähe ihres Hotels bestellten sie sich riesige Portionen gebratener Nudeln und grünen Tee zum Frühstück. Der Ausflug vor Sonnenaufgang hatte sie hungrig gemacht.

»Der Abschied aus Mandalay ist mir schwergefallen, aber

nun bin ich doch froh, hier zu sein. Bagan zu verpassen wäre ein unverzeihlicher Fehler gewesen«, sagte Giovanna mit vollem Mund.

»Damals mussten wir ständig Menschen und Orte zurücklassen, die wir liebgewonnen hatten. Unsere Reise bestand aus einer endlosen Folge von Abschieden, und einige waren schmerzhaft. Als wir Lamalera verließen, hat es Giulia fast das Herz gebrochen. Sie hatte ein sehr enges Verhältnis zu Veronika, bei der wir dort gewohnt haben.«

»Ihr habt ein beneidenswertes Leben geführt.«

»Das ist Geschmackssache. Viele könnten so leben, auch du. Für den Preis eines Mittelklassewagens kannst du drei Jahre durch Asien reisen, ohne arbeiten zu müssen. Aber würdest du es wollen?«

»Ich weiß nicht.«

»Reisen ist ein Lebensstil und bringt Probleme mit sich wie jeder andere auch. Bis zum letzten Jahr habe ich so gelebt.«

»Und jetzt? Vermisst du dein Nomadendasein?«

»Ich bin mir nicht sicher.«

Als Giovanna aus ihrem Mittagsschlaf erwachte, fand sie einen handgeschriebenen Zettel auf dem Fußboden. Paul hatte ihn unter der Tür hindurchgeschoben. Darauf teilte er ihr mit, dass er beim Sulamani Patho malen und dort auf sie warten würde. Giovanna wickelte sich ihren Longyi um die Hüften, in dem sie sich von Tag zu Tag wohler fühlte, dann suchte sie den Tempel auf der Karte und prägte sich den Weg dorthin so gut wie möglich ein, damit sie ihn zwischen den Tausenden von Bauwerken finden würde.

Sie schwang sich aufs Fahrrad und fuhr einige Kilometer auf der Straße nach Alt-Bagan, bis sie links auf einen Sandweg abbog. Nach einem halben Kilometer stieg sie ab, um im Schatten eines Baumes eine kurze Rast einzulegen und einen Schluck Wasser zu trinken.

Giovanna dachte an den Morgen zurück und fragte sich, was in sie gefahren war. Männer mit ungewollten Zärtlichkeiten zu überrumpeln gehörte nicht zu ihren Angewohnheiten – andererseits wollte sie den Kuss nicht überbewerten. Er war ein spontanes Dankeschön gewesen, nichts weiter, auch wenn sie nicht leugnen konnte, dass Paul eine starke Anziehungskraft auf sie ausübte. Er war eine faszinierende Persönlichkeit mit einer Menge Lebenserfahrung; verglichen mit seinem selbstsicheren Auftreten wirkten Carlo und Ryan wie dumme Jungen. Doch, er hatte einen tiefen Eindruck bei ihr hinterlassen, daran gab es keinen Zweifel.

Als sie bemerkte, dass am Horizont jenseits des Flusses eine tiefschwarze Wolkenfront aufzog, setzte sie sich wieder auf ihr Fahrrad und fuhr zielstrebig auf einen mächtigen in der Ferne aufragenden Tempel zu, den sie für den Sulamani Patho hielt.

Das Mädchen hatte Thanakha und ein strahlendes Lächeln aufgelegt. Sie mochte etwa sechzehn Jahre alt sein und verkaufte Souvenirs an die gelegentlich beim Sulamani Patho auftauchenden Touristen. Da an diesem Tag nur wenige Besucher kamen, hatte Paul sie allem Anschein nach überreden können, sich von ihm malen zu lassen. Sie saß in einem Nebeneingang des Tempels und lehnte inmitten ihrer bescheidenen Waren an einer Wand. In der Hand hielt sie ein zahmes Eichhörnchen.

Giovanna stieg vom Fahrrad und setzte sich zu den beiden in den schattigen Tempeleingang. Das Mädchen fragte sie schüchtern nach ihrem Namen und aus welchem Land sie kam, aber nach wenigen Minuten verlor sie ihre Hemmungen und löcherte sie mit Fragen zu Italien und ihrer Familie. Dann stellte sie sich als Ma Hla Myo vor und erzählte, dass sie noch nie aus Bagan herausgekommen war und davon träumte, einmal nach Yangon zu fahren.

Paul legte eine Pause ein, und Ma Hla Myo schlug vor, Giovanna mit Thanakha zu verschönern. Während das Mädchen die Paste anrührte, spielte Giovanna mit dem Eichhörnchen, das Spaß daran hatte, sich im langen Ärmel ihrer Bluse zu verstecken. Als Ma Hla Myo mit dem Auftragen der Paste fertig war, stand Giovanna auf und breitete ihre Arme aus.

»Na, wie sehe ich aus?«, fragte sie. »Würden meine eigenen Eltern mich noch erkennen?«

Paul und Ma Hla Myo bestaunten Giovanna, die in ihrer bestickten Bluse und einem dunkelgrünen mit dünnen silbernen Streifen verzierten Wickelrock vor ihnen stand. Die noch feuchte Paste glänzte in ihrem mittlerweile tief gebräunten Gesicht und verlieh ihr etwas Geheimnisvolles. Urplötzlich zerrte eine starke Windböe an ihrem Longyi. Der Sturm zog vom Fluss herüber und trieb regenschwere Wolken vor sich her.

»Gibt es ein Unwetter?«, fragte Giovanna.

»Nein. Der Monsun ist endlich da.«

Giovanna, Paul und Ma Hla Myo standen im schützenden Eingangsbereich des Tempels, während die ersten Tropfen auf die staubige Erde schlugen und dunkle Flecken zurückließen. Ein verdächtiges Rauschen kam näher, bis es so stark war, dass es alle anderen Geräusche erstickte. Dann ergoss sich ein sintflutartiger Regen über das Land.

Der ausgedörrte Boden war nicht in der Lage, die vom Himmel herabstürzenden Wassermassen aufzunehmen, und die ausgetretenen Wege verwandelten sich in schlammige Sturzbäche. Giovanna verfolgte das gewaltige Naturschauspiel mit offenem Mund. Niemals hatte sie etwas Vergleichbares gesehen.

»Es ist ehrfurchtgebietend«, murmelte sie. »Einfach überwältigend.«

»Der Monsun hat die Macht, den Tod zu bringen, aber ohne ihn gibt es kein Leben«, sagte Paul.

»Ich will es spüren«, rief sie übermütig. »Ich will das Leben spüren!«

Damit sprang sie aus dem Schutz der Mauern hinaus in den Regen. Das Wasser stand ihr bis zu den Knöcheln, und innerhalb weniger Sekunden war ihre Kleidung durchtränkt. Die Thanakhapaste lief ihr in breiten Streifen über das Gesicht, während sie lachend und singend durch den Regen tanzte, wie eine Hohepriesterin, die im Dienst eines geheimnisvollen Kults einen Fruchtbarkeitstanz aufführt.

Giovanna blieb stehen, um wieder zu sich zu kommen. Als sie den Kopf in den Nacken legte und ihr kühle Tropfen ins Gesicht schlugen, stieß sie einen befreienden Freudenschrei aus, der im lauten Prasseln des Regens verlorenging. Sie hatte sich noch niemals so lebendig gefühlt. Venedig und ihre Eltern waren unendlich fern, Vergangenheit und Zukunft hatten keine Bedeutung. Sie war in Burma, und der Monsun war gekommen, um ihr, Giovanna Morosini, das Leben zu bringen.

Der Longyi klebte schlammverschmiert an ihren Beinen, als sie zum Tempel zurücklief. Sie sprang die Stufen hinauf und warf sich Paul in die Arme, ohne Ma Hla Myo zu beachten.

»Ich bin glücklich«, flüsterte sie. »Ich bin so unbeschreiblich glücklich.«

Er strich ihr die nassen Haare aus dem Gesicht und legte wortlos seine Hände auf ihre Wangen. Giovanna vergaß ihre Tante, vergaß alles andere, was sie hätte zurückhalten können. Als Paul zögerte, schloss sie die Augen und öffnete ihre Lippen, damit er sie küsste.

* * *

Es war ein heißer Tag in Penang. Xue Lian und Soo San saßen auf der Veranda vor einem Ventilator, während Shannon im Garten spielte. Xue Lian schenkte ihrer Freundin eine Tasse Tee ein.

»Meine Regel kommt einfach nicht«, sagte sie. »Ich bin seit sechs Wochen überfällig.«

»Warum machst du keinen Test?«

»Weil ich Angst davor habe. Stell dir vor, ich wäre ausgerechnet jetzt schwanger!«

»Ist es denn möglich?«

»Möglich schon, wenn auch ziemlich unwahrscheinlich. Es könnte nur an dem Abend passiert sein, als er aus Rom zurückgekommen ist. Nachdem er mir von Giovanna erzählt hat, habe ich aufgepasst.«

»So viel Pech kann man nicht haben.«

»Beschrei es nicht. In meiner Familie ist das Pech ein Dauergast.«

Soo San zündete sich eine Zigarette an und hielt ihrer Freundin die Schachtel hin, aber Xue Lian lehnte ab.

»Was wirst du tun, falls du tatsächlich schwanger bist?«

»Keine Ahnung. Ich mag gar nicht daran denken.«

»Hast du von Paul gehört, seit er in Burma ist?«

»Kein Wort. Das letzte Mal hat er aus Bangkok angerufen, seitdem herrscht Funkstille. Allerdings hat er mir gleich gesagt, dass es in Burma keinen Internetzugang gibt und Telefonieren schwierig ist.«

»Tolles Land«, sagte Soo San trocken.

»Ich liebe Paul, aber er hat mich sehr gekränkt. Wie konnte er mit ihr wegfahren? Was soll ich davon halten?«

»Was willst du machen, wenn er zurückkommt?«

»Das hängt von Paul ab. Ich bin davon überzeugt, dass er mit ihr schlafen wird.«

»Na und?«, sagte Soo San und zuckte gleichmütig mit den Schultern. »Das ist doch kein Weltuntergang. Männer sind so. Das ist nicht schön, aber eine Tatsache.«

»Ich bin nicht von gestern«, sagte Xue Lian. »Meinst du, ich würde ein Drama daraus machen, wenn er mit einer anderen Frau ins Bett steigt? Aber hier geht es um mehr. Ich bin nicht bereit, meinen Mann zu teilen. Das kann niemand von mir verlangen. So etwas habe ich nicht nötig.«

»Nein, das hast du nicht«, lenkte Soo San ein. »Trotzdem solltest du nichts unternehmen, was du hinterher bereuen könntest. Ich mag Paul und glaube immer noch, dass er dich glücklich machen wird.«

Xue Lian antwortete nicht, sondern blickte mit düsterer Miene in den Garten hinaus.

* * *

Giovanna saß auf der Kante der offenen Ladefläche und sah über die endlosen Reisfelder zu beiden Seiten der Straße. Das Schlagloch kam so unerwartet, dass es sie beinahe vom Lieferwagen geschleudert hätte. Ein heftiger Schmerz durchzuckte ihr Steißbein; sie konnte nur hoffen, dass der nächste Ort Nyaung Shwe war und die Fahrt bald ein Ende hatte.

Tatsächlich ging der Fahrer am Eingang des Dorfes vom Gas und bog von der Hauptstraße ab. Sie überquerten eine hölzerne Brücke und hielten kurz darauf in einem von flachen Bungalows umstandenen Hof. Eine junge Frau mit einem Besen in der Hand streckte ihren Kopf aus einer Tür und sah zu ihnen herüber. Als Paul vom Wagen sprang, stellte sie den Besen beiseite und kam ihm voller Freude entgegen.

»Du bist zurück! Was für eine Überraschung«, rief sie.

»Mar Htwe! Wie schön, dich zu sehen.«

Giovanna kletterte von der Ladefläche und folgte Paul. Als er sie einander vorstellte, legte Mar Htwe die Hände zum Gruß zusammen und neigte den Kopf.

»Herzlich willkommen in Nyaung Shwe.«

Sie betraten ein kleines Restaurant mit einem halben Dutzend Tischen. An den Wänden hingen Aquarelle einer Seelandschaft, und neben dem Durchgang zur Küche entdeckte Giovanna ein gerahmtes Porträt von Mar Htwe. Sie trat näher, um es genauer zu betrachten: Es war ein Meisterwerk und konnte nur von Paul stammen.

»Welches Zimmer soll ich euch geben?«, fragte Mar Htwe. »Da ihr meine einzigen Gäste seid, habt ihr die freie Auswahl.«

»Wir brauchen zwei Räume. Am besten nebeneinander.«

Mar Htwe ging zur Tür und rief etwas in den Hof, woraufhin der Fahrer das Gepäck vom Wagen lud und in ihre Zimmer trug. Giovanna stand auf, um ihm zu folgen.

»Ich kann nicht sitzen«, sagte sie und rieb sich das schmerzende Steißbein. »Ich werde meine Sachen auspacken und danach in aller Ruhe duschen.«

»Ist gut. Wir sehen uns dann später«, sagte Paul.

Als sie den Raum verlassen hatte, kam Mar Htwe um den Tisch herum und setzte sich neben Paul.

»Ich bin heute Abend mit Shwe Shwe verabredet. Soll ich ihr sagen, dass du hier bist?«

»Ja«, sagte er. »Ich würde sie gern wiedersehen.«

Giovanna breitete ihre Landkarte von Burma auf dem Bett aus und versuchte sich zu orientieren. Von Bagan aus waren sie den ganzen Tag nach Osten gefahren, zuerst durch die Ebene, dann hinauf in die Berge, bis in die Shan-Provinz. Sie fand den Inle-See, an dessen Nordende Nyaung Shwe lag, ihre letzte Station, bevor sie zurück nach Yangon mussten. Ihr blieben nur noch neun Tage in diesem Land, das sie so liebgewonnen hatte.

Vieles hatte sich verändert, seit Giovanna in Asien war, wie auch ihre Beziehung zu Paul sich ständig weiterentwickelt hatte: Aus einem Fremden war ein Freund geworden, und seit dem Kuss am Sulamani Patho war noch etwas anderes dazugekommen, ein aufregendes Kribbeln in ihrem Magen, und auch tiefer. Es lag nicht an ihr, dass die Spannung zwischen ihnen sich noch nicht entladen hatte. Wenn Paul den ersten Schritt tat, würde es passieren, und es war ihr gleichgültig, dass in Penang eine andere Frau auf ihn wartete.

Die Oberfläche des Inle-Sees war so glatt, dass sich die Berge darin spiegelten. Im Heck eines Fischerboots stand ein Mann auf einem Bein und hielt Ausschau nach seinen Reusen. Mit dem anderen Bein bediente er geschickt ein Paddel, um das Boot anzutreiben. Sein Anblick erinnerte Giovanna an einen Reiher bei der Jagd.

Sie waren im Morgengrauen aufgestanden, um mit einem gemieteten Boot den See zu erkunden, eine romantische amphibische Szenerie, ihr als geborener Venezianerin vertraut und fremd zugleich. Sie hatten auf Stelzen in den See gebaute Dörfer besucht und schwimmende Felder mit Gurken und Tomaten gesehen, die auf der Bugwelle ihres Bootes tanzten, wenn sie vorüberfuhren. Auf einem staubigen Markt am Seeufer hatte Giovanna einen orangefarbenen Schal gekauft und sich zum Schutz gegen die Sonne um den Kopf gewickelt.

Als sie nach dem Mittagessen den Hauptort Ywama in Richtung Westen verließen, kündigte Paul an, dass sie auf dem Weg zu einem ganz besonderen Ort waren. Die Besiedlung wurde dünner und die Kanäle verengten sich, bis sie zwischen Feldern mit hoch stehendem Reis einen kleinen Flusslauf hinauffuhren. An einer Stelle badete eine Gruppe Wasserbüffel, von denen nur die mit Wasserlinsen und anderem Grünzeug behangenen Köpfe zu sehen waren. Giovanna fand sie urkomisch.

Sie erreichten eine Anlegestelle und stiegen aus. Giovanna folgte Paul über einen Platz mit verlassenen Marktständen zu einem Arkadengang, in dessen Schatten sie einen Hügel hinaufgingen, bis sie schließlich vor einem Tempel haltmachten.

Sie zogen ihre Schuhe aus und traten ein, aber Paul schenkte dem Inneren des Tempels keine Aufmerksamkeit, sondern führte Giovanna direkt zum Hinterausgang.

Die niedrige Holztür war wie ein magisches Tor, durch das sie die Realität verließen. Unversehens fand Giovanna sich in einem steinernen Wald aus windschiefen, verwitterten Zedis wieder. Paul und Giovanna waren allein, nur das zarte Bimmeln

Hunderter im Wind schaukelnder Glöckchen durchdrang die Stille.

»Wo sind wir hier?«, flüsterte sie.

»Im Hof des Tempels von Indein.«

»So einfach kann es nicht sein. Ich komme mir vor wie Alice im Wunderland.«

Sie machte einige Schritte zwischen die Zedis und verschwand aus seinem Blickfeld. Eine Eidechse ließ ihr lautes Rufen hören, und Giovanna legte den Kopf in den Nacken, um sie zu entdecken, sah aber nur die weißen Spitzen der Zedis in den wolkenlosen Himmel ragen. Die Schönheit und der Frieden um sie herum waren betäubend, und sie zögerte, bevor sie tiefer in das steinerne Labyrinth eindrang. Paul war ein Zauberer, der sie an diesen verwunschenen Ort entführt hatte.

Er fand sie an die Statue eines Dämons mit beängstigenden Hauern und hervorquellenden Augen gelehnt. In der Hand hielt sie den orangefarbenen Schal, ihre Augen waren gerötet. Giovanna fühlte sich ertappt. Wie konnte sie ihm sagen, dass sie vor Glück geweint hatte? Sie ging auf ihn zu und schlang die Arme um ihn.

»Wie viele Wunder hältst du noch für mich bereit?«, fragte sie. »Seit Wochen zeigst du mir Tag für Tag die unglaublichsten Dinge. So langsam habe ich keine Worte mehr.«

»Dann sag einfach nichts.«

»Küss mich bitte noch einmal«, flüsterte sie.

»Ich kann nicht«, sagte er.

»Ich weiß.«

Später stiegen sie auf einen Hügel oberhalb Indeins, von dem aus sie den gesamten Tempelkomplex überblicken konnten. Auf einer flachen Kuppe standen Hunderte von Zedis dicht beieinander, im Tal darunter dehnte sich der Inle-See. Paul setzte sich, um eine Zigarette zu rauchen, und Giovanna legte sich neben ihn ins Gras.

»Wie bist du eigentlich zur Malerei gekommen?«, fragte sie.

»Aha! Zurück zum Beruflichen?«

Sie schüttelte den Kopf.

»Nein. Es interessiert mich, weil es ein wichtiger Teil deines Lebens ist.«

»Meine Tante hat gemalt, nicht gut, aber mit viel Freude. Ich vermute, dass sie ihre Wünsche und verhinderten Träume auf mich übertragen hat, jedenfalls hat sie meinen Zeichenunterricht bezahlt. Da ich Talent hatte, blieb ich dabei. Nach der Schule bin ich nach Hamburg gegangen, um Kunstgeschichte zu studieren.«

»Du hast auch Kunstgeschichte studiert?«, fragte sie überrascht.

»Ja, aber im Gegensatz zu dir habe ich mein Studium nie beendet. Im Hauptstudium hatte ich die Gelegenheit, nach Rom zu wechseln. Sprachlich war es einfach, weil ich Italienisch als Nebenfach hatte. In Italien zu leben war immer mein Traum gewesen.«

Paul ließ sich neben sie ins Gras sinken und legte sich auf die Seite, damit er ihr Gesicht sehen konnte, während er weitersprach.

»In Rom habe ich Luca kennengelernt. Er lebte in einer großen Wohnung in Trastevere. Das Haus gehörte einem reichen Industriellen, der nach dem Krieg mit dubiosen Geschäften ein Vermögen gemacht hatte. Trotz seines Reichtums war Cesare Montello ein vulgärer Mann: grob, kulturlos und moralisch verfault bis in die Tiefe seiner Seele. Falls er überhaupt eine Seele hatte«, sagte er heftig. »Er gab jungen Künstlern Geld und ließ sie umsonst in einem seiner Häuser wohnen, um damit sein Image und sein Selbstwertgefühl aufzupolieren. Auf diese Art konnte er mit seinen Schützlingen und ihren Werken prahlen.«

»Du hast ihn gehasst?«

»Damals noch nicht. Als ein Zimmer in der Wohngemeinschaft frei wurde, hat Luca den Alten überredet, mich in den

Kreis aufzunehmen. Ich habe den ganzen Tag gemalt und fing an, das Studium zu vernachlässigen. Dann lernte ich Giulia kennen. Sie war so von meiner Malerei überzeugt, dass sie mir zugeredet hat, mein Studium abzubrechen und mich ganz auf die Kunst zu konzentrieren. Es war mein Glück, dass ich auf sie gehört habe.«

Giovanna wartete, aber Paul erzählte nicht weiter.

»Du hast mir immer noch nicht gesagt, warum ihr Italien verlassen habt.«

»Die Sonne geht bald unter«, sagte er. »Wir müssen los, damit wir vor Anbruch der Dunkelheit zu Hause sind. Es bleibt nicht genug Zeit für die Geschichte.«

Giovanna sah ihn skeptisch an. Sie hielt es für eine Ausrede, und er war sich dessen bewusst.

»Du denkst vermutlich, dass ich mich vor der Erklärung drücken will. Vielleicht hast du sogar recht«, sagte er. »Die Geschichte ist nicht sehr schmeichelhaft für mich.«

»Du musst nicht darüber sprechen, wenn du nicht willst. Nur fehlt mir so der Schlüssel zum Verständnis des Ganzen.«

»Ein anderes Mal. Versprochen.«

Paul stand auf und reichte ihr die Hand. Er legte seinen Arm um ihre Taille, und gemeinsam stiegen sie den Hügel hinab zum Anleger, wo der Besitzer des Boots bereits ungeduldig auf sie wartete. Als sie in der anbrechenden Dämmerung über den See glitten, lag Giovanna neben Paul auf dem Boden des Boots und konnte ihre Augen nicht von der idyllischen, in das unwirkliche Rot des Sonnenuntergangs getauchten Landschaft nehmen.

Am nächsten Tag gingen sie in den Reisfeldern spazieren. Der Monsun hatte die Berge der Shan-Provinz noch nicht erreicht, der Himmel war wolkenlos. Paul erzählte von seiner Reise mit Giulia: von einsamen Stränden in Thailand und den bunten Märkten an der Ostküste Malaysias, von Hahnenkämpfen im Goldenen Dreieck, Bergtouren im Dschungel Borneos und spektakulären Sonnenuntergängen auf Sumatra, von Giulias Vorliebe für selbstgepflückte Bananen und Mangos zum Frühstück, von ihrem Besuch auf der Dracheninsel Komodo, und immer wieder von den Walfängern in Lamalera. Paul war ein unerschöpflicher Quell von Geschichten. Wie bezaubert lauschte Giovanna seinen Schilderungen, voller Bewunderung für sein Verständnis der Welt und ihrer Wunder.

Zum Mittagessen bereitete Mar Htwe ein burmesisches Hühnercurry für sie zu, anders gewürzt und milder als die Thaicurrys in Bangkok. Dazu brachte sie ihnen Gemüse, Salat und natürlich Reis. Sie hatten gerade mit dem Essen begonnen, als eine Frau den Hof betrat, einen traditionellen roten Sonnenschirm aus geöltem Papier in der Hand. Vor der Tür zum Restaurant klappte sie ihn zusammen und lehnte ihn an die Wand, dann kam sie herein. Sie trug einen hellgrauen mit Goldfäden durchwirkten Longyi und ein rotes enganliegendes Oberteil. Beide Kleidungsstücke waren aus reiner Seide und edler als alles, was Giovanna bisher in Burma gesehen hatte, ihren eigenen Longyi eingeschlossen. Die Frau hatte das Aussehen und die Haltung einer Aristokratin.

Paul gab sich keine Mühe, seine Freude zu verbergen, als er sie sah. Das Leuchten in seinen Augen versetzte Giovanna einen leisen Stich, und sie fragte sich, wer die Frau sein mochte. Die Burmesin legte in einer anmutigen Bewegung ihre Hände zusammen und neigte den Kopf. Paul und Giovanna erwiderten ihren Gruß.

»Setz dich und iss mit uns, Shwe Shwe. Das ist Giovanna.«

»Danke, Paul. Ich habe bereits gegessen.«

Shwe Shwe nickte Giovanna zu und zog ihren Longyi glatt, bevor sie Platz nahm. Paul langte über den Tisch und ergriff ihre Hand. Bis auf ein kaum wahrnehmbares Aufblitzen ihrer Augen zeigte sie keine Reaktion.

Sie war mindestens fünf Jahre älter als Giovanna, dennoch hatte sie die zierliche Figur eines Mädchens. In ihrem kunstvoll mit Thanakha bemalten Gesicht zeigten sich erste Falten, die jedoch den jugendlichen Ausdruck darin nicht minderten. Am meisten bewunderte Giovanna Shwe Shwes glänzende, zu einem langen Zopf geflochtene Haare. Es musste viel Zeit kosten, sich so herzurichten, aber die Mühe hatte sich gelohnt.

»Wie geht es Khaing Zin?«, fragte Paul.

»Sehr gut. Du wirst dich wundern, wie groß sie geworden ist«, antwortete Shwe Shwe. »Ich bin sehr stolz darauf, wie klug und hübsch sie ist.«

»Was sollte sie sonst sein? Sie ist deine Tochter.«

Shwe Shwe ignorierte das Kompliment und schenkte sich noch eine Tasse Tee ein. Entweder nimmt sie es als selbstverständlich hin oder es ist unter ihrer Würde, sich von billigen Worten schmeicheln zu lassen, dachte Giovanna. Die Frau imponierte ihr, auch wenn sie es sich nur widerwillig eingestand.

»Wie geht das Geschäft?«, erkundigte sich Paul.

»Es könnte besser sein, aber ich will nicht klagen. Wir kommen durch.«

»Was für ein Geschäft?«, fragte Giovanna.

»Ich habe einen Stand auf dem Markt. Ich verkaufe alles, von Schuhen bis Waschpulver.«

Giovanna fiel aus allen Wolken: Shwe Shwe war eine Marktfrau? Giovanna hatte den staubigen Markt mit seinen hölzernen Ständen gesehen: ärmlich, voller Dreck und umherfliegendem Abfall. Dort konnte sie sich Shwe Shwe beim besten Willen nicht vorstellen. Ihrem Auftreten nach könnte sie eine Prinzessin sein. Völlig verwirrt stand Giovanna auf und entschuldigte sich.

»Zu viel Tee«, murmelte sie und flüchtete sich auf die Toilette.

Shwe Shwe sah ihr nach, bis sie den Raum verlassen hatte.

»Was stimmt mit euch nicht?«, fragte sie.

»Wovon sprichst du?«

»Sie will dich. Du willst sie auch. Aber trotzdem schlaft ihr nicht zusammen. Habe ich recht?«

Paul sah sie überrascht an. »Ja«, gab er zu.

»Warum nicht? Du bist doch sonst nicht so zurückhaltend.«

In ihrer Stimme lag nichts Anzügliches, sie traf nur eine Feststellung.

»Ich kann nicht, nicht mit ihr. Ich liebe eine andere Frau und lebe mit ihr in Malaysia.«

»Warum bist du dann hier?«

»Das ist eine lange Geschichte.«

»Wenn es so ist, dann erspar sie mir.«

Sie sah ihm forschend ins Gesicht, ohne die leiseste Regung zu zeigen oder einen ihrer Gedanken zu verraten.

»Ich glaube, du brauchst ein bisschen Wärme und Zärtlichkeit. Komm heute Nacht zu mir. Ich bin kein Teil deines Problems, es wird dir guttun.«

»Das ist lieb von dir, aber ich glaube nicht, dass es eine gute Idee ist.«

»Denk darüber nach. Ich bringe meine Tochter jedenfalls heute Abend zur Nachbarin. Meine Tür steht dir offen.«

Paul legte Shwe Shwe die Hand auf den Arm, um sie darauf aufmerksam zu machen, dass Giovanna aus dem Bad zurückkehrte.

»Ich warte auf dich«, flüsterte sie, dann stand Shwe Shwe auf und verabschiedete sich.

Giovanna sah ihr nach: Sie ging kerzengerade und mit kleinen Schritten, als würde sie einen Wasserkrug auf dem Kopf balancieren. Vor der Tür öffnete sie ihren roten Schirm und hielt ihn anmutig hoch, um sich vor der Sonne zu schützen, dann ging sie gemächlich über den Hof davon.

»Woher kennst du sie?«, wollte Giovanna wissen.

»Sie ist Mar Htwes engste Freundin.«

»Wie alt ist sie?«

»Vierunddreißig.«

»Ich wäre niemals darauf gekommen, dass sie einen Marktstand hat.«

»Was soll sie machen? Ihr Mann ist vor sechs Jahren bei einem Verkehrsunfall ums Leben gekommen, und sie ist allein mit ihrer Tochter.«

»Ich frage mich, wie sie sich so teure Kleidung leisten kann, wenn sie kein Geld hat.«

»Das ist leicht zu erklären. Ich habe ihr die Sachen geschenkt.«

Der Vollmond schien durch das Fenster in Giovannas Zimmer und ließ sie nicht schlafen. Aus der Nachbarhütte drangen Geräusche herüber. In der stillen Nacht konnte sie deutlich hören, wie das Wasser in Pauls Dusche auf den gekachelten Boden prasselte. Bald darauf öffnete und schloss sich seine Tür. Sie horchte auf die leiser werdenden Schritte im Hof und fragte sich, wohin er um diese Uhrzeit wollte. Die einzig überzeugende Antwort brachte sie endgültig um den Schlaf.

Paul musste nicht lange suchen, bis er das auf Stelzen gebaute Haus fand. Genau wie er es in Erinnerung hatte, stand es vor einer Gruppe Kokospalmen am Dorfrand. Durch die geschlossenen Fensterläden drangen dünne Lichtstrahlen in die Nacht. Er stieg die steile Leiter hinauf und klopfte an.

»Komm herein.«

Er drückte die niedrige, mit Schnitzereien verzierte Tür auf und trat ein. Shwe Shwe saß mit untergeschlagenen Beinen auf dem Bett. Ihre Kleidung war noch die gleiche, nur hatte sie sich die Paste aus dem Gesicht entfernt und ihr Haar geöffnet, das ihr schwer über die Schultern fiel und bis zu den Hüften reichte. Auf einem Tischchen stand eine Petroleumlampe, deren warmer Schein das spartanisch eingerichtete Zimmer in dämmriges Licht tauchte. Der Holzboden unter Pauls Füßen federte bei jedem Schritt, als er auf Shwe Shwe zuging. Sie stand auf und erhob ihre Hände zum Gruß, den er auf die gleiche Art erwiderte.

»Setz dich aufs Bett«, sagte sie und nahm eine Flasche Palmschnaps aus einem Schränkchen. Sie schenkte ein Glas voll und reichte es ihm mit beiden Händen, bevor sie sich zu seinen Füßen auf den Boden kniete.

»Danke.«

Er leerte das Glas in einem Zug, und Shwe Shwe griff nach der Flasche, um ihm nachzuschenken.

»Trink und entspann dich. Es ist gut, dass du gekommen bist.«

Er nickte und nahm ihr das Glas aus der Hand. »Was soll ich tun? Alles zerbricht unter meinen Händen.«

Shwe Shwe sah ihn an und begann sein Hemd aufzuknöpfen, was er ohne Widerstand geschehen ließ.

»Liebst du die Frau in Malaysia?«

»Ja.«

»Ich nehme an, dass sie Asiatin ist?«

»Chinesin.«

Sie streifte ihm das Hemd von den Schultern und strich sacht über seinen Oberkörper. Ihre Fingerkuppen waren rau, aber Shwe Shwe war sehr sanft.

»Und die Europäerin, liebst du sie auch?«

Während sie fragte, löste sie den Knoten an seinem Longyi und zog ihn von seinen Hüften.

»Ich fürchte, ich habe mich in sie verliebt.«

Überrascht stellte Paul fest, wie befreiend es war, über seinen Gewissenskonflikt zu reden. Bisher hatte er nicht einmal sich selbst gegenüber eingestanden, wie tief seine Gefühle für Giovanna waren und in welche Schwierigkeiten er damit geriet. Nachdem Shwe Shwe ihn offen und ruhig gefragt hatte, schien es ihm auf einmal völlig natürlich, darüber zu sprechen.

»Leg dich hin«, befahl sie sanft.

Er zog die gewebte Decke auf dem Bett glatt und streckte sich nackt darauf aus. Shwe Shwe füllte ihm das Glas erneut und begann, ihm mit geübten Händen die Füße zu massieren.

»Ihr Männer haltet euch für stark und unabhängig, dabei seid ihr bemitleidenswert schwach. Ihr braucht ständig Trost und Zuspruch, ohne unsere Wärme könnt ihr nicht leben. Überleben vielleicht, aber niemals glücklich sein.«

Nach einer halben Stunde schweigender Massage hatte sie Pauls Nacken erreicht.

»Du bist so gut zu mir«, murmelte er.

Sie beugte sich vor, um seinen Hals zu küssen. Ihre Lippen waren weich auf seiner Haut.

»Weil du ein guter Mann bist und es verdient hast.«

»Ich komme mir vor wie ein Schwein.«

»Das ist Unsinn. Komm, dreh dich um.«

Sie legte sich neben ihn und sah ihn aus ihren schräg stehenden Augen an.

»Du wirst dich entscheiden müssen.«

»Es treibt mich zur Verzweiflung.«

»Ich weiß«, flüsterte sie. »Ich weiß.«

Shwe Shwes Stimme war besänftigend. Ihre Finger massierten Pauls Schläfen, bis der Druck aus seinem Kopf wich. Sie strich mit ihren Fingerkuppen seinen Hals hinunter und folgte den Linien seines Schlüsselbeins.

»Was soll ich nur tun? Ich kann mich nicht entscheiden. Ich bin hin und her geworfen wie ein Blatt im Wind«, sagte er. »Es zieht mich in alle Richtungen.«

»Weil du schwach bist. Du musst herausfinden, was dir wirklich wichtig ist, und danach handeln. Folge deinem Herzen, aber nur in eine Richtung, ohne Kompromisse.«

Sie rückte von ihm ab und setzte sich auf die Bettkante. Shwe Shwe war eine lebenskluge Frau, und Paul hatte das Gefühl, als habe sie alle Fragen nach Gut und Böse längst für sich beantwortet.

»Möchtest du noch ein Glas?«

Er schüttelte den Kopf und streckte ihr wortlos seine Hand entgegen. Shwe Shwe stand neben dem Bett und hielt die Augen auf Paul gerichtet, als sie ihren hellgrauen Longyi löste und ihn sauber gefaltet weglegte. Dann zog sie auch das Oberteil aus. Darunter trug sie ein baumwollenes Brusttuch.

»Gefalle ich dir noch?«

»Du bist schöner als je zuvor.«

»Es ist nett, dass du lügst.«

»Ich sage die Wahrheit.«

»Nein, ich werde langsam alt«, sagte sie und lächelte. »So ist das Leben.«

»Komm aufs Bett, Shwe Shwe.«

Sie band das Tuch los und stand nackt vor ihm. Ihre Hüften waren schmal, die Brüste klein und immer noch fest. Sie kam zum Bett und schmiegte sich an ihn. Ihre Nähe, die duftende Wärme ihrer Haut waren beruhigend; ihre bedächtige Sinnlichkeit gab ihm den Frieden, nach dem er sich seit Tagen gesehnt hatte. Er dachte an die glückliche Zeit, die sie zwei Jahre zuvor miteinander verbracht hatten, an lustvolle Nächte ohne die verwirrende Illusion von Liebe.

Sie widmete sich seinem Körper mit leichten, streichelnden Berührungen, methodisch und geduldig, ohne eine Stelle auszulassen.

»Bist du bereit für mich?«, fragte sie.

»Schon längst.«

»Gut. Bleib ganz ruhig liegen«, flüsterte sie. »Überlass alles mir.«

Shwe Shwe ließ sich Zeit. Sie bewegte sich mit wechselnder Intensität, und bei jeder Bewegung spürte Paul die Kraft ihrer schlanken Beine. Unter ihrer schweißglänzenden Haut zeichneten sich deutlich die Bauchmuskeln ab. Ihr leises Stöhnen klang wie ein zufriedenes Schnurren. Als sie kurz vor dem Orgasmus war, beugte sie sich mit geweiteten Augen zu ihm herab.

»Komm mit mir, Paul.«

Er suchte ihren flackernden Blick und hielt ihn fest, bis sie fast lautlos zum Höhepunkt kamen. Shwe Shwe ließ sich auf seine Brust sinken, klein und sehr leicht. Er legte seine Arme um sie und zerwühlte zärtlich ihre Haare.

»Es wird bald hell«, sagte sie. »Lass uns schlafen.«

»Ich will vor dem Frühstück zurück sein.«

»Ich werde dich wecken.«

Paul lag auf dem Rücken und starrte ins Dunkel, während Shwe Shwe längst mit ihrem Kopf auf seiner Brust eingeschlafen war.

8
Nackte Venus

Am Morgen klopfte Giovanna an seine Tür, aber im Innern des Bungalows rührte sich nichts. Sie fand Paul im Restaurant, wo er unrasiert und müde an einem Tisch saß.

»Alles in Ordnung? Du siehst nicht gut aus.«

»Ich habe bloß zu wenig geschlafen.«

Giovanna nickte und sah verstimmt aus dem Fenster. Sie ahnte, wohin Paul letzte Nacht gegangen war: zu Shwe Shwe, der Marktfrau mit der Aura einer Königin. Warum hatte er ihr die teuren Kleider gekauft? Na komm schon, dachte sie, warum wohl? Sie sah Shwe Shwe vor sich, wie sie würdevoll dastand, während Paul ihr die rote Seidenbluse aufknöpfte. Die Vorstellung machte Giovanna rasend vor Eifersucht.

»Was hältst du von einer kleinen Bootsfahrt?«, schlug Paul vor.

»Warum nicht?«, antwortete sie halbherzig.

»Dann lass uns gleich losgehen. Noch ist es kühl.«

Nyaung Shwe war längst auf den Beinen, als sie durch den Ort zum Kanal gingen. In der Nähe einer Brücke fanden sie einen Kahn samt Ruderer für ihren Ausflug.

Der Burmese stand im Heck und paddelte. In gemächlichem Tempo glitten sie auf schmalen Kanälen an Reisfeldern und kleinen Hütten vorbei. Das üppige Grün und die idyllische Landschaft verbesserten Giovannas Stimmung, und sie dachte noch einmal über die vergangene Nacht nach. Es war unsinnig, auf Shwe Shwe eifersüchtig zu sein: Paul war weder ihr Mann noch ihr Liebhaber, sie hatte kein Recht, Ansprüche auf ihn zu erheben. Außerdem stand nicht fest, ob er wirklich mit ihr geschlafen hatte. Shwe Shwe war eine alte Freundin, die er seit Jahren nicht gesehen hatte; vielleicht hatten sie sich nur unterhalten und darüber die Zeit vergessen. Was die geschenkte Kleidung betraf, so hatte Giovanna in Mandalay bereits einen Eindruck von Pauls Großzügigkeit erhalten. Es passte zu ihm, dass er einer am Rand der Armut lebenden Freundin ein Geschenk machte.

Giovanna hatte längst die Orientierung verloren, als der Kahn auf einen gedrungenen, weit über das Wasser ragenden Baum zusteuerte und an einem morschen Steg festmachte. Der Bootsmann schlug ihnen vor, auszusteigen und sich das nahe gelegene Kloster anzusehen.

Sie erreichten das inmitten von Reisfeldern stehende Holzgebäude über einen sumpfigen, von hohem Gras überwucherten Pfad. Als sie klopften, öffnete ihnen ein alter Mönch. Er war am ganzen Körper tätowiert und musterte sie durch seine dicke Hornbrille, bevor er sie mit einer Armbewegung hineinbat.

Im Inneren des Klosters war es still und schummrig. Der Alte erbot sich, sie im Gebäude herumzuführen, und sie folgten ihm über eine enge Stiege in den zweiten Stock, wo in der Mitte des einzigen Raums eine alte, liebevoll geschmückte Buddhastatue stand. Giovanna setzte sich davor auf den Boden und betrachtete versonnen das matt glänzende Gesicht. Nach einigen Minuten gingen Paul und der Mönch hinunter, um eine Zigarette zu rauchen, und sie blieb allein zurück. In der Luft tanzten Staubpartikel, und aus dem Halbdunkel des Deckengebälks drang das leise Trippeln eines Nagetiers an ihr Ohr. Giovanna stand auf und berührte die Statue mit dem Zeigefinger. Falls sie damit gegen die Regeln verstieß, würde Buddha es ihr nachsehen. Seine gütige Miene verriet es.

Als sie zum Bootssteg kamen, schlief ihr Ruderer.

»Sollen wir ihn wecken?«, flüsterte Paul.

»Ach was. Komm, wir setzen uns unter den Baum dort. So haben wir einen schönen Blick über die Reisfelder.«

Sie machten es sich im Schatten des Baums bequem. Giovannas Wut war verflogen, und sie fragte sich, wie sie so eifersüchtig hatte sein können. Die friedliche Atmosphäre des Klosters hatte auf sie abgefärbt.

»Als ich Rom verlassen musste, war es wie die Vertreibung aus dem Paradies«, begann Paul ohne ein Wort der Einleitung. »Ich bin dort vom ersten Tag an glücklich gewesen. Die Stadt hat mich und meine Malerei inspiriert. Dann habe ich Luca und die anderen *re di Roma* kennengelernt.«

»Die *re di Roma*? Wer waren denn die Könige Roms?«

»Die von Montello geförderten jungen Künstler in der Wohngemeinschaft. Wir nannten uns so, weil es unserem Lebensgefühl entsprach. Rom war die Bühne, auf der wir das Leben feierten. Luca wurde mein bester Freund und ist es heute noch. Hatte ich dir gesagt, dass ich Giulia durch ihn kennengelernt habe?«

»Ja. Du hast mir auch erzählt, dass sie dir Angst gemacht hat.«

»O ja. Du glaubst nicht, wie schüchtern ich damals war. Ich hatte nur wenig Erfahrung mit Frauen, und Giulia schien mir unerreichbarer als die Sterne. Dass wir dennoch ein Paar wurden, lag allein an ihr.«

»Hat sie dich verführt?«

»Ich war ein dankbares Opfer«, lachte er. »Das Leben mit Giulia war wunderbar. Wir waren jung, verliebt und unbekümmert. Sie bekam Geld von deinen Großeltern, und ich war durch Montello versorgt. Unsere einzige Verantwortung lag darin, aus jedem Tag das Beste zu machen und glücklich zu sein. Wir kamen uns vor wie Auserwählte.«

»Beneidenswert.«

»Es hielt ein wundervolles Jahr lang an, dann habe ich alles kaputtgemacht.«

»Was hast du getan?«

»Erinnerst du dich an die Contessa?«

»Die Frau im roten Kleid auf der Vernissage in Rom?«

»Genau. Ihr Name ist Maria, und sie ist in irgendeinem Kaff in Kalabrien aufgewachsen. Mit Anfang zwanzig kam sie nach Rom, um dem Mief der Provinz zu entfliehen und in der Großstadt ihr Glück zu finden. Was sie dabei von den zehntausend anderen Mädchen unterschied, die genau dasselbe wollten, waren Schönheit, Intelligenz und grenzenloser Ehrgeiz. Sie war bereit, alles zu tun, um auf die Sonnenseite des Lebens zu gelangen. Und ich meine *alles*.«

Giovanna versuchte, sich die hochmütige Frau im roten Kleid als ein junges Mädchen vom Land vorzustellen, das in Roma Termini aus dem Zug steigt: eingeschüchtert, aber mit dem festen Vorsatz, die Welt für sich zu erobern.

»Maria hat sich mit verschiedenen Jobs durchgeschlagen, bis sie ein paar kleinere Rollen beim Film bekam. Ihre Karriere als Filmsternchen brachte nicht viel Geld, aber Zutritt zu Partys und Veranstaltungen, auf denen sie die richtigen Leute kennenlernen konnte. Als sie Montello traf, begriff sie instinktiv, dass er die Leiter war, auf der sie ganz nach oben gelangen könnte. Er war reich, verwitwet und fast vierzig Jahre älter als sie: eine Traumkombination. Maria warf ihren Köder aus und ließ ihn davon naschen.«

»Woher weißt du das alles?«

»Es ist ein offenes Geheimnis. Jeder in Rom kennt die Geschichte«, sagte er. »Montello war nicht dumm. Ihm war klar, dass sie nicht ihn liebte, sondern sein Geld, aber sie hatte ihn am Haken. Maria war nicht nur sehr schön, sie verfügte auch noch über andere Fähigkeiten.«

»Welche?«

»Charmant gesagt: Sie hat ihm das Hirn aus dem Leib gevögelt.«

»Oh«, kicherte Giovanna. »Ich hätte es mir denken sollen.«

»Maria hatte nicht vor, ihre besten Jahre als Montellos Mätresse zu verschwenden. Als er in ihrem Netz zappelte, hat sie ihm ein Ultimatum gestellt: Heirate mich, oder du siehst mich nie wieder! Montello war verrückt nach ihr und konnte nicht zulassen, dass sie ihn verließ. Obwohl er Marias Spiel durchschaute, biss er in den sauren Apfel – und tröstete sich mit der Zuckerkruste darum.«

»Das ist Prostitution«, sagte Giovanna.

»Richtig, und zwar auf allerhöchstem Niveau. Die Hochzeit erregte Aufsehen. Ganz Rom zerriss sich das Maul darüber, aber Maria war es egal. Sie hatte ihr Ziel erreicht und vollendete ihre Verwandlung vom hübschen Landei zur High-Society-Dame. Ihr anmaßendes Auftreten brachte ihr bald den Spitznamen Contessa ein, und sie nahm ihn als Kompliment.«

»Schön und gut. Aber was hat die Geschichte mit dir zu tun?«

»Wart's ab. Eines Tages bat Montello mich, ein Ölbild von seiner Frau als nackte Venus zu malen. Den Gedanken, sie nackt zu sehen, fand ich durchaus verlockend, und da ich finanziell von ihm abhängig war, konnte ich ohnehin nicht ablehnen.«

»Du warst also schon immer ein böser Junge«, zog sie ihn auf.

»Du hättest Maria damals sehen müssen«, verteidigte er sich. »Sie war Mitte dreißig und umwerfend attraktiv: eine sinnliche Frau, der die Weiblichkeit aus jeder Pore drang. Mit ihr verglichen waren die Frauen in meinem Freundeskreis unschuldige Mädchen, und das galt auch für Giulia. Verstehst du, was ich meine?«

»Ich denke ja.«

»Die Arbeit zog sich über Wochen hin, weil die Contessa keine Lust hatte, stundenlang zu posieren. Es wurde ein gutes Bild, zumindest im Rahmen meiner damaligen Fähigkeiten. Kurz nach der Fertigstellung veranstaltete Montello eine Party in seinem Haus, zu der er auch die *re di Roma* einlud. Zweifellos wollte er alle Welt darauf aufmerksam machen, was für ein kunstsinniger Förderer von jungen Talenten er war.

Die Enthüllung des Bildes war für ihn der Höhepunkt des Abends. Alles war sorgfältig inszeniert. Während seine Gäste lüstern das Gemälde seiner nackten, begehrenswerten Frau angafften, stand er daneben und hielt Maria im Arm wie eine Trophäe, über die nur er verfügen konnte.«

»Meine Güte«, sagte Giovanna. »Wie geschmacklos.«

»Ja, und sehr dumm.«

»Dumm? Warum?«

»Weil es eine Demütigung für die Contessa war. Du hättest ihr Gesicht sehen sollen. Sie mochte das Bild, aber sie hatte nicht geahnt, dass er sie seinen Gästen präsentieren wollte wie ein sexy Pin-up-Girl. Montello hätte wissen müssen, dass sie ihm diese Erniedrigung zurückzahlen würde.«

»Na und? Es war doch nicht deine Schuld.«

»Mein Problem war, dass ich an diesem Abend mit ihr geschlafen habe.«

»Was?«, rief Giovanna und sah ihn entgeistert an. »Du hast mir doch gerade erzählt, wie glücklich du mit Tante Giulia warst. Warum hast du dann mit der Contessa geschlafen?«

»Weil ich ein Idiot war und ihr nicht widerstehen konnte.«

»Wie hat sie es angestellt?«

»Du willst Details hören?«, fragte er erstaunt.

»Alle«, grinste sie.

»Du hast dich verändert, Giovanna.«

»Findest du?«

»In Bangkok bist du rot geworden, wenn ich das Wort Sex nur in den Mund genommen habe, und jetzt leuchten deine Augen dabei.«

»Findest du das bedenklich?«

»Nein. Im Gegenteil.«

»Na dann.« Sie schob ihre Hand unter sein Hemd und tastete nach dem Walfischanhänger, den er immer trug. Ihre Finger waren weich, ohne eine Spur von Hornhaut. Paul versuchte, sich auf die Geschichte zu konzentrieren. Obwohl es lang her war, hatte er den Abend in genauer Erinnerung. Er hatte sein Leben verändert.

Die Party fand in Montellos Villa in Parioli statt. Über einhundert Gäste waren geladen, zwischen deren teuren Maßanzügen und Abendkleidern die *re di Roma* wie Paradiesvögel umherflatterten. Paul und Luca nutzten die Gelegenheit und verbrachten die meiste Zeit am Buffet, wo sie sich die Bäuche mit Delikatessen vollschlugen. Gegen Mitternacht kam die Contessa in einem langen schwarzen Kleid die geschwungene Treppe herunter. Nach der Enthüllung des Bildes hatte sie Kopfschmerzen vorgeschützt und sich nicht mehr blicken lassen. Ihr war anzumerken, wie aufgebracht sie immer noch war, als sie direkt auf Paul zukam und ihn ansprach.

»Komm bitte mit, ich möchte dir etwas geben.«

Ohne eine Antwort abzuwarten, ging sie die Treppe hinauf und bog in den Flügel des Hauses, in dem die Privaträume lagen. Paul folgte ihr ins Schlafzimmer. Es war ihm vertraut, weil er die Contessa darin gemalt hatte.

»Und, wie findest du unser kleines Fest?«, fragte sie beiläufig.

»Na ja, das Essen ist gut.«

Die Contessa lachte heiser und trat zu einem Schränkchen, aus dem sie eine Flasche und zwei Gläser nahm. Sie bewegte sich mit der Selbstsicherheit eines Raubtiers, das kein anderes Wesen im Dschungel zu fürchten hat.

»Falls du damit sagen willst, dass es stinklangweilig ist, gebe ich dir recht. Mich öden diese senilen Greise auch an«, sagte sie. »Whisky?«

»Gern.«

Sie schenkte ein und kam mit dem Glas zu ihm. Es war ein milder alter Single Malt.

»Ist er gut?«

»Sehr gut«, bestätigte er.

»Cesare trinkt am liebsten minderwertigen Grappa. Trotz seines Geldes ist er der Bauernsohn geblieben, als der er geboren wurde«, sagte sie verächtlich.

»Sind Sie verärgert, weil er seinen Gästen das Bild gezeigt hat?«

»Verärgert ist kein Ausdruck!«, platzte es aus ihr heraus. »Was fällt ihm ein, mich wie eine billige Hure vorzuführen, nur damit die alten Knacker ihn beneiden? Es ist schamlos!«

Sie stürzte ihren Whisky hinunter und sah Paul mit funkelnden Augen an. Dann warf sie ihr Glas mit einer wütenden Bewegung an die Wand. Es zersplitterte mit einem hässlichen Klirren.

»Trink aus«, befahl sie ihm.

Er gehorchte und stellte sein Glas vorsichtig auf einem Regal ab.

»Setz dich.«

Paul sah sich um. Der einzige Stuhl im Raum stand vor dem Ankleidespiegel, und über seiner Lehne hingen Kleidungsstücke. Schwarze Spitzenunterwäsche.

»Wohin?«

»Aufs Bett. Du wirst doch keine Angst vor mir haben?«

»Nein, warum sollte ich?«, fragte er kleinlaut.

Er setzte sich auf die Bettkante. Die Contessa blieb stehen und sah ihn an; in der Hand hielt sie immer noch die Whiskyflasche.

»Hat es dir Spaß gemacht, mich zu malen?«

»Ja«, sagte er. »Es war interessant.«

Sie ging vor ihm in die Hocke. Mit einer Hand stützte sie sich auf seinem Oberschenkel ab, mit der anderen hielt sie ihm die Flasche hin. Er trank einen kräftigen Schluck. Als die Contessa sich vorbeugte, konnte er ihr tief in den Ausschnitt sehen.

»Gefällt dir mein Kleid?«, fragte sie.

»Ja.«

Sein Mund war trocken, er nahm noch einen Schluck Whisky.

»Hat es dir gefallen, mich nackt zu sehen?«

»Schwer zu sagen«, stammelte er.

»Schwer zu sagen? Schau mir in die Augen, Paolo. Hat es dir gefallen?«

Sie hockte immer noch vor ihm, und ihre Hände massierten inzwischen seine Oberschenkel; zu weit oben, um ihn kaltzulassen.

»Es hat mir gefallen«, gab er zu. »Sie sind sehr schön.«

Sie nahm eine Hand von seinem Schenkel und fuhr ihm mit dem Zeigefinger über die Lippen. Es kitzelte angenehm. Pauls Blick verfing sich erneut in ihrem Ausschnitt. Er dachte hilfesuchend an Giulia, aber ihr Bild verschwamm in seinem Kopf.

»Wie alt bist du, Paolo?«

»Vierundzwanzig.«

Ihre Augen bohrten sich in seine.

»Hast du schon einmal mit einer Frau geschlafen?«

»Was? Natürlich. Sie kennen doch meine Freundin.«

Giulia. Sie war der Anker, an dem er sich festhalten musste, wenn er der Contessa widerstehen wollte. Er war nur nicht sicher, ob er es wollte. Und noch weniger, ob er überhaupt dazu in der Lage war.

»Ich rede nicht von jungen Mädchen. Ich meinte, ob du eine richtige Frau hattest.«

»Ich weiß nicht«, sagte er ratlos.

Ihr Finger glitt in seinen Mund. Der lange lackierte Nagel berührte seine Zunge. Zaghaft begann er daran zu lutschen.

»Also nicht«, stellte sie fest. »Du würdest es wissen. Kannst du erraten, was ich dir geben wollte?«

Obwohl er eine Ahnung hatte, schüttelte er den Kopf. Er fürchtete, dass es albern aussah, mit ihrem Finger in seinem Mund.

»Eine kleine Belohnung. Das Bild ist sehr gut geworden, und du verdienst mehr als die lumpigen Lire, mit denen Cesare dich abspeist.«

Mit ihrer freien Hand nahm sie seine Rechte und legte sie auf ihre Brust. Nur der dünne Stoff des Kleides trennte seine Hand von ihrer nackten Haut, denn die Contessa trug keinen BH. Paul dachte an die Unterwäsche über der Stuhllehne: ein schwarzer BH und ein dazu passendes schwarzes Höschen. Die Ankerkette in seinem Kopf riss, und eine mächtige Welle trieb ihn davon. Die Contessa erhob sich und stellte sich mit leicht gespreizten Beinen direkt vor ihn.

»Willst du mich haben? Willst du es mit einer richtigen Frau tun?«

Nein, dachte er schwach, bitte nicht. Ich kann nicht, ich darf nicht. Dann nickte er.

»Ja.«

»Na also.«

Sie legte eine Hand auf seine Brust und drückte ihn leicht, aber bestimmt nach hinten. Paul ließ es zu und blieb regungslos auf dem Rücken liegen, während die Contessa seinen Gürtel öffnete und ihm die Hose herunterzog.

Paul begriff schnell, was sie mit einer »richtigen« Frau gemeint hatte. Sie war aufreizend gelassen und verlor trotz ihrer Erregung niemals die Kontrolle. Aus Erfahrung wusste sie, wo und wie sie ihn berühren musste, um seine Lust nach ihren Wünschen zu steuern. Er hatte noch nicht erlebt, dass eine Frau ihren gesamten Körper einsetzte, um einen Mann zu verwöhnen. Gleichzeitig zeigte sie ihm wortlos, was sie von ihm erwartete, und er folgte ihren Anregungen. Giulia war vergessen.

Als sie beide bereit waren, zog die Contessa ihn auf die Bettkante, hob ihr Kleid an, das sie nicht ausgezogen hatte, und setzte sich auf seinen Schoß. Sie schlang die Arme um Paul und küsste ihn. Ihre Brüste pressten sich an seinen Oberkörper, während sie ihn genüsslich in sich aufnahm. Er stöhnte auf.

»Ich heiße Maria«, wisperte sie in sein Ohr, »und ich öffne dir das Tor zum Himmel.«

Sie befahl Paul, sich zurückzuhalten, was ihm schwerfiel. Sie selbst hingegen kam und gab sich keine Mühe, es zu verheimlichen. Ihre langen Fingernägel kratzten über seinen Rücken, ihr Oberkörper bog sich nach hinten, und sie stieß einen triumphierenden Schrei aus. Paul verlor die Kontrolle und zerriss ungeschickt ihr Kleid, als er es über ihre Schultern herunterziehen wollte, um ihre Brüste zu sehen. Es war ihm egal. In diesem Moment war ihm alles egal.

»Das liebe ich an euch«, sagte sie atemlos. »Diese Kraft und Unbeherrschtheit. Warum bin ich nur mit einem impotenten Versager wie Cesare gestraft?«

Im nächsten Moment stand sie unvermittelt auf und trat einen Schritt zurück. Paul sah sie verständnislos an.

»Du willst mich doch nicht etwa schwängern, oder? Montello würde sich sehr wundern, wo das Kind herkommt«, lachte sie. »Aber keine Sorge, ich kümmere mich um dich.«

Sie kniete sich vor ihm hin und nahm sein Glied in den Mund. Was dann kam, war weitaus besser, als er es jemals für möglich gehalten hatte: die hohe Kunst der Liebe, dachte er benebelt. Sie ließ ihn in ihrem Mund kommen.

»Das ist ein schlechter Scherz.«

In der Tür stand Montello; vermutlich war der hemmungslose Lustschrei seiner Frau durch das ganze Haus gedrungen. Maria kniete noch immer zwischen Pauls Beinen auf dem Boden, und aus ihrem Mundwinkel hing ein dünner weißer Faden.

»Reg dich nicht auf, Cesare. Es ist nicht so, wie du denkst.«

Dann sah sie Paul an und brach in schallendes Gelächter aus.

Montello ließ ihn durch den Hintereingang hinauswerfen. Paul wartete, bis das eiserne Tor der Villa hinter ihm ins Schloss gefallen war, dann wandte er sich ab und ging wie ein Schlafwandler die Straße hinunter. Nachdem er eine halbe Stunde ziellos durch

Parioli geirrt war, begriff er langsam, was er getan hatte. Er setzte sich im Licht einer Straßenlaterne auf den Bordstein und ließ den Kopf in die Hände sinken.

Am nächsten Morgen klingelte Montellos Chauffeur ihn aus dem Bett und wartete in der Küche darauf, dass er sich anzog. Unter der Dusche zitterten Paul die Knie. Er kannte Montello und war froh, dass nur der Chauffeur vor der Tür gestanden hatte. Er hätte ebenso gut bezahlte Schläger schicken können, die ihm Arme und Beine brachen.

Montello saß hinter seinem Schreibtisch und las Zeitung. Der Chauffeur schob Paul in das Büro, dann schloss er leise die Tür hinter sich und ließ sie allein. Paul fühlte sich wie ein Lamm auf der Schlachtbank, als Montello ihn mit seinen kalten Fischaugen fixierte.

Die vergangene Nacht wurde mit keinem Wort erwähnt. Montello gab ihm drei Tage Zeit, Italien zu verlassen, andernfalls würde er dafür sorgen, dass jemand ihm beide Daumen abschnitt und damit seiner Karriere als Maler ein jähes Ende bereitete. Sollte die Geschichte sich herumsprechen, würde Montello die *re di Roma* aus der Wohnung in Trastevere werfen und seine finanzielle Unterstützung für sie einstellen. Dann war er entlassen.

Wie betäubt ging Paul quer durch die Altstadt nach Trastevere zurück. Luca saß mit einer Tasse Kaffee am Küchentisch und erwartete ihn ungeduldig. Als Paul ihm von Montellos Ultimatum erzählte, wurde sein Freund blass. Auf die finanzielle Unterstützung hätte er zur Not verzichtet, aber er wusste, dass Montello seine Drohung wahr machen und Paul seine Daumen verlieren würde, wenn er in Rom blieb.

Paul hatte einen schweren Fehler gemacht und musste die Konsequenzen tragen. Das Schrecklichste war, dass er Giulia verlieren würde. Selbst wenn sie ihm verzieh, musste er sie verlassen. Er hatte kaum die Kraft, den Hörer zu halten, als er Giulia anrief und sich für den Nachmittag mit ihr verabredete.

Er war fast eine Stunde zu früh im Giardino degli Aranci, dem vereinbarten Treffpunkt. Der Garten war menschenleer, und die unbelaubten Äste der Orangenbäume wirkten so trostlos, dass selbst die Vögel sie mieden. Über den Himmel fegten schwere graue Wolken, die Regen ankündigten. Der kalte Novembertag war wie gemacht für einen Abschied.

Paul schwang sich auf die Mauer und zog seine Jacke fester um sich. Vom Fluss blies ein schneidender Wind den Aventin hinauf. Die Knie eng an seinen Körper gezogen, ließ er seinen Blick über die vertrauten Kuppeln schweifen und dachte an die vielen glücklichen Tage mit Giulia. Tage, die unwiederbringlich der Vergangenheit angehörten, denn er hatte alles zerstört.

Paul kamen die Tränen. Er weinte immer noch, als Giulia in den Giardino kam. Sie sah ihn auf der Mauer hocken und erkannte sofort, dass etwas nicht stimmte. Er bemerkte sie erst, als sie ihre Arme um ihn legte und ihn fest an sich zog.

»Was ist los, Paolo?«, fragte sie.

Er wischte sich mit dem Handrücken die Tränen aus dem Gesicht und sah sie an. Selbst an diesem lichtlosen Tag leuchteten die goldenen Sprenkel in ihren Augen. Seine Liebe zu ihr schnürte ihm die Kehle zu.

»Es ist alles vorbei«, flüsterte er. »Ich muss Rom verlassen.«

»Weshalb?«

»Wenn ich nicht in drei Tagen aus Italien verschwunden bin, lässt Montello mir beide Daumen abschneiden.«

»Wie bitte?«, rief sie entsetzt. »Warum sollte er das tun?«

Paul schluckte. Er sah keine Möglichkeit, es ihr schonend beizubringen. Die Wahrheit war zu hässlich, um etwas an ihr zu beschönigen.

»Weil er mich mit seiner Frau im Bett erwischt hat.«

»Was hast du getan?«

Sie ließ ihn los und stolperte einen Schritt zurück, weg von ihm.

»Ich habe mit der Contessa geschlafen«, wiederholte er.

Giulia schlug ihm mit voller Kraft ins Gesicht. Paul schloss die Augen und genoss den Schmerz; er hatte ihn verdient und war beinahe enttäuscht, als kein weiterer Schlag folgte.

»Was fällt dir ein?«, schrie Giulia außer sich vor Wut. »Wie konntest du mit dieser Schlampe ins Bett gehen? Bin ich dir nicht gut genug?«

Sie war zu verletzt, um ihn anzuhören. Als er sie zaghaft berühren wollte, schlug sie seine Hand beiseite und beschimpfte ihn. Wut und Eifersucht brachen gleichzeitig aus ihr heraus. Ihr Kopf war hochrot, als ihr endlich die Worte ausgingen und sie schwieg. Im nächsten Augenblick drehte sie sich um und lief davon. Paul rief ihr hinterher, aber sie reagierte nicht.

Fünf Minuten später kam sie mit hängendem Kopf zurück in den Giardino und baute sich vor ihm auf. Paul traute sich nicht, als Erster zu sprechen.

»Ist es ein Zeichen, dass zwischen uns etwas nicht stimmt?«, fragte sie.

»Nein. Ich habe einen großen Fehler gemacht, aber es hat keinerlei Bedeutung.«

»Bist du dir ganz sicher?«

»Absolut. Ich liebe dich«, beteuerte er aufrichtig.

Sie sah ihn mit unbewegter Miene an, die letzte Instanz des Jüngsten Gerichts, deren Urteil über Pauls Seligkeit oder Verdammnis entschied. Minuten vergingen, dann fing Giulia an zu schluchzen und warf sich ihm in die Arme. Eng umschlungen verließen sie den Giardino und gingen über den Fluss hinüber nach Trastevere. Paul war zu glücklich, um darüber nachzudenken, was aus ihnen werden sollte. Giulia hatte ihm verziehen.

Als sie in die Wohnung kamen, saßen die *re di Roma* um den großen Küchentisch und tranken Grappa. Alle wussten Bescheid, und die Stimmung war gedrückt. Luca schenkte zwei Gläser ein und stellte sie vor Giulia und Paul hin, dann ging er in sein Zimmer und brachte einen dicken Umschlag, den er Paul in die Hand drückte.

»Den hat jemand für dich abgegeben«, sagte er.

»Wer?«

»Ein Mann. Ich kannte ihn nicht.«

Paul riss das Kuvert auf. Darin steckten ein dickes Bündel amerikanische Dollar und ein handgeschriebener Zettel. Er ließ das Geld auf den Tisch fallen.

»*Madonna mia*«, flüsterte Luca.

»Was steht in dem Brief?«, wollte Giulia wissen.

Paul las vor. »›Ich weiß, wann ich Verantwortung zu übernehmen habe, und pflege meine Schulden zu begleichen. Nimm es als Bezahlung für das Bild. Es gefällt mir. Viel Glück!‹«

Luca nahm das Geld in die Hand und begann, es zu zählen. Die anderen teilten sich den Rest des Grappas, während sie ihm andächtig zusahen.

»Wie viel ist es?«, fragte Giulia.

»Fünfundzwanzigtausend Dollar«, sagte Luca.

Es war spät in der Nacht, aus der stillen Vicolo del Leopardo drang kein Geräusch herauf. Sie waren allein in der Wohnung, weil Luca und die anderen ausgegangen waren, um sich in einer Trattoria zu betrinken. Giulia lag auf ihren Ellenbogen gestützt neben Paul im Bett und sah ihn an.

»Was wirst du tun?«, fragte sie.

»Keine Ahnung.«

»Dir bleibt nicht viel Zeit zum Nachdenken.«

»Nach Deutschland gehe ich jedenfalls nicht zurück. Am liebsten wäre ich ganz weit weg«, sagte er. »Vielleicht fliege ich nach Asien.«

»Nach Asien?«

»Warum nicht? Mit dem Geld könnte ich dort lange auskommen.«

»Du wirst einsam sein.«

»Ohne dich werde ich überall einsam sein.«

Giulia drehte sich auf den Rücken und angelte ihre Zigaretten und das Feuerzeug vom Nachttisch. Sie nahm einen tiefen Zug, dann räusperte sie sich.

»Ich werde mit dir kommen.«

»Das kannst du nicht«, sagte er. »Du hast deine Freunde und deine Familie hier. Außerdem musst du dein Studium zu Ende bringen.«

Sie drehte sich zurück auf die Seite und blies ihm Zigarettenrauch ins Gesicht.

»Sag du mir nicht, was ich tun und was ich nicht tun kann. Morgen fahren wir nach Venedig, damit ich meine Finanzen regeln kann, und dann verlassen wir Italien.«

»Das ist unmöglich, Giulia.«

»Ist es nicht«, sagte sie ruhig. »Wie wäre es mit Thailand für den Anfang?«

Paul gab auf. Wenn Giulia eine Entscheidung getroffen hatte, gab es kein Zurück.

Als er später einschlief, hatte er ein schlechtes Gewissen, aber er konnte nicht leugnen, dass er glücklich war. Das Leben ging also doch weiter.

»Deine Großeltern hatten nicht das geringste Verständnis für Giulia und erklärten sie für verrückt. Vincenzo war der Einzige, der ihr überhaupt zuhörte. Wir saßen alle zusammen im Salon, und es gab einen furchtbaren Streit zwischen Giulia und ihrem Vater, während ich wie ein dummes Schaf danebensaß. Es war entsetzlich. Giulia hatte nie mit mir darüber gesprochen, was für ein angespanntes Verhältnis sie zu ihren Eltern hatte.«

Paul wandte den Kopf zur Seite und blickte über die Reisfelder. Ein warmer Wind kam auf und raschelte im Laub des Baums über ihm, doch seine Gedanken waren schon zurückgekehrt zu einem kalten venezianischen Novembertag vor einundzwanzig Jahren.

»Giulias Vater hat sich geweigert, sie weiter finanziell zu unterstützen, falls sie nach Asien ginge. Als Vincenzo einen Kompromiss vorschlagen wollte und dein Großvater ihm den Mund verbat, platzte Giulia der Kragen. Sie bat mich, in ihr Zimmer zu gehen und dort auf sie zu warten. Ich konnte zwar hören, wie sie sich im Salon anbrüllten, aber ich habe kein Wort verstanden. Kannst du dir vorstellen, wie mies ich mich gefühlt habe? Schließlich war alles meine Schuld.«

»Ja«, sagte Giovanna. »Wie ist es ausgegangen?«

»Nach einer halben Stunde kam Giulia hoch und sagte mir, dass alles geregelt sei. Sie packte ein paar Dinge zusammen, dann gingen wir hinunter. Vor dem Palazzo haben wir uns von Carla, Vincenzo und dir verabschiedet. Giulias Eltern weigerten sich, ihre Tochter noch einmal zu sehen. Deine Mutter machte Giulia Vorhaltungen und versuchte ein letztes Mal, sie umzustimmen, aber Giulia hörte nicht hin. Sie hat Vincenzo umarmt und dich lange auf den Arm genommen. Dann hat sie dich geküsst, und das war es. Wir haben Italien verlassen, und Giulia ist nie zurückgekehrt.«

»Wie schade, dass ich mich an diesen Abschied nicht erinnern kann.«

»Du warst noch sehr klein.«

»Ja«, sagte sie und kniete sich neben ihn hin. Ihr Gesichtsausdruck war ungewohnt schelmisch, als sie auf ihn herabsah.

»Weißt du, was ich an der Geschichte besonders spannend fand?«, fragte sie.

»Sag es mir.«

»Wie die Contessa dich verführt hat. Was für eine Frau«, sagte sie anerkennend. »Sie wusste, was sie wollte, und hat es sich genommen.«

»Du bist nicht schockiert?«

»Im Gegenteil: Ich fand es sehr anregend.«

Paul betrachtete sie schweigend, und plötzlich stieg eine seit Ewigkeiten nicht mehr empfundene Leichtigkeit in ihm auf. Seine Hand suchte unbewusst den Walanhänger unter seinem Hemd.

»Du siehst wirklich aus wie Giulia«, sagte er.

Schnell und unerwartet beugte Giovanna sich zu ihm hinab. Ihr Gesicht war so dicht über seinem, dass er deutlich die goldenen Sprenkel in ihren Augen sah.

»Kann sein«, sagte sie. »Aber ich bin Giovanna.«

Sie wollte ihn gerade küssen, als sie auf der anderen Seite des Baums ein trockenes Husten hörte. Der Ruderer war aus seinem Schlaf erwacht.

Am Nachmittag kam der Monsun nach Nyaung Shwe. Der staubige Pfad, auf dem Giovanna und Paul durch die Reisfelder spaziert waren, versank hinter ihnen in knöcheltiefem Morast, während sie sich in einem einsam gelegenen Tempel vor dem Wetter in Sicherheit brachten. Giovanna nahm an, dass der Regen sie eine Weile festhalten würde, und machte es sich auf dem Boden bequem.

»Bisher hast du immer nur von Thailand, Malaysia und Indonesien erzählt, aber soweit ich weiß, ist Giulia doch in Nepal gestorben?«, fragte sie.

»Das stimmt. Nach über einem Jahr sind wir nach Indien geflogen. Es gefiel mir dort nicht, mir fehlte die Leichtigkeit Südostasiens.«

»Und Giulia?«

»Indien hat ihr einiges von ihrer Unbeschwertheit genommen. Mit einem Mal sprach sie viel über Verantwortung, Schicksal und über den Tod. Ich glaube nicht, dass sie eine Vorahnung hatte, aber sie hat sich stark mit dem Sterben auseinandergesetzt.«

»Hat Indien euch entfremdet?«

»Nein, zwischen uns hatte sich nichts verändert.«

Paul betrachtete die verblichenen Malereien an den Wänden. Sie stellten Szenen aus dem Leben Buddhas dar: den schweren Weg des Prinzen Siddharta zur Erleuchtung.

»Doch, etwas musste sich wohl verändert haben«, sagte er

nachdenklich. »Bald darauf, in Nepal, sagte sie mir nämlich, dass sie zurück nach Italien wollte.«

»Warum?«

»Ich weiß es nicht. Giulia starb, bevor sie es mir erklären konnte.«

»Vielleicht wollte sie sich mit ihren Eltern versöhnen.«

»Ich habe darüber nachgedacht, glaube es aber nicht. Seit unserer Abreise hatte sie keinen Kontakt zu ihnen gehabt und war bis zum Schluss voller Verachtung für sie. Der Einzige, mit dem sie in Verbindung blieb, war Vincenzo. Hin und wieder erhielt sie einen postlagernden Brief von ihm, und sie schrieb ihm fast jeden Monat. Den letzten Brief hat Giulia noch an ihrem Todestag abgeschickt. Ich habe Vincenzo angerufen, weil ich die Hoffnung hatte, dass daraus hervorgehen würde, was sie in Italien wollte, aber der Brief ist niemals in Venedig angekommen. Es quält mich immer noch, dass ich nicht weiß, was sie mir sagen wollte. Es muss etwas sehr Wichtiges gewesen sein, sonst hätte sie keine Schwierigkeiten gehabt, darüber zu sprechen.«

Ein heftiger Windstoß stieß die Tür des Tempels auf, und Regen sprühte hinein. Giovanna sprang auf, um die niedrige Pforte zu schließen, dann setzte sie sich wieder zu Paul und berührte seine Hand.

»Wie ist sie gestorben?«

»Wir haben einen Dieb bei seiner Arbeit gestört. Einen Europäer, der eine Statue aus einem Tempel stehlen wollte. Er hat mich eine steile Treppe hinuntergestoßen. Giulia stand hinter mir, und ich habe sie mitgerissen. Bei dem Sturz hat sie sich das Genick gebrochen. So einfach war es. Aus und vorbei.«

Sie strich mit der Hand über seinen Kopf. Er war mittags beim Barbier gewesen, um sich rasieren und die Haare schneiden zu lassen. Außer Stoppeln war von seiner Frisur nichts übrig geblieben. Als sie in seine blauen Augen sah und die Furchen in seinem Gesicht studierte, nahm sie zum ersten Mal die tiefe Müdigkeit darin wahr.

»Was für eine Tragödie«, flüsterte sie. »Was für eine Verschwendung.«

Er ging nicht auf ihre Bemerkung ein. Draußen ließ der Regen nach, und die Tropfen schlugen nur noch vereinzelt auf das Dach.

»Hat die Polizei den Mann gefasst?«

»Nein. Inzwischen rechne ich auch nicht mehr damit.«

Giovanna nickte. Wie groß war die Chance, den Mörder nach so langer Zeit noch zu finden? Nur ein Wunder konnte helfen, und Wunder gab es nicht.

»Was hast du nach Giulias Tod gemacht?«

»Ich habe ihre Leiche verbrannt und die Asche nach Lamalera gebracht. Ursprünglich wollte ich sie dort ins Meer streuen, aber Veronika schlug vor, die Urne auf dem Friedhof beizusetzen. Die Leute von Lamalera sind Katholiken.«

»Und dann?«

»Einen Teil von mir ließ ich mit ihr in Lamalera zurück, und wohin ich mit dem Rest sollte, wusste ich nicht. In meiner Ratlosigkeit bin ich nach Deutschland geflogen, aber ich war dort unglücklich. Mir fehlte die Verbindung zu meinem Leben mit Giulia, und ein anderes Leben wollte ich nicht. Der einzige Lichtblick waren meine ersten Erfolge als Künstler. Die Malerei war alles, was mir geblieben war, auch wenn sie mir nicht half, mit Giulias Tod fertig zu werden.«

»Und dann?«

»Schon nach wenigen Monaten habe ich es in Deutschland nicht mehr ausgehalten. Ich bin nach Marokko gegangen, um dort zu malen. Damit meine Verzweiflung mich nicht umbrachte, habe ich versucht, meine Gefühle auf der Leinwand zu verarbeiten. In kurzer Zeit sind Dutzende von Bildern entstanden, doch nach einem halben Jahr wurde mir klar, dass Marokko auch nicht der richtige Ort für mich war. Ich flog zurück nach Asien, und hier bin ich geblieben. Als ich anfing, mit der Malerei Geld zu verdienen, habe ich mir auf Bali ein Haus gebaut. Es wurde meine Basis, aber im Grunde bin ich die ganzen Jahre über wie ein Vagabund umhergezogen.«

Der Regen hatte aufgehört. Die plötzliche Stille drückte dumpf und leer auf Giovannas Ohren.

»Hast du dich endgültig vom Westen verabschiedet oder verbindet dich noch etwas mit Europa?«, fragte sie.

»Nur wenig. Aber ich bin Deutscher, daran wird sich nichts ändern.«

»Dann fühlst du dich also trotz der vielen Jahre, die du hier verbracht hast, nicht als Einheimischer?«

»Nein. Ich gehöre dazu, aber einer von ihnen werde ich niemals sein. An guten Tagen habe ich das Gefühl, dass ich das Beste beider Kontinente in mir vereinen kann, aber manchmal habe ich Angst, zwischen den Kulturen zerrieben zu werden, mich zwischen Asien und Europa zu verlieren.«

Paul saß im Restaurant und kaute Erdnüsse, während er auf Giovanna wartete. Mar Htwe warf ihm erwartungsvolle Blicke zu. Sie hatte eine lange Zeit in Giovannas Zimmer verbracht und war erst vor kurzem zurückgekehrt. Paul sah auf, als die Tür quietschte und Giovanna das Restaurant betrat.

Sie trug den dunkelroten Seidenlongyi aus Mandalay und darüber einen hauchdünnen weißen Eingyi, ebenfalls aus Seide, mit den typisch chinesischen Knebelverschlüssen anstelle von Knöpfen. Obwohl es ein Kleidungsstück für Männer war, fand Paul sie hinreißend in dem Hemd, vielleicht gerade deshalb. Giovanna hatte ihr Haar mit einem speziellen Öl gewaschen, damit es glänzte, und sich von Mar Htwe sorgfältig Thanakha auftragen lassen. An den Ohren baumelten Ringe mit glitzernden, in Silber eingefassten Halbedelsteinen, ihren Mund hatte sie mit rotem Lippenstift betont. Sie freute sich diebisch über Pauls Verblüffung und kam mit bewusst langsamen Schritten auf ihn zu. Mar Htwes Miene verriet, wie stolz sie auf ihren Beitrag zu Giovannas Aufmachung war.

»Und? Ist diesmal alles richtig?«

»Du siehst umwerfend aus«, sagte er, nachdem er seine Sprachlosigkeit überwunden hatte. »Woher hast du die Sachen?«

»Ich war auf dem Markt, da gibt es alles, was die Frau braucht. Wenigstens in Burma«, schränkte sie ein. »Was machen wir jetzt?«

»Eigentlich wollte ich nur irgendwo mit dir zu Abend essen, aber so elegant wie du aussiehst, sollten wir ausgehen und feiern.«

»Was wollen wir denn feiern?«

»Das Leben.«

Der Bretterverschlag am Kanal war so klein, dass nur zwei Tische hineinpassten. Da es trocken geblieben war, hatten sie sich auf eine Bank im Freien gesetzt. Der Besitzer der Bude hatte einen Schemel besorgt, auf dem sie ihre Gläser und den Krug mit selbstgemachtem Palmwein abstellen konnten. Giovanna spürte bereits die Wirkung des Alkohols. Sie fühlte sich leicht und beschwingt.

»Wie kommt es eigentlich, dass du mit Nachnamen Morosini heißt und nicht Badano wie dein Vater?«, fragte Paul.

»Seltsam, oder? Obwohl wir nur zur letzten, unbedeutendsten Seitenlinie der Morosinis gehören, waren meine Großeltern stolz auf ihren großen Namen. Sie konnten es nicht verwinden, dass unser Zweig des Stammbaums mit ihren Töchtern absterben sollte. Da Papà einverstanden war, habe ich den Namen meiner Mutter bekommen.«

»Was für ein unsinniger Standesdünkel.«

»Ich finde es auch übertrieben, aber was soll's.«

Eine Gruppe junger Frauen ging auf der Straße vorbei und sah neugierig zu ihnen herüber. Dann tuschelten sie leise miteinander.

»Du erregst Aufsehen«, stellte Paul fest.

Es war Giovanna nicht entgangen, dass er den ganzen Abend kaum die Augen von ihr nahm, und seine Bewunderung tat ihr gut. Das dünne Seidenhemd zeigte mehr, als es verbarg. Zum Glück hatte sie gegen Pauls Rat wenigstens einen ihrer schönen

BHs aus Bangkok mitgebracht. Die Fingerspitzen ihrer linken Hand tasteten nach ihrem Talisman, dem Jadekreuz unter ihrem Hemd, während sie mit der anderen ihr Glas hob und ihm zuprostete.

»Auf das Leben«, sagte sie. »Und auf uns.«

»Auf uns!«, stimmte Paul zu.

Sie leerten ihre Gläser in einem Zug. Paul schenkte den Rest des Palmweins ein und rief den Wirt, damit er den Krug auffüllte.

»Liebst du sie immer noch?«, fragte Giovanna unvermittelt.

»Wie sehr kann man eine Tote lieben, und wie lange? Ich weiß es nicht. Giulia ist auf jeden Fall immer noch da, jeden Tag.«

Der Wirt kam mit einem neuen Krug. Während er ihnen nachschenkte, grübelte Giovanna über Pauls Worte nach. Dachte er wirklich immer noch jeden Tag an Giulia, selbst nach zwanzig Jahren? Es hieß, die Zeit heile alle Wunden, doch schien das für Paul nicht zu gelten. Obwohl er eine andere Frau liebte und mit ihr zusammenlebte, konnte er sich nicht von Giulia lösen. War sein unbeirrbares Festhalten an einer Toten ein Zeichen von unsterblicher Liebe oder war es das Merkmal einer krankhaften Besessenheit? Giovanna konnte es nicht sagen.

Sie nahm schweigsam einen Schluck Palmwein und sah den Passanten auf der Straße nach. Eine Frau ging vorbei, deren langer Zopf sie an Shwe Shwe erinnerte. Den ganzen Tag hatte sie es vermieden, an sie zu denken, aber jetzt kehrte die Erinnerung an die letzte Nacht mit Macht zurück. Sie stellte ihr Glas auf dem Schemel ab und sah aus den Augenwinkeln zu Paul.

»Warst du letzte Nacht bei Shwe Shwe?«, fragte sie leise.

Er kratzte sein Ohr und schwieg lange.

»Ja.«

»Warum?«

»Weil ich sehr durcheinander bin.«

Sie griff nach ihrem Glas und sah es einen Moment bedrückt an, bevor sie trank.

»Warum bist du nicht zu mir gekommen?«

»Das war unmöglich. Du bist die Ursache meiner Verwirrung«, gestand er.

Giovanna setzte zum Sprechen an, brach aber ab und senkte den Kopf. Sie wusste nicht, was sie darauf sagen sollte.

»Ich denke, wir sollten nach Hause gehen«, sagte Paul und stand auf.

Sie gingen den ganzen Weg nebeneinanderher, ohne sich zu berühren. Giovanna traute sich nicht einmal, seine Hand zu fassen. Vor ihrem Bungalow verabschiedete sie sich mit knappen Worten von ihm und verschwand in ihrem Zimmer. Sie ließ sich auf ihr Bett fallen und schlug die Hände vor das Gesicht. Meine Güte, dachte sie, was ist nur mit mir los? Sie wollte ihn, wollte ihn so sehr. Aber sie konnte doch nicht einfach zu ihm gehen und es ihm sagen. Sie war nicht wie die Contessa. Sie war zu einem anständigen Mädchen erzogen worden, und anständige Mädchen benahmen sich nicht so. Dann kam ihr Fabio in den Sinn, und die vierunddreißig Stunden in seinem Hotelzimmer. Sie hatte sich jahrelang dafür geschämt, aber im Grunde ihres Herzens wusste sie, dass diese vierunddreißig Stunden die besten ihres Lebens gewesen waren. Scheiß auf den Anstand, dachte sie und zog ihre Sandalen an.

Paul sah sie an, als hätte er damit gerechnet, dass sie kommen würde, aber sie konnte nicht sagen, ob er ihr Erscheinen befürchtet oder herbeigesehnt hatte.

»Lass uns endlich aufhören, Katz und Maus zu spielen«, sagte sie und schaffte es, ihm dabei gerade in die Augen zu sehen. »Wir sind beide erwachsen, und ich glaube, dass du das Gleiche willst wie ich. Habe ich recht?«

»Komm rein«, sagte er und ließ sie an sich vorbei in sein Zimmer treten.

TEIL 4

PAUL

Juni bis August 2000

1
Der Osten und der Westen

Es waren dieselben Hochhäuser und dieselben riesigen Werbeschilder zu beiden Seiten derselben Schnellstraße. Bangkok war unverändert, nur Giovanna war nicht mehr dieselbe, als sie zum zweiten Mal mit dem Taxi vom Flughafen in die Stadt fuhr.

Im Guesthouse erwartete Giovanna eine böse Überraschung: Paul bezahlte für zwei Zimmer. Sie war wie vor den Kopf geschlagen, versuchte aber, sich nichts anmerken zu lassen. Sie ging in ihr Zimmer, stellte den Ventilator an und ließ sich wie betäubt auf einen der beiden Hocker sinken. Seit sie in Nyaung Shwe ein Liebespaar geworden waren, hatte Paul jede Nacht mit ihr verbracht. Sie hatten nicht darüber gesprochen, aber Giovanna war davon ausgegangen, dass sich daran auch in Bangkok nichts ändern würde.

Was war geschehen? Die Wandlung in Pauls Benehmen musste mit der Chinesin in Penang zusammenhängen. Sie war ein anderer Fall als Shwe Shwe, weitaus wichtiger für ihn, sonst würde er nicht mit ihr zusammenleben. Was für eine Art Frau mochte sie sein, und was liebte Paul an ihr? Giovanna fiel auf, dass sie noch nicht einmal den Namen ihrer Rivalin kannte. Sie erwog, ihn auf sie anzusprechen, verwarf den Gedanken jedoch, weil sie die Chinesin ohnehin in wenigen Tagen treffen würde.

Es klopfte an der Tür, und sie sprang auf: Paul hatte es sich anders überlegt! Das Adrenalin pumpte durch ihre Adern, als sie die Tür öffnete, aber er brachte nur die Reisetasche mit ihrem untergestellten Gepäck. Er sah nicht glücklich aus. Ihn plagen Gewissensbisse, dachte Giovanna, und er hat sie verdient, aber ihre Schadenfreude wich so schnell, wie sie gekommen war. Niemand anders als sie selbst war der Grund für sein schlechtes Gewissen.

Sie verbarg ihre Enttäuschung und dankte ihm. Paul teilte ihr mit, dass er zum Bahnhof fahren wolle, um die Fahrkarten nach Penang zu besorgen, und bat sie, mit dem Essen zu warten, bis er zurück war. Da sie ohnehin keinen Appetit hatte, war es ihr recht.

Nachdem Paul fort war, setzte Giovanna sich auf die schattige Dachterrasse und versuchte, Ordnung in ihre Gedanken zu bringen. Paul hatte sich in Burma ebenso in sie verliebt wie sie sich in ihn, so viel stand fest. Er war gern mit ihr zusammen, fand sie vermutlich interessant, geistreich und mit etwas Glück sogar mäßig humorvoll. Auch der Sex mit ihr hatte ihm gefallen, daran hatte sie keinen Zweifel.

Immerhin, so weit sind es gute Voraussetzungen, dachte sie. Aber wofür? Wünschte sie sich, dass er die Chinesin für sie verließ? War es das? Giovanna schluckte hart. Sie hatte sich bisher nicht getraut, den Gedanken zuzulassen, aber genauso war es.

* * *

Die Luft war so diesig, dass man kaum den Penang Hill erkennen konnte, als die Fähre über die schmale Meerenge vom Festland auf Georgetown zuhielt. Giovanna lehnte an der Reling und beobachtete, wie die massigen Wohnblocks entlang der Küstenlinie näher kamen.

Paul saß tief in Gedanken versunken auf einer der hölzernen Bänke und schenkte der Insel, auf der er seit über einem Jahr lebte, keine Beachtung. Er hatte Angst vor dem Wiedersehen mit Xue Lian. Er musste ihr die Wahrheit sagen, aber was war die Wahrheit? Wenige Meter entfernt stand Giovanna, so erfrischend und liebenswert, während in Penang die Frau auf ihn wartete, die er liebte und heiraten wollte.

Es hatte Giovanna enttäuscht, dass sie in Bangkok in getrennten Zimmern geschlafen hatten, aber es war notwendig gewesen. Sie waren wieder im richtigen Leben angekommen, und die Gedanken an Xue Lian kehrten mit Macht zurück. Am Telefon hatte sie ruhig gewirkt und keine Fragen gestellt, aber er kannte sie zu gut, um sich deshalb in Sicherheit zu wiegen. Auf ihn warteten große Schwierigkeiten.

Giovanna kam zu ihm herüber und setzte sich neben ihn. Sie hatten eine wundervolle Zeit zusammen gehabt. Am Anfang hatte er versucht, sich gegen ihre Anziehungskraft zu wehren, doch seine Entschlossenheit war mit jedem Tag ein Stück dahingeschmolzen, bis das Unvermeidliche geschah.

»Was wird aus uns werden?«, fragte sie.

»Ich weiß es nicht.«

Sie beobachteten, wie eine entgegenkommende Fähre an ihnen vorbeiglitt. Auf die Reling gestützt standen drei Malaiinnen und schauten gelangweilt herüber; sie hatten runde Gesichter und versteckten ihr Haar unter bunten Kopftüchern.

»Wirst du es deiner Freundin erzählen – das mit uns?«, fragte Giovanna.

»Ja. Sie wird mich fragen, und ich werde es ihr sagen.«

»Alles?«

»Alles«, bestätigte Paul. »Keine Lügen.«

»Und wie wird sie darauf reagieren?«

»Es wird Julie nicht gefallen.«

Giovanna stutzte: »Sie heißt ausgerechnet Julie?«

Er nickte.

»Wie ist sie? Ist sie wie Giulia?«

»Du wirst es morgen Abend herausfinden.«

Paul wollte nicht mit Giovanna über Xue Lian sprechen. Sie

hätte es gehasst, und er respektierte ihren unausgesprochenen Willen. Er hatte genug angerichtet.

Ein Zittern ging durch den plumpen Eisenrumpf der Fähre, als der Steuermann die Geschwindigkeit drosselte und das Boot sich mit einem Knirschen an die Anlegestelle schmiegte. Paul und Giovanna erhoben sich von der Bank und gingen von Bord.

»Es kommt mir vor wie der Weg zum Schafott«, sagte sie.

»So schlimm wird es schon nicht werden«, versuchte Paul zu trösten.

»Für dich vielleicht nicht.«

O doch, dachte er. Es wird sehr schlimm für mich werden. Paul hatte böse Vorahnungen, als sie an der Uferstraße in ein Taxi stiegen und sich zum Cathay Hotel fahren ließen.

Giovanna bezahlte für zwei Nächte im Voraus. In dem riesigen Zimmer standen zwei breite Betten und ein Schreibtisch. Obwohl die Fenster nicht richtig schlossen und im Badezimmer die Farbe von den Wänden blätterte, war es das komfortabelste Zimmer der Reise. Paul stellte ihren Rucksack ab, und die beiden blieben ratlos voreinander stehen.

»Was immer aus uns wird: Ich danke dir. Für alles«, betonte sie.

Er nickte und ging zur Tür. Einen Moment lang blieb er unschlüssig stehen, dann schloss er sie hinter sich und ging über die breite Treppe ins Erdgeschoss hinunter.

Erst als er vor Xue Lians Bungalow stand, begriff Paul in aller Deutlichkeit, was er aufs Spiel gesetzt hatte, und ihn überkam bodenlose Reue. Er hätte sich niemals mit Giovanna einlassen dürfen. Schon mit ihr nach Burma zu fahren war ein Fehler gewesen, ein Spiel mit dem Feuer, wie Xue Lian es vorausgesehen hatte.

Während er in seiner Tasche nach dem Schlüssel suchte, ging die Tür auf, und Xue Lian stand vor ihm. Ihr Blick war nicht feindselig, nur ungewohnt distanziert; es lag keine Spur der

Freude darin, mit der sie ihn für gewöhnlich begrüßte, wenn er fort gewesen war.

»Du bist nicht in der Galerie?«

»Ich habe Soo San gebeten, heute Nachmittag für mich einzuspringen. Findest du es nicht angebracht, dass ich meinen Mann empfange, wenn er von einer so besonderen Reise zu mir zurückkehrt?«

Ihre sarkastischen Worte standen in krassem Gegensatz zu der weichen Vertrautheit, mit der sie ihn umarmte.

»Komm herein und geh duschen. Du hast es nötig«, sagte sie.

Er stellte seinen Rucksack im Flur ab und ging ins Bad. Der Dreck der endlosen Zugfahrt von Bangkok nach Penang war nicht der einzige Schmutz, der an ihm klebte.

Paul stand unter dem kalten Wasserstrahl, als Xue Lian ins Badezimmer kam. Sie war nackt, und bei ihrem Anblick wurde ihm noch elender zumute. Er hatte alles falsch gemacht und war dem Schicksal mit offenen Augen in die Falle gelaufen.

Xue Lian drehte am Hahn und wartete, bis das Wasser wärmer wurde, bevor sie sich zu ihm unter die Dusche stellte. Sie nahm ein Stück Seife und rieb ihn damit am ganzen Körper ein. Er schloss die Augen, um sich ganz ihren Berührungen zu überlassen.

»Du bist verspannt«, sagte sie sachlich.

Paul drehte sich zu ihr herum. Er musste ihr alles erzählen: was Giovanna in ihm ausgelöst und was sich zwischen ihnen entwickelt hatte. Je früher er es tat, desto besser.

Als Xue Lian sah, dass er sprechen wollte, legte sie ihren Zeigefinger auf seine Lippen.

»Sag nichts«, bat sie. »Später, aber nicht jetzt.«

Sie nahm den Duschkopf in die Hand und spülte sorgfältig die Seife von seinem Körper. Als er sich revanchieren und sie ebenfalls einseifen wollte, wehrte sie ihn ab und schob ihn sanft, aber bestimmt aus der Dusche. Wie ein getretener Hund schlich er aus dem Bad ins Schlafzimmer, um sich anzuziehen.

Paul saß mit Xue Lian am Küchentisch und trank Tee, wie schon hundertmal zuvor, nur fehlte diesmal jede Spur liebevoller Wärme zwischen ihnen. Er traute sich kaum, sie anzusehen. In ihren Augen lag der Vorwurf, dass er alles zerstört hatte, und da er nicht wusste, wie er sich rechtfertigen sollte, war er wehrlos gegen ihre stumme Anklage. Erstickende Angst schnürte wie eine Drahtschlinge seinen Hals zu und machte jeden Atemzug zur Qual. Sie wies ihn zurück, sie bestrafte ihn, und er hatte es nicht besser verdient.

»Du bist verändert, Paul«, bemerkte sie.

»Wir müssen über vieles reden.«

»Später. Erst möchte ich sie sehen.«

Er war froh, dass Xue Lian ihn bald darauf wegschickte und er der beklemmenden Atmosphäre im Haus entkommen konnte. Sie bat sich drei Stunden aus, um das Essen vorzubereiten und sich umzuziehen. Da er allein sein wollte, fuhr er nicht zu Giovanna ins Hotel, sondern rief sie an und teilte ihr mit, wann er sie abholen würde. Sie stellte keine Fragen.

Er fuhr zur Esplanade und stellte den Wagen in der Nähe des Fort Cornwallis ab. Als er auf der Mauer saß und über das Meer schaute, fiel ihm ein, dass er schon einmal dort gesessen und auf eine Verabredung mit Xue Lian gewartet hatte, ganz am Anfang ihrer Liebesbeziehung. Paul zündete sich eine Kretek an, schnippte sie aber schon nach wenigen Zügen in hohem Bogen ins Wasser. Bei der Vorstellung, dass er ein zweites Mal im Leben alles verlieren könnte, war ihm speiübel geworden.

Giovanna musste bereits auf ihn gewartet haben, denn sie öffnete unverzüglich, sobald er an ihre Zimmertür klopfte. Sie war perfekt geschminkt und trug das schwarze Kleid, das ihm am ersten Abend in Bangkok so gut gefallen hatte.

»Komm rein«, sagte sie.

Er schloss die Tür hinter sich und blieb stehen, während Giovanna sich auf die Bettkante setzte und drei Versuche brauchte, um in ihre Pumps zu steigen. Ihre Ungeschicklichkeit zeigte, wie nervös sie war. Als sie ihre Schuhe endlich anhatte, machte sie keine Anstalten aufzustehen.

»Es wird Zeit. Wollen wir los?«

Sie nickte schicksalsergeben und stand auf. Paul hatte Mitleid mit ihr, aber es war zu spät, um ihre Begegnung mit Xue Lian noch abzuwenden. Er konnte nur hoffen, dass sie einigermaßen friedlich verlaufen würde. Allerdings war er nicht sehr optimistisch.

Als er in die Penang Road einbog, hätte er um ein Haar einen Mopedfahrer angefahren, der gerade noch ausweichen konnte. Der Vorfall überzeugte Giovanna, dass es besser war sich anzuschnallen.

»Ist es weit?«, fragte sie.

»Wir wohnen kurz hinter Ayer Itam, ungefähr in der Mitte der Insel. Je nach Verkehr wird die Fahrt zwanzig bis dreißig Minuten dauern.«

Sie nickte schweigend, und Paul versuchte sich auf das Fahren zu konzentrieren, was ihm schwerfiel, weil zu viele Gedanken wild in seinem Kopf herumsprangen. Die meisten von ihnen drehten sich um Giovanna. Im nächsten Moment übersah er einen Bus, der von einer Haltestelle auf die Fahrbahn zog und sie dabei fast rammte.

»Bist du nervös oder fährst du immer so schlecht?«, fragte Giovanna, als sie sich von ihrem Schreck erholt hatte.

»Ich bin nervös, und ich fahre immer so schlecht.«

Sie schüttelte den Kopf, kommentierte sein Geständnis aber nicht. Fünfzehn Minuten später erreichten sie Ayer Itam. Oberhalb des quirligen Markts zogen sich die Gebäude eines großen beleuchteten Tempels den Hang hinauf. Giovanna drehte den Rückspiegel so, dass sie ihr Make-up darin kontrollieren konnte. Ihr Gesicht war blass.

»Ich frage mich, warum ich mir das antue. Vermutlich habe

ich nicht die geringste Chance gegen sie. Ich hätte umbuchen und direkt von Bangkok nach Hause fliegen sollen.«

»Warum bist du dann hier?«

»Aus Neugier, und weil der Einsatz zu hoch ist, um kampflos das Feld zu räumen. Vielleicht auch nur, weil ich dumm bin und nicht weiß, wann ich verloren habe.«

Paul bog von der Straße auf einen dunklen Weg voller Schlaglöcher ab. An seinem Ende duckte sich ein allein stehendes Häuschen unter hohe Bäume.

»Wohnt sie dort?«

»Ja. Hier wohnen wir.«

Sie biss sich auf die Unterlippe. Die Anspannung war ihr deutlich anzumerken.

»Hast du ihr von uns erzählt?«

»Nein, noch nicht.«

Als er den Motor abstellte und sie aus dem Wagen stiegen, umgab sie nächtliche Stille. Xue Lian hatte das Auto gehört und kam ihnen durch den Garten entgegen. Neben dem Hibiskus blieb sie im sanften Licht einer chinesischen Laterne stehen, ihre Hände in anmutiger Haltung vor dem Körper gefaltet. Obwohl Paul durchschaute, dass sie ihren Auftritt inszeniert hatte, konnte er sich der Wirkung nicht entziehen. Sie trug den dunkelblauen Qipao, ihre Perlenohrringe und den Elfenbeinkamm in den hochgesteckten Haaren – genau wie am Tag ihrer ersten Verabredung. Ihr Gesicht war geschminkt, und ihre Haut wirkte im schwachen Licht der Laterne fast durchscheinend. Der Anblick löste eine unstillbare Sehnsucht in ihm aus.

Giovanna stieß einen leisen Seufzer aus. Die Grazie der Chinesin und ihre zerbrechliche Schönheit waren entmutigend. Xue Lian kam ihnen die letzten Schritte entgegen. Mit traumwandlerischer Sicherheit setzte sie ihre Füße in den hohen Schuhen präzise voreinander und wiegte sich dabei leicht in den Hüften, bis sie lächelnd vor Giovanna stehen blieb und die Rechte der Italienerin mit beiden Händen umfasste.

»Ich bin Julie. Willkommen in meinem Haus. Ich war sehr gespannt auf Sie.«

Sie hakte sich bei Giovanna unter und führte sie um den Bungalow herum zur Veranda. Instinktiv verglich Paul die beiden Frauen, als sie mit einigem Abstand vor ihm durch den Garten gingen. Beide waren schön, obwohl denkbar unterschiedlich: Giovanna mit ihrer modischen Kurzhaarfrisur und der schicken westlichen Kleidung war der Inbegriff einer selbstbewussten, modernen Europäerin, während Xue Lian dem Bild einer klassischen Chinesin entsprach. Sie verströmte eine starke Weiblichkeit, und das enganliegende Seidenkleid unterstrich diese Ausstrahlung. Ihre weiche und fragile Erscheinung war trügerisch, weil sie den Eindruck von Unterwürfigkeit und Schwäche erweckte, doch Paul ließ sich davon nicht täuschen. Er kannte den eisernen Willen, die Kraft und Selbständigkeit, die sich unter dieser Oberfläche verbargen.

Xue Lian bot Giovanna einen Stuhl auf der Veranda an und ging ins Haus, um einen großen Krug mit frischem Papayasaft und zwei Gläser zu holen. Für Paul brachte sie eine Flasche Bier mit. Dann zündete sie eine Räucherspirale gegen die Moskitos an und stellte sie unter den Tisch. Nachdem sie alles arrangiert hatte, lehnte sie sich in ihrem Stuhl zurück und musterte Giovanna abschätzend.

Ein leichter Wind kam auf und ließ die Palmwedel über ihnen rascheln. Die Abendluft war mild und schmeichelnd, aber Giovanna war sichtbar nicht wohl unter Xue Lians forschenden Augen. Paul suchte fieberhaft nach einer Möglichkeit, das Schweigen zu durchbrechen, ohne ein verfängliches Thema anzusprechen, doch sein Geist war wie gelähmt.

»Was machen Sie beruflich?«, fragte Giovanna schließlich.

»Hat er es Ihnen nicht erzählt?«

»Nein. Außer Ihrem Namen hat er mir nichts verraten.«

Paul fing Xue Lians dankbaren Seitenblick auf – ihre erste Gefühlsregung ihm gegenüber, seit er mit Giovanna aus der Stadt gekommen war. Sie erzählte von ihrer Galerie, und zwischen den Frauen entwickelte sich eine Unterhaltung über Kunst. Obwohl Paul mehr als genug von diesem Thema verstand, beteiligte er sich mit keinem Wort.

Giovanna entspannte sich allmählich, aber Paul traute dem Frieden nicht. Er befürchtete, dass Xue Lian das Gespräch früher oder später in andere Bahnen lenken würde, und wusste nicht, wie er sich in einem solchen Fall verhalten sollte. Er nippte an seinem Bier und wünschte sich weit weg. Als er Xue Lian eine Zigarette anbot, lehnte diese ab.

»Danke, aber ich rauche nicht mehr.«

»Wann hast du aufgehört?«, fragte er verdutzt.

»Vor zwei Wochen.«

»Meinen Glückwunsch«, sagte Giovanna. »War es schwierig?«

»Nein. Ich bin sehr konsequent, wenn ich einmal eine Entscheidung getroffen habe.«

Paul nickte und sah zu Giovanna hinüber, der die Zweideutigkeit dieser Aussage offenbar entgangen war. Der Abend war eine Zumutung für sie, und er bereute, dass er sie in diese unglückliche Lage gebracht hatte. Im Falle einer offenen Auseinandersetzung wäre sie Xue Lian nicht gewachsen; vielleicht in Europa und in einer anderen Konstellation, jedoch nicht hier an diesem Abend. Paul selbst war in keiner guten Position, um ihr beizustehen. Bestenfalls konnte er darauf hoffen, dass Xue Lian allein ihn und nicht Giovanna verantwortlich machte. Im Gegensatz zu Giovanna hatte er ihren Zorn verdient.

Sein Blick entging Xue Lian nicht, und sie verzog höhnisch die Mundwinkel. Er fürchtete ihren Stolz. Er fürchtete sich davor, ihr Rechenschaft ablegen zu müssen und sie verletzt zu sehen. Am meisten fürchtete er, sie zu verlieren.

»Entschuldigt mich bitte, ich sehe kurz nach dem Essen.«

Sie stand auf und ging ins Haus.

»Es ist deprimierend, wie schön und souverän sie ist«, stellte

Giovanna fest. »Neben ihr komme ich mir klein und unbeholfen vor«, sagte sie.

»Ich hätte dich nicht herbringen sollen.«

Giovanna antwortete nicht. Sie wirkte resigniert, als hätte sie sich in ihr Schicksal ergeben. Xue Lian streckte den Kopf aus der Tür.

»Ihr könnt kommen. Die Jiaozi sind fertig«, rief sie.

Paul traute seinen Augen nicht, als er den Tisch sah: Xue Lian hatte eine rote Tischdecke aufgelegt und Dutzende von Frangipaniblüten darauf verteilt. Zwischen den Blüten standen drei Bambuskörbchen, in denen die halbmondförmigen gedämpften Teigtaschen angerichtet waren. Seine Verblüffung bereitete Xue Lian sichtlich Freude.

»Schweinegehacktes mit Fenchel, Garnele und Schwein mit Schnittlauch und einmal nur Gemüse«, erklärte sie die Füllungen, indem sie mit dem Finger auf das jeweilige Körbchen zeigte.

Paul nickte anerkennend, denn er wusste, wie viel Arbeit darin steckte. Xue Lian ging in die Küche und holte milden chinesischen Essig und Sojasoße, die sie zum Einstippen in winzige Schälchen füllte. Dann reichte sie mit beiden Händen jedem ein Paar Essstäbchen. Als sie Giovannas ratlosen Gesichtsausdruck sah, huschte ein feines Lächeln über ihre Lippen.

»Lasst es euch schmecken«, sagte sie.

Paul nahm eine Teigtasche und tauchte sie in Essig, bevor er sie in den Mund schob.

»Hervorragend. Es wird dir schmecken, Giovanna.«

»Ich kann nicht mit Stäbchen essen.«

»Dann sollten Sie es lernen. Lassen Sie es sich von Paul zeigen, er kann einer Frau vieles beibringen.«

Giovanna sah betreten zu ihm. Die Anspielung war mehr als deutlich gewesen.

»Na los, zeig es ihr«, forderte Xue Lian ihn auf.

Zögernd nahm er Giovannas rechte Hand und demonstrierte ihr, wie sie das erste Stäbchen fixieren musste, dann legte er ihr das zweite Stäbchen zwischen Daumen und Zeigefinger.

»Ganz locker halten. Siehst du, es ist nicht schwierig.«

»Das sagst du so.«

Xue Lian wartete nur darauf, dass Giovanna sich ungeschickt anstellte. Paul hatte sie noch nie so niederträchtig erlebt, obwohl er es ihr immer zugetraut hatte. Sie sah aus wie ein Engel, hatte aber nie vorgegeben, einer zu sein.

»Vertrauen Sie ihm. Paul ist sehr fingerfertig, wie Sie bestimmt schon gemerkt haben«, sagte sie anzüglich.

Er hatte genug von ihren Sticheleien, und eine ohnmächtige Wut stieg in ihm auf. Es war höchste Zeit, Giovanna beizustehen.

»Ich hole dir einen Löffel«, sagte er und stand auf.

»Warte«, bat sie. »Lass es mich erst versuchen.«

Sie nahm mit unsicherem Griff eine Jiaozi, die ihr beim Eintauchen prompt in die Sojasoße fiel. Spritzer der braunen Flüssigkeit landeten auf der Tischdecke.

»Es tut mir leid. Die schöne Decke.«

»Es macht nichts, solange Sie nicht aufgeben. Manchmal muss man kämpfen, um sein Ziel zu erreichen«, sagte Xue Lian.

Giovanna nickte und fischte verbissen in dem Schüsselchen, bis sie die Teigtasche endlich zu fassen bekam und heraushob. Xue Lian applaudierte ihr.

»Du solltest dir ein Beispiel an ihr nehmen, Paul. Du gibst immer viel zu früh auf. Der Löffel hätte die Niederlage besiegelt.«

Er stand immer noch hinter seinem Stuhl am Tisch und kam sich dumm vor. Es war entwürdigend, wie Xue Lian ihn vorführte, aber er hatte nicht die Kraft, sich dagegen zu wehren. Es stand ihr zu.

Nach dem Essen brachte Xue Lian die Reste in die Küche und kehrte mit dem aufgefüllten Saftkrug zurück. Paul stand auf und holte sich auch ein Glas, dann zündete er sich eine Kretek an. Es war ungewohnt, dass Xue Lian nicht rauchte.

»Und, wie ist Ihr erster Eindruck von Asien?«, fragte sie, an Giovanna gewandt.

»Ich bin hin und weg. Es ist ganz anders als bei uns. Waren Sie schon einmal in Europa?«

Xue Lian schüttelte den Kopf.

»In Burma ist das Leben langsamer, dafür aber intensiver. Die Menschen nehmen sich mehr Zeit füreinander, und trotz ihrer Armut besitzen sie mehr Lebensfreude.«

Xue Lian hob eine Braue und schüttelte zweifelnd den Kopf: »Da bin ich mir nicht so sicher.«

»Es war nur mein Eindruck, ich kann mich natürlich täuschen«, räumte Giovanna ein. »Asien ist schwierig zu verstehen, aber zum Glück hat Paul mir geholfen, ein wenig hinter die Kulissen zu schauen. Ohne ihn wäre die Reise nicht halb so schön gewesen. Er hat mir wunderbare Dinge gezeigt.«

»Das kann ich mir vorstellen. Seine zweite herausragende Fähigkeit neben der Malerei ist es, den Frauen zu imponieren.«

Paul fühlte sich nackt und schutzlos unter ihrem Blick. Aus dem Augenwinkel sah er, wie Giovanna errötete, was auch Xue Lian nicht entging.

»Wo finde ich das Bad? Ich würde mir gern die Hände waschen.«

»Es ist die Tür gegenüber der Küche«, sagte er.

Als Giovanna durch den Flur ging, sah sie durch die offene Schlafzimmertür das Bild, das ihr seit Wochen nicht aus dem Kopf ging: Xue Lian inmitten von weißen Blüten. Es hing über dem breiten Bett, auf dem Paul sie gemalt hatte.

Xue Lian schenkte sich noch etwas Papayasaft ein. Pauls leeres Glas ignorierte sie.

»Sie ist klug und hübsch. Ich kann dich beinahe ein bisschen verstehen.«

»Warum behandelst du sie dann so?«

»Weil ich auch nur ein Mensch bin. Außerdem finde ich mich ziemlich moderat.«

Bevor er antworten konnte, kam Giovanna zurück. Sie setzte sich an den Tisch und sah zwischen ihnen hin und her. Es war nicht schwer zu erraten, dass die beiden über sie gesprochen hatten.

»Sie kommen aus Venedig, habe ich mir sagen lassen?«, fragte Xue Lian.

»Das stimmt.«

»Ich habe viele Fotos gesehen, vor allem von den vielen Kunstwerken. Ich stelle mir die Stadt sehr schön vor.«

»Das ist sie auch.«

»Wenn wir im August zu Lucas Hochzeit fahren, könnten wir doch einen Abstecher dorthin machen«, schlug Paul vor.

Xue Lians gleichgültiges Schweigen zog ihm den Magen zusammen. Hatte sie bereits mit ihm abgeschlossen? Das konnte unmöglich sein. Oder doch? Warum fiel es ihm plötzlich so schwer, sie einzuschätzen? Diese Unfähigkeit machte ihm Angst.

»Aus welchem Teil Chinas kommen Sie?«, erkundigte sich Giovanna.

»Aus Chengdu in der Provinz Sichuan.«

»Den Namen habe ich noch nie gehört. Ist es eine Kleinstadt?«

»Chengdu ist sicher nicht so berühmt wie Venedig, aber mit zehn Millionen Einwohnern würde ich sie nicht unbedingt als Kleinstadt bezeichnen. Es ist die viertgrößte Stadt Chinas.«

Giovanna sah sie verblüfft an, dann lachte sie verlegen auf.

»*Madonna mia*, es ist eine Schande, wie wenig ich über Asien weiß.«

»Sie sind fremd hier. Was glauben Sie, wie viele Dinge ich über Europa nicht weiß? Wir führen unterschiedliche Leben, wir verstehen uns nicht und wissen zu wenig voneinander. Europa und Asien lernen sich gerade erst kennen.«

»Haben wir denn nichts gemeinsam?«

»Sie und ich? Als Menschen und Frauen – sicher, doch kulturell trennen uns Welten. Sie sind der Westen, ich bin der Osten. Man kann weder beides sein, noch kann man beides haben. Das ist genau Pauls Problem: Er muss sich entscheiden.«

Paul starrte in sein Saftglas und fragte sich, ob er vielleicht doch noch ein Bier trinken sollte. Xue Lian war in der Stimmung für eine gründliche Inventur; sie sprach nicht nur über sich und Giovanna, sondern über ein Grundproblem seines Lebens.

»Was werden Sie tun, wenn Sie in Italien sind? Einen Artikel über Paul schreiben? Oder sogar ein Buch?«

»Weder noch. Ich habe das Projekt aus den Augen verloren, als es zu persönlich wurde.«

Giovanna stutzte, als sie begriff, was sie gesagt hatte. Obwohl es Xue Lian nicht entgangen sein konnte, zeigte sie keinerlei Reaktion.

»Durch die Geschichte meiner Tante, meine ich«, fügte Giovanna schnell hinzu.

»Wann fliegen Sie zurück?«

»Übermorgen. Am Wochenende feiert mein Vater seinen fünfzigsten Geburtstag. Es wird ein großes Fest, auf dem ich nicht fehlen darf.«

»Dann haben Sie etwas, worauf Sie sich freuen können.«

»Asien wird mir trotzdem fehlen.«

Giovanna sah auf ihre Uhr. Es war später, als sie angenommen hatte.

»Ich sollte zurück ins Hotel fahren. Vorher hätte ich noch eine Bitte an Sie.«

»Was denn?«

»Darf ich mir das Bild im Schlafzimmer noch einmal ansehen? Ich habe es vorhin zufällig entdeckt.«

Xue Lian stand auf und reichte ihr die Hand.

»Kommen Sie.«

Sie gingen ins Schlafzimmer, wo Giovanna noch einmal das Gemälde betrachtete, das sie in Rom so fasziniert hatte. Nachdem sie Xue Lian kennengelernt hatte, nahm sie die Wahrheit in Pauls Darstellung seiner Geliebten noch intensiver wahr. Er hatte sie nicht idealisiert, sondern auf vollkommene Weise ihr Wesen offengelegt. Seine Malerei sagte mehr über seine Liebe zu ihr, als tausend Worte es konnten. Xue Lian hatte sie beobachtet und legte ihr den Arm um die Schulter.

»Es gefällt Ihnen sehr, nicht wahr?«

Giovannas Hals war wie zugeschnürt, sie konnte nur mit einem stummen Nicken antworten. Neben grenzenlosem Neid empfand sie gleichzeitig Zuneigung und Bewunderung für die andere Frau.

»Wie viele Frauen können behaupten, dass sie einen Akt von sich über dem Bett hängen haben, der dreihunderttausend Dollar wert ist?«

Xue Lian zuckte mit den Schultern.

»Das Bild bedeutet mir viel, aber sein materieller Wert ist mir gleichgültig. Obwohl ich Chinesin bin, gibt es für mich Wichtigeres als Geld.«

»Entschuldigen Sie, es sollte nur ein Scherz sein.«

Giovanna hätte heulen können, und sie wandte sich ab.

»Was geschehen ist, hat uns alle in eine schwierige Lage gebracht«, sagte Xue Lian mit unerwarteter Wärme in der Stimme. »Sie haben dazu beigetragen, aber es ist nicht Ihre Schuld. Ich mache Ihnen keinen Vorwurf daraus, dass Sie sich in Paul verliebt haben.«

Giovanna sah Xue Lian mit großen Augen an und wusste nichts darauf zu sagen.

Paul war am Tisch sitzen geblieben. Er dachte über den Verlauf des Abends nach und war froh, dass es in Giovannas Anwesenheit nicht zum offenen Streit gekommen war. Er begann den

Tisch abzuräumen. Als er am Schlafzimmer vorbeikam, blieb er mit den leeren Gläsern in der Hand stehen. Es missfiel ihm, Giovanna neben dem breiten Bett stehen zu sehen, in dem er mit Xue Lian unzählige Liebesnächte verbracht hatte. Sie war in einen Bereich seines Lebens eingedrungen, zu dem sie keinen Zutritt haben sollte. Dabei hatte er selbst ihr die Pforten geöffnet. Mit leisen Schritten ging er in die Küche und stellte die Gläser ab. Es war seltsam, Giovanna und Xue Lians Arm in Arm zu sehen. Nichts war mehr so, wie er es sich gewünscht hätte.

Als sie durch Ayer Itam fuhren, lag der Markt dunkel und verlassen da. Unter einer Arkade stand ein alter Chinese im Unterhemd und rauchte.

»Wie geht es dir?«, fragte Paul.

»Schwer zu sagen. Ich bin durcheinander.«

»Hat Julie dich beeindruckt?«

»Allerdings. Ich weiß wirklich nicht, wie sie unter diesen Voraussetzungen so nett zu mir sein konnte.«

»So nett fand ich sie nicht.«

»O doch. Dafür, dass sie allen Grund hätte, mich zu hassen, hat sie mich sehr freundlich behandelt. Woher nimmt sie diese Würde?«

»Julie hat in ihrem Leben vieles durchgemacht, was andere Menschen zerbrochen hätte. Sie ist immer wieder aufgestanden und hat weitergekämpft. Es hat sie geformt und stark gemacht.«

»Dabei sieht sie so zerbrechlich aus.«

»Das täuscht«, sagte Paul mit einem schiefen Lächeln.

»Ich hatte vorhin einen eigenartigen Gedanken«, fuhr Giovanna fort.

Paul wartete darauf, dass sie weitersprach, und versuchte sich gleichzeitig auf das Fahren zu konzentrieren. Es war die Stunde der streunenden Hunde.

»Julies Mund ist mir aufgefallen, ihre Lippen.«

»Was ist damit?«

»Ich habe mir vorgestellt, wie es wäre, sie zu küssen«, sagte sie leise.

»Wie bitte?«

»Versteh mich nicht falsch. Es ist nichts Sexuelles. Wie soll ich es sagen? Es ist eher ästhetisch.«

»Du möchtest sie küssen?«

»Nein, aber ich kann mir ausmalen, was für eine magische Anziehungskraft sie auf Männer hat«, sagte sie. »Ich habe niemals eine Frau mit einer derart erotischen Ausstrahlung erlebt. Du musst verrückt nach ihr sein.«

Vor ihnen sprang eine Ampel auf Rot, und Paul nutzte die Gelegenheit, sich eine Zigarette anzuzünden. Den Rauch blies er aus dem offenen Fenster.

»Gegen sie komme ich mir wie ein geschlechtsloses Wesen vor. Was meinst du, hat es damit zu tun, dass sie Asiatin ist?«

Er schwieg. Was sollte er dazu sagen? Sein Hirn war wie benebelt, ihm fiel nichts ein.

»Wie ist es, mit ihr zu schlafen? Bestimmt ganz anders als mit mir«, bohrte Giovanna nach.

»Jede Frau ist anders.«

Warum tat sie das? Um sich zu quälen? Um ihn zu quälen?

»Du glaubst nicht, wie sehr ich sie beneide. Was hast du bloß von mir gewollt?«

»Jetzt hör endlich auf«, fuhr er sie an. »Du bist eine wundervolle Frau, in jeder Beziehung. Julie hat recht: Du bist der Westen, und sie ist der Osten. Ihr seid zu unterschiedlich, als dass man euch vergleichen könnte.«

Sie sprachen kein Wort mehr, bis sie das Cathay Hotel erreichten. Zum Abschied stieg Paul aus dem Wagen und nahm Giovanna in die Arme.

»Wenn du nicht etwas Besonderes wärst, säße ich jetzt nicht in der Tinte. Sei ein wenig selbstbewusster, du kannst es dir leisten.«

Sie schüttelte ganz leicht den Kopf.

»Das hat nichts mit Selbstbewusstsein zu tun. Ich habe Julie gesehen, wie sie in diesem Kleid zwischen den roten Büschen stand, und ich habe erlebt, was für eine wunderbare Frau sie ist. Als ich mir das Bild noch einmal angesehen habe, ist mir klargeworden, dass ich keine Chance habe. Deine Liebe zu ihr ist zu stark.«

Sie sah zu ihm hoch, die Augen voller Tränen. Es schmerzte ihn, und er hätte ihr gern etwas versprochen, aber er wusste, dass er es nicht hätte halten können.

»Ich liebe dich, und es fällt mir schwer zu akzeptieren, dass ich schon mehr von dir hatte, als ich erhoffen durfte.«

Paul schüttelte sie sanft. »Hör auf damit. Bitte.«

»Ich bin einfach zu verwöhnt. In meinem ganzen Leben habe ich immer bekommen, was ich wollte. Nur jetzt nicht, wo ich etwas mehr will als je zuvor.«

Sie gab ihm einen schnellen Kuss auf die Lippen und machte sich von ihm los.

»Sehe ich dich noch, bevor ich abfliege?«, fragte sie.

»Ich komme morgen nach dem Frühstück vorbei.«

Giovanna ging ins Hotel. Er blieb noch einen Augenblick stehen, bevor er sich ins Auto setzte und den Motor anließ. Vor ihm lag ein schwerer Weg.

Zu Pauls Erstaunen brannte in allen Zimmern des Bungalows Licht. Er hatte eine düstere Ahnung, als er den Wagen abstellte. Xue Lian war im Schlafzimmer damit beschäftigt, seine Kleidung auf dem Bett zu stapeln. Den Qipao hatte sie ausgezogen und durch Baumwollhose und Bluse ersetzt.

»Was machst du da?«, fragte er.

»Ich packe deine Sachen.«

Kein Drama, keine Szene, nur eine emotionslose Feststellung. Paul setzte sich mit zitternden Beinen auf den Stuhl – den gleichen, auf dem er am ersten Morgen gesessen und sie gezeichnet hatte.

»Wollen wir nicht darüber reden?«

»Doch. Aber ich dachte, ich nutze die Zeit.«

»Du hast dich entschieden, bevor du überhaupt weißt, was los ist?«

»Ich weiß genau, was los ist. Komm, wir setzen uns nach nebenan.«

Er folgte ihr wie ein Schlafwandler und sah, dass sie auch im Wohnzimmer seine Sachen aus den Regalen genommen und in einer Zimmerecke aufgebaut hatte. Als er schwer auf einen der Stühle sank, stellte Xue Lian einen Aschenbecher vor ihn hin und nahm auf der anderen Seite des Tisches Platz.

»Das kannst du nicht tun«, sagte er schwach. »Ich verstehe, dass du wütend auf mich bist, aber du kannst nicht einfach alles hinwerfen. Unser ganzes gemeinsames Leben.«

»Du hast alles hingeworfen, nicht ich. Du hast mit ihr geschlafen. Schlimmer noch: Du hast dich in sie verliebt. Leugne es bitte nicht. Ein Blinder hätte es sehen können.«

»Selbst wenn es so ist, ändert das nichts an meiner Liebe zu dir. Du bist das Wichtigste in meinem Leben – das Einzige, was zählt.«

»Dann hättest du dich für mich entscheiden müssen. Du hattest die Chance, aber du konntest es nicht. Mit Giovanna zu schlafen bedeutet nicht, mit irgendeiner Frau zu schlafen. Es ist, als hättest du mit Giulia geschlafen. Du hast mich verraten!«

Xue Lian war immer lauter geworden und verbarg ihre Wut und Enttäuschung nicht länger. Paul suchte nach einer Rechtfertigung für sein Verhalten, aber es gab keine. Ich habe es vermasselt, dachte er mutlos. Alles ist verloren. Er stand auf, um auf die Veranda zu gehen und sich dort zu sammeln.

»Lauf nicht wieder weg. *Dan xiao gui*«, schrie sie ihm hinterher.

»Ich verstehe kein Chinesisch, wie oft soll ich es dir noch sagen«, brüllte er zurück.

Es war egal. Alles war scheißegal. Seine Welt war zerstört, es spielte keine Rolle mehr.

»Dann ist das der erste Begriff, den du lernen solltest«, fauchte sie. »Er bedeutet nämlich Feigling.«

Seine Wut schlug wieder in Angst um, die sich zu regelrechter Panik steigerte. Er setzte sich auf den Stuhl neben Xue Lian und legte unsicher eine Hand auf ihr Bein, als wäre es der letzte Strohhalm, nach dem er griff.

»Schick mich bitte nicht weg«, bat er. »Ich war so einsam, bis ich dich getroffen habe. Wir waren glücklich miteinander. Wir wollten heiraten.«

»Hör endlich mit dem ewigen Gerede von Einsamkeit auf. Meinst du, ich wüsste nicht, was Einsamkeit bedeutet? Auch ich lebe in einem fremden Land, ganz allein. Ich bin nicht reich und berühmt wie du, ich musste immer für mein Leben kämpfen. Dafür verlange ich Respekt. Auch und gerade von dir.«

Beim letzten Satz war ihre Stimme leise geworden, fast flehend. Es schmerzte ihn, sie so verletzt und hilflos zu sehen. Durch seine Dummheit hatte er nicht nur sein eigenes, sondern auch ihr Leben zerstört.

»Ich würde alles für dich tun – wenn ich wüsste, dass du wirklich zu mir stehst. Aber du hast dich nie ganz für mich entschieden, weil Giulia immer noch da war. Von Anfang an musste ich deine Liebe mit einer Toten teilen. Ich habe versucht, damit zu leben, aber es geht nicht mehr.«

»Lass mich bei dir bleiben. Du bist alles, was ich will.«

Die Sätze hallten laut durch seinen Kopf, aber er sprach so leise, dass sie ihn kaum verstehen konnte.

»Wie gern würde ich dir glauben. Ich liebe dich, aber ich muss auch an mich denken. So wie die Dinge stehen, kann ich nicht mehr mit dir zusammen sein. Ich gebe dir dein Eheversprechen zurück.«

»Ist das dein letztes Wort?«

Sie nickte, obwohl es ihr sichtlich schwerfiel. Paul legte seine

Arme auf den Tisch und ließ seinen Kopf darauf sinken. Alles war gesagt. Sie wies ihn aus dem Haus, es war zu Ende.

»Ich kann nicht anders«, sagte sie. »Wenn du einverstanden bist, würde ich das Bild gern behalten.«

Er nickte, ohne sie anzusehen. Sie war also bereits damit beschäftigt, die Trennung zu organisieren, die nüchterne Abwicklung ihrer Liebe.

Xue Lian wartete vor dem Haus, bis das Taxi mit Paul verschwunden war. Erst als sie die roten Rücklichter nicht mehr sehen konnte, ging sie hinein und schloss die Tür hinter sich. Ihr Glück blieb draußen zurück. Im Schlafzimmer ließ sie sich wie betäubt aufs Bett fallen. Es dauerte über eine halbe Stunde, bis sie in der Lage war, zum Telefon zu greifen. Sie wählte eine Nummer und wartete, bis sich eine verschlafene Stimme meldete.

»Hallo?«

»Soo San, hier ist Julie.«

»Mein Gott, wie hörst du dich an? Wie spät ist es?«

»Kannst du kommen?«

»Jetzt?«

»Bitte!«

»In Ordnung. Ich ziehe mich schnell an und mache mich sofort auf den Weg.«

Soo San legte auf, und Xue Lian überlegte lange, bevor sie eine zweite Nummer wählte. Wieder musste sie warten, bis sich jemand meldete.

»Hallo, Tante Lan. Ich bin es.«

»Xue Lian! Was ist los, dass du mitten in der Nacht anrufst?«

Ihre Tante in Hongkong klang hellwach und besorgt. Als sie die liebevolle Stimme hörte, verlor Xue Lian die Fassung und begann hemmungslos zu weinen. Durch einen Schleier von Tränen blickte sie auf das Bild über ihrem Bett. Es versetzte ihr einen schmerzhaften Stich und machte ihre Verzweiflung noch stärker.

»Ich bekomme ein Kind von Paul«, schluchzte sie.

»Und wo liegt das Problem?«, fragte ihre Tante vorsichtig nach.

»Wir haben uns getrennt. Ich habe ihn fortgeschickt.«

»Oje«, stöhnte ihre Tante in den Hörer.

2

Ein böses Erwachen

Soo San fuhr mit überhöhter Geschwindigkeit in Richtung Ayer Itam, als ihr Handy klingelte. Sie durchwühlte mit einer Hand ihre Tasche, bis sie es gefunden hatte, und nahm das Gespräch an.

»Ich bin unterwegs. In fünf Minuten bin ich bei dir.«

Am anderen Ende der Leitung blieb es still.

»Julie?«

»Ich bin es, Paul.«

»Du kommst mir gerade recht. Warte mal eben.«

Sie legte das Handy auf den Beifahrersitz und stoppte den Wagen am Straßenrand. Nachdem sie den Warnblinker angestellt hatte, nahm sie das Telefon wieder ans Ohr.

»Was hast du angerichtet, du Idiot? Hast du sie etwa für die Italienerin verlassen?«

»Wie bitte? Ich habe Julie nicht verlassen. Sie hat mich rausgeschmissen.«

Soo San stöhnte auf. »Ich hätte es mir denken können. Wärst du nur nie nach Burma gefahren.«

Paul sagte nichts darauf.

»Und? Was willst du jetzt von mir?«

»Ich wollte fragen, ob Joe in Penang ist. Er geht nicht an sein Handy, und außer euch habe ich doch niemanden.«

Seine Stimme klang erbärmlich. Es war eine neue Erfahrung für Soo San, dass Paul jemanden um Hilfe bat.

»Joe ist auf einer Ölbohrplattform vor Sumatra, und ich bin auf dem Weg zu Julie«, sagte sie. »Am besten rufst du mich in den nächsten Tagen noch einmal an und lässt mich wissen, wo du bist und was du vorhast.«

»Mach ich. Danke.«

Nachdem sie das Gespräch beendet hatte, warf Soo San ihr Handy zurück in die Handtasche und sah eine Weile hinaus in die Dunkelheit, bevor sie den Motor wieder anließ und weiterfuhr.

Als Xue Lian die Tür öffnete, waren Augen und Nase rot vom Weinen. Ihr Gesicht war so verquollen, dass Soo San sie kaum wiedererkannte.

»Komm herein.«

Soo San umarmte sie und ging nach ihr ins Haus. »Soll ich uns einen Tee kochen?«, fragte sie.

Als sie keine Antwort bekam, schob sie ihre Freundin mit sanfter Gewalt vor sich her in die Küche. Xue Lian ließ sich auf einen der Stühle fallen und sah mit ausdruckslosem Gesicht aus dem Fenster, während Soo San mit dem Kessel hantierte. Als der Tee fertig war, rückte sie einen Stuhl dicht an Xue Lian heran und setzte sich neben sie.

»Und jetzt erzähl mir, was geschehen ist«, sagte sie.

Xue Lian berichtete stockend, und sie brauchte lange dafür. Immer wieder unterbrach sie ihre Erzählung, weil sie anfing zu weinen oder um minutenlang ins Leere zu starren. Als sie geendet hatte, schwieg Soo San, um nach den richtigen Worten zu suchen. Ihre Freundin konnte sehr empfindlich sein.

»Ich glaube, du hast einen Fehler gemacht«, sagte sie vorsichtig. »Konntest du ihm nicht noch eine Chance geben?«

Xue Lian schüttelte energisch den Kopf. Nachdem sie Soo San ihr Herz ausgeschüttet hatte, mischte sich der Zorn wieder in ihre Trauer.

»Du hättest sie sehen sollen«, sagte sie. »Das Mädchen ist bis über beide Ohren in Paul verknallt, und das schmeichelt ihm natürlich. Ich kann nicht sagen, ob er in Giovanna oder in ihre Ähnlichkeit zu Giulia verliebt ist, und es ist mir auch egal. Ich mache dieses Spiel nicht mit.«

»Liebst du ihn noch?«

»Ich glaube schon«, gestand sie kleinlaut. »Aber nicht um diesen Preis.«

»Und das Kind? Willst du es abtreiben lassen?«

»Auf keinen Fall. Ich werde es bekommen. Zur Not ziehe ich es allein auf. Das hat in meiner Familie Tradition«, schluchzte sie und klammerte sich an ihre Freundin.

* * *

Paul spürte nichts, nur eine sich grenzenlos ausdehnende Leere. Er hatte die ganze Nacht wach gelegen. Inzwischen war der Morgen gekommen, doch auch die Strahlen der Sonne vermochten seine Stimmung nicht zu verbessern. Aus dem Nachbarzimmer kamen Geräusche: Giovanna war aufgewacht. Er erhob sich schwerfällig vom Bett und ging ins Bad, um sich die Zähne zu putzen. Im Spiegel entdeckte er graue Bartstoppeln, aber ihm fehlte der Antrieb, sich zu rasieren. Stattdessen setzte er sich müde auf einen Stuhl und wartete.

Giovanna hatte sich gerade angezogen, als er an ihre Zimmertür klopfte. Als sie öffnete und Paul vor ihr stand, erschrak sie, nicht zuletzt über sein Aussehen.

»Was ist passiert? Du kommst früh.«

»Ich hatte es nicht weit. Ich wohne im Zimmer nebenan.«

»Hat sie …?«

»Als ich zurückkam, hatte sie meine Sachen gepackt.«

Giovanna ergriff spontan seine Hände. Sie waren kalt und leblos.

»Komm herein.«

»Lass uns lieber spazieren gehen. Ich brauche frische Luft.«

Sie gingen auf einen christlichen Friedhof, nicht weit von ihrem Hotel entfernt. Das Gelände war mit knorrigen Frangipanibäumen bewachsen, unter denen verstreut die schiefen Kreuze alter Gräber standen. Auf dem Boden lagen Tausende von weißen Blüten, die einen starken Duft verströmten.

»Was für ein bedrückender Ort«, sagte Giovanna. »Die Luft ist schwer, und die Bäume sehen aus, als würden sie mit ihren Ästen nach uns greifen.«

Er nickte und wies mit einer Armbewegung auf die verwitterten Gräber um sie herum. Die meisten von ihnen stammten aus den frühen Tagen der englischen Kolonialherrschaft.

»Hier haben viele Europäer ihre Asienträume ausgehaucht.«

»Du auch?«

Paul setzte sich auf den steinernen Rand eines Grabes und hob eine der Blüten auf. Der vertraute und geliebte Duft stieg ihm in die Nase und weckte Erinnerungen an Xue Lian. Sollte ihm nichts von ihr bleiben als schöne Erinnerungen?

»Vielleicht«, sagte er. »Ich kann jetzt nicht denken.«

»Was wirst du tun?«

»Versuchen, irgendwie weiterzuleben. Wahrscheinlich werde ich nach Bali fahren. Wo soll ich sonst hin?«

»Ist es so schlimm wie damals mit Giulia?«

»Anders. Julie lebt noch, das ist das Wichtigste. Aber es ist wieder meine Schuld, dass ich meine Liebe verloren habe.«

Plötzlich brachen alle Dämme, und eine Flutwelle von Verzweiflung und Hoffnungslosigkeit schlug über ihm zusammen. Wie durch einen Schleier sah er Giovanna mit hilflosem Gesicht neben sich stehen, aber ihre Nähe gab ihm keinen Trost. Er fühlte sich kraftlos und alt. Alles war vorbei.

Am nächsten Tag brachte er Giovanna zum Flughafen. Er wollte sich die Gelegenheit nicht entgehen lassen, sie noch einmal zu sehen; außerdem empfand er es als seine Pflicht, sie zu verabschieden, nachdem er sie nach Asien gelockt und ihr Leben durcheinandergebracht hatte. Ich habe ein Talent, die Menschen, die ich liebe, ins Unglück zu stürzen, dachte er bitter.

Paul trug ihr den Rucksack bis zum Check-in. Als sie das Gepäck abgegeben und die Bordkarte erhalten hatte, stand Giovanna ratlos vor ihm.

»Lass uns noch einmal vor die Tür gehen«, schlug sie vor. »Ich möchte mich von der asiatischen Luft verabschieden.«

Sie nahm seinen Arm, als sie durch die klimatisierte Abflughalle gingen. Draußen schlug ihr ein letztes Mal die feuchte Hitze entgegen, die sie anfangs so schlecht vertragen hatte.

»Ich mache mir Vorwürfe«, sagte sie. »Nur meinetwegen geht es dir so mies.«

»Nein, das ist nicht wahr. Ich trage ganz allein die Verantwortung. Du bist nur deinen Bedürfnissen gefolgt, und das kann dir niemand verübeln.«

»Du bist nicht böse auf mich?«

»Wir hatten einen wunderschönen Monat zusammen. Es hätte nicht passieren dürfen, aber für diese Einsicht ist es nun zu spät.«

Sie sah auf ihre Armbanduhr und stellte fest, dass nicht viel Zeit bis zum Abflug blieb. Ihre so unerwartet verlaufene Asienreise ging zu Ende.

»Ich muss los.«

»Warte kurz«, bat Paul und zog eine Rolle aus seiner Umhängetasche. »Ich habe noch etwas für dich.«

»Was ist das?«

»Die Zeichnung, die ich in Mandalay von dir gemacht habe. Leider hatte ich keine Zeit, sie rahmen zu lassen.«

»Danke«, sagte sie und schloss ihn in ihre Arme. »Ich wollte sie so gern als Erinnerung an unsere Reise, habe mich aber nicht getraut, dich darum zu bitten.«

»Jetzt gehört sie dir.«

»Sehen wir uns wieder?«

Ihre Frage überraschte Paul.

»Wohl kaum. Du lebst in Europa und ich in Asien.«

»Und wenn ich zurückkomme?«

»Du hast meine Adresse auf Bali. Schick mir eine E-Mail, wenn du in der Gegend bist.«

»Das könnte durchaus passieren. Ich bin eine hartnäckige Frau.«

Sie ließ ihn los und ging. Paul folgte ihr einige Schritte in die Halle und sah sie mit einem der Beamten an der Sicherheitskontrolle sprechen. Giovanna ist der letzte Mensch, der mir geblieben ist, dachte er, und gleich verschwindet auch sie aus meiner kleinen, einsamen Welt. Er drehte sich um und trat hinaus in das blendende Licht der Tropen.

* * *

Das Mädchen im dunkelbraunen Sarong balancierte eine flache Korbschüssel auf dem Kopf, als es auf dem schmalen Damm zwischen den Reisfeldern auf das Haus zukam. Paul hob grüßend die Hand, ohne sich aus dem Liegestuhl zu erheben. Erst als sie ihre Schuhe auszog und auf die Veranda trat, stand er auf.

»Selamat Siang.«

Sie stellte die Schüssel auf einem niedrigen Podest ab.

»*Selamat Siang*, Nyoman«, grüßte er zurück.

Sie lächelte und entblößte makellos weiße Zähne, die durch ihre dunkle Haut noch stärker zur Geltung kamen. In ihrem runden Gesicht strahlte ein Paar großer Augen jugendliche Lebensfreude aus.

»Ich habe Reis und Hühnchen mitgebracht, extra scharf für dich. Ist es dir recht?«

»Natürlich, mein Liebling. Vielen Dank.«

»Es ist genug für uns beide. Soll ich mit dir essen?«

»Das wäre schön. Setz dich, ich hole uns etwas zu trinken. Was möchtest du?«

»Wasser, bitte.«

Er kam mit einer Flasche Wasser und einem Bintang-Bier zurück aus dem Haus. Nyoman hatte sich mit untergeschlagenen Beinen auf eine Matte gesetzt und blickte gedankenverloren über die Reisfelder.

»Na, träumst du von deinem Geliebten?«

Das Mädchen kicherte und sah zur Seite.

»Onkel Paul, ich bin doch erst sechzehn.«

»Es war nur ein Scherz.«

Nyoman zog ihre Augenbrauen zusammen, als sie sah, dass er bereits am Mittag Bier trank, aber sie hätte sich niemals herausgenommen, ihn offen zu kritisieren. Er schenkte ihr Wasser ein, und sie machten sich über das Chilihühnchen her. Sie war die dritte Tochter seines Freundes Wayan, auf dessen Grund sein Haus stand. Er kannte Nyoman seit ihrer Geburt, und als sie noch ein kleines Kind gewesen war, hatte sie überall verkündet, dass sie Paul eines Tages heiraten werde.

»Geht es dir besser?«, fragte sie.

Die Sorge in ihren Augen rührte ihn.

»Ein bisschen.«

Sie lächelte ihn aufmunternd an, dann widmete sie sich wieder ihrer Mahlzeit. Als sie fertig waren, holte das Mädchen eine Schüssel mit Wasser, in dem sie ihre Finger wuschen.

»Darf ich dich etwas fragen?«

»Alles, was du willst.«

»Vermisst du sie noch?«

Nyoman war nicht sicher, ob sie zu weit gegangen war, und errötete. Im Beisein ihrer Mutter hätte sie sich nicht erlaubt, ihm eine so persönliche Frage zu stellen.

»Immer noch und immer mehr«, antwortete Paul ehrlich und ohne Scheu.

»Schade, dass sie nie hier war. Darf ich mir das Bild noch einmal ansehen?«

»Komm mit.«

Sie standen auf und gingen in sein Schlafzimmer. Anstelle von

Glasscheiben waren Mückengitter vor den Fenstern angebracht, damit der Wind in den fast leeren Raum wehen konnte. An der Wand neben dem Bambusbett hing ein gerahmtes in Öl gemaltes Porträt von Xue Lian, auf dem sie ernst dreinblickte. Ihre Haare waren zu einem Zopf geflochten, der ihr über die rechte Schulter auf die Brust hing, und sie trug ihre Perlenohrringe. Auf dem Fußboden unter dem Bild lag eine Handvoll weißer Blüten. Paul hatte sie nach dem Frühstück gesammelt und dort hingestreut. Nyomans Augen glitten zu dem anderen Bild, links daneben. Es hing dort, so lange sie denken konnte, aber sie hatte es nie gemocht, weil die Frau darauf tot war. Es machte ihr Angst, und sie sah wieder auf die Dame mit dem Zopf, die ihr so gut gefiel.

Paul stand neben ihr und dachte darüber nach, auf welche seltsamen Pfade ihn das Leben geführt hatte. Momentan befand er sich am Ende einer Sackgasse. Nyoman riss ihn aus seinen Gedanken.

»Papa sagt, dass du nicht mehr malst.«

»Stimmt. Ich habe keine Lust.«

»Du könntest doch ein Bild von mir malen«, schlug sie vor und strahlte ihn gewinnend an.

»Ich habe schon Dutzende Bilder von dir gemalt.«

»Ja, aber nicht mehr, seit ich erwachsen bin.«

»So? Seit wann bist du denn erwachsen?«

»Schwer zu sagen. Noch nicht sehr lange, denke ich.«

Ihr herausfordernder Gesichtsausdruck erweichte ihn.

»Na gut. Eine Bleistiftzeichnung.«

»Aber eine große.«

Die beiden sahen sich an und prusteten los.

»Wie schön, dass du gelacht hast«, sagte sie.

»Komm mit und setz dich auf die Veranda. Mach es dir bequem und versuche so erwachsen wie möglich auszusehen.«

* * *

»Was meinst du? Sollen wir ein freundliches Gesicht machen?«, fragte Giovanna.

Sie saß mit ihrem Vater in einem Café am Canale della Giudecca und blickte auf das langsam vorbeigleitende Kreuzfahrtschiff. Hunderte von Passagieren standen an der Reling und machten Fotos von Venedig.

»Bei der Entfernung werden wir auf den Bildern wie Ameisen aussehen. Und die machen auch keine freundlichen Gesichter«, erwiderte er.

Nach tagelangem Regen dehnte sich endlich ein wolkenloser Himmel über der Lagune. Die Sicht war so gut, dass Giovanna sogar die Alpen am Horizont hatte ausmachen können. Vincenzo bestellte bei einem gehetzt wirkenden Ober zwei Espressi und eine Flasche Wasser. Fast alle Tische waren besetzt, weil der Sonnenschein die Venezianer ins Freie gelockt hatte; die Touristen kamen ohnehin bei jedem Wetter.

»Jetzt erzähl mir endlich, wie deine Reise war.«

Seit ihrer Rückkehr waren sie noch nicht dazu gekommen, sich in Ruhe zu unterhalten. Ihrer beider Tagesablauf war von den hektischen Vorbereitungen für den Geburtstag ihres Vaters bestimmt worden, und dann kam das Fest selbst. Nachdem Carla am Morgen zu einer Freundin nach Treviso gefahren war, hatten Vater und Tochter sich vorgenommen, den Tag miteinander zu verbringen.

»Es waren so viele Eindrücke und Erfahrungen. Wo soll ich anfangen?«

Sie sah ihren Vater hilfesuchend an. Ihm würde nicht alles gefallen, was sie zu erzählen hatte; andererseits brannte sie darauf, endlich mit ihm über Paolo und Giulia zu sprechen.

»Fang doch einfach von vorn an«, schlug er vor. »In erster Linie hast du diese Reise gemacht, um Material über den Maler Paul Handewitt zu sammeln. Warst du erfolgreich?«

»Nein. Zuerst habe ich mich darum bemüht, aber bald wurden andere Dinge wichtiger: Burma, die Menschen, die Kultur.

Giulias Geschichte. Als wir am Inle-See waren, habe ich meine Aufzeichnungen in den Müll geworfen.«

»Warum das denn? Du hättest vielleicht später noch etwas damit anfangen können.«

»Es war nötig. Ich kann nicht über Paolo schreiben. Mir fehlt die Distanz.«

»Was soll das bedeuten?«

Sie verzog das Gesicht, als sie seinen alarmierten Tonfall wahrnahm. Es war Zeit für ein Geständnis.

»Ich liebe ihn.«

Ihr Vater unterdrückte mühsam ein Stöhnen und sah sie entgeistert an. Als er gerade zum Sprechen ansetzen wollte, brachte der Kellner die bestellten Getränke. Vincenzo nutzte die Gelegenheit und orderte zusätzlich noch einen Cognac, dann wartete er, bis der Mann verschwunden war.

»Und Paolo? Wie steht er zu dir? Hat sich zwischen euch etwas entwickelt?«

Giovanna nahm einen Schluck von ihrem Espresso und sah ihren Vater an. Er war so sehr auf sie konzentriert, dass er nicht wahrgenommen hätte, wenn der Ozeanriese die Kaimauer neben ihnen gerammt hätte.

»Am Anfang war es schwierig, aber dann sind wir uns nähergekommen. Die letzte Woche war einfach perfekt. Wir waren verliebt und haben tolle Sachen unternommen. Aber leider ist es nicht so einfach, wie es sich anhört.«

Ihre Worte hatten ihn offensichtlich in einen Schockzustand versetzt. Er sah aus, als hätte ihn jemand mit eiskaltem Wasser übergossen. Giovanna ergriff seine Hand und drückte sie zärtlich. Es half niemandem, wenn sie die Wahrheit verschwieg.

»Wie ist es dann?«, fragte er lahm.

»Es gibt eine andere Frau. Paolo lebt mit ihr zusammen. Oder vielmehr: Er hat mit ihr zusammengelebt.«

Sie berichtete ausführlich von Xue Lian und den Tagen in

Penang. Mit dem Abstand von fast einer Woche und Tausenden von Kilometern schien es ihr merkwürdig, dass sie sich der Chinesin gegenüber so hilflos und unterlegen gefühlt hatte. Die Rückkehr in ihre eigene Welt hatte ihr angeschlagenes Selbstbewusstsein wiederhergestellt. Mit jedem Schritt auf venezianischem Pflaster fand sie mehr zu ihrer alten Stärke zurück.

»Jetzt ist Paolo also auf Bali, Julie ist in Penang, und ich bin in Venedig«, schloss sie ihre Erzählung ab.

Vincenzo trank seinen dritten Cognac aus und stellte das Glas auf den Tisch. Armer Babbo, dachte Giovanna. Heute ist ein schwerer Tag für ihn.

»Eine Geschichte ohne Gewinner«, stellte er fest. »Du wirst ihn vergessen müssen.«

»Paolo ist nicht der Mann, den ich vergessen kann oder will. Am Inle-See habe ich die beste Woche meines Lebens verbracht, und das werde ich nicht so einfach aufgeben.«

»Und was willst du tun?«

»Nach Bali fliegen«, sagte sie trotzig.

Vincenzo machte keinen Hehl daraus, wie unglücklich er über ihre Entscheidung war. Trotzdem strich er Giovanna liebevoll über das Haar.

»Du bist ein Dickkopf. Deine Mutter wird einen Nervenzusammenbruch bekommen, wenn du ihr von deinen Plänen erzählst.«

»Um ganz offen zu sein: Es ist mir scheißegal, was sie dazu sagt.«

»Deine Sprache hat sich verändert, Giovanna.«

»Ich habe mich verändert. Das Leben ist größer und härter, als ich bisher angenommen habe. Es wird Zeit, meine heile Welt zu verlassen und mich der Realität zu stellen.«

»Die Realität«, murmelte er und sah dabei nachdenklich in sein leeres Cognacglas. »Meinst du denn, dass du ihr gewachsen bist?«

»Ich lasse es darauf ankommen«, erwiderte sie und schob trotzig das Kinn vor.

»Na dann«, sagte er mit einem Seufzer. »Lass uns nach Hause gehen.«

Er ließ die Rechnung kommen und zahlte. Giovanna hakte sich bei ihm unter, als sie durch die schmalen Gassen von Dorsoduro zum Palazzo schlenderten.

»Habt ihr viel über Giulia gesprochen?«, fragte er.

»Ja. Ich kann mir jetzt vorstellen, wie sie war.«

»Du hättest sie gemocht.«

»Bestimmt. Schade, dass ich sie nie richtig kennengelernt habe«, sagte Giovanna. »Du hattest sie gern, oder?«

Er nickte. Sie überquerten eine der für Venedig typischen buckligen Brücken und waren fast zu Hause.

»Sehr sogar. Du wirst ihr übrigens immer ähnlicher, nicht nur vom Aussehen.«

»Paolo hat erzählt, dass ihr euch geschrieben habt. Hast du ihre Briefe noch?«

»Ja.«

Sie erreichten den Palazzo, und Vincenzo schloss die Tür auf. Er half Giovanna aus ihrer dünnen Sommerjacke, dann zogen sie ihre Schuhe aus. Auf dem Tisch im Salon stand ein riesiger bunter Blumenstrauß, den jemand zu Vincenzos Geburtstagsfeier mitgebracht hatte, aber Giovanna konnte sich nicht entsinnen, wer es gewesen war.

Sie setzten sich an den Tisch, und Giovanna sah ihren Vater an. In seinem Gesicht lag die Furcht vor ihrer unvermeidlichen Frage.

»Kann ich die Briefe lesen?«

»Ach Giovanna«, sagte er leise. »Lieber nicht.«

»Warum nicht?«

Er sah aus dem großen mehrteiligen Fenster und antwortete nicht. In Giovanna stieg eine lang aufgestaute Wut auf. Sie wartete ungeduldig mehrere Minuten, dann sprang sie auf und schlug mit der flachen Hand auf den Tisch. Mit einem Mal empfand sie den Palazzo als goldenen Käfig. Sie begriff, dass sie, solange sie hier lebte, niemals frei sein würde.

»Sieh mich bitte an, Papà. Ich habe es satt, unendlich satt, von euch wie ein dummes Kind behandelt zu werden. Würdet ihr bitte zur Kenntnis nehmen, dass ich eine erwachsene Frau bin? Eure lächerliche Geheimniskrämerei kotzt mich an: Stell keine Fragen, Giovanna. Es ist besser für dich, wenn du dies nicht weißt, wenn du das nicht liest. Was ist das für eine Art? Haltet ihr mich für bescheuert?«

Mit funkelnden Augen stand sie vor dem Tisch und verlangte eine Reaktion. Vincenzo sah sie traurig an und schwieg weiterhin. Giovanna kannte dieses Benehmen von ihrer Mutter nur zu gut, und es enttäuschte sie zutiefst, dass auch ihr Vater sie im Stich ließ. Begriff er nicht, wie wichtig ihr die Sache war? Dass es um etwas Prinzipielles ging? Ihr Vater war doch sonst ein kluger, sensibler Mann.

»Jetzt habe ich wirklich genug. Ich liebe dich, aber ihr macht mich krank.«

Sie wandte sich ab und wollte aus dem Raum stürmen, als ihr Vater ihr hinterherrief: »Giovanna! Warte.«

Sie blieb in der breiten Flügeltür zur Eingangshalle stehen und drehte sich um. Ihr Vater war aufgestanden. Der ausladende Blumenstrauß auf dem Esstisch verdeckte einen Teil seines Körpers, aber sie konnte erkennen, dass er nervös am obersten Knopf seines Hemds herumfingerte. Ihr Vater war äußerst selten nervös.

»Komm mit in mein Arbeitszimmer«, bat er.

Sie folgte ihm in den Raum im ersten Stock, gleich neben ihrem Zimmer. Vincenzo schloss ein Seitenfach seines Schreibtischs auf und nahm ein Bündel mit Paketband verschnürter Briefe heraus. Er wog es in der Hand, bevor er den Knoten öffnete.

Nachdem er den obersten Brief zurück ins Fach gelegt hatte, breitete er die anderen vor ihr auf dem Tisch aus. Die Umschläge waren eingerissen und fleckig, mit Briefmarken aus unterschiedlichen Ländern. Die Briefe sahen aus, als seien sie häufig gelesen worden.

»Setz dich bitte.«

Sein feierlicher Ton irritierte Giovanna. Er erinnerte sie an einen Besuch beim Anwalt, was sie nicht überraschen sollte. Ihr Vater war schließlich Anwalt.

»Dies sind Giulias Briefe«, begann er. »Du kannst sie lesen, aber ich warne dich: Es wird schwerwiegende Konsequenzen haben.«

Sie wünschte sich, dass er endlich zur Sache kam, aber sie wollte ihn nicht drängen. Es war ihm anzusehen, wie schwer er sich tat. Und dann brach urplötzlich die Fassade von Würde und Beherrschtheit vor ihren Augen in sich zusammen: Ohne Vorwarnung verzerrte sich sein Gesicht, und er begann zu weinen. Giovanna konnte sich nicht entsinnen, dass er jemals vor ihr Tränen vergossen hatte, und es erschütterte sie. Um ihrem Vater Trost zu spenden, beugte sie sich über den Tisch und ergriff seine Hände, dann wartete sie, bis er wieder in der Lage war, zu sprechen.

»Danke für dein Verständnis, Giovanna. Bevor du die Briefe liest, muss ich dir etwas erklären. Es wird für uns beide nicht leicht werden«, flüsterte er.

* * *

Es war nicht weit von seinem Haus nach Ubud, aber es kam ihm vor, als würde er in eine andere Welt hinüberwechseln. In die Reisfelder westlich von Penestanan verirrten sich nur selten Fremde, während Ubud sich mit den Jahren zu einer Touristenhochburg entwickelt hatte. Paul kam nur noch selten in den Ort.

Er überquerte die Brücke über dem Flüsschen Ayung und folgte der Straße bis zum Markt, wo er einen Laden betrat, in dem man internationale Telefongespräche führen konnte. Der einzige Apparat war besetzt. Ein bleichhäutiger Tourist berichtete seiner Mutter ausführlich von seinen Abenteuern auf Bali. Paul setzte sich auf eine Bank und wartete geduldig; Zeit hatte er mehr als genug. Als er an die Reihe kam, wählte er eine Nummer in Malaysia. Eine weibliche Stimme meldete sich.

»Hallo?«

»Guten Tag, Soo San. Hier ist Paul.«

»Paul«, rief sie halb erfreut, halb besorgt. »Wo bist du? Wie geht es dir?«

»Ich bin auf Bali, und es geht mir mies.«

Sie zögerte einen Moment.

»Das tut mir leid, auch wenn du es nicht besser verdient hast. Ich mag dich, aber diesmal hast du alles verbockt.«

»Ich weiß. Wie geht es Julie?«

»Schlecht. Ich bin mit Shannon bei ihr eingezogen und bleibe hier, bis Joe nächste Woche kommt.«

»Ich vermisse sie.«

»Das hättest du dir früher überlegen sollen.«

Was sollte er darauf sagen? Soo San hatte recht.

»Sie vermisst dich auch. Für diese Information würde sie mir den Kopf abreißen.«

»Bestimmt.«

Es entstand eine betretene Stille, bis er sich zusammenriss.

»Wie geht es Shannon?«, fragte er.

»Gut. Für sie ist es ein Abenteuer, hier draußen zu sein. Sie hat nach dir gefragt. Du fehlst ihr.«

Paul schluckte hart, als er an das kleine Mädchen mit dem Engelsgesicht und den großen schwarzen Augen dachte. Er hatte nicht nur Xue Lian verloren, sondern auch Joe, Soo San und Shannon – alles, was er an Geborgenheit und Normalität in seinem Leben gehabt hatte.

»Was für eine Scheiße«, murmelte er.

»Was hast du gesagt?«

»Entschuldige bitte, ich fange gleich an zu heulen.«

»Du? Mach keine Witze.«

»Nimm Shannon bitte in den Arm und gib ihr einen Kuss von mir. Ich melde mich wieder.«

»Mach das. Alles Gute.«

Er hängte ein. Der balinesische Besitzer des Ladens schaute peinlich berührt zu dem großen Europäer hinüber, der den Kopf an die Wand lehnte und laut vor sich hin fluchte. Als Paul sich etwas beruhigt hatte, zahlte er seine Rechnung und ging. Auf der Straße sah er sich um und steuerte dann eines der Internetcafés an. In seiner Mailbox fand er Nachrichten von Percy und von Bekannten aus ganz Asien, die er ungelesen löschte. Dann las er die vier Mails von Luca, alle aus der letzten Woche. Lucas lockerer Tonfall war immer mehr einer ernsthaften Besorgnis gewichen. Paul löschte auch diese Nachrichten, ohne sie zu beantworten. Zum Schluss blieb nur noch eine einzige Mail übrig: von Giovanna. Sie bestand nur aus zwei Sätzen. Sie teilte ihm mit, dass sie in wenigen Tagen nach Bali kommen werde, und wollte wissen, ob er da sei. Er schickte ihr eine ebenso kurze Bestätigung und machte sich auf den Heimweg nach Penestanan.

* * *

Soo San stand in der Küche und bereitete das Abendessen zu, als Xue Lian aus der Galerie nach Hause kam. Shannon tobte unter den wachsamen Augen des Kindermädchens im Garten herum.

»Hi, Julie. Wie war dein Tag?«

»Grässlich. Ein unentschlossener Käufer hat mich fast zur Verzweiflung gebracht. Außerdem war mir den ganzen Morgen schlecht. Die Schwangerschaft macht mir zu schaffen.«

Sie ließ sich auf einem Stuhl nieder und sah müde zu, wie Soo San den Tisch deckte.

»Paul hat angerufen«, sagte Soo San.

»Was soll das?«, rief Xue Lian ärgerlich. »Ich hatte ihn extra gebeten, mir mindestens vier Wochen Zeit zu geben, um Abstand zu bekommen.«

»Beruhige dich. Er hat nicht hier angerufen, sondern auf meinem Handy.«

Xue Lian nickte und sah zu dem alten Frangipanibaum im hinteren Teil des Gartens hinüber. Es war ihr Lieblingsbaum gewesen, aber mittlerweile litt sie unter seinem Anblick, weil er zu viele Erinnerungen barg.

»Wie geht es ihm?«

»Sehr schlecht, würde ich sagen.«

Xue Lian ließ ihren Blick noch einmal durch den Garten schweifen. Mit diesem Bungalow im Grünen war für sie ein Traum in Erfüllung gegangen, aber sie konnte nicht bleiben. Obwohl sie bis auf das Bild über ihrem Bett alles aus dem Haus entfernt hatte, was mit Paul zusammenhing, war er allgegenwärtig.

»Es war das beste Jahr meines Lebens. Paul hat mich geliebt, und ich habe an die Zukunft geglaubt. Mit dem Kind wären alle meine Wünsche erfüllt gewesen. Warum hatte er nicht die Kraft, zu mir zu stehen?«

Soo San wusste nicht, was sie darauf sagen sollte, aber Xue Lian erwartete auch keine Antwort.

»In unserer Familie hat das Glück keine Dauer. Manchmal habe ich den Eindruck, dass ein Fluch auf uns liegt.«

Sie legte eine Hand auf ihren immer noch flachen Bauch. Bisher war ihr die Schwangerschaft nicht anzusehen. Paul hatte jedenfalls nichts bemerkt.

»Warum ist in meinem Leben immer alles so schwer? Ich frage mich, woher ich die Energie nehmen soll, um dies auch noch durchzustehen.«

»Noch ist es nicht zu spät. Paul wartet nur auf ein Wort von dir.«

»Dazu müsste er sich erst ändern. Er müsste eine Entscheidung treffen, zu der er nicht fähig ist.«

»Vielleicht doch. Gib ihm eine Chance – in deinem eigenen Interesse.«

»Er hat es in zwanzig Jahren nicht geschafft«, stellte Xue Lian bitter fest. »Nicht einmal, als er mich hatte. Paul ist einfach zu schwach.«

»Mag sein, aber jetzt steht für ihn alles auf dem Spiel, und ich glaube, das ist ihm klar. Er wird um eine Entscheidung nicht mehr herumkommen. Schlag deshalb die Tür noch nicht zu.«

3
Das Haus im Reisfeld

Paul saß mit seinem Freund Wayan auf der Veranda seines Hauses, wo sie Bier tranken und sich über alte Zeiten unterhielten. Wie alte Männer, dachte er und ließ melancholisch den Blick über die hoch stehenden Reisfelder schweifen. Dann entdeckte er Giovanna. Ein Lächeln zog über sein Gesicht, während sie einem Balinesen auf dem Weg zum Haus folgte. Sie war tatsächlich gekommen.

»Erschrick dich nicht, Wayan«, sagte Paul trocken.

»Warum sollte ich?«

»Weil dir gleich ein Geist erscheinen wird.«

»Ein Geist?«, fragte sein Freund verständnislos.

Er kniff die Augen zusammen und versuchte zu erkennen, wer die Besucher waren. Wayan war kurzsichtig, aber seine Eitelkeit hinderte ihn daran, eine Brille zu tragen.

»Das ist mein Nachbar«, sagte er. »Mit einer Ausländerin.«

»Genau. Es ist ein ausländischer Geist.«

Paul winkte ihr zu. Als Giovanna ihn erkannte, rannte sie so schnell sie konnte den schmalen Damm zwischen den Feldern entlang. Sie stürmte die Stufen zur Veranda hinauf und blieb schnaufend vor ihm stehen.

»Da bin ich«, japste sie. »Freust du dich?«

»Ja.«

»Ehrlich?«

»Ganz ehrlich«, sagte er und schloss sie in die Arme.

Wayan stand wie vom Donner gerührt daneben. Als Paul ihm Giovanna vorstellte, streckte der Balinese seine Hand aus.

»*Selamat datang ke Bali*, schöner Geist.«

Giovannas Führer kam mit ihrem Rucksack die Treppen herauf. Paul begrüßte ihn und nahm ihm das Gepäck ab.

»Ich bin mit dem Taxi vom Flughafen bis nach Penestanan gefahren. Dort habe ich nach dir gefragt, und dieser Mann hat mir freundlicherweise den Weg gezeigt. Er ließ sich nicht davon abhalten, mein Gepäck zu tragen«, sagte Giovanna. »Soll ich ihm etwas Geld dafür geben?«

»Bloß nicht. Er hat es getan, weil er Wayans Nachbar ist und um dir einen Gefallen zu tun. Wenn du dich bei ihm bedankst, ist er zufrieden.«

Wenige Minuten später verabschiedeten sich die Balinesen, um Paul und Giovanna bei ihrem Wiedersehen allein zu lassen. Er nahm ihren Rucksack und führte sie in einen kleinen, bis auf ein schmales Bett und einen Schrank leeren Raum.

»Hell und luftig«, stellte sie anerkennend fest. »Wo kann ich mich frisch machen?«

Paul zeigte ihr das Badezimmer an der Rückseite des Gebäudes, das unter freiem Himmel lag, durch eine Backsteinmauer gegen Einsicht von außen geschützt. Bis auf diesen Anbau bestand das ganze Haus aus Holz. Er ließ Giovanna allein und wartete auf der Veranda, bis sie geduscht hatte und mit gewaschenen Haaren in einem ihrer Longyis aus dem Haus trat. Darüber trug sie eine der burmesischen Blusen aus Mandalay. Es kam ihm vor, als wäre seitdem eine Ewigkeit vergangen und nicht nur ein paar Wochen.

»Jetzt geht es mir besser«, sagte sie. »Es war ein endloser Flug. Ich habe zum ersten Mal den Äquator überquert.«

»Wir sind sehr weit weg von Italien.«

»Wohl wahr. Darf ich mir das Haus ansehen?«

»Nur zu. Du wirst feststellen, dass es nicht viel zu sehen gibt.«

Außer dem Gästezimmer und dem Bad gab es nur noch Pauls

Schlafzimmer, eine kleine Küche und ein großes lichtdurchflutetes Atelier. Den weitaus größten Teil der Grundfläche nahm die weitläufige überdachte Veranda ein. Das Haus stand einsam zwischen Palmen und zwei ausladenden Laubbäumen und wirkte von weitem wie eine Insel inmitten der Reisfelder.

Paul wartete draußen auf Giovanna und wunderte sich, wo sie so lange blieb. Als sie endlich wieder herauskam, ließ sie sich in den Liegestuhl fallen. Ihre Augen sahen aus, als hätte sie geweint, aber er mochte sie nicht darauf ansprechen. Wenn sie wollte, würde sie ihm erzählen, was los war.

»Möchtest du ein Bier?«, fragte er.

»Warum nicht?«

Er ging in die Küche und holte zwei Flaschen Bintang. Es galt als das beste Bier Indonesiens, was allerdings nicht viel zu bedeuten hatte.

»Dein Haus hat eine schöne Aussicht«, sagte sie.

»Wenn die Sicht gut ist, kannst du sogar den Agung sehen. Er ist der höchste Vulkan der Insel und der heilige Berg der Balinesen.«

Sie stand aus dem Liegestuhl auf und lehnte sich an das Geländer, um sich die Landschaft anzuschauen. So weit das Auge reichte, waren sie von tropischem Grün umgeben. Trotz der besänftigenden Umgebung war Giovanna nervös und angespannt.

»Wer ist die Frau auf dem Bild, an dem du gerade arbeitest?«, fragte sie unvermittelt.

»Das ist Nyoman, Wayans Tochter und eine Art Patenkind von mir. Erst sollte es nur eine Zeichnung werden, aber sie hat mich wie üblich um den Finger gewickelt, und nun male ich sie in Farbe.«

»Ich frage nur, weil ich mir überflüssig vorkäme, wenn du eine Geliebte hättest.«

»Das ist vorbei. Ich kann nicht weitermachen wie früher, als ob nichts geschehen wäre.«

Sie setzte sich neben Paul auf den Boden und trank einen Schluck von dem Bier. Es war kalt und schmeckte gut.

»Und die Zeichnung? Die von Giulia?«

»Was ist damit?«

»Wann hast du sie gemacht?«

»Am Abend, bevor ich Giulia verbrannt habe. Im Leichenschauhaus.«

»Ich habe noch nie etwas so Beeindruckendes gesehen.«

Giovanna war müde und ging bald darauf schlafen. Am nächsten Morgen wachte sie entsprechend früh auf. Obwohl es noch dunkel war, als sie aus dem Haus trat, traf sie Paul auf der Veranda an.

»Du bist schon wach?«, fragte sie.

»Seit ich hier bin, schlafe ich kaum.«

Giovanna setzte sich zu ihm, und sie beobachteten gemeinsam, wie der Himmel im Osten heller wurde. Bald zeichnete sich der dreieckige Gipfel des Gunung Agung scharf gegen den roten Morgenhimmel ab.

»Es ist schön hier. Hat Giulia Bali gemocht?«

»Ja. Bali war damals noch ganz anders, aber an einem Morgen wie heute kann man fast vergessen, wie sehr es sich verändert hat.«

»Dann bin ich also wieder auf ihren Spuren.«

Den Vormittag verbrachten sie mit einem Spaziergang durch Wälder und Reisfelder. Die Landschaft gefiel Giovanna, ihre Sanftheit erinnerte sie an die Umgebung des Inle-Sees. Als sie zu einem Dorf kamen, legten sie eine Rast ein, um in einem Warung, einer windschiefen Bude mit vier Tischen davor, etwas zu trinken. Sie waren die einzigen Ausländer weit und breit. Paul betrachtete Giovanna nachdenklich.

»Warum bist du gekommen?«

Sie pustete in ihr Glas, um den heißen Tee abzukühlen.

»Es gibt zwei Gründe.«

»Wenn du das Buchprojekt noch einmal aufnehmen willst, kann ich dir nicht helfen. Dazu bin ich momentan nicht in der Lage.«

»Unsinn«, sagte sie verärgert. »Ich bin wegen dir hier. Und wegen Giulia.«

»Was willst du noch hören? Ich habe dir alles über sie erzählt.«

»Ja, und dafür bin ich dir dankbar«, sagte sie versöhnlich. »In Venedig habe ich lange mit meinem Vater gesprochen, und er konnte mir einiges über Giulia erzählen, das du nicht wusstest. Inzwischen habe ich das Gefühl, sie gut zu kennen, und nachdem ich ihrer Fährte so weit gefolgt bin, möchte ich auch den letzten Schritt noch machen.«

»Welchen letzten Schritt?«

»Ich werde nach Lamalera fahren und ihr Grab besuchen. Begleitest du mich?«

Paul verzog das Gesicht. Wie kam sie auf diese absurde Idee? Sie hatte nicht die geringste Vorstellung davon, worauf sie sich einließ.

»Das kommt ein bisschen unerwartet«, antwortete er abwehrend.

»Du musst dich nicht sofort entscheiden. Überleg es dir.«

»Ich werde darüber nachdenken.«

Sie tranken den Tee aus und gingen. Als sie eine halbe Stunde später das Haus erreichten, kam Nyoman gerade mit einer Schüssel auf dem Kopf durch die Felder. Das Mädchen begrüßte Giovanna schüchtern.

»Ich habe Ikan Goreng mitgebracht«, sagte sie.

Der gebratene Fisch war mit einer rötlichen Paste überzogen und auf einem Bananenblatt angerichtet, dazu gab es in Kokosmilch gedünstetes Gemüse und Reis.

»Das sieht lecker aus. Isst du mit uns?«, fragte Giovanna.

»Nein, lieber nicht. Es reicht nicht für uns alle.«

Giovanna warf einen zweifelnden Blick auf die üppige Portion, ließ die Ausrede aber durchgehen.

»Habe ich sie eingeschüchtert?«, fragte sie Paul, nachdem Nyoman sich verabschiedet hatte.

»Sie ist es nicht gewohnt, mich mit einer Frau zu sehen.«

»War Julie nie hier?«

Ein dunkler Schatten zog über sein Gesicht. Xue Lian und er hatten vorgehabt, zum Ende des Jahres gemeinsam nach Bali zu fahren. Sie hatten viele Pläne geschmiedet, von denen sie keinen mehr verwirklichen würden.

»Nein. Nicht einmal das haben wir hinbekommen«, sagte er.

Nach dem Essen holte Giovanna einen Umschlag aus ihrem Rucksack und überreichte ihn Paul.

»Ich habe ein paar Fotos von der Geburtstagsfeier meines Vaters mitgebracht. Interessiert es dich, wie meine Eltern jetzt aussehen?«

»Unbedingt.«

Sie machte es sich im Liegestuhl bequem, während Paul sich die Bilder ansah. Vincenzo entsprach der Vorstellung, die er sich von ihm gemacht hatte, aber Carlas Aussehen erschreckte ihn: Sie war dünn und verhärmt, nur noch ein Schatten ihrer ehemaligen Schönheit. Auf einem der Fotos stand sie neben Giovanna, und der Vergleich machte es besonders deutlich. Paul fand, sie sah zickig und bitter aus, aber im Grunde hatte er damit gerechnet. Die letzten Bilder waren Gruppenfotos mit Gästen. Er stutzte, als er auf einem von ihnen ein Gesicht entdeckte, das ihm vage bekannt vorkam.

»Giovanna?«, fragte er und hielt ihr das Bild unter die Nase. »Kann es sein, dass ich den Mann neben Vincenzo kenne?«

Sie nahm das Foto beiläufig aus seiner Hand und betrachtete es.

»Der Ältere?«

»Genau, der da«, sagte er und zeigte mit dem Finger auf ihn.

»Ich glaube nicht. Das ist Richard Collins, ein Freund meines Vaters. Seit etwa zehn Jahren betreibt er einen Antiquitätenhandel in Venedig.«

»Richard Collins? Nie gehört«, murmelte er.

Er sah die restlichen Bilder flüchtig durch, bevor er sie zurück in den Umschlag steckte und neben sich auf den Tisch legte.

»Was willst du eigentlich auf Bali?«, fragte Giovanna in die Stille. »Du bist traurig und einsam, trotz deines Freundes, seiner niedlichen Tochter und der schönen Landschaft. Du gehörst nicht hierher.«

»Ich habe keinen anderen Ort, an den ich gehen könnte.«

Pauls Stimme spiegelte seine Verlorenheit wider. Er war ein Heimatloser, ein Mann zwischen allen Stühlen.

»Dann schaff dir einen. Hör auf, hier herumzusitzen und dich zu bemitleiden.«

Sie stand aus dem Liegestuhl auf und setzte sich neben ihn auf den Fußboden.

»Julie hat recht: Du musst dich entscheiden. Fahr nach Penang und wirf dich ihr zu Füßen, oder komm mit mir nach Italien. Wenn du weder das eine noch das andere willst, dann vergiss uns beide und mach etwas ganz anderes – was auch immer. Warte nicht einfach ab, wie die Zeit vergeht, sondern unternimm etwas.«

Die goldenen Sprenkel in ihren Augen funkelten vor Erregung. Sie war Giulia ähnlicher als jemals zuvor. Paul erstarrte.

»Sag doch etwas dazu«, forderte sie.

Er hob abwehrend die Hand; seine Gedanken polterten wild durcheinander. Sie sah ihn erwartungsvoll an, aber nichts geschah.

»Hast du mir überhaupt zugehört? Du bist genau wie mein Vater. Mein Gott, mit was für Männern habe ich es bloß zu tun?«

Als er immer noch nicht reagierte, stürzte sie wutentbrannt von der Veranda und lief durch die Reisfelder davon. Paul sah ihr erstaunt hinterher, bevor er noch einmal die Bilder aus dem Umschlag nahm.

Eine knappe Stunde verging, bis sie zurückkehrte. Paul saß mit einem Bier in der Hand im Liegestuhl.

»Ich wollte nicht so hart sein. Mir ist klar, dass es dir nicht gutgeht«, sagte sie. »Ich bin selbst so verwirrt, dass ich manchmal nicht mehr weiß, was ich tue oder sage. Vertragen wir uns wieder?«

»Aber sicher. Lass uns heute Abend nach Ubud gehen. Wir trinken etwas und reden über das, was du gesagt hast. Einverstanden?«

»Einverstanden.«

Sie blieben vor einem gemütlich eingerichteten Restaurant gegenüber dem Sportplatz stehen. Wie alles in Ubud war es auf Touristen eingestellt, obwohl die einzigen Gäste drei einheimische Jugendliche waren, die an einem Tisch saßen und Gitarre spielten.

»Gefällt es dir? Der Laden existiert seit Ewigkeiten.«

»Sieht nett aus«, antwortete Giovanna.

»Dann geh schon mal rein, ich muss kurz telefonieren. Pass auf, dass du den Jungs nicht den Kopf verdrehst.«

»Ich werde mein Bestes tun. Bis gleich.«

Die Jugendlichen hatten zu ihnen herübergesehen und waren hoch erfreut, als Giovanna allein ins Restaurant kam, während Paul mit schnellen Schritten zum nächsten Telefonladen eilte. Dort zog er ein Stück Papier aus der Tasche und wählte die darauf notierte Nummer.

»Pronto?«

»Ciao, Luca, hier ist Paolo.«

»*Madonna*, endlich! Seit Tagen versuche ich, dich zu erreichen. Liest du deine Mails nicht mehr?«

»Ich hatte keine Zeit«, log Paul.

»Wo bist du? Ich habe in Penang angerufen, aber es war nur

eine Frau dran, die mir sagte, dass du nicht mehr dort wohnst. Was ist los?«

»Julie hat mich rausgeschmissen. Aber es geht um etwas Wichtigeres. Ich habe nicht viel Zeit.«

»Bist du jetzt komplett übergeschnappt? Was zur Hölle kann es Wichtigeres für dich geben als Julie?«

Paul stutzte, als er begriff, was er gesagt hatte.

»Paolo?«

Er kratzte sich in Gedanken versunken das Ohr und antwortete immer noch nicht.

»Bist du noch da?«, schrie Luca in den Hörer.

»Ich bin noch da. Du hast recht, es ist nicht wichtiger.«

»Also, was ist los, wo steckst du?«

»Ich bin auf Bali, mit Giovanna. Wir wollen zusammen Giulias Grab besuchen. Sobald ich zurück bin, melde ich mich bei dir.«

Aus der Leitung kam ein Ächzen.

»Wer es glaubt, darf sich meinen alten Cinquecento aus dem Tiber fischen. Was macht Giovanna bei dir? Liebst du sie nicht mehr?«

»Wen? Giovanna?«

»Willst du mich verarschen?«, brauste Luca auf. »Julie natürlich. Was ist bloß los mit dir?«

»Ich bin völlig durch den Wind. Es bringt mich fast um, dass ich Julie verloren habe.«

»Endlich das erste vernünftige Wort aus deinem Mund. Und sie?«

»Wen meinst du jetzt?«, fragte Paul vorsichtig.

»Wen wohl? Meine Mutter?«, explodierte Luca. »Ich rede immer noch von Julie.«

»Sie ist sauer und enttäuscht, wegen Giovanna und wegen Giulia.«

»Ich wusste es. Du hast es versaut. Ich habe gleich befürchtet, dass du deinen Schwanz nicht unter Kontrolle hast.«

»Hör auf damit. Ich brauche deine Hilfe.«

»Warum überrascht mich das nicht?«, seufzte Luca. »Na gut, schieß los.«

Als er das Restaurant betrat, saß Giovanna im Kreis der jungen Männer, vor ihr stand eine halbvolle Flasche Bintang. Paul sagte einige Worte auf Indonesisch zu ihnen, worauf sie sich von Giovanna verabschiedeten und an ihren Tisch zurückkehrten.

»Warum sind sie gegangen?«

»Ich habe behauptet, dass du meine Frau bist und es nach sizilianischem Ehrenkodex meine Pflicht wäre, sie zu erschießen, wenn sie nicht verschwinden.«

»Das haben sie doch nicht etwa ernst genommen?«

»Nein, aber sie haben den Sinn der Botschaft verstanden.«

Die Bedienung kam vom Tresen herüber, um seine Bestellung aufzunehmen. Sie war eine kräftige junge Frau mit breiten Hüften, in deren Gesicht sofort der große Mund mit den geschwungenen Lippen auffiel. Als sie Paul erkannte, schenkte sie ihm ein breites Lächeln, ohne sich um Giovannas Anwesenheit zu kümmern. Er unterhielt sich kurz mit ihr, bevor sie mit betont laszivem Gang davonging, um ihm ein Bier zu bringen.

»Ich nehme an, dass du sie gerade erst kennengelernt hast?«, fragte Giovanna ironisch.

»Ist lange her.«

»Und? Wie war sie im Bett? Schamlos und wild?«

»Du bist frech geworden seit Bangkok. Und drastisch.«

»Das muss an meinem schlechten Umgang liegen.«

Die Balinesin kam mit dem Bier und streifte wie zufällig seine Hand, als sie es vor ihn hinstellte. Paul ignorierte die Berührung und wartete, bis sie gegangen war.

»Ich habe mich entschlossen, mit dir nach Lamalera zu kommen«, sagte er dann an Giovanna gewandt.

»Wirklich? Das ist großartig!«

Bevor er begriff, was sie tat, küsste Giovanna ihn, und es war zu schön, um dagegen Widerstand zu leisten.

»Du hast jeden Anstand verloren«, stellte Paul spöttisch fest.

»Ich habe sehr vieles verloren in letzter Zeit.«

Sie hob ihr Bier und stieß mit ihm an. Ihr Gesicht war traurig.

»Wie steht es mit dir? Habe ich dich auch verloren? Endgültig?«

Paul konnte sehen, wie viel Überwindung es sie kostete, diese Frage zu stellen, und er würdigte ihren Mut. Sie kämpfte mit offenem Visier.

»Du bedeutest mir sehr, sehr viel«, sagte er aufrichtig.

»Ich weiß. Du hast mir mehr Respekt und Wärme gegeben als alle Männer zuvor. Aber was bedeutet das für unsere Zukunft?«

Paul zuckte ratlos mit den Schultern. Er wusste es selbst nicht.

»Lass uns nach Hause gehen«, bat sie. »Ich möchte dir noch etwas sagen, aber nicht vor den Leuten hier.«

Pauls Taschenlampe warf nur einen schmalen Lichtkegel auf den Pfad vor ihnen, und Giovanna war froh, als sie in der stockdunklen Nacht endlich das Haus erreichten.

»Bist du noch wach genug, um mich anzuhören?«, fragte sie.

»Ich bin hellwach. Wollen wir es uns hier draußen gemütlich machen?«

»Ja. Die Nacht ist so schön.«

Er holte eine Decke aus dem Haus und breitete sie auf dem Holzfußboden aus. Bevor er sich zu Giovanna legte, schaltete er das elektrische Licht aus und stellte zwei Kerzen neben ihnen auf.

»Was wolltest du mir sagen?«

Auf den Ellenbogen gestützt, sah sie ihn an. In ihrem von den flackernden Kerzen beschienenen Gesicht tanzten kleine Schatten wie verlorene Geister.

»In Venedig habe ich mir überlegt, dir einen Vorschlag zu machen. Ich hielt es für eine gute Idee, aber inzwischen befürchte ich, dass es eine sinnlose Demütigung für mich wird.«

»Egal, was du zu sagen hast: Du brauchst dich nicht dafür zu schämen«, ermunterte er sie. »Für jemand, der so tapfer ist wie du, kann es keine Demütigung geben.«

»Empfindest du noch etwas für mich?«, fragte sie leise.

»Ich bin ziemlich verliebt in dich. Immer noch, oder wieder. Aber ich versuche, meine Gefühle zu kontrollieren.«

Giovanna nickte und holte tief Luft.

»Dein Leben in Asien ist ein Trümmerhaufen«, begann sie. »Welche Perspektive hast du, wenn du hierbleibst? Komm mit mir nach Italien, wo du früher glücklich warst. Lass uns gemeinsam einen Neuanfang machen. Ich liebe dich so sehr, dass ich sogar deine Trauer über den Verlust von Julie in Kauf nehmen würde.«

Sie verstummte, aber Paul zeigte keine Reaktion. Ihr Angebot rief äußerst widersprüchliche Gefühle in ihm wach.

»Aber nur unter einer Bedingung: Ich will keine Notlösung sein. Genau wie Julie verlange ich eine Entscheidung von dir. Wenn sie gegen mich ausfällt, werde ich darunter leiden, aber ich werde sie akzeptieren. Ein Zurück zu mir wird es danach nicht mehr geben. Ich denke, das ist nur fair.«

Paul betrachtete ihr Gesicht im Kerzenschein. Es spiegelte Entschlossenheit wider, aber auch einen Anflug von Furcht. Giovanna hatte ihre Deckung aufgegeben und sich weit vorgewagt, auf die Gefahr hin, zurückgewiesen und verletzt zu werden.

»Du bist eine außergewöhnliche Frau«, sagte er. »Und viel, viel stärker, als ich zuerst angenommen hatte.«

»Es ist wie mit den Stäbchen. Julie hatte recht: Man muss kämpfen, um sein Ziel zu erreichen. Sie hat nur vergessen zu erwähnen, dass man trotzdem scheitern kann.«

Sie stand auf.

»Denk über mein Angebot nach. Ich gehe jetzt schlafen.«

»Giovanna?«

»Was?«

»Ich danke dir.«

Er blieb allein auf der Veranda zurück. Aus der Dunkelheit kam der Ruf einer großen Eidechse, der sich anhörte wie das Knarren einer alten Holztür im Wind. Siebenmal bringt Glück, dachte Paul und zählte mit. Jedes Kind in Indonesien wusste das und glaubte daran.

Nach dem sechsten Ruf ging der Echse die Luft aus.

»Wie kommt man da bloß hin?«

Paul trat frisch rasiert aus dem Bad, als er Giovanna von der Veranda rufen hörte. Er nahm eine Flasche Wasser aus dem Kühlschrank und ging zu ihr hinaus. Auf dem niedrigen Tisch vor Giovanna lag eine ausgebreitete Landkarte von Nusa Tenggara, den südöstlichen Inseln Indonesiens. Er vermutete, dass sie die Karte aus Italien mitgebracht hatte, weil eine so gute Qualität auf Bali nicht zu finden war.

»Es gibt drei Möglichkeiten, von hier nach Lamalera zu kommen. Komfortabel ist keine davon.«

»Und zwar?«

»Mit dem Bus und kleinen Fähren.«

Sein Finger fuhr auf der Karte nach Osten, über die Inseln Lombok und Sumbawa, an Komodo vorbei nach Flores. Noch ein Stück östlich lag der Solor-Alor-Archipel, zu dem Lembata gehörte. Auf der Südseite dieser kleinen Insel war Lamalera eingezeichnet.

»Wie lange braucht man dafür?«

Giovannas Stimme klang besorgt. Paul rechnete kurz, bevor er ihr antwortete.

»Sieben Tage, wenn wir so schnell wie möglich durchfahren und alles gutgeht. In Ostindonesien geht aber nie alles gut.«

»Das klingt anstrengend.«

»Es ist anstrengend. Vor allem die Fahrt über Flores. Die Straßen und Busse sind schlechter, als du dir mit aller Phantasie ausmalen kannst.«

»Was sind die anderen Möglichkeiten?«

»Da wären einmal die Pelni-Fähren. Das sind große Schiffe, die auf wochenlangen Fahrten jeden Winkel Indonesiens anlaufen. Sie sind so überfüllt, dass man zwischen Massen von Menschen auf dem dreckigen Boden liegen muss. Nicht wesentlich besser als Flüchtlingsschiffe.«

Giovannas Gesicht zeigte erwartungsgemäß wenig Begeisterung, dabei hatte er nicht einmal übertrieben. Sie würde sich noch wundern, worauf sie sich eingelassen hatte.

»Und die Fahrtdauer?«

»Vierzig oder fünfzig Stunden bis zu einer Stadt namens Ende. Dann noch ein Tag im Bus und eine kleine Fähre bis Lembata. Von dort aus müssen wir sehen, wie wir weiter nach Lamalera kommen.«

»Hört sich fürchterlich an.«

»Du hast dir vorgenommen, ans Ende der Welt zu reisen. Das bekommst du nicht geschenkt.«

»Offensichtlich nicht. Was ist die letzte Möglichkeit?«

»Fliegen. Von Bali nach Maumere auf Flores. Noch ein halber Tag im Bus, dann das Boot nach Lembata und weiter nach Lamalera, wie gehabt.«

»Na also. Lass es uns so machen.«

»Es kann aber dauern. Die meisten Flüge werden ersatzlos gestrichen. Außerdem sind die alten Propellermaschinen klein und alles andere als sicher.«

»Versuchen wir unser Glück.«

»Gut. Ich fahre gleich nach Denpasar, um Flugtickets zu buchen. Mach dir einen schönen Tag und drück uns die Daumen.«

Giovanna saß auf der Veranda, als er in der Dämmerung zurückkehrte. Sie sah blass aus, und es war unübersehbar, dass sie vor kurzem geweint hatte. Schon wieder, dachte Paul.

»Was ist passiert?«, fragte er.

»Sehr vieles. Zu viel, um es in kurzer Zeit verstehen und bewältigen zu können, aber ich arbeite daran. Hast du Tickets bekommen?«

»Falls der Flug nicht ausfällt, fliegen wir in fünf Tagen«, sagte er und hielt einen Umschlag hoch. »Was sollen wir bis dahin machen?«

»Das Übliche: Du zeigst mir das paradiesische Asien.«

Eben noch in Tränen, und jetzt klingt schon wieder echte Begeisterung in ihrer Stimme, dachte Paul erstaunt. Giovanna war verändert. Sie litt offensichtlich unter starken Stimmungsschwankungen, aber er machte sich keine weiteren Gedanken darüber. Er war genug mit sich selbst beschäftigt.

Paul mietete einen kleinen Jeep, mit dem sie auf Nebenstraßen in den Osten Balis fuhren. Die Reisterrassen und friedlichen Dörfer abseits des Massentourismus zu sehen tat ihm gut, weil er hier sein altes, vertrautes Bali wiederfand. Giovanna war in blendender Laune und genoss die Fahrt; ihre Stimmung war so unbeschwert wie seit Burma nicht mehr.

Am späten Nachmittag erreichten sie Amed, einen kleinen Ort am Meer, in dessen Nähe mehrere Bungalowanlagen entstanden waren. Paul war bereits mehrfach in einer von ihnen abgestiegen und kannte den Manager flüchtig. Als sie erfuhren, dass nur noch ein einziges Zimmer frei war, zögerte Paul, obwohl es zwei getrennte Betten hatte.

Giovanna verzog das Gesicht.

»Mach dich nicht lächerlich. Willst du mir weismachen, dass du dich vor der Nähe einer Frau fürchtest? Ich werde dir schon nichts tun.«

Er gab nach, schließlich war es nur für ein paar Nächte. Sie bekamen den oberen Raum eines doppelstöckigen Bungalows, mit einem großen über das Meer hinausragenden Balkon und zauberhaftem Ausblick.

Zum Abendessen aßen sie bei Kerzenschein gegrillten Barrakuda. In Giovannas Gesellschaft fühlte Paul sich weniger traurig als in den einsamen Wochen zuvor. Ihre Nähe munterte ihn auf, auch wenn sie seine Probleme nicht löste. Sie schlief längst, als er noch auf dem Balkon saß und der Brandung lauschte.

Der nächste Tag verlief ähnlich friedlich. Giovanna lag am Strand und sonnte sich, während Paul wenige Meter hinter ihr im Schatten eines Tamarindenbaums saß und frisch gepressten Saft trank.

Nach dem Abendessen saß Paul allein auf dem Balkon und genoss die frische Brise, die vom Meer herüberwehte und Kühlung brachte. Tief in Gedanken versunken sah er zu, wie die Fischerboote hinaus auf die See tuckerten und ihre Lichter allmählich kleiner wurden, bis sie schließlich hinter dem Horizont verschwanden. Er hatte sich gerade eine Kretek angezündet, als Giovanna herauskam und sich in den freien Korbstuhl neben ihm fallen ließ.

»Geht es dir etwas besser? Es macht den Eindruck.«

»Du hast recht«, antwortete er.

»Das freut mich. Ich nehme mir auch gerade ein paar Tage Urlaub vom Leben.«

Der Rauch seiner Zigarette zog ihr ins Gesicht, und sie nahm ihm die Kretek aus den Fingern.

»Wochenlang hast du mich mit diesem süßlichen Geruch eingenebelt, bis ich fast angefangen habe, ihn zu mögen. Wenigstens einmal sollte ich probieren, wie die Dinger schmecken.«

Sie nahm einen Zug und begann sofort zu husten.

»Meine Güte, für eine Nichtraucherin ist das Zeug wirklich zu stark.«

»Du musst dir auch nicht jedes Laster angewöhnen.«

»Nachdem du mich bereits zum Alkohol und Sex verführt hast? Es stimmt, das sollte fürs Erste reichen.«

Sie gab ihm die Kretek zurück und berührte dabei seine Hand.

»Es ist gut, dass du viel nachdenkst. Du hast genug Zeit verschwendet. Ich gehe jetzt wieder ins Bett.«

»Gute Nacht, Giovanna.«

Nach dem Frühstück lag Giovanna zwei Stunden am Strand, bevor sie sich ein Hemd über den Bikini zog und Paul bat, einen Spaziergang mit ihr zu machen. Ihre schmalen Füße gruben sich bei jedem Schritt in den feuchten Sand. Vor einem Fischerdorf lagen Dutzende von Booten am Strand, deren Ausleger aussahen wie Spinnenbeine. Sie gingen weiter, bis Giovanna in einer einsamen Bucht stehen blieb. Paul sah die Unsicherheit in ihren Augen und wappnete sich für das Unvermeidliche.

»Morgen müssen wir fort von hier, und übermorgen fliegen wir ans Ende der Welt, wie du es genannt hast.«

Sie unterbrach sich und sah auf ihre Füße hinunter.

»Wie kann ich es ausdrücken, damit es nicht so theatralisch klingt?«

Ihre Augen kehrten zu seinem Gesicht zurück.

»Ich würde gern wissen, ob du eine Entscheidung getroffen hast.«

»Ja, ich habe eine Entscheidung getroffen«, sagte er bestimmt. »Ich fahre nach Lamalera, um mich dort von Giulia zu verabschieden. Wenn es mir gelingt, werde ich nach Penang fliegen und versuchen, Julie zurückzugewinnen. Bitte versteh mich, ich kann nicht anders.«

Giovanna biss sich auf die Unterlippe und blickte auf das Meer hinaus. Sie hatte es befürchtet, und nun war es eingetroffen.

»Es ist in Ordnung, solange du dich überhaupt entscheidest«, sagte sie leise. »Ich akzeptiere, dass ich verloren habe, auch wenn es mir schwerfällt. Es konnte eben keine drei Gewinner geben. Nun kann ich nur hoffen, dass es am Ende nicht drei Verlierer gibt.«

Er machte einen Schritt auf sie zu, aber sie schob ihn zurück.

»Nein. Ich bin nicht böse auf dich, aber lass mich bitte allein. Es ist zu viel in letzter Zeit. Warum muss alles auf einmal kaputtgehen?«

Sie drehte sich um und lief mit schnellen Schritten den verlassenen Strand entlang. Es hatte keinen Sinn, ihr zu folgen. Paul setzte sich in den dunklen Sand und fühlte sich gleichzeitig schuldig und erleichtert.

4
Der italienische Freund

Xue Lian verließ die Galerie, um in der Nähe etwas zu essen. Sie hatte ihre lästige Morgenübelkeit endlich überwunden und war hungrig. Die Schwangerschaft setzte ihr stark zu, und dabei war sie noch nicht einmal im vierten Monat. Als sie die Lebuh Queen hinunterging, hatte sie eine düstere Vision ihrer Zukunft: Wenn das Kind erst da war, würde ihr Leben schwierig werden.

Sie entschied sich für ein indisches Restaurant und bestellte ein Hühnercurry mit Reis. Seit zwei Wochen hatte sie ein ausgeprägtes Verlangen nach deftigem, scharfem Essen. Während sie auf das Curry wartete, ging ein tamilisches Ehepaar mit seinen drei Kindern auf der Straße vorbei. Xue Lian sah ihnen neidisch hinterher und unterdrückte ihre aufsteigenden Tränen. Das fehlt noch, dachte sie, dass ich wie eine hysterische Ziege in der Öffentlichkeit losheule. Ihre Mutter hatte unter wesentlich schwierigeren Umständen ein Kind ohne Mann aufgezogen, und Xue Lian hatte nicht unter einem Mangel an Liebe und Zuwendung gelitten. Mein Kind wird ein glückliches Leben haben, beschloss sie trotzig. Hoffentlich wird es ein Mädchen.

Sobald sie aufgegessen hatte, zahlte sie und eilte zurück zur Galerie. Sich um das Geschäft zu kümmern war wichtiger denn je. Wenn ihre Tochter schon keinen Vater hatte, sollte sie wenigstens finanziell versorgt sein. Xue Lian kannte Paul: Er würde ihr zehnmal mehr geben, als sie brauchte, aber sie wollte sein Geld nicht. Ihr Stolz verbat ihr, auch nur einen einzigen Dollar von ihm anzunehmen. Im Notfall konnte sie das Bild verkaufen, doch sie hasste die Vorstellung, es wegzugeben. Selbst dreihunderttausend Dollar wären nicht genug, um seinen Verlust aufzuwiegen.

Vor der Galerie stand ein Ausländer und spähte durch eine der großen Fensterscheiben ins Innere. Er trug teure Lederschuhe, eine gutsitzende Hose und einen eleganten Hut auf dem Kopf, nur sein Hemd war das Schrillste, was Xue Lian jemals gesehen hatte: unregelmäßige grafische Ornamente in Blau, Rot und Schwarz auf gelbem Grund.

»Kann ich Ihnen helfen?«

Der Mann war Mitte vierzig und für einen Europäer nicht sehr groß, mit dunklen Augen und einer großen Nase. Über sein Gesicht liefen kleine Bäche von Schweiß.

»Wohl kaum«, sagte er. »Ich will da rein.«

Sein Englisch hatte einen schweren mediterranen Akzent. Sie zog den Schlüssel aus der Tasche und hielt ihn dem Europäer unter die Nase.

»Sesam öffne dich.«

»Oh. Sind Sie Julie Lin?«

»Das bin ich.«

Er taxierte sie von oben bis unten und schnalzte dann mit der Zunge.

»Ich hätte es mir denken sollen.«

Sein Benehmen irritierte sie. Wer war dieser Mann?

»Was kann ich für Sie tun?«

»Können wir hineingehen, bevor wir uns weiter unterhalten? Diese Affenhitze bringt mich um, und das wäre doch zu schade.«

Sie schloss die Tür auf und ließ den merkwürdigen Fremden vor sich eintreten. Er nahm den Hut vom Kopf und tupfte sich mit einem Taschentuch die Stirn ab.

»Gott sei Dank, eine Klimaanlage«, murmelte er.

Xue Lian lehnte sich an ihren Schreibtisch und sah zu, wie der Europäer in der Galerie umherging und die Bilder an den Wänden betrachtete.

»Interessieren Sie sich für Kunst?«

Der Mann drehte sich zu ihr um und hob belustigt eine Braue. Herrje, dachte Xue Lian, was für eine überflüssige Frage. Warum sollte er sonst hier sein? Der Laowai verunsicherte sie.

»O ja«, antwortete er schließlich. »In aller Unbescheidenheit: Die Kunst ist mein Leben, mein Ein und Alles. Außer schönen Frauen natürlich.«

Trotz seiner aufreizenden Gelassenheit gefiel der Unbekannte Xue Lian. Oder gerade deshalb. Er strahlte Selbstbewusstsein und Männlichkeit aus.

»Sind Sie daran interessiert, etwas zu kaufen?«

»Bloß nicht«, lachte er dröhnend. »Ich habe so viele Bilder zu Hause, dass ich nicht mehr weiß, wohin ich mit dem ganzen Plunder soll.«

»Was suchen Sie dann hier?«, fragte sie ungeduldig.

Er kam gemächlich zu ihr herüber und sah ihr in die Augen.

»Dich. Ich bin 10 000 Kilometer geflogen, um mit dir zu sprechen.«

»Und worüber möchten Sie mit mir sprechen?«

»Über Paul Handewitt.«

Xue Lian schluckte trocken. Damit hatte sie nicht gerechnet.

»Und wer sind Sie?«

»*Madonna*, wie unaufmerksam von mir«, sagte er und streckte ihr die Hand hin. »Mein Name ist Luca Manzoni.«

In ihrem Kopf schrillten alle Alarmglocken, als sie seine Hand schüttelte. Sie sah ihn misstrauisch an.

»Hat Paul dich geschickt?«

»Nein, ich bin in geheimer Mission unterwegs. Paolo hat keine Ahnung, dass ich in Penang bin«, sagte er. »Könnte ich etwas zu trinken bekommen? Ich verdurste.«

»Und das wäre doch zu schade«, bemerkte Xue Lian und konnte sich ein Lächeln nicht verkneifen.

»Du sagst es«, strahlte Luca zurück.

»Soll ich uns einen Tee aufsetzen?«

»Eine gute Idee.«

»Ich bin gleich wieder da. Mach es dir in der Zwischenzeit bequem.«

Xue Lian verschwand in der kleinen zur Galerie gehörenden Küche und setzte Teewasser auf. Sie begriff immer noch nicht, was er von ihr wollte, aber wenn Paul nicht dahintersteckte, würde sie sich anhören, was er zu sagen hatte. Luca war ihr sympathisch, und sie war nicht so dumm, dass sie Pauls Freunde für ihre Feinde hielt.

Als sie mit dem Tee zurückkam, saß Luca mit ausgestreckten Beinen im Sessel vor ihrem Schreibtisch. Sie fragte sich erneut, woher er dieses unglaubliche Hemd hatte.

»Die Galerie ist sehr schön«, sagte er anerkennend. »Vielleicht sollte ich auch bei dir ausstellen? Es wäre meine Asienpremiere.«

»Jederzeit«, bot sie an. »Aber du bist vermutlich nicht hier, um mit mir über eine Ausstellung zu reden.«

»Nein. Ich bin hier, weil ich mir Sorgen um euch mache. Was ist schiefgegangen?«

»Das ist eine lange Geschichte, und ich fürchte, mir fehlt die Zeit dafür«, sagte sie. »In einer Viertelstunde habe ich einen geschäftlichen Termin. Können wir uns heute Abend treffen?«

»Wann und wo?«

»Wo wohnst du?«

»Im City Bayview Hotel.«

»Soll ich dich gegen neun Uhr abholen?«

»Einverstanden. Meine Zimmernummer ist die 825.«

Sie notierte es in ihrem Kalender. Luca trank seine Tasse Tee aus und stand auf.

»Darf ich dich um etwas bitten?«, fragte sie.

»Was denn?«

»Zieh bitte heute Abend ein anderes Hemd an.«

»Warum?«, fragte er verdutzt.

»Weil es, wie soll ich es sagen, weil es unmöglich aussieht.«

»Unmöglich?«, empörte er sich. »Es ist das teuerste Hemd, das ich besitze. Von einem exklusiven japanischen Designer.«

»Schon gut, schon gut«, wiegelte sie ab. »Hast du trotzdem noch ein anderes?«

»Habe ich. Du wirst dich wundern.«

Sie nahm seine Drohung ernst und befürchtete das Schlimmste. Paul hatte ihr nie erzählt, was für ein schräger Typ Luca war. Ihr war unbegreiflich, wie die beiden seit Ewigkeiten befreundet sein konnten. Zumindest auf den ersten Blick passten sie überhaupt nicht zusammen.

* * *

Tausende von Kilometern entfernt überflogen Paul und Giovanna in einer alten Propellermaschine die Insel Flores. Seit dem Abflug von Bali hing Giovanna wie gebannt am Fenster und sah auf zerklüftete grüne Inseln voller Vulkane inmitten des tiefblauen Meeres hinab. Die Landschaft war schöner und wilder als alles, was sie je gesehen hatte.

»Da ist der Kelimutu«, sagte Paul.

Ein hoher Berg mit drei Kraterseen auf seinem abgeflachten Gipfel kam in Sicht. Das Wasser der Seen hatte verschiedene Farben: einer war schwarz, ein anderer türkis und der dritte rotbraun.

»Spektakulär.«

»Giulia und ich sind damals mitten in der Nacht hochgelaufen, um dort oben den Sonnenaufgang zu erleben. Der Ausblick war unbeschreiblich. Man kann vom Gipfel des Kelimutu bis nach Lembata sehen – ein Vulkan nach dem anderen.«

Kurz darauf begann das Flugzeug seinen Sinkflug, und sie landeten in Maumere. Dort hatten sie das Glück, noch einen Bus nach Larantuka am Ostzipfel von Flores zu erwischen.

Das klapprige Gefährt war hoffnungslos überfüllt, die Fahrt langsam und unbequem. Viele Passagiere hingen außen an den Türen, und selbst auf dem Dach hockten zwischen dem verschnürten Gepäck noch mehr als zehn Menschen. Die Sitzbänke standen so eng hintereinander, dass Paul seine Beine in den Gang strecken musste und Giovanna sich bei jedem der zahllosen Schlaglöcher die Knie anschlug. Am Abend erreichten sie die Kreisstadt Larantuka und verbrachten die Nacht in einem Homestay. Die Unterkunft war dreckig und primitiv, doch es gab keine Alternative.

* * *

Xue Lian saß in einem der tiefen Sessel des Foyers und wartete darauf, dass Luca aus seinem Zimmer herunterkam. Sie war gespannt, was für ein Hemd er tragen würde. Keine fünf Minuten später trat er in einem hellen Anzug mit passendem Hemd aus dem Fahrstuhl; seine Ankündigung war ein Bluff gewesen.

Er kam zu Xue Lian herüber und ließ sich ihr gegenüber in einen Sessel fallen. Ohne zu grüßen, musterte er sie mit unverhohlenem Interesse. Sie trug das schwarze Kleid, das Paul ihr geschenkt hatte, und Luca war anzusehen, dass es ihm gefiel.

»Paolo hat mir erzählt, dass du sehr attraktiv bist«, sagte er sachlich. »Er hat untertrieben.«

»Was soll das werden?«, fragte sie leicht verärgert. »Hast du etwa auch vor, deine Hochzeit platzen zu lassen?«

»Ich denke nicht daran, aber ich bin Italiener. Meine Gene zwingen mich, die Schönheit einer jeden Frau zu verehren.«

»Schmeichler.«

»Nein, Italiener. Ich habe einen Ruf zu verteidigen. Außerdem ist es die Wahrheit.«

Sie winkte ab und schüttelte den Kopf. Vermutlich war es ein Fehler, Luca allzu ernst zu nehmen.

»Wie geht es Monica?«, fragte sie.

»Ausgezeichnet. Sie lässt dich herzlich grüßen und hofft, dass du zu unserer Hochzeit nach Rom kommst.«

»Wir werden sehen. Hast du Hunger?«

»Nicht besonders. Eine Kleinigkeit würde mir reichen.«

»Dann lass uns zu Sup Hameed gehen. Die Hühnersuppe dort ist eine Legende in Penang.«

Sie verließen das Hotel und überquerten die Uferstraße. Nicht weit entfernt sah Xue Lian die Umrisse des Cathay Hotel, in dem Paul regelmäßig abgestiegen war, bevor sie ihn kennengelernt hatte. Nun war Paul wieder fort, und neben ihr ging sein bester Freund.

»Sag mir, warum du nach Penang gekommen bist.«

Er blieb stehen und fasste ihre Hände, als ob er Angst hätte, dass sie ihm davonlaufen würde.

»Vor ein paar Monaten hat Paolo mir erzählt, wie glücklich er mit dir ist und dass er dich heiraten will. Dann erscheint Giovanna, und als Nächstes ruft Paolo mich aus Bali an und sagt, dass du ihn verlassen hast. Wie ist es dazu gekommen?«

Sie gab keine Antwort.

»Er hat mir auch gesagt, dass er dich immer noch liebt und schrecklich vermisst.«

Luca sah sie forschend an, aber ihr Gesicht zeigte keine Regung. Er konnte nicht wissen, dass sie kurz davor stand, in Tränen auszubrechen. Sie war eine Meisterin darin, ihre Gefühle zu verbergen, wenn es sein musste.

»Ich möchte herausfinden, ob du noch etwas für ihn empfindest. Wenn möglich, will ich euch helfen, wieder zusammenzufinden.«

»Womit hat Paul so einen Freund verdient?«

»Das ist eine berechtigte Frage«, meinte er.

Sie bogen in die Penang Road ein und erreichten nach etwa hundert Metern eine Suppenküche, vor der auf dem Bürgersteig ein paar lange Bänke aufgestellt waren. Xue Lian bestellte zwei Suppen, und es dauerte nicht lange, bis ein indischer Malaysier ihnen Schüsseln mit dampfender kräftiger Hühnerbrühe brachte. Als sie den Löffel in die Suppe eintauchte, fiel ihr auf, dass Luca intensiv ihre Hand betrachtete.

»Stimmt etwas nicht?«

»Magst du mir deine Hände zeigen?«

Sie streckte ihre Arme zu ihm aus, und er nahm ihre Hände, die in seinen gebräunten Pranken sehr weiß und zerbrechlich aussahen.

»Sie sind perfekt. Schöner können Hände nicht sein.«

Bittersüße Erinnerungen perlten an die Oberfläche ihres Bewusstseins: Paul in Tan Chee Wahs Garten, wie er verlegen im Schein der Kerzen stand. Es war weniger sein Kompliment gewesen, das sie so berührt und für ihn eingenommen hatte, sondern vor allem die Art, wie er es geäußert hatte. Luca deutete ihr Schweigen falsch.

»Das sage ich als Maler. Es sollte keine Schmeichelei sein.«

»Ich weiß. Künstler achten auf solche Dinge. Paul hat sie Frangipanihände genannt.«

»Ein schöner Vergleich.«

Er ließ ihre Hände los und wandte sich der Suppe zu. Als er den ersten Löffel probiert hatte, zog er anerkennend die Augenbrauen hoch.

»Verdammt gute Suppe. Und ich verstehe etwas von Kochkunst …«

»… weil du Italiener bist.«

»Genau. Wie kommst du darauf?«

»Weil ich genauso klug wie hübsch bin, aber daran habt ihr Italiener offensichtlich kein Interesse.«

Luca nahm noch einen Löffel von der Suppe.

»Du bist fröhlicher, als ich angenommen hatte«, sagte er. »Das freut mich.«

»Lass dich nicht täuschen. Mir geht es ziemlich mies, aber deine Anwesenheit tut mir gut.«

»Dann freue ich mich eben darüber. Es ist immerhin ein Anfang.«

»Wie lange wirst du in Penang bleiben?«

»Bis ich dich davon überzeugt habe, Paolo noch eine Chance zu geben. Oder bis du mich überzeugt hast, dass es unmöglich ist. Ich habe Zeit«, stellte Luca fest.

»Ich mache dir einen Vorschlag: Morgen ist Sonntag, und die Galerie bleibt geschlossen. Warum kommst du nicht zu mir, wir machen uns einen schönen Tag und reden über alles? Aber heute Abend versuchen wir Paul zu vergessen und Spaß zu haben. Was hältst du davon?«

»Vom Spaßhaben? Sehr viel. Was unternehmen wir?«

»Wir gehen tanzen. Es wird Zeit, dass ich mich mal wieder mit einem Mat Salleh in der Öffentlichkeit zeige, sonst leidet mein schlechter Ruf.«

»Womit?«

»Mit einem Ausländer aus dem Westen. Mat Salleh ist der malaysische Spitzname für Leute wie dich. Übrigens wirst du nachher die beiden einzigen Freunde treffen, die Paul außer dir noch hat.«

»Fabelhaft. Ich bin gern unter Leuten, die meine schlechten Angewohnheiten teilen.«

Das Soho war ein schummriger englischer Pub mit lauter Diskomusik und ein beliebter Treffpunkt für Einheimische und Ausländer; vor allem für einheimische Frauen und ausländische Männer. Die Atmosphäre war ausgelassen, es war meistens voll, und am Wochenende wurde regelmäßig auf den Tischen getanzt. Ein perfekter Ort, um Spaß zu haben, fand Xue Lian.

Sie nahm an, dass Soo San und Joe schon auf sie warteten, konnte die beiden aber nirgendwo entdecken. Luca murmelte etwas, das sie bei der lauten Musik nicht verstand.

»Wie bitte?«

»Ich sagte: Leute gibt es«, wiederholte er laut. »Schau dir das Paar dort hinten in der Ecke an. Wie haben die bloß zueinandergefunden?«

Luca wies mit dem Kinn auf einen Tisch, der, von einer Säule verdeckt, außerhalb von Xue Lians Blickfeld lag. Die Frau, eine Malaysierin chinesischer Herkunft, war aufreizend, aber geschmackvoll zurechtgemacht: die langen gewellten Haare perfekt gestylt, dezentes Make-up, kurzer Rock und ein bauchfreies Top. Der Inder neben ihr war nicht sehr groß, aber muskulös, mit mächtigen Schultern. Er steckte in einer löchrigen Cargohose und einem verschlissenen T-Shirt mit dem Werbeaufdruck einer obskuren Taucherfirma. Dazu war er unrasiert, und seine strubbeligen Haare schrien förmlich nach einem Friseur. Luca hatte recht: ein unmögliches Paar.

»Das sind sie«, klärte Xue Lian ihn amüsiert auf. »Unsere Freunde Soo San und Joe.«

»Lass mich raten: Joe ist Geldeintreiber bei der örtlichen Mafia?«

»Weit gefehlt. Er ist Berufstaucher mit einem Ingenieursdiplom und arbeitet auf Bohrinseln. In der Ölindustrie wird großes Geld verdient.«

»Dann müsste er sich doch anständige Kleidung leisten können.«

»Das könnte er, will er aber nicht. Er hängt an diesen T-Shirts, auch wenn Soo San sie am liebsten verbrennen würde.«

Joe entdeckte Xue Lian und winkte. Als er begriff, dass der Ausländer zu ihr gehörte, verfinsterte sich sein Blick, und sie konnte problemlos seine Gedanken lesen. Sie liebte diesen Charakterzug an Joe: oft taktlos, aber immer ehrlich und geradeheraus bis zur Schroffheit.

»Wer ist der Kerl?«, fragte er sie, ohne Luca eines Blickes zu würdigen.

»Das ist Pauls bester Freund. Luca ist extra aus Italien gekommen, um mir Paul noch einmal schmackhaft zu machen.«

Joes Miene hellte sich schlagartig auf, und er schnappte sich Lucas Hand, um ihn zu begrüßen. Luca stöhnte auf, als er sie quetschte, aber Joe beachtete es nicht.

»Herzlich willkommen in Penang, und viel Glück bei deinem Vorhaben. Rück Julie den Kopf zurecht.«

Obwohl seine Bemerkung ihr nicht gefiel, ließ Xue Lian sich nichts anmerken, sondern stellte Luca und Soo San einander vor. Als die beiden ein Gespräch begannen, wandte Xue Lian sich wieder Joe zu.

»Was meintest du damit?«, fragte sie leise. »Weshalb soll Luca mir den Kopf zurechtrücken?«

»Paul hat Mist gebaut, aber musstest du ihn deshalb gleich wegjagen? Ich finde, du hast übertrieben reagiert.«

»Was ist los mit dir? Paul hat mir von deiner Drohung bei eurem ersten Treffen erzählt; dass du ihm den Hals brechen würdest, falls er mich jemals schlecht behandelt. Hast du die Seiten gewechselt?«

»In diesem Fall gibt es keine Seiten. Wenn ich Paul sehe, werde ich ihm gehörig den Marsch blasen; trotzdem glaube ich, dass ihr beide zusammengehört.«

Xue Lian schüttelte skeptisch den Kopf, aber Joe ignorierte ihre Geste und zog sie fest an seine breite Brust.

»Genug jetzt, es ist Samstagabend«, sagte er. »Onkel Joe ist wieder an Land und gibt einen aus. Was hältst du von einem Drink?«

»In Ordnung«, gab sie nach. »Du darfst mir eine Cola spendieren.«

Es war praktisch unmöglich, sich nicht von Joe mitreißen zu lassen, wenn er in Feierlaune war.

Der Abend war der schönste seit langem für Xue Lian. Luca

brachte sie zum Lachen, vor allem im Zusammenspiel mit Joe. Seit Paul fort war, hatte sie zu wenig gelacht. Überhaupt fühlte sie sich wohl in Lucas Gegenwart. Obwohl er anders war als Paul, hatte er eine ähnliche Wirkung auf sie: In seiner Gegenwart kam sie sich attraktiv und stark vor.

Sie tanzten engumschlungen miteinander. Lucas Hände auf ihrem Körper waren respektvoll, aber nicht so sehr, dass sie Xue Lian gleichgültig ließen. Sie genoss die körperliche Nähe zwischen ihnen.

»Weißt du, was ein großer Unterschied zwischen Paul und mir ist?«

»Oh, da wüsste ich viele«, lachte Luca. »Welchen meinst du?«

»Er weiß nicht, wann man einer Versuchung widerstehen muss, egal wie schwer es fällt.«

Luca hatte offenbar keine Ahnung, worauf sie hinauswollte, deshalb wartete er ab, bis sie weitersprach.

»Ich halte es nicht für eine Katastrophe, wenn jemand fremdgeht, nur manche Menschen müssen tabu bleiben, weil sie eine besondere Bedeutung haben und etwas unwiderruflich zerstört wird, wenn wir uns mit ihnen einlassen. So wäre es mit dir und mir, so war es mit Paul und Giovanna. Leider hat er das nicht begriffen.«

Als Luca sich einen Moment später entschuldigte und auf die Toilette ging, kam Soo San zu Xue Lian herüber.

»Du wirfst dich ziemlich an ihn heran«, stellte sie fest. »Willst du ihn verführen?«

»Auf keinen Fall, obwohl ich gestehen muss, dass mir durchaus danach wäre.«

»Warum machst du es dann nicht?«

»Weil er Pauls bester Freund ist. Er ist nach Penang gekommen, um uns zu helfen. Soll ich ihn zum Dank in eine unangenehme Situation bringen? Ich bin nicht so rücksichtslos wie Paul.«

»Dann nimm dir einen anderen Mann, nur für eine Nacht. Es würde dir guttun.«

»Mag sein, aber wenn ich ehrlich bin, will ich niemanden außer Paul. Wo er in meinem Leben war, ist jetzt ein schwarzes Loch.«

»Hol ihn zurück«, riet Soo San. »Alles andere ist ein Fehler.«

»Ich kann nicht. Lieber bin ich allein unglücklich, als mit ihm zusammen unglücklich zu sein. Das könnte ich nicht ertragen.«

* * *

Paul war müde und zerschlagen nach einer Nacht in einem heißen Zimmer voller Mücken, die ihn bis zum Sonnenaufgang gequält hatten. Giovanna musste es ähnlich ergangen sein, denn als er sie beim Frühstück traf, war ihr linkes Augenlid durch einen Mückenstich angeschwollen.

Sie erregten große Aufmerksamkeit, als sie durch die kleine Stadt zum Hafen hinuntergingen. Ausländer kamen nur selten nach Larantuka, und viele Indonesier blieben stehen, um ihnen nachzustarren oder etwas zuzurufen. Paul entging nicht, dass Giovanna angespannter war als gewöhnlich. Dieser Teil der Welt musste für sie noch fremder und beängstigender sein als Burma oder Bali. Nur wenige Gegenden in Asien waren so abgelegen wie diese.

Die hölzerne Fähre war voller Menschen, auf dem Vorderdeck lag ein Schwein zwischen zwei Mopeds, und überall standen Säcke mit Früchten und Kokosnüssen herum. Um der drückenden Enge und der schlechten Luft unter Deck zu entgehen, setzten Giovanna und Paul sich auf das flache Dach des Bootes, wo sie der brennenden Sonne schutzlos ausgeliefert waren. Zur Kühlung goss Paul Wasser über sein Kopftuch, bevor er es sich umband, und Giovanna folgte seinem Beispiel.

Sobald sie den Schutz des Hafens verlassen hatten und zwischen zwei Inseln hindurch nach Osten fuhren, gerieten sie in eine starke Gegenströmung, die das Boot durchschüttelte und in wechselnde Richtungen riss. Es störte Giovanna nicht, dass sie dabei kaum vorankamen, denn das ehrfurchtgebietende

Schauspiel um sie herum entschädigte für die Mühen der Reise. Zu allen Seiten stiegen schroffe, bedrohliche Vulkane steil aus dem Meer, das in den Strömungen brodelte wie das Innere eines Hexenkessels. Ihr war, als ob sie die Fahrt mitten durch die Welt des vierten Schöpfungstages führte.

Die Landschaft war von einschüchternder Schönheit: hart und lebensfeindlich. Entsprechend dünn waren die Inseln besiedelt. Sie sahen nur wenige Fischerdörfer und gelegentlich einzelne, hoch oben an den kahlen, aufgerissenen Vulkanhängen klebende Hütten. Paul wies auf eine der Inseln.

»Das ist Adonara, eine Hochburg der schwarzen Magie. Man hatte Giulia und mich ausdrücklich davor gewarnt, sie zu betreten.«

Giovanna warf einen skeptischen, aber durchaus neugierigen Blick auf die Insel. Wenn es irgendwo schwarze Magie gibt, dachte sie, dann hier.

»Seid ihr trotzdem gefahren?«

»O nein. Wenn du lange genug hier bist, nimmst du diese Dinge ernst. Selbst Giulia hatte einen Heidenrespekt vor Adonara.«

Nach mehreren Stunden durchquerten sie eine schmale Passage zwischen zwei Inseln, und vor ihnen öffnete sich eine weite Wasserfläche. Auf der gegenüberliegenden Seite ragte ein Vulkan direkt aus dem Meer zu schwindelnder Höhe auf. Aus seinem Krater stieg eine weiße Rauchfahne in den wolkenlosen Himmel.

»Das ist der Ili Ape«, sagte Paul. »Der Name bedeutet Feuerberg. Seine Hänge sind fruchtbar, aber wenn der Vulkan ausbricht, sind die Dörfer zu seinen Füßen dem Untergang geweiht.«

»Wie heißt die Insel?«

»Lembata. Das ist die Insel, auf der Lamalera liegt. Wir sind fast da.«

»Was für eine unbegreifliche Welt«, flüsterte Giovanna mehr zu sich selbst.

Die Fähre legte etwas außerhalb Lewolebas an, und sie beschlossen, die Strecke in den Ort zu Fuß zu gehen. Auf dem Weg dorthin entdeckten sie am Strand eine Unterkunft, in der sie sich für die Nacht einmieteten. Ein junger Holländer namens Jim und seine einheimische Frau hatten sich ein Haus gebaut und daneben ein kleines Gebäude mit vier winzigen Zimmern für Reisende errichtet, die fast nie kamen.

Paul und Giovanna saßen mit Jim und seiner Frau bei einem bescheidenen Abendessen auf der Veranda, als die Sonne im Meer versank und den Ili Ape am Ende der palmengesäumten Bucht in glutrotes Licht tauchte. Der Anblick war kitschiger als jede Postkarte, die Giovanna in ihrem Leben gesehen hatte.

»Es ist sagenhaft schön«, sagte sie. »Aber hier leben zu müssen wäre für mich eine Strafe.«

»Es kommt darauf an, was man vom Leben will. Ich bin auf Lembata so glücklich, wie ich es mir nur wünschen kann«, sagte Jim.

Er sah seine Frau und seine dreijährige Tochter an und dann hinüber zum Vulkan.

»Ihr habt Glück: Morgen findet in Lewoleba der wöchentliche Markt statt, und die Leute aus Lamalera kommen mit dem Boot her. Sie fahren gegen Mitternacht zurück und können euch mitnehmen. Es ist wesentlich angenehmer als die Fahrt mit dem Lastwagen.«

»Es gibt eine Straße nach Lamalera?«, fragte Paul verblüfft.

»Der Wagen fährt hoch bis nach Puor auf den Pass, aber die Straße ist in extrem schlechtem Zustand. Von Puor aus muss man zu Fuß weiter. Bis nach Lamalera sind es zwar nur zwei oder drei Stunden den Berg hinab, trotzdem solltet ihr lieber das Boot nehmen. Der Trip mit dem Lastwagen ist haarsträubend und gefährlich.«

Bis sie aufgegessen hatten, war die Nacht über dem Archipel hereingebrochen, und jeder am Tisch hing seinen eigenen Gedanken nach. Paul fragte sich, wie er die Rückkehr nach Lamalera verkraften würde.

»Ich lege mich hin«, sagte Giovanna in die Stille. »Es geht mir nicht so gut.«

»Du wirst doch nicht krank?«, fragte Paul besorgt.

»Nein. Ich fürchte mich vor dem, was auf mich zukommt.«

»Die Fahrt mit dem Boot ist ungefährlich.«

»Das meine ich nicht.«

Sie ging ohne eine weitere Erklärung in ihr Zimmer. Paul blieb sitzen, auch als alle anderen längst schliefen. Der Tag hatte viele Erinnerungen geweckt, noch verstärkt durch Giovannas Anwesenheit. Ihre Ähnlichkeit mit Giulia war noch immer verstörend, und je länger sie in Asien war, desto mehr glich sie ihrer Tante. Es war ein bisschen unheimlich.

Paul stand auf und holte eine Flasche Wasser aus der Küche. Am liebsten hätte er ein kaltes Bier getrunken, um sich für die Begegnung mit den Geistern zu stärken, die in dieser mondlosen Nacht aus ihren Gräbern stiegen, aber auf Lembata gab es nicht einmal Strom für einen Kühlschrank. Außerdem brauchte Giulia nicht von den Toten aufzuerstehen. Obwohl die Erinnerung an ihren Scheiterhaufen ihn in jeder Minute seines Lebens begleitete, hatte er ihren Tod nie wirklich akzeptiert.

Übermorgen, an ihrem Grab in Lamalera, würde es zur Konfrontation mit der Realität kommen, und diesmal wollte Paul der Wahrheit ins Auge sehen. Nach zwei Jahrzehnten kehrte er zurück, um Giulias Geist auszutreiben. Er konnte nur hoffen, dass die Vergangenheit nicht stärker war als seine guten Vorsätze und ihn mit sich in ihre Einsamkeit reißen würde.

Dann dachte er an den Grund für diese schmerzhafte Reise: Xue Lian. Ihr Name öffnete in seinem Kopf eine Galerie voller Bilder einer anderen, inzwischen weit entfernten Welt: Xue Lian neben ihm im Bett, wie sie mit unbewegter Miene von Li Juns Tod erzählte. Am Strand, wie sie Joe mit Bier bespritzte. Ihr helles Lachen klang Paul noch in den Ohren. Er sah sie vor sich, wie sie im blauen Qipao neben Harry auf ihn zukam, und dann im Bikini am Strand in Cherating. Weitere ungeordnete Erinnerungsfetzen: die Freude in ihrem Gesicht, wenn er von einer kurzen Reise zurückkam. Wie sie ihre Lust herausschrie, in Nächten voller Liebe und blindwütiger Leidenschaft. Dann das letzte Bild, der Blick aus dem Rückfenster eines Taxis, wie sie allein im Dunkeln vor dem Haus stand: unbewegt, einsam und von ihm enttäuscht.

In der Dunkelheit der Nacht bereute er zutiefst, was er getan hatte. Er krümmte sich auf seinem Stuhl zusammen und ergab sich wehrlos seiner Trauer. Paul weinte.

5
Am Ende der Welt

Am Sonntag, der Paul und Giovanna nach Lembata brachte, erwachte Xue Lian spät. Gleich nach dem Aufstehen rief sie im City Bayview Hotel an und fragte Luca, ob er mit ihr frühstücken wolle. Er lag noch im Bett und klang verkatert, versprach aber, bis zu ihrer Ankunft angezogen und abmarschbereit zu sein.

Eine halbe Stunde später klopfte sie an seine Zimmertür. Luca öffnete und blinzelte sie aus zusammengekniffenen blutunterlaufenen Augen an. Er sah noch schlimmer aus, als er sich am Telefon angehört hatte. Immerhin hat er sich rasiert, dachte Xue Lian.

»Was möchtest du essen?«, fragte sie.

»Etwas Leichtes. Mehr verträgt mein Magen nicht«, jammerte er.

»Warum musstest du auch so viel trinken?«

»Die Ehre Italiens stand auf dem Spiel. Joe hat versucht, mich unter den Tisch zu saufen. Was hätte ich tun sollen?«

Sie fuhren mit dem Lift hinunter ins Erdgeschoss. Xue Lian hatte ihren Wagen direkt vor dem Hotel geparkt. Luca fiel eine große Beule in der Beifahrertür ins Auge.

»Lass mich raten: Die hat Paolo dir ins Auto gefahren.«

»Stimmt. Wie kommst du darauf?«

»Männliche Intuition«, sagte er und stieg ein.

Auf dem Markt von Ayer Itam machten sie einen Zwischenstopp und aßen eine Nudelsuppe, bevor sie zu ihrem Bungalow weiterfuhren. Luca war begeistert von dem Garten und der ruhigen Lage des Hauses. Xue Lian breitete ihm im Schatten des Frangipanibaums eine Decke aus und brachte einen Krug mit frischem Fruchtsaft.

»Trink«, sagte sie und hielt ihm ein Glas hin. »Viele Vitamine, gut gegen den Kater.«

»Danke.«

Er nahm einen Schluck und streckte sich bequem aus. Ein großer Schmetterling flog vorbei und setzte sich nicht weit entfernt auf einen Busch. Es war still und friedlich im Garten. Luca massierte sich die Schläfen und fragte sich, wie es wohl Joe ging. Sie hatten sich großartig amüsiert, aber die Kopfschmerzen waren mehr als lästig.

»Hast du eventuell ein Aspirin für mich?«, fragte er.

»Bestimmt. Komm mit ins Haus.«

Sie ging voran, und er folgte ihr über die Veranda in den Bungalow. Alle Türen standen offen, und durch eine von ihnen sah Luca ein ungemachtes Bett und Pauls Bild darüber. Während Xue Lian in einer Küchenschublade nach Kopfschmerztabletten suchte, ging er in ihr Schlafzimmer, um sich in Ruhe das Bild anzusehen.

»Gefällt es dir?«, fragte sie, als sie mit den Tabletten in der Hand zu ihm trat.

»Es ist eines der besten Bilder, die Paolo je gemalt hat. Wahrscheinlich das beste. Und ich verstehe etwas davon.«

»Weil du Italiener bist?«

»Weil ich Luca Manzoni bin«, sagte er ernsthaft.

Sie gingen zurück in den Schatten des Baums, wo er drei Aspirin mit einem Schluck Saft hinunterspülte und sich wieder auf die Decke setzte.

»Wollen wir über unser Sorgenkind sprechen?«

»Ja.«

»Gut. Wenn ich es gestern richtig mitbekommen habe, geht

es nicht darum, dass Paolo mit einer anderen Frau geschlafen hat, sondern dass es Giovanna war?«

»Richtig, weil sie wie Giulia ist«, sagte sie. »Paul und ich waren glücklicher, als ich es mir je hätte träumen lassen, aber Giulias Schatten schwebte von Anfang an wie ein Fluch über uns. Ich glaube, er liebt sie zu sehr, um sie jemals aufzugeben.«

»Trotzdem wollte er dich heiraten.«

»Vielleicht hatte er sich so an sie gewöhnt, dass sie ihn nicht gestört hat? Ich jedenfalls redete mir ein, dass er sich für mich entschieden haben musste, wenn er mir einen Heiratsantrag machte. In Wirklichkeit habe ich bloß die Augen vor der Wahrheit verschlossen. Giovanna hat sie mir wieder geöffnet.«

»Würdest du ihm noch eine Chance geben, wenn er diese Entscheidung jetzt trifft?«

»Das kann er nicht.«

»Und wenn doch?«

»Er müsste mich überzeugen. Jeden Zweifel beseitigen.«

Luca stützte sich auf die Ellenbogen und sah sie an.

»Die Unfähigkeit, mit Giulias Tod umzugehen, hat Paolos ganzes Leben bestimmt. Er kann sich nicht von ihr befreien, weil er sich die Schuld an ihrem Tod gibt. Dazu kommt, dass ihr Mörder immer noch frei herumläuft, und er bis heute nicht weiß, warum Giulia zurück nach Italien wollte. Diese Ungewissheiten quälen ihn, und er kann nicht aufhören, immer und immer wieder daran zu denken. Verstehst du, was ich meine?«

»Ich glaube schon.«

»Er würde ohne Bedenken für sie sterben, um seine Schuld zu tilgen, aber das würde sie auch nicht wieder lebendig machen. Stattdessen bestraft er sich, indem er kein Glück in seinem Leben zulässt. Er würde es als Verrat an Giulia empfinden.«

Er machte eine Pause, um seine Gedanken zu ordnen.

»Die Dinge haben sich geändert, als er dich getroffen hat. Du bist die Frau, die er braucht und unbewusst immer gesucht hat.«

Xue Lian bekam bei seinen Worten eine Gänsehaut, aber

schöne Worte halfen ihr nicht weiter. Sie änderten nichts daran, dass sie allein war. Es kostete sie trotzdem viel Mühe, nicht loszuweinen.

»Wir haben Witze darüber gemacht, dass Paolo keine Freunde hat. In Wirklichkeit ist es nicht komisch, sondern eine Tragödie. Zwanzig Jahre lang hat er jede Nähe gemieden. Er hat Liebe durch Sex ersetzt und echte Freunde durch Unmassen von Bekannten. Paolo ist so vereinsamt, dass er kaum noch gesellschaftsfähig ist. Ich will kein Mitleid wecken und keine Rechtfertigung für ihn finden, doch musst du begreifen, was für ein verbogener, zerbrochener Mensch er war, bevor er dich getroffen hat. Du hast ein Wunder vollbracht. Ich konnte kaum fassen, was er mir in Rom von dir erzählt hat. Deshalb bin ich um die halbe Welt geflogen.«

Er streichelte Xue Lian über das Haar, während sie still vor sich hin weinte. Sie hatte sein Herz gewonnen, und er verfluchte Pauls unfassbare Dummheit. Nach einigen Minuten hatte sie sich beruhigt, und er sprach weiter.

»Paolo ist immer auf der Flucht gewesen: vor der Vergangenheit und vor seiner Schuld. Vor Nähe, vor Verbindlichkeit und vor an ihn gestellten Ansprüchen. Bevor ihm jemand zu nah kommen konnte, lief er weg. Seine Bilder zeigen, wie sehr er Asien und die Menschen hier liebt, aber nur im Allgemeinen. Dann kamst du, die große Ausnahme. Er liebt dich so sehr, dass er versuchte, über seinen Schatten zu springen und sich festzulegen. Er wollte dich heiraten und Kinder mit dir haben.«

Kinder. Sie zuckte zusammen, als er das Wort aussprach, und klammerte sich enger an ihn. Es tat gut, wieder jemanden zu haben, der ihr ein wenig Halt gab. Auch Xue Lians Stärke war nicht unerschöpflich.

»Paolo war es nicht gewohnt, Verantwortung für einen anderen Menschen zu übernehmen. Er hatte Angst, dir nicht gerecht zu werden. Ausgerechnet dann, zum denkbar schlechtesten Zeitpunkt, ist Giovanna aufgetaucht. Mit ihr kamen die Ängste, die

Schuldgefühle und die Fragen zurück, möglicherweise auch die Sehnsucht nach der unbeschwerten Vergangenheit. Alles, was er verdrängt und durch seine Liebe zu dir ersetzt hatte.«

»Warum hat er mir das nie so gesagt?«

»Weil es ihm selbst nicht klar ist. Ich bin auch kein Psychologe, aber ich kenne ihn lange und habe mir viele Gedanken gemacht.«

»Was hat sich in Burma abgespielt? Was ist dort mit Paul passiert?«

»Schwer zu sagen. Vielleicht hat er sich in Giovanna verliebt, vielleicht auch nur in die Leichtigkeit der Situation oder den scheinbaren Ausweg?«

Luca sah sie an und legte ihr die Hand an die Wange.

»Eins darfst du nie vergessen«, sagte er beschwörend, »Paolo liebt dich über alles. Nichts und niemand bedeutet ihm mehr als du. Auch Giulia nicht.«

»Weiß Paul das?«

»Das will ich doch hoffen.«

Luca half ihr bei der Zubereitung des Abendessens. Er schnitt die Zutaten, und sie übernahm das Kommando am Herd. Sie kochten *Hui Guo Rou*, zweimal gebratenes Schweinefleisch, und das Ergebnis hatte nichts mit dem zu tun, was er unter demselben Namen aus chinesischen Restaurants in Rom kannte. Beim Essen stellte Xue Lian fest, dass er mit Stäbchen umgehen konnte. Nicht sehr elegant, aber effektiv.

»Bleibst du noch ein paar Tage in Penang?«, fragte sie.

»Auf jeden Fall. Ich will doch herausfinden, ob ich mein Ziel erreicht habe.«

»Wie schön. Ich muss gestehen, dass es mir bessergeht, wenn du da bist. Du könntest auch bei mir wohnen.«

»Lieber nicht. Es würde Monica beunruhigen, und hinter ihrem Rücken möchte ich es nicht tun.«

»Braver Junge«, lobte Xue Lian.

»*Madonna mia*«, rief er. »So hat mich niemand mehr genannt, seit ich mit einem Pornoheft in der Sonntagsmesse erwischt wurde.«

»Wie alt warst du?«, fragte sie schockiert.

»Zwölf.«

»*Tian na*. Ihr Europäer seid wirklich dekadent.«

»Wer hat das gesagt? Mao?«

»Ja.«

»Der ist lange tot. Gehen wir in den Garten?«, fragte er.

»Gern. Möchtest du ein Bier?«

»Trinkst du auch eins?«

»Lieber nicht. Ich vertrage zurzeit keinen Alkohol.«

Sie erwog, ihm von ihrer Schwangerschaft zu erzählen, behielt es aber doch für sich. Außer Soo San und ihrer Tante in Hongkong wusste niemand davon, und es war besser so.

»Dann bleibe ich auch beim Saft«, entschied Luca.

Die Nacht war warm und sternenklar. Sie saßen auf der Veranda, und Xue Lian war seit langem nicht so entspannt gewesen. Einsamkeit zermürbt einen Menschen, aber mit Luca war sie nicht mehr ganz so einsam.

»Weißt du, was Paolo gerade macht?«, fragte er.

»Er ist auf Bali. Oder liege ich da falsch?«

Luca zögerte, entschloss sich aber, ihr die Wahrheit zu sagen. Sie würde es so oder so herausfinden, und vermutlich war es besser, wenn sie es von ihm erfuhr.

»Er ist auf dem Weg zu Giulias Grab, im hintersten Winkel Indonesiens. Giovanna ist bei ihm.«

Xue Lian erstarrte. Sie sah hinauf in den Himmel, ein altbekanntes Gefühl der Leere stieg in ihr auf. Wenn es so war, hätte Luca sich all seine Erklärungen sparen können.

»Dann hat es sich erledigt«, sagte sie tonlos.

»Nein. Ganz im Gegenteil.«

Sie sah ihn an, ohne zu begreifen.

»Verstehst du nicht? Jetzt muss er endlich die Entscheidung treffen, die du von ihm gefordert hast. Du hast ihn unter Druck gesetzt, und Paolo stellt sich der Vergangenheit. Er hat nur diese eine Chance, wenn er dich wiederhaben will.«

Als Xue Lian nichts sagte, redete er hastig weiter.

»Ich bin kein Hellseher, also kann ich nur spekulieren, was in ihm vorgeht. Vielleicht wird er mit Giovanna nach Italien gehen, oder er zerbricht endgültig an der Sache. Falls er jedoch zu dir nach Penang zurückkommt, solltest du ihn nicht abweisen. Dann ist Giulias Geist vertrieben und er gehört dir, ohne Einschränkung.«

»Das klingt zu schön, um wahr zu sein.«

»Ich habe nicht gesagt, dass er zu dir kommen wird. Aber versprich mir bitte, dass du ihn anhören wirst, falls doch.«

Xue Lian dachte lange über seine Worte nach, bevor sie ihm antwortete.

»Ich werde versuchen, offen zu sein. Falls es so ist, wie du sagst, und er überhaupt zurückkommt.«

Luca nickte zufrieden. Er hatte das Ziel seiner Mission erreicht, den Rest musste Paul erledigen. Er zündete sich eine Zigarette an und blies den Rauch in die Dunkelheit.

»Ich habe noch eine Frage, Luca.«

»Ja?«

»Wie war Giulia? Paul hat mir einiges erzählt, aber wie hast du sie erlebt?«

»Dazu könnte ich dir viel sagen, weil sie eine interessante und vielseitige Persönlichkeit war. Aber ich nehme an, dass du wissen möchtest, wie sie im Vergleich zu dir war, als Rivalin gewissermaßen?«

Es beschämte sie, dass er sie so leicht durchschaut hatte, dennoch nickte sie.

»Giulia hatte einen starken Charakter, sie war klug und sah gut aus. Ich hatte sie gern. Bestimmt wäre eine interessante Frau aus ihr geworden, leider ist sie zu früh gestorben. Wenn du mein Urteil als Mann hören willst: Sie hätte niemals eine Chance, neben dir zu bestehen. Paolo hat Giulia nach ihrem Tod idealisiert und zur Heiligen erhoben, doch du bist eine Frau aus Fleisch und Blut, von der jeder Mann nur träumen kann.«

Xue Lian küsste seine Wange und legte den Kopf an seine Schulter.

»Ich bin dir unendlich dankbar, dass du gekommen bist«, sagte sie. »Durch dich habe ich vieles begriffen.«

»Ich bin auf deiner Seite.«

»Was eure Hochzeit betrifft: Ich werde ganz sicher kommen. Das lasse ich mir nicht nehmen, selbst wenn es mir das Herz bricht, den ganzen Abend neben Paul sitzen zu müssen.«

* * *

Das Leben in Asien hatte Paul ans Warten gewöhnt, aber an diesem Tag wollte die Zeit einfach nicht vergehen. Gegen Mittag ging er auf den Markt, um Früchte und Konserven zu kaufen. Das Essen in Lamalera war eintönig und bescheiden gewesen, woran sich vermutlich nichts geändert hatte. Als Paul zurückkam, fand er Giovanna auf der Veranda vor ihrem Zimmer, wo sie seit dem frühen Morgen saß und schweigend auf das Meer hinausschaute. Er verstaute die Einkäufe in seinem Rucksack und setzte sich zu ihr.

Um Mitternacht nahmen sie ihr Gepäck und gingen zum Hafen. Paul hoffte, dass es keinen Regen geben würde, denn das Marktboot war klein und offen. Sie gingen an Bord, mussten aber noch zwei Stunden warten, bis alle Mitreisenden eingetroffen waren und das Boot ablegte. Nach einem kurzen Durcheinander, in dem jeder versuchte, am Boden einen Schlafplatz zu finden, wurde es still, und nur das einschläfernde Tuckern des Motors klang über die spiegelglatte nächtliche See. Direkt vor ihnen stand das Kreuz des Südens am Himmel. Giovanna hockte neben ihm und hatte den Kopf auf die angezogenen Knie gelegt; ob sie schlief oder mit geschlossenen Augen nachdachte, konnte er nicht erkennen.

Am Morgen wurde das Meer unruhig, und das Boot schaukelte auf den Wellen. Eine Schule Delfine schwamm heran und folgte ihnen. Giovanna hatte noch nie Delfine gesehen und war enttäuscht, als sie nach zwanzig Minuten abtauchten und nicht wiederkehrten.

Entlang der steilen, zerklüfteten Küstenlinie waren keine Zeichen menschlicher Besiedlung zu sehen, bis Paul am frühen Vormittag die ersten Häuser am Hang ausmachte. Ein eiskalter Schauer lief ihm über den Rücken: Lamalera.

»Wir sind da«, sagte er.

Giovanna sprang auf, und ihr Herz schlug schneller, als sie sich über die niedrige Reling beugte. So sah also das Ende der Welt aus. Sie hatte einen weiten Weg zurückgelegt, um Giulia zu treffen.

An der Küste öffnete sich eine kleine Bucht und hinter einem hohen Felsvorsprung eine zweite. Im schmalen Streifen zwischen den steilen Bergen und dem Meer zwängten sich flache, in das dichte Grün von Bäumen und hohen Büschen eingebettete Häuser. Als das Marktboot weit draußen in der zweiten Bucht vor Anker ging, wurden am Strand zahllose Einbäume ins Wasser geschoben.

Sie warteten, bis eine der Nussschalen frei war, um sie an Land zu bringen. Das Ausschiffen war schwierig weil das Boot in der starken Dünung rollte und die wackligen, auslegerlosen Einbäume in einem Moment in Höhe der Bordkante, im nächsten aber fast drei Meter darunter schaukelten. Ein Mann in einem der Einbäume zeigte auf Giovanna, und sie trat an die Bordkante. Mit routiniertem Geschick gelang es ihm, erst ihr Gepäck und dann sie selbst sicher in sein winziges Boot zu befördern. Als Paul zusah, wie sie durch die hohen Wellen davonpaddelten, war es beinahe wie ein Déjà-vu-Erlebnis: Vor fast genau zwanzig Jahren hatte er in derselben Bucht auf einem anderen Boot gestanden und einer Frau nachgesehen, die auf diese Entfernung nicht mehr von Giovanna zu unterscheiden gewesen wäre. Er geriet in einen Strudel, in dem Vergangenheit und Gegenwart verwirbelten, sich vermischten und nicht mehr voneinander zu trennen waren. Die Umgebung verlor ihre Konturen, und seine Beine zitterten, als sich eine Hand auf seine Schulter legte und eine weit entfernte Stimme ihn darauf aufmerksam machte, dass er an der Reihe war. Er blinzelte und hob seinen Rucksack an, um ihn bei der nächsten Welle dem Mann im Einbaum zu reichen.

Der Indonesier hielt mitten in der Bewegung inne, als sein Gesicht über die Höhe der Bordkante getragen wurde und er Paul sah. Ohne den herausgehaltenen Rucksack zu ergreifen, verschwand er wieder aus dem Blickfeld. Als er bei der nächsten Welle das Gepäck zu fassen bekam, lag ein ungläubiges Staunen auf seinem Gesicht.

»*Selamat Datang*, Paulus«, rief er.

Paul sprang in den schwankenden Einbaum, und es war nur dem ausgeprägten Gleichgewichtssinn des Seemanns zu verdanken, dass sie nicht kenterten und ins Wasser stürzten.

»Lange nicht gesehen, Dion«, grinste Paul schief.

»Das liegt an dir. Ich war immer hier.«

Dion bot ihnen an, in seinem Haus zu wohnen, aber Paul entschied sich um Giovannas willen dagegen; stattdessen bezogen sie ein kleines Steinhaus auf den Klippen am östlichen Ende der Bucht. Einige der Dorfbewohner hatten sich zusammengetan und es gebaut, um etwas Geld an den wenigen Besuchern, die es nach Lamalera verschlug, zu verdienen. Aufgrund seiner Farbe wurde es das Weiße Haus genannt. Da es direkt über dem Meer stand, strich ständig ein leichter Wind über die Terrasse, von der sie die gesamte Bucht überblicken konnten.

Am Strand hatten die Dorfbewohner eine Reihe von primitiven Unterständen errichtet, um die Walfangboote vor Sonne und Regen zu schützen, wenn sie nicht draußen auf dem Meer waren. Mitten in der Fangsaison befanden sich tagsüber nur wenige Boote an Land.

Nachdem die beiden ihre wenigen Sachen ausgepackt hatten, setzten sie sich zu Dion, der auf der schattigen Veranda geduldig auf sie wartete. Dion war schmächtig und genauso alt wie Paul, obwohl sein wettergegerbtes Fischergesicht ihn älter aussehen ließ. Von seinen lebhaft blitzenden Augen abgesehen, war er eine unauffällige Erscheinung. Paul hatte sich damals mit ihm angefreundet, sie hatten viele Tage miteinander verbracht.

Er berichtete, wie es ihm und seiner Familie ergangen war, seit sie sich das letzte Mal gesehen hatten. Währenddessen starrte er immer wieder Giovanna an, kaum fähig zu glauben, dass sie ein Mensch aus Fleisch und Blut war.

»Wie läuft der Walfang?«, fragte Paul.

»Manche Jahre sind gut, manche schlecht. Aber vor fünf Jahren ist ein großes Unglück geschehen.«

»Was ist passiert?«

»Wir sind dem Teufel begegnet. Ich hatte ein eigenes Boot und fuhr am frühen Morgen mit meiner Mannschaft hinaus, wie immer. Gegen Mittag sahen wir den Wal. Der Ikan Paus war nicht einmal besonders groß, aber ein mutiger, gefährlicher Kämpfer. Er versenkte zwei Boote und hat ein drittes schwer beschädigt. Drei Tage und zwei Nächte trieben wir mit dreißig Mann auf dem Wrack über das offene Meer. Ohne Wasser, ohne Essen. Dann hat uns ein Kreuzfahrtschiff aufgefischt, dem Herrn sei Dank. Mein Boot war verloren, und jetzt rudere ich wieder für jemand anderen.«

Giovanna saß neben ihnen, ohne ein Wort der auf Bahasa Indonesia geführten Unterhaltung zu verstehen, doch Paul hatte nicht den Eindruck, dass es sie störte. Dion wies mit dem Kopf auf sie.

»Kennt sie die Geschichte von Giulias Wal?«

»Nein.«

»Ich möchte sie ihr erzählen. Kannst du für mich übersetzen?«

Paul nickte.

»Das Jahr 1980 begann so schlecht wie keines seit Menschengedenken.«

Dion sprach langsam, damit Paul übersetzen konnte, während Giovanna aufmerksam lauschte.

»Nach der feierlichen Zeremonie zur Eröffnung der Fangsaison verging ein ganzer Monat, ohne dass wir einen einzigen Wal gesichtet hätten. Es war wie verflucht. Allmählich machte sich der Hunger in Lamalera breit. Die Vorräte des letzten Jahres waren längst aufgebraucht. Wir hielten Bittgottesdienste ab, doch der Herr erhörte unsere Gebete nicht.

Eines Morgens bestand Giulia darauf, mit uns hinauszufahren. Eigentlich nehmen wir Frauen nicht gern an Bord, weil die Jagd auf den Wal ein Männergeschäft ist. Da Giulia mit der Frau unseres Harpuniers befreundet war, machten wir eine Ausnahme. Insgeheim hofften alle, dass sie uns Glück bringen würde in diesen unglücklichen Zeiten. Sie stieg in unser Boot, und wir schoben es ins Meer hinaus. Hast du dir die Boote angesehen?«

»Noch nicht«, antwortete Giovanna, nachdem Paul die Frage übersetzt hatte.

»Ich zeige dir später eins. Der Harpunier steht auf einer Planke vor dem Bug und hält Ausschau, im Heck sitzt der Steuermann. Dazwischen zehn Ruderer. Wir segeln, aber wenn wir einen Wal sehen, ziehen wir das Segel ein und rudern, damit wir wendiger sind. Es war ein bewölkter Tag, mit langgezogenen Wellen. Wir kreuzten umher und warteten. Um die Mittagszeit sah Petrus den Wal, schräg vor uns. Wir legten uns in die Ruder, bis uns das Blut aus den Nasen lief. Schließlich holten wir den Wal ein und manövrierten das Boot direkt über ihn. Petrus sprang von der Planke. Mit seinem ganzen Gewicht bohrte er die eiserne Spitze der Harpune in den Wal. Aber der Ikan Paus war stark und wehrte sich. Er hob das Boot an. Nicht sehr hoch, aber ausreichend, um Giulia aus dem Gleichgewicht zu bringen. In ihrer Aufregung war sie aufgesprungen, um besser verfolgen zu können, was geschah. Sie fiel über Bord. Als der Wal abtauchte, wollten wir die Leine kappen, um Giulia zu retten, aber sie rief uns zu, dass wir weitermachen sollten. Sie erreichte das Boot gerade noch rechtzeitig, und wir zogen sie hinein.

Wir brachten den Wal zur Strecke. Das ganze Dorf stand am Strand und half, ihn an Land zu ziehen. Er war der größte, den wir seit Jahren gefangen hatten. Am Abend gab es ein großes Fest, in dessen Mittelpunkt Giulia stand. Wir waren überzeugt, dass sie uns Gottes Segen gebracht hatte. Von diesem Tag an war der Bann gebrochen, und es wurde noch ein gutes Jahr für uns.

Niemand in Lamalera wird Giulia jemals vergessen. Wenn ihr auf den Friedhof geht, werdet ihr sehen, wie gepflegt ihr Grab ist. Noch heute legen wir zur Eröffnung der Fangsaison und an ihrem Geburtstag Blumen darauf. Es ist uns eine Ehre, dass sie in Lamalera begraben liegt. Sie war eine Frau, aber sie hat den Wal nicht gefürchtet.«

»Das ist das größte Kompliment, zu dem dieser Mann fähig ist«, fügte Paul hinzu.

»Madonna«, flüsterte Giovanna.

Sie hatte Dions Erzählung gebannt zugehört, und der letzte Teil hatte ihr Tränen in die Augen getrieben. Giulia war eine noch außergewöhnlichere Person gewesen, als sie bisher angenommen hatte.

»Die Jagd auf Wale ist doch bestimmt sehr gefährlich?«

»Allerdings«, bestätigte Paul. »Vor allem für den Harpunier, aber auch für die anderen. Die Pottwale sind länger als die Holzboote, mit denen sie zum Fang hinausfahren.«

»Aber Giulia hat sich nicht gefürchtet.«

»Wie ich sagte: Deine Tante kannte keine Angst.«

Kurz nachdem Dion seine Geschichte beendet hatte, kam eine Frau die Treppe zur Terrasse herauf. Sie war an die fünfzig und hatte eine Menge Falten im Gesicht, sah aber immer noch gut aus. In ihrer Jugend musste sie eine große Schönheit gewesen sein. Sie trug eine hellblaue Bluse über einem aus dickem Garn gewebten Sarong und hielt sich aufrecht; ihre Haare zeigten erste Spuren von Grau und waren zu einem kurzen Zopf geflochten. Die Indonesierin blieb auf der letzten Treppenstufe stehen und sah Paul an. In ihrem Gesicht breitete sich eine bis in die Augen strahlende Freude aus.

»Du bist wirklich zurückgekommen.«

Paul sprang von seinem Stuhl auf und war mit schnellen Schritten bei ihr, um sie die letzte Stufe zu sich heraufzuziehen. Dann umarmte er sie, als wollte er sie nie wieder loslassen.

»Veronika. Veronika, ich …«

Seine Worte wurden von Rührung erstickt. Die Frau strich ihm sanft über den Kopf.

»Sie ist tot, Veronika. Sie ist tot.«

»Ja. Giulia ist schon sehr lange tot.«

Giovanna verschwand im Bad, um das emotionale Wiedersehen nicht zu stören, während Dion bemüht den Himmel nach Wolken absuchte. Nach einigen Minuten hatte Paul sich so weit gefangen, dass er reden konnte.

»Wie geht es dir, Petrus und den Kindern?«

»Den Kindern und mir geht es gut. Petrus ist seit zwölf Jahren tot.«

»Was?«

Paul sah zu Dion, der seinem Blick auswich.

»Der Wal hat ihn mit ins Meer genommen. So ist es eben in Lamalera«, sagte sie.

Plötzlich versteifte sie sich in seinen Armen und hielt die Luft an. Giovanna war aus dem Haus gekommen. Veronika hatte sie vorher nicht beachtet und sah zum ersten Mal ihr Gesicht.

»Giulia hat mir nie gesagt, dass sie eine Tochter hatte«, flüsterte sie.

»Sie ist nicht ihre Tochter, sondern ihre Nichte.«

Er nahm ihre Hand und führte sie auf die Terrasse.

»Das ist Veronika. Bei ihrer Familie haben wir damals gewohnt. Giulia und sie waren sehr eng befreundet. Ich habe dir von ihr erzählt.«

Veronika ergriff ihre Hand und sah Giovanna lange und ruhig an.

»Sie hat sogar ihr Gold in den Augen. In ihr ist ganz sicher etwas von Giulia. Ich kann ihre Anwesenheit spüren.«

Giovanna war verblüfft, als Veronika sie in die Arme schloss. Sie hatte nichts dagegen, es kam ihr sogar merkwürdig vertraut vor.

»Willkommen zu Hause, meine liebe Freundin«, sagte Veronika leise, ohne dass Giovanna die indonesischen Worte verstand.

Bevor Veronika ging, lud sie die beiden zum Abendessen in ihr Haus ein, und sie nahmen ihr Angebot gern an. Dion verabschiedete sich ebenfalls und ließ Paul mit Giovanna allein auf der Veranda zurück. Der Nachmittag war weit vorangeschritten, es würde nicht mehr lange dauern, bis die Dämmerung über das Ende der Welt hereinbrach. Paul schlug vor, den Besuch des Grabes auf den nächsten Morgen zu verschieben, und Giovanna war damit einverstanden. Beide hatten vor, ihn mit angemessener Feierlichkeit zu begehen. Er war zu bedeutsam, um in Eile erledigt zu werden, und nach so vielen Jahren kam es auf einen weiteren Tag nicht an.

Kurz bevor es dunkel wurde, machten sie sich auf den Weg zu Veronika. Es war eine stille Stunde, in der die Bewohner Lamaleras unter Bäumen und vor Hauseingängen beisammensaßen und den Tag ausklingen ließen. Als sie Veronikas Haus erreichten, saß sie auf einem Stuhl davor und wartete geduldig auf ihren Besuch.

Nach dem Essen sahen sie sich das Zimmer an, in dem Paul mit Giulia gewohnt hatte. Es erschütterte ihn weniger, als er befürchtet hatte. Danach setzten sie sich in den Garten und unterhielten sich im Schein einer Gaslampe die halbe Nacht lang über die glücklichen Monate, die Paul und Giulia in Lamalera verbracht hatten. Paul übersetzte für Giovanna, die viele Fragen stellte und ruhiger wirkte, seit sie endlich am Ziel ihrer Reise angekommen waren.

Das Dorf lag stockfinster und wie ausgestorben da, als sie zurück zum Weißen Haus gingen. Da es in Lamalera keinen Strom gab, schliefen seine Einwohner so früh, wie die Natur es für den Menschen vorgesehen hat; glücklicherweise hatte Paul damit gerechnet und eine Taschenlampe eingesteckt. Sobald sie bei ihrer Unterkunft ankamen, wünschte er Giovanna eine gute Nacht und zog sich in sein Zimmer zurück. Nachdem er zwei Nächte lang fast kein Auge zugetan hatte, war er hundemüde. Er zog sich aus, legte sich auf das Bett und glitt sanft in ein erholsames, traumloses Nichts hinüber.

6

Fast die ganze Wahrheit

Zum ersten Mal seit Wochen verschlief Paul den Sonnenaufgang. Er putzte sich die Zähne und rasierte sich sorgfältig, bevor er sich einen Sarong um die Hüften schlang und mit nacktem Oberkörper auf die Terrasse trat. Giovanna und Veronika warteten bereits mit dem Frühstück auf ihn.

»Du trägst ihn jetzt?«, fragte Veronika und zeigte auf den Anhänger an seiner Brust.

»Jeden Tag, seit Giulias Tod.«

»Darf ich ihn mir anschauen?«

Er nahm den kleinen Wal ab und gab ihn ihr. Giovanna sah den beiden interessiert zu.

»Hat dieser Anhänger etwas mit Lamalera zu tun?«

»Er ist aus einem Stück Kieferknochen des großen Wals gemacht, bei dessen Fang Giulia dabei war. Veronikas ältester Sohn, damals noch ein kleiner Junge, hat ihn als Anerkennung für ihren Mut geschnitzt.«

Veronika gab ihm den Anhänger zurück.

»Es ist gut, wenn Giulia jeden Tag in deinem Herzen ist, aber sie sollte nicht jeden Tag in deinem Kopf sein«, sagte sie. »Nicht nach zwanzig Jahren.«

»Deshalb bin ich hier.«

Während des Frühstücks beobachteten sie, wie eins der Walboote den Strand hinunter ins Meer geschoben wurde. Die

Mannschaft stieg ein und ruderte aus der Bucht hinaus, dann setzten sie das aus Pflanzenfasern geflochtene Segel und entschwanden in Richtung Horizont.

»Wie klein das Boot ist. Kaum zu glauben, dass sie damit Wale jagen«, sagte Giovanna.

»Ja. Für ihr ärmliches Dasein riskieren diese Männer jeden Tag ihr Leben.«

»Ich hätte mir nicht träumen lassen, dass es auf dieser Welt einen Ort wie Lamalera geben könnte.«

»Es ist auch absolut unwahrscheinlich, dass es ihn gibt«, stimmte Paul ihr augenzwinkernd zu.

Dion kam über den Strand auf das Haus zu und trat kurz darauf auf die Terrasse.

»Selamat Pagi«, grüßte er.

»Was ist los?«, fragte Paul.

Dion wies schüchtern mit dem Kopf auf Giovanna.

»Ich wollte fragen, ob sie mit uns fahren will. Inzwischen nehmen wir manchmal Touristen für Geld mit, aber Giulias Tochter braucht natürlich nichts zu bezahlen. Es wäre uns eine Ehre.«

»Sie ist ihre Nichte«, korrigierte Paul.

Dion nahm die Belehrung gleichmütig hin. Für ihn machte es keinen Unterschied, ob sie Giulias Tochter oder Nichte war, solange sie zur Familie gehörte. Paul übersetzte seine Frage, und Giovanna dachte lange nach, bevor sie antwortete.

»Ich würde sehr gern mit hinausfahren, aber zuerst möchte ich Giulias Grab besuchen. Könnten wir es morgen oder übermorgen machen?«

Dion versicherte ihr mit einem Lächeln, dass sie jederzeit mitfahren könne, dann verabschiedete er sich und lief die Treppe wieder hinunter. Kurz darauf sahen sie ihn mit dem Rest seiner Mannschaft ein Boot zu Wasser lassen. Paul beendete das Frühstück und wischte die Hände an seinem Sarong ab. Die Stunde der Wahrheit war da.

»Ich würde gern allein vorgehen. Kannst du in einer Stunde nachkommen?«, fragte er.

»Natürlich. Wie finde ich den Friedhof?«

»Du gehst vom Strand hinauf zum Hauptweg und folgst ihm über die Klippe hinweg bis zum anderen Ortsteil in der zweiten Bucht. Immer geradeaus, bis du rechts die Kirche siehst. Der Friedhof ist klein, du wirst mich leicht finden.«

»Dann wünsche ich dir Glück.«

»Danke.«

Er stand auf und machte sich auf den Weg. Veronika begleitete ihn bis zu ihrem Haus, wo sie zurückblieb.

»Bis nachher«, sagte sie. »Sei stark.«

»Ich werde es versuchen.«

Paul ging weiter. Hoch oben auf den Klippen blieb er stehen und sah über das Meer, voller Furcht vor dem Augenblick, dem er sein halbes Leben lang ausgewichen war. Vergib mir, Giulia, dachte er, bitte vergib mir.

Bald darauf erreichte er mit klopfendem Herzen den katholischen Friedhof von Lamalera. Das Gelände war dicht mit Bäumen und Büschen bestanden, zwischen denen die Grabkreuze aufragten. Generationen von Waljägern lagen hier zur letzten Ruhe gebettet, mit Aussicht auf das weite Meer, das ihr Leben bestimmt hatte. Paul atmete tief durch, bevor er sich mit schweren Schritten auf die Suche nach der einzigen Fremden zwischen ihnen machte.

Er war sich sicher gewesen, dass er das Grab ohne Schwierigkeiten finden würde, doch er täuschte sich. Nach all den Jahren dauerte es eine Weile, bis er den flachen aus Backsteinen errichteten Quader fand, in den die Urne mit Giulias Asche eingemauert war. An der Vorderseite war eine Steinplatte mit ihrem Namen, Geburtsdatum und Todestag angebracht, darunter, durch Glas vor Wind und Wetter geschützt, ein verblichenes Porträt. Paul hatte es gezeichnet. Oben auf dem Mauerwerk erhob sich ein schlichtes, inzwischen stark verwittertes Holzkreuz. Wie

Dion versprochen hatte, befand sich das Grab in gepflegtem Zustand, frei von Moos und Unkraut. Bedächtig ließ Paul sich auf dem bloßen Steinboden davor nieder.

Minuten vergingen und flossen in die vielen verlorenen Jahre. Paul betrachtete die Zeichnung unter der Glasscheibe, bis eine wirre Folge von Erinnerungen an die Oberfläche seines Bewusstseins sprang. Mit ihnen kam der Schmerz, scharf und überwältigend. Quer durch seine Seele verlief eine tiefe, nie verheilte Wunde. Er fing an zu weinen. Das zweite Mal in wenigen Tagen, das zweite Mal in zwanzig Jahren. Er weinte um sein verlorenes Glück und um Giulia, seine große Liebe.

Die sorgenfreie Zeit in Rom, der erste Kuss – heitere, ausgelassene Tage und Nächte voller Zärtlichkeit. Dann der Sündenfall, die Contessa. Der erste Schritt auf dem langen Weg nach Pashupathinath. Giulias tote vorwurfsvolle Augen und die lodernden Flammen. Jedes Detail ihrer Verbrennung war unauslöschlich in sein Gedächtnis geätzt: der schwere Rauch, die Hitze des Feuers und der Geruch ihres versengenden Fleisches. Eine beißende Übelkeit stieg in ihm hoch und ließ sich nur mit größter Mühe wieder herunterwürgen.

Giulia, seine große Schuld.

Auf ihrer letzten gemeinsamen Reise hatte er Giulias Urne quer durch Asien nach Lamalera geleitet, um ihre Asche an dem Ort beizusetzen, den sie am meisten geliebt hatte. Die endlosen Jahre danach hatte er in freiwilliger Isolation verbracht, bis zu dem Abend in Penang, an dem er Xue Lian getroffen hatte.

Xue Lian.

Sie hatte den Panzer aus Schuld und Einsamkeit durchbrochen, Glück und Nähe zurück in sein Leben gebracht. Trotzdem war sie nicht in der Lage gewesen, ihn von seinem Fluch zu erlösen – weil er es nicht zugelassen hatte. Paul hatte im Angesicht des brennenden Scheiterhaufens geschworen, Giulia niemals zu vergessen, und dieses Versprechen hatte er gehalten. Jede Freude in seinem Leben empfand er als Verrat an ihr. Er hatte nicht verhindern können, dass Giulia wie ein schleichendes Gift in seine Beziehung zu Xue Lian eindrang und sie zerstörte. Sogar ihre eigene Nichte hatte sie dazu benutzt.

Giulia, sein Fluch.

Warum wollte sie nicht, dass er nach ihrem Tod wieder glücklich wurde? Er starrte auf die alte Zeichnung. Ich könnte dich dafür hassen, dass du mir Xue Lian genommen hast, dachte er zornig. Du wolltest mit mir nach Asien kommen. Ich habe dich nicht darum gebeten, und ich war es auch nicht, der dich die Treppe hinuntergestoßen hat. Warum wirfst du es mir vor? Warum ruinierst du mein Leben?

Er hielt inne und sah in Gedanken ihre lebhaften Augen mit den goldenen Sprenkeln vor sich. Plötzlich erkannte er, wie ungerecht seine Anschuldigungen waren, und schämte sich dafür. Giulia hätte gewollt, dass er auch ohne sie glücklich war. Sie hätte ihm von Herzen alles Gute gewünscht. Warum nur hatte er so viele Jahre gebraucht, um es zu begreifen?

Paul lief ein kalter Schauer über den Rücken. Weil ich es nicht begreifen wollte, gestand er sich ein. Ich brauchte diese Lebenslüge, um mich dahinter zu verstecken. Erst musste ich Xue Lian verlieren und ein letztes Mal an Giulias Grab stehen, bevor ich der Wahrheit ins Auge sehen konnte.

Nicht Giulia stand zwischen ihm und Xue Lian, sondern seine Schuldgefühle und eine falsche, selbst auferlegte Verpflichtung der Toten gegenüber. Er bestrafte sich, um sein schlechtes Gewissen zu beruhigen und keine Verantwortung für sein Leben übernehmen zu müssen. Aus dem gleichen Grund hatte er sich vor Xue Lian in eine Affäre mit Giovanna geflüchtet.

Giulia hätte nichts dagegen, dass er mit Xue Lian glücklich war, sondern hätte ihn längst freigegeben. Wie Xue Lian gesagt hatte, war er allein für sein Leben verantwortlich, und es war höchste Zeit, dieser Einsicht Taten folgen zu lassen. Mit viel Glück war es noch nicht zu spät. Paul konnte es nur hoffen.

Er weinte noch immer, aber es waren befreiende Tränen. Seine Trauer hatte sich erst in Wut und dann in tiefe Dankbarkeit verwandelt. Er löste das Lederband von seinem Hals und hängte den Wal über das Grabkreuz.

»Danke, Giulia. Wünsch mir viel Glück«, flüsterte er.

Als er aufsah, entdeckte er Giovanna auf den Stufen der Kirche. Er erhob sich und ging zu ihr hinüber.

»Der Friedhof ist schön«, sagte sie. »Ein guter Ort, um begraben zu sein.«

Sie sah hinauf in den leichtbewölkten Himmel und reichte ihm eine mitgebrachte Flasche.

»Trink einen Schluck Wasser. Es ist heiß heute.«

Er nahm ihr die Flasche aus der Hand und trank gierig. In der letzten Stunde hatte er alles vergessen, selbst seinen Durst. Paul war unsagbar erschöpft.

»Wie geht es dir?«, fragte sie.

»Viel besser.«

»Das freut mich. Gibst du mir auch etwas Zeit allein mit ihr? Zehn Minuten?«

»So lange du willst. Ich bleibe einfach hier sitzen.«

Sie stand auf.

»Paolo?«

»Ja?«

»Ich weiß übrigens, warum Giulia zurück nach Italien wollte.«

Beinahe wäre ihm die Flasche aus der Hand geglitten. Er sah sie ungläubig an.

»Wirklich? Sag es mir!«

»Zehn Minuten. Warte noch zehn Minuten.«

Giovanna ging zum Grab hinüber und kniete davor nieder. Sie sah auf das verblichene Porträt. Mit den Fingerspitzen fuhr sie über die kühle Grabplatte, auf die der Schatten eines alten Baumes fiel. Es würde noch dauern, bis die wärmende Morgensonne Giulia erreichte. Giovanna lächelte die alte Zeichnung an.

»Ich habe lange gebraucht, um dich zu finden«, sagte sie. »Jetzt bin ich endlich da. Erkennst du mich? Ich bin Giovanna, deine Tochter.«

Paul wartete ungeduldig auf den Stufen der Kirche und rauchte zwei Zigaretten hintereinander, während Giovanna vor dem Grab kniete und leise mit der Zeichnung sprach. Er fand nichts Ungewöhnliches daran. Als er die dritte Kretek angezündet hatte, stand Giovanna auf und kam zu ihm.

»Alles in Ordnung?«, fragte er.

Sie nickte und setzte sich auf die Stufen. Er reichte ihr die Wasserflasche.

»Und?«, fragte er. »Weshalb wollte Giulia nach Italien?«

»Setz dich besser«, bat sie. »Sonst haut es dich um.«

Er ließ sich neben Giovanna nieder und musterte sie erwartungsvoll. Konnte sie ihm tatsächlich die Antwort auf eine Frage geben, die ihn seit zwanzig Jahren quälte? Und falls es so war: Warum erzählte sie es erst jetzt?

»Giulia wollte nach Italien, damit sie sich um ihre Tochter kümmern konnte.«

»Um ihre Tochter?«, fragte er und schüttelte den Kopf. Was für ein haarsträubender Unsinn.

»Genau. Um mich.«

Jetzt wird es verrückt, dachte er. Die letzte Zeit musste Giovanna ermüdet und verwirrt haben. Er konnte nachvollziehen, dass sie sich Giulia sehr nah fühlte, nachdem sie sich so intensiv mit ihr beschäftigt hatte, aber sie konnte unmöglich ihre Tochter sein. Der Gedanke war absurd.

»Du irrst dich«, sagte er sanft. »Giulia fasziniert dich, aber du kannst unmöglich glauben, dass sie deine Mutter ist. Du steigerst dich in etwas hinein, was nicht sein kann.«

»Ich glaube nicht bloß, dass Giulia meine Mutter ist – ich

weiß es«, beharrte sie. »Vincenzo hat es mir erzählt. Außerdem habe ich die Briefe gelesen, die sie ihm geschickt hat. Darin schreibt sie schwarz auf weiß über ihre Tochter Giovanna.«

»Vincenzo hat dich belogen. Es sind nicht die echten Briefe.«

»Doch, sie sind echt, und Vincenzo hat die Wahrheit gesagt.«

»Denk einmal genau nach«, bat er. »Wie soll das möglich gewesen sein? Es ergibt keinen Sinn.«

»Wenn du mir endlich zuhören würdest, könnte ich dir alles erklären.«

Paul nickte widerwillig, blieb aber skeptisch. Ihm stand der Schweiß auf der Stirn, obwohl die Hitze im Schatten des Kirchenportals erträglich war. Was für ein seltsamer Tag, dachte er.

»Giulia war fünfzehn und ging noch zur Schule, als sie schwanger wurde. Bedauerlicherweise merkte sie es zu spät. Sie muss damals ziemlich unbedarft gewesen sein. Jedenfalls war sie schon im vierten Monat, als sich herausstellte, dass sie ein Kind bekam.«

»Wer soll der Vater gewesen sein?«

»Ich weiß es nicht. Vincenzo vermutet, dass es ein Lehrer oder ein Mitschüler war. Meine Großeltern haben massiven Druck auf Giulia ausgeübt, aber sie hat eisern geschwiegen und den Namen meines Vaters nie verraten.«

»Das wäre typisch gewesen«, murmelte er.

»Es war zu spät für eine Abtreibung, die für alle Beteiligten die beste Lösung gewesen wäre. Außer für mich natürlich«, sagte sie trocken. »Du kennst meine Familie: Nichts ist ihr wichtiger als ihr Ansehen und ihre gesellschaftliche Stellung. Kannst du dir vorstellen, wie sie den Skandal gefürchtet haben? Ihre minderjährige Tochter mit einem unehelichen Kind, im Jahre 1974.«

Paul wehrte sich mit aller Macht dagegen, ihr Glauben zu schenken. Giulia konnte unmöglich ein Kind gehabt haben. Sie hätte es ihm mit Sicherheit gesagt.

»Mein Großvater hat die Sache in die Hand genommen.

Carla und Vincenzo waren seit mehreren Jahren verheiratet und immer noch kinderlos, weil Carla unfruchtbar war. Also haben sie verabredet, dass Carla eine Schwangerschaft simulieren und mich nach Giulias Niederkunft als ihr eigenes Kind ausgeben würde.«

»So einfach ist es nicht«, protestierte er. »Es gibt Ärzte und Hebammen, jemand muss die Geburtsurkunde ausstellen. Völlig unmöglich.«

»Vieles ist möglich, wenn man in Venedig lebt und Morosini heißt. Der Arzt, der mich auf die Welt brachte, war ein enger Freund der Familie und hat alles arrangiert. Ich habe persönlich mit ihm gesprochen, und er hat es bestätigt.«

Paul war fassungslos. Konnte es sein, dass Giovanna tatsächlich die Wahrheit sagte? Sollte seine große Liebe ihn über Jahre getäuscht haben?

»Und Giulia?«

»Sie war einverstanden, wahrscheinlich sogar erleichtert. Vergiss nicht: Sie war erst fünfzehn. Sicher hatte sie andere Träume, als ein Kind aufzuziehen. Auf diese Weise war für mich gesorgt, und ihr bot sich der ideale Ausweg. Die Versuchung, ihr Leben einfach weiterzuführen, als wäre nichts geschehen, muss verlockend gewesen sein. Zu verlockend, um ihr nicht nachzugeben.

Damit sie aus der Schusslinie geriet, hat mein Großvater Giulia von der Schule genommen und sie auf ein Internat in der Schweiz geschickt. Alles wurde geregelt, nur das Verhältnis zwischen ihr und meinen Großeltern war zerstört. Obwohl Giulia das Arrangement akzeptiert hat, verachtete sie die Feigheit und kalte Berechnung dahinter. Niemand kümmerte sich darum, wie es ihr ging, sie wurde einfach abgeschoben.

Am Ende ihrer Schulzeit ist sie kurz nach Venedig zurückgekehrt, dann begann sie ihr Studium in Rom, und den Rest der Geschichte kennst du.«

Giovanna hob einen Kiesel auf und warf ihn gedankenverloren in einen Busch. Als er aufschlug, flog ein bunter Vogel vom Boden auf und flatterte davon.

»Carla muss mich dafür gehasst haben, dass ich Giulia immer ähnlicher wurde.«

Paul saß auf den Stufen der Seefahrerkirche von Lamalera, und etwas in seinem Herzen zerbrach. Im Grunde brauchte er Giovanna nur anzusehen, um zu wissen, dass sie die Wahrheit sagte. Er hätte es sofort erkennen müssen, gleich bei ihrem ersten Aufeinandertreffen in Rom.

Es erklärte Giulias Hass auf ihre Familie, ihre Sehnsucht nach Anerkennung und menschlicher Wärme, und nicht zuletzt ihre fast paranoide Angst vor einer Schwangerschaft. Es erklärte auch ihr Verhalten am letzten Tag in Kathmandu. Es erklärte alles, was er an Giulia nie verstanden hatte. Eine Lüge war die ständige Begleiterin ihrer Liebe gewesen, vom ersten Tag an.

»Du hast doch gesagt, dass meine Großeltern ihr kein Geld für die Reise geben wollten«, unterbrach Giovanna seine Gedanken. »Weißt du, warum sie ihr dann doch jeden Monat Geld überwiesen haben?«

Er schüttelte den Kopf.

»Weil meine Mutter sie erpresst hat. Sie hat ihren Eltern gedroht, die Wahrheit über mich ans Tageslicht zu bringen, wenn sie nicht zahlen.«

»Deshalb hat sie mich bei dem Streit mit ihren Eltern auf ihr Zimmer geschickt: Ich sollte nicht mitbekommen, dass du ihre Tochter bist.«

»Ich nehme es an«, sagte sie. »Sie bekam das Geld, aber ihre Eltern haben ihr untersagt, jemals wieder die Schwelle des Palazzos zu übertreten. Vincenzo kann sich noch genau erinnern, was sie darauf geantwortet hat.«

»Was?«

»Dass sie lieber in der Fremde verrecken wolle, als noch einmal ihre heuchlerischen Fratzen sehen zu müssen.«

»Und so ist es gekommen«, sagte Paul und erhob sich.

»Willst du zurückgehen?«

»Noch nicht. Ich muss noch einmal kurz zu Giulia.«

Giovanna blieb sitzen und sah ihm nach, als er über den Friedhof zum Grab ihrer Mutter ging. Diesmal kniete er sich nicht hin, sondern blieb davor stehen.

»Warum hast du mich belogen, Giulia?«, fragte er. »Warum konntest du mir nicht die Wahrheit sagen?«

Das junge Mädchen auf der Zeichnung gab keine Antwort.

Am späten Nachmittag kehrten die ersten Walfänger zurück, ohne einen Fang gemacht zu haben. Mit vereinten Kräften zogen die Männer ihre Boote in die Unterstände. Paul hatte seine Füße auf das steinerne Geländer der Terrasse gelegt und überblickte den Strand unter sich. Es fiel ihm schwer, Ordnung in seine Gedanken zu bringen. Giovanna hatte ihm mehr Stoff zum Nachdenken gegeben, als er verarbeiten konnte. Sie war auf dem Friedhof geblieben, und er war vorausgegangen, um sie mit ihrer Mutter allein zu lassen.

Er dachte an die Tage mit Giulia in Kathmandu zurück. Nach zwanzig Jahren verstand er endlich, was sie damit gemeint hatte, sie müsse Ordnung in ihr Leben bringen. Wenn sie damals von Verantwortung sprach, hatte sie dabei an ihre Tochter gedacht. An ihrem letzten Tag hatte sie sich entschieden, nach Italien zurückzukehren, was bedeutete, dass sie Paul die Wahrheit über Giovanna sagen musste. Deshalb war es ihr so schwergefallen, mit ihm zu sprechen.

Giovanna kam langsam den Strand herauf, barfuß, ihre Sandalen in der Hand. Bald darauf war sie bei Paul und ließ sich auf einen Stuhl fallen.

»Sag mal, den letzten Brief hast du nicht gelesen?«, fragte er. »Bist du ganz sicher, dass er nicht dabei war?«

»Welcher letzte Brief?«, fragte sie und sah ihn verständnislos an.

»Ich habe dir doch erzählt, dass sie an ihrem Todestag einen Brief an Vincenzo abgeschickt hat. Darin stand vermutlich alles, was sie mir erzählen wollte, bevor sie starb.«

»Stimmt, ich erinnere mich. Nein, er war sicher nicht dabei. Aber warte mal.«

Giovanna stutzte und dachte nach.

»Als Vincenzo die Briefe auf den Schreibtisch gelegt hat, waren sie zusammengeschnürt. Einen hat er aussortiert und zurück in die Schublade gelegt, bevor er mir die anderen gab. Ich nahm an, dass er nicht dazugehörte, aber weshalb war er dann mit den anderen zusammengebunden?«

Ihre Augen verengten sich kaum merklich.

»Ich frage mich gerade, ob Vincenzo mir die ganze Wahrheit gesagt hat. Oder gibt es möglicherweise noch etwas, das ich nicht erfahren soll?«

Paul hatte gut geschlafen. Im Traum war Xue Lian zu ihm gekommen und hatte ihm die Wange gestreichelt. Er nahm es als gutes Omen, auch wenn es nicht leicht werden würde, sie zurückzugewinnen.

Sie hatten eben das Frühstück beendet, als Dion kam, um Giovanna abzuholen. Die beiden gingen über den Strand zum Boot, das die anderen Männer der Besatzung schon ins Wasser gezogen hatten. Nachdem Giovanna und Dion eingestiegen waren, ruderten sie mit gleichmäßigen Schlägen aus der Bucht und setzten das Segel. Als das Boot nicht mehr zu erkennen war, stand Paul auf und ging noch einmal auf den Friedhof.

Um die Mittagszeit besuchte er Veronika, die ihn zum Essen eingeladen hatte. Später saßen sie vor ihrem Haus, und er fertigte zwei Zeichnungen von ihr an. Da er keine Malutensilien mitgebracht hatte, benutzte er einen Bleistift und gewöhnliches Schreibpapier, das die Indonesierin im Haus hatte. Während er arbeitete, erzählte er ihr, was er von Giovanna erfahren hatte.

»Habe ich nicht gesagt, dass etwas von Giulia in ihr ist?«, sagte Veronika triumphierend. »Sie konnte nur ihre Tochter sein.«

»Im Nachhinein wundere ich mich auch, dass ich nicht selbst darauf gekommen bin.«

Veronika ging ins Haus und kam nach einer Weile mit zwei Gläsern und einer Kanne Tee wieder heraus. Ohne zu fragen, gab sie zwei Löffel Zucker in Pauls Tee, wie vor zwanzig Jahren.

»Erzähl mir, was du die ganzen Jahre gemacht hast«, bat sie. »Du bist alt geworden seit damals.«

»Inzwischen ist viel Zeit vergangen. Leider habe ich einen Großteil davon verschwendet.«

Paul berichtete seiner Freundin, wie sein Leben verlaufen war, nachdem er Giulias Asche nach Lamalera gebracht hatte, erzählte von den vielen Wendungen, den Irrwegen und Sackgassen, die er hatte durchlaufen müssen, bis der Weg ihn zurück nach Lamalera geführt hatte, damit der Kreis sich endlich schloss.

»Dann sehen wir uns zum letzten Mal«, sagte sie. »Du hast keinen Grund mehr, hierher zurückzukehren.«

»Ich werde nicht wiederkommen«, stimmte er zu. »Seit gestern ist Lamalera für mich ein Teil der Vergangenheit.«

Das Boot kehrte ohne einen Wal im Schlepptau zurück, wie die meisten Boote an den meisten Tagen. Paul beobachtete von der Terrasse aus, wie Giovanna sich nicht davon abhalten ließ, beim Hochziehen des Bootes mit anzufassen, bevor sie sich von jedem Mitglied der Mannschaft mit Handschlag verabschiedete. Er erwartete, dass sie den Strand entlang zum Weißen Haus kommen würde, stattdessen verschwand sie zwischen den ersten Häusern in Richtung Dorfmitte.

Nach einer halben Stunde tauchte sie wieder am Strand auf. Zwei Minuten später setzte sie sich auf den Stuhl neben ihn und legte die Füße auf das Geländer.

»Wie war es?«, fragte er.

»Aufregend. Wir haben einen Wal verfolgt, sind aber nicht an ihn herangekommen. Vielleicht klappt es morgen.«

In ihren Augen leuchtete das Jagdfieber, genau wie damals bei Giulia.

»Du fährst noch einmal mit hinaus?«

»Auf jeden Fall. Wenn wir übermorgen abfahren, ist es meine letzte Chance.«

Paul sah auf das Meer. Es lag still da und war unnatürlich blau, über dem scharf abgegrenzten Horizont standen flache Wolken. Er schüttelte den Kopf.

»Du bist wirklich wie deine Tante. Wie deine Mutter, wollte ich sagen. Wo warst du eben?«

»Auf dem Friedhof, etwas holen.«

Sie öffnete den obersten Knopf ihrer Bluse und zeigte ihm den Walanhänger an ihrem Hals.

»Wenn du nichts dagegen hast, werde ich ihn ab jetzt tragen. Er steht mir doch zu, oder?«

Paul nickte. »Der Wal gehört dir, aus vielen Gründen. Giulia wäre stolz, wenn du ihn trägst.«

Giovanna nickte und wühlte in ihrer Tasche, bis sie die Silberkette mit dem Jadekreuz fand, Yang Min Sets Geschenk aus Mandalay. Sie wog es nachdenklich in ihrer Hand.

»Ich hatte gehofft, dass es mir Glück in der Liebe bringen würde, aber es hat nicht geklappt. Na ja«, sagte sie und zuckte mit den Schultern. »Es sind ohnehin Tage des Abschieds und der Trennung.«

Ohne das Kreuz noch einmal anzusehen, warf sie es im hohen Bogen über die Brüstung ins Meer.

Veronika brachte sie bis zum Dorfausgang, dann blieb sie stehen. Weiter konnten sie den Abschied nicht hinauszögern.

»Leb wohl, Paulus. Ich gebe dir meinen Segen und wünsche dir, dass du glücklich wirst. Es war mir eine Ehre, dich getroffen zu haben.«

»Du wirst immer in meinem Herzen sein«, antwortete er.

Sie wandte sich Giovanna zu und fasste ihre Hände.

»Schön, dass du hier warst. Ich freue mich auf das Wiedersehen.«

Giovanna stutzte, als Paul die Worte übersetzte.

»Ich glaube nicht, dass ich wiederkomme.«

»Sie sagt, dass ein Teil von dir hierbleibt und du deshalb zurückkehren musst. Wann auch immer«, übersetzte er Veronikas Antwort.

Giovanna ließ ihren Blick zurück zum Dorf schweifen und von dort weiter über die Bucht und das Meer.

»Wer weiß?«

Bevor das Dorf außer Sicht geriet, drehten sie sich ein letztes Mal um und sahen, dass Veronika immer noch unter dem Tor stand. Giovanna winkte ihr zu, während Paul sich die Abschiedsgeste versagte. Bald danach stiegen sie durch einen Wald den steilen Hügel hinauf.

»Bist du enttäuscht, dass es mit dem Wal nicht geklappt hat?«, fragte Paul.

»Nicht sehr. Meinst du, ich hätte es verkraftet? Mit anzusehen, wie sie einen Wal töten?«

»Ganz sicher. Du bist wie deine Mutter: hart im Nehmen und nicht zu unterschätzen. In dir steckt viel mehr, als du denkst.«

Sie nahm sein Kompliment mit einem Nicken hin und schritt kräftiger aus, als die Steigung etwas abnahm.

»Ich habe mich etwas gefragt, als ich draußen auf dem Boot war«, sagte sie nach einer Weile.

»Und zwar?«

»Was meine Mutter wohl heute machen würde, wenn sie nicht gestorben wäre.«

»Wahrscheinlich würden wir in Asien leben oder sogar in Italien«, sagte er.

»Wie kannst du davon ausgehen, dass ihr noch zusammen

wärt? Sie war dabei, ihr Leben einschneidend zu verändern. Woher willst du wissen, ob darin am Ende noch Platz für dich gewesen wäre? Außerdem sind zwanzig Jahre eine lange Zeit. Vielleicht hättet ihr irgendwann genug voneinander gehabt oder einer von euch hätte sich in jemand anderen verliebt?«

Paul hatte keine Antworten auf ihre Fragen. Er hatte noch nie darüber nachgedacht, und nun lohnte es sich nicht mehr.

Um die Mittagszeit waren sie in Puor. Der Lastwagen nach Lewoleba war noch nicht eingetroffen. Paul wäre lieber mit dem Marktboot gefahren, aber wenn sie bis Montag warteten, würden sie zu spät nach Maumere kommen und ihren Rückflug nach Bali verpassen, falls er nicht sowieso gestrichen wurde. Sie setzten sich vor einen hölzernen Verschlag und bestellten bei dem Besitzer zwei Flaschen Cola, als es zu regnen begann.

Aus dem Wald unter ihnen näherte sich ein Motorengeräusch, und wenige Minuten später quälte sich der alte Lastwagen die letzte Steigung hoch und erreichte die Passhöhe mit dem Dorf. Giovanna war entsetzt, wie viele Menschen von der offenen Ladefläche herunterstiegen und wie viele Kisten und Säcke sie bei sich trugen. Sobald alles abgeladen war, kletterten Giovanna, Paul und die anderen Mitreisenden auf den Wagen. Längs zur Fahrtrichtung waren zwei Holzbänke aufgestellt, die aber nicht für alle reichten; ein gutes Dutzend Leute hockte inmitten ihrer Habseligkeiten auf dem Boden.

Der Wagen schüttelte sich, als der Fahrer den Motor anließ und wendete, um zurück nach Lewoleba zu fahren. Es ging auf einer befestigten Piste durch dichten Wald steil bergab. An vielen Stellen war die Straße aufgebrochen oder sogar komplett weggespült. Jedes Mal, wenn sie im Schritttempo an einem Abgrund vorbeifuhren, schloss Giovanna die Augen.

»Das gefällt mir nicht«, sagte sie.

»Wird schon gutgehen«, meinte Paul.

Wenig später blieb der Wagen in einem Schlammloch stecken. Als alle Rangierversuche gescheitert waren, stieg der Fahrer fluchend aus der Kabine und verteilte Schaufeln. Nach einer Stunde hatten sie den Wagen mit vereinten Kräften ausgegraben und konnten die Fahrt fortsetzen. Erstaunlicherweise zeigte sich keiner der Passagiere über den Zwischenfall verärgert, nur der Fahrer war unglücklich über die Verzögerung und versuchte die verlorene Zeit durch ein höheres Tempo wettzumachen. Giovanna bekam Angst, als der Wagen wild über die nasse Piste schlingerte.

»Warum rast der Idiot so?«, fragte sie.

»Keine Sorge. Er fährt die Strecke jeden Tag und wird wissen, was er tut.«

Er wusste es nicht. Hinter der nächsten Kurve lag mitten auf der Straße ein mannshoher Felsbrocken. Der Fahrer stieg mit voller Kraft auf das Bremspedal, aber die Reifen fassten nicht. Giovanna schrie auf, als der Wagen auf den Felsen zurutschte. Erst im letzten Moment gelang es dem Fahrer auszuweichen, und sie verfehlten den Stein um wenige Zentimeter. Als Paul gerade aufatmen wollte, brach die Kante der Straße unter dem Gewicht des Lastwagens weg; eine Sekunde lang schwebten sie wie schwerelos in der Luft, dann kippten sie den Abhang hinunter. Die Passagiere auf der Ladefläche stürzten übereinander und schrien in Panik, als der Wagen auf die Seite fiel und mit einem grässlichen Knirschen gegen einen Baum krachte.

Bis auf das Zischen des geborstenen Kühlers war es gespenstisch still, dann begann das Stöhnen der Verletzten. Paul lag auf einem alten Ehepaar und hatte Schmerzen im ganzen Körper. Der Mann unter ihm rührte sich nicht. Paul versuchte sich aufzurichten, was aber schwierig war, weil sich alle gleichzeitig aus der Masse der übereinandergeworfenen Leiber befreien wollten. Als es ihm endlich gelang, schaute er sich nach Giovanna um, die nirgends zu entdecken war. Etwas hinderte ihn daran, klar zu sehen: Blut, das aus einer Platzwunde über seiner rechten Braue sickerte, lief ihm ins Auge. Er kletterte von dem umgestürzten Wagen. Nicht weit entfernt lag Giovanna mit dem Gesicht nach unten auf dem schlammigen Boden. Sie war beim Absturz von der Ladefläche geschleudert worden. Paul wischte sich mit dem Unterarm über das blutige Gesicht. Nicht noch einmal, dachte er verzweifelt, nicht noch einmal. Als er sie erreicht hatte, versagten ihm die Beine, und er fiel neben ihr auf die Knie. Sie rührte sich nicht, als er sie auf den Rücken drehte.

»Wach auf, Giovanna«, flüsterte er. »Bitte wach auf!«

7
Männer und Frauen

Der junge Indonesier mit der Sonnenbrille ging nur vom Gas, um den Mädchen am Straßenrand hinterherzupfeifen, ansonsten raste er mit seinem verbeulten Taxi wie ein Irrsinniger durch die Dörfer Balis. Jedes Schlagloch erinnerte Paul schmerzhaft an die bei dem Unfall davongetragenen Blessuren, doch trotz seiner schlechten Erfahrungen auf Lembata verzichtete er darauf, den Fahrer um eine vorsichtigere Fahrweise zu bitten. Fatalistisch sagte er sich, dass ein zweiter Unfall in so kurzer Zeit unwahrscheinlich war.

Der Fahrer stoppte den Wagen, um eine Prozession feierlich gekleideter Menschen auf ihrem Weg zum Tempel über die Straße zu lassen. Sobald der Weg wieder frei war, fuhren sie weiter. Paul sah aus dem Fenster und dachte an die Zeit mit Giovanna in Burma. Sie war Giulia so ähnlich, dass sie ihn zurück in die Vergangenheit geleiten konnte, in eine Zeit, als er selbst jung, voller Hoffnung und vor allem frei von Schuld war. Mit jedem Tag in Burma fand er mehr von Giulia in ihr wieder, und indem er in Giovannas Arme floh, ließ er alle Verantwortung für sein Leben zurück.

Xue Lian hatte es begriffen und ihre Konsequenzen gezogen. Sie hatte ihm vor Augen geführt, dass er grundlegende Entscheidungen treffen musste, nicht nur zwischen ihr und Giovanna, sondern auch zwischen ihren Kulturen, zwischen Asien und Europa. Zwischen Zukunft und Vergangenheit.

Er hatte sich entschieden: für Xue Lian, für Asien und für die Zukunft. Er hatte sich von Giulia losgesagt und Giovannas Liebe zurückgewiesen. Dann war der Wagen von der Straße gestürzt, und Giovanna hatte regungslos im Dreck gelegen. Zwanzig Jahre nach Giulias Tod hatte er auf makabere Weise alles noch einmal erleben müssen. Wer hatte gesagt, dass Geschichte sich nicht wiederholt, es sei denn als Farce? Paul hatte es vergessen.

Jemand saß auf der Veranda, als er über den Pfad durch die Reisfelder humpelte. Die tiefstehende Sonne blendete ihn, und er erkannte Luca erst, als er das Haus fast erreicht hatte. Mühsam stieg Paul die Treppe hinauf und blieb vor seinem Freund stehen.

»Wie bist du denn nach Bali gekommen?«

»Wie immer. Mit dem Cinquecento bis Kalkutta, und den Rest bin ich geschwommen. Was ist mit dir passiert? Du siehst schrecklich aus. Ich meine: noch schlimmer als sonst.«

»Wir hatten einen ziemlich schweren Unfall. Drei Tote und viele Verletzte.«

Paul ließ sich ächzend auf dem Boden nieder. Sein ganzer Körper war übersät mit zahllosen Prellungen und Blutergüssen, um den Kopf trug er eine Bandage, und auch sein linker Unterarm war verbunden.

»Tut es sehr weh?«

»Es wird besser. Ist bereits vier Tage her.«

»Wo ist Giovanna? War sie auch dabei?«

»Ja. Sie liegt in Denpasar im Krankenhaus, mit einer Gehirnerschütterung und einer Platzwunde am Hinterkopf. Die Ärzte wollen vorsichtshalber noch einige Untersuchungen machen. Vermutlich wird sie morgen entlassen.«

Luca ging ins Haus und holte zwei Flaschen Bintang aus dem Kühlschrank. Dann setzte er sich auf den Boden, und Paul erzählte ihm von dem Unfall.

»Es hätte auch schiefgehen können. Als ich Giovanna gefunden habe, war sie besinnungslos. Zuerst dachte ich, sie wäre tot, aber der Wal scheint ihr tatsächlich Glück zu bringen.«

»Welcher Wal?«

»Vergiss es. *Salute*.«

Er stieß mit seinem Freund an und trank.

»Warum bist du hier?«, fragte er dann.

»Weil du mal wieder meine Hilfe brauchst. Da ich bis zur Hochzeit noch ein paar Tage freihatte, bin ich nach Penang geflogen.«

»Du warst bei Julie?«, fragte Paul überrascht. »Wie geht es ihr? Was hat sie gesagt?«

Luca erzählte ihm ausführlich von der Woche, die er mit Xue Lian in Penang verbracht hatte. Er verschwieg nicht, wie gut sie sich verstanden hatten.

»Was denkst du? Habe ich noch eine Chance bei ihr?«, fragte Paul beklommen, als sein Freund geendet hatte.

»Schwer zu sagen. Vieles hängt davon ab, was in deiner schwarzen Seele vorgeht.«

»Ich habe mich in Lamalera von ihr getrennt. Endgültig. Es ist mir nicht leichtgefallen, aber es war lange überfällig.«

»Wie hat sie reagiert?«

»Wie soll sie reagiert haben?«, fragte Paul verdutzt.

»Na ja, es war doch sicher nicht erfreulich für Giovanna?«

»Nicht Giovanna. Ich spreche von Giulia.«

Luca sah ihn misstrauisch an. Er hatte zu lange auf eine Aussage wie diese gewartet, um sie ohne Skepsis hinzunehmen.

»Du bist sie los?«

»Ich denke schon. Nein, ich bin mir sicher.«

»Und was ist mit Giovanna?«

»Sie hatte gehofft, dass es eine Zukunft für sie und mich geben könnte«, sagte Paul. »Giovanna bedeutet mir viel, und es war nicht leicht, sie abzuweisen. Aber sie ist jung, sie wird schneller darüber hinwegkommen, als sie jetzt denkt.«

»Das sagt der Richtige«, meinte Luca trocken.

»Sie ist mit anderen Dingen beschäftigt. Ich habe dir übrigens etwas sehr Interessantes zu erzählen.«

Die Ungläubigkeit stand Luca ins Gesicht geschrieben, als Paul ihm die Wahrheit über Giulia und Giovanna offenbarte.

»Ist es denn zu fassen?«, murmelte Luca. »Unsere kleine Giulia hatte eine Tochter. Pausenlos predigte sie Ehrlichkeit, und dabei trug sie die ganze Zeit dieses Geheimnis mit sich herum.«

»Ich bin mehr als enttäuscht, dass ihr der Mut gefehlt hat, mir von Giovanna zu erzählen. Obwohl uns so vieles verband, besaß sie nicht genug Vertrauen zu mir. Wie konnte sie mir etwas so Wichtiges jahrelang verschweigen? Zwischen Julie und mir wäre so etwas undenkbar gewesen.«

Die Nacht war still und voller Sterne. Luca räkelte sich auf den Kissen und ließ sich von Paul das Kreuz des Südens zeigen. Das Leben war schön.

»Ich kann nachvollziehen, warum du hier lebst«, sagte er.

»Ich frage mich, ob ich jemals hier gelebt habe.«

»Hm?«

»Obwohl ich mich perfekt angepasst habe, bin ich ein Fremdkörper geblieben. Asien war mehr bunte Kulisse für mein Leben als eine echte Heimat. Das möchte ich ändern. Ich will endlich in Asien ankommen, ein Teil davon werden. Der einzige Weg dahin führt über Penang.«

»Versuch dein Glück.«

»Ich habe eine ungeheure Angst vor dem Wiedersehen. Andauernd muss ich an Harry denken, einen engen Freund von Julie, der sie sehr gekränkt hat. Sie hat ihm nie vergeben. Sie konnte es einfach nicht«, sagte Paul und sah seinen Freund hilfesuchend an. »Würdest du mit mir nach Penang kommen?«

Luca beobachtete einen kleinen Gecko an der Hauswand. Dann sah er resigniert zu Paul hinüber.

»Da ich mit meinem Leben nichts Besseres anzufangen weiß – warum nicht?«

»Danke. Ich frage mich, womit ich so einen Freund verdient habe.«

»Das fragen sich andere auch. Aber da fällt mir noch etwas ein. Diese Sache, um die du mich gebeten hattest.«

»Hast du etwas herausgefunden?«

»Ja, das habe ich.«

* * *

Die balinesischen Kofferträger steckten ihre Köpfe zusammen und kicherten hinter vorgehaltener Hand, als sie die beiden Ausländer vor der Abflughalle des Flughafens in Denpasar beobachteten. Beide, ein Mann und eine Frau, trugen Sarongs wie die Einheimischen und identische Kopfverbände.

»Jetzt stehen wir wieder an einem Flughafen und verabschieden uns«, sagte Giovanna. »Genau wie vor sechs Wochen in Penang. Nur ist meine Welt in der Zwischenzeit eine andere geworden.«

»Meine auch.«

Paul streckte die Hand aus und berührte den Anhänger. An Giovannas Hals sah der kleine Wal ganz anders aus.

»War es das wert?«, fragte er. »Deine Hoffnungen haben sich nicht erfüllt, und du hättest fast dein Leben verloren. Wärst du nicht lieber zu Hause geblieben?«

Giovanna schüttelte den Kopf.

»Ich lebe noch, und ich habe meine Mutter gefunden. Also war es richtig, nach Indonesien zu kommen. Lamalera wird mein Leben verändern, mehr noch als Burma. Sogar mehr als du.«

»Was wirst du jetzt tun?«

Sie dachte kurz nach, bevor sie antwortete.

»Ich werde mein Leben neu organisieren und mich endlich

auf eigene Beine stellen. Mach dir keine Sorgen um mich, ich komme klar.«

»Ich weiß. Du bist so.«

Er strich ihr über die Wange.

»Warte bitte, ich habe ein Geschenk für dich.«

Er ließ sie stehen und ging zu Luca, der in einiger Entfernung auf dem Gepäck saß, sein kreischend buntes Hemd von Schweiß durchtränkt. Paul scheuchte ihn hoch, damit er an ein flaches Paket herankam, das an seinem Rucksack lehnte.

»Schon wieder ein Geschenk zum Abschied? Was ist es?«, fragte sie, als Paul ihr das Paket in die Hand drückte.

»Etwas sehr Persönliches. Mach es erst in Venedig auf, oder im Flugzeug, falls du zu neugierig bist.«

Sie legte es vorsichtig auf ihren Rucksack und wandte sich wieder Paul zu.

»Es ist Zeit zu gehen«, sagte sie. »Denk daran, mich zu besuchen, wenn du in Europa bist. Ich würde mich freuen.«

»Das könnte sehr bald der Fall sein. In ein paar Wochen fliege ich zu Lucas Hochzeit nach Rom.«

»Umso besser. Dann sehen wir uns bald in Venedig. Versprochen?«

»Versprochen.«

»Bring Julie mit, ich würde sie gern wiedersehen. Ich möchte wirklich, dass ihr zusammen glücklich werdet.«

»Ich werde mein Bestes tun.«

»Paolo?«

»Ja?«

»Vielen Dank dafür, dass du mir meine Mutter zurückgegeben hast. Ohne dich und meine Reise nach Asien hätte ich niemals die Wahrheit erfahren.«

Mit diesen Worten drehte sie sich um und ging. Paul wartete, bis sie an der Passkontrolle den Ausreisestempel bekommen hatte und auf einer Rolltreppe in den ersten Stock fuhr, dann war sie verschwunden.

Kurz vor dem Abflug nach Kuala Lumpur rief Paul in Penang an und hatte Glück: Joe war ausnahmsweise zu Haus und nicht auf einer weit entfernten Bohrinsel. Seit Paul aus Malaysia fortgegangen war, hatten sie nicht miteinander gesprochen.

»Wo bist du?«, fragte Joe.

»Auf Bali, aber ich komme noch heute mit Luca nach Penang. Am Abend sind wir dort. Hast du Zeit?«

»Ja.«

»Was hältst du davon, wenn wir allein weggehen, ohne Soo San?«

»Ein Männerabend? Geht in Ordnung.«

»Dann bis später.«

»Bis später.«

* * *

Joe wartete bereits auf sie, als Paul und Luca in die Ankunftshalle des kleinen Penanger Flughafens kamen. Obwohl es draußen längst dunkel war, hatte er eine Sonnenbrille auf. In Shorts und einem seiner üblichen T-Shirts war ihm beim besten Willen nicht anzusehen, dass er mehr Geld verdiente als der Premierminister seines Landes. Ohne ein Wort zu sagen, trat er auf Paul zu und umarmte ihn fest.

»Es tut gut, dich zu sehen«, sagte Paul. »Ich habe euch sehr vermisst.«

»Schön, dass du wieder da bist«, antwortete Joe, dann wandte er sich Luca zu, schreckte aber zurück und wies mit angewidertem Gesicht auf dessen Hemd.

»Meine Fresse«, ächzte er. »Wo hast du denn diesen furchtbaren Lappen her? Da schmerzen mir die Augen.«

»Furchtbarer Lappen? Ihr Malaysier seid doch alle Ignoranten«, grummelte Luca. »Schau lieber mal in den Spiegel. Du siehst aus, als wärst du einem Slum in Kalkutta entsprungen.«

»Und wenn schon. Ich habe indische Vorfahren, es steht mir zu.«

»Könnten wir jetzt bitte ins Hotel fahren?«, drängelte Paul. »Ich brauche eine Dusche, und bei der Gelegenheit kann Luca auch sein Hemd wechseln.«

»Fall mir ruhig in den Rücken, du Judas.«

»Welches Hotel?«, fragte Joe.

»Das Cathay, wie immer.«

Paul und Luca warfen das Gepäck in den Geländewagen, und eine halbe Stunde später hielten sie vor dem Cathay. Joe schloss den Wagen ab.

»Ich gehe jetzt zu Hameed und esse eine Suppe«, erklärte er. »Wir treffen uns im Soho.«

»Bis nachher«, rief Paul und sah seinem Freund nach, der gemächlich in Richtung Penang Road davonschlenderte. In seinem Beruf war Joe es gewohnt, unter hohem Druck zu arbeiten, aber in seiner Freizeit hielt er wenig von unnötiger Hektik.

Als sie ins Soho kamen, saß Joe in Gesellschaft einer jungen Frau und eines fast leeren Krugs Bier an einem Tisch. Obwohl das Mädchen den Arm um ihn gelegt hatte, zeigte Joe sich nicht sonderlich interessiert. Paul kannte die Frau vom Sehen und wusste, dass sie eine der Professionellen war, die das Soho als Jagdrevier nutzten. Er wusste auch, dass sie sich an Joe die Zähne ausbeißen würde.

Sobald sie auf den Tisch zukamen, nahm die Frau ihre Handtasche und verabschiedete sich. Nachdem sie die bemerkenswert schöne Chinesin gesehen hatte, mit der er häufig ins Soho kam, hatte sie den hageren Mat Salleh von der Liste ihrer potentiellen Kunden gestrichen. Da der Inder sich ebenfalls als harte Nuss erwiesen hatte, war jede weitere Mühe reine Zeitverschwendung. Vielleicht der dritte, dachte sie, wenn er genug getrunken hat. Er sah ohnehin am besten aus, und die Nacht war noch lang.

»Haben wir deine Freundin vertrieben?«, fragte Luca scheinheilig. »Ich nehme an, dass Pauls Anblick zu viel für sie war. Verständlicherweise.«

»Wie siehst du denn aus? Hast du dich geprügelt?«

Joe waren Pauls Blessuren bisher nicht aufgefallen. Auf dem Flughafen hatte er sie mit einem langärmeligen Hemd und einem tief ins Gesicht gezogenen Kopftuch verdeckt.

»Autounfall«, sagte Paul knapp.

»Können wir uns jetzt den wichtigen Fragen des Lebens zuwenden?«, unterbrach Luca sie. »Was sollen wir trinken? Bier oder etwas Härteres?«

»Ich bin für Bier«, sagte Paul.

»Viel Bier«, ergänzte Joe. »Wenn wir schon ohne Frauen unterwegs sind.«

Luca fing einen der Angestellten ab und bestellte einen Krug Bier. Als er gehen wollte, hielt Luca ihn zurück und erhöhte auf zwei Krüge. Offenbar befürchtete er, dass der regelmäßige Nachschub bei dem herrschenden Gedränge gefährdet sein könnte.

»Weiß Julie, dass du in Penang bist?«, fragte Joe.

»Noch nicht. Ich werde mich morgen bei ihr melden«, sagte Paul und zog eine Grimasse. »Was soll ich tun, wenn sie nicht mit mir reden will?«

»Julie ist stur wie ein Wasserbüffel, aber sie ist nicht dumm. Zeig ihr, dass du es ernst meinst, dann wird alles gut werden.«

»Deinen Optimismus hätte ich gern.«

Ein junger Mann kam mit dem Bier und wollte ihnen einschenken, doch Luca wehrte ab und übernahm die Aufgabe selbst. Dabei hielt er die Gläser absichtlich schräg, damit keine Schaumkrone entstand. Paul hasste Bier ohne Krone, und Luca war enttäuscht, als sein Freund das ihm angebotene Glas nahm, ohne sich zu beschweren.

»Ich bin so glücklich, dass meine besten Freunde heute Abend bei mir sind. Was würde ich ohne euch machen?«

»Du würdest allein trinken«, meinte Joe trocken.

Er neigte nicht zur Rührseligkeit und hielt die Dinge gern einfach. Sie leerten die Gläser in einem Zug, und Luca füllte sofort nach. Ohne Schaum.

»An das hiesige Bier könnte ich mich gewöhnen«, stellte Luca fest. »Ebenso wie an die hiesigen Frauen.«

»Finger weg«, ermahnte Paul ihn augenzwinkernd. »In wenigen Wochen heiratest du.«

»Jetzt wird es albern: Ausgerechnet Paolo spielt den Moralapostel. Zur Strafe zahlst du die nächste Runde.«

»Und wir sehen uns in der Zwischenzeit nach hübschen Mädchen um«, fügte Joe hinzu.

Sie brauchten nicht weit zu schauen. Am Nebentisch saß eine Gruppe Chinesinnen, von denen zwei oder drei recht attraktiv waren. Eine von ihnen hatte einen langen, dicken Zopf, der Paul an Xue Lian erinnerte. Er schätzte sie auf zweiundzwanzig. Sie war hübsch und wirkte sympathisch, aber er hatte nicht das geringste Bedürfnis, sie näher kennenzulernen. Er wollte Xue Lian und keine andere Frau.

»Wisst ihr, was ich an Julie besonders schätze?«

Joe grinste anzüglich. »Ich kann es mir denken.«

»Neben vielen anderen Dingen finde ich es großartig, dass ich als Mensch für sie wichtig bin, nicht als berühmter Maler, exotischer Ausländer oder sonst irgendein Klischee.«

»Deine Ernsthaftigkeit heute Abend ist entsetzlich«, stöhnte Luca. »Warum hältst du nicht die Klappe und trinkst dein Bier, du berühmte exotische Nervensäge?«

»Deshalb sind wir schließlich hier«, ergänzte Joe.

Morgens um halb drei, kurz bevor das Licht anging und die letzten Gäste hinauskomplimentiert wurden, nahm das Mädchen mit dem langen Zopf ihren Mut zusammen und setzte sich zu Paul.

»Unternehmen wir noch etwas zusammen?«, flüsterte sie in sein Ohr.

Zwei Stunden zuvor hatte er sich lange mit ihr unterhalten.

Sie war so nett, wie sie aussah, dennoch hatte er ihr mit keinem Wort und keiner Geste Hoffnung auf ein Abenteuer gemacht.

»Das geht nicht. Ich bin schon vergeben«, antwortete er leise, aber nicht leise genug.

»Das will ich dir auch geraten haben«, zischte Joe von der Seite. »Sonst breche ich dir doch noch das Genick.«

»Dann gehe ich jetzt besser«, sagte das Mädchen und stand auf. »Gute Nacht.«

»Die wünsche ich dir auch«, sagte Paul.

Luca wartete, bis das Mädchen außer Hörweite war, dann schlug er mit der flachen Hand so heftig auf den Tisch, dass sein Bier überschwappte.

»Dass ich das auf meine alten Tage noch erleben darf«, kreischte er betrunken: »Paolo weist eine hübsche Frau zurück. Eine Weltpremiere.«

»Ich liebe Julie«, sagte Paul. »Ich liebe sie mehr, als ich Giulia jemals geliebt habe.«

»Dann solltest du das Julie erzählen. Benimm dich einmal im Leben wie ein Mann und wirf dich vor ihr auf den Boden. Erniedrige dich und bitte sie um Verzeihung«, forderte Luca mit schwerer Zunge. »Das ist wahre Stärke.«

»Genau das werde ich tun.«

Xue Lian erschrak, als er in die Galerie kam. Sie war nicht auf Paul vorbereitet, und er sah fürchterlich aus: erschöpft und müde. Von seiner rechten Augenbraue bis zur Mitte der Stirn verlief eine ungeschickt vernähte Wunde. Eine noch längere Narbe zog sich an seinem linken Unterarm entlang.

»*Tian na*! Wie siehst du denn aus?«, rief sie und lief auf ihn zu. Paul kam es vor, als öffnete sich der Himmel für ihn, als sie ihn in ihre Arme schloss. In ihren besorgten Augen glänzte es. Kamen ihr etwa die Tränen? Beinahe hätte er selbst losgeheult.

»Ich habe mit Joe gesoffen«, erklärte er. »Das hat mich ziemlich mitgenommen.«

»Das meine ich nicht. Woher stammen die Narben?«

Sie strich mit dem Zeigefinger über seine Stirn. Die Ränder der Wunde erhoben sich zu hässlichen kleinen Wülsten.

»Wir sind mit einem Lastwagen von der Straße abgekommen und ein paar Meter einen Abhang hinuntergestürzt. Ich hatte noch Glück.«

»Setz dich doch. Möchtest du einen Tee?«

»Sehr gern.«

Xue Lian brauchte ungewöhnlich lange, um den Tee zu machen. Er vermutete, dass sie die Zeit nutzte, um sich zu sammeln, und tatsächlich war ihr Verhalten distanzierter, als sie zurückkam und sich zu ihm setzte.

»Was machst du in Penang?«

»Ich möchte dich um Verzeihung bitten.«

Sie sah ihn lange an, als könnte sie in seinem Gesicht die Antwort auf ihre Fragen finden.

»Hat sich etwas geändert? Oder willst du bloß zu dem zurück, was vorher zwischen uns war?«

»Alles hat sich geändert.«

»Das ist verdächtig viel in so kurzer Zeit.«

»Es ist auch viel geschehen. Ich bin nach Lamalera gefahren. Dort habe ich mich noch einmal von Giulia verabschiedet. Diesmal endgültig.«

Xue Lian stand auf und machte einige ziellose Schritte in den Raum hinein.

»Was erwartest du von mir? Dass ich dich bitte, wieder bei mir einzuziehen?«

»Nein. Ich möchte nur, dass du mir eine Chance gibst. Ich kann warten.«

»Gut. Das wirst du auch müssen.«

Er trank seinen Tee aus und stellte die Tasse auf dem Tisch ab. Draußen fuhr ein Auto mit defektem Auspuff vorbei. Das laute Knattern verebbte, als der Wagen sich entfernte, und es war nur noch das Surren der Klimaanlage zu hören.

»Darf ich dich morgen besuchen kommen? Zu deinem Geburtstag?«

»Sicher. Komm am Nachmittag vorbei. Soo San und Joe werden auch da sein.«

»Kann ich jemanden mitbringen?«

»Wen? Giovanna?«

Er schüttelte den Kopf. »Giovanna ist in Italien, und dort wird sie auch bleiben. Ich hatte an Luca gedacht.«

»Luca? Das ist natürlich etwas anderes. Bringst du ihn als Verstärkung mit?«

»So kann man es ausdrücken. Ich hatte ziemliche Angst vor unserem Wiedersehen. Davor, dass du mich einfach wegschicken könntest.«

»Ich muss dich auch wegschicken, weil ich viel zu tun habe. Dafür können wir uns heute Abend sehen. Oder hast du etwas anderes vor?«, fragte sie.

»Nein.«

»Dann lass uns in meinen Geburtstag hineinfeiern. Um zehn Uhr im Leith Street Café, aber versprich dir nicht zu viel davon. Einverstanden?«

»Einverstanden.«

Paul saß auf einem Barhocker und trommelte nervös mit den Fingern auf die Tischkante. Zum Abendessen war er mit Luca in ein japanisches Restaurant in Pulau Tikus gegangen, und jetzt wartete sein Freund im Cathay darauf, dass Joe und Soo San ihn abholten, um mit ihm auszugehen. Paul war froh, dass die drei sich gut verstanden.

Xue Lian betrat die Bar, so aufreizend zurechtgemacht, dass es für den Ausgang des Abends nur zwei Möglichkeiten gab: Entweder wollte sie ihn verführen oder ihm eine Lektion erteilen. Ihr ärmelloses Top war hochgeschlossen, aber hauteng, der Rock noch kürzer, als er es von ihr gewohnt war. Als sie auf ihren hochhackigen Schuhen auf ihn zukam, fiel ihm auf, dass Xue Lian sich sogar die Fußnägel lackiert hatte, was sie nur selten tat. Ihr Gesicht war sorgfältig geschminkt und wirkte durch den knallroten Lippenstift noch blasser als gewöhnlich. Sie blieb vor ihm stehen und sah ihn erwartungsvoll an.

»Und?«

»Du raubst mir die Sinne.«

»Das war meine Absicht.«

Sie badete einen Moment in seiner Bewunderung, bevor sie sich zu ihm an den Tisch setzte. Im Bewusstsein, das Paul sie genau beobachtete, schlug sie provozierend langsam die Beine übereinander. Dann legte sie den Kopf in den Nacken und strich die offenen Haare mit beiden Händen über die Schultern zurück.

»Ich möchte dich um etwas bitten, Paul.«

»Was immer du willst.«

»Wir können uns heute Abend über alles unterhalten, aber bitte nicht über uns. Keine Vergangenheit, keine Zukunft. Lass uns so tun, als hätten wir uns gerade kennengelernt. Ich möchte einfach einen schönen Abend mit dir verbringen.«

»Einverstanden. Tanzen Sie mit mir, schöne Frau?«

Er nahm ihre Hand und führte sie auf die Tanzfläche. Ihre katzenhafte Anschmiegsamkeit berauschte ihn. Zu seinem Erstaunen duftete sie nicht nach Frangipani.

»Kann es sein, dass du etwas zugenommen hast?«, wollte er wissen, als seine Hände über ihren Körper glitten.

Sie warf ihm einen schnellen forschenden Blick zu, entspannte sich aber wieder, als sie Pauls arglosen Gesichtsausdruck sah. Noch ahnte er nichts, und dabei sollte es vorerst auch bleiben. Er würde noch früh genug von ihrer Schwangerschaft erfahren.

»Ich war nicht allzu glücklich in letzter Zeit. Wahrscheinlich habe ich zu viel gegessen. Davon abgesehen warst du auch schon charmanter.«

»Woher willst du das wissen, wenn du mich doch gerade erst kennengelernt hast?«

Statt eine Antwort zu geben, biss sie ihn leicht in den Hals.

Er war glücklich. Sie tanzten und plauderten, als hätte es nie Unstimmigkeiten zwischen ihnen gegeben, Xue Lian gab sich amüsant und liebenswert, und er begehrte sie sehr. Die Band spielte ein langsames Stück, und seine Hände tasteten über ihren vertrauten Körper. Die Haut ihrer nackten Arme war unvergleichlich weich.

»Du fühlst dich wunderbar an.«

»Warum küsst du mich dann nicht? Muss ich dich jedes Mal darum bitten?«

Paul hatte begriffen, dass sie nicht mit ihm spielen wollte. Er gab ihr einen langen zärtlichen Kuss.

»Die Nacht ist kurz. Wenn du mich willst, sollten wir jetzt gehen«, sagte sie.

Draußen vor der Tür blieben sie stehen, und Xue Lian sah zum Himmel. Es hatte angefangen zu regnen. Paul fuhr ihr mit der Hand durch das Haar.

»Ich wohne gleich nebenan im Cathay. Wollen wir dorthin gehen oder möchtest du zu dir fahren?«

»Weder noch. Lass uns ins Bayview gehen, das ist neutraler Boden. Das Zimmer bezahle ich«, antwortete sie.

Xue Lian lag mit dem Kopf auf seiner Brust wie ein unschuldiges Mädchen, dabei hatte ihre hemmungslose Sinnlichkeit ihn kurz zuvor fast um den Verstand gebracht. Er konnte sich kaum erinnern, wie schüchtern und unsicher sie einmal gewesen war. Eine Haarsträhne verdeckte ihr rechtes Auge. Paul strich sie beiseite, und Xue Lian gab ihm einen Kuss auf die Stirn.

»Ich werde mich jetzt anziehen und nach Hause fahren. Es war berauschend wie immer – ein Geschenk zu meinem Dreißigsten, das ich mir selbst gemacht habe. Aber mehr hat es nicht zu bedeuten. Verstehst du, was ich meine?«

Als Paul nickte, stand sie auf und sammelte ihre im Zimmer verstreuten Sachen ein. Kopfschüttelnd begutachtete sie ihr zerrissenes Oberteil. Da sie nichts anderes dabeihatte, zog sie es über und belachte ihren Anblick im Spiegel.

»Ich sehe ziemlich verlottert aus.«

»Mir gefällt es.«

»Deine Komplimente waren schon immer etwas zweifelhaft. Sag mal, wo hast du eigentlich deinen Anhänger gelassen?«

»Ich werde ihn nie wieder tragen. Das ist mein Geschenk für dich«, sagte er und warf einen Blick auf den Wecker neben dem Bett. »Herzlichen Glückwunsch übrigens.«

»Danke.«

Xue Lian versuchte, Ordnung in ihre Haare zu bringen. Ein erneuter Blick in den Spiegel überzeugte sie, dass es zwecklos war. Sie seufzte und nahm ihre Handtasche.

»Wir sehen uns heute Nachmittag. Vielen Dank für den schönen Abend.«

Damit schloss sie die Zimmertür und war verschwunden. Paul ließ seinen Kopf auf das Kissen sinken.

»Ich liebe dich, Lin Xue Lian«, sagte er in Richtung der Tür.

Es wurde dunkel, und die ersten Moskitos kamen. Sie saßen an einem Tisch unter dem Frangipanibaum, und Shannon sprang kreischend um die kleine zu Xue Lians Geburtstag versammelte Gesellschaft herum.

»Du siehst besser aus als zuletzt. Viel entspannter. Was hast du letzte Nacht getrieben?«, fragte Soo San ihre Freundin und schielte aus dem Augenwinkel zu Paul hinüber, der sein Gespräch mit Joe unterbrach, um zuzuhören. Sie wusste also Bescheid.

»Du hast mir doch geraten, einen Mann für eine Nacht zu suchen«, antwortete Xue Lian leichthin. »Genau das habe ich getan.«

»Wie erfreulich, dass du manchmal doch auf mich hörst. Und, hat der Kerl es gebracht? War er gut?«, fragte sie scheinheilig.

»Allerdings. Ich hatte Glück und habe einen spektakulären Liebhaber erwischt.«

»Wollen wir nicht über etwas anderes reden?«, mischte Joe sich ein. »Ich hasse es, wenn die Bettqualitäten anderer Männer gepriesen werden.«

»Dem kann ich nur zustimmen«, sagte Luca.

»Da zeigen sich eure Minderwertigkeitsgefühle«, stellte Soo San fest.

»Völlig falsch. Als Italiener bin ich moralisch verpflichtet, mich für einen überragenden Liebhaber zu halten. Da darf es keinen Platz für Selbstzweifel geben.«

»Geht das schon wieder los?«, seufzte Xue Lian. »Bevor ich mir diesen Unsinn anhöre, hole ich lieber das Essen.«

»Ich helfe dir.«

Paul stand auf und folgte ihr ins Haus. Xue Lian hatte einen kleinen Imbiss vorbereitet und stellte die Schüsseln mit dem Essen auf einem Tablett zurecht, während er das Geschirr und Besteck aus dem Schrank nahm.

»Es ist schön, wieder hier zu sein. Wo du bist, ist mein Zuhause.«

Xue Lian sagte nichts, sondern wischte sich lediglich die Hände an ihrer Hose ab und sah ihn an.

»Es war ein großer Fehler, mich an Giulia zu klammern«, fuhr Paul fort. »Sie selbst hätte als Erste gewollt, dass ich weiterlebe und glücklich werde.«

Er stellte das Geschirr auf dem Tisch ab und nahm Xue Lians Hände.

»Giulia hat das Leben geliebt und hätte mich für mein selbstzerstörerisches Verhalten verachtet. An ihrem letzten Tag hat sie sich entschlossen, zurück nach Italien zu gehen, um sich ihrer Verantwortung zu stellen. Das Gleiche hätte sie von mir in Bezug auf dich gefordert, und ich hätte es längst tun sollen. Du bedeutest mir mehr, als Giulia mir jemals bedeutet hat.«

»Wie gern würde ich dir glauben.«

Xue Lian sah ihm direkt in die Augen. Dann legte sie ihre Arme um Paul und hielt ihn fest. Durch das offene Fenster hörten sie Joes und Lucas Stimmen im Garten.

»Du hast mir einmal von der heilenden Kraft des Schneelotus erzählt«, sagte Paul. »Mein Leben war vergiftet. Der Heilungsprozess war langwierig und schmerzhaft, aber am Ende hat der Schneelotus das Gift aus meiner Seele vertrieben. Komm mit mir nach Italien, damit ich dich davon überzeugen kann.«

»Ich werde auf jeden Fall zu Lucas Hochzeit nach Rom fahren, unabhängig davon, was du machst«, antwortete sie. »Aber was hat Italien mit uns zu tun?«, fragte sie.

»Lass uns einen Abstecher nach Venedig machen. Dort kann ich dir beweisen, dass es mir nur noch um dich und unsere gemeinsame Zukunft geht.«

»In Venedig? Was hast du vor?«

»Vertrau mir noch dieses eine Mal, und du wirst es sehen. Gib mir bitte eine Chance.«

Bevor sie antworten konnte, stand Shannon in der Tür und fragte in ihrer hohen Kinderstimme, ob sie beim Aufdecken helfen dürfe. Xue Lian nahm die Kleine auf den Arm und küsste sie auf beide Wangen.

»Warum weinst du, Tante Julie?«

Nach dem Essen hielt Paul Shannon im Arm, die auf seinem Schoß eingeschlafen war. Luca hatte seine Ellenbogen auf den Tisch gestützt und sah Joe an. Ein Moskito umflatterte sein Gesicht, aber der Italiener ignorierte es. Nach fast drei Wochen in den Tropen machte ein Stich mehr oder weniger keinen Unterschied.

»Warum setzt ihr euch nicht in den Flieger und kommt zu unserer Hochzeit?«, fragte er. »Ich würde mich sehr darüber freuen.«

»Weil ich kein nichtsnutziger Künstler bin, der alle Zeit der

Welt hat«, zog Joe ihn auf. »Ich muss für mein Geld arbeiten, und das geht übermorgen wieder los.«

»Dann kann Soo San doch wenigstens kommen.«

»Das geht nicht. Ich kann Shannon nicht allein lassen, und außerdem ziehen wir bald in die neue Wohnung um«, erklärte sie. »Ihr werdet ohne mich feiern müssen.«

»Ich werde euch vermissen«, sagte Luca.

»Wann fliegst du zurück?«

»Schon morgen. Nach meiner langen Abwesenheit wird Monica langsam ungeduldig. Ich fände es angemessen, wenn Paolo sich aus Dankbarkeit für ihr Verständnis auf unserer Hochzeit eine Schürze umbindet und die Gläser putzt.«

»Sie hätte es verdient«, sagte Paul ernsthaft.

Shannon bewegte sich im Schlaf, und er hielt sie fest, damit sie nicht von seinen Beinen rutschte. Er sah zu Xue Lian hinüber, und plötzlich hatte er eine Vision, wie er sich seine Zukunft wünschte. Soo San schien seine Gedanken lesen zu können.

»Eines verspreche ich dir, Julie Lin: Wenn ihr nicht als Paar aus Italien zurückkommt, werde ich dir deinen Dickschädel gründlich waschen«, flüsterte sie ihrer Freundin zu.

8

Zurück in der Ewigen Stadt

Xue Lian lief auf Luca zu und fiel ihm in die Arme. Obwohl er erst vor zwei Wochen aus Penang abgeflogen war, hatte sie ihn vermisst. Luca ließ sie los, um Paul zu begrüßen, der schwer bepackt durch die Zollkontrolle kam. Er hatte nicht nur seinen Rucksack auf dem Rücken und Xue Lians Kosmetiktasche unter dem Arm, sondern zog auch noch ihren schweren Koffer hinter sich her.

»Warte, ich helfe dir«, sagte Luca.

Er drückte Paul zwei Küsschen auf die Wangen und nahm ihm die Schminktasche ab, dann hakte er sich bei Xue Lian ein und ging mit ihr voran in Richtung Parkdeck.

»*Stronzo*«, murmelte Paul und folgte ihnen schicksalsergeben.

Luca hatte sich großspurig vor seinem Mercedes aufgebaut und pries mit ausladender Gestik dessen Vorzüge. Xue Lian zeigte sich so beeindruckt, wie er es sich erhofft hatte.

»Ist er schnell?«, fragte sie.

»*Madonna mia*, was denkst du wohl? Wenn ich Gas gebe, zischt er ab wie eine Rakete.«

»Gib nicht so an, Luca«, sagte Paul, der inzwischen den Wagen erreicht hatte.

»Hör nicht auf ihn. Paolo ist ein Ignorant. Aus ihm spricht nur der Neid.«

Er entriegelte die Türen mit der Fernbedienung und sah amüsiert zu, wie Paul sich mühte, das Gepäck zu verstauen. Als es ihm endlich gelungen war, wies Luca ihm den Platz auf der Rückbank zu.

»Julie sitzt vorn«, entschied er. »Du weißt es ohnehin nicht zu würdigen.«

Bevor Luca losfuhr, spielte er seine Trumpfkarte aus: Er drückte auf einen Knopf, und das Dach öffnete sich automatisch. Paul verdrehte die Augen.

»Warum hast du das Verdeck nicht früher aufgemacht? Ich hätte weniger Schwierigkeiten gehabt, meinen Rucksack auf die Rückbank zu heben.«

»Du hast nicht darum gebeten«, sagte Luca und fuhr los.

Der Fahrtwind zerrte an Xue Lians Haaren und wehte sie Paul ins Gesicht. Sie setzte ihre Sonnenbrille auf und genoss jede Minute der Fahrt.

»Soll ich auf dem Gianicolo stoppen?«, fragte Luca, als sie näher an die Altstadt kamen.

»Nein, ich möchte, dass Julie die Stadt zum ersten Mal vom Giardino aus sieht.«

»Willst du etwa, dass sie Rom durch Giulias Augen sieht?«, fragte Luca argwöhnisch und bewusst auf Italienisch, damit Xue Lian ihn nicht verstand.

»Ich will, dass Julie die Stadt von ihrer schönsten Seite sieht«, antwortete Paul auf Englisch.

Obwohl Luca ihm den Rucksack abgenommen hatte und Xue Lian ihre Kosmetiktasche selbst trug, hatte Paul Mühe, den Koffer nach oben zu wuchten. Er schnaufte, als er endlich im zweiten Stock ankam, wo Monica ihn erwartete und mit einem herzlichen Lachen hereinbat. Luca und Xue Lian saßen bereits am Tisch im Wohnzimmer.

»Ihr wollt euch sicher frisch machen und umziehen?«, vermutete Monica.

»Wäre nicht schlecht.«

»Ich habe zwei Zimmer hergerichtet, aber ihr könnt auch in einem schlafen. Ganz wie ihr wollt.«

Paul sah Xue Lian an.

»Ich hätte nichts gegen ein eigenes Zimmer«, sagte sie, insgeheim erleichtert.

So konnte sie ohne Schwierigkeiten verhindern, dass er sie nackt sah. Als sie im Bayview Hotel miteinander geschlafen hatten, war ihm nichts aufgefallen. Ihr Bauch wölbte sich erst wenig, aber sie wollte kein unnötiges Risiko eingehen.

Monica gab ihr das schönere der beiden Zimmer; das, in dem Paul bei seinem Besuch im März gewohnt hatte. Xue Lian ließ sich auf das Bett fallen und betrachtete müde Lucas Bilder an den Wänden. Die lange Reise von Penang nach Rom hatte sie angestrengt. Sie streckte sich aus und schloss die Augen.

Eine Stunde später kam sie etwas ausgeruhter ins Wohnzimmer. Die andern saßen am Tisch und unterhielten sich über die in dreizehn Tagen stattfindende Hochzeit. Monica war bereits in heller Aufregung, während Luca noch entspannt wirkte.

»Du siehst aus, als könntest du einen Koffeinschub gebrauchen«, sagte Monica, als sie Xue Lian sah.

»Das ist keine schlechte Idee.«

»Soll ich einen Kaffee kochen oder wollen wir uns draußen in ein Café setzen?«

»Wir gehen auf die Piazza Navona«, entschied Luca. »Wenn Julie in der schönsten Stadt der Welt ist, soll sie auch etwas davon sehen.«

»Auf geht's«, sagte Xue Lian und sah aus dem Fenster. »Habt ihr einen Schirm für mich?«

»Einen Schirm?«, fragte Monica verwundert und warf ebenfalls einen Blick nach draußen. »Es gibt bestimmt keinen Regen. Der Himmel ist wolkenlos.«

»Eben. Ich möchte keine Sonne abbekommen.«

Monica fand einen Schirm für sie, und die vier gingen hinunter auf die Via Giulia. Auf den Straßen herrschte weniger Betrieb, als Xue Lian angenommen hatte, und viele Geschäfte waren geschlossen. Es war der 15. August, Ferragosto: Halb Rom war vor der Hitze geflüchtet, um faule Tage am Meer zu verbringen. Während sie durch enge Gassen schlenderten, musterte Xue Lian die alten Häuser, und als sie am Campo de' Fiori ankamen, wusste sie, dass sie die Stadt mögen würde. Rom war anders als alles, was sie aus China und Malaysia kannte.

Sie blieben im Schatten stehen, während Paul zur Mitte des Platzes ging, um Giordano Bruno seinen rituellen Gruß zu erweisen. Die Marktstände waren abgebaut, und die unbewegte Luft drückte heiß auf den stillen Campo. Nachdem die Tauben pflichtbewusst aufgeflattert waren, kehrte er zu seinen Freunden zurück. Xue Lian war in ein Gespräch mit Monica vertieft. Wie bezaubernd sie aussieht, dachte Paul und war froh, dass sie mit ihm nach Rom gekommen war. Auf diese Weise kamen endlich zwei wichtige Teile seines Lebens miteinander in Berührung, die er bisher streng voneinander getrennt hatte. Er konnte nur beten, dass Xue Lian auch in Zukunft ein Teil seines Lebens sein würde. Und welcher Ort auf der Welt war besser zum Beten geeignet als Rom?

Xue Lian spannte ihren Schirm wieder auf, und sie verließen den Campo de' Fiori. Nachdem sie eine vielbefahrene Straße überquert hatten, waren es nur noch wenige Schritte, bis sich ein weiter länglicher Platz vor ihnen auftat. In seiner Mitte und an beiden Enden standen große Brunnen, und am Rand der Piazza hatten mehrere Cafés Tische unter gestreiften Sonnenschirmen aufgestellt. Xue Lian blieb stehen, um einen ersten Eindruck zu gewinnen.

»Die Piazza Navona«, verkündete Luca stolz. »Schön?«

»Ja«, sagte sie. »Sehr schön.«

Luca nickte zufrieden. Als sie über die Piazza zu einem der Cafés gingen, machte er Xue Lian auf Berninis Vierströmebrunnen und Borrominis Kirche Sant'Agnese aufmerksam, die sich seit Jahrhunderten feindselig belauerten, und erzählte ihr von der erbitterten Rivalität zwischen den beiden großen Barockbaumeistern. Xue Lian hatte vor Jahren in einem Buch über Kunstgeschichte darüber gelesen, sich die Einzelheiten aber nicht eingeprägt. Wie hätte sie damit rechnen können, jemals nach Rom zu reisen?

Als der Abend kam und die Luft frischer wurde, zogen sie weiter zu einem Restaurant in der Nähe, um dort zu essen. Xue Lian bestellte sich Wasser, während die anderen Wein tranken. Paul fiel auf, dass sie seit seiner Rückkehr aus Burma keinen Alkohol mehr getrunken hatte, aber er dachte sich nichts dabei. Sie trank ohnehin nur sporadisch, und außerdem hatte er sie seitdem selten gesehen. Viel zu selten.

Nach dem Essen machten sie sich auf den Rückweg in die Via Giulia, weil Xue Lian vor Müdigkeit fast die Augen zufielen. Im Haus gab sie Paul einen flüchtigen Kuss, wünschte ihm eine gute Nacht und schloss ihre Zimmertür hinter sich. Ihr Abschied spiegelte ihr momentanes Verhältnis wider: Sie war freundlich und offen, manchmal sogar zärtlich, aber nicht bereit, ihn wieder in ihr Leben zu lassen.

Ich kann warten, dachte er entschlossen und zog sich in sein eigenes Zimmer zurück.

Am nächsten Morgen versuchte Paul gar nicht erst, Xue Lian zu einem Spaziergang zu überreden, sondern hielt gleich ein Taxi an. Von der Via Giulia war es ein langer Weg zum Aventin, und sie ging nicht gern zu Fuß, schon gar nicht unter einer grellen, ihren Teint gefährdenden Sonne.

Er hatte sich dafür entschieden, mit ihr als Erstes in den Giardino zu gehen. Seiner Meinung nach hatte man von dort den besten Blick auf Rom, und es gab noch einen anderen, weitaus wichtigeren Grund: Im Orangengarten konnte er herausfinden, ob er sich wirklich von Giulia gelöst hatte. Wenn es zwei

Orte auf der Welt gab, an denen seine Standhaftigkeit auf die Probe gestellt werden konnte, waren es der Giardino und Pashupathinath, und nach Nepal würde er niemals zurückkehren.

Er machte Xue Lian auf die weite Fläche des Circus Maximus aufmerksam, bevor sie abbogen und am Rosengarten vorbei den Aventin hinauffuhren. Als der Wagen vor dem Giardino hielt, befiel Paul eine kurze Unsicherheit. Er schob sie trotzig beiseite und bezahlte den Fahrer. Xue Lian spannte ihren Schirm auf und ließ es zu, dass er ihre Hand nahm, während sie durch den Garten zur Mauer gingen. Auf dem Rasen hatten es sich einige italienische Liebespaare gemütlich gemacht.

»Dies ist mein liebster Platz in Rom«, sagte er.

Sie setzte sich auf die Mauer und sah auf die Stadt mit ihren vielen Kuppeln hinab.

»Das kann ich verstehen«, antwortete sie leise. »Was für ein Ausblick.«

»Zweieinhalbtausend Jahre Geschichte, und Millionen von Geschichten.«

Paul dachte an seine eigene Geschichte und an Giulia. Sie war eine Erinnerung, eine schöne, endlich nicht mehr durch ein Schuldgefühl belastete Erinnerung. Die tote Geliebte hatte endlich ihren Platz gefunden. Zwei winzige befreiende Tränen liefen aus seinen Augen.

»Was ist los?«

Xue Lian klang besorgt, auch ein wenig misstrauisch, denn sie hatte ihn noch nie weinen sehen. Der Mann neben ihnen auf der Mauer schaute betreten beiseite.

»Hat dieser Garten eine besondere Bedeutung für dich? Für dich und Giulia?«

»Ja«, gestand Paul. »Er ist der richtige Ort, um eine Frau zu betrauern, die ich einmal sehr geliebt habe. Giulia ist viele Jahre tot, und ich habe lange gebraucht, um das zu akzeptieren.«

»Sie verfolgt dich also immer noch«, stellte Xue Lian mit einem Anflug von Bitterkeit fest.

»Eben nicht«, beteuerte er. »Giulia hat ihren Frieden gefunden, und ich meinen.«

»Es wäre dir zu wünschen.«

Er wischte sich mit der Hand über das Gesicht und versuchte sich zu beruhigen. Xue Lian hatte sich abgewandt. Sie hielt den Schirm über ihren Kopf und war in die Aussicht vertieft.

»Du traust mir nicht, oder?«

»Ich weiß nicht«, sagte sie, ohne ihn anzusehen. »Welche der Kuppeln ist der Petersdom?«

»Die große hinten links.«

»Und wo hast du damals gewohnt?«

»Dort drüben.«

Er wies mit dem Finger über den Fluss nach Trastevere, in die grobe Richtung der Vicolo del Leopardo. Xue Lian kniff die Augen zusammen. Der Tag war heiß, die Sicht nicht besonders gut.

»Was würdest du tun, wenn Giulia jetzt hier auftauchen und sich neben uns setzen würde?«

Sie drehte ihren Kopf herum und sah ihn fragend an.

»Ich würde einen Freudentanz aufführen«, sagte er. »Ich würde sie umarmen und ihr einen Kuss geben. Dann würde ich ihr die Frau vorstellen, die ich liebe: dich.«

»Das klingt sehr schön. Fast zu schön, um wahr zu sein. Worte sind trügerisch.«

»Glaubst du, dass ich dich belüge?«

»Nein. Ich frage mich, ob du dich selbst belügst.«

»Finde es heraus.«

»Genau das habe ich vor«, sagte sie. »Lass uns zu dem Haus fahren, in dem du gewohnt hast. Ich würde es gern sehen.«

»In Ordnung«, stimmte er zu. »Wir können uns alles ansehen, was dich interessiert.«

»Dann zeig mir dein ganz persönliches Rom. Erzähle mir die Geschichten dazu, damit ich es besser verstehen kann. Die Kirchen und Paläste können warten.«

Es folgten entspannte Tage, an denen sie auf den Spuren seiner Vergangenheit durch Rom zogen. Luca und Monica waren zu sehr mit der Organisation der Hochzeit beschäftigt, um sie zu begleiten, und Paul war nicht traurig darüber. Er genoss es, Xue Lian für sich allein zu haben. Am Abend des vierten Tags saßen sie in einem Restaurant in Trastevere und tranken nach dem Essen einen Espresso.

»Ich könnte eine Pause von der Stadt gebrauchen«, sagte sie. »Wie wäre es, wenn wir morgen einen Ausflug in die Umgebung machen.«

»Sehr gern. Latium ist schön. Wir könnten ein Auto mieten und über die Dörfer fahren.«

»Frag doch Luca, ob er dir seinen Mercedes leiht«, schlug sie vor.

»Er würde mir den Wagen im Leben nicht anvertrauen.«

»Warum nicht?«

»Weil er mich für den schlechtesten Autofahrer der Welt hält.«

Er trank seinen Espresso aus und winkte den Kellner heran, um zu zahlen.

»Wollen wir noch etwas unternehmen oder möchtest du lieber nach Hause?«, fragte er.

»Lass uns nach Hause gehen. Das viele Herumlaufen macht mich müde.«

Sie warteten, bis Paul das Wechselgeld erhalten hatte, und verließen das Restaurant. Er legte seinen Arm um Xue Lian, als sie quer durch die verwinkelten Gassen Trasteveres zum Ponte Sisto gingen.

»Das Viertel gefällt mir«, sagte sie. »Es ist romantisch.«

»Ich hatte eine gute Zeit hier«, sagte er.

»Mit Giulia.«

»Ja, auch mit Giulia. Aber nun bin ich mit dir hier, das ist viel wichtiger.«

»Ist es das?«

»Auf jeden Fall. Weil ich endlich in der Gegenwart lebe und nicht mehr in der Vergangenheit.«

Sie überquerten den Fluss auf dem Ponte Sisto. Als sie in die Via Giulia einbogen, überholte sie ein Mann auf einem Fahrrad, der sich noch mehrmals nach der schönen Asiatin umdrehte. Xue Lian war angenehm davon berührt, wie wenig Aufsehen sie als Chinesin bisher in Rom erregt hatte. Die Ewige Stadt hatte in zweieinhalbtausend Jahren zu viele Fremde aus allen Teilen der Welt gesehen, um sich von einem exotischen Gesicht aus der Ruhe bringen zu lassen.

Kurz bevor sie Lucas Wohnung erreichten, hörten sie leise Walzermusik durch die Via Giulia schweben. Die Klänge wurden mit jedem ihrer Schritte lauter, bis Paul im zweiten Stock eines Hauses das offene Fenster entdeckte, aus dem die Musik kam.

»Wollen wir tanzen?«, fragte er.

»Ich kann keinen Walzer tanzen«, sagte sie, »Aber vielleicht wäre es eine gute Gelegenheit für eine erste Unterrichtsstunde?«

»Versuchen wir es.«

Gerade als Paul seinen Arm um sie legte, schloss jemand das Fenster über ihnen, und sie standen verloren in der Stille. Auf der einsamen Via Giulia war außer ihnen kein Mensch zu sehen. Paul zog Xue Lian näher zu sich heran.

»Ich liebe dich.«

Sie blinzelte. Im schwachen Licht der Straßenlaternen waren ihre Augen schwarz wie Kohlen. Sie öffnete den Mund, als ob sie etwas sagen wollte, blieb aber stumm; stattdessen gab sie Paul einen flüchtigen Kuss und befreite sich aus seinen Armen.

»Lass uns gehen«, bat sie.

Als sie wenige Minuten später in die Wohnung kamen, saßen Monica und Luca im Wohnzimmer und besprachen bei einer Flasche Wein die letzten Details der Hochzeit. Monica sah müde aus.

»Setzt euch und trinkt einen Schluck Wein mit uns«, sagte Luca.

»Für mich bitte nur Wasser«, wehrte Xue Lian ab.

Luca nickte und ging in die Küche, um ihr eine Flasche kaltes Mineralwasser aus dem Kühlschrank zu holen.

»Wann brecht ihr nach Venedig auf?«, wollte Monica wissen.

»Übermorgen«, sagte Paul. »Bis zur Hochzeit sind wir ganz sicher zurück.«

»Wäre ja auch noch schöner, wenn die Hochzeit ins Wasser fällt, weil der Trauzeuge sich verdrückt hat«, rief Luca aus der Küche. »Und dann ausgerechnet nach Venedig.«

»Und was habt ihr morgen vor?«, fragte Monica. »Wart ihr schon im Vatikan?«

»Noch nicht«, sagte Xue Lian. »Ich möchte unbedingt die Sixtinische Kapelle sehen, aber im Moment bin ich einfach zu erschöpft. Wir haben uns überlegt, morgen einen Ausflug aufs Land zu machen.«

»Nimm doch den Mercedes«, schlug Luca vor, als er mit dem Wasser zurück ins Zimmer trat. »Die Jahreszeit ist perfekt für ein Cabriolet.«

Paul fiel beinahe die Kinnlade herunter.

»Du leihst mir deinen Wagen?«

»Dir? Ich habe mit Julie gesprochen.«

»Du willst Julie fahren lassen? Sie ist noch nie in Italien Auto gefahren, und in Malaysia herrscht Linksverkehr«, gab er zu bedenken.

»Ach was. Wer fahren kann, kann überall fahren. Oder eben nicht«, fügte Luca hinzu und grinste seinen Freund an.

»Was, wenn ich einen Unfall habe?«

»Vollkasko. Solange du mir versprichst, Paolo nicht hinter das Lenkrad zu lassen, kannst du den Wagen jederzeit haben. Basta!«

»Das ist diskriminierend«, protestierte Paul.

»Abgemacht«, rief Xue Lian zur gleichen Zeit.

Es wurde ein besonders schöner Tag. Sie standen zeitig auf und hatten um sieben bereits die Stadt verlassen. In der ersten Stunde fuhr Xue Lian noch vorsichtig, doch es war weniger schwierig, sich an die italienische Fahrweise zu gewöhnen, als sie befürchtet hatte. Nachdem sie in einem kleinen Ort am Albaner See gefrühstückt hatten, ließ sie das Verdeck herunter und hatte noch mehr Spaß als zuvor. Xue Lian strahlte vor Glück, während sie stundenlang auf kleinen Straßen kreuz und quer durch Latium kurvten und bis in die südliche Toskana vordrangen. Paul wiederum war so von ihr gefangen, dass er kaum etwas von der schönen Landschaft mitbekam. Am frühen Nachmittag hielten sie auf der Piazza eines kleinen Orts und aßen ein Eis. Innerhalb von zehn Minuten lief das halbe Dorf zusammen, um die fremden Besucher zu bestaunen. Dies war nicht Rom, und in der Provinz bekam man nur selten eine Chinesin zu sehen – noch dazu eine, die in vollendeter Eleganz aus einem teuren Sportwagen stieg.

Zum Glück dauerte es nicht lange, bis die Versammlung sich auflöste und nur noch ein paar Kinder zusahen, wie die beiden unter einem Sonnenschirm saßen und Eis aßen. Xue Lian bewunderte mit funkelnden Augen den Mercedes, der wie ein schlafendes Raubtier in der Mitte der Piazza stand und in der Sonne glänzte.

»Hättest du auch gern so einen Wagen?«, fragte Paul.

»Jeder hätte gern so ein Auto.«

»Dann werde ich dir einen schenken.«

»Machst du Witze?«

»Nein.«

Sie sah ihn mit einer Mischung aus Unglauben und Entsetzen an. Es war sein Ernst.

»Du willst mich doch nicht etwa kaufen?«, fragte sie und kniff ihre Augen leicht zusammen.

»Ich würde mein letztes Hemd für deine Liebe geben«, sagte er, »wenn sie mit Geld zu bezahlen wäre. Aber das ist sie leider nicht.«

Xue Lian nickte und saugte mit dem Strohhalm den Rest des geschmolzenen Eises aus ihrem Becher. Seit sie in Italien waren, hatte sie sich nicht ein einziges Mal zum Thema Liebe geäußert. Er wusste nicht, ob aus Sturheit oder weil sie zu unsicher war.

»Du darfst meine Begeisterung für das Auto nicht überbewerten«, sagte sie schließlich. »Der Mercedes ist toll, aber nicht wichtig. Ich kann mit meiner alten Klapperkiste gut leben.«

Alte Klapperkiste, hallte es in Pauls Kopf nach. Plötzlich brach er in lautes Gelächter aus.

»Was ist daran komisch?«, fragte sie irritiert.

»Nichts«, kicherte er albern. »Ich hatte nur gerade eine großartige Idee, was ich Luca zur Hochzeit schenken kann.«

»Wie bitte? Die beiden heiraten in einer Woche, und du hast noch kein Geschenk? Ein schöner Trauzeuge bist du«, sagte sie empört.

»Stimmt, es war nachlässig von mir, aber ich war zu sehr mit anderen Problemen beschäftigt.«

Xue Lian schwieg. Sie brauchte nicht zu fragen, was er damit meinte.

»Luca hätte es mir nicht übelgenommen, wenn ich ohne Geschenk gekommen wäre.«

»Aber ich hätte es dir übelgenommen. Du hättest mich beschämt.«

Schau an, dachte Paul erfreut: Wenn ich ihr nichts mehr bedeutete, wäre es ihr egal. Da sie sich nie deutlich äußerte, musste er zwischen den Zeilen lesen.

»Was schenkst du den beiden?«, fragte er.

»Eine chinesische Kalligraphie. Sie bringt Glück und ist sehr dekorativ«, sagte sie. »Und jetzt verrate mir endlich, welchen genialen Einfall du eben hattest.«

»Ich schenke ihm einen Cinquecento.«

»Was ist das?«

»Ein winziges italienisches Auto, das schon seit Jahrzehnten nicht mehr hergestellt wird. Luca hatte früher einen. Der kleine Fiat war sein ganzer Stolz, bis ich damit einen Unfall gebaut habe. Danach sah er nicht mehr so gut aus.«

»Aber was soll Luca mit einem uralten Kleinwagen, wenn er den Mercedes hat?«

»Das wird er sich auch fragen.«

»Manchmal seid ihr Europäer wirklich eigenartig.«

»Kann sein«, gab er abwesend zu.

In Gedanken war er dabei, sämtliche Autohändler Roms anzurufen. Eine Woche war nicht viel Zeit, um ein gut erhaltenes Modell aufzutreiben, aber irgendwie würde er es schaffen. Er freute sich schon auf Lucas dummes Gesicht, wenn er einen Cinquecento mit roter Schleife vor seinem Haus stehen sah.

Die Dorfkinder winkten ihnen hinterher, als sie mit aufheulendem Motor über die Piazza brausten und in einer der engen Straßen verschwanden. Paul war nie aufgefallen, wie viel Spaß Xue Lian am Autofahren hatte. Auch wenn er dadurch seine Fehler nicht wiedergutmachen konnte – sobald sie wieder in Malaysia waren, würde er ein Mercedes Cabriolet für sie bestellen. Er führte ein anspruchsloses Leben, und sein Geld verschimmelte auf der Bank. Warum sollte er nicht der Frau, die ihm von allen Menschen auf dieser Welt am meisten bedeutete, eine Freude machen?

Es war schon dunkel, als sie in der Via Giulia eintrafen. Xue Lian warf einen sehnsüchtigen letzten Blick auf den Wagen, bevor sie ihn mit der Fernbedienung verriegelte und Paul in die Wohnung folgte. Luca und Monica waren nicht da.

»Was machen wir jetzt?«, fragte sie.

»Hast du Hunger?«

»Und wie.«

»Dann komm. Eine alte Freundin von mir besitzt ein Restaurant, und ich möchte sie dir vorstellen.«

»Fahren wir mit dem Auto?«, fragte sie hoffnungsvoll.

»Nein, wir gehen zu Fuß. Annas Trattoria ist gleich um die Ecke, und Parkplätze gibt es dort auch nicht.«

»Wie schade.«

Auf der Straße legte Xue Lian den Arm um seine Hüfte. Sie war entspannt und ausgesprochen guter Laune, als sie neben ihm durch die stillen Straßen der römischen Altstadt ging. Niemand weiß, was die Zukunft bringt, dachte sie, aber heute ist ein schöner Tag. Sie hatte zur Kenntnis genommen, wie sehr Paul sich um sie bemühte, seit er zurück nach Penang gekommen war. Es gefiel ihr, doch das Misstrauen saß zu tief, um sich ihm unbedenklich in die Arme zu werfen, auch wenn ihr oft danach war. Xue Lian war neugierig, was er mit ihr in Venedig vorhatte. Er hatte angedeutet, dass etwas Bedeutungsvolles geschehen würde, mehr hatte er nicht verraten.

Paul öffnete die Tür zur Trattoria und sah, dass nur noch an zwei Tischen Gäste saßen. Anna kam mit wild rudernden Armen auf sie zu, als ob sie diebische Vögel aus einem Kirschbaum vertreiben wollte.

»Zu spät«, sagte sie. »Es gibt nichts mehr zu essen.«

»Aber Anna«, sagte Paul. »Willst du deinen verlorenen Sohn zurück in die Wüste schicken?«

»Paolo? Was machst du denn hier?«

Sie sah auf ihre billige Armbanduhr.

»*Madonna*, sind denn schon wieder zwanzig Jahre vergangen?«, rief sie. »Was stehst du wie ein Esel in der Tür? Komm herein.«

»Ich dachte, es gibt nichts mehr zu essen?«

»Unsinn. Würde ich dich etwa verhungern lassen?«

Als er Xue Lian an der Hand hereinzog und die Tür hinter ihr schloss, stutzte Anna. Statt mit einer Ausländerin hätte sie ihn bestimmt lieber mit einer Italienerin gesehen, zum Beispiel mit Giovanna. Paul nahm es ihr nicht übel. Anna war eine alte Frau und in ihrem Leben nicht über Roms Stadtgrenzen hinausgekommen.

»Wer ist die Dame?«, fragte sie skeptisch.

»Meine zukünftige Frau.«

Ich hoffe es zumindest, dachte er. Da er italienisch sprach, konnte Xue Lian ihn nicht verstehen, und er wollte Anna zeigen, was sie ihm bedeutete. Es gelang.

»Buena sera«, sagte Anna und bemühte sich um ihr freundlichstes Lächeln, als sie ihre Hand schüttelte.

»Buena sera«, antwortete Xue Lian und verbrauchte damit zwanzig Prozent ihrer Italienischkenntnisse.

Anna schob die beiden zu einem der Tische und drückte sie mit sanfter Gewalt auf zwei Stühle. Es war derselbe Tisch, an dem er mit Giovanna gesessen hatte.

»Wie heißt deine Frau?«, fragte Anna.

»Julie.«

»Julie? Das kann doch keiner aussprechen.«

»Es ist die englische Form von Giulia.«

»Dann werde ich sie Giulia nennen. Wir sind in Italien.«

»Aber Anna ...«

»Basta«, erstickte sie seinen Widerspruch. »Isst Giulia Schweinefleisch? Etwas anderes gibt es nämlich nicht mehr, und ich hab mal gehört, dass Mohammedaner kein Schwein essen.«

»Julie ist Chinesin, und die essen alles.«

»Sehr lobenswert. Besser als die Jugend hierzulande, die vor jeder Sehne und jedem Knorpel zurückschreckt. Mamma mia, was für Zeiten«, brummelte sie, als sie in Richtung der winzigen Küche verschwand.

»Habt ihr über Giulia gesprochen?«, fragte Xue Lian.

»Nein. Anna hat nach deinem Namen gefragt, und da sie ihn nicht aussprechen kann, hat sie beschlossen, dich Giulia zu nennen.«

»Wie praktisch«, sagte sie trocken. »Dann kannst du uns nicht verwechseln.«

Paul sank der Mut. Selbst an einem Tag wie diesem konnte sie nicht vergessen, was vorgefallen war. Es würde noch schwieriger werden, als er gedacht hatte. Anna brachte ihnen einen Mezzo Weißwein und zwei Teller mit Eintopf aus fettem Schweinefleisch, Kartoffeln und Gemüse.

»Warum bist du schon wieder in Rom?«, fragte sie. »Noch eine Ausstellung?«

»Nein. Luca heiratet nächste Woche, und ich bin sein Trauzeuge. Hat er dich etwa nicht eingeladen, der treulose Papagei?«

»Natürlich hat er mich eingeladen«, warf Anna sich in die Brust. »Es war mir nur kurzzeitig entfallen, weil ich mich um wichtigere Dinge zu kümmern habe. Aber ich habe es mir bestimmt aufgeschrieben.«

Anna kratzte sich nachdenklich am Kopf. Einer der Gäste rief nach ihr, um zu bezahlen. Paul schenkte sich Wein ein.

»Möchtest du auch?«

»Nein, danke«, sagte Xue Lian.

»Was ist los mit dir? Trinkst du überhaupt keinen Alkohol mehr?«

»Mein Lebenswandel hat sich verändert, seit du weg bist: keinen Alkohol mehr, keine Zigaretten und keinen Sex.«

»Was für ein freudloses Dasein«, scherzte er.

Allerdings, dachte sie betrübt: ein freudloses Dasein. Und warum? Weil du weg bist und ich allein dastehe, während in meinem Bauch ein Kind wächst. Dein Kind. Wortlos tauchte sie ihren Löffel in den Eintopf und fischte einen Brocken fettes Fleisch heraus.

Paul beobachtete sie voller Liebe und wunderte sich, was er an Giovanna so anziehend gefunden hatte. Eine dumme Frage – sie war interessant, klug und attraktiv. Gegen sie sprach nur, dass er nicht sie liebte, sondern die Frau, die ihm gegenübersaß und gerade mit wilder Entschlossenheit auf einem Knorpel herumkaute.

Als sie später vor die Tür der Trattoria traten, ging ein heftiges Sommergewitter über Rom nieder. Grelle Blitze zuckten durch die Nacht und beleuchteten die altehrwürdigen Fassaden. Da es nicht kalt war, schlug Xue Lian vor, dem Wetter zu trotzen und zu Fuß zurückzugehen. Paul hatte nichts dagegen, er nahm ihre Hand und lief mit ihr aus dem Schutz des Türeingangs hinaus in den prasselnden Regen. Xue Lian lachte übermütig auf, als ihr dicke, erfrischende Tropfen ins Gesicht schlugen. Gleich an der ersten Ecke kam sie auf dem schlüpfrigen Pflaster ins Rutschen, aber Paul fing sie auf, bevor sie zu Boden stürzte. Wenn es doch immer so gewesen wäre, dachte sie und gab ihm spontan einen langen zärtlichen Kuss. Was machte es schon? Auch eine stolze Chinesin durfte sich gelegentlich eine Schwäche leisten.

Als sie in der Wohnung ankamen, schliefen Luca und Monica bereits. Obwohl sie die Schuhe vor der Tür auszogen, hinterließen sie bei jedem Schritt nasse Flecken auf dem Teppich im Flur. Xue Lians Haare klebten in langen Strähnen an ihrem Hemd, was ihn an ihren Urlaub in Cherating erinnerte: Auch damals waren sie durch ein Gewitter gelaufen und bis auf die Haut durchnässt nach Haus gekommen. Er ließ ihr den Vortritt im Bad und durchsuchte in der Zwischenzeit den Wohnzimmerschrank nach einer Flasche Grappa. Als er keinen fand, setzte er sich enttäuscht an den Tisch und zündete sich eine Kretek an. Zehn Minuten später steckte Xue Lian den Kopf zur Tür herein.

»Das Bad ist frei.«

»Schlaf gut.«

»Schlaf du auch gut«, sagte sie. »Und vielen Dank für den schönen Tag.«

Er lauschte, wie ihre Schritte sich entfernten und sie die Tür ihres Zimmers hinter sich schloss. Plötzlich war es beklemmend still in der Wohnung.

9
Blauer Himmel

Die Lagune lag unbewegt unter einem bleiernen Himmel, als der Expresszug aus Rom über den Damm nach Venedig rollte und in den Bahnhof Santa Lucia einfuhr. Paul wuchtete Xue Lians schweren Koffer hinunter auf den Bahnsteig. Obwohl sie nur drei Nächte in Venedig bleiben wollten, hatte er sie nicht davon überzeugen können, einen Teil ihrer Sachen in Rom zu lassen. Sie hatte andere Vorstellungen vom Reisen, als mit leichtem Gepäck in billigen Absteigen zu übernachten. Um sie nicht zu enttäuschen, hatte Paul schon am Tag nach ihrem Geburtstag von Penang aus im Hotel Gritti angerufen und ein Zimmer mit Aussicht auf den Canal Grande reservieren lassen.

Auf dem Bahnsteig übergab Paul den Koffer einem Träger und ging mit Xue Lian zu einem der vor dem Bahnhof auf Kundschaft wartenden Wassertaxis. Er half ihr in das flache Boot und bat den Fahrer, auf dem Weg zum Gritti den Canal Grande entlangzufahren. Xue Lian sollte zur Begrüßung Venedigs beste Seite sehen.

Sie lehnte sich in die weichen Kissen des Boots zurück und ließ sich von der eigentümlichen Szenerie gefangen nehmen: von den Kirchen, den Brücken, den schwarzen Gondeln auf dem Wasser und der verfallenden Pracht der Palazzi.

»Jetzt verstehe ich, warum Venedig das Suzhou des Westens genannt wird.«

»Und ich dachte immer, Suzhou wäre das Venedig des Ostens?«

»Alles eine Frage des Standpunkts«, sagte sie.

Kurz nachdem der Canal in Höhe der Ca' Rezzonico einen Linksbogen machte, kam die unverwechselbare weiße Kuppel der Kirche Santa Maria della Salute in Sicht.

»Bald sind wir da«, sagte Paul.

»Wie schade. Von mir aus könnten wir noch stundenlang weiterfahren.«

»Das ist übrigens Dorsoduro«, erklärte er und wies nach rechts. »Irgendwo da drinnen wohnt Giovanna, aber ohne einen Stadtplan würde ich den Palazzo nicht finden.«

Die Erwähnung der jungen Italienerin weckte keine Eifersucht mehr in Xue Lian. Sie glaubte Paul, dass er mit Giovanna abgeschlossen hatte; es waren seine Gefühle für Giulia, denen sie nach wie vor misstraute.

»Wie mag es ihr gehen?«

»Morgen werden wir es herausfinden«, sagte er.

»Besuchen wir sie?«

»Ja.«

Paul hatte ihr in Penang erzählt, dass die Italienerin ihr ganzes Leben lang von ihrer Familie belogen worden war. Xue Lian fand es schrecklich, was die Morosinis Giovanna angetan hatten, und ebenso enttäuscht war sie von Giulias Verhalten. Warum hatte sie Paul über Jahre hinweg verschwiegen, dass sie eine Tochter hatte? Wie konnte Giulia so wenig Vertrauen zu dem Mann haben, der sie bedingungslos liebte? Xue Lian begriff es beim besten Willen nicht.

Das Zimmer im Gritti war groß, aber es stand nur ein einziges breites Bett darin. Xue Lian sah zu, wie der Page sowohl ihren Koffer als auch Pauls Rucksack hereinbrachte und vor dem Schrank abstellte. Nachdem Paul ihm ein Trinkgeld gegeben hatte, ging er hinaus und schloss die Tür hinter sich.

»Bedeutet es, dass wir beide in diesem Zimmer schlafen?«, fragte sie.

»Ich habe jedenfalls nur eins reserviert«, gestand er. »Aus alter Gewohnheit. Tut mir leid, ich habe nicht nachgedacht.«

Sie glaubte ihm. Es war nicht seine Art, sie mit billigen Tricks zu überrumpeln. Die beiden hatten seit ihrem Geburtstag viel Zeit miteinander verbracht, aber immer in getrennten Räumen geschlafen. Xue Lian hatte keine Angst davor, mit ihm in einem Bett zu liegen. Der einzige Grund, weshalb sie ein eigenes Zimmer bevorzugt hätte, war ihre Schwangerschaft: Sie wollte nicht, dass er davon erfuhr, bis ihr Verhältnis zueinander geklärt war.

»Ich gehe zur Rezeption und frage, ob sie noch ein freies Zimmer haben«, sagte er.

»Danke.«

»Ich hätte gleich daran denken sollen.«

Allein im Zimmer, befielen sie Zweifel, ob es richtig war, Paul ihre Schwangerschaft zu verheimlichen. Benahm sie sich nicht genauso wie Giulia, als diese ihm verschwiegen hatte, dass Giovanna ihre Tochter war? Andererseits wollte Xue Lian nicht, dass sein Verhalten dadurch beeinflusst wurde. Wenn Paul tatsächlich seine Vergangenheit überwand und sich für sie entschied, sollte es nicht wegen des Kindes geschehen. So viel verlangte ihr Stolz.

Sie trat durch die Flügeltür auf den Balkon und blickte gedankenverloren auf den Canal Grande, dessen Wasser so grau war wie der Himmel. Schräg gegenüber erhob sich Santa Maria della Salute mit der weißen Kuppel, an der sie vorhin vorbeigefahren waren. Ein Stück weiter links endete der Kanal und öffnete sich zum Bacino di San Marco. Xue Lian ließ sich auf einen der Stühle nieder und beobachtete das lebhafte Treiben auf dem Kanal. Kurz darauf kam Paul zurück und setzte sich neben sie.

»Gefällt es dir hier?«, fragte er.

»Es ist wunderschön.«

»Das finde ich auch. Mit Rom und Venedig hast du meiner

Meinung nach gleich das Beste gesehen, was Europa zu bieten hat.«

»Kennst du Venedig so gut wie Rom?«

»Nein. Wir können es gemeinsam entdecken.«

»Das gefällt mir«, sagte sie. »Hast du ein zweites Zimmer bekommen?«

»Leider nicht. Das Gritti ist ausgebucht, aber ich werde gleich losgehen, um woanders ein Zimmer zu finden.«

»Das brauchst du nicht zu tun. Du kannst hier schlafen.«

»Bist du sicher? Es würde mir nichts ausmachen.«

»Ich bin sicher«, beteuerte sie.

Sie würde es darauf ankommen lassen. Wenn er es herausfand, war es eben so. Sie ging ins Zimmer, um ihren Koffer auszupacken.

Kurz vor Mitternacht saßen sie unter den Arkaden der Piazza San Marco und betrachteten den Markusdom am anderen Ende des Platzes. Seine vergoldeten Kuppeln verbargen sich im gespenstischen Nebel, der im Lauf der letzten Stunde aus den Kanälen aufgestiegen war, während die Mosaiken an der Front glitzerten wie Leuchtfeuer.

»Was für eine Stimmung«, sagte sie. »Wie verzaubert.«

Paul legte seinen Arm um sie, und Xue Lian schmiegte sich enger an ihn. Sie hatten in einer abseits gelegenen Trattoria gut und sehr teuer zu Abend gegessen und waren danach ziellos durch die nächtliche Lagunenstadt spaziert. Sobald die Horden von Tagestouristen abgezogen waren, verwandelte sich die Serenissima in eine ruhige, beschauliche Stadt. Xue Lian mochte diese stille Welt aus Kanälen, Brücken und dunklen Calles, wie die Gassen Venedigs genannt wurden. Sie war aufregend und exotisch.

»Bist du müde?«, fragte Paul.

»Ja, ziemlich. Der Tag war voller neuer Eindrücke für mich.«

»Dann lass uns schlafen gehen. Morgen wird ein ganz besonderer Tag. Es wird nicht schaden, wenn wir ausgeruht sind.«

Er stand auf und reichte ihr die Hand, um ihr aufzuhelfen, dann gingen sie Arm in Arm zurück zum Hotel. Da das Gritti nicht weit vom Markusplatz entfernt lag, brauchten sie nur wenige Minuten.

»Willst du zuerst ins Bad?«, fragte er, als sie in ihr Zimmer kamen.

»Geh du nur. Ich setze mich solange auf den Balkon.«

Über dem Canal Grande lag der Nebel so dicht, dass sie nicht einmal die Kuppel der Salute sehen konnte. Xue Lian setzte sich auf einen der feuchten Stühle und wartete, bis Paul geduscht hatte und ins Bett geschlüpft war.

Als sie aus dem Bad kam, hatte sie sich ein großes Badelaken um den Körper gewickelt. Ein zweites, kleineres Handtuch lag wie ein Turban um ihre frisch gewaschenen Haare. Sie sah aus wie eine orientalische Prinzessin, und das Leuchten in Pauls Augen verriet ihr, wie sehr ihm der Anblick gefiel. Sie spielte kurz mit dem Gedanken, ihn zu verführen, entschied sich jedoch dagegen. Nicht heute, dachte sie. Vielleicht morgen.

Sie löschte das Licht, schlug ihre Bettdecke zurück und kroch hastig darunter; erst dann löste sie das Laken von ihrem Körper und ließ es aus dem Bett fallen. Den Turban behielt sie um. Sie schloss die Augen und lauschte in die Stille: das leise Tuckern eines Boots auf dem Kanal, vom Nebel fast verschluckt, und Pauls ruhiger Atem. Er berührte sie nicht, doch sie konnte seine Nähe spüren.

»Paul?«, flüsterte sie in die Dunkelheit.

»Ja?«

»Kann ich in deinen Armen schlafen?«

»Komm her.«

Er streckte seine Hand aus, und Xue Lian rutschte zu ihm hinüber. Es tat gut, an seinem warmen Körper zu liegen. Sie brauchte nicht lange, um mit dem Kopf auf seiner Brust einzuschlafen.

Als Xue Lian frisch und ausgeruht erwachte, war Paul nirgendwo zu sehen. Dann kam ein Klappern aus dem Badezimmer, und sie hörte, wie er sich die Zähne putzte. Sie hob das Badelaken vom Fußboden auf und wickelte es sich um, bevor sie hinaus auf den Balkon trat.

Das Wetter war umgeschlagen. Über Nacht hatte es geregnet, und ein frischer Wind vom Meer hatte die Wolken vertrieben; der weite Himmel über der Lagunenstadt dehnte sich in einem tiefen Blau, wie Xue Lian es noch nie gesehen hatte. Ihre Heimatstadt Chengdu war für diesiges Wetter berüchtigt, und im tropischen Malaysia war die Luftfeuchtigkeit zu hoch, um den Himmel so intensiv zu färben. Sie lehnte sich auf das Geländer und genoss den ungewohnten Anblick. Der Tag, auf den sie so gespannt gewesen war, begann gut.

Nach dem Frühstück schlenderten sie zur Piazza San Marco, auf der sich Menschen aus den unterschiedlichsten Ländern und Erdteilen tummelten. In der Nähe des Campanile entdeckte Xue Lian sogar eine Gruppe Chinesen, nach ihrem Akzent zu urteilen aus Schanghai. Ihr Führer erzählte in dramatischen Worten, wie der Glockenturm knapp hundert Jahre zuvor von einer Sekunde auf die andere ohne äußere Einwirkung in sich zusammengestürzt war, und wie auf ein geheimes Kommando hin riss mindestens jeder Zweite in der Gruppe seine Kamera hoch, um den Campanile zu fotografieren. Was sind wir nur für ein seltsames Volk, dachte Xue Lian amüsiert, aber sind die anderen besser?

Paul sah auf die Uhr.

»Wir haben noch Zeit. Wartest du kurz, während ich einen Stadtplan besorge?«

»Du findest mich dort vorn am Wasser«, sagte sie und wies auf die beiden Säulen der Piazzetta.

Er verschwand in der Menge der Touristen. Xue Lian schlenderte am Dogenpalast vorbei zum Anleger, wo eine lange Reihe schwarzer an hölzernen Pfählen festgemachter Gondeln im Takt der Wellen schaukelte. Jenseits des Bacino erhob sich auf einer Insel eine große Kirche mit mächtiger weißer Front und einem hohen Campanile. Sie war dazu erbaut worden, dass man sie aus der Ferne über das Wasser hinweg betrachtete. Unter dem blauen Himmel sah sie prächtig aus.

Paul erkannte Xue Lian von weitem, weil sie als einzige Person auf der gesamten Piazza einen Schirm über den Kopf hielt. Es war noch nicht einmal neun Uhr morgens.

»Gefällt dir die Aussicht?«

»Sie ist grandios, besser als jede Postkarte. Wie heißt die Kirche da drüben?«

»San Giorgio Maggiore. Palladio hat sie gebaut.«

»Palladio?«

Er sah sie erwartungsvoll an, als müsse der Name ihr etwas sagen. Xue Lian kramte in den untersten Schubladen ihres Gedächtnisses, aber viel kam dabei nicht zutage. Sie hatte sich mehr mit Malerei und Bildhauerei als mit Architektur beschäftigt. Benny Cheung hatte schließlich keine Kirchen verkauft, und in ihrer Galerie hielt sie es ebenso.

»Müssen wir los?«, fragte sie, um das Thema zu wechseln.

»Noch nicht. Ich bin mir bezüglich der Öffnungszeiten nicht sicher, aber vor zehn brauchen wir bestimmt nicht aufzukreuzen.«

»Willst du ein Museum ausrauben?«, scherzte sie.

»So ähnlich.«

»Dann lass uns die letzte Stunde unserer Freiheit genießen, bevor wir geschnappt und eingesperrt werden. Wollen wir die Uferpromenade entlanggehen?«

»Warum nicht? Es ist ein schöner Tag für einen Spaziergang.«

Obwohl Paul sich betont gelassen gab, spürte Xue Lian seine Anspannung; seit sie das Hotel verlassen hatten, nahm sie stetig zu. Sie waren nicht weit gekommen, als Xue Lian die Seufzerbrücke entdeckte, die den Dogenpalast mit dem Alten Gefängnis verband. Paul hatte sie ihr in der Nacht zuvor gezeigt und die Geschichte dazu erzählt.

»Da«, sagte sie und zeigte auf die kleine geschlossene Brücke. »Ein ganz schlechtes Omen für unseren Überfall. Schon bald werden sie uns schwere Ketten anlegen und in den Kerker werfen.«

Paul presste die Lippen aufeinander. »Entschuldige bitte, aber mir ist heute nicht nach Scherzen zumute«, sagte er gequält.

Ihr wurde mulmig. Auch wenn Paul bestimmt nicht im Sinn hatte, ein Verbrechen zu begehen, stand etwas sehr Ernstes bevor. Es lag in der Luft.

Sie folgten der Wasserkante bis zum Arsenal, wo sie einen Bogen schlugen und nach einer Weile an einer großen Kirche herauskamen. Da Paul seit zwanzig Minuten kein einziges Wort gesprochen hatte, traute Xue Lian sich nicht, ihn nach dem Namen der Kirche zu fragen. Sie wollte ihn nicht mit Nebensächlichkeiten belästigen. Schließlich blieb Paul im Schatten eines bronzenen Reiterdenkmals stehen und sah auf die Uhr.

»Viertel nach zehn«, sagte er. »Wir sollten uns auf den Weg machen. Es ist auf der anderen Seite der Stadt, drüben in San Polo.«

Xue Lian war das lange Laufen auf dem harten Pflaster nicht gewohnt, und nach dem langen Spaziergang am Vorabend schmerzten ihre Füße, aber das behielt sie für sich.

»Gehen wir«, sagte sie.

»Warte.«

Er holte den Stadtplan aus seiner Umhängetasche und versuchte herauszufinden, welchen Weg sie nehmen mussten. Venedig war ein Labyrinth, in dem er sich nicht auskannte. Nachdem er sich orientiert hatte, faltete er den Plan wieder zusammen, und sie verließen den Platz. Zuerst folgten sie einem Kanal, dann bogen sie mehrfach ab, gingen über Brücken und durch tunnelartige Unterführungen, bis sie am Ende einer Calle stehen blieben. Vor ihnen lag ein weiterer Wasserlauf: eine Sackgasse.

»Das war wohl nichts«, sagte er.

»Es sei denn, du willst ein Stück schwimmen.«

Sie machten kehrt und suchten nach einem Straßenschild, um herauszufinden, wo sie sich befanden. Paul war beruhigt, als er nach längerem Umherirren endlich den Ponte Rialto sah. Sie überquerten den Canal Grande und drangen erneut in ein unübersichtliches Gewirr kleiner Gässchen ein.

Diesmal verliefen sie sich nicht. Das dreistöckige Haus stand an einem Campo, der nicht viel größer als ein Tennisplatz war. Neben dem Eingang war das blankpolierte Firmenschild eines Antiquitätenhändlers angebracht. Der Name sagte Xue Lian nichts.

»Hier ist es«, stellte Paul fest. »Bevor wir hineingehen, möchte ich noch eine Zigarette rauchen.«

Er nahm ihren Arm und führte sie zu einer schmiedeeisernen Bank im Schatten eines Orangenbaums. Xue Lian schloss ihren Schirm und setzte sich, während er stehen blieb und seine letzte Kretek anzündete. Sein Vorrat war am Vortag zu Ende gegangen, aber diese eine Zigarette hatte er sich aufgehoben. Xue Lian runzelte die Stirn, als er unruhig wie ein Tiger im Käfig vor der Bank auf und ab ging.

»Was geschieht heute?«, fragte sie. »Was hast du vor?«

Er warf die halbgerauchte Kretek auf den Boden und trat sie aus, dann nahm er ihre Hand und zog sie von der Bank hoch.

»Komm«, sagte er. »Auf in den Kampf.«

Sie gingen zum Eingang des Hauses und klingelten. Als ein leises Summen erklang, drückte Paul die Tür auf. Das in roten Farbtönen tapezierte Empfangszimmer wurde von einem ausladenden Schreibtisch dominiert, hinter dem eine blondierte Mittvierzigerin saß. Mit ihrem harten Mund und den kalten Augen war sie Paul auf Anhieb unsympathisch, aber möglicherweise sah er nur, was er sehen wollte.

»Sie wünschen, bitte?«, fragte die Frau in schwerem venezianischem Dialekt.

»Mein Name ist Paul Handewitt. Wir würden gern mit Signor Collins sprechen.«

»Und worum geht es?«

»Es handelt sich um eine etwas delikate Angelegenheit. Ein Freund von mir, Vincenzo Badano, hat uns Ihr Haus empfohlen.«

Die Venezianerin sah ihn verschwörerisch an.

»Einen Augenblick bitte, Signor Handewitt.«

Sie griff zum Telefon und führte mit leiser Stimme ein kurzes Gespräch. Xue Lian sah Paul an und fragte sich, was gespielt wurde. Ohne eine Miene zu verziehen, drückte er leicht ihre Hand.

»Wenn Sie mir bitte folgen wollen.«

Die Frau führte die Besucher durch eine Flucht von Räumen voller Antiquitäten: Möbelstücke, Gemälde und Statuen aus aller Welt. Xue Lian staunte: Auch wenn es sich keinesfalls mit Benny Cheungs Ausstellungsräumen in Hongkong messen konnte, war das Geschäft doch größer, als es von außen den Anschein gehabt hatte. Vor einer Tür im hinteren Teil des Hauses blieb die Venezianerin stehen, klopfte an und ließ die beiden eintreten. Das Büro war ein nüchterner Raum, in dem nur ein Schreibtisch, ein Aktenschrank und ein Tisch mit vier Stühlen standen. Die großen Fenster gingen auf einen Kanal hinaus und ließen viel Licht herein. Hinter dem Schreibtisch saß ein etwa sechzig Jahre alter Mann von schmächtiger Statur.

»Signor und Signora Handewitt«, stellte die Frau sie vor.

»Vielen Dank, Laura. Sie können dann gehen.«

Aus der Art, wie der Mann seiner Sekretärin nachsah, schloss Xue Lian, dass die beiden ein Verhältnis hatten. Menschen sind so leicht durchschaubar, dachte sie. Als Laura die Tür hinter sich zugezogen hatte, erhob der Mann sich und kam mit ausgestreckter Hand auf sie zu.

»Ich bin Richard Collins«, sagte er und schüttelte ihnen die Hände. »Laura erwähnte, dass sie Freunde von Vincenzo sind. Nehmen Sie doch bitte Platz.«

Er wartete, bis die beiden sich gesetzt hatten, bevor er sich auf den Stuhl gegenüber von Paul niederließ.

»Darf ich Ihnen etwas anbieten? Kaffee, Tee, Saft oder Wasser?«

»Vielen Dank, das ist nicht nötig«, sagte Paul.

Xue Lian hätte gern einen Schluck Wasser gehabt, doch sie schwieg. Obwohl sie immer noch nicht begriff, was vor sich ging, war sie nervös. Pauls Nervosität war unübersehbar, und sie hatte sich davon anstecken lassen. Collins stützte die Ellenbogen auf den Tisch und legte die Hände zusammen: eine einstudierte Geste, die Vertrauen erwecken sollte.

»Nun gut. Was kann ich für Sie tun?«

»Es geht um eine heikle Sache«, erklärte Paul. »Ich bin auf der Suche nach einer Statue. Leider weiß niemand, wo sie sich zurzeit befindet. Nur Sie allein können mir helfen.«

»Ich?«, fragte Collins und runzelte die Stirn. »Von was für einer Statue sprechen wir überhaupt?«

»Wir sprechen von einer Statue, die im Mai 1981 aus einem Tempel in Kathmandu gestohlen wurde.«

Collins erbleichte und fuhr sich mit einer Hand durch sein dünnes aschblondes Haar. Dann lehnte er sich auf seinem Stuhl zurück und verschränkte die Arme vor der Brust.

»Davon weiß ich nichts«, behauptete er kühl. »Sie müssen mich verwechseln.«

»O nein«, sagte Paul mit brüchiger Stimme. »Du hast sie gestohlen. Du und niemand anderes.«

Xue Lian sah das gefährliche Leuchten in seinen Augen. Er war offenbar kurz davor, seine Beherrschung zu verlieren, aber warum? War ihr etwas entgangen?

»Das muss ein Missverständnis sein«, rief Collins. »Oder jemand hat sich einen geschmacklosen Scherz erlaubt.«

Paul sprang mit hochrotem Gesicht von seinem Stuhl auf und schlug mit der Faust auf den Tisch.

»Es ist kein verdammter Scherz«, schrie er. »Die Statue ist mir scheißegal, aber du hast meine Freundin umgebracht, und das ist mir alles andere als egal.«

Xue Lian blieb vor Schreck fast das Herz stehen. Darum ging es also.

»Ich habe niemanden umgebracht«, rief Collins mit vor Angst weit aufgerissenen Augen. »Ich bin niemals in Kathmandu gewesen, und ich stehle auch keine Kunstgegenstände. Das ist hanebüchen. Mit Mord und Diebstahl habe ich nichts zu tun.«

»Doch, das hast du«, sagte Paul, diesmal bedrohlich leise. »Ich war dabei, und ich erkenne dich wieder.«

Er ging um den Tisch herum und blieb vor Collins stehen, der immer weiter auf seinem Stuhl zusammensackte. Xue Lian befürchtete, dass Paul sich auf ihn stürzen würde, aber er stieß ihm nur den Zeigefinger gegen die Brust.

»Du bist es. Du hast Giulia getötet!«

Die von Paul ausgehende Kälte ließ Xue Lian schaudern. Sie hatte panische Angst, dass er dem Antiquitätenhändler etwas antun könnte, und keine Kraft, etwas dagegen zu unternehmen. Ihre Arme und Beine waren wie gelähmt, während Paul einem Racheengel aus dem Alten Testament gleich über dem Engländer stand und ihn hasserfüllt ansah. Collins' Augen flackerten nervös, aber er rührte sich nicht.

»Gib es zu, du Schwein«, zischte Paul. »Gib zu, dass du sie ermordet hast.«

Collins schluckte. »Es war ein Unfall«, flüsterte er schließlich.

»Ein Unfall? Verstehe ich dich richtig? Es war ein Unfall, als du mich die Treppe hinuntergestoßen hast?«

»Es war keine Absicht, das müssen Sie mir glauben«, flehte er. »Ich bin ein anständiger Bürger. Als Sie aufgetaucht sind und mich überrascht haben, sah ich mich bereits in einem feuchten Kellerloch in Kathmandu vermodern. Vor lauter Angst habe ich die Nerven verloren. Deshalb habe ich Sie geschubst.«

»Und warum fliegt ein anständiger Bürger nach Nepal, um eine Statue zu stehlen?«, fragte Paul kalt.

»Aus nackter Verzweiflung«, sagte Collins schwach.

Sein Gesicht war aschfahl und resigniert. Er hatte sich in sein Schicksal ergeben.

»Mein Antiquitätenhandel in London stand vor der Pleite. Ein alter Kunde machte mir ein Angebot, das mein Geschäft retten konnte: Er versprach mir viel Geld, wenn ich ihm die Statue verschaffte. Ich hatte keine Wahl, auch wenn die Sache gefährlich war. Ich machte mir keine Illusionen, was mich erwartete, wenn ich erwischt würde.«

Er nahm ein Taschentuch aus seiner Hosentasche und wischte sich damit über die Stirn. »Darf ich zum Schreibtisch gehen und meine Zigaretten holen? Ich würde gern rauchen.«

Paul griff in seine Umhängetasche und legte wortlos eine Schachtel Marlboro und ein Feuerzeug auf den Tisch. Collins' Hände zitterten, als er sich eine der Zigaretten anzündete.

»Ich habe mich in einem billigen Hotelzimmer in Patan versteckt, bis die Wogen sich etwas geglättet hatten. Da ich keine Zeitung las, wusste ich nicht, was Ihrer Freundin zugestoßen war. Nach zwei Wochen ging ich mit der Statue über die Grenze nach Indien und flog von dort zurück nach Hause.

Ich war schockiert, als mein Kunde in England mir vom Tod der jungen Frau erzählte. Es war grauenhaft. Ich habe versucht, es zu vergessen, doch mein Gewissen hat mich jeden Tag an meine Schuld erinnert. Das müssen Sie mir glauben.«

Der Engländer sprach schnell. Xue Lian hatte den Eindruck, dass er froh war, endlich über diese lang zurückliegenden Ereignisse reden zu können; allerdings machten seine Worte keinerlei Eindruck auf Paul, der ihn weiterhin mit versteinerter Miene ansah.

»Mit dem Geld habe ich mein Geschäft saniert. Als ich genug gespart hatte, konnte ich meinen Traum verwirklichen und nach Venedig übersiedeln. Alle meine Wünsche sind in Erfüllung gegangen. Trotzdem bin ich nicht glücklich geworden.«

»Soll ich dich bedauern?«, fragte Paul. »Du hast mein Leben

ruiniert. Zwanzig Jahre lang habe ich davon geträumt, dich dafür bezahlen zu lassen.«

Und jetzt wirst du es tun, dachte Xue Lian. Dies war das Ende aller Hoffnungen. Sie sah aus dem Fenster, als draußen ein Schwarm Tauben aufflog. Der Himmel war so blau wie zuvor. Sie dachte an den Abend, an dem sie Paul kennengelernt hatte: Ihre Liebe hatte mit Tränen begonnen, und sie würde unter Tränen zu Ende gehen. In Giulias Schatten hatte es nie eine Chance für Paul und sie gegeben. Wie ein Unglücksstern hatte die Tote vom ersten Tag an über ihnen gestanden.

»Du kannst von Glück reden, dass die Dinge sich geändert haben«, sagte Paul. »Inzwischen gibt es Wichtigeres in meinem Leben, als für meine Rache ins Gefängnis zu gehen. Du bist es nicht wert.«

Ein Schauer lief über Xue Lians Rücken. Endlich begriff sie, warum Paul sie nach Venedig gebracht hatte: Er wollte ihr beweisen, dass sie ihm mehr bedeutete als Giulia und die Vergangenheit. Vor Glück und Erleichterung schossen ihr die Tränen in die Augen. Paul zog sie von ihrem Stuhl hoch und legte seine Arme um sie.

»Wie haben Sie mich gefunden?«, fragte Collins matt, aber Paul beachtete ihn nicht mehr.

»Du brauchst nicht zu weinen, Xue Lian. Es ist vorbei«, sagte er. »Komm, lass uns gehen.«

»Ich muss mich hinsetzen«, bat Xue Lian, als sie wieder vor der Tür standen.

Paul führte sie zu der schmiedeeisernen Bank, auf der sie schon zuvor gesessen hatte, damit sie sich erholen konnte. Er setzte sich neben sie und hielt sie in den Armen, bis sie die Ängste und Traurigkeit der letzten Monate herausgeweint hatte.

»Glaubst du mir jetzt?«, fragte er, nachdem sie sich etwas beruhigt hatte.

»Ja, ich glaube dir«, sagte sie.

Sie sah zum Himmel. So blau und schön, dachte sie und legte unbewusst eine Hand auf ihren Bauch. Alles wird gut: Giulia ist fort, und meine Tochter wird einen Vater haben. Und falls es ein Sohn wird, soll es mir auch egal sein. Es war höchste Zeit, Paul von ihrer Schwangerschaft zu erzählen.

»Was machen wir jetzt?«, fragte sie.

»Wir sollten Giovanna von Collins erzählen. Das Beste wird sein, wenn wir sie heute Abend im Palazzo besuchen. Dann dürfte auch Vincenzo zu Hause sein.«

»Du willst nicht zur Polizei gehen und ihn anzeigen?«, fragte sie verblüfft.

Er schüttelte den Kopf.

»Das überlasse ich Giovanna und Vincenzo. Für mich ist die Sache erledigt. In meinem Leben geht es nur noch um dich.«

»Wenn es so ist, würde ich gern zurück ins Hotel gehen. Ich muss dir etwas zeigen.«

»Was denn?«

»Warte ab. Ich möchte mich für deine Überraschung revanchieren.«

Sie standen auf, doch schon nach wenigen Schritten stellte Xue Lian fest, dass sie immer noch unsicher auf den Beinen war. Die vergangene Stunde hatte sie stark mitgenommen.

»Könnten wir ein Boot nehmen? Ich fühle mich ziemlich wacklig.«

Paul sah im Stadtplan nach und entdeckte nur wenige Minuten Fußweg entfernt eine Anlegestelle, direkt am Canal Grande. Bald darauf saßen sie auf einer Bank am Ufer und warteten auf ein Vaporetto in Richtung San Marco. Als Paul den Verkehr auf dem Canal beobachtete, kam ihm eine Idee.

»Hast du es sehr eilig?«, fragte er.

»Nicht unbedingt. Warum?«

»Wir könnten uns mit einer Gondel zum Hotel fahren lassen.«

»O ja. Das klingt wundervoll.«

Sie ließen zwei Vaporetti vorbeifahren, bis sie eine freie Gondel erspähten. Der Gondoliere lenkte sein Boot zum Anleger und stabilisierte es mit einem Bein am Ufer, damit sie sicher einsteigen konnten. Xue Lian kuschelte sich zufrieden in die Kissen, als der Gondoliere mit kräftigen Ruderschlägen in die Mitte des Canal Grande steuerte. Er war ein älterer Mann mit grauem Schnurrbart und trug das gestreifte Hemd seiner Zunft. Paul war froh, dass er nicht vorschlug, für sie zu singen. Ihm gefiel das leise Plätschern des Wassers gegen die Bordwand.

Als sie etwa die Hälfte des Wegs zurückgelegt hatten, raste ein Polizeiboot mit Blaulicht und Sirene an ihnen vorüber und ließ die Gondel in seinem Kielwasser schaukeln, aber es war schnell wieder verschwunden, und die Ruhe kehrte zurück. Sie fuhren unter der Accademia-Brücke hindurch, und vor ihnen tauchte die Kuppel der Salute auf.

»Wie geht es dir jetzt? Besser?«

Sie schmiegte sich enger an ihn und betrachtete die in Würde alternden Fassaden am Ufer des Canal. Die Sonne stand im Zenit, und ihr aufgespannter Schirm beschattete ihre Gesichter.

»Es geht mir phantastisch. Ich habe dich, und ich bin in Venedig. Wie könnte ich nicht glücklich sein?«

Paul räusperte sich und drehte ihr Gesicht sanft zu sich hin.

»Es ist eine goldene Regel, dass man bestimmte Fragen nur einmal stellen sollte, aber in unserem Fall muss ich eine Ausnahme machen.«

»Was meinst du?«

»Willst du mich heiraten, Lin Xue Lian?«

»Ja, ich möchte dich heiraten, Paul Handewitt.«

Der Gondoliere bekam ein saftiges Trinkgeld von Paul, als er die beiden am Gritti absetzte. Sie betraten das Foyer des Hotels und ließen sich an der Rezeption ihren Schlüssel aushändigen.

»Soll ich uns eine Flasche Champagner aufs Zimmer bringen lassen?«, fragte Paul.

»Lieber nicht. Ich habe es doch gesagt: kein Alkohol und keine Zigaretten.«

»Und wie steht es mit Sex?«, flüsterte er.

»Das ist etwas anderes.«

Als sie ins Zimmer kamen, ging Xue Lian zur Balkontür und öffnete sie weit, um die frische Sommerluft hereinzulassen.

»Ich werde schnell duschen«, sagte sie. »Mir ist nämlich der kalte Schweiß ausgebrochen, als wir im Büro des Antiquitätenhändlers waren.«

Nachdem sie im Bad verschwunden war, zog Paul sich aus und legte sich auf das breite Bett. Er war glücklich. Giulias Mörder gegenüberzutreten hatte ihn erschüttert, aber nicht aus der Bahn geworfen. Er war seinen Vorsätzen treu geblieben: Die Vergangenheit war erledigt und nun zählte nur noch die Zukunft. Nach zwanzig Jahren konnte sein Leben neu beginnen. Die Badezimmertür öffnete sich, und Xue Lian kam heraus, wie am Abend zuvor in das große weiße Badetuch eingewickelt. Er richtete sich auf und streckte die Hand nach ihr aus, doch sie trat einen Schritt zurück.

»Warte noch«, bat sie. »Du sollst mich erst ansehen.«

Sie ließ das Laken fallen.

»Wie sehe ich aus?«

»Atemberaubend, wie immer.«

»Ich habe zugenommen.«

»Ja, das sehe ich. Es stört mich nicht.«

»Was glaubst du, warum ich dicker geworden bin?«

»Du hast es mir gesagt: weil du traurig warst und deshalb mehr gegessen hast. Es war meine Schuld.«

»Es ist tatsächlich deine Schuld«, bestätigte sie. »Nur mit dem Essen hat es nichts zu tun. Wie naiv bist du eigentlich? Du solltest wissen, wie eitel ich bin.«

Er kratzte sich am Ohr und sah sie verständnislos an. Als Xue

Lian begriff, dass der Groschen nicht fallen würde, setzte sie sich neben ihn auf die Bettkante und legte ihre Hand auf seine Schulter.

»Ich bin schwanger. Wir bekommen ein Kind.«

Obwohl er hörte, was sie sagte, dauerte es mehrere Sekunden, bis der Sinn ihrer Worte in sein Bewusstsein eingesickert war. Sie lachte, als sie sein belämmertes Gesicht sah.

»Im Ernst?«

»Sehe ich aus, als würde ich Witze machen?«, fragte sie und strich sich über ihren Bauch.

»Wann ist es passiert?«

»Ende März, an dem Tag, als du aus Rom zurückgekommen bist. Freust du dich?«

»Ob ich mich freue? Und wie ich mich freue«, rief er und riss sie an sich.

10
Der Vater

Paul lag auf dem Bett und sah Xue Lian beim Anziehen zu. Der blaue Qipao saß enger als sonst, aber sie passte noch gut hinein. Sie setzte sich vor den Spiegel und bürstete ihre Haare.

»Soll ich mir einen Zopf flechten oder sie offen lassen?«, fragte sie.

»Lass sie offen.«

»Wie du möchtest.«

Als sie mit den Haaren fertig war, puderte sie sich das Gesicht und widmete sich ausführlich ihren Wimpern. Danach kam der Lippenstift, und zum Abschluss steckte sie ihre Perlenohrringe an.

»Du siehst aus wie damals in Tan Chee Wahs Garten.«

»Nur ein bisschen dicker.«

»Und viel glücklicher.«

»Das bin ich auch. Gehen wir etwas essen?«, fragte sie. »Der Nachmittag im Bett hat mich hungrig gemacht.«

»Dann nichts wie los.«

»Sag mir noch einmal, wie die schwarzen Nudeln hießen.«

»Spaghetti alle sepie nere.«

»Und sie sind wirklich mit der Tinte von Tintenfischen gefärbt?«

»Ja.«

»Ich brauche das Rezept. Es war das beste westliche Gericht, das ich bisher gegessen habe.«

»Die Scaloppine waren auch gut.«

»Das stimmt. Aber nicht so gut wie die Nudeln. Wie hießen sie noch gleich?«

»Spaghetti alle sepie nere«, wiederholte Paul geduldig.

»Italienisch scheint eine schwierige Sprache zu sein.«

»Ziemlich einfach im Vergleich zu Deutsch. Soll ich dir Deutsch beibringen?«

»Zuerst musst du Chinesisch lernen. Schließlich werden wir in Asien leben.«

»Wir kommen doch mit Englisch gut zurecht«, sagte Paul.

»Das stimmt, aber es wäre schön, wenn wir gemeinsam Li Yu im Original lesen könnten.«

»Was ist Li Yu?«

»Nicht was, sondern wer, wenn du schon fragst. Der Autor des *Rou putuan*.«

»Und was ist *Rou putuan* nun wieder?«

»Ein erotischer Klassiker aus dem siebzehnten Jahrhundert«, belehrte sie ihn. »Du weißt aber auch gar nichts.«

»Du bist ungerecht«, protestierte er.

»Das haben Ehefrauen so an sich. Besser, du gewöhnst dich gleich daran.«

Die beiden saßen in einem Wassertaxi und ließen sich vom Restaurant nach Dorsoduro fahren. Obwohl es schon spät war, leuchtete der Himmel über ihnen in zartem Rosa. Sommerabende in Venedig waren lang, anders als in Malaysia, wo es das ganze Jahr über mehr oder weniger zur gleichen Uhrzeit dunkel wurde.

Der Bootsführer setzte sie an einer menschenleeren Calle ab und erklärte ihnen, in welcher Richtung der Palazzo lag. Sie fanden ihn ohne Schwierigkeiten.

Xue Lian empfand keine Genugtuung, als sie neben Paul vor der Eingangstür stand und darauf wartete, dass jemand ihnen öffnete. Sie war mit sich und der Welt im Reinen. Was in Burma geschehen war, hatte sie Giovanna bereits in Penang vergeben. Es war nicht die Schuld der jungen Frau gewesen, und auf Umwegen hatten die Ereignisse sogar dazu geführt, dass Paul endlich über Giulias Tod hinwegkam. Eigentlich sollte ich ihr dankbar dafür sein, dass sie eine Affäre mit ihm hatte, dachte sie, aber das würde dann doch zu weit gehen.

Eine zu schlanke Frau mit streng zurückgebundenen Haaren öffnete die Tür und sah sie fragend an. Sobald sie Paul erkannte, verfinsterte sich ihre Miene.

»Ciao, Carla.«

»Sie möchten zu Giovanna?«

»Ja, falls sie im Haus ist.«

»Warten Sie hier.«

Giulias Schwester ließ sie stehen und ging zum Fuß der breiten Treppe.

»Giovanna«, rief sie hinauf. »Besuch für dich.«

Dann verschwand sie im Salon und schloss die Tür hinter sich, ohne Paul und Xue Lian eines weiteren Blickes zu würdigen.

»Reizender Empfang«, murmelte Xue Lian.

»Geradezu herzlich«, stimmte Paul zu.

Giovanna kam langsam die Treppe herunter. Erst als sie erkannte, wer da vor der Tür stand, lief sie mit schnellen Schritten auf Paul und Xue Lian zu und umarmte sie freudestrahlend.

»Wie schön, dass ihr gekommen seid«, sagte sie. »Warum steht ihr hier draußen?«

»Carla hat uns nicht hereingebeten«, sagte Paul.

»*Madonna mia*, ist das albern«, stöhnte sie und schoss einen giftigen Blick in Richtung der Salontür ab. »Kommt, wir gehen hoch.«

Giovanna führte sie in einen großen Raum im ersten Stock mit stuckverzierter Decke und einem Balkon, der wie ein Wespennest über einem ruhigen Kanal hing. Paul staunte angesichts des Durcheinanders im Zimmer: Die Schränke und Regale waren zum größten Teil leer geräumt, die Wände zeigten Schatten, wo früher Bildern gehangen hatten, und auf dem Fußboden stand ein gutes Dutzend stabiler Pappkartons.

»Ziehst du um?«

»Ja, ich halte es hier nicht mehr aus. Ab nächster Woche habe ich eine Wohnung angemietet. Nicht sehr groß, aber ausreichend und billig.«

Sie räumte drei Stühle frei, auf denen sich Stapel von Büchern türmten.

»Setzt euch«, bat sie.

»Entschuldige bitte«, sagte Paul. »Wo finde ich das Bad?«

»Komm mit, ich zeige es dir.«

Giovanna begleitete ihn auf den Flur und wies auf die zweite Tür links. Als sie zurück ins Zimmer kam, stand Xue Lian vor einem der beiden letzten noch an den Wänden hängenden Bilder.

»Deine Mutter?«, fragte sie.

»Ja«, antwortete Giovanna. »Paolo hat es gemalt.«

»Wie lange hast du das Bild schon?«

»Fast zwanzig Jahre. Sie hat es mir aus Indien zugeschickt, bevor sie gestorben ist.«

»Na also«, sagte Xue Lian. »Dann hast du auch einen echten Handewitt über deinem Bett hängen.«

»Hast du dir das andere Bild auch angesehen?«

»Nein, noch nicht.«

Giovanna fasste sie am Arm und führte sie zu der von Paul im Leichenschauhaus von Kathmandu gemachten Zeichnung. Sie war exquisit gerahmt und so aufgehängt, dass tagsüber das beste Licht darauf fiel. Xue Lian hielt die Luft an.

»*Tian na*«, flüsterte sie. »Was für ein Bild. Wie viel Trauer und Verlassenheit es widerspiegelt.«

»Paul hat es mir geschenkt, als ich von Bali abgeflogen bin.«

»Bevor er nach Penang zurückgekommen ist?«

»Ja.«

Xue Lian betrachtete nachdenklich die Zeichnung, und ein unmerkliches Lächeln huschte über ihr Gesicht. Giovanna sah sie forschend an.

»Ist zwischen euch beiden wieder alles gut?«, fragte sie.

»Besser als je zuvor. Bist du noch böse auf mich, weil ich in Penang so unausstehlich war?«

»Du warst nicht unausstehlich, und selbst wenn, hätte ich es nicht anders verdient gehabt. Es war ein großer Fehler, mich zwischen euch zu drängen. Paolo gehört zu dir und nach Asien. Mit mir wäre er niemals glücklich geworden.«

Giovanna erinnerte kaum noch an die eingeschüchterte junge Frau aus Penang. An Xue Lians Sympathie für sie hatte sich allerdings nichts geändert.

»Du hast ein großes Herz. Mach dir keine Vorwürfe, der Fehler lag bei Paul. Ich kann nur hoffen, dass du unter der Geschichte nicht zu sehr gelitten hast.«

Giovanna schüttelte energisch den Kopf.

»Die Erfahrung war es wert. Ich habe viel über die Welt und mich selbst gelernt. Über Paolo werde ich hinwegkommen. Ich gönne ihn dir von Herzen und drücke euch die Daumen, dass ihr zusammen glücklich werdet.«

Paul kam zurück in den Raum und sah die beiden Arm in Arm vor der Zeichnung stehen. Wie bei ihrer ersten Begegnung in Penang, dachte er. Nur störte es ihn diesmal nicht im Geringsten. Die Fronten waren geklärt.

»Gefällt dir die Zeichnung?«

»Und wie! Du ahnst nicht, was sie mir bedeutet«, sagte Giovanna. »Ich bin dir unendlich dankbar dafür.«

»Gern geschehen.«

»Aber setzt euch doch endlich«, bat sie und wies auf die freigeräumten Stühle. »Möchtet ihr etwas trinken oder eine Kleinigkeit essen?«

»Wir kommen gerade vom Abendessen, aber vielleicht hast du einen Schluck Mineralwasser?«

»Kommt sofort. Ich bin gleich wieder da«, sagte Giovanna und eilte aus dem Zimmer.

»Sie hat sich verändert«, sagte Xue Lian.

»Ja, das hat sie, aber nicht über Nacht. Es fing in Burma an. Giovanna ist erwachsen geworden, und ich finde, es steht ihr gut.«

»Sprecht ihr schon wieder hinter meinem Rücken über mich?«, lachte Giovanna, als sie zurückkam.

»Wir haben nur Gutes über dich gesagt«, versicherte Paul lächelnd.

»Gott sei Dank. In diesem Palazzo wird schlecht genug über mich gesprochen.«

»Carla?«

»O ja. Unser Verhältnis hat einen neuen Tiefstand erreicht. Weit unterhalb des Gefrierpunkts, würde ich sagen.«

»Warum?«

»Aus vielen Gründen. Sie findet mich frech und respektlos, weil ich ihre Heuchelei nicht mehr ertragen kann, und vergleicht mich ständig mit ihrer Schwester. Was mich betrifft: Seit ich weiß, dass sie nicht meine Mutter ist, sehe ich sie mit anderen Augen, wesentlich distanzierter. Und was ich sehe, gefällt mir nicht. Es wird Zeit, dass unsere Wege sich trennen.«

»Sag mal, darf ich hier rauchen?«, fragte Paul.

»Ja. Vincenzo raucht in letzter Zeit ständig im Haus, und dann auch noch Zigarillos. Wahrscheinlich, um Carla auf die Palme zu treiben, was ihm auch gelingt.«

»Die beiden liegen auch im Streit?«

»Streit ist ein zu harmloses Wort. Ich würde es Krieg nennen. Carla ist verbittert, weil Vincenzo mir ihr kleines Geheimnis verraten hat. Seitdem hat sich der ehrbare Palazzo in ein Schlachtfeld verwandelt. Ich nenne ihn nur noch den Palazzo delle Bugie.«

»Palast der Lügen«, übersetzte Paul für Xue Lian und zündete sich eine Zigarette an.

»Und wie steht es zwischen dir und Vincenzo?«

»Das ist eine schwierige Frage. Vincenzo bedeutet mir immer

noch viel, aber ich bin enttäuscht, dass er mein Vertrauen missbraucht hat. Bestimmt hat er es gut gemeint, trotzdem fällt es mir schwer, ihm seine Lügen zu vergeben.«

Xue Lian nickte wortlos. Sie konnte sich vorstellen, wie Giovanna sich fühlte. Verrat war unverzeihlich. Außer unter ganz besonderen Umständen, dachte sie und sah zu Paul. Vielleicht konnte auch Giovanna sich mit dem Mann aussöhnen, den sie fünfundzwanzig Jahre lang für ihren Vater gehalten hatte.

»Vincenzo leidet darunter, dass ich Abstand zu ihm halte. Es tut mir selbst weh, aber ich kann nicht anders.«

»Früher oder später wird er einsehen, dass du dich befreien musst«, sagte Xue Lian.

»Das wäre schön«, sagte Giovanna. »Aber wir sprechen die ganze Zeit nur über mich. Wie geht es euch? Lebt ihr wieder zusammen in Penang?«

»Noch nicht, aber wenn wir zurückkommen, wird Paul wieder bei mir einziehen. Wir werden heiraten.«

»Und wir bekommen ein Kind«, platzte Paul heraus.

»Herzlichen Glückwunsch«, rief Giovanna und umarmte Xue Lian. »Wie hast du so früh herausgefunden, dass du schwanger bist?«

»So früh? Ich bin im fünften Monat.«

»Wirklich? Man sieht es dir nicht an.«

»O doch, du kennst mich nur nicht gut genug. Andererseits hat nicht einmal Paul es bemerkt.«

»Ich habe dich in den letzten Monaten kaum gesehen«, verteidigte er sich.

»Das ist wahr«, gab Xue Lian zu.

Paul drückte seine Zigarette aus und fragte sich, ob er Giovanna nicht endlich von Richard Collins erzählen sollte. Xue Lian sah ihn von der Seite an, als ahnte sie, was in seinem Kopf vorging.

»Willst du es ihr sagen?«, fragte sie.

»Ja.«

»Was willst du mir sagen?«, fragte Giovanna.

»Ich habe Giulias Mörder gefunden.«

Giovanna ließ sich auf ihren Stuhl fallen und sah irritiert zwischen den beiden hin und her. Ihr Magen zog sich zusammen.

»Wo?«

»Hier in Venedig.«

Sie fuhr sich mit der Hand über die Augen, als wollte sie einen bösen Traum verscheuchen.

»In Venedig«, wiederholte sie mechanisch.

Er nickte.

»Wer ist es?«

»Ich denke, dass Carla und Vincenzo auch ein Recht haben, es zu erfahren. Sollen wir nach unten gehen? Dann brauche ich es nur einmal zu erzählen.«

»Ja.«

Als sie den Salon betraten, saßen Vincenzo und Carla sich in eisigem Schweigen am Tisch gegenüber. Carla sah zu ihnen hinüber, ihr Gesicht abweisend und herrisch.

»Ich habe Sie nicht hereingebeten«, sagte sie kühl.

»Was soll das, Carla?«, fragte Vincenzo gereizt.

»Ich will ihn nicht sehen.«

»Aber ich will Paolo sehen. Kommt bitte herein«, sagte er. »Seid herzlich willkommen in meinem Haus.«

»Ach, es ist also dein Haus«, murmelte Carla.

Er ignorierte sie und stand auf, um die Besucher zu begrüßen. Xue Lian hätte sich am liebsten umgedreht und wäre gegangen. Carlas Ablehnung war mit Händen zu greifen.

»Es ist lange her, Paolo«, sagte Vincenzo. »Nehmt bitte Platz.«

Sie setzten sich an den Tisch, und Vincenzo hielt Paul ein Kästchen mit Zigarillos hin.

»Nimm eine. Sie sind gut.«

»Nein, danke«, sagte Paul, als er Carlas Gesicht sah.

»Musst du unbedingt rauchen?«, fauchte sie Vincenzo an.

»Ich rauche so viel, wie ich will«, sagte er und zündete in aller Ruhe den Zigarillo an. »Basta.«

»Ich störe nicht gern«, sagte Paul in die frostige Stille hinein, »aber es handelt sich um etwas sehr Wichtiges.«

»Bist du gekommen, um die Briefe zu lesen?«

»Die Briefe? Nein, die Briefe interessieren mich nicht mehr.«

»Was wollen Sie dann hier?«, fragte Carla feindselig. »Haben Sie nicht schon genug Unglück über meine Familie gebracht? Nur Ihretwegen ist alles aus den Fugen geraten.«

Die dürre Venezianerin mied demonstrativ seinen Blick, während sie mit ihm sprach; stattdessen schaute sie zu dem Kronleuchter aus Kristall hinauf, der über dem Tisch von der Decke hing. Obwohl Xue Lian kein Italienisch verstand, fand sie die Frau abstoßend. Gleichzeitig tat sie ihr leid.

»Ich für meinen Teil bin heilfroh, dass euer Lügengebilde endlich eingestürzt ist«, mischte Giovanna sich ein. »Wie konntet ihr nur all die Jahre damit leben?«

»Du bist sicher nicht darauf gekommen, dass wir es für dich getan haben?«, fragte Carla mit beißender Ironie. »Dass wir uns für dich geopfert haben, nachdem deine Mutter dich im Stich gelassen hatte? Und dass ein wenig Dankbarkeit deinerseits durchaus angemessen wäre?«

»Giulia hat sie nicht im Stich gelassen«, protestierte Vincenzo. »Dein Vater hat sie dazu gezwungen, Giovanna uns zu geben.«

»Halte meinen Vater aus der Geschichte heraus«, warnte sie.

»Dann hör du gefälligst auf, schlecht über eine Tote zu sprechen, die sich nicht wehren kann.«

»Ich weiß, wer sie umgebracht hat«, sagte Paul.

Seine nüchterne Feststellung fuhr wie ein Blitzschlag in den Salon. Plötzlich kehrte Stille ein.

»Wer war es?«, fragte Vincenzo heiser.

»Dein Freund Richard Collins.«

»Wie kommst du denn auf Richard? Das ergibt keinen Sinn.«

»Entsinnst du dich, dass du mir auf Bali Fotos gezeigt hast?«, fragte Paul an Giovanna gewandt.

»Ja«, antwortete sie matt.

»Auf einem der Bilder war Collins zu sehen, und ich habe ihn erkannt. Luca hat für mich einen Privatdetektiv angeheuert, um mehr über ihn in Erfahrung zu bringen«, erklärte er. »Julie und ich waren heute Mittag in seinem Geschäft, und er hat alles zugegeben.«

»Ausgerechnet Richard? Was für ein ekelhafter Zufall«, murmelte Vincenzo.

Sein Gesicht war ausdruckslos, wie versteinert, als er abwesend an seinem Zigarillo zog.

»Und?«, fragte Giovanna ängstlich. »Was hast du mit ihm gemacht?«

»Nichts. Natürlich würde ich vor Gericht als Zeuge gegen ihn aussagen. Ansonsten habe ich mit der Sache nichts mehr zu tun. Die Entscheidung liegt bei euch.«

»Du bist ganz sicher?«, fragte Vincenzo.

»Hundertprozentig. Er hat gestanden«, erinnerte Paul ihn.

»Ich werde ihn fertigmachen und dafür sorgen, dass er den Rest seines armseligen Lebens hinter Gittern verbringt«, rief Vincenzo mit zitternden Mundwinkeln. »Im Grunde sollte ich das Schwein umbringen.«

»Mäßige dich«, herrschte Carla ihn an. »Und wenn du schon rauchen musst, achte bitte darauf, dass deine Asche nicht auf die Tischdecke fällt.«

Paul starrte sie ungläubig an. Konnte es wahr sein, dass die Tischdecke sie mehr beschäftigte als der Mörder ihrer Schwester? Giovanna sprang zornentbrannt auf, doch Vincenzo kam ihr zuvor.

»Du herzloses Ungeheuer«, fuhr er sie an. »Ich werde dir zeigen, wie wenig mich deine beschissene Tischdecke kümmert!«

Er sprang auf und bohrte die glühende Spitze seines Zigarillos wie ein Rasender in den Stoff, immer und immer wieder, bis er ein halbes Dutzend Löcher hineingebrannt hatte. Carla sah ihm zu, ohne mit der Wimper zu zucken.

»Gott, wie ich dich hasse«, brüllte er. »Ich verfluche den Tag, an dem du mir über den Weg gelaufen bist. Dich zu heiraten war der größte Fehler meines Lebens.«

»Aber das Geld und den Palazzo hast du gern geheiratet.«

»Ja, das habe ich, aber ich hatte keine Ahnung, wie hoch der Preis war, den ich dafür würde zahlen müssen. Ihr habt mir das Rückgrat gebrochen, du und deine Familie, und einen Lügner aus mir gemacht. Inmitten eurer Arroganz und Heuchelei zu leben hat mir meine Würde genommen.«

»Ich kann dir insoweit zustimmen, als du dich gerade sehr würdelos aufführst«, sagte Carla sarkastisch.

»Hör auf damit«, rief Giovanna dazwischen.

»Du hast mir gar nichts zu sagen, du kleiner Bastard.«

»Was fällt dir ein, meine Tochter einen Bastard zu nennen?«, schrie Vincenzo.

Carla bedachte ihren tobenden Ehemann mit einem abfälligen Blick. Seine Krawatte war verrutscht, und aus seinem Mundwinkel hing ein dünner Speichelfaden.

»Sie ist nicht deine Tochter, falls du es vergessen haben solltest.«

»Dann sag mir doch, wer ihr Vater ist.«

»Woher soll ich wissen, mit welchen Männern meine Schwester sich in den Laken gewälzt hat? Sie war anscheinend nicht sehr wählerisch«, antwortete sie mit einem Seitenblick auf Paul.

»Du weißt es also nicht?«, fragte Vincenzo lauernd. »Na, dann wirst du dich aber wundern.«

Ohne weitere Erklärung stürmte er aus dem Salon und die Treppe hinauf in den ersten Stock. Paul sah Giovanna fragend an, doch sie zuckte nur ratlos mit den Achseln.

»Wenn Sie noch einen Rest Anstand im Leib hätten, würden Sie jetzt aufstehen und gehen. Ich bin nicht der Ansicht, dass die Meinungsverschiedenheiten in unserer Familie Sie etwas angehen«, sagte Carla an Paul gewandt.

Als er aufstehen wollte, hielt Giovanna ihn am Arm fest.

»Paolo und Julie bleiben hier«, sagte sie entschieden. »Ich wünschte, du hättest so viel Anstand wie die beiden.«

Noch bevor Carla antworten konnte, kam Vincenzo schwer atmend in den Salon gelaufen. In der Hand hielt er einen Brief, den er vor Giovanna auf den Tisch legte.

»Was ist das?«

»Der letzte Brief. Giulia hat ihn am Tag ihres Todes aus Kathmandu geschickt.«

»Sagtest du nicht, er wäre verlorengegangen?«, fragte Paul.

»Ich habe dich belogen. Und das war nur eine der vielen Lügen, die mich ersticken und mit denen ich nicht länger leben kann. Lies bitte den Brief, Giovanna.«

Sie nahm ihn vom Tisch, konnte sich aber nicht entschließen, ihn zu öffnen. Ihre Angst vor dem Inhalt war stärker als ihre Neugier. Es musste einen Grund geben, dass Vincenzo ihn zurückgehalten hatte.

»Was steht drin?«, fragte sie misstrauisch.

»Vieles. Unter anderem, wer dein Vater ist.«

Carla erbleichte. Sie gab sich keine Mühe, ihren Zorn zu verbergen.

»Du hast die ganze Zeit gewusst, wer es war?«, fragte sie mit schneidender Stimme. »Warum hast du es nie für nötig gehalten, mich davon zu unterrichten?«

Vincenzo beachtete sie nicht, sondern ging neben Giovannas Stuhl in die Hocke.

»Wer ist mein Vater?«, fragte sie leise.

»Ich bin es«, sagte er und sah ihr in die Augen. »Wie du es dein ganzes Leben lang geglaubt hast.«

Carla sah aus, als würde sie in Ohnmacht fallen. In ihrem Gesicht spiegelte sich ungläubiges Entsetzen, und sie klammerte sich an der Tischkante fest, ohne ein Wort herauszubringen. Für einen Augenblick hatte selbst Paul Mitleid mit ihr, doch es verflog sofort wieder. Er war zu sehr damit beschäftigt, Vincenzos Worte zu verdauen.

»Ich habe Giulia geliebt, obwohl sie die Schwester meiner Frau war und minderjährig noch dazu. Es war eine abscheuliche Sünde, aber ich habe sie bis heute nicht bereut.«

»Du krankes, verlogenes Arschloch«, schrie Carla. »Du widerwärtiger Kinderschänder!«

»Halt den Mund«, brüllte Vincenzo zurück. »Du wirst es nie verstehen. Giulia war ein wunderbarer Mensch, ganz anders als der Rest eurer blasierten Sippe. Ich werfe mir bis heute vor, dass ich zu feige war, zu ihr zu stehen. Ich habe niemals aufgehört, sie zu lieben. Mein einziger Trost war Giovanna, unsere gemeinsame Tochter.«

Carla sprang auf und ging um den Tisch herum zu Vincenzo.

»Warum konntest du nicht wenigstens für dich behalten, was für ein mieses Stück Dreck du bist?«

»Weil ich endlich eingesehen habe, dass Giovanna ein Recht auf die ganze Wahrheit hat. Weißt du, wie befreiend es ist, die Wahrheit zu sagen? Natürlich nicht, woher solltest du?«

Carla schlug ihrem Mann ins Gesicht, so fest sie konnte, aber er zeigte keine Reaktion. Zwei dicke Tränen liefen über ihre Wangen hinab. Sie wischte sie fort und trat einen Schritt zurück, in die Leere ihres einsamen Daseins.

»Ich gehe jetzt«, sagte sie. »Wenn ich morgen wiederkomme, werdet ihr verschwunden sein. Alle, ohne Ausnahme. Ich will keinen von euch jemals wiedersehen.«

Ohne Vincenzo oder Giovanna noch einmal anzusehen, ging sie mit mühsam beherrschten Schritten aus dem Salon. Kurz darauf schlug die schwere Haustür hinter ihr ins Schloss, und sie war fort.

Paul war immer noch wie betäubt, als Xue Lian und er sich eine Stunde später von Giovanna und Vincenzo verabschiedeten und den Palazzo verließen. Der Tag hatte mehr Neuigkeiten und Aufregung gebracht, als er verarbeiten konnte. Da es schwer war, um diese Zeit noch ein Taxi zu finden, schlug er vor, zu Fuß zum Gritti zu gehen. Xue Lian hatte trotz ihrer wunden Füße keine Einwände. Die frische Luft würde ihnen guttun. In einer kleinen Calle kam ihnen ein alter Mann entgegen, der Xue Lian anstarrte wie ein Wesen von einem anderen Stern. Eine Chinesin in traditionellem Gewand war eine unerwartete Erscheinung im nächtlichen Dorsoduro.

»Was wird jetzt aus ihnen werden?«, fragte sie.

»Ich kann mir beim besten Willen nicht vorstellen, dass sie sich jemals wieder vertragen. Um Giovanna mache ich mir die wenigsten Sorgen. Sie wird ein neues Leben beginnen, wie sie es angekündigt hat. Und Vincenzo? Vermutlich wird er alle Energie darauf verwenden, seinen ehemaligen Freund ins Gefängnis zu bringen, um nicht an seine eigenen Probleme denken zu müssen. Carla wird in ihrem Palazzo sitzen, mit der Ungerechtigkeit der Welt hadern und weiter verbittern.«

»Wie traurig.«

Sie erreichten die Accademia und überquerten den Canal Grande. Der Mond war aufgegangen und tauchte den Campo auf der anderen Seite der Brücke in fahles Licht. Neben einem Hauseingang stand ein Pappkarton, in dem eine weiße Katze saß und maunzte. Xue Lian blieb stehen und sah zu dem einsamen Tier hinüber.

»Ich muss gerade an den Bungalow in Penang denken«, sagte sie.

»Was ist damit?«

»Können wir dort wohnen bleiben, wenn unser Kind da ist?«

»Warum nicht?«

»Es wird eng werden.«

»Wenn du es wolltest, würde ich mit dir sogar in diesen Schuhkarton ziehen.«

Xue Lian lachte, als er mit dem Finger auf die Katze zeigte.

»Dann lass uns im Bungalow leben«, schlug sie vor. »Ich bin glücklich dort, und der Garten ist für Kinder wie gemacht.«

»Für viele Kinder?«

»Nicht zu viele, sonst leidet meine Figur, und du findest mich hässlich.«

»Ich werde dich niemals hässlich finden.«

»Versprochen?«

»Hoch und heilig.«

Eine Viertelstunde später stand Xue Lian auf dem Balkon ihres Zimmers und sah auf den dunklen Canal Grande hinab. Paul legte von hinten die Arme um sie und sog den zarten Frangipaniduft an ihrem Hals ein.

»Ich bin so froh, dass ich mit dir nach Venedig gekommen bin«, sagte sie. »Es ist ein guter Ort für unseren Neubeginn.«

Sie schloss die Augen und legte seine rechte Hand auf ihre Brust. Die linke schob sie durch den seitlichen Schlitz des Qipao auf ihren Oberschenkel.

»Erinnerst du dich noch, was du in der ersten Nacht in Penang mit mir gemacht hast?«

»Wie könnte ich es vergessen?«

»Dann mach die Augen zu und stell dir vor, dass wir wieder in meinem Garten sind«, flüsterte sie. »Erzähl mir von deiner Liebe zu weißen Blüten. Und erzähl mir, dass ich die aufregendste Frau bin, die du je gesehen hast.«

Glossar

Aventin – Einer der klassischen sieben Hügel Roms, im Süden der antiken Stadt gelegen

Bot – Zentrales Heiligtum eines thailändischen Tempels

Chengdu – Hauptstadt der chinesischen Provinz Sichuan

Dim-Sum – Oberbegriff für eine Vielzahl kleiner Gerichte, meistens gedämpft oder frittiert. Ursprünglich aus Südchina stammend, auch in Malaysia äußerst populär. Lit.: Kleine Herzwärmer

Ganbei – Prost. Lit.: Glas leer

Ghat – Heilige Badestelle der Hindus, an der rituelle Waschungen vollzogen werden

Gianicolo – Hügel westlich des mittelalterlichen Rom. Gehört nicht zu den klassischen sieben Hügeln

Ko Phangan – Insel im Süden Thailands, berühmt-berüchtigt für seine Full Moon Parties

Kowloon – Auf dem Festland gelegener Teil Hongkongs

Laowei – Chinesisch: Ausländer. Lit.: Ehrwürdiger Fremder

La Repubblica – Bedeutende italienische Tageszeitung

Lebuh – Malaiisch: große Straße, Hauptstraße

Malaie – Angehöriger einer muslimischen Volksgruppe in Malaysia

Malaysier – Staatsbürger Malaysias. Hierzu gehören Malaien (61 %), ethnische Chinesen (30 %) und Inder (8 %), sowie sogenannte Naturvölker wie z.B. Orang Asli, Iban oder Dayak (1 %)

Mat Salleh – Spitzname der Malaysier für Ausländer aus dem Westen

Mee – Malaysisch-chinesisch: Nudeln

Mezzo – Italienisch: halb, die Hälfte. Hier: ein halber Liter Wein

Patan – Stadt im Kathmandutal

Paya – Burmesischer Oberbegriff für Statuen, Zedis und andere buddhistische Bauwerke

Pincio – Hügel nördlich des mittelalterlichen Rom. Gehört nicht zu den klassischen sieben Hügeln

Qipao – Knöchellanges chinesisches Frauenkleid. Typisch sind der hohe geschlossene Kragen, Schlaufen oder Knöpfe an der Schulter und hohe Schlitze an den Seiten.

Sarong – Südostasiatischer Wickelrock, ursprünglich auch von Männern getragen

Sichuan – Zentralchinesische Provinz mit über 100 Millionen Einwohnern

Soi – Thailändisch: Gasse

Stupa – Glocken- oder halbkugelförmiges buddhistisches Bauwerk

Suzhou – Alte chinesische Stadt bei Shanghai, berühmt für ihre Gärten und Kanäle

Tian na – Chinesischer Ausruf des Erstaunens: »Ach, du lieber Himmel!« oder »Meine Güte!«

Thanon – Thailändisch: Straße, Avenue

Trastevere – Römischer Stadtteil auf dem »anderen«, westlichen Ufer des Flusses Tiber. In der Antike »Trans Tiberim« – jenseits des Tiber – genannt

Wat – Thailändisch: buddhistischer Tempel oder Kloster

Wat Pho – Ältester und größter Tempel Bangkoks, nicht weit vom Fluss und dem Königspalast entfernt

Zedi – Burmesisch für Stupa

Danksagung

An dieser Stelle möchte ich mich bei all denen bedanken, die zur Entstehung dieses Buchs beigetragen haben, sei es durch handfeste Kritik am Text, moralische Unterstützung in Tagen des Zweifels oder auch nur die Inspiration eines flüchtigen Lächelns in den Straßen von Mandalay.

Der größte Dank gebührt meiner Frau Steffi. Trotz aller angebrachten Skepsis hat sie meinen Träumen eine Chance gegeben und sich auf ein Leben eingelassen, das weder Sicherheit noch Komfort bot. Dieses Buch ist nur ein Ergebnis unseres Wagemuts.

Als Nächstes möchte ich meiner lieben Freundin Yun danken. Nur mit Hilfe ihrer Kenntnisse und Erfahrungen als gebürtige Chinesin konnte ich es wagen, mich den letzten fünfzig Jahren chinesischer Geschichte literarisch von innen zu nähern.

Ich danke Ooi Soo San, die mir in langen Gesprächen und Dutzenden von E-Mails tiefe Einblicke in das Denken und die Psyche einer modernen Chinesin im heutigen Malaysia gab. Ohne sie wäre Xue Lian mir ein Rätsel geblieben.

Mein ganz spezieller Dank geht an Christoph »Ali C.« Schröder. Du hast den Text in die richtige Richtung geschoben, aber vor allem warst du für mich da, als ich es am nötigsten hatte. Das werde ich dir niemals vergessen!

Für ihre Kritik und Ratschläge, mehr noch aber für ihren Enthusiasmus möchte ich mich bei Martin »Bobby« Priester, Meike

Rechten, Marion Lehmann, Kai Sanmann und Monika von Löper bedanken.

In tiefer Schuld stehe ich bei Nina Arrowsmith, der fähigsten und sympathischsten Literaturagentin, die ich mir denken kann. Ohne sie wäre dieser Text vermutlich nie als Buch erschienen, sondern in einer Schreibtischschublade verstaubt.

Danken möchte ich auch Ben, Bom und den anderen aus Chiang Khan für die herzliche Aufnahme und einen Arbeitsplatz mit Blick auf den Mekong sowie Made vom Mandia Guesthouse in Ubud, der im Garten Eden einen Schreibtisch für mich bereitstellte.

Unendliche Dankbarkeit empfinde ich für »Auntie« Koh Yok Kuan und »Uncle« Lee Ah Lee, die uns in ihr Haus, ihre Herzen und ihre Familie aufnahmen. Ihnen und den freundlichen Menschen von Ayer Itam ist es zu verdanken, dass wir auf Penang eine zweite Heimat fanden.

Zum Abschluss möchte ich den vielen Menschen zwischen Kathmandu und Lamalera danken, die durch ihre Inspiration – bewusst oder unbewusst – zum Entstehen dieser Geschichte beigetragen haben. Viele Namen sind mir nie bekannt geworden, während andere aus Gründen der Vorsicht absichtlich anonym bleiben sollen. Speziell meine Freunde und Bekannten in Burma werden wissen, dass sie gemeint sind.

Mein letzter Gruß gilt Prinz Hinnerk von Vechta, der seit Jahren unermüdlich auf den Mekong blickt, wo immer wir auch sein mögen. Indem er an meiner Seite das Fließen des großen Flusses kontempliert, verströmt er die Ruhe und Gelassenheit, denen dieses Buch entsprang.